중국명청우언(상)

中國明淸寓言

최봉원 역주

明文堂

서문

우언(寓言)이란 줄거리를 갖춘 간략한 고사에 우의(寓意)를 기탁하는 방법으로 모종의 도리를 표현하여 권계(勸誡) · 풍유(諷諭) · 교훈(教訓) 작용을 하는 일종의 문학 형식이다. 우리나라에서는 우화(寓話)라는 말로 더 익숙하다.

중국의 우언은 이천 사오백 년 전 선진(先秦)의 여러 전적(典籍)에서 처음으로 출현했다. 고대 그리스에서 기원전 6세기경 아동의 학습에 제공되는 우언집-《이솝(Aesop)우언》이 출현한 것을 보면 중국 우언의 출현은 이와 비슷하거나 약간 뒤의 일이다. 그리고 중국의 우언은 《이솝우언》이나 인도의 《백유경(百喩經)》과 같은 전집(專集) 형태가 아니고 여러 전적의 문장 속에 산견되는 형태로 출현했는데, 이는 당시의 혼란한 시대상황과 밀접한 관계가 있다.

중국은 주(周)나라 말기에 이르러 중앙정권이 날로 쇠약해지면서 제후들이 자기의 역량을 강화하기 위해 내정과 외교 방면에서 자기를 보필할 인재가 필요했고, 이를 틈타 제자백가와 책사(策士)들이 우후죽순처럼 출현하여 기발한 설법(說法)으로 제후들에게 유세하거나 정치 주장을 펴나갔다. 이때 그들은 자기의 설리(說理)나 주장을 관철하기 위해 우언을 적절히 활용했는데, 그 이유는 우언이 성현(聖賢)의 말이나 역사 사실 또는 민간고사를 원용함으로써 상대방에게 신뢰를 주어 강력한 설득력을 지니고 있기 때문이었다. 이 시기에 《관자(管子)》《안자춘추(晏子春秋)》《좌전(左傳)》《묵자(墨子)》《열자(列子)》《맹자(孟子)》《장자(莊子)》《윤문자(尹文子)》《여씨춘추(呂氏春秋)》《한비자(韓非子)》《전국책(戰國策)》 등 선진 제자의 전적에서 대량의 우언이 출현했는데, 이 시기는 그야말로 중국 우언의 효시(嚆矢)인 동시에 우언의 전성기라고 할 수 있다.

양한(兩漢) 우언은 내용면에서는 선진 우언과 분위기를 달리하지만, 제재와 기법은 대체로 선진 우언을 많이 답습했다. 한(漢)이 진(秦)을 멸하고 다시 중국을 통일한 후 사회가 어느 정도 안정 상태로 접어들자, 한무제(漢武帝)는 제자백가를 배척하고 오직 유가(儒家)을 존숭하는 문화정책을 채택하였다. 그리하여 이후 한대는 바야흐로 유가독존(儒家獨尊)의 시대가 전개되었다. 통일과 함께 선진 시기의 제자백가들처럼 열렬한 정치 주장을 전개할 수 있는 환경과 분위기가 소멸됨에 따라, 문인 학자들의 사상도 새로운 출로를 모색하기보다는 오히려 현실에 안주하며 현상 유지에 신경을 썼다. 따라서 문인들은 봉건사회의 안정과 발전의 필요에 호응하여 봉건통치자의 인재 임용 · 부국강병(富國强兵) 및 나라의 태평과 생활 안정에 대한 권고, 정의(正義)와 선행(善行)을 존중하고 진리를 추구하는 등 당시의 사회 풍조를 반영함으로써, 내용면에서 철리(哲理)보다는 권계(勸誡) 성격이 짙은 우언이 많이 출현했다. 유향(劉向)의 《설원(說苑)》과 《신서(新序)》에는 특히 그러한 성격의 우언이 많다. 또 양한 우언은 체제와 제재에 있어서 선진 우언을 많이 답습했는데, 예를 들어 《회남자(淮南子)》는 체제상에서 《장자(莊子)》를 많이 답습했고, 《신서(新序)》와 《설원(說苑)》은 체제뿐만 아니라 제재(題材)에 있어서도 선진의 《한비자(韓非子)》·《여씨춘추(呂氏春秋)》를 많이 답습했다.

위진남북조(魏晉南北朝) 시기는 한(漢)나라 말기부터 수(隋)나라가 전국을 통일할 때까지 수백 년에 걸쳐 춘추전국시대를 연상할 만큼 정치·사회적으로 매우 혼란한 국면이 조성되었다. 유학(儒學)을 숭상하던 한왕조(漢王朝)의 해체에 따라 사상을 지배해온 유학이 독존의 지위를 상실하고 노장(老莊)사상과 불교가 매우 성행했다. 문학 방면에서도 일대 변화가 일어나 문학이 역사·철학과 분리되어 순수 문학으로 독립했다. 따라서 문인들의 저술 양상도 변화를 가져왔고, 한대(漢代)까지 여러 전적의 서술 내용 중에 부분적으로 산견되던 우언이 한 토막의 짧은 형식으로 독립하여 출현하기도 했다. 특히 《소림(笑林)》의 출현은 중국 최초의 소화전집(笑話專集)으로, 이후 풍자(諷刺)·해학(諧謔)우언의 발전에 중요한 역할을 했다.

《소림》 외에 《부자(苻子)》《유자(劉子)》《금루자(金樓子)》《세설신어(世說新語)》《수신기(搜神記)》 등에 비교적 우언이 많은데, 내용은 한대를 답습한 권계 성격의 우언과 소화(笑話)를 통한 풍자 성격의 우언을 포함하고 있다. 이밖에 위진남북조는 불경 번역의 성행으로 인해 불경 우언이 많이 출현했지만, 이는 외국에서 유입된 우언이지 중국의 자생적 우언이 아니다.

당송(唐宋)은 문학이 가장 번영했던 시기이다. 이 시기는 일부 문인 학자들이 의식적으로 우언을 창작하여 복잡한 정치 투쟁에서 부패한 세력에 대해 폭로하고 타락한 세상 물정과 인간성을 조소하고 풍자하는 우언을 많이 창작했다. 또한 우언의 체재 형식에서도 현격한 변화가 일어나 한유(韓愈)의 《모영전(毛穎傳)》이나 유종원(柳宗元)의 《삼계(三戒)》와 같이 비록 전(傳)이나 계(戒) 등의 문체 형식을 빌리기는 했지만, 단독 편명(篇名)으로 우언 작품을 창작하고 편폭도 이전에 비해 상당히 길어졌다. 이밖에도 소식(蘇軾)의 《애자잡설(艾子雜說)》은 여러 편의 우언을 수록하여 맹아(萌芽) 단계이기는 하지만 중국우언사에서 최초의 우언 전집으로 평가되고 있다. 한유(韓愈)의 창려선생집(昌黎先生集), 유종원(柳宗元)의 《유하동집(柳河東集)》, 피일휴(皮日休)의 《피자문수(皮子文藪)》, 육구몽(陸龜蒙)의 《입택총서(笠澤叢書)》, 나은(羅隱)의 《나소간집(羅昭諫集)》, 소식(蘇軾)의 《소식문집(蘇軾文集)》과 《애자잡설(艾子雜說)》, 악가(岳珂)의 《정사(桯史)》 등에 인구에

회자되는 우수한 우언 작품을 많이 수록하고 있다.

명청(明清) 시기는 봉건전제 통치가 사람들의 사상과 언론에 대해 보다 엄격한 통제를 가함으로써, 문인들이 감히 어두운 현실에 대해 직설적으로 비난하지 못하고 필화(筆禍)를 피해 가급적 우언의 형식을 이용하여 심각한 사상을 에둘러 표현하는 이른바 해학(諧謔) 우언이 출현했다. 그러나 많은 우언 작품은 그 사상 내용 여하에 관계없이 항상 냉혹한 조소(嘲笑)와 신랄한 풍자를 내포한 소화(笑話) 형태로 출현하여 진리를 표현하고자 했다. 유기(劉基)의 《욱리자(郁離子)》, 송렴(宋濂)의 《연서(燕書)》《용문자응도기(龍門子凝道記)》, 유원경(劉元卿)의 《현혁편(賢奕編)》, 강영과(江盈科)의 《설도해사(雪濤諧史)》, 조남성(趙南星)의 《소찬(笑贊)》, 풍몽룡(馮夢龍)의 《소부(笑府)》 등에 이러한 부류의 우수한 우언 작품이 많다.

이상에서 언급한 것처럼 중국의 우언은 선진(先秦)시대의 역사 산문과 제자 산문에 등장한 이래, 부단히 명맥을 이어가면서 후세의 역사·철학·정치·문학 등 모든 분야의 문장에 널리 활용되고, 각종 문장의 서술 기법에 지대한 영향을 주었다. 뿐만 아니라 수많은 전고(典故)와 고사성어(故事成語)를 탄생시키는 등 중국인의 언어생활에도 적잖은 영향을 주었다.

우언은 이처럼 그 나름의 일정한 형식과 체제를 갖추고 오랜 전통을 이어가며 점차 문학형식으로 발전을 거듭하여, 오늘날에는 「우언문학」이 문학의 한 장르로서 확고한 자리매김을 하고 있다. 그리하여 중국과 대만을 비롯한 중화문화권의 학계에서는 이미 오래전부터 연구자의 관심을 불러일으켜 우언문학에 대한 연구가 활발히 진행되어 왔고, 출간된 우언선집도 수십 종에 달하고 있다.

우리나라는 지리적으로 중국과 이웃해 있어 중국 문화의 영향을 많이 받아 왔기 때문에 중국의 우언은 자연히 우리나라에 전래되어 우리의 문학과 언어생활에 많은 영향을 주었다. 따라서 우언은 학문적으로 중요한 연구 대상인 동시에, 또한 짤막한 내용이 매우 흥미롭고 우리에게 교훈을 줄 수 있다는 점에서도 일반 독자들의 읽을거리로 충분한 가치를 지니고 있다. 그러나 그간 우리 국내에서는 학계의 일부 연구 영역에서 다루어졌을 뿐 일반 독자들이 직접 우언을 접하기가 쉽지 않았다. 그래서 필자는 우언 연구가들에게 번역된 자료를 제공하는 동시에 일반 독자들에게 중국의 우언을 소개한다는 취지에서 「중국 우언 역주」를 계획하고, 이를 위해 중국·대만·홍콩 등지에서 출간된 여러 우언선집(寓言選集)과 관련 자료들을 수집 정리한 후, 이들 작품을 「선진(先秦) 우언」 「양한(兩漢) 우언」 「위진남북조(魏晉南北朝) 우언」 「당송(唐宋) 우언」 「명청(明淸) 우언」의 다섯 부분으로 분류하여 역주 작업을 진행하였다.

역주 방법에 있어서는 한문(漢文) 학습과 우언 연구를 병행할 수 있도록 매 작품마다 '원문 및 주석' '번역문' '해설'의 세 부분으로 나누어 상세히 설명하였고, 우리말 번역은 기본적으로 직역을 원칙으로 하되 원문의 구조상 직역이 매끄럽지 못할 경우 약간의 의역과 동시에 의미 보충을 하여 읽기에 편하도록 하였으며, 주석(注釋)은 인명·지명이나 전고(典故) 등에 대한 풀이 외에도 한문 학습에 필요한 일반 단어에 이르기까지 상세하게 정리하였다.

본서의 집필에 많은 노력과 심혈을 기울였음에도 불구하고 필자의 천학비재(淺學非才)로 인해 오류가 적지 않을까 우려된다. 이점 독자들의 부단한 관심과 아낌없는 질정(叱正)을 바란다.

2019. 8.

최봉원

일러두기

- 본서에 수록된 우언의 문선(文選)은 근래 중국과 대만 및 홍콩 등지에서 출판된 10종의 우언선집(《중국역대우언선(中國歷代寓言選)》·《중국우언전집(中國寓言全集)》·《중국고대우언정품상석(中國古代寓言精品賞析)》·《역대우언선(歷代寓言選)》·《신역역대우언선(新譯歷代寓言選)》·《중국철리우언대전(中國哲理寓言大全)》· 역대우언대관(歷代寓言大觀)·중국역대우언분류대관(中國歷代寓言分類大觀)·중국우언독본(中國寓言讀本)·당송풍자우언(唐宋諷刺寓言): 본서 참고문헌 참조)에 수록한 작품을 대상으로 선정하였다.
- 본서에 수록된 우언의 원문은 본서 참고문헌의 「원문교감 및 참고자료」 항목에 열거한 판본을 저본으로 교감하였다. 다만 원문을 제외한 문장의 단락·구두점의 위치·문장부호의 표기 등은 상황에 따라 저본 외에 여러 출판사의 역주본들을 참고하여 필자 나름대로 가장 문의(文意)에 적합하다고 판단되는 방향으로 정리하였으며, 간혹 저본과 기타 판본 간에 나타나는 이자(異字)에 대해서는 각주에 설명을 첨가하였다.
- 본서에 수록된 우언 작품의 제목은 대부분 여러 우언선집에서 사용한 제목 가운데 필자 임의대로 하나를 선택했고, 간혹 필자가 교정하여 붙인 경우도 있다.
- 본서의 구성은 《송렴전집(宋濂全集)》《성의백문집(誠意伯文集)》《손지재집(遜志齋集)》《동전집(東田集)》… 《춘주당전집(春酒堂全集)》《오환방언(吳鰥放言)》 등 우언 작품이 수록된 원전을 시대순으로 구분하여 소개하고,

매 작품을 '원문 및 주석' '번역문' '해설' 의 세 부분으로 나누어 다음과 같은 원칙을 적용하였다.

1. 공통부분

1) 본서의 '번역문', '해설' 부분의 우리말 설명에는 한자 표기가 필요할 경우 우리말 뒤의 ( ) 속에 한자를 표기하였다.

예 돈택(豚澤) 사람이 촉계(蜀鷄) 한 마리를 기르는데, 몸에는 아름다운 무늬가 있고 목 부위는 붉은색 깃털이 나있다.

2) 인용문 또는 드러낼 필요가 있는 문구에 대해서는 「 」『 』를 사용하여 표시하였다.

예 아버지가 말했다 : 「내가 어제 너에게 가르쳐준 『일(一)』자야.」 아들이 눈을 크게 뜨고 말했다 : 「하룻밤 사이에, 어째 이렇게 많이 자랐어요?」

예 후세 사람들은 이 고사로부터 「해령계령(解鈴繫鈴)」이란 성어(成語)를 만들어냈다. 이는 「결자해지(結者解之)」 즉 「일을 저지른 사람이 그 일을 해결해야 한다」라는 뜻이다.

3) 서명(書名)과 작품은 《 》로 표시하였다.

예 저서로 《동전집(東田集)》 6권이 있는데, 후에 《동전문집(東田文集)》과 《동전시집(東田詩集)》으로 나누었다.

4) 옛 지명 또는 용어 등에 간단한 해석이 필요할 경우 [ ] 안에 처리하였다.

예 송렴(宋濂 : 1310-1381)은 원말명초(元末明初)의 저명한 고문가(古文家)로 자는 경렴(景濂), 호는 잠계(潛溪)이며 금화(金華)[지금의 절강성 금화(金華)] 사람이다.

5) 본서에 나오는 인명·지명·작품명 등은 모두 우리말 발음으로 표기하고 ( ) 속에 한자를 넣되, 같은 단어가 자주 나올 경우 처음에만 한자를 표기하고 나머지는 주로 우리말 발음으로 표기하였다.

예 저서로 《북하기략(北河紀略)》 《문해피사(文海披沙)》 《오잡조(五雜俎)》 등이 있는데, 《오잡조》는 정치 · 경제 · 사회 · 문화에 대해 논증(論證)한 내용이 비교적 많다.

6) 중국의 현행 성(省) 이름은 모두 우리말 발음으로 표기하였다.

甘肅省→감숙성 江西省→강서성 江蘇省→강소성 廣東省→광동성
廣西省→광서성 貴州省→귀주성 吉林省→길림성 福建省→복건성
四川省→사천성 山東省→산동성 山西省→산서성 陝西省→섬서성
新疆省→신강성 安徽省→안휘성 寧夏省→영하성 遼寧省→요녕성
雲南省→운남성 浙江省→절강성 青海省→청해성 河南省→하남성
河北省→하북성 湖南省→호남성 湖北省→호북성 黑龍江省→흑룡강성

2. '원문 및 주석' 부분

1) 원문에 한하여 인명 · 지명 등 고유명사는 밑줄 ' _ ' 로 표시하였다.

예 洛陽布衣申屠敦, 有漢鼎一, 得於長安深川之下, 雲螭斜錯, 其文爛如也。

2) 주석은 각주 형식을 채택하고, 먼저 원문에서 한 문구를 따다가 번역을 한 후, 주석이 필요한 부분을 【 】와 〖 〗로 묶어 설명하였으며, 한자(漢字)는 ( )속에 한글 독음을 달았다.

예 匣而埋諸土, 朞年出之, 抱以適市。→ 그리고 그것을 상자에 넣어 흙 속에 묻어 두었다가, 일 년이 지난 뒤 파내어, 끌어안고 시장에 팔러 갔다.

【匣(갑)】: [동사용법] 상자에 넣다.

【埋諸土(매제토)】: 그것을 땅에 묻다.

【朞年出之(기년출지)】: 일 년 뒤에 그것을 파내다. 〖朞年〗: 일 년. 〖出〗: 파내다. 〖之〗: [대명사] 그것, 즉 「거문고」.

【抱以適市(포이적시)】: 끌어안고 시장에 가다. 〖抱〗: (손으로) 끌어안다. 〖適〗: 가다.

3) 인명이나 관직 명칭, 주(州) · 군(郡) · 현(縣) 등의 행정 단위 및 일반 지명, 산이나 강 등의 자연 지명은 명칭 앞에 식별이 용이하지 않을 경우에 한해 [국명] [인명] [지명] 등을 별도로 표기하여 알기 쉽게 하였다.

예 洛陽布衣申屠敦, 有漢鼎一, 得於長安深川之下, 雲螭斜錯, 其文爛如也。

【洛陽(낙양)】: [지명] 지금의 하남성 낙양시(洛陽市).

【申屠敦(신도돈)】: [인명].

【漢(한)】: [국명] 유방(劉邦)이 세운 나라.

【長安(장안)】: [지명] 지금의 섬서성 서안시(西安市).

4) 보충설명이 필요하다고 여겨지는 경우에는 '※' 표를 사용하여 설명을 추가했다.

예 【烏號之弓(오호지궁)】: 옛날의 양궁(良弓)의 이름. ※《회남자(淮南子)·원도(原道)》:「새를 쏘는 사람이 오호궁을 당겨, …(射者扜烏號之弓, …)」라 했다.

3. '번역문' 부분

1) 본서의 우리말 번역은 직역을 원칙으로 하되, 직역으로 인해 문맥이 매끄럽지 못할 경우 본래의 뜻을 훼손하지 않는 범위 안에서 약간의 의역을 했다.

2) 원문에 문자의 생략 또는 의미의 함축으로 인해 보충설명이 필요할 경우 ( ) 안에 넣어 문맥을 원활하도록 하였다.

예 거추가 돌아가 (섬여에게) 상황을 보고하니, (섬여가 거추에게) 다시 돌아가 몰래 하파를 살펴보라고 했다.

4. '해설' 부분

'해설' 부분에서는 먼저 작품의 요지를 개괄하고 나서 말미에 우의(寓意)를 설명하였다. 다만 말미의 우의를 설명하는 부분에서는 기본적으로 기존 여러 우언선집의 해설 부분을 참고한 후 필자의 관점에 따라 첨삭하여 간략하게 기술하였다.

차례

명대(明代) 우언

《송렴전집(宋濂全集)》 우언

《성의백문집(誠意伯文集)》 우언

《소찬(笑贊)》 우언

《소부(笑府)》 우언

《광소부(廣笑府)》 우언

《소림(笑林)》 우언

《아학(雅謔)》 우언

《시상소담(時尙笑談)》 우언

《송렴전집宋濂全集》 우언

송렴(宋濂 : 1310 –1381)은 금화(金華)[지금의 절강성 금화(金華)] 사람으로 자는 경렴(景濂), 호는 잠계(潛溪)이며 명초(明初)의 저명한 산문가(散文家)이다. 원말(元末) 주원장(朱元璋)이 군사를 일으켰을 때 유기(劉基)와 함께 초빙되어 한림학사승지(翰林學士承旨)를 지냈으며, 일찍이 칙명을 받아《원사(元史)》를 편찬하기도 했다. 명태조는 그의 산문을 높이 평가하여 「개국문신지수(開國文臣之首)」라 칭했다. 그 후 태조 홍무(洪武) 13년(1381) 장손(長孫)이 호유용(胡惟庸) 사건에 연루됨으로 인해 무주(茂州)로 폄적되어 가다가 도중에 기주(夔州)에서 병사했다.

그의 저술로는 명(明) 정덕(正德) 연간에 편찬한《송학사전집(宋學士全集)》과 청초(淸初) 양여곡(楊汝穀)이 수집 정리한《송문헌공집유편(宋文憲公集遺編)》및《용문자응도기(龍門子凝道記)》가 있다.《송문헌공집유편》에는《잡저(雜著)》와 우언집인《연서(燕書)》가 수록되어 있는데,《연서》는 작자가 원말(元末) 은거하던 시절에 지은 것으로, 주로 원말의 정치와 사회 현상을 풍자한 내용이 많고,《용문자응도기》는 송렴이 소용문산(小龍門山)에 은거하면서 지은 것으로 우언 성격의 철학적인 내용을 담은 작품이 많다. 「용문자」라는 명칭은 송렴이 소용문산에 은거한 데서 비롯된 것이다.

《송학사전집》을 비롯하여《송문헌공집유편》《용문자응도기(龍門子凝道記)》등 송렴의 전체 작품은 현재 절강고적출판사(浙江古籍出版社, 1999)에서 출간한《송렴전집(宋濂全集)》에 모두 수록되어 있다.

001 오아여촉계(烏鴉與蜀鷄)

《宋濂全集 · 潛溪後集卷二 · 燕書》

원문 및 주석

烏鴉與蜀鷄[1]

豚澤之人養蜀鷄, 有文而赤翁, 有羣䳜周周鳴。[2] 忽晨風過其上, 鷄遽翼諸䳜, 晨風不得捕, 去。[3] 已而有烏來, 與䳜同啄。鷄視之兄

....

1 烏鴉與蜀鷄 → 까마귀와 촉계(蜀鷄)
【烏鴉(오아)】: 까마귀.
【蜀鷄(촉계)】: 촉(蜀) 지방[지금의 사천성]에서 나는 닭.

2 豚澤之人養蜀鷄, 有文而赤翁, 有羣䳜周周鳴。→ 돈택(豚澤) 사람이 촉계(蜀鷄) 한 마리를 기르는데, 몸에는 아름다운 무늬가 있고 목 부위는 붉은색 깃털이 나있다. 촉계는 여러 마리의 삐악거리는 병아리들을 데리고 있었다.
【豚澤(돈택)】: [지명].
【養(양)】: 기르다.
【有文而赤翁(유문이적옹)】: 몸에 아름다운 무늬가 있고 목에 붉은색 깃털이 나있다. 〖文〗: 紋(문), 무늬. 즉 「깃털의 무늬」를 가리킨다. 〖翁〗: 조류의 목 부위에 나는 털.
【䳜(도)】: 병아리.
【周周鳴(주주명)】: 삐악거리다, 삐악삐악 울다. 〖周周〗: [의성어] 삐악거리다, 삐악삐악하다.

3 忽晨風過其上, 鷄遽翼諸䳜, 晨風不得捕, 去。→ (이때) 갑자기 새매 한 마리가 그 위를 스쳐 지나가자, 촉계가 급히 병아리들을 날개로 감싸 보호했다. 새매는 병아리를 잡을 수가 없어, 곧 날아가 버렸다.
【忽(홀)】: 갑자기, 돌연.
【晨風(신풍)】: 새매. ※ 판본에 따라서는 「晨風」을 「鷐風(신풍)」이라 했다.
【過(과)】: 스쳐 지나가다.
【遽(거)】: 급히, 황급히, 서둘러.

弟也, 與之下上甚馴。[4] 烏忽銜其鶵飛去。鷄仰視悵然, 似悔爲其所賣也。[5]

번역문

까마귀와 촉계(蜀鷄)

돈택(豚澤) 사람이 촉계(蜀鷄) 한 마리를 기르는데, 몸에는 아름다운 무늬가 있고 목 부위는 붉은색 깃털이 나있다. 촉계는 여러 마리의 삐악거리는 병아리들을 데리고 있었다. (이때) 갑자기 새매 한 마리가 그 위를

【翼(익)】: [동사 용법] 날개로 감싸다.
【不得(부득)】: …할 수가 없다.
【捕(포)】: 잡다.
【去(거)】: 떠나다, 즉 「날아가 버리다」의 뜻.

4 已而有烏來, 與鶵同啄。鷄視之兄弟也, 與之下上甚馴。→ 잠시 후 까마귀 한 마리가 날아와, 병아리들과 함께 모이를 쪼아 먹었다. 촉계는 까마귀를 형제로 간주하여, 까마귀와 함께 오르락내리락하며 매우 사이좋게 지냈다.
【已而(이이)】: 잠시 후, 조금 있다가.
【同啄(동탁)】: 함께 먹이를 쪼아 먹다.
【視之兄弟(시지형제)】: 까마귀를 형제로 간주하다. 〖視〗: 보다, 간주하다. 〖之〗: [대명사] 그것, 즉 「까마귀」.
【與之下上甚馴(여지하상심순)】: 까마귀들과 함께 오르락내리락하며 매우 사이좋게 지내다. 〖之〗: [대명사] 그것, 즉 「까마귀」. 〖甚〗: 매우. 〖馴〗: 순종하다. 여기서는 「사이좋게 지내다, 화목하게 잘 어울리다」의 뜻.

5 烏忽銜其鶵飛去。鷄仰視悵然, 似悔爲其所賣也。→ (순간) 까마귀가 갑자기 병아리를 물고 날아가 버렸다. 촉계가 허공을 쳐다보며 낙담하는 모습이, 마치 까마귀에게 속은 것을 몹시 후회하는 듯했다.
【銜(함)】: (입에) 물다.
【仰視(앙시)】: 위를 올려보다, 하늘을 쳐다보다.
【悵(창연)】: 실의한 모양, 낙담한 모양.
【似(사)】: 마치 …듯하다.
【悔(회)】: 후회하다.
【爲其所賣(위기소매)】: 까마귀에게 속임을 당하다. 〖爲…所…〗: …에게 …당하다. 〖其〗: [대명사] 그, 즉 「까마귀」. 〖賣〗: 팔리다. 즉 「속다」의 뜻.

스쳐 지나가자, 촉계가 급히 병아리들을 날개로 감싸 보호했다. 새매는 병아리를 잡을 수가 없어 곧 날아가 버렸다. 잠시 후 까마귀 한 마리가 날아와 병아리들과 함께 모이를 쪼아 먹었다. 촉계는 까마귀를 형제로 간주하여 까마귀와 함께 오르락내리락하며 매우 사이좋게 지냈다. (순간) 까마귀가 갑자기 병아리를 물고 날아가 버렸다. 촉계가 허공을 쳐다보며 낙담하는 모습이 마치 까마귀에게 속은 것을 몹시 후회하는 듯했다.

해설

촉계(蜀鷄)가 맹금류인 새매에 대해서는 당연히 경계해야 할 대상이라는 것을 분명히 알아 철저한 대비를 했지만, 보통의 조류인 까마귀에 대해서는 대수롭지 않게 여겨 경계를 소홀히 하다가 새끼를 잃었다.

이 우언은 「믿는 도끼에 발등 찍힌다」는 격언처럼, 매사에 너무 믿고 방심하다가는 오히려 속임을 당해 해를 입을 수 있음을 경계한 것이다.

002 월인익서(越人溺鼠)

《宋濂全集·潛溪後集卷二·燕書》

원문 및 주석

越人溺鼠[1]

鼠好夜竊粟, 越人寘粟於盎, 恣鼠齧, 不顧。[2] 鼠呼羣類入焉, 必飫而後反。越人乃易粟以水, 浮糠覆水上。[3] 而鼠不知也, 逮夜, 復呼

....

1 越人溺鼠 → 월(越) 지방 사람이 쥐를 물에 빠져 죽게 하다
【越(월)】: [지명] 옛 월(越)나라가 있던 지방. 지금의 절강성 일대.
【溺(익)】: [사동 용법] 물에 빠지다.

2 鼠好夜竊粟, 越人寘粟於盎, 恣鼠齧, 不顧。→ 쥐는 밤중에 곡식을 훔쳐 먹기를 좋아하는데, 월(越) 지방 사람이 동이에 곡식을 담아 두고, 쥐로 하여금 마음대로 먹게 내버려두며, 전혀 상관하지 않았다.
【好(호)】: [동사] 좋아하다.
【竊粟(절속)】: 곡식을 훔치다.
【寘(치)】: 置(치), 두다. ※ 판본에 따라서는「寘」를「置」라 했다.
【盎(앙)】: 동이.
【恣鼠齧(자서설)】: 쥐로 하여금 마음대로 먹게 내버려두다. 〖恣〗: 방임하다, 멋대로 하게 내버려두다. 〖齧〗: 물다. 여기서는「먹다」의 뜻.
【不顧(불고)】: 상관하지 않다, 거들떠보지 않다

3 鼠呼羣類入焉, 必飫而後反。越人乃易粟以水, 浮糠覆水上。→ 쥐는 자기 동료들을 (동이 안으로) 불러들였고, (동료 쥐들은) 반드시 실컷 먹고 나서야 비로소 돌아갔다. 월 지방 사람은 곧 곡식을 물로 바꾸고, (물에) 겨를 띄워 수면을 덮어 가렸다.
【呼(호)】: 부르다.
【羣類(군류)】: 동료들, 같은 무리들.
【飫而後反(어이후반)】: 배불리 먹은 후에 돌아가다. 〖飫〗: 실컷 먹다, 배불리 먹다. 〖而後〗

羣次第入, 咸溺死。[4]

번역문

월(越) 지방 사람이 쥐를 물에 빠져 죽게 하다

쥐는 밤중에 곡식을 훔쳐 먹기를 좋아하는데, 월(越) 지방 사람이 동이에 곡식을 담아 두고 쥐로 하여금 마음대로 먹게 내버려두며 전혀 상관하지 않았다. 쥐는 자기 동료들을 (동이 안으로) 불러들였고, (동료 쥐들은) 반드시 실컷 먹고 나서야 비로소 돌아갔다. 월 지방 사람은 곧 곡식을 물로 바꾸고 (물에) 겨를 띄워 수면을 덮어 가렸다. 그러나 쥐는 그것을 모르고, 밤이 되자 또 동료들을 불러 차례로 동이 안에 들어오게 했다. 그리하여 쥐들은 모두 물에 빠져 죽었다.

해설

쥐는 탐욕스럽고 사람에게 무익한 동물이다. 월(越) 지방 사람은 쥐를 박멸하기 위해 먼저 미끼를 던져주고 쥐들이 방심한 틈을 타서 일망타진

: 이후, …하고 나서. 〖反〗: 返(반), 돌아가다.
【乃(내)】: 곧, 바로.
【易粟以水(역속이수)】: 곡식을 물로 바꾸다. 〖易〗: 바꾸다, 교체하다.
【浮(부)】: [사동 용법] 띄우다, 띄워놓다.
【糠(강)】: 겨.
【覆(복)】: 덮다, 덮어 가리다.

4 而鼠不知也, 逮夜, 復呼羣次第入, 咸溺死。→ 그러나 쥐는 그것을 모르고, 밤이 되자, 또 동료들을 불러 차례로 동이 안에 들어오게 했다. 그리하여 쥐들은 모두 물에 빠져 죽었다.
【逮夜(체야)】: 밤이 되다. 〖逮〗: …에 이르다, …이 되다.
【復(부)】: 또, 다시.
【次第(차제)】: 순서대로, 차례로.
【咸(함)】: 모두, 다.

(一網打盡)했다.

이 우언은 「얻고 싶으면 반드시 먼저 주어야 한다(將欲取之, 必先與之。)」는 이치를 설명한 것이다.

003 인모저심(人貌狙心)

《宋濂全集·潛溪後集卷二·燕書》

원문 및 주석

人貌狙心[1]

昔紀侯好狙, 使狙師教焉。[2] 狙師脫土肖人貌飾之, 冠九山之冠, 衣結霞之衣, 躡文鸞之履。[3] 升降周旋, 人也; 拜立坐跪, 人也。狙師

....

1 人貌狙心 → 사람 모습으로 분장한 원숭이의 본심
【貌(모)】: 모습, 생김새.
【狙(저)】: 원숭이.

2 昔紀侯好狙, 使狙師教焉。→ 옛날에 기(紀)나라의 제후가, 원숭이를 좋아하여, 원숭이를 길들이는 사부(師傅)로 하여금 원숭이를 가르치게 했다.
【紀侯(기후)】: 기(紀)나라의 군주. 〖紀〗: [국명] 지금의 산동성 수광현(壽光縣) 동남쪽에 있던 나라.
【好(호)】: [동사] 좋아하다.
【使狙師教(사저사교)】: 원숭이 사부를 파견하여 원숭이를 가르치다. 〖使〗: 보내다, 파견하다. 〖狙師〗: 원숭이를 길들이는 사부(師傅).

3 狙師脫土肖人貌飾之, 冠九山之冠, 衣結霞之衣, 躡文鸞之履。→ 원숭이 사부 탈토(脫土)는 사람 얼굴을 닮도록 원숭이를 분장시켜, (머리에는) 구산(九山) 모양의 모자를 씌우고, (몸에는) 아름다운 노을을 그려 넣은 옷을 입히고, (발에는) 봉황을 수놓은 신발을 신겼다.
【脫土(탈토)】: [인명].
【肖(초)】: 닮다. ※ 판본에 따라서는 「肖」를 「省(성)」이라 하고, 원숭이 사부 이름을 「탈토성(脫土省)」이라 하여 이름의 마지막 글자로 보았다.
【飾(식)】: 꾸미다, 분장하다.
【冠九山之冠(관구산지관)】: 구산(九山) 모양의 모자를 씌우다. 〖冠〗: 앞의 「冠」은 동사로 「씌우다」의 뜻이고, 뒤의 「冠」은 명사로 「모자」의 뜻. 〖九山〗: 아홉 곳의 명산. ※《여씨

度可用, 進紀侯。[4] 紀侯觀之樂, 擧觴觴焉。狙飮已, 竟跳擲裂冠裳遁去。[5] 蓋狙假人貌飾形也, 其心狙也, 因物則遷爾。[6]

....

춘추(呂氏春秋)》와 《회남자(淮南子)》에 의하면, 구산은 즉 회계산(會稽山)·태산(泰山)·왕옥산(王屋山)·수산(首山)·태화산(太華山)·기산(岐山)·태행산(太行山)·양장산(羊腸山)·맹문산(孟門山) 등을 말한다.

【衣結霞之衣(의결하지의)】: 아름다운 노을을 그려 넣은 옷을 입히다. 〖衣〗: 앞의 「衣」는 동사로 「입히다」의 뜻이고, 뒤의 「衣」는 명사로 「옷, 의복」의 뜻. 〖結〗: 결합하다. 여기서는 「그려 넣다」의 뜻. 〖霞〗: 놀, 노을.

【躡文鸞之履(섭문란지리)】: 봉황을 수놓은 신발을 신기다. 〖躡〗: [사동 용법] 신기다. 〖文〗: 紋(문), 무늬를 새기다. 여기서는 「수를 놓다」의 뜻. 〖鸞〗: 난새. 봉황의 일종. 〖履〗: 신발.

4 升降周旋, 人也; 拜立坐跪, 人也。狙師度可用, 進紀侯。→ (원숭이는) 당상(堂上)을 오르내리고, 예절을 행하는 모든 동작이, 사람과 똑같고; 절하고 일어서고 앉아 무릎을 꿇는 모습이 사람과 똑같았다. 원숭이 사부는 (이 정도면) 쓸 만하다 생각하여, (원숭이를) 기나라 군주에게 진상했다.

【升降(승강)】: 오르고 내리다. 여기서는 「당상을 오르고 계단을 내려오다」의 뜻.

【周旋(주선)】: 예절을 행하는 동작.

【拜(배)】: 절하다.

【跪(궤)】: 무릎을 꿇다.

【度可用(탁가용)】: 쓸 만하다고 생각하다. 〖度〗: 추측하다, 예상하다, 짐작하다, 헤아리다. 〖可用〗: 쓸 만하다.

【進(진)】: 진상하다, 바치다.

5 紀侯觀之樂, 擧觴觴焉。狙飮已, 竟跳擲裂冠裳遁去。→ 기나라 군주는 원숭이의 행동을 보고 매우 즐거워하며, 술잔을 들어 (원숭이에게) 술을 권했다. 원숭이는 술을 마시고 나서, 갑자기 펄쩍펄쩍 뛰며 모자와 옷을 찢어버리고 달아났다.

【擧觴觴焉(거상상언)】: 술잔을 들어 마시도록 권하다. 〖擧〗: 들다. 〖觴〗: 앞의 「觴」은 명사로 「술잔」의 뜻이고, 뒤의 「觴」은 동사로 「술을 권하다」의 뜻.

【飮已(음이)】: 마시기를 끝내다. 즉 「마시고 나서, 마신 후」의 뜻. 〖已〗: 그치다, 끝나다.

【竟(경)】: 갑자기.

【跳擲(도척)】: 펄쩍펄쩍 뛰다.

【裂冠裳遁去(열관상둔거)】: 모자와 옷을 찢어버리고 달아나다. 〖裂〗: 찢다. 〖遁去〗: 달아나다. ※ 판본에 따라서는 「冠」자가 없다.

6 蓋狙假人貌飾形也, 其心狙也, 因物則遷爾。→ 원숭이가 사람의 모습을 빌려 분장을 했지만, 그 마음은 여전히 원숭이이다. 그리하여 사물의 변고(變故)로 인해 본래의 모습이 드러났을 뿐이다.

【蓋(개)】: 문구의 맨 앞에 놓여 서술한 내용에 대해 긍정하지 못하고 다만 개략적인 상황을 표시한다. 문맥을 보아 적절히 번역하거나, 번역할 필요가 없다.

번역문

사람 모습으로 분장한 원숭이의 본심

옛날에 기(紀)나라의 제후가 원숭이를 좋아하여 원숭이를 길들이는 사부(師傅)로 하여금 원숭이를 가르치게 했다. 원숭이 사부 탈토(脫土)는 사람 얼굴을 닮도록 원숭이를 분장시켜 (머리에는) 구산(九山) 모양의 모자를 씌우고, (몸에는) 아름다운 노을을 그려 넣은 옷을 입히고, (발에는) 봉황을 수놓은 신발을 신겼다. (원숭이는) 당상(堂上)을 오르내리고 예절을 행하는 모든 동작이 사람과 똑같고, 절하고 일어서고 앉아 무릎을 꿇는 모습이 사람과 똑같았다.

원숭이 사부는 (이 정도면) 쓸 만하다 생각하여 (원숭이를) 기나라 군주에게 진상했다. 기나라 군주는 원숭이의 행동을 보고 매우 즐거워하며 술잔을 들어 (원숭이에게) 술을 권했다. 원숭이는 술을 마시고 나서 갑자기 펄쩍펄쩍 뛰며 모자와 옷을 찢어버리고 달아났다.

원숭이가 사람의 모습을 빌려 분장을 했지만 그 마음은 여전히 원숭이이다. 그리하여 사물의 변고(變故)로 인해 본래의 모습이 드러났을 뿐이다.

해설

원숭이를 길들이는 사부(師傅)가 기(紀)나라 군주의 명을 받고 원숭이를 훈련하여 원숭이가 마치 사람처럼 행동했지만, 원숭이는 기나라 군주가

....

【假人貌飾形(가인모식형)】: 사람의 모습을 빌려 분장하다. 〖假〗: 가탁하다, 빌다. 〖飾形〗: 몸을 꾸미다, 분장하다.
【因物則遷(인물칙천)】: 사물의 변고(變故)로 인해 본래의 모습이 드러나다. 〖遷〗: 바뀌다. 여기서는 「본래의 모습이 드러나다」의 뜻.
【爾(이)】: …일 뿐이다, …일 따름이다.

권하는 술을 받아 마신 후 갑자기 돌변하여 원숭이의 본성을 드러냈다.

이 우언은 겉으로 세속에 물들지 않고 순진한 척하면서 몰래 사람을 해치는 위선자의 진면목을 폭로한 것으로, 사람의 마음은 헤아릴 수 없기 때문에 인면수심(人面獸心)의 위선자에게 해를 입지 않도록 경계한 것이다.

004 정인애어(鄭人愛魚)

《宋濂全集·潛溪後集卷二·燕書》

원문 및 주석

鄭人愛魚[1]

鄭人有愛惜魚者, 計無從得魚, 或汕, 或涔, 或設餌笱之。[2] 列三盆庭中, 且實水焉, 得魚卽生之。魚新脫罔罟之苦, 憊甚, 浮白而噞喁。[3] 踰旦, 鬣尾始搖。鄭人掬而觀之曰:「鱗得無傷乎?」[4] 未幾,

1 鄭人愛魚 → 정(鄭)나라 사람이 물고기를 사랑하다
【鄭(정)】: [국명] 지금의 하남성 신정현(新鄭縣) 일대에 있던 주대(周代)의 제후국.

2 鄭人有愛惜魚者, 計無從得魚, 或汕, 或涔, 或設餌笱之。→ 물고기를 사랑하는 어느 정(鄭)나라 사람이, 여러 가지 방법을 생각해도 물고기를 얻지 못하자, 오구를 사용하기도 하고, 혹은 물웅덩이를 만들기도 하고, 혹은 어구(魚笱)에 미끼를 넣어 유인하는 방법으로 (물고기를) 잡았다.
【愛惜(애석)】: 아끼다, 소중히 여기다.
【計(계)】: 헤아리다, 생각하다.
【無從得魚(무종득어)】: 물고기를 잡을 곳이 없다. 〖無從〗: …할 길이 없다, …할 방법이 없다.
【汕(산)】: 오구. ※ 물고기를 잡는 어망(魚網)의 일종.
【涔(잠)】: 물웅덩이.
【設餌(설이)】: 미끼를 넣다.
【笱之(구지)】: 어구(魚笱)를 가지고 물고기를 잡다. 〖笱〗: 어구(魚笱), 대나무로 만든 어구(漁具). 여기서는 동사 용법으로 「어구(魚笱)를 가지고 잡다」의 뜻. 〖之〗: [대명사] 그것, 즉 「물고기」.

3 列三盆庭中, 且實水焉, 得魚卽生之。魚新脫罔罟之苦, 憊甚, 浮白而噞喁。→ 그리고 정원에 세 개의 큰 대야를 늘어놓고, 또 물을 가득 채운 다음, 물고기를 잡으면 곧 그것을 대야에 넣어 길렀다. 물고기는 방금 그물의 고통에서 벗어나, 몹시 지쳐서, 몸을 뒤집어 하얀 배를

糝䵂而食, 復掬而觀之曰:「腹將不厭乎?」[5] 人曰:「魚以江爲命, 今處一勺之水, 日玩弄之, 而曰:『我愛魚, 我愛魚。』魚不腐者寡矣!」[6]

물 위에 드러내고 입을 뻐끔거리며 공기를 들이마시고 있었다.
【列(열)】: 늘어놓다.
【盆(분)】: 대야.
【且(차)】: 또. ※ 판본에 따라서는 「且」자가 없다.
【實水(실수)】: 물을 채우다.
【生(생)】: 養(양), 기르다.
【新(신)】: 방금, 갓.
【脫罔罟之苦(탈망고지고)】: 그물의 고통에서 벗어나다.
【憊甚(비심)】: 매우 피로하다.
【浮白(부백)】: 몸을 뒤집어 하얀 배를 물 위로 드러내다.
【噞喁(엄우)】: 입을 뻐끔거리며 공기를 들이마시다.

4 踰旦, 鬣尾始搖。鄭人掬而觀之曰:「鱗得無傷乎?」→ 하루가 지나, 지느러미와 꼬리가 비로소 움직이기 시작했다. 정나라 사람은 두 손으로 (물고기를) 움켜 떠가지고 그것을 자세히 살펴보며 말했다:「물고기가 다친 데는 없는가?」
【踰旦(유단)】: 하루가 지나서. ※ 판본에 따라서는 「踰」를 「逾(유)」라 했다.
【鬣(렵)】: 지느러미.
【始(시)】: 비로소.
【搖(요)】: 흔들다, 움직이다.
【掬(국)】: 양손으로 움켜 뜨다.
【鱗(린)】: 비늘. 여기서는 「물고기」를 가리킨다.

5 未幾, 糝䵂而食, 復掬而觀之曰:「腹將不厭乎?」→ 잠시 후, 밥알과 밀기울을 먹이더니, 또 두 손으로 (물고기를) 움켜 떠가지고 그것을 자세히 살펴보며 말했다:「배가 부르지 않은가?」
【未幾(미기)】: 얼마 지나지 않아, 잠시 후, 조금 있다가.
【糝(삼)】: 밥알.
【䵂(적)】: 밀기울.
【食(사)】: 먹이다.
【復(부)】: 또, 다시.
【不厭(불염)】: 배가 부르지 않다. 〖厭〗: 飽(포), 배부르다.

6 人曰:「魚以江爲命, 今處一勺之水, 日玩弄之, 而曰:『我愛魚, 我愛魚。』魚不腐者寡矣!」→ 어떤 사람이 (그에게) 말했다:「물고기는 강물에 의존하여 살아가는데, 지금 한 국자의 좁은 물속에 두고, 날마다 가지고 놀면서, 『나는 물고기를 사랑한다, 나는 물고기를 사랑한다.』라고 말하면, (아마도) 죽지 않는 물고기가 드물 것이오.」
【以江爲命(이강위명)】: 강물을 목숨으로 삼다. 즉 「강물에 의존하여 살다」의 뜻. 〖以…

不聽, 未三日, 魚皆鱗敗以死。鄭人始悔不用或人之言。[7] 君子曰：「民猶魚也, 今之治民者, 皆鄭人也哉!」[8]

번역문

정(鄭)나라 사람이 물고기를 사랑하다

물고기를 사랑하는 어느 정(鄭)나라 사람이 여러 가지 방법을 생각해도 물고기를 얻지 못하자, 오구를 사용하기도 하고, 혹은 물웅덩이를 만들기도 하고, 혹은 어구(魚笱)에 미끼를 넣어 유인하는 방법으로 (물고기를) 잡았다. 그리고 정원에 세 개의 큰 대야를 늘어놓고 또 물을 가득 채운 다음, 물고기를 잡으면 곧 그것을 대야에 넣어 길렀다. 물고기는 방금 그물의 고통에서 벗어나 몹시 지쳐서, 몸을 뒤집어 하얀 배를 물 위로 드러내고 입을 뻐끔거리며 공기를 들이마시고 있었다. 하루가 지나 지느러미와 꼬리가

....

爲…】: …을 …으로 여기다, …을 …으로 삼다.
【處(처)】: 처하다. 여기서는 「두다, 놓다」의 뜻.
【一勺之水(일작지수)】: 한 국자의 좁은 물.
【玩弄(완롱)】: 가지고 놀다.
【腐(부)】: 썩다, 부패하다. 여기서는 「죽다」의 뜻.
【寡(과)】: 적다. 즉 「드물다」의 뜻.

7 不聽, 未三日, 魚皆鱗敗以死。鄭人始悔不用或人之言。→ (정나라 사람은) 권고를 듣지 않았고, 사흘이 되지 않아, 물고기는 모두 비늘이 벗겨져 죽어버렸다. 정나라 사람은 그제야 비로소 그 사람의 말을 믿고 따르지 않은 것을 후회했다.
【鱗敗以死(인패이사)】: 비늘이 떨어져 죽다.
【始(시)】: 비로소, 처음으로.
【悔(회)】: 후회하다.
【不用(불용)】: 채용하지 않다, 채택하지 않다. 즉 「믿고 따르지 않다」의 뜻.

8 君子曰: 「民猶魚也, 今之治民者, 皆鄭人也哉!」 → 군자(君子)가 말했다: 「백성은 마치 물고기와 같은 것인데, 지금의 통치자들은, 모두 정나라 사람과 똑같다.」
【猶(유)】: 마치 …과 같다.
【治民者(치민자)】: 통치자.

비로소 움직이기 시작했다. 정나라 사람은 두 손으로 (물고기를) 움켜 떠가지고 그것을 자세히 살펴보며 말했다.

「물고기가 다친 데는 없는가?」

잠시 후, 밥알과 밀기울을 먹이더니 또 두 손으로 (물고기를) 움켜 떠가지고 그것을 자세히 살펴보며 말했다.

「배가 부르지 않은가?」

어떤 사람이 (그에게) 말했다.

「물고기는 강물에 의존하여 살아가는데, 지금 한 국자의 좁은 물속에 두고 날마다 가지고 놀면서 『나는 물고기를 사랑한다, 나는 물고기를 사랑한다.』라고 말하면, (아마도) 죽지 않는 물고기가 드물 것이오.」

(정나라 사람은) 권고를 듣지 않았고, 사흘이 되지 않아 물고기는 모두 비늘이 벗겨져 죽어버렸다. 정나라 사람은 그제야 비로소 그 사람의 말을 믿고 따르지 않은 것을 후회했다.

군자(君子)가 말했다.

「백성은 마치 물고기와 같은 것인데, 지금의 통치자들은 모두 정나라 사람과 똑같다.」

해설

물고기를 사랑하는 정(鄭)나라 사람이 물고기를 잡아다가 좁은 대야에 넣어 기르면서, 물고기를 사랑한다는 마음에 날마다 두 손으로 움켜 떠가지고 이상 유무를 살펴보는 바람에 사흘을 넘기지 못하고 물고기들이 모두 비늘이 벗겨져 죽어버렸다. 물고기는 본래 강을 의존하여 살아가야 하는데, 정나라 사람처럼 대야에서 기르며 완상물로 삼는 것은 물고기를 사랑하는 것이 아니라 오히려 물고기를 해치는 것이다.

이 우언은 우매한 통치자들이 백성을 사랑한다는 미명하에 백성들을 농간하고 박해하는 통치계층의 죄행을 폭로하고 그들의 부패한 정책을 풍자하는 동시에, 매사를 처리함에 있어서 객관적 사실과 원칙을 중시하지 않으면 반드시 이에 상응하는 징벌이 가해진다는 것을 경고한 것이다.

005 차제구화(借梯救火)

《宋濂全集·潛溪後集卷二·燕書》

원문 및 주석

借梯救火[1]

<u>趙成陽堪</u>, 其宮火, 欲滅之, 無階可升, 使其子<u>朒</u>假於<u>奔水氏</u>。[2] <u>朒</u>

1 借梯救火 → 사다리를 빌려와 불을 끄려 하다
【借(차)】: 빌리다.
【梯(제)】: 사다리.
【救火(구화)】: 불을 끄다, 화재를 진압하다.

2 趙成陽堪, 其宮火, 欲滅之, 無階可升, 使其子朒假於奔水氏。→ 조(趙)나라 사람 성양감(成陽堪)은, 집에 불이 나서, 불을 끄려는데, 올라갈 사다리가 없어, 자기 아들 육(朒)에게 분수씨(奔水氏)한테 가서 빌려 오라고 시켰다.
【趙(조)】: [국명] 지금의 산서성 북부와 중부 및 하북성 서부와 남부 지역에 있던 주대(周代)의 제후국. 본래 진(晉)나라에 속했으나 B.C. 375년 조씨(趙氏)·한씨(韓氏)·위씨(魏氏)가 진(晉)의 영토를 삼분하여 각기 조(趙)·한(韓)·위(魏) 세 나라로 독립했다.
【成陽堪(성양감)】: [인명] 성은 성양(成陽), 이름은 감(堪).
【宮(궁)】: 집. ※ 진(秦) 이후에는 「황제의 궁궐」을 가리키는 말로 사용했다.
【火(화)】: [동사] 불이 나다.
【欲滅之(욕멸지)】: 불을 끄려고 하다. 〖欲〗: …하고자 하다, …하려고 하다. 〖滅〗: 끄다. 〖之〗: [대명사] 그것, 즉 「불」.
【無階可升(무계가승)】: 올라갈 수 있는 사다리가 없다. 〖階〗: 사다리, 사닥다리. 〖升〗: 오르다, 올라가다.
【使(사)】: …로 하여금 …하게 하다, …에게 …하라고 시키다.
【朒(육)】: [인명] 성양육.
【假於(가어)…】: …로부터 빌리다, …에게 빌리다.
【奔水氏(분수씨)】: [인명].

盛冠服，委蛇而往。既見奔水氏，三揖而後升堂，默坐西楹間。[3] 奔水氏命儐者設筵，薦脯醢觴朒。朒起執爵，啐酒，且酢主人。[4] 觴已，奔水氏曰：「夫子辱臨敝廬，必有命我者，敢問。」[5] 朒方白曰：「天降

....

3 朒盛冠服，委蛇而往。既見奔水氏，三揖而後升堂，默坐西楹間。→ 육은 성장(盛裝)을 하고, 태연한 모습으로 (분수씨 집에) 갔다. 분수씨를 만나고 나서, 세 번 읍(揖)을 한 후 대청으로 올라가, 아무 말 없이 서쪽 기둥 사이에 앉았다.
【盛冠服(성관복)】: 성장(盛裝)을 하다, 화려한 옷차림을 하다.
【委蛇(위이)】: 태연하다.
【既(기)】: …한 후, …하고 나서.
【揖(읍)】: 읍(揖)하다. ※ 두 손을 맞잡아 얼굴 앞으로 들어 올리고 허리를 앞으로 공손히 구부렸다가 펴면서 손을 내리는 중국인의 인사 방법.
【而後(이후)】: 이후, …한 후.
【堂(당)】: 대청.
【默坐(묵좌)】: 아무 말 없이 앉다, 묵묵히 앉다.
【楹(영)】: 기둥.

4 奔水氏命儐者設筵，薦脯醢觴朒。朒起執爵，啐酒，且酢主人。→ 분수씨가 손님 영접을 담당하는 사람에게 명하여 주연(酒宴)을 베풀고, 육에게 육포(肉脯)와 육장(肉醬)을 내놓으며 술을 권했다. 육이 일어나 술잔을 들고, 마신 다음, 또 주인에게 답례로 술을 권했다.
【儐者(빈자)】: 손님 영접을 담당하는 사람.
【設筵(설연)】: 주연(酒宴)을 베풀다.
【薦(천)】: 바치다, 올리다, 진상하다.
【脯(포)】: 육포(肉脯).
【醢(해)】: 육장(肉醬).
【觴(상)】: 술을 권하다.
【起執爵(기집작)】: 일어나서 술잔을 들다.
【啐(쵀)】: 飲(음), 마시다.
【且(차)】: 또.
【酢(초)】: (손님이 술잔을 받고 나서 주인에게) 답례로 술을 권하다.

5 觴已，奔水氏曰：「夫子辱臨敝廬，必有命我者，敢問。」→ 주연이 끝난 후, 분수씨가 말했다: 「선생께서 황송하게도 저의 집에 왕림하신 것은, 틀림없이 저에게 분부하실 일이 있을 터이니, 감히 여쭙니다.」
【觴已(상이)】: 주연이 끝난 후, 주연을 끝내고 나서. 〖已〗: 그치다, 끝나다.
【夫子(부자)】: [남자에 대한 경칭] 선생.
【辱臨(욕림)】: 황송하게도 …에 왕림하시다.
【敝廬(폐려)】: 저의 집. 〖敝〗: 저의. ※ 상대방에게 자기를 낮추어 하는 말.
【命(명)】: 명하다. 여기서는 「분부하다」의 뜻.

禍於我家, 欝攸是祟, 虐焰方熾, 欲緣高沃之, 肘弗加翼, 徒望宮而號。聞子有階可登, 盍乞我?」[6] 奔水氏頓足曰:「子何其迂也! 子何其迂也! 飯山逢彪, 必吐哺而逃;[7] 濯谿見鰐, 必棄履而走。宮火已

....

【敢問(감문)】: 감히 여쭈다.

6 朒方白曰:「天降禍於我家, 欝攸是祟, 虐焰方熾, 欲緣高沃之, 肘弗加翼, 徒望宮而號。聞子有階可登, 盍乞我?」→ 육이 비로소 말했다:「하늘이 저의 집에 재앙을 내려, 화재가 났는데, 지금 한창 불길이 세차게 타오르고 있습니다. 높이 올라가 물을 뿌리고자 해도, 팔에 날개를 달지 못해, 다만 집을 쳐다보며 울부짖고 있을 뿐입니다. 당신이 오를 수 있는 사다리를 갖고 있다는 말을 들었는데, 어째서 저에게 빌려주지 않습니까?」
【方(방)】: 비로소.
【白(백)】: 진술하다, 설명하다.
【降禍(강화)】: 재앙을 내리다.
【欝攸是祟(울유시수)】: 화재(火災)가 나다. 〖欝攸〗: 실화(失火)하다. 〖祟〗: 재앙.
【虐焰方熾(학염방치)】: 사나운 불길이 한창 치열하다. 〖虐焰〗: 사나운 불길. 〖方〗: 지금 한창, 바야흐로. 〖熾〗: 불길이 세차다, 왕성하다.
【欲(욕)】: …하고자 하다, …하려고 생각하다.
【緣高(연고)】: 높이 올라가다.
【沃(옥)】: 물을 뿌리다.
【肘弗加翼(주불가익)】: 팔에 날개를 달지 않다. 〖肘〗: 팔. 〖弗〗: 不(불). 〖加翼〗: 날개를 달다.
【徒(도)】: 다만.
【望(망)】: 쳐다보다.
【號(호)】: 소리를 지르다, 외치다. 여기서는「울부짖다」의 뜻.
【子(자)】: 너, 당신, 그대.
【盍(합)】: 何不(하불), 어찌 …하지 않는가?
【乞(걸)】: 빌려주다.

7 奔水氏頓足曰:「子何其迂也! 子何其迂也! 飯山逢彪, 必吐哺而逃; → 분수씨가 발을 구르며 말했다:「당신은 어찌 그렇게 세상물정에 어둡소! 당신은 어찌 그렇게 세상물정에 어둡소! 산에서 밥을 먹다가 호랑이를 만나면, 반드시 먹던 음식을 뱉고 달아나야 하고;
【頓足(돈족)】: 발을 구르다.
【何其(하기)】: 어찌 그렇게, 얼마나.
【迂(우)】: 세상물정에 어둡다.
【飯山逢彪(반산봉표)】: 산에서 밥을 먹다가 호랑이를 만나다. 〖飯山〗: 산에서 밥을 먹다. 〖逢〗: 만나다. 〖彪〗: 작은 호랑이.
【吐哺(토포)】: 먹던 음식물을 내뱉다. 입안에 있는 음식을 뱉어버리다.
【逃(도)】: 달아나다.

焰, 乃子揖讓時耶?」急舁階從之, 至則宮已燼矣。[8]

번역문

사다리를 빌려와 불을 끄려 하다

조(趙)나라 사람 성양감(成陽堪)은 집에 불이 나서 불을 끄려는데 올라갈 사다리가 없어, 자기 아들 육(朒)에게 분수씨(奔水氏)한테 가서 빌려 오라고 시켰다. 육은 성장(盛裝)을 하고 태연한 모습으로 (분수씨 집에) 갔다. 분수씨를 만나고 나서 세 번 읍(揖)을 한 후 대청으로 올라가 아무 말 없이 서쪽 기둥 사이에 앉았다. 분수씨가 손님 영접을 담당하는 사람에게 명하여 주연(酒宴)을 베풀고, 육에게 육포(肉脯)와 육장(肉醬)을 내놓으며 술을 권했다. 육이 일어나 술잔을 들고 마신 다음, 또 주인에게 답례로 술을 권했다. 주연이 끝난 후 분수씨가 말했다.

「선생께서 황송하게도 저의 집에 왕림하신 것은 틀림없이 저에게 분부하실 일이 있을 터이니 감히 여쭙니다.」

육이 비로소 말했다.

「하늘이 저의 집에 재앙을 내려 화재가 났는데, 지금 한창 불길이 세차

....

8 濯谿見鰐, 必棄履而走。宮火已焰, 乃子揖讓時耶?」急舁階從之, 至則宮已燼矣。→ 개천에서 발을 씻다가 악어를 보면, 반드시 신발을 버리고 달아나야 합니다. 집에 불이 나서 이미 불꽃이 타오르는데, 당신이 지금 읍(揖)하며 겸양(謙讓)할 때입니까?」(분수씨가) 황급히 사다리를 들고 육을 따라갔는데, 도착해 보니 집은 이미 잿더미로 변했다.
【濯谿(탁계)】: 개천에서 발을 씻다.
【鰐(악)】: 악어.
【棄履(기리)】: 신발을 버리다. 〖履〗: 신발.
【乃(내)】: …이다.
【揖讓(읍양)】: 읍(揖)하며 사양하다.
【舁(여)】: 들다.
【燼(신)】: 재, 잿더미. 여기서는 동사 용법으로 「잿더미로 변하다」의 뜻.

게 타오르고 있습니다. 높이 올라가 물을 뿌리고자 해도 팔에 날개를 달지 못해, 다만 집을 쳐다보며 울부짖고 있을 뿐입니다. 당신이 오를 수 있는 사다리를 갖고 있다는 말을 들었는데 어째서 저에게 빌려주지 않습니까?」

분수씨가 발을 구르며 말했다.

「당신은 어찌 그렇게 세상물정에 어둡소! 당신은 어찌 그렇게 세상물정에 어둡소! 산에서 밥을 먹다가 호랑이를 만나면 반드시 먹던 음식을 뱉고 달아나야 하고, 개천에서 발을 씻다가 악어를 보면 반드시 신발을 버리고 달아나야 합니다. 집에 불이 나서 이미 불꽃이 타오르는데, 당신이 지금 읍(揖)하며 겸양(謙讓)할 때입니까?」

(분수씨가) 황급히 사다리를 들고 육을 따라갔는데, 도착해 보니 집은 이미 잿더미로 변했다.

해설

조(趙)나라 사람 성양감(成陽堪)의 아들 성양육(成陽朒)은 집에 화재가 나서 아버지의 지시에 따라 분수씨(奔水氏)에게 사다리를 빌리러 가는데, 예의를 갖추어 성장(盛裝)을 하고 가서 성찬(盛饌)을 대접 받고 느긋하게 술까지 마시며 일언반구(一言半句) 용건을 말하지 않고 있다가, 성찬이 끝난 후 분수씨가 방문한 까닭을 묻자 그제야 비로소 차분하게 자초지종(自初至終)을 설명했다. 분수씨가 사다리를 들고 허겁지겁 달려갔을 때는 집이 이미 잿더미로 변한 뒤였다.

화재가 나면 모든 방법을 강구하여 최대한 빨리 불을 끄는 것이 가장 요긴한 일이라는 것은 삼척동자도 아는 기본 상식이다. 그러나 세상물정에 어두운 선비들은 오로지 봉건예교(封建禮敎)의 속박을 받아 글을 읽으면 읽을수록 우둔해져 생활에서 필요한 최소한의 상식조차 깨닫지 못한다.

이 우언은 실용성이 없이 덮어놓고 글만 읽어 세상물정에 어두운 당시 사회의 고지식한 유가(儒家) 선비들을 풍자한 것이다.

006 속씨이성(束氏狸狌)

《宋濂全集·龍門子凝道記·卷之中·秋風樞》

원문 및 주석

束氏狸狌[1]

衛人束氏, 擧世之物咸無所好, 惟好畜狸狌。狸狌, 捕鼠獸也。[2] 畜至百餘, 家東西之鼠捕且盡。狸狌無所食, 饑而嘷, 束氏日市肉啖之。[3] 狸狌生子若孫, 以啖肉故, 竟不知世之有鼠;[4] 但饑輒嘷, 嘷

1 束氏狸狌 → 속씨(束氏)가 기르는 살쾡이
【狸狌(이성)】: 삵, 살쾡이.

2 衛人束氏, 擧世之物咸無所好, 惟好畜狸狌。狸狌, 捕鼠獸也。→ 위(衛)나라 사람 속씨(束氏)는, 온 세상의 물건들을 모두 다 좋아하지 않고, 오직 살쾡이를 기르기는 것만 좋아했다. 살쾡이는 쥐를 잘 잡는 짐승이다.
【衛(위)】: [국명] 지금의 하북성 남부와 하남성 북부 일대에 있던 주대(周代)의 제후국.
【擧世(거세)】: 온 세상.
【咸(함)】: 다, 모두.
【無所好(무소호)】: 좋아하는 것이 없다. 〖好〗: [동사] 좋아하다.
【惟(유)】: 오직, 다만.
【捕(포)】: 잡다, 포획하다.

3 畜至百餘, 家東西之鼠捕且盡。狸狌無所食, 饑而嘷, 束氏日市肉啖之。→ 기르는 살쾡이가 백여 마리에 달했는데, 집 주변의 쥐들을 남김없이 다 잡아먹었다. 살쾡이들은 먹을 것이 없어, 배가 고파 울부짖었다. (그리하여) 속씨는 날마다 고기를 사다가 살쾡이들에게 먹였다.
【至(지)】: 달하다, 이르다.
【家東西(가동서)】: 집 주위, 집 주변.
【捕且盡(포차진)】: 모두 다 잡다, 남김없이 다 잡아버리다.

輒得肉食, 食已, 與與如也, 熙熙如也。[5] 南郭有士病鼠, 鼠羣行有墮甕者, 急從束氏假狸狌以去。[6] 狸狌見鼠雙耳聳, 眼突露如漆, 赤鬣, 又磔磔然, 意爲異物也。[7] 沿甕行不敢下。士怒, 推入之。狸狌怖甚,

....

【無所食(무소식)】: 먹을 것이 없다.
【饑而嗥(기이호)】: 배가 고파 울부짖다. 〖饑〗: 배고프다, 굶주리다. 〖嗥〗: 울부짖다.
【市肉啖之(시육담지)】: 고기를 사다가 고양이들에게 먹이다. 〖市〗: 買(매), 사다. 〖啖〗: 먹이다.

4 狸狌生子若孫, 以啖肉故, 竟不知世之有鼠; → 살쾡이가 낳은 자식과 손자들은, 항상 고기를 먹여 길렀기 때문에, 끝내 세상에 쥐가 있다는 것을 알지 못했다.
【子若孫(자약손)】: 자식과 손자. 즉 「자손」. 〖若〗: 與(여), …과(와).
【以(이)…故(고)】: …한 까닭에, …으로 인해, …때문에.
【竟(경)】: 끝내.

5 但饑輒嗥, 嗥輒得肉食, 食已, 與與如也, 熙熙如也。→ 다만 배가 고프면 곧 울부짖고, 울부짖으면 곧 먹을 고기를 얻었으며, 다 먹고 나서는, 편안하고, 즐겁게 지냈다.
【但(단)】: 단지, 다만.
【輒(첩)】: 곧, 바로. ※ 판본에 따라서는 「輒」을 「則(즉)」이라 했다.
【食(식)】: [동사] 먹다.
【已(이)】: 그치다, 끝나다.
【與與如(여여여)】: 편안한 모양.
【熙熙如(희희여)】: 즐거운 모양.

6 南郭有士病鼠, 鼠羣行有墮甕者, 急從束氏假狸狌以去。→ 남성(南城) 밖에 사는 어느 선비는 쥐를 몹시 싫어하여, 쥐떼가 지나가다가 항아리 속으로 떨어지자, 황급히 속씨한테서 고양이 한 마리를 빌려갔다.
【南郭(남곽)】: 남성(南城). ※ 성(城)을 겹으로 쌓았을 때 안쪽 내성을 성(城), 바깥쪽 외성을 곽(郭)이라 하고, 이를 통틀어 「성곽」이라 한다.
【病(병)】: 몹시 싫어하다.
【墮(타)】: 떨어지다, 추락하다.
【甕(옹)】: 독, 항아리.
【從(종)】: …로부터, …한테서.

7 狸狌見鼠雙耳聳, 眼突露如漆, 赤鬣, 又磔磔然, 意爲異物也。→ 살쾡이는 쥐의 두 귀가 쫑긋하고, 돌출한 눈이 마치 칠흑과 같고, (입가에) 붉은 수염이 자라고, 또 찍찍 소리를 내는 것을 보자, 괴이한 동물이라 여겼다.
【聳(용)】: 두 귀가 쫑긋하다. 〖聳〗: 쫑긋하다, 쫑긋 세우다.
【突露(돌로)】: 돌출하다, 볼록 튀어나오다.
【如漆(여칠)】: 마치 칠흑과 같다.

對之大嘷。[8] 久之, 鼠度其無他技, 齧其足, 狸狌奮擲而出。[9] 噫! 武士世享重祿, 遇盜輒竄者, 其亦狸狌哉![10]

번역문

속씨(束氏)가 기르는 살쾡이

위(衛)나라 사람 속씨(束氏)는 온 세상의 물건들을 모두 다 좋아하지 않

【鬣(렵)】: 수염.
【磔磔然(책책연)】: [의성어] 찍찍거리다, 찍찍 소리를 내다.
【意爲異物(의위이물)】: 괴이한 동물이라고 여기다. 〖意〗: 여기다, 생각하다.

8 沿甕行不敢下。士怒, 推入之。狸狌怖甚, 對之大嘷。→ (살쾡이는) 항아리 주변을 따라 서성대며 감히 (항아리 안으로) 내려가지 못했다. 선비는 화가 나서, 살쾡이를 (항아리 안으로) 밀어 넣었다. 살쾡이는 매우 두려워하며, 쥐를 대하고 큰 소리로 울부짖었다.
【沿甕行(연옹행)】: 항아리 가장자리를 따라 서성대다. 〖沿〗: …을 따라. ※ 판본에 따라서는 「甕」을 「鼠(서)」라 했다.
【推入(추입)】: 밀어 넣다.
【怖甚(포심)】: 매우 두려워하다.
【對之大嘷(대지대호)】: 쥐를 향해 큰 소리로 울부짖다. 〖對〗: 향하다, 대하다. 〖之〗: [대명사] 그것, 즉 「쥐」.

9 久之, 鼠度其無他技, 齧其足, 狸狌奮擲而出。→ 한참 지난 후, 쥐는 살쾡이가 별다른 기량(技倆)을 지니지 못한 것을 간파하고, 살쾡이의 다리를 깨물었다. 살쾡이는 깜짝 놀라 펄쩍 뛰어 항아리 밖으로 나와 달아났다.
【久之(구지)】: 한참, 오래.
【度(탁)】: 헤아리다, 짐작하다. 여기서는 「간파하다, 알아차리다」의 뜻.
【他技(타기)】: 다른 기량, 특별한 재능.
【齧(설)】: 물다, 깨물다.
【奮擲而出(분척이출)】: 펄쩍 뛰어올라 달아나다. 〖奮擲〗: 펄쩍 뛰어오르다.

10 噫! 武士世享重祿, 遇盜輒竄者, 其亦狸狌哉! → 아! 대대로 후한 봉록(俸祿)을 누리는 무사(武士)가, 도둑을 만나 곧 달아난다면, 그들 또한 속씨집의 살쾡이와 다를 바 없다.
【噫(희)】: [감탄사] 아!
【世享重祿(세향중록)】: 대대로 후한 봉록을 누리다.
【遇盜輒竄(우도첩찬)】: 도둑을 만나자마자 곧 달아나다. 〖遇〗: 만나다. 〖竄〗: 달아나다, 도망하다.

고 오직 살쾡이를 기르기는 것만 좋아했다. 살쾡이는 쥐를 잘 잡는 짐승이다. 기르는 살쾡이가 백여 마리에 달했는데, 집 주변의 쥐들을 남김없이 다 잡아먹었다. 살쾡이들은 먹을 것이 없어 배가 고파 울부짖었다. (그리하여) 속씨는 날마다 고기를 사다가 살쾡이들에게 먹였다. 살쾡이가 낳은 자식과 손자들은 항상 고기를 먹여 길렀기 때문에, 끝내 세상에 쥐가 있다는 것을 알지 못했다. 다만 배가 고프면 곧 울부짖고, 울부짖으면 곧 먹을 고기를 얻었으며, 다 먹고 나서는 편안하고 즐겁게 지냈다.

남성(南城) 밖에 사는 어느 선비는 쥐를 몹시 싫어하여, 쥐떼가 지나가다가 항아리 속으로 떨어지자 황급히 속씨한테서 고양이 한 마리를 빌려갔다. 살쾡이는 쥐의 두 귀가 쫑긋하고, 돌출한 눈이 마치 칠흑과 같고, (입가에) 붉은 수염이 자라고, 또 찍찍 소리를 내는 것을 보자 괴이한 동물이라 여겼다. (살쾡이는) 항아리 주변을 따라 서성대며 감히 (항아리 안으로) 내려가지 못했다. 선비는 화가 나서 살쾡이를 (항아리 안으로) 밀어 넣었다. 살쾡이는 매우 두려워하며 쥐를 대하고 큰 소리로 울부짖었다. 한참 지난 후, 쥐는 살쾡이가 별다른 기량(技倆)을 지니지 못한 것을 간파하고 살쾡이의 다리를 깨물었다. 살쾡이는 깜짝 놀라 펄쩍 뛰어 항아리 밖으로 나와 달아났다.

아! 대대로 후한 봉록(俸祿)을 누리는 무사(武士)가 도둑을 만나 곧 달아난다면, 그들 또한 속씨집의 살쾡이와 다를 바 없다.

해설

본래 쥐를 잡아야 하는 살쾡이가 고기를 먹고 사육됨으로 인해 쥐의 존재를 인식하지 못하고 쥐를 두려워하다가, 오히려 살쾡이의 진면목을 간파한 쥐에게 물리고 놀라 달아났다. 이는 살쾡이 주인이 살쾡이의 습성을 바꿔놓아 쥐를 잡는 기능을 말살했기 때문이다.

이 우언은 작자가 고사의 말미에서 「대대로 후한 봉록을 누리면서 도둑을 만나 달아나는 무사」를 고기를 먹여 사육된 살쾡이의 변모한 모습에 비유했듯이, 살쾡이 주인을 봉건 왕조에 비유하고 살쾡이를 관료들에 비유하여, 봉건사회에서 조정(朝廷)의 비호(庇護) 하에 높은 지위와 부유한 생활을 누리며 책임감과 능력을 상실한 봉건 관료들의 부패한 현상을 풍자한 것이다.

007 진인호리(晉人好利)

《宋濂全集 · 龍門子凝道記 · 卷之中 · 秋風樞》

원문 및 주석

晉人好利[1]

晉人有好利者, 入市區焉, 遇物卽攫之, 曰:「此吾可羞也, 此吾可服也, 此吾可資也, 此吾可器也!」 攫已卽去。[2] 市伯隨而索其値,

....

1 晉人好利 → 진(晉)나라 사람이 이익을 탐하다

【晉(진)】: [국명] 지금의 산서성 일대에 있던 주대(周代)의 제후국. B.C. 375년 조씨(趙氏) · 한씨(韓氏) · 위씨(魏氏)가 진(晉)의 영토를 삼분하여 각기 조(趙) · 한(韓) · 위(魏) 세 나라로 독립했다.

【好利(호리)】: 이익을 탐하다.

2 晉人有好利者, 入市區焉, 遇物卽攫之, 曰:「此吾可羞也, 此吾可服也, 此吾可資也, 此吾可器也!」 攫已卽去。 → 몹시 이익을 탐하는 어느 진(晉)나라 사람이, 시장에 가서, 물건을 보는 대로 곧 낚아채며 말하길:「이것은 내가 먹을 수 있고, 이것은 내가 입을 수 있고, 이것은 내가 비용으로 삼을 수 있고, 이것은 내가 기물로 사용할 수 있다.」라고 하더니, 물건을 빼앗아 가지고 즉시 달아났다.

【市區(시구)】: 시장.

【遇物卽攫(우물즉확)】: 물건을 보고 즉시 낚아채다. 【攫】: 빼앗다, 가로채다, 낚아채다.

【羞(수)】: 맛있는 음식. 여기서는 동사 용법으로 「맛있게 먹다」의 뜻.

【服(복)】: [동사] (옷을) 입다.

【資(자)】: 쓰다, 사용하다.

【器(기)】: 기물. 여기서는 동사 용법으로 「기물로 사용하다」의 뜻.

【已(이)】: 끝내다, 완료하다.

【去(거)】: 달아나다.

晉人曰:「吾利火熾時, 雙目暈熱, 四海之物皆若己所固有, 不知爲爾物也。[3] 爾幸與我, 我若富貴當爾償。」市伯怒鞭之, 奪其物以去。[4] 傍有哂之者, 晉人戟手罵曰:「世人好利甚於我, 往往百計而陰奪之。[5] 吾猶取之白晝, 豈不又賢於彼哉? 何哂之有!」[6]

....

3 市伯隨而索其值, 晉人曰:「吾利火熾時, 雙目暈熱, 四海之物皆若己所固有, 不知爲爾物也。→ 시장을 관리(管理)하는 관리(官吏)가 그를 좇아가 물건 값을 요구하자, 진나라 사람이 말했다:「내가 이욕(利欲)이 왕성하게 일 때는, 두 눈이 어지럽고 열이 나며, 세상 물건 모두가 마치 내가 본래 소유하고 있는 것 같아, 당신의 물건이라는 것을 알지 못합니다.
【市伯(시백)】: 시장을 관리(管理)하는 관리(官吏).
【隨(수)】: 따라 가다, 좇다.
【索其值(색기치)】: 그 물건의 값을 내라고 요구하다. 〖索〗: 요구하다, 달라고 하다. 〖值〗: (물건의) 값, 가격.
【火熾(화치)】: 왕성하다.
【暈熱(훈열)】: 어지럽고 열이 나다.
【四海(사해)】: 세상, 천하.
【若(약)】: 마치 …과 같다.
【己所固有(기소고유)】: 자기가 본래 소유하다.
【不知爲爾物(부지위이물)】: 당신의 물건이라는 것을 모르다. 〖爾〗: 너, 당신.

4 爾幸與我, 我若富貴當爾償。」市伯怒鞭之, 奪其物以去。→ 다행히 당신이 (이 물건들을) 나에게 주어, 만일 내가 부자가 된다면 반드시 당신에게 상환(償還)할 것입니다.」 관리가 화가 나서 그를 채찍으로 때리고, 그 물건을 빼앗아 가지고 가버렸다.
【與(여)】: 주다.
【若(약)】: 만일, 만약.
【富貴(부귀)】: [동사 용법] 부유해지다, 부자가 되다.
【當(당)】: 당연히, 반드시.
【鞭(편)】: 채찍으로 치다.

5 傍有哂之者, 晉人戟手罵曰:「世人好利甚於我, 往往百計而陰奪之。→ 옆에 있던 어떤 사람이 진나라 사람을 비웃자, 진나라 사람이 손을 뻗어 식지(食指)로 그를 가리키며 욕을 했다:「세상 사람들은 이익을 탐하는 정도가 나보다 훨씬 심해서, 항상 온갖 수단을 다해 몰래 재물을 빼앗아 가고 있소.
【傍(방)】: 옆.
【哂(신)】: 비웃다.
【戟手(극수)】: 손을 뻗어 식지(食指)로 상대방을 향해 가리키다. 〖戟〗: 창. ※ 손가락으로 상대방을 가리키는 형상이 마치 창 모양과 같기 때문에 극수(戟手)라 한 것이다.
【罵(매)】: 욕하다.

번역문

진(晉)나라 사람이 이익을 탐하다

몹시 이익을 탐하는 어느 진(晉)나라 사람이 시장에 가서 물건을 보는 대로 곧 낚아채며 말하길 「이것은 내가 먹을 수 있고, 이것은 내가 입을 수 있고, 이것은 내가 비용으로 삼을 수 있고, 이것은 내가 기물로 사용할 수 있다.」라고 하더니, 물건을 빼앗아 가지고 즉시 달아났다.

시장을 관리(管理)하는 관리(官吏)가 그를 쫓아가 물건 값을 요구하자, 진나라 사람이 말했다.

「내가 이욕(利欲)이 왕성하게 일 때는, 두 눈이 어지럽고 열이 나며 세상 물건 모두가 마치 내가 본래 소유하고 있는 것 같아, 당신의 물건이라는 것을 알지 못합니다. 다행히 당신이 (이 물건들을) 나에게 주어 만일 내가 부자가 된다면 반드시 당신에게 상환(償還)할 것입니다.」

관리가 화가 나서 그를 채찍으로 때리고 그 물건을 빼앗아 가지고 가버렸다. 옆에 있던 어떤 사람이 진나라 사람을 비웃자, 진나라 사람이 손을 뻗어 식지(食指)로 그를 가리키며 욕을 했다.

....

【甚於(심어)…】: …보다 심하다.
【往往(왕왕)】: 흔히, 늘, 항상.
【百計(백계)】: 온갖 수단.
【陰奪(음탈)】: 몰래 빼앗다.

6 吾猶取之白晝, 豈不又賢於彼哉? 何哂之有!」 → 그러나 나는 다만 대낮에 (공개적으로) 취하는 것이니, 어찌 또 그들보다 낫지 않겠소? 뭐 그리 비웃을 일이 있소?」
【猶(유)】: 다만.
【取之白晝(취지백주)】: 대낮에 물건을 탈취하다.
【豈不又賢於彼哉(기불우현어피재)?】: 어찌 그들보다 더 낫지 않겠소? 【豈不…哉?】: 어찌 …이 아닌가? 【賢】: 낫다. 【於】: [개사] …보다, …에 비해. 【彼】: 그들, 저들. 즉 「이익을 탐하는 세상 사람들」.
【何哂之有(하신지유)】: 뭐 그리 비웃을 일이 있는가? 무슨 비웃을 일이 있는가?

「세상 사람들은 이익을 탐하는 정도가 나보다 훨씬 심해서, 항상 온갖 수단을 다해 몰래 재물을 빼앗아 가고 있소. 그러나 나는 다만 대낮에 (공개적으로) 취하는 것이니, 어찌 또 그들보다 낫지 않겠소? 뭐 그리 비웃을 일이 있소?」

해설

이익을 탐하는 진(晉)나라 사람이 대낮에 남의 물건을 빼앗아 달아나, 시장을 관리하는 관리(官吏)가 뒤를 쫓아가 물건 값을 요구하자, 진나라 사람은 「자기의 탐욕스런 마음이 왕성하게 일 때는 두 눈이 어지럽고 열이 나며, 세상의 물건 모두가 마치 나 자신이 본래 소유하고 있는 것 같아 당신의 물건이라는 것을 알지 못한다.」고 영문 모를 이유를 대며, 지금 이 물건을 자기에게 주면 장차 자신이 부자가 되어 반드시 상환하겠다고 했다. 관리가 화가 나서 진나라 사람을 채찍으로 때리고 물건을 압수해 갔다.

이때 이러한 광경을 옆에서 지켜보던 어떤 사람이 진나라 사람을 비웃자, 진나라 사람은 또 그에게 욕을 하며, 세상 사람들은 자기보다 훨씬 심해서 온갖 수단을 다해 몰래 재물을 빼앗아 가지만 자기는 다만 대낮에 공개적으로 가져가는 것이니 그들보다 훨씬 낫다고 항변했다.

이 우언은 진(晉)나라 사람의 황당한 행위를 통해, 공공연히 백성을 속이고 약탈하는 봉건사회의 추악한 실상을 폭로하는 동시에, 온갖 음모와 간사한 속임수로 몰래 명리(名利)를 갈취(喝取)하는 간악한 무리들의 몰염치한 행위를 풍자한 것이다.

008 완고장주(剜股藏珠)

《宋濂全集 · 龍門子凝道記 · 卷之中 · 秋風樞》

원문 및 주석

剜股藏珠[1]

海中有寶山焉, 衆寶錯落其間, 白光煜如也。[2] 海夫有得徑寸珠者, 舟載以還, 行未百里, 風濤洶簸, 蛟龍出沒可怖。[3] 舟子告曰 :

....

1 剜股藏珠 → 허벅지를 후벼 파서 구슬을 숨기다
【剜(완)】: (칼 따위로) 후벼 파다, 도려내다.
【股(고)】: 넓적다리.
【藏珠(장주)】: 구슬을 감추다. 〖藏〗: 감추다, 숨기다.

2 海中有寶山焉, 衆寶錯落其間, 白光煜如也。→ 바다에 보물산(寶物山)이 있는데, 많은 보물들이 그곳에 뒤섞여 흩어져 있어, 하얀 광채가 여기저기서 반짝거렸다.
【寶山(보산)】: 보물산.
【錯落(착락)】: 어수선하게 흩어지다.
【煜如(욱여)】: 빛이 반짝이는 모양. ※ 판본에 따라서는 「煜」을 「爗(엽)」이라 했다.

3 海夫有得徑寸珠者, 舟載以還, 行未百里, 風濤洶簸, 蛟龍出沒可怖。→ 어느 해부(海夫)가 직경이 한 치 되는 구슬을 채취하여, 배에 싣고 돌아오다가, 아직 백 리를 가기도 전에, 풍랑이 세차게 일고, 교룡이 출몰하여 매우 두려웠다.
【海夫(해부)】: 바다에서 보물을 채취하는 사람.
【徑寸(경촌)】: 직경 한 치. 〖徑〗: 직경, 지름.
【舟載以還(주재이환)】: 배에 싣고 돌아오다. 〖載〗: 싣다, 적재하다. 〖還〗: 돌아오다.
【風濤(풍도)】: 풍랑, 바람과 파도.
【洶簸(흉파)】: 세차게 일다.
【蛟龍(교룡)】: 교룡. ※ 풍파를 일으키고 홍수를 나게 한다는 전설상의 용.
【可怖(가포)】: 무섭다, 두렵다.

「龍欲得珠也, 急沉之, 否則連我矣!」[4] 海夫欲棄不可, 不棄又勢迫, 因剜股藏之, 海波遂平。至家出珠, 股肉潰而卒。[5]

번역문

허벅지를 후벼 파서 구슬을 숨기다

바다에 보물산(寶物山)이 있는데 많은 보물들이 그곳에 뒤섞여 흩어져 있어 하얀 광채가 여기저기서 반짝거렸다. 어느 해부(海夫)가 직경이 한 치 되는 구슬을 채취하여 배에 싣고 돌아오다가, 아직 백 리를 가기도 전에 풍

---

4 舟子告曰 : 「龍欲得珠也, 急沉之, 否則連我矣!」 → 뱃사공이 말했다 : 「교룡이 구슬을 얻고 싶어 하니, 빨리 그것을 물속에 던져버려야 합니다. 그렇지 않으면 나한테까지 화가 미칩니다.」
【舟子(주자)】: 사공, 뱃사공.
【欲(욕)】: …하고자 하다, …하려고 생각하다.
【急(급)】: 급히, 빨리, 서둘러.
【沉(침)】: 가라앉다, 잠기다. 여기서는 「물속에 던지다」의 뜻.
【之(지)】: [대명사] 그것, 즉 「구슬」.
【否則(부즉)】: 그렇지 않으면.
【連我(연아)】: 나에게 연루되다. 즉 「나에게까지 화가 미치다」의 뜻.

5 海夫欲棄不可, 不棄又勢迫, 因剜股藏之, 海波遂平。至家出珠, 股肉潰而卒。→ 해부는 구슬을 버리자니 차마 버릴 수 없고, 안 버리자니 또 형세가 매우 급박했다. 그리하여 자기 허벅지를 (칼로) 후벼 파서 그것을 숨기자, 파도가 곧 잔잔해졌다. 그는 집에 도착하여 구슬을 꺼냈으나, 허벅지 살이 썩어 문드러져 죽고 말았다.
【欲棄不可(욕기불가)】: 버리고자 해도 버릴 수 없다. 〖欲〗: …하고자 하다, …하려고 생각하다.
【勢迫(세박)】: 형세가 급박하다.
【因(인)】: 그리하여.
【遂(수)】: 곧, 바로, 즉시.
【平(평)】: 잔잔해지다.
【至家出珠(지가출주)】: 집에 와서 구슬을 꺼내다. 〖至〗: 도착하다, 오다. 〖出〗: 꺼내다.
【潰(궤)】: 썩어 문드러지다.
【卒(졸)】: 죽다, 사망하다.

랑이 세차게 일고 교룡이 출몰하여 매우 두려웠다.

뱃사공이 말했다.

「교룡이 구슬을 얻고 싶어 하니 빨리 그것을 물속에 던져버려야 합니다. 그렇지 않으면 나한테까지 화가 미칩니다.」

해부는 구슬을 버리자니 차마 버릴 수 없고, 안 버리자니 또 형세가 매우 급박했다. 그리하여 자기 허벅지를 (칼로) 후벼 파서 그것을 숨기자 파도가 곧 잔잔해졌다. 그는 집에 도착하여 구슬을 꺼냈으나 허벅지 살이 썩어 문드러져 죽고 말았다.

해설

세상 천지에 가장 소중한 것은 재물이 아니고 자기의 몸이다. 해부(海夫)는 구슬을 소중히 여기다가 자기의 목숨을 잃는 우(愚)를 범했다. 목숨이 존재하지 않으면 구슬이 아무리 많은들 무슨 소용이 있는가?

이 우언은 구슬을 소유하려다 목숨을 잃은 해부의 행위를 통해, 탐욕에 눈이 어두워 사리를 분간하지 못하고 자신을 사경(死境)으로 몰아가는 무지몽매(無知蒙昧)한 사람의 어리석은 행위를 비난하고 경계한 것이다.

009 무가지보(無價之寶)

《宋濂全集 · 龍子凝道記 · 卷之中 · 先王樞》

원문 및 주석

無價之寶[1]

西域賈胡有持寶來售, 名曰瓓者, 其色正赤如朱櫻, 長寸者, 直踰數十萬。[2] 龍門子問曰 : 「瓓可樂饑乎?」 曰 : 「否。」 「可已疾乎?」 曰 :「否。」[3] 「能逐厲乎?」 曰 : 「否。」 「能使人孝弟乎?」 曰 : 「否。」[4] 曰

---

1 無價之寶 → 무가지보(無價之寶)
【無價之寶(무가지보)】: 값을 매길 수 없을 만큼 귀중한 보물.

2 西域賈胡有持寶來售, 名曰瓓者, 其色正赤如朱櫻, 長寸者, 直踰數十萬。 → 서역(西域)의 호족(胡族) 상인이 보물을 가지고 팔러 왔다. 난(瓓)이라고 하는 보옥(寶玉)으로 색깔은 꼭 붉은 앵두와 같고, 길이는 한 치나 되며, 값은 수십만을 넘었다.
【西域(서역)】: [지명] 한나라 때 지금의 옥문관(玉門關) 서쪽 신강성(新疆省)과 중앙아시아를 포함한 지역.
【賈胡(고호)】: 호족(胡族) 상인. 【賈】: 상인, 장사꾼.
【持寶來售(지보래수)】: 보물을 가지고 와서 팔다. 【持】: 가지다, 지참하다. 【售】: 팔다.
【瓓(란)】: 난옥(瓓玉). 옥(玉)의 일종으로 광채가 눈부시다.
【正(정)】: 꼭, 딱, 바로.
【赤如朱櫻(적여주앵)】: 붉기가 마치 붉은 빛깔의 앵두와 같다. 【如】: 마치 …같다. 【櫻】: 앵두.
【長寸(장촌)】: 길이가 한 치 되는, 한 치 길이의.
【直(치)】: 値(치), 값, 가치.
【踰(유)】: 초과하다, 넘다.

3 龍門子問曰 : 「瓓可樂饑乎?」 曰 : 「否。」「可已疾乎?」 曰 : 「否。」 → 용문자(龍門子)가 물었다 :

:「旣無用如是, 而價踰數十萬, 何也?」曰:「以其險遠, 而獲之艱深也。」[5] 龍門子笑而去, 謂弟子鄭淵曰:「古人有云:『黃金雖重寶, 生服之則死, 粉之入目則眯。』[6] 寶之不涉於吾身者尙矣, 吾身有至寶

……………

「난으로 굶주린 배를 채울 수 있습니까?」 상인이 대답했다:「아니오.」(용문자가 물었다):「질병을 치료할 수 있습니까?」(상인이) 대답했다:「아니오.」

【樂饑(낙기)】: 굶주린 배를 즐겁게 하다. 즉「허기를 채우다, 굶주린 배를 채우다」의 뜻.

【已疾(이질)】: 질병을 멎게 하다. 즉「질병을 치료하다」의 뜻. 〖已〗: 그치다, 멎다, 멈추다.

4「能逐厲乎?」曰:「否。」「能使人孝弟乎?」曰:「否。」→ (용문자가 물었다):「역병(疫病)을 몰아낼 수 있습니까?」(상인이) 대답했다:「아니오.」(용문자가 물었다):「사람으로 하여금 부모에게 효도하고 형제간에 우애롭게 할 수 있습니까?」(상인이) 대답했다:「아니오.」

【逐厲(축려)】: 역병(疫病)을 몰아내다. 〖逐〗: 몰아내다, 쫓아내다. 〖厲〗: 癘(려), 온역(瘟疫), 역병(疫病), 전염병.

【使(사)】: …로 하여금 …하게 하다.

【孝弟(효제)】: 孝悌(효제), 부모에게 효도하고 형제간에 우애롭다.

5 曰:「旣無用如是, 而價踰數十萬, 何也?」曰:「以其險遠, 而獲之艱深也。」→ (용문자가) 물었다:「이미 이처럼 쓸모가 없는데, 값이 수십만을 넘는 것은, 무슨 까닭입니까?」(상인이) 대답했다:「험난하고 먼 곳에서 출산되어, 얻기가 매우 어렵기 때문입니다.」

【旣(기)】: 이미.

【如是(여시)】: 이처럼, 이와 같이.

【以(이)】: 因(인), …로 인해, … 때문에.

【險遠(험원)】: 험난하고 멀다. 여기서는「험난하고 먼 곳에서 나오다」의 뜻.

【獲之艱深(획지간심)】: 그것을 얻기가 매우 어렵고 힘들다. 〖艱深〗: 어렵고 힘들다, 힘들고 고생스럽다.

6 龍門子笑而去, 謂弟子鄭淵曰:「古人有云:『黃金雖重寶, 生服之則死, 粉之入目則眯。』→ 용문자가 웃고 떠나며, 제자 정연(鄭淵)에게 말했다:「옛사람이 말하길:『황금이 비록 귀중한 보물이지만, 그것을 날로 먹으면 사람이 죽고, 그것을 가루로 만들어 눈에 넣으면 눈이 멀어버린다.』라고 했다.

【去(거)】: 떠나다.

【鄭淵(정연)】: [인명].

【重寶(중보)】: 귀중한 보물.

【生服(생복)】: 날로 먹다, 생으로 삼키다.

【之(지)】: [대명사] 그것, 즉「황금」.

【粉(분)】: 가루, 분말. 여기서는 동사 용법으로「가루로 만들다」의 뜻.

【眯(미)】: 눈이 멀다.

焉, 其直不特數十萬而已也。[7] 水不能濡, 火不能焫, 風日不能飄炙;[8] 用之則天下寧, 不用則一身安, 乃不知夙夜求之, 而唯此之爲務, 不亦舍至近而務至遠者耶!」[9]

....

7 寶之不涉於吾身者尙矣, 吾身有至寶焉, 其直不特數十萬而已也。→ 보물이 나와 관련이 없는 지는 이미 오래되었다. 나의 몸에는 가장 고귀한 보물이 있고, 그 가치는 겨우 수십만에 불과할 뿐이 아니다.

【不涉於吾身(불섭어오신)】: 나의 몸에 대해 관련이 없다. 즉 「나와 관련이 없다」의 뜻. 〖涉〗: 관계되다, 관련되다.

【尙(상)】: (시간이) 이미 오래되다.

【至寶(지보)】: 가장 귀한 보물.

【直(치)】: 値(치), 값, 가격. ※ 판본에 따라서는 「直」를 「値(치)」라 했다.

【不特(불특)…而已(이이)】: 다만 …뿐이 아니다. 〖特〗: 다만, 겨우. 〖而已〗: …뿐.

8 水不能濡, 火不能焫, 風日不能飄炙; → (그것은) 물이 침몰시킬 수도 없고, 불이 태울 수도 없으며, 바람과 해가 날려버리거나 구워버릴 수도 없다.

【濡(유)】: 젖다, 적시다. 여기서는 「(물에) 침몰시키다, 가라앉히다」의 뜻.

【焫(열)】: 태우다, 불사르다.

【飄(표)】: 날려버리다.

【炙(자)】: (불에) 굽다.

9 用之則天下寧, 不用則一身安, 乃不知夙夜求之, 而唯此之爲務, 不亦舍至近而務至遠者耶!」 → 그것을 사용하면 천하가 편안하고, 사용하지 않으면 자기 한 몸이 편안한데, 오히려 밤낮으로 그것을 추구할 줄 모르고, 오로지 보옥(寶玉)의 추구를 가장 중요한 일로 간주하고 있으니, 어찌 가까이 두고 멀리서 찾는 것이 아니겠는가!」

【寧(녕)】: 편안하다.

【一身安(일신안)】: 자기 한 몸이 편안하다. ※ 판본에 따라서는 「一身」을 「身獨(신독)」이라 했다.

【乃(내)】: 오히려.

【夙夜(숙야)】: 낮과 밤.

【唯(유)】: 오직, 오로지, 다만.

【此之爲務(차지위무)】: 보옥의 추구를 가장 중요한 일로 간주하다. 〖此〗: 이것. 여기서는 「보옥의 추구」를 가리킨다. 〖爲〗: 여기다, 간주하다. 〖務〗: 가장 중요한 일.

【不亦(불역)】: 어찌 …이 아니겠는가!

【舍至近而務至遠(사지근이무지원)】: 가장 가까운 것을 버리고 가장 먼 것을 추구하다. 즉 「가까이 두고 멀리서 찾다」의 뜻. 〖舍〗: 捨(사), 버리다. 〖務〗: 추구하다, 힘을 쏟다.

번역문

무가지보(無價之寶)

서역(西域)의 호족(胡族) 상인이 보물을 가지고 팔러 왔다. 난(瓓)이라고 하는 보옥(寶玉)으로 색깔은 꼭 붉은 앵두와 같고, 길이는 한 치나 되며, 값은 수십만을 넘었다.

용문자(龍門子)가 물었다.

「난으로 굶주린 배를 채울 수 있습니까?」

상인이 대답했다.

「아니오.」

(용문자가 물었다)

「질병을 치료할 수 있습니까?」

(상인이) 대답했다.

「아니오.」

(용문자가 물었다).

「역병(疫病)을 몰아낼 수 있습니까?」

(상인이) 대답했다.

「아니오.」

(용문자가 물었다).

「사람으로 하여금 부모에게 효도하고 형제간에 우애롭게 할 수 있습니까?」

(상인이) 대답했다.

「아니오.」

(용문자가) 물었다.

「이미 이처럼 쓸모가 없는데 값이 수십만을 넘는 것은 무슨 까닭입니까?」

(상인이) 대답했다.

「험난하고 먼 곳에서 출산되어 얻기가 매우 어렵기 때문입니다.」

용문자가 웃고 떠나며 제자 정연(鄭淵)에게 말했다.

「옛사람이 말하길 『황금이 비록 귀중한 보물이지만 그것을 날로 먹으면 사람이 죽고, 그것을 가루로 만들어 눈에 넣으면 눈이 멀어버린다.』라고 했다. 보물이 나와 관련이 없는 지는 이미 오래되었다. 나의 몸에는 가장 고귀한 보물이 있고, 그 가치는 겨우 수십만에 불과할 뿐이 아니다. (그것은) 물이 침몰시킬 수도 없고 불이 태울 수도 없으며, 바람과 해가 날려버리거나 구워버릴 수도 없다. 그것을 사용하면 천하가 편안하고 사용하지 않으면 자기 한 몸이 편안한데, 오히려 밤낮으로 그것을 추구할 줄 모르고 오로지 보옥(寶玉)의 추구를 가장 중요한 일로 간주하고 있으니, 어찌 가까이 두고 멀리서 찾는 것이 아니겠는가!」

해설

서역(西域)의 호족(胡族) 상인이 난옥(瓓玉)을 팔러 와서 수십만이 넘는 값을 불러, 용문자(龍門子)가 그 보옥이 구체적으로 무슨 용도가 있느냐고 물으니, 상인의 대답은 험난하고 먼 곳에서 출산되어 얻기가 매우 어렵기 때문이라고 했다. 이에 용문자가 웃고 자리를 떠나며 제자에게 「황금이 비록 귀중한 보물이지만, 그것을 날로 먹으면 사람이 죽고, 그것을 가루로 만들어 눈에 넣으면 눈이 멀어버린다.」라는 옛사람의 말을 인용하며, 자신은 일찍부터 이러한 보물과 관련이 없는데, 그 까닭은 자기의 몸에 가장 진귀한 보물이 있어 그 가치가 난옥보다 훨씬 비싸기 때문이라고 했다.

사람들이 귀중한 보물로 여기는 난옥은 몸 밖에 있는 물건으로 얻기도 어렵고 민생(民生)에 도움이 되지도 못하지만 사람들은 덮어놓고 그것을 추구한다. 이에 반해 사람의 고상한 품격과 덕성은 몸 안에 있고 능히 스스로 구할 수가 있으며, 어떤 주옥(珠玉)보다 고귀한 무가지보(無價之寶)이다. 그런데 사람들은 왕왕 근본을 버리고 지엽적인 것을 추구함으로써 자신이 가지고 있는 가장 고귀한 것을 망각해 버린다.

이 우언은 사람들이 무턱대고 민생에 도움이 되지 않고 오히려 쓸모없이 사람에게 해를 끼치는 몸 밖의 물건을 추구하며 인품과 도덕수양을 저버리는 몰지각한 행위를 통해, 물질적인 탐욕을 경계하고 도덕 수양의 고귀한 가치를 강조한 것이다.

010 분려멸서(焚廬滅鼠)

《宋濂全集·龍門子凝道記·卷之中·蔚遲樞》

원문 및 주석

焚廬滅鼠[1]

越西有獨居男子, 結生茨以爲廬, 力耕以爲食, 久之, 菽粟鹽酪,

1 焚廬滅鼠 → 집을 태워 쥐를 박멸하다
【焚(분)】: 태우다, 불사르다.
【廬(려)】: 집.
【滅(멸)】: 없애다, 제거하다, 박멸하다.

2 越西有獨居男子, 結生茨以爲廬, 力耕以爲食, 久之, 菽粟鹽酪, 具無仰於人。→ 월(越) 지방 서쪽에 사는 어느 독거남자(獨居男子)는, 띠풀을 엮어 집을 짓고, 자력으로 경작하여 생계를 꾸려나가며, 오래도록, 콩 · 조와 같은 식량이나 소금 · 식초와 같은 조미료를, 모두 남에게 의존하지 않고 살았다.
【越(월)】: [지명] 옛 월(越)나라가 있던 지역. 지금의 절강성 동북부.
【獨居男子(독거남자)】: 홀로 사는 남자.
【結(결)】: 엮다, 짜다.
【生茨(생자)】: 마르지 않은 띠풀.
【爲廬(위려)】: 집을 짓다. 【廬】: 갈대나 띠풀 등으로 엮어 지은 집.
【力耕(역경)】: 힘써 경작하다.
【爲食(위식)】: 생계를 꾸려나가다.
【久之(구지)】: 오래도록, 매우 오랫동안.
【菽(숙)】: 콩.
【粟(속)】: 조.
【鹽(염)】: 소금.
【酪(낙)】: ① 식초(食醋). ② 유제품(乳製品). ③ 주류(酒類).
【具(구)】: 모두.

具無仰於人。[2] 嘗患鼠, 晝則纍纍然行, 夜則鳴嚙至旦。[3] 男子積憾之。一旦, 被酒歸, 始就枕, 鼠百故惱之, 目不得瞑。[4] 男子怒, 持火四焚之, 鼠死, 廬亦毁。次日酒解, 倀倀無所歸。[5]

....

【無仰於人(무앙어인)】: 남에게 의존하지 않다. 〖於〗: [개사] …에게.

3 嘗患鼠, 晝則纍纍然行, 夜則鳴嚙至旦。→ 그러나 항상 쥐를 걱정했는데, (쥐들이) 낮에는 (집안에서) 떼를 지어 뛰어다니고, 밤에는 찍찍대고 물건을 갉으며 날이 밝을 때까지 멈추지 않았다.

【嘗(상)】: 常(상), 항상.

【患(환)】: 고민하다, 걱정하다.

【纍纍然(유류연)】: 거듭 쌓인 모양. 여기서는 「떼를 짓다, 무리를 이루다」의 뜻.

【鳴嚙(명교)】: 찍찍거리며 물건을 갉다.

【至旦(지단)】: 아침에 이르기까지, 날이 밝을 때까지.

4 男子積憾之。一旦, 被酒歸, 始就枕, 鼠百故惱之, 目不得瞑。→ 독거남자는 쥐에 대한 불만이 갈수록 점점 더 쌓였다. 어느 날 아침, 술에 취해 돌아와, 막 잠자리에 들었는데, 쥐들이 백방으로 그를 괴롭혀, 도무지 잠을 잘 수가 없었다.

【積憾之(적감지)】: 쥐에 대한 불만이 쌓이다. 〖積〗: 쌓이다. 〖憾〗: 불만, 증오, 유감. 〖之〗: [대명사] 그것, 즉 「쥐」.

【一旦(일단)】: 어느 날 아침.

【被酒(피주)】: 술에 취하다.

【始(시)】: 비로소, 겨우, 막.

【就枕(취침)】: 취침하다, 잠자리에 들다.

【百故(백고)】: 백방으로, 여러 가지로.

【惱之(뇌지)】: 그를 화나게 하다. 〖惱〗: 괴롭히다, 괴롭게 하다. 〖之〗: [대명사] 그, 즉 「독거남자」.

【目不得瞑(목부득명)】: 눈을 감지 못하다. 즉 「잠을 자지 못하다」의 뜻. 〖瞑〗: 눈을 감다.

5 男子怒, 持火四焚之, 鼠死, 廬亦毁。次日酒解, 倀倀無所歸。→ 독거남자가 분노하여, 횃불을 들고 사방에서 불을 질렀다. 쥐들이 모두 죽고, 집도 타버렸다. 다음날 술이 깨자, 돌아갈 곳이 없어 어찌할 바를 몰랐다.

【持火四焚之(지화사분지)】: 불을 가지고 사방에서 불을 놓아 태우다.

【毁(훼)】: 훼손되다, 망가지다.

【次日(차일)】: 다음날, 이튿날.

【酒解(주해)】: 술이 깨다.

【倀倀(창창)】: 어찌할 바를 모르는 모양.

【無所歸(무소귀)】: 돌아갈 곳이 없다.

번역문

집을 태워 쥐를 박멸하다

월(越) 지방 서쪽에 사는 어느 독거남자(獨居男子)는 띠풀을 엮어 집을 짓고, 자력으로 경작하여 생계를 꾸려나가며, 오래도록 콩 · 조와 같은 식량이나 소금 · 식초와 같은 조미료를 모두 남에게 의존하지 않고 살았다. 그러나 항상 쥐를 걱정했는데, (쥐들이) 낮에는 (집안에서) 떼를 지어 뛰어다니고, 밤에는 찍찍대고 물건을 갉으며 날이 밝을 때까지 멈추지 않았다. 독거남자는 쥐에 대한 불만이 갈수록 점점 더 쌓였다.

어느 날 아침, 술에 취해 돌아와 막 잠자리에 들었는데, 쥐들이 백방으로 그를 괴롭혀 도무지 잠을 잘 수가 없었다. 독거남자가 분노하여 횃불을 들고 사방에서 불을 질렀다. 쥐들이 모두 죽고 집도 타버렸다. 다음날 술이 깨자 돌아갈 곳이 없어 어찌할 바를 몰랐다.

해설

독거남자(獨居男子)는 의식주를 자급자족하며 생활에 아무런 불편이 없었지만, 집안의 쥐들로 인해 밤낮없이 시달림을 받자 집에 불을 질러 쥐들을 죽이고 집을 잃었다.

본래 쥐를 박멸하는 방법은 여러 가지가 있고 또 크게 어려운 일도 아니다. 그런데 그가 쥐를 박멸하기 위해 집을 태운 까닭은, 술로 인해 이성(理性)을 잃어 냉정한 판단을 하지 못했기 때문이다.

이 우언은 「빈대 잡으려고 초가삼간 태운다」라는 말처럼, 작은 것을 해결하기 위해 크게 손해를 보는 어리석은 행위를 풍자하는 동시에, 어떠한 문제에 봉착했을 때 절대로 조급하게 서두르지 말고 이성을 가지고 이해득실을 저울질하여 정확한 대책을 강구해야 불필요한 손실을 막을 수 있다는 이치를 설명한 것이다.

011 권귀변정(權貴辨鼎)

《宋濂全集 · 龍門子凝道記 · 卷之中 · 司馬微》

원문 및 주석

權貴辨鼎[1]

洛陽布衣申屠敦, 有漢鼎一, 得於長安深川之下, 雲螭斜錯, 其文爛如也。[2] 西鄰魯生見而悅焉, 呼金工象而鑄之, 淬以奇藥, 穴地

1 權貴辨鼎 → 권세 있는 귀족이 정(鼎)을 변별하다
【權貴(권귀)】: 권세 있는 귀족.
【辨(변)】: 변별하다, 구별하다.
【鼎(정)】: 옛날 나라의 보물로 여기던 발이 셋이고 귀가 둘 달린 솥. 전설에 의하면 본래 정(鼎)은 하(夏)나라 우(禹)임금이 9주(州)에서 바친 동(銅)을 가지고 모두 아홉 개를 주조한 후, 하(夏) · 상(商) · 주(周) 삼대에 걸쳐 전국 구주(九州)를 상징하는 보물로 전해왔다. 따라서 고대의 통치자들은 정(鼎)을 나라를 세우는 중요한 기구인 동시에 정권의 상징으로 여겼다.

2 洛陽布衣申屠敦, 有漢鼎一, 得於長安深川之下, 雲螭斜錯, 其文爛如也。→ 낙양(洛陽)의 평민인 신도돈(申屠敦)은 진귀한 한(漢)나라 정(鼎) 하나를 가지고 있는데, 그는 그것을 장안(長安)의 깊은 강물 밑에서 건졌다. (정에는) 구름과 용이 엇섞여 새겨져 있고, 그 무늬가 눈이 부시도록 찬란했다.
【洛陽(낙양)】: [지명] 지금의 하남성 낙양시(洛陽市).
【布衣(포의)】: 평민, 백성.
【申屠敦(신도돈)】: [인명].
【漢(한)】: [국명] 유방(劉邦)이 세운 나라.
【長安(장안)】: [지명] 지금의 섬서성 서안시(西安市).
【深川(심천)】: 깊은 하천.
【雲螭斜錯(운리사착)】: (정에) 구름과 용의 형상이 엇섞여 있다. ※ 판본에 따라서는 「斜」

藏之者三年。[3] 土與藥交蝕, 銅質已化, 與敦所有者略類。[4] 一旦, 持獻權貴人。貴人寶之, 饗賓而玩之。[5] 敦偶在坐, 心知爲魯生物也, 乃曰 :「敦亦有鼎, 其形酷肖是, 第不知孰爲眞耳?」[6] 權貴人請觀之,

....

를「糾(규)」라 했다. 【螭】: 전설에 나오는 뿔 없는 용. 【斜錯】: 엇섞이다.
【其文爛如(기문란여)】: 그 무늬가 눈이 부시도록 찬란하다. 【文】: 紋(문), 무늬. 【爛】: 찬란하다, 광채가 나다.

3 西鄰魯生見而悅焉, 呼金工象而鑄之, 淬以奇藥, 穴地藏之者三年。→ (신도돈의) 서쪽 이웃에 사는 노씨(魯氏) 성의 선비가 그것을 보더니 매우 기뻐하며, 야금공을 불러 모조하도록 하고, 기이한 약물에 담금질한 후, 땅에 굴을 파서 삼 년 동안 묻어 두었다.
【魯生(노생)】: 노씨(魯氏) 성의 선비.
【悅(열)】: 기뻐하다, 좋아하다.
【呼(호)】: 부르다.
【金工(금공)】: 야금공.
【象而鑄之(상이주지)】: 그것을 모방하여 주조하다, 그것을 모조하다. 【象】: 본뜨다, 모방하다. 【鑄】: 주조하다. 【之】: [대명사] 그, 즉「한정(漢鼎)」.
【淬以奇藥(쉬이기약)】: 기이한 약물로 담금질하다. 【淬】: 담금질하다.
【穴(혈)】: [동사 용법] 굴을 파다.

4 土與藥交蝕, 銅質已化, 與敦所有者略類。→ 흙과 약물이 동시에 침식함으로써, 동(銅)의 성질이 변해, 신도돈이 가지고 있는 것과 거의 비슷해졌다.
【交蝕(교식)】: 함께 침식하다, 동시에 침식하다.
【已化(이화)】: 변화하다, 변하다.
【略類(약류)】: 거의 비슷하다, 대략 유사하다.

5 一旦, 持獻權貴人。貴人寶之, 饗賓而玩之。→ 어느 날, (노씨가) 그것을 들고 가 어느 권세(權勢) 있는 귀족에게 바쳤다. 이 귀족은 그것을 보물로 여겨, 빈객들을 초대해 연회를 베풀고 완상(玩賞)하도록 했다.
【一旦(일단)】: 어느 날.
【獻(헌)】: 바치다.
【權貴人(권귀인)】: 권세가, 권력자.
【寶(보)】: [동사 용법] 보물로 여기다.
【饗賓而玩之(향빈이완지)】: 손님들에게 연회를 베풀고 그것을 완상(玩賞)하도록 하다. 【饗】: 향응을 베풀다, 연회를 베풀다. 【玩】: 완상(玩賞)하다.

6 敦偶在坐, 心知爲魯生物也, 乃曰 :「敦亦有鼎, 其形酷肖是, 第不知孰爲眞耳?」→ 신도돈이 우연히 그 자리에 있었는데, 마음속으로 노씨가 모조(模造)한 물건이라는 것을 알고, 곧 말했다 :「나도 정을 하나 가지고 있습니다. 모양이 이것과 매우 흡사한데, 다만 어느 것이 진품인지 알지 못할 뿐입니다.」

良久曰：「非眞也!」[7] 衆賓次第咸曰：「是, 誠非眞也!」 敦不平, 辨數不已, 衆共折辱之。[8] 敦噤不敢言, 歸而嘆曰：「吾今然後知勢之足以變易是非也!」[9]

【偶(우)】: 우연히.
【乃(내)】: 곧, 바로, 즉시.
【敦(돈)】: 신도돈이 자기의 이름을 「나, 저」라는 의미로 사용했다.
【酷肖(혹초)】: 몹시 닮다, 매우 흡사하다.
【是(시)】: [대명사] 이것, 즉 「노씨 성의 선비가 모조한 정」.
【第(제)】: 단지, 다만.
【不知孰爲眞耳(부지숙위진이)】: 어느 것이 진품인지 알지 못할 뿐이다. 〖孰〗: 어느 것. 〖爲〗: …이다. 〖耳〗: …일 뿐이다, …일 따름이다.

7 權貴人請觀之, 良久曰：「非眞也!」 → 귀족이 요청하여 그것을 보러 가서, 한참 동안 보더니 말했다：「진품이 아니오!」
【請觀(청관)】: 보자고 청하다.
【良久(양구)】: 한참 동안, 오랫동안.

8 衆賓次第咸曰：「是, 誠非眞也!」 敦不平, 辨數不已, 衆共折辱之。 → 그러자 여러 손님들도 차례대로 한 사람 한 사람씩 모두 말했다：「그렇습니다. 확실히 진품이 아닙니다.」 신도돈이 불쾌하게 여겨, 여러 사실들을 열거하며 계속 변론을 하자, 여러 사람들이 모두 함께 신도돈을 비방하며 모욕했다.
【次第(차제)】: 차례대로, 순서에 따라.
【咸(함)】: 모두.
【是(시)】: 예, 그렇습니다.
【誠(성)】: 확실히.
【不平(불평)】: 불쾌하다, 불만스럽다.
【辨數不已(변수불이)】: 여러 사실들을 열거하며 계속 변론을 하다. 〖不已〗: 그치지 않다, 멈추지 않다. 즉 「계속하다」의 뜻.
【衆共折辱之(중공절욕지)】: 여러 사람이 함께 그를 비방하고 모욕하다. 〖共〗: 모두, 함께. 〖折辱〗: 비방하고 모욕하다. 〖之〗: [대명사] 그, 즉 「신도돈」.

9 敦噤不敢言, 歸而嘆曰：「吾今然後知勢之足以變易是非也!」 → 신도돈은 입을 다문 채 감히 말을 못하고, 집에 돌아와 탄식하며 말했다：「나는 오늘 비로소 권세(權勢)가 능히 옳고 그름을 뒤바꿀 수 있다는 사실을 알았다.」
【噤(금)】: 입을 다물다.
【足以(족이)】: 족히 …할 수 있다, 능히 …할 수 있다.
【變易是非(변역시비)】: 옳고 그름을 뒤바꾸다. 〖變易〗: 변경하다, 뒤바꾸다.

번역문

권세 있는 귀족이 정(鼎)을 변별하다

낙양(洛陽)의 평민인 신도돈(申屠敦)은 진귀한 한(漢)나라 정(鼎) 하나를 가지고 있는데, 그는 그것을 장안(長安)의 깊은 강물 밑에서 건졌다. (정에는) 구름과 용이 엇섞여 새겨져 있고 그 무늬가 눈이 부시도록 찬란했다.

(신도돈의) 서쪽 이웃에 사는 노씨(魯氏) 성의 선비가 그것을 보더니 매우 기뻐하며 야금공을 불러 모조하도록 하고, 기이한 약물에 담금질한 후 땅에 굴을 파서 삼 년 동안 묻어 두었다. 흙과 약물이 동시에 침식함으로써 동(銅)의 성질이 변해, 신도돈이 가지고 있는 것과 거의 비슷해졌다.

어느 날 (노씨가) 그것을 들고 가 어느 권세(權勢) 있는 귀족에게 바쳤다. 이 귀족은 그것을 보물로 여겨, 빈객들을 초대해 연회를 베풀고 완상(玩賞)하도록 했다. 신도돈이 우연히 그 자리에 있었는데, 마음속으로 노씨가 모조(模造)한 물건이라는 것을 알고 곧 말했다.

「나도 정을 하나 가지고 있습니다. 모양이 이것과 매우 흡사한데, 다만 어느 것이 진품인지 알지 못할 뿐입니다.」

귀족이 요청하여 그것을 보러 가서, 한참 동안 보더니 말했다.

「진품이 아니오!」

그러자 여러 손님들도 차례대로 한 사람 한 사람씩 모두 말했다.

「그렇습니다. 확실히 진품이 아닙니다.」

신도돈이 불쾌하게 여겨 여러 사실들을 열거하며 계속 변론을 하자, 여러 사람들이 모두 함께 신도돈을 비방하며 모욕했다. 신도돈은 입을 다문 채 감히 말을 못하고 집에 돌아와 탄식하며 말했다.

「나는 오늘 비로소 권세(權勢)가 능히 옳고 그름을 뒤바꿀 수 있다는 사실을 알았다.」

해설

낙양(洛陽)의 평민 신도돈(申屠敦)이 가지고 있는 진품 한정(漢鼎)을 본 노(魯)나라의 선비가 야금공에게 부탁하여 모조품을 만든 후, 기이한 약물로 담금질을 하여 삼 년 동안 땅에 묻어 두었다가 권세가에게 바치자, 권세가는 그것을 보배로 여겨 빈객들에게 연회를 베풀고 완상(玩賞)하도록 했다. 우연히 이 자리에 참석한 신도돈이 자기의 한정을 소개하고 권세가에게 보여주자, 권세가는 이를 진품이 아니라 판정하고 오히려 여러 사실을 열거하며 변론하는 신도돈을 비방하고 모욕했다.

이 우언은 항상 사실을 왜곡하고 시비를 전도하며 진리를 말살하는 착취 계층의 악랄한 행위를 폭로하고 풍자한 것이다.

012 동해왕유(東海王鮪)

《宋濂全集 · 潛溪後集卷二 · 燕書》

원문 및 주석

東海王鮪[1]

東海有巨魚, 名王鮪焉。不知其大多少, 赤幟曳曳見龕赭間, 則其鬣也。[2] 王鮪出入海中, 鼓浪歕沫, 腥風蓋倏倏焉云。[3] 逢鮰、鰼、

1 東海王鮪 → 동해(東海)의 왕유(王鮪)
【王鮪(왕유)】: 거대한 물고기 이름. ※ 【鮪】: 일반적으로 「다랑어」라 하고, 옛 문헌에서는 「철갑상어」라고도 한다.

2 東海有巨魚, 名王鮪焉。不知其大多少, 赤幟曳曳見龕赭間, 則其鬣也。→ 동해(東海)에 왕유(王鮪)라는 거대한 물고기가 있다. 그 크기가 얼마나 되는지 알지 못하는데, 붉은 깃발 같은 것이 끊이지 않고 이어지며 감자(龕赭) 사이에 출현한다. 바로 왕유의 지느러미이다.
【赤幟(적치)】: 붉은색 깃발. ※ 판본에 따라서는 「幟」를 「熾(치)」라 했다.
【曳曳(예예)】: 끊이지 않고 계속 이어지는 모양.
【見(현)】: 출현하다, 나타나다, 드러내다.
【龕赭(감자)】: [지명]. ※ 분명한 뜻을 알 수 없으나, 어느 장소를 가리키는 듯.
【鬣(렵)】: 지느러미.

3 王鮪出入海中, 鼓浪歕沫, 腥風蓋倏鮪焉云。→ 왕유가 바다에서 출몰할 때는, 파도를 일으키고 거품을 내뿜으며, 비린내 나는 바람이 쏴 하고 불어온다.
【鼓浪(고랑)】: 파도를 일으키다.
【歕沫(분말)】: 거품을 뿜다. ※ 판본에 따라서는 「歕」을 「噴(분)」이라 했다.
【腥風(성풍)】: 비린내 나는 바람.
【蓋(개)】: 덮다.
【倏鮪(소소)】: [의성어] 쏴쏴, 휙휙.
【焉云(언운)】: [복합 어조사].

鰹、魾必吞, 日以十千計, 不能饜,[4] 出游黑水洋, 海船聚洋中者萬, 王鮪一噴, 皆沒不見其從。雄行海間, 孰敢向問之者?[5] 泝潮上羅刹江, 潮退, 膠焉。矗若長陵, 江濱之人以爲眞陵也, 涉之。[6] 當足處或

4 逢鮂、鰼、鰹、魾必吞, 日以十千計, 不能饜, → (왕유는) 버들치 · 미꾸라지 · 가물치 · 방어 등을 만나면 반드시 삼켜버리는데, 하루에 만(萬) 마리를 먹어도, 배를 불릴 수 없고,
【逢(봉)】: 만나다, 마주치다.
【鮂(수)】: 버들치.
【鰼(습)】: 미꾸라지.
【鰹(견)】: 가물치.
【魾(비)】: 방어.
【吞(탄)】: 삼키다.
【以十千計(이십천계)】: 만(萬) 마리를 헤아리다. 〖十千〗: 만(萬).
【饜(염)】: 만족하다, 배부르다.

5 出游黑水洋, 海船聚洋中者萬, 王鮪一噴, 皆沒不見其從。雄行海間, 孰敢向問之者? → 검은 빛을 띠는 깊은 바다에 나가면, 바다에 모여 있는 선박이 만 척을 헤아리는데, 왕유가 물을 한번 내뿜으면, 모두 침몰하여 종적이 보이지 않는다. (왕유가) 대해(大海)를 횡행(橫行)하는데, 누가 감히 이를 간섭하겠는가?
【出游(출유)】: 나아가다.
【黑水洋(흑수양)】: 검은 빛의 깊은 바다.
【海船聚洋中者萬(해박취양중자만)】: 바다에 모여 있는 선박이 만 척을 헤아리다. 〖海船〗: 선박.
【噴(분)】: (액체 · 기체 · 분만 등을) 내뿜다.
【沒不見其從(몰불견기종)】: 침몰하여 종적이 보이지 않다. 〖沒〗: 침몰하다. 〖從〗: 蹤(종), 종적.
【雄行(웅행)】: 횡행(橫行)하다.
【問(문)】: 간섭하다, 참견하다.

6 泝潮泝上羅刹江, 潮退, 膠焉。矗若長陵, 江濱之人以爲眞陵也, 涉之。→ (왕유는) 조수(潮水)를 거슬러 올라가 나찰강(羅刹江)으로 들어갔다가, 조수가 빠지자, 몸이 바닥에 걸려 꼼짝을 하지 못했다. 우뚝 솟은 (왕유의) 모습이 마치 길게 뻗은 구릉과 같아, 강가 사람들은 진짜 구릉이라 여기며, 걸어서 올라갔다.
【泝潮(소조)】: 조류를 거슬러가다. 〖泝〗: 溯(소), 거슬러가다. 〖潮〗: 조수, 조류.
【羅刹江(나찰강)】: [강 이름] 절강(浙江).
【膠(교)】: 달라붙어 움직이지 못하다, 교착되다. 즉 「몸이 바닥에 걸려서 움직이지 못하다」의 뜻.
【矗若長陵(촉약장릉)】: 우뚝한 모습이 마치 길게 뻗은 구릉과 같다. 〖矗〗: 우뚝 솟다. 〖若〗: 마치 …과 같다.

戰, 大駭, 斫甲而視, 王鮪肌也。乃架棧而臠割之, 載數百艘。烏鳶蔽體, 羣啄之, 各飫。[7] 夫王鮪之在海也, 其勢爲何如! 一失其勢, 欲爲小鱦且不可得, 位其可恃乎哉?[8]

【江濱(강빈)】: 강가, 물가.
【以爲(이위)】: …라고 여기다, …라고 간주하다.
【眞陵(진릉)】: 진짜 구릉.
【涉(섭)】: 걸어서 올라가다.

7 當足處或戰, 大駭, 斫甲而視, 王鮪肌也。乃架棧而臠割之, 載數百艘。烏鳶蔽體, 羣啄之, 各飫。→ (사람들은) 발을 딛고 서있는 곳이 흔들리자, 매우 놀랐다. 표면의 딱딱한 껍질을 파헤쳐 보니, 바로 왕유의 살갗이었다. 그리하여 나무 발판을 설치한 후 (위로 올라가), 고기를 한 덩어리 한 덩어리 씩 잘라서, 수백 척의 배에 실었다. 까마귀와 솔개들도 날아와 시체를 뒤덮고, 떼를 지어 그것을 쪼아, 모두 실컷 먹었다.
【當足處(당족처)】: 발을 딛고 있는 곳.
【戰(전)】: 흔들리다, 떨다.
【斫甲(작갑)】: 껍질을 파헤치다.
【乃(내)】: 그리하여.
【肌(기)】: 살갗, 피부.
【架棧(가잔)】: 나무 골조를 가설하다. 〖架〗: 가설하다, 설치하다. 〖棧〗: 나무 골조.
【臠割(연할)】: 고기를 한 덩어리씩 자르다.
【載(재)】: 싣다, 적재하다.
【艘(소)】: 배, 선박.
【烏鳶(오연)】: 까마귀와 솔개.
【蔽體(폐체)】: 시체를 덮다. 〖蔽〗: 덮다, 가리다.
【羣啄之(군탁지)】: 떼를 지어 시체를 쪼다. 〖啄〗: 부리로 쪼다, 쪼아 먹다. 〖之〗: [대명사] 그것, 즉 「왕유의 시체」.
【飫(어)】: 물리도록 먹다, 실컷 먹다.

8 夫王鮪之在海也, 其勢爲何如! 一失其勢, 欲爲小鱦且不可得, 位其可恃乎哉? → 왕유가 바다에 있을 때는, 그 기세가 어떠했는가! 일단 세력을 잃으니, 작은 물고기가 되고 싶어도 불가능하다. (그러한즉) 세력과 지위를 어찌 (영원히) 믿을 수 있겠는가?
【夫(부)】: [발어사].
【爲何如(위하여)】: 어떠했는가! 〖何如〗: 어떤가, 어떠한가.
【欲爲(욕위)】: …이 되기를 바라다, …이 되고 싶어 하다. 〖欲〗: …을 바라다, …을 원하다, …을 하고 싶어 하다.
【小鱦(소승)】: 작은 물고기.
【且(차)】: 또한.
【不可得(불가득)】: 얻을 수 없다. 즉 「불가능하다」의 뜻.

번역문

동해(東海)의 왕유(王鮪)

동해(東海)에 왕유(王鮪)라는 거대한 물고기가 있다. 그 크기가 얼마나 되는지 알지 못하는데, 붉은 깃발 같은 것이 끊이지 않고 이어지며 감자(龕赭) 사이에 출현한다. 바로 왕유의 지느러미이다. 왕유가 바다에서 출몰할 때는, 파도를 일으키고 거품을 내뿜으며, 비린내 나는 바람이 쏴 하고 불어온다. (왕유는) 버들치 · 미꾸라지 · 가물치 · 방어 등을 만나면 반드시 삼켜버리는데, 하루에 만(萬) 마리를 먹어도 배를 불릴 수 없고, 검은 빛을 띠는 깊은 바다에 나가면, 바다에 모여 있는 선박이 만 척을 헤아리는데, 왕유가 물을 한 번 내뿜으면 모두 침몰하여 종적이 보이지 않는다. (왕유가) 대해(大海)를 횡행(橫行)하는데 누가 감히 이를 간섭하겠는가?

(왕유는) 조수(潮水)를 거슬러 올라가 나찰강(羅刹江)으로 들어갔다가, 조수가 빠지자 몸이 바닥에 걸려 꼼짝을 하지 못했다. 우뚝 솟은 (왕유의) 모습이 마치 길게 뻗은 구릉과 같아, 강가 사람들은 진짜 구릉이라 여기며 걸어서 올라갔다. (사람들은) 발을 딛고 서있는 곳이 흔들리자 매우 놀랐다. 표면의 딱딱한 껍질을 파헤쳐 보니 바로 왕유의 살갗이었다. 그리하여 나무 발판을 설치한 후 (위로 올라가) 고기를 한 덩어리 한 덩어리 씩 잘라서 수백 척의 배에 실었다. 까마귀와 솔개들도 날아와 시체를 뒤덮고 떼를 지어 그것을 쪼아 모두 실컷 먹었다.

왕유가 바다에 있을 때는 그 기세가 어떠했는가! 일단 세력을 잃으니 작

....

【位(위)】: 지위. 여기서는 「세력과 지위」를 가리킨다.
【其(기)】: 豈(기), 어찌.
【恃(시)】: 믿다, 의지하다.
【乎哉(호재)】: [복합 어조사].

은 물고기가 되고 싶어도 불가능하다. (그러한즉) 세력과 지위를 어찌 (영원히) 믿을 수 있겠는가?

해설

왕유(王鮪)가 대해(大海)에서 군림할 때는 하루에 만(萬) 마리의 크고 작은 물고기를 먹어도 배를 채우지 못하고, 깊은 바다에 나가 한 번 물을 내뿜으면 만 척의 배를 침몰시킬 정도로 기세가 당당했다. 그러나 조수를 거슬러 나찰강(羅刹江)에 들어갔다가 조수가 빠지자 그만 몸이 바닥에 걸려 꼼짝을 하지 못하는 바람에, 급기야 사람들에게 잘리고 까마귀 솔개들에게 쪼아 먹히는 운명을 맞았다.

이 우언은 사물이란 부단히 전화(轉化)하는 것이기 때문에, 평소에 권세와 지위를 남용하며 오만을 떠는 모든 통치자들에 대해, 일단 세력을 잃고 나면 나락으로 떨어질 수 있다는 것을 명심하여 지나치게 권세와 지위를 중시하지 말아야 한다는 도리를 강조한 것이다.

《성의백문집誠意伯文集》 우언

유기(劉基 : 1311-1375)는 청전(靑田)[지금의 절강성 청전현(靑田縣)] 사람으로 자가 백온(伯溫)이며, 명초(明初)의 이름난 작가이다. 그는 원말(元末) 강서고안현승(江西高安縣丞)·강절유학부제거(江浙儒學副提擧)·절동원수부도사(浙東元帥副都事) 등의 벼슬을 지내다가 관직을 그만두고 고향으로 돌아와 청전(靑田)의 산속에 은거하며 저술에 전념했다. 그 후 유기는 원말(元末) 주원장(朱元璋)이 군사를 일으켰을 때 송렴(宋濂)과 함께 책사(策士)로 초빙되어 주원장의 천하통일 대업을 도왔고, 명(明)이 건립된 후에는 전장제도(典章制度)를 정비하여 통치 기반을 확고히 하는 등 많은 공을 세웠다. 그리하여 어사중승(御史中丞) 겸 태사령(太史令)을 배수 받고 성의백(誠意伯)에 봉해졌다. 그러나 태조 홍무(洪武) 4년(1371) 관직에서 물러나 집에 칩거하던 중 홍무 8년 재상 호유용(胡惟庸)의 모함을 받아 억울하게 죽음을 당했다. 저서로 《성의백문집(誠意伯文集)》이 있다.

유기의 우언 작품은 《성의백문집》 중 「매감자언(賣柑者言)」 1편을 제외하면, 거의 대부분이 《욱리자(郁離子)》에 집중되어 있다. 《욱리자》는 모두 181편으로 《성의백문집》 권십칠(卷十七)에 수록되어 있는데, 유기가 청전산(靑田山)에 은거할 때 마음을 집중하여 창작한 산문집(散文集)이다. 《성의백문집》 중 문학적 성취가 가장 돋보이는 작품으로, 내용은 주로 옛 고사를 빌려 원말명초(元末明初) 사회의 동란과 민생의 질고 등 어두운 사회 상황을 폭로했는데, 문필이 날카롭고 강한 비판력을 지니고 있다.

013 매감자언(賣柑者言)

《誠意伯文集 · 卷八 · 覆瓿集 · 言語對問 · 賣柑者言》

원문 및 주석

賣柑者言[1]

杭有賣果者, 善藏柑, 涉寒暑不潰, 出之燁然, 玉質而金色。[2] 置於市, 賈十倍, 人爭鬻之。予貿得其一, 剖之, 如有烟撲口鼻, 視其中, 則乾若敗絮。[3] 予怪而問之曰 :「若所市於人者, 將以實籩豆, 奉祭

....

1 賣柑者言 → 감귤 파는 사람의 말
【賣柑者(매감자)】: 감귤 파는 사람, 귤 장사. 【柑】: 감귤.

2 杭有賣果者, 善藏柑, 涉寒暑不潰, 出之燁然, 玉質而金色。→ 항주(杭州)에 과일을 파는 사람이 있었는데, 감귤을 잘 저장하여, 추위와 더위가 지나도 상하지 않아, 꺼내보면 여전히 광택이 나고, 마치 옥(玉)과 같은 바탕에 금빛을 띠었다.
【杭(항)】: [지명] 항주(杭州). 지금의 절강성 항주시(杭州市).
【善藏(선장)】: 저장을 잘하다.
【涉(섭)】: 거치다, 지나다.
【潰(궤)】: 문드러지다, 상하다.
【燁然(엽연)】: 광택이 나는 모양.
【玉質(옥질)】: 옥 같은 바탕.

3 置於市, 賈十倍, 人爭鬻之。予貿得其一, 剖之, 如有烟撲口鼻, 視其中, 則乾若敗絮。→ 시장에 내놓으면, 값이 (다른 사람의) 열 배인데도, 사람들이 다투어 그것을 샀다. 나도 한 개를 사서, 갈라보니, 마치 연기가 나듯이 입과 코를 진동했고, 그 속을 보니, 말라서 쓸모없는 솜과 같았다.
【賈(가)】: 價(가), 값, 가격.
【鬻(육)】: 賣(매), 팔다. 여기서는「買(매), 사다」의 뜻.

祀, 供賓客乎? 將衒外以惑愚瞽也? 甚矣哉! 爲欺也。」[4] 賣者笑曰 :「吾業是有年矣, 吾賴是以食吾軀。吾售之, 人取之, 未嘗有言, 而獨不足於子乎![5] 世之爲欺者不寡矣, 而獨我也乎? 吾子未之思也。[6]

....

【貿(무)】: 사다.
【剖(부)】: 쪼개다, 가르다.
【撲(박)】: (향기나 냄새 따위가 입 · 코를) 찌르다, 자극하다, 진동하다.
【中(중)】: 속.
【敗絮(패서)】: 쓸모없는 솜.

4 予怪而問之曰 :「若所市於人者, 將以實籩豆, 奉祭祀, 供賓客乎? 將衒外以惑愚瞽也? 甚矣哉! 爲欺也。」→ 나는 이상하게 여겨 그에게 물었다 :「당신이 사람들에게 판 감귤은, 제기(祭器)에 담아, 제사를 받들고, 손님을 접대하게 하려는 것이요? 아니면 겉모양을 과시하여 어리석고 눈먼 사람을 현혹시키려는 것이오?」
【怪(괴)】: 이상하게 여기다.
【若(약)】: 너, 당신.
【市(시)】: [동사] 팔다.
【將(장)】: (장차) …하려 하다.
【以(이)】: 以(之), 이것을.
【實(실)】: 채우다, 담다.
【籩豆(변두)】: 제기(祭器). 【籩】: 대나무로 만들어 제사 때 과일이나 말린 고기를 담는 그릇. 【豆】: 나무로 만든 제기의 하나.
【將(장)】: 아니면, 그렇지 않으면.
【衒(현)】: 炫(현), 자랑하다, 과시하다.
【惑(혹)】: 현혹시키다.
【愚瞽(우고)】: 어리석고 눈이 멀다. 여기서는「어리석고 눈이 먼 사람」을 가리킨다.

5 賣者笑曰 :「吾業是有年矣, 吾賴是以食吾軀。吾售之, 人取之, 未嘗有言, 而獨不足於子乎! → 장사가 웃으며 말했다 :「나는 이 장사를 한 지 여러 해가 되었는데, 나는 이에 의지하여 내 몸을 부양하고 있습니다. 내가 이것을 팔면, 사람들이 사가지만, 아직 어떤 말을 들어본 적이 없습니다. 그런데 유독 당신에게만 불만스럽게 해드렸군요!
【業是(업시)】: 이 장사를 하다. 【業】: 장사하다. 【是】: 此(차), 이, 이것.
【有年(유년)】: 여러 해가 되다.
【賴是(뇌시)】: 이에 의지하다. 【是】: 이, 이것, 즉「감귤 파는 일」.
【食(사)】: [동사] 부양하다, 먹여 살리다.
【吾軀(오구)】: 나의 몸, 즉「자신」.
【售(수)】: 팔다.
【取(취)】: 취하다. 여기서는「사다」의 뜻.
【未嘗(미상)】: …한 적이 없다.

今夫佩虎符、坐皐比者, 洸洸乎干城之具也, 果能授孫、吳之略耶?[7] 峨大冠、拖長紳者, 昂昂乎廟堂之器也, 果能建伊、皐之業耶?[8] 盜

【有言(유언)】: 말을 듣다.
【獨(독)】: 유독, 유달리.
【不足於子(부족어자)】: 당신에게 만족스럽게 해주지 못하다. ※ 판본에 따라서는 「於子」를 「子所(자소)」라 했다.

6 世之爲欺者不寡矣, 而獨我也乎? 吾子未之思也。→ 세상에 속임수를 쓰는 사람들이 많은데, 유독 나 하나뿐이겠습니까? 당신이 미처 생각하지 못한 것이지요.
【爲欺者(위기자)】: 속임수를 쓰는 사람.
【寡(과)】: 적다.
【獨(독)】: 다만, 유독.
【吾子(오자)】: 그대, 당신.
【未之思(미지사)】: 미처 생각하지 못하다.

7 今夫佩虎符、坐皐比者, 洸洸乎干城之具也, 果能授孫、吳之略耶? → 오늘날 호부(虎符)를 차고 호랑이 가죽 의자에 앉아 있는 자들이, 위풍당당하게 마치 나라를 지키는 믿음직한 인재 같지만, (그들이) 과연 손무(孫武) · 오기(吳起)의 책략을 내놓을 수 있겠습니까?
【佩(패)】: 차다, 달다.
【虎符(호부)】: 병부(兵符). ※ 옛날 군대를 동원하는 표지로 쓰던 범 모양의 패로, 반쪽은 황제가 지니고 반쪽은 군대의 통수가 지녔다.
【皐比(고비)】: 호피, 호랑이 가죽.
【洸洸(광광)】: 위풍당당한 모양.
【干城(간성)】: 방패와 성. 즉 「나라를 지키는 믿음직한 군대나 인물」.
【具(구)】: 재능. 여기서는 「재능을 갖춘 사람, 인재」를 가리킨다.
【果(과)】: 과연.
【授(수)】: 주다. 여기서는 「내놓다」의 뜻.
【孫(손)】: 손무(孫武). 춘추시대 제(齊)나라 사람으로 탁월한 군사전략가. 저서로 《손자병법(孫子兵法)》이 있다.
【吳(오)】: 오기(吳起). 전국시대 위(衛)나라 사람으로 유명한 정치가이자 군사전략가. 저서로 《오자(吳子)》가 있다.
【略(략)】: 책략, 전략.

8 峨大冠、拖長紳者, 昂昂乎廟堂之器也, 果能建伊、皐之業耶? → 큰 관모를 높이 쓰고 긴 띠를 끌고 다니는 문관들이, 기세가 드높게 마치 조정의 동량(棟梁) 같지만, (그들이) 과연 이윤(伊尹) · 고요(皐陶)와 같은 공을 세울 수 있겠습니까?
【峨(아)】: 높다. 여기서는 「높이 쓰다」의 뜻.
【拖(타)】: 끌다.
【長紳(장신)】: 옛날 사대부들이 허리에 매던 긴 띠.

起而不知禦, 民困而不知救, 吏奸而不知禁, 法斁而不知理, 坐糜廩粟而不知恥。[9] 觀其坐高堂、騎大馬、醉醇醴而飫肥鮮者, 孰不巍巍乎可畏, 赫赫乎可象也![10] 又何往而不金玉其外、敗絮其中也哉?

....

【昂昂(앙앙)】: 높은 모양.
【廟堂(묘당)】: 천자의 종묘(宗廟). 즉 「조정(朝廷)」을 말한다.
【器(기)】: 인재, 동량(棟樑).
【伊(이)】: 이윤(伊尹). 이름은 지(摯). 상(商)나라 탕왕(湯王)의 대신으로 탕왕을 도와 걸왕(桀王)을 몰아냈다.
【皐(고)】: 고요(皐陶). 우(虞)나라 순(舜)임금의 신하로, 법을 세우고 형벌을 제정하고 감옥을 만들었다고 전한다.

9 盜起而不知禦, 民困而不知救, 吏奸而不知禁, 法斁而不知理, 坐糜廩粟而不知恥。→ 도적들이 일어나도 막을 줄 모르고, 백성들이 곤궁해도 구제할 줄 모르고, 관리들이 간악해도 제재할 줄 모르고, 법령이 망가져도 정리할 줄 모르고, 앉아서 나라의 양식을 낭비해도 부끄러워할 줄을 모릅니다.
【禦(어)】: 막다, 저지하다. ※ 판본에 따라서는 「禦」를 「御(어)」라 했다.
【奸(간)】: 간악하다.
【斁(두)】: 망가지다, 못쓰게 되다.
【理(리)】: 정리하다, 정돈하다.
【糜(미)】: 낭비하다, 마구 쓰다.
【廩粟(늠속)】: 나라 창고의 양식.
【恥(치)】: 부끄러워하다.

10 觀其坐高堂、騎大馬、醉醇醴而飫肥鮮者, 孰不巍巍乎可畏, 赫赫乎可象也! → 그들이 높은 당상에 앉아 있고, 큰 말을 타고, 좋은 술을 취하도록 마시고, 살찌고 신선한 고기를 배불리 먹는 것을 보면, (그들 중) 어느 누가 위풍당당하여 경외할 만하고, 기세등등하여 본받을 만한 사람이 아니겠습니까?
【高堂(고당)】: 높은 당상.
【騎(기)】: (말, 자전거 등을) 타다.
【醉(취)】: 취하다.
【醇醴(순례)】: 맛이 좋은 술.
【飫(어)】: 실컷 먹다, 배불리 먹다.
【肥鮮(비선)】: 기름지고 신선한 고기나 생선. 「맛있는 음식」을 비유한 말.
【巍巍(외외)】: 높고 큰 모양. 즉 「위풍당당한 모양」.
【可畏(가외)】: 경외할 만하다.
【赫赫(혁혁)】: 혁혁한 모양, 즉 「기세등등한 모양」.
【可象(가상)】: 모방할만하다, 본받을만하다.

今子是之不察, 而以察吾柑。」[11] 予默然無以應。退而思其言, 類東方生滑稽之流。豈其憤世疾邪者耶? 而託于柑以諷耶?[12]

번역문

감귤 파는 사람의 말

항주(杭州)에 과일을 파는 사람이 있었는데, 감귤을 잘 저장하여 추위와 더위가 지나도 상하지 않아 꺼내보면 여전히 광택이 나고 마치 옥과 같은 바탕에 금빛을 띠었다. 시장에 내놓으면 값이 (다른 사람의) 열 배인데도 사람들이 다투어 그것을 샀다. 나도 한 개를 사서 갈라보니 마치 연기가

11 又何往而不金玉其外、敗絮其中也哉? 今子是之不察, 而以察吾柑。」 → 그런데 그들이 또 언제 겉은 금옥(金玉)처럼 화려한 모습을 하고, 속은 쓸모없는 솜으로 채워지지 않은 적이 있었습니까? 지금 당신은 이런 것들을 살펴보지 않고, 오히려 나의 감귤만 살펴 트집을 잡고 있습니다.」
【何往(하왕)】: 언제 …한 적이 있었는가?
【金玉其外(금옥기외)】: 겉이 금옥(金玉)처럼 화려하다.
【敗絮其中(패서기중)】: 속이 쓸모없는 솜과 같다.
【子(자)】: 너, 그대, 당신.
【是之不察(시지불찰)】: 이에 대해 살피지 않다.

12 予默然無以應。退而思其言, 類東方生滑稽之流。豈其憤世疾邪者耶? 而託于柑以諷耶? → 나는 묵묵히 응대할 수가 없었다. 물러나와 그가 한 말을 생각해보니, 마치 동방삭(東方朔)과 비슷한 익살스런 사람이다. 어찌 그가 세상에 대해 분개하고 사악한 것을 증오하는 사람이 아니겠는가? 혹시 감귤에 의탁하여 세상사를 풍자한 것이 아닌가?
【默然(묵연)】: 묵묵히 말이 없는 모양.
【無以(무이)】: …할 수가 없다, …할 방법이 없다.
【類(류)】: 비슷하다, 흡사하다.
【東方生(동방생)】: [인명] 동방삭(東方朔). ※《사기(史記)·골계열전(滑稽列傳)》의 기록에 의하면, 한무제(漢武帝) 때 사람으로 자는 만천(曼倩)이며, 항상 익살스러운 말로 황제를 풍자했다.
【憤世(분세)】: 세상에 대해 분개하다.
【疾邪(질사)】: 사악한 것을 증오하다. 『疾』: 미워하다, 증오하다.
【託(탁)】: 기탁하다, 의탁하다.

나듯이 입과 코를 진동했고, 그 속을 보니 말라서 쓸모없는 솜과 같았다. 나는 이상하게 여겨 그에게 물었다.

「당신이 사람들에게 판 감귤은 제기(祭器)에 담아 제사를 받들고 손님을 접대하게 하려는 것이요? 아니면 겉모양을 과시하여 어리석고 눈먼 사람을 현혹시키려는 것이오?」

장사가 웃으며 말했다.

「나는 이 장사를 한 지 여러 해가 되었는데, 나는 이에 의지하여 내 몸을 부양하고 있습니다. 내가 이것을 팔면 사람들이 사가지만 아직 어떤 말을 들어본 적이 없습니다. 그런데 유독 당신에게만 불만스럽게 해드렸군요! 세상에 속임수를 쓰는 사람들이 많은데, 유독 나 하나뿐이겠습니까? 당신이 미처 생각하지 못한 것이지요. 오늘날 호부(虎符)를 차고 호랑이 가죽 의자에 앉아 있는 자들이 위풍당당하게 마치 나라를 지키는 믿음직한 인재 같지만, (그들이) 과연 손무(孫武) · 오기(吳起)의 책략을 내놓을 수 있겠습니까? 큰 관모를 높이 쓰고 긴 띠를 끌고 다니는 문관들이 기세가 드높게 마치 조정의 동량(棟梁) 같지만, (그들이) 과연 이윤(伊尹) · 고요(皐陶)와 같은 공을 세울 수 있겠습니까? 도적들이 일어나도 막을 줄 모르고, 백성들이 곤궁해도 구제할 줄 모르고, 관리들이 간악해도 제재할 줄 모르고, 법령이 망가져도 정리할 줄 모르고, 앉아서 나라의 양식을 낭비해도 부끄러워할 줄을 모릅니다. 그들이 높은 당상에 앉아 있고, 큰 말을 타고, 좋은 술을 취하도록 마시고, 살찌고 신선한 고기를 배불리 먹는 것을 보면, (그들 중) 어느 누가 위풍당당하여 경외할 만하고 기세등등하여 본받을 만한 사람이 아니겠습니까? 그런데 그들이 또 언제 겉은 금옥(金玉)처럼 화려한 모습을 하고 속은 쓸모없는 솜으로 채워지지 않은 적이 있었습니까? 지금 당신은 이런 것들을 살펴보지 않고 오히려 나의 감귤만 살펴 트집을 잡고 있습니다.」

나는 묵묵히 응대할 수가 없었다. 물러나와 그가 한 말을 생각해보니 마치 동방삭(東方朔)과 비슷한 익살스런 사람이다. 어찌 그가 세상에 대해 분개하고 사악한 것을 증오하는 사람이 아니겠는가? 혹시 감귤에 의탁하여 세상사를 풍자한 것이 아닌가?

해설

항주(杭州)의 과일 장사가 파는 감귤은 광택이 나고 마치 옥과 같은 바탕에 금빛을 띠었으나, 작자가 막상 그것을 사서 갈라보니 연기가 나듯 입과 코를 진동하고 속이 말라 쓸모없는 솜과 같았다. 이에 감귤 장사에게 항의하자 장사는 세상에 속임수를 쓰는 사람들이 나 하나뿐이 아니라며 「오늘날 호부(虎符)를 차고 호랑이 가죽 의자에 앉아 있는 자들과 큰 관모를 높이 쓰고 긴 띠를 끌고 다니는 문관들」을 들어, 그들이야말로 「겉은 금옥(金玉)처럼 화려한 모습을 하고 있지만 속은 쓸모없는 솜으로 채워진 사람들」이라며, 오히려 작자에게 「지금 당신은 이런 것들을 살펴보지 않고 오히려 나의 감귤만 살펴 트집을 잡고 있다.」고 항의했다.

이 우언은 작자가 감귤 장사의 비유를 통해, 속은 완전히 부패했으면서도 겉으로는 여전히 화려한 의관을 갖추고 높은 당상에 앉아 있는 통치자들의 표리부동한 형상을 풍자한 것이다.

014 헌금조거(獻琴遭拒)

《郁離子 · 良桐》

원문 및 주석

獻琴遭拒[1]

工之僑得良桐焉, 斫而爲琴, 弦而鼓之, 金聲而玉應。自以爲天下之美也, 獻之太常。[2] 使國工視之, 曰 :「弗古。」還之。[3] 工之僑以

1 獻琴遭拒 → 거문고를 바쳐 거절당하다
【獻(헌)】: 바치다.
【琴(금)】: 거문고.
【遭拒(조거)】: 거절당하다.

2 工之僑得良桐焉, 斫而爲琴, 弦而鼓之, 金聲而玉應。自以爲天下之美也, 獻之太常。→ 공지교(工之僑)가 질이 좋은 오동나무를 발견하고, 그것을 베어다가 거문고를 만들어, 현(弦)을 설치하고 타보니, 금종(金鐘) 소리와 옥경(玉磬) 소리가 호응하듯 매우 듣기가 좋았다. (공지교는) 스스로 천하에서 가장 아름다운 거문고라 여겨, 그것을 태상(太常)에게 바쳤다.
【工之僑(공지교)】: [인명].
【良桐(양동)】: 질이 좋은 오동나무.
【斫(작)】: 베다, 자르다.
【爲琴(위금)】: 거문고를 만들다. 〖爲〗: 만들다.
【弦而鼓之(현이고지)】: 현을 설치하고 거문고를 연주하다. 〖弦〗: [동사 용법] 현을 설치하다. 〖鼓〗: 타다, 연주하다. 〖之〗: [대명사] 그것, 즉「거문고」.
【金聲而玉應(금성이옥응)】: 금종(金鐘) 소리와 옥경(玉磬) 소리가 서로 호응하듯 매우 듣기가 좋다. 〖金〗: 금속으로 만든 악기. 여기서는「종」을 가리킨다. 〖玉〗: 옥으로 만든 악기. 여기서는「옥경(玉磬)」을 가리킨다. 〖應〗: 호응하다.
【自以爲(자이위)】: 스스로 …라고 여기다.
【獻之太常(헌지태상)】: 그것을 태상(太常)에게 바치다. 〖之〗: [대명사] 그것, 즉「거문고」.

歸, 謀諸漆工, 作斷紋焉; 又謀諸篆工, 作古窾焉。[4] 匣而埋諸土, 朞年出之, 抱以適市。[5] 貴人過而見之, 易之以百金, 獻諸朝, 樂官傳視, 皆曰 :「希世之珍也!」[6] 工之僑聞之歎曰 :「悲哉, 世也! 豈獨一

....

〖太常〗: 옛날 종묘(宗廟)의 예악(禮樂)을 관장하던 관리.

3 使國工視之, 曰 :「弗古。」還之。→ (태상이) 나라 안에서 가장 뛰어난 장인으로 하여금 그것을 살펴보게 하니, 장인이 말하길 :「옛날 거문고가 아닙니다.」라고 했다. 그리하여 그것을 공지교에게 돌려주었다.

【使(사)】: …로 하여금 …하게 하다.

【國工(국공)】: 나라 안에서 가장 뛰어난 장인(匠人).

【視之(시지)】: 거문고를 살펴보다. 〖之〗: [대명사] 그것, 즉「거문고」.

【弗古(불고)】: 예스럽지 못하다. 즉「옛날 거문고가 아니다」의 뜻. 〖弗〗: 不(불).

【還(환)】: 돌려주다.

4 工之僑以歸, 謀諸漆工, 作斷紋焉; 又謀諸篆工, 作古窾焉。→ 공지교는 그것을 가지고 집에 돌아와, 옻칠을 하는 장인과 상의하여, 거문고에 균열이 생긴 무늬를 그려 넣고; 또 전각(篆刻)을 하는 장인과 상의하여, 옛 문자를 새겨 넣어 마치 오래된 것처럼 보이도록 했다.

【以歸(이귀)】: (거문고를) 가지고 돌아오다.

【謀諸漆工(모제칠공)】: 그것을 옻칠하는 장인과 상의하다. 〖謀〗: 상의하다. 〖諸〗: 之於(지어)의 합음. 〖漆工〗: 옻칠하는 장인(匠人).

【作斷紋(작단문)】: 균열이 생긴 무늬를 그려 넣다. 〖作〗: 만들다. 여기서는「그려 넣다」의 뜻. 〖斷紋〗: 균열이 생긴 무늬. 여기서는「세월이 오래 흘러 옻칠에 균열이 생긴 것처럼 보이도록 한 무늬」를 가리킨다.

【篆工(전공)】: 전각(篆刻)하는 장인.

【作古窾(작고관)】: 옛 문자를 새겨 넣다. 〖作〗: 만들다. 여기서는「새겨 넣다」의 뜻. 〖窾〗: 款(관), 관지(款識). 기물에 새겨 넣는 글자.

5 匣而埋諸土, 朞年出之, 抱以適市。→ 그리고 그것을 상자에 넣어 흙 속에 묻어 두었다가, 일 년이 지난 뒤 파내어, 끌어안고 시장에 팔러 갔다.

【匣(갑)】: [동사 용법] 상자에 넣다.

【埋諸土(매제토)】: 그것을 땅에 묻다. 〖諸〗: 之於(지어)의 합음.

【朞年出之(기년출지)】: 일 년 뒤에 그것을 파내다. 〖朞年〗: 일 년. 〖出〗: 파내다. 〖之〗: [대명사] 그것, 즉「거문고」.

【抱以適市(포이적시)】: 끌어안고 시장에 가다. 〖抱〗: (손으로) 끌어안다. 〖適〗: 가다.

6 貴人過而見之, 易之以百金, 獻諸朝, 樂官傳視, 皆曰 :「希世之珍也!」→ 어느 귀인(貴人)이 지나가다가 이 거문고를 보자, 황금 백 냥을 주고 사서, 그것을 조정(朝廷)에 바쳤다. 조정의 악관(樂官)들이 돌려보고 나서, 모두 말했다 :「세상에서 보기 드문 진귀한 물건입니다.」

【貴人(귀인)】: 지체 높은 사람.

琴哉? 莫不然矣! 而不早圖之, 其與亡矣。」[7] 遂去, 入于宕冥之山, 不知其所終。[8]

번역문

거문고를 바쳐 거절당하다

공지교(工之僑)가 질이 좋은 오동나무를 발견하고 그것을 베어다가 거문

....

【過(과)】: 지나가다.

【易之以百金(역지이백금)】: 황금 백 냥을 주고 그것을 사다. 〖易〗: 바꾸다, 교환하다. 여기서는 「사다, 구입하다」의 뜻.

【獻諸朝(헌제조)】: 그것을 조정(朝廷)에 바치다. 〖諸〗: 之於(지어)의 합음.

【樂官傳視(악관전시)】: 악관(樂官)들이 서로 돌려가며 보다. 〖樂官〗: 조정에서 음악을 관장하는 관리. 〖傳視〗: 돌려보다.

【希世之珍(희세지진)】: 세상에서 보기 드문 진귀한 물건.

7 工之僑聞之歎曰:「悲哉, 世也! 豈獨一琴哉? 莫不然矣! 而不早圖之, 其與亡矣。」→ 공지교는 이 말을 듣고 탄식하며 말했다:「사회 풍조가 정말 슬프도다! (진짜와 가짜를 변별하지 않는 것이) 어찌 다만 이 거문고뿐이겠는가? 세상에는 그렇지 않은 것이 하나도 없다. 만일 내가 좀 더 일찍 도모하지 않는다면, (나도) 장차 이러한 사회 풍조와 더불어 망하고 말 것이다.」

【世(세)】: 세도(世道), 사회 상황, 사회 풍조, 사회 분위기.

【豈(기)】: 어찌.

【獨(독)】: 다만.

【莫不然(막불연)】: 그렇지 않은 것이 없다.

【而(이)】: 만일, 만약.

【不早(부조)】: 좀 더 일찍.

【圖之(도지)】: 그것을 고려하다.

【其與亡(기여망)】: 장차 함께 망할 것이다. 〖其〗: 장차 …할 것이다. 〖與〗: 함께, 더불어.

8 遂去, 入于宕冥之山, 不知其所終。→ 그리하여 (공지교는) 살던 곳을 떠나, 탕명산(宕冥山)으로 들어갔는데, 아무도 그의 행방을 알지 못했다.

【遂(수)】: 그리하여.

【去(거)】: 떠나다.

【宕冥之山(탕명지산)】: 탕명산(宕冥山). 〖宕冥〗: 높고 깊은 모양. ※ 탕명산은 실제로 존재하지 않는 허구의 산이다.

【所終(소종)】: 행방, 종적.

고를 만들어, 현(弦)을 설치하고 타보니 금종(金鐘) 소리와 옥경(玉磬) 소리가 호응하듯 매우 듣기가 좋았다. (공지교는) 스스로 천하에서 가장 아름다운 거문고라 여겨 그것을 태상(太常)에게 바쳤다. (태상이) 나라 안에서 가장 뛰어난 장인(匠人)으로 하여금 그것을 살펴보게 하니, 장인이 말하길 「옛날 거문고가 아닙니다.」라고 했다. 그리하여 그것을 공지교에게 돌려주었다.

공지교는 그것을 가지고 집에 돌아와 옻칠을 하는 장인과 상의하여, 거문고에 균열이 생긴 무늬를 그려 넣고, 또 전각(篆刻)을 하는 장인과 상의하여 옛 문자를 새겨 넣어 마치 오래된 것처럼 보이도록 했다. 그리고 그것을 상자에 넣어 흙 속에 묻어 두었다가 일 년이 지난 뒤 파내어, 끌어안고 시장에 팔러 갔다. 어느 귀인(貴人)이 지나가다가 이 거문고를 보자 황금 백 냥을 주고 사서, 그것을 조정(朝廷)에 바쳤다. 조정의 악관(樂官)들이 돌려보고 나서 모두 말했다.

「세상에서 보기 드문 진귀한 물건입니다.」

공지교는 이 말을 듣고 탄식하며 말했다.

「사회 상황이 정말 슬프도다! (진짜와 가짜를 변별하지 않는 것이) 어찌 다만 이 거문고뿐이겠는가? 세상에는 그렇지 않은 것이 하나도 없다. 만일 내가 좀 더 일찍 도모하지 않는다면, (나도) 장차 이러한 사회 풍조와 더불어 망하고 말 것이다.」

그리하여 (공지교는) 살던 곳을 떠나 탕명산(宕冥山)으로 들어갔는데, 아무도 그의 행방을 알지 못했다.

해설

공지교(工之僑)가 질이 좋은 오동나무로 거문고를 만들어 타보고 소리가 너무 좋아 천하제일의 거문고라 여겨 조정(朝廷)의 태상(太常)에게 바쳤으나, 태상은 옛것이 아니라는 이유로 거문고를 공지교에게 돌려주었다. 이에 공지교가 거문고를 가지고 장인들과 상의하여 오래된 물건처럼 손질한 후 상자에 넣어 일 년 동안 땅에 묻어 두었다가 꺼내 시장에 내놓으니, 어느 귀인(貴人)이 즉시 황금 백 냥을 주고 사서 조정에 갖다 바쳤다. 그러자 조정의 악관(樂官)들 모두가 세상에서 보기 드문 물건이라고 극찬했다.

거문고는 다만 외형이 바뀌었을 뿐 결코 본질이 변한 것은 아니다. 그러나 손질 전후의 평가는 천양지차(天壤之差)이다. 이에 공지교는 그러한 사회 풍조를 한탄하며 살던 곳을 떠나 아무도 모르게 탕명산(宕冥山)으로 들어가 은거했다.

이 우언은 동일한 거문고가 약간의 손질을 거친 후 전후의 평가가 완전히 달라진 현상을 통해, 물건의 진위(眞僞)나 우열에 대한 감별 능력이 전혀 없이 겉으로 나타난 형상만 가지고 맹목적으로 옛것을 좋아하는 무지한 사람들의 해괴한 기벽(嗜癖)과 사회 풍조를 풍자한 것이다.

015 헌마고화(獻馬賈禍)

《郁離子·獻馬》

원문 및 주석

獻馬賈禍[1]

周厲王使芮伯帥師伐戎, 得良馬焉, 將以獻于王。[2] 芮季曰 :「不如捐之。王欲無厭, 而多信人之言。[3] 今以師歸而獻馬焉, 王之左右

1 獻馬賈禍 → 말을 바쳐 화를 자초(自招)하다
【獻(헌)】: 바치다.
【賈禍(고화)】: 스스로 화를 부르다, 화를 자초(自招)하다. 〖賈〗: 초래하다.

2 周厲王使芮伯帥師伐戎, 得良馬焉, 將以獻于王。→ 주(周)나라 여왕(厲王)이 예백(芮伯)으로 하여금 군사를 통솔하여 서융(西戎)을 정벌하도록 했는데, (예백이) 명마 한 필을 얻어, 이를 여왕에게 바치려 했다.
【周厲王(주여왕)】: 주(周)나라의 군주. 〖周〗: [국명] B.C. 11세기에 은(殷)나라를 이어 무왕(武王) 희발(姬發)이 세운 나라.
【使(사)】: …로 하여금 …하게 하다, …에게 …하도록 시키다.
【芮伯(예백)】: [인명] 여왕(厲王)의 신하. 성은 희(姬)이며, 예(芮)[지금의 섬서성 대려(大荔)]에 봉해졌다.
【帥師(솔사)】: 군대를 통솔하다. 〖帥〗: 통솔하다, 인솔하다.
【伐戎(벌융)】: 서융(西戎)을 정벌하다. 〖戎〗: 서융(西戎), 서쪽 지방의 오랑캐. ※ 옛날 중국은 중원(中原)을 중심으로 동쪽 오랑캐를 동이(東夷), 서쪽 오랑캐를(西戎), 남쪽 오랑캐를 남만(南蠻), 북쪽 오랑캐를 북적(北狄)이라 불렀다.
【將以獻于王(장이헌우왕)】: 장차 이를 왕에게 바치려 하다. 〖將〗: 장차(곧) …하려고 하다. 〖以〗: 이를, 이것을.

3 芮季曰 :「不如捐之。王欲無厭, 而多信人之言。→ (예백의 동생) 예계(芮季)가 말했다 :「그 말을 버리는 것이 낫습니다. 여왕은 욕심이 매우 많고, 다른 사람의 참언(讒言)을 잘 믿습니다.

必以子獲爲不止一馬, 而皆求於子。[4] 子無以應之, 則將嘵于王, 王必信之。是賈禍也。」弗聽, 卒獻之。[5] 榮夷公果使有求焉, 弗得, 遂譖諸王曰:「伯也隱。」王怒, 逐芮伯。[6] 君子謂芮伯亦有罪焉爾。知

【芮季(예계)】: [인명] 예백의 동생 예량부(芮良夫).

【不如捐之(불여연지)】: 말을 버리는 것만 못하다, 말을 버리는 것이 낫다. 〖不如〗: …하는 것이 낫다, …하는 것만 못하다. 〖捐(연)〗: 버리다. 〖之〗: [대명사] 그것, 즉「말」.

【欲(욕)】: 욕심.

【無厭(무염)】: 싫증을 내는 것이 없다. 즉「탐욕이 매우 많다」의 뜻.

【多信(다신)】: 잘 믿다.

【人之言(인지언)】: 다른 사람의 말. 여기서는「다른 사람의 참언(讒言)」을 가리킨다.

4 今以師歸而獻馬焉, 王之左右必以子獲爲不止一馬, 而皆求於子。→ 지금 군대를 이끌고 귀환하여 말을 바치면, 여왕의 측근들은 반드시 형이 얻은 것이 단지 말 한 마리에 그치지 않을 것이라 여겨, 그들 모두 형에게 (재물을) 요구할 것입니다.

【左右(좌우)】: 주변 사람, 측근.

【以(이)…爲(위)…】: …을 …라 여기다.

【子(자)】: 너, 그대, 당신.

【不止(부지)】: …에 그치지 않다, 다만 …뿐이 아니다.

【求於(구어)…】: …에게 요구하다.

5 子無以應之, 則將嘵于王, 王必信之。是賈禍也。」弗聽, 卒獻之。→ 형이 그들의 요구를 들어줄 방법이 없으면, 왕에게 형을 참언할 것이고, 왕은 반드시 그들의 참언을 믿을 것입니다. 이는 스스로 화를 부르는 것입니다.」(예백은) 듣지 않고, 끝내 말을 (여왕에게) 바쳤다.

【無以應之(무이응지)】: 그들에게 응할 방법이 없다. 즉「그들의 요구를 들어줄 방법이 없다」의 뜻.

【將嘵于王(장효우왕)】: 장차 왕에게 참언할 것이다. 〖將〗: 장차 …할 것이다. 〖嘵〗: 말이 많은 모양. 여기서는「참언하다, 헐뜯는 말을 하다」의 뜻. 〖于〗: [개사] …에게.

【是(시)】: 이, 이것.

【弗(불)】: 不(불).

【卒(졸)】: 끝내, 마침내.

6 榮夷公果使有求焉, 弗得, 遂譖諸王曰:「伯也隱。」王怒, 逐芮伯。→ 그러자 과연 영이공(榮夷公)이 사람을 보내 (재물을) 요구했는데, 얻지 못하자, 곧 여왕에게:「예백은 (많은 전리품을) 숨기고 있습니다.」라고 헐뜯었다. 여왕은 매우 화가 나서, 예백을 (조정에서) 축출했다.

【榮夷公(영이공)】: 여왕(厲王)의 총신.

【果(과)】: 과연.

【使有求(사유구)】: 사람을 보내 요구하다.

【遂(수)】: 곧, 바로, 즉시.

王之瀆貨而啓之, 芮伯之罪也。[7]

번역문

말을 바쳐 화를 자초(自招)하다

주(周)나라 여왕(厲王)이 예백(芮伯)으로 하여금 군사를 통솔하여 서융(西戎)을 정벌하도록 했는데, (예백이) 명마 한 필을 얻어 이를 여왕에게 바치려 했다.

(예백의 동생) 예계(芮季)가 말했다.

「그 말을 버리는 것이 낫습니다. 여왕은 욕심이 매우 많고 다른 사람의 참언(讒言)을 잘 믿습니다. 지금 군대를 이끌고 귀환하여 말을 바치면, 여왕의 측근들은 반드시 형이 얻은 것이 단지 말 한 마리에 그치지 않을 것이라 여겨, 그들 모두 형에게 (재물을) 요구할 것입니다. 형이 그들의 요구를 들어줄 방법이 없으면 왕에게 형을 참언할 것이고, 왕은 반드시 그들의 참언을 믿을 것입니다. 이는 스스로 화를 부르는 것입니다.」

(예백은) 듣지 않고 끝내 말을 (여왕에게) 바쳤다. 그러자 과연 영이공

【譖(참)】: 참언(讒言)하다, 헐뜯다.
【諸(제)】: 之於(지어)의 합음.
【隱(은)】: 숨기다.
【逐(축)】: 축출하다, 쫓아내다.

7 君子謂芮伯亦有罪焉爾。知王之瀆貨而啓之, 芮伯之罪也。→ 군자(君子)는 (이에 대해) 예백 역시 잘못이 있다고 말했다. 여왕이 재물을 탐한다는 것을 알면서 (한 필의 말로) 여왕의 탐심(貪心)을 유발(誘發)했으니, 그것이 바로 예백의 잘못이라는 것이다.
【罪(죄)】: 잘못, 과실.
【焉爾(언이)】: [복합 어조사].
【瀆貨(독화)】: 재물을 탐하다. 【瀆】: 탐하다.
【啓之(계지)】: 탐심을 유발하다. 【啓】: 열다. 여기서는 「유발(誘發)하다」의 뜻. 【之】: [대명사] 그것, 즉 「여왕의 탐심」.

(榮夷公)이 사람을 보내 (재물을) 요구했는데, 얻지 못하자 곧 여왕에게 「예백은 (많은 전리품을) 숨기고 있습니다.」라고 헐뜯었다. 여왕은 매우 화가 나서 예백을 (조정에서) 축출했다.

군자(君子)는 (이에 대해) 예백 역시 잘못이 있다고 말했다. 여왕이 재물을 탐한다는 것을 알면서 (한 필의 말로) 여왕의 탐심(貪心)을 유발(誘發)했으니, 그것이 바로 예백의 잘못이라는 것이다.

해설

여왕(厲王)의 명을 받고 서융(西戎)의 정벌에 나섰던 예백(芮伯)이 임무를 마치고 철군하면서 전리품(戰利品)으로 얻은 명마 한필을 여왕에게 바치려 하자, 동생 예계(芮季)가 여왕에게 선물을 주고 주변 신하들을 외면할 경우 신하들이 남의 말을 잘 믿는 여왕에게 예백을 헐뜯어 화를 자초(自招)할 것을 염려하여 극구 만류했으나, 예백이 끝내 권고를 듣지 않고 여왕에게 말을 바쳤다가 결국 예계의 예측대로 조정에서 축출되고 말았다.

이 우언은 예백이 예계의 권고를 듣지 않고 여왕에게 명마를 바쳤다가 오히려 화를 자초한 고사를 통해, 봉건사회 통치 계층의 몰염치한 탐욕 행위를 풍자한 것이다

016 촉고삼인(蜀賈三人)

《郁離子 · 蜀賈》

원문 및 주석

蜀賈三人[1]

蜀賈三人, 皆賣藥於市。其一人專取良, 計入以爲出, 不虛價, 亦不過取贏。[2] 一人良不良皆取焉, 其價之賤貴, 惟買者之欲, 而隨以其良不良應之。[3] 一人不取良, 惟其多賣, 則賤其價, 請益則益之, 不

1 蜀賈三人 → 세 사람의 촉(蜀)지방 상인
【蜀(촉)】: [지명] 지금의 사천성 일대. 옛날 파촉(巴蜀)과 촉(蜀)나라가 있던 지역.
【賈(고)】: 상인, 장사.

2 蜀賈三人, 皆賣藥於市。其一人專取良, 計入以爲出, 不虛價, 亦不過取贏。→ 촉(蜀)지방 상인 세 사람이, 모두 시장에서 약을 팔았다. 그중 한 사람은 전문적으로 좋은 약재를 사들인 다음, 매입한 값을 헤아려 매출할 값을 결정하는데, 값을 허황되게 매기지도 않고, 또한 지나치게 이윤을 취하지도 않았다.
【專取良(전취량)】: 전문적으로 좋은 약재를 사들이다.
【計入以爲出(계입이위출)】: 사들인 값을 헤아려 팔 값을 매기다. 〖計〗: 헤아리다, 계산하다. 〖入〗: 사들인 값, 매입한 값. 〖爲〗: 매기다, 결정하다. 〖出〗: 팔 값, 매출할 값.
【不虛價(불허가)】: 값을 허황되게 매기지 않다.
【不過取贏(불과취영)】: 지나치게 영리를 취하지 않다. 〖贏〗: 영리, 이윤. ※ 판본에 따라서는 「贏」을 「羸(영)」이라 했다.

3 一人良不良皆取焉, 其價之賤貴, 惟買者之欲, 而隨以其良不良應之。→ 다른 한 사람은 좋은 약재든 안 좋은 약재든 모두 사들인 다음, 파는 값의 고하(高下)는, 오직 사는 사람의 요구를 근거로, 원하는 바에 따라 각기 좋은 약재와 안 좋은 약재로 응대했다.
【賤(천)】: 값이 싸다.

較。[4] 於是爭趨之, 其門之限月一易, 歲餘而大富。[5] 其兼取者趨稍緩, 再期亦富。其專取良者, 肆日中如宵, 旦食而昏不足。[6] 郁離子見而

【貴(귀)】: 값이 비싸다.
【惟(유)】: 오직.
【欲(욕)】: 요구, 필요.
【隨(수)】: 따르다.
【應(응)】: 응대하다.

4 一人不取良, 惟其多賣, 則賤其價, 請益則益之, 不較。→ 또 다른 한 사람은 좋은 약재를 사들이지 않고, 오직 많이 파는 것만 생각하여, 그 값을 싸게 매기고, (고객이) 더 달라고 요구하면 더 주며, 이러쿵저러쿵 따지지 않았다.
【賤(천)】: [동사] 값을 싸게 매기다.
【請(청)】: 요청하다, 요구하다.
【益(익)】: 더하다, 보태다.
【不較(불교)】: 이러쿵저러쿵 따지지 않다.

5 於是爭趨之, 其門之限月一易, 歲餘而大富。→ 그리하여 (고객들이) 다투어 그에게 몰려가는 바람에, 그 집의 문지방이 망가져 한 달에 한 번씩 (문지방을) 새로 교체했고, 일 년여 만에 큰 부자가 되었다.
【於是(어시)】: 그리하여.
【趨(추)】: 어떤 방향을 향해 가다, 쏠리다, 향하다.
【門之限(문지한)】: 문지방.
【月一易(월일역)】: 한 달에 한 번씩 교체하다. 〖易〗: 바꾸다, 교체하다.
【歲餘(세여)】: 일 년여.
【大富(대부)】: [동사 용법] 큰 부자가 되다.

6 其兼取者趨稍緩, 再期亦富。其專取良者, 肆日中如宵, 旦食而昏不足。→ 좋은 약재와 안 좋은 약재를 모두 사들인 그 사람은 약을 사러 가는 사람이 다소 적어, 두 해가 지난 후 역시 부자가 되었다. 그런데 오직 좋은 약재만 사들인 그 사람은, 점포가 대낮이 마치 밤중 같아, 아침에 밥을 먹으면 저녁에 먹을 밥이 없었다.
【兼取者(겸취자)】: 좋은 약재와 안 좋은 약재를 모두 사들인 사람.
【趨稍緩(추초완)】: 가서 약을 사는 사람이 다소 적다. 〖稍〗: 약간, 다소. 〖緩〗: 완만하다, 느슨하다. 여기서는 「적다」의 뜻.
【再期(재기)】: 두 해가 지나서. ※ 판본에 따라서는 「期」를 「朞(기)」라 했다.
【肆(사)】: 가게, 점포.
【日中如宵(일중여소)】: 한낮이 마치 한밤중 같다. 〖日中〗: 한낮, 정오. 〖如〗: 마치 …같다. 〖宵〗: 밤, 밤중.
【旦食而昏不足(단식이혼부족)】: 아침에 밥을 먹으면 저녁에 먹을 밥이 없다. 〖旦〗: 아침. 〖昏〗: 저녁. 〖不足〗: 부족하다, 모자라다. 여기서는 「없다」의 뜻.

嘆曰：「今之爲士者亦若是夫![7] 昔楚鄙三縣之尹三：其一廉而不獲于上官, 其去也無以僦舟, 人皆笑以爲癡。[8] 其一擇可而取之, 人不尤其取而稱其能賢。[9] 其一無所不取, 以交于上官, 子吏卒而賓富民, 則不待三年, 擧而任諸綱紀之司, 雖百姓亦稱其善。不亦怪哉!」[10]

....

7 郁離子見而嘆曰：「今之爲士者亦若是夫! → 욱리자(郁離子)가 그 상황을 보고 탄식하며 말했다：「오늘날 벼슬살이를 하는 사람도 이와 같다.

【爲士者(위사자)】: 벼슬살이를 하는 사람.

【若是(약시)】: 이와 같다.

8 昔楚鄙三縣之尹三：其一廉而不獲于上官, 其去也無以僦舟, 人皆笑以爲癡。→ 옛날 초(楚)나라 변방에 세 사람의 현령(縣令)이 있었다. 그중 한 사람은 청렴하여 상관으로부터 환심을 얻지 못해, 임기를 마치고 떠나면서 배를 세낼 수가 없어, 사람들이 모두 그를 비웃으며 어리석다고 여겼다.

【楚(초)】: [국명] 지금의 호남성 · 호북성과 강서성 · 절강성 및 하남성 남부에 걸쳐 있던 주대(周代)의 제후국.

【鄙(비)】: 변두리, 변방 지역.

【尹(윤)】: 현령(縣令).

【廉(렴)】: 청렴하다.

【不獲于上官(불획우상관)】: 상관으로부터 환심을 얻지 못하다.

【去(거)】: 떠나다. 여기서는 「임기를 마치고 떠나다」의 뜻.

【無以僦舟(무이추주)】: 배를 빌릴 수가 없다. 〖無以〗: …할 수가 없다, …할 도리가 없다. 〖僦〗: 임차하다, 세내다.

【笑(소)】: 비웃다.

【以爲(이위)】: …라고 여기다, …라고 간주하다.

【癡(치)】: 어리석다.

9 其一擇可而取之, 人不尤其取而稱其能賢。→ 다른 한 사람은 적절한 시기를 택하여 재물을 갈취했는데, 사람들은 그가 갈취하는 것을 비난하지 않고 오히려 현능(賢能)하다고 칭찬했다.

【擇可(택가)】: 적절한 시기를 택하다.

【取之(취지)】: 재물을 갈취하다. 〖之〗: [대명사] 그것, 즉 「재물」.

【尤(우)】: 탓하다, 비난하다.

【稱(칭)】: 칭찬하다.

【能賢(능현)】: 현능(賢能)하다.

10 其一無所不取, 以交于上官, 子吏卒而賓富民, 則不待三年, 擧而任諸綱紀之司, 雖百姓亦稱其善。不亦怪哉!」→ 또 다른 한 사람은 무엇이든 다 갈취하여, 이를 가지고 윗사람과 교제하며, 하급관리들을 자식처럼 대하고 부자들을 빈객처럼 대했다. 그리하여 삼 년이 채 되

번역문

세 사람의 촉(蜀)지방 상인

촉(蜀)지방 상인 세 사람이 모두 시장에서 약을 팔았다. 그중 한 사람은 전문적으로 좋은 약재를 사들인 다음, 매입한 값을 헤아려 매출할 값을 결정하는데, 값을 허황되게 매기지도 않고 또한 지나치게 이윤을 취하지도 않았다.

다른 한 사람은 좋은 약재든 안 좋은 약재든 모두 사들인 다음, 파는 값의 고하(高下)는 오직 사는 사람의 요구를 근거로, 원하는 바에 따라 각기 좋은 약재와 안 좋은 약재로 응대했다.

또 다른 한 사람은 좋은 약재를 사들이지 않고 오직 많이 파는 것만 생각하여, 그 값을 싸게 매기고 (고객이) 더 달라고 요구하면 더 주며 이러쿵저러쿵 따지지 않았다. 그리하여 (고객들이) 다투어 그에게 몰려가는 바람에 그 집의 문지방이 망가져 한 달에 한 번씩 (문지방을) 새로 교체했고, 일 년여 만에 큰 부자가 되었다.

……………

기도 전에, 추천을 받아 사법(司法)을 관장하는 요직에 임명되니, 설사 백성들일지라도 그를 좋은 사람이라고 칭찬했다. 이는 매우 괴이한 일이 아닌가!」

【無所不取(무소불취)】: 갈취하지 않는 것이 없다, 모두 다 갈취하다.
【以(이)】: 以之(이지), 이로써, 이를 가지고.
【交于(교우)…】: …과 교제하다. 〖于〗: [개사] …과(와).
【子(자)】: [동사 용법] 자식처럼 대하다.
【吏卒(이졸)】: 낮은 벼슬아치, 하급 관리.
【賓(빈)】: [동사 용법] 빈객처럼 대하다, 손님처럼 대하다.
【富民(부민)】: 부자.
【不待三年(부대삼년)】: 삼 년을 기다리지 않다. 즉 「삼 년이 되기 전에」의 뜻.
【擧(거)】: 천거되다.
【諸(제)】: 之於(지어)의 합음.
【綱紀之司(강기지사)】: 사법행정(司法行政)을 관장하는 요직.
【不亦(불역)…哉(재)】: 매우 …한 일이 아닌가! 너무 …하지 않는가!

좋은 약재와 안 좋은 약재를 모두 사들인 그 사람은 약을 사러 가는 사람이 다소 적어, 두 해가 지난 후 역시 부자가 되었다. 그런데 오직 좋은 약재만 사들인 그 사람은, 점포가 대낮이 마치 밤중 같아 아침에 밥을 먹으면 저녁에 먹을 밥이 없었다.

욱리자(郁離子)가 그 상황을 보고 탄식하며 말했다.

「오늘날 벼슬살이를 하는 사람도 이와 같다. 옛날 초(楚)나라 변방에 세 사람의 현령(縣令)이 있었다. 그중 한 사람은 청렴하여 상관으로부터 환심을 얻지 못해, 임기를 마치고 떠나면서 배를 세낼 수가 없어, 사람들이 모두 그를 비웃으며 어리석다고 여겼다. 다른 한 사람은 적절한 시기를 택하여 재물을 갈취했는데, 사람들은 그가 갈취하는 것을 비난하지 않고 오히려 현능(賢能)하다고 칭찬했다. 또 다른 한 사람은 무엇이든 다 갈취하여, 이를 가지고 윗사람과 교제하며 하급 관리들을 자식처럼 대하고 부자들을 빈객처럼 대했다. 그리하여 삼 년이 채 되기도 전에 추천을 받아 사법(司法)을 관장하는 요직에 임명되니, 설사 백성들일지라도 그를 좋은 사람이라고 칭찬했다. 이는 매우 괴이한 일이 아닌가!」

해설

전문적으로 좋은 약재를 사들여 허황되게 값을 매기지도 않고 또한 지나치게 이윤을 취하지도 않는 가장 충직한 사람의 점포에는 장사가 잘 안 되어 아침에 밥을 먹으면 저녁에 먹을 밥이 없는 반면, 좋은 약재를 사들이지 않고 오직 많이 파는 것만 생각하여 값을 싸게 매기고 고객이 더 달라면 더 주며 이러쿵저러쿵 따지지 않는 사람의 점포에는 몰려드는 고객으로 인해 문지방이 망가져 한 달에 한 번씩 문지방을 새로 교체할 정도로 장사가 잘 되어 일 년여 만에 큰 부자가 되었다.

또 초(楚)나라 변방의 현령(縣令) 중에 청렴하여 상관으로부터 환심을 얻지 못해 임기를 마치고 떠나면서 배조차 세낼 수가 없었던 선량한 현령은 백성들에게 어리석다고 비웃음을 당한 반면, 무엇이든 다 갈취하여 윗사람과 교제하며 하급 관리들을 자식처럼 대하고 부자들을 빈객처럼 대한 현령은 삼 년이 채 되기도 전에 추천을 받아 사법(司法)을 관장하는 요직에 임명되고 백성들로부터 좋은 사람이라고 칭찬을 받았다.

이 우언은 선량하고 양심적인 사람이 손해를 보고 충실하지 못하고 비양심적인 사람이 득을 보는 불공정한 현상을 통해, 흑백이 전도되는 봉건관리 사회의 암흑상과 관리들의 비행을 풍자한 것이다.

017 구욕조호(鴝鵒噪虎)

《郁離子 · 噪虎》

원문 및 주석

鴝鵒噪虎[1]

女几之山, 乾鵲所巢, 有虎出于樸簌, 鵲集而噪之。鴝鵒聞之, 亦集而噪。[2] 鵯鶋見而問之曰 :「虎, 行地者也, 其如子何哉, 而噪之也?」[3] 鵲曰 :「是嘯而生風, 吾畏其顚吾巢, 故噪而去之。」問於鴝

……………

1 鴝鵒噪虎 → 구관조가 호랑이를 향해 우짖어대다
【鴝鵒(구욕)】: 구관조(九官鳥).
【噪(조)】: 우짖다.

2 女几之山, 乾鵲所巢, 有虎出于樸簌, 鵲集而噪之。鴝鵒聞之, 亦集而噪。→ 여궤산(女几山)은, 까치가 둥지를 트는 곳인데, 호랑이 한 마리가 잡목 숲에서 나타나자, 까치들이 모여들어 호랑이를 향해 우짖어댔다. 구관조가 이 소리를 듣고, 역시 모여들어 우짖어댔다.
【女几之山(여궤지산)】: [산 이름] 여궤산(女几山). 하남성 의양(宜陽) 서쪽에 있으며, 속칭 석계산(石雞山)이라고도 부른다.
【乾鵲(건작)】: 까치. ※ 까치는 습한 것을 싫어하고 맑게 갠 것을 좋아하기 때문에 붙여진 이름이다.
【所巢(소소)】: 둥지를 트는 곳. 〖巢〗: [동사 용법] 둥지를 틀다, 보금자리를 만들다.
【樸簌(박속)】: 무성한 잡목 숲.
【集而噪之(집이조지)】: 떼 지어 모여서 호랑이를 향해 우짖다.

3 鵯鶋見而問之曰 :「虎, 行地者也, 其如子何哉, 而噪之也?」→ 갈까마귀가 이를 보고 까치에게 물었다 :「호랑이는, 땅에서 걸어 다니는 짐승인데, 호랑이가 너희들을 어쩐다고, 너희들이 호랑이에게 우짖어대니?」
【鵯鶋(필거)】: 갈까마귀.

鴝, 鴝鵒無以對。[4] 鶻鵃笑曰 :「鵲之巢木末也, 畏風, 故忌虎; 爾穴居者也, 何以噪爲?」[5]

번역문

구관조가 호랑이를 향해 우짖어대다

여궤산(女几山)은 까치가 둥지를 트는 곳인데, 호랑이 한 마리가 잡목 숲에서 나타나자 까치들이 모여들어 호랑이를 향해 우짖어댔다. 구관조가

················

【行地者(행지자)】: 땅에서 걸어 다니는 짐승.
【其如子何(기여자하)】: 너를 어찌하다. 〖子〗: 너, 그대, 당신.

4 鵲曰 :「是嘯而生風, 吾畏其顚吾巢, 故噪而去之。」問於鴝鵒, 鴝鵒無以對。→ 까치가 대답했다 :「호랑이가 길게 포효하면 바람을 일으켜, 우리는 바람이 둥지를 뒤엎어버릴까 두렵기 때문에, 그래서 우짖어대어 호랑이를 쫓아버리려는 것이야.」(갈까마귀가) 또 구관조에게 물으니, 구관조는 대답할 말이 없었다.
【是(시)】: [대명사] 이, 이것, 즉 「호랑이」.
【嘯而生風(소이생풍)】: 길게 포효하여 바람을 일으키다. ※ 옛날에 「虎嘯生風(호랑이가 포효하자 바람이 일다)」라는 말이 있다.
【畏(외)】: 두려워하다.
【顚(전)】: 뒤엎다, 뒤집히다.
【去之(거지)】: 호랑이를 쫓아버리다. 〖去〗: 제거하다. 여기서는 「쫓아버리다」의 뜻. 〖之〗: [대명사] 그것, 즉 「호랑이」.
【問於(문어)…】: …에게 묻다. 〖於〗: [개사] …에게.
【無以對(무이대)】: 대답할 말이 없다.

5 鶻鵃笑曰 :「鵲之巢木末也, 畏風, 故忌虎; 爾穴居者也, 何以噪爲?」→ 갈까마귀가 웃으며 말했다 :「까치의 둥지는 나뭇가지 끝에 있어, 바람을 두려워하기 때문에, 그래서 호랑이를 꺼려한다지만; 너희 구관조들은 동굴 속에 사는 동물인데, 왜 (덩달아) 우짖어대니?」
【木末(목말)】: 나뭇가지 끝.
【忌(기)】: 꺼리다, 싫어하다.
【爾(이)】: 너, 당신, 너희들.
【穴居者(혈거자)】: 동굴 속에 사는 동물.
【何以(하이)】: 왜, 어째서.
【爲(위)】: [어조사].

이 소리를 듣고 역시 모여들어 우짖어댔다. 갈까마귀가 이를 보고 까치에게 물었다.

「호랑이는 땅에서 걸어 다니는 짐승인데, 호랑이가 너희들을 어쩐다고 너희들이 호랑이에게 우짖어대니?」

까치가 대답했다.

「호랑이가 길게 포효하면 바람을 일으켜, 우리는 바람이 둥지를 뒤엎어 버릴까 두렵기 때문에, 그래서 우짖어대어 호랑이를 좇아버리려는 것이야.」

(갈까마귀가) 또 구관조에게 물으니 구관조는 대답할 말이 없었다. 갈까마귀가 웃으며 말했다.

「까치의 둥지는 나뭇가지 끝에 있어 바람을 두려워하기 때문에, 그래서 호랑이를 꺼려한다지만, 너희 구관조들은 동굴 속에 사는 동물인데 왜 (덩달아) 우짖어대니?」

해설

까치는 나뭇가지 끝에 둥지를 틀기 때문에 호랑이가 포효하여 바람을 일으키면 둥지가 뒤집힐까봐 두려워 호랑이를 꺼려 하지만, 구관조는 동굴 속에 살기 때문에 호랑이의 포효를 꺼려할 하등의 이유가 없는데도 까치를 따라 우짖어댔다.

이 우언은 어떤 일에 직면했을 때, 자신과의 연관성을 구체적으로 살피지 않고 남이 하는 대로 무턱대고 따라하며 부화뇌동(附和雷同)하는 자들을 꼬집어 풍자한 것이다.

018 상호우박(象虎遇駮)

《郁離子 · 象虎》

원문 및 주석

象虎遇駮[1]

楚人有患狐者, 多方以捕之, 弗獲。[2] 或致之曰 :「虎, 山獸之雄也, 天下之獸見之, 咸讋而亡其神, 伏而俟命。」[3] 乃使作象虎, 取虎皮蒙

....

1 象虎遇駮 → 가짜 호랑이가 박(駮)을 만나다
【象虎(상호)】: 호랑이의 모형, 즉「가짜 호랑이」.
【遇(우)】: 만나다.
【駮(박)】: 전설상의 사나운 짐승으로, 말처럼 생겼으며, 호랑이를 잡아먹는다고 한다.

2 楚人有患狐者, 多方以捕之, 弗獲。→ 어느 초(楚)나라 사람이 여우의 피해를 당해, 여러 가지 방법으로 여우를 잡으려 했으나, 잡지 못했다.
【楚(초)】: [국명] 지금의 호남성 · 호북성과 강서성 · 절강성 및 하남성 남부에 걸쳐 있던 주대(周代)의 제후국.
【患狐(환호)】: 여우의 피해를 당하다.
【多方(다방)】: 여러 가지 방법을 쓰다.
【捕(포)】: 잡다, 포획하다.
【之(지)】: [대명사] 그것, 즉「여우」.
【弗(불)】: 不(불).
【獲(획)】: 잡다, 붙잡다.

3 或致之曰 :「虎, 山獸之雄也, 天下之獸見之, 咸讋而亡其神, 伏而俟命。」→ 어떤 사람이 그에게 알려 주었다 :「호랑이는, 산짐승의 왕이라, 천하의 짐승들이 호랑이를 보면, 모두 두려워서 정신을 잃고, 납작 엎드려 죽음을 기다립니다.」
【或(혹)】: 어떤 사람.
【致(치)】: 알려주다, 일러주다.

之, 出於牖下。狐入遇焉, 啼而踣。[4] 他日, 豕暴于其田, 乃使伏象虎, 而使其子以弋掎諸衢。[5] 田者呼, 豕逸于莽, 遇象虎而反奔衢, 獲焉。[6] 楚人大喜, 以象虎爲可以皆服天下之獸矣。於是野有如馬, 被象虎

……………

【山獸之雄(산수지웅)】: 산짐승의 왕.

【咸(함)】: 모두, 다.

【讋(섭)】: 두려워하다, 무서워하다.

【亡其神(망기신)】: 정신을 잃다, 혼비백산(魂飛魄散)하다.

【伏而俟命(복이사명)】: 엎드려 죽음을 기다리다.

4 乃使作象虎, 取虎皮蒙之, 出於牖下。狐入遇焉, 啼而踣。→ 그리하여 (초나라 사람은) 사람을 시켜 호랑이 모형을 만든 다음, 호랑이 가죽을 가져와 모형에 씌워, 그것을 창문 아래에 내놓았다. 여우가 들어와 모형과 마주치자, 비명을 지르며 넘어졌다.

【乃(내)】: 그리하여, 그래서.

【使作(사작)】: 만들게 하다, 만들도록 시키다. 〖使〗: …로 하여금 …하게 하다, …을 시켜 …하도록 하다.

【取虎皮蒙之(취호피몽지)】: 호랑이 가죽을 가져와 호랑이 모형에 씌우다. 〖蒙〗: 덮다, 덮어 씌우다. 〖之〗: [대명사] 그것, 즉 「호랑이 모형」.

【牖(유)】: 창, 창문.

【啼而踣(제이부)】: 비명을 지르며 넘어지다. 〖啼〗: 울다. 여기서는 「비명을 지르다」의 뜻. 〖踣〗: 넘어지다, 쓰러지다.

5 他日, 豕暴于其田, 乃使伏象虎, 而使其子以弋掎諸衢。→ 그 후 어느 날, 멧돼지들이 초나라 사람의 밭에서 농작물을 망쳐놓았다. 그리하여 그는 사람을 시켜 호랑이 모형을 밭에 숨겨두고, 자기 아들로 하여금 창을 들고 큰 길에서 멧돼지를 지키도록 했다.

【他日(타일)】: 훗날, 며칠 후.

【豕(시)】: 돼지. 여기서는 「멧돼지」를 가리킨다.

【暴于其田(폭우기전)】: 그의 밭에서 농작물을 망쳐놓다. 〖暴〗: 난동을 부리다, 망치다, 손상하다. 여기서는 「농작물을 망쳐놓다」의 뜻.

【以弋掎諸衢(이익기제구)】: 창을 들고 큰 길에서 멧돼지를 지키다. 〖戈〗: 창. 〖掎〗: 지키다, 파수보다. 〖諸〗: 之於(지어)의 합음. 〖衢〗: 대로, 큰 길.

6 田者呼, 豕逸于莽, 遇象虎而反奔衢, 獲焉。→ (멧돼지가 나타나자) 밭을 갈던 사람이 고함을 질렀다. 멧돼지는 숲속으로 도주했다가, 호랑이 모형과 마주치자 몸을 돌려 큰 길로 달아나려다, 사람에게 잡혀버렸다.

【田者(전자)】: 밭가는 사람.

【呼(호)】: 외치다, 고함을 지르다.

【逸于莽(일우망)】: 숲속으로 달아나다. 〖逸〗: 달아나다, 도주하다. 〖于〗: [개사] …로(으로). 〖莽〗: 풀숲, 우거진 수풀.

【反奔衢(반분구)】: 몸을 돌려 큰 길로 달려오다. 〖反〗: 몸을 돌리다, 방향을 돌리다. 〖奔〗:

以趨之。[7] 人或止之曰：「是駁也, 眞虎且不能當, 往且敗。」弗聽。[8] 馬雷呴而前, 攫而噬之, 顱磔而死。[9]

·················

달리다, 달아나다.
【獲(획)】: 포획하다, 잡다.

7 楚人大喜, 以象虎爲可以皆服天下之獸矣。於是野有如馬, 被象虎以趨之。→ 초나라 사람은 매우 기뻐하며, 가짜 호랑이가 천하의 짐승들을 모두 제압할 수 있다고 여겼다. 마침 이때 야외에서 말처럼 생긴 짐승이 나타났다. 그는 호랑이 모형을 착용하고 그 짐승을 향해 좇아갔다.
【大喜(대희)】: 매우 기뻐하다.
【以(이)…爲(위)…】: …을 …으로 여기다.
【可以皆服天下之獸(가이개복천하지수)】: 천하의 짐승들을 모두 제압할 수 있다. 〖服〗: 복종하게 하다, 굴복시키다. 즉 「제압하다」의 뜻.
【於是(어시)】: 이때.
【如馬(여마)】: 말처럼 생긴 짐승.
【被(피)】: 披(피), 입다, 착용하다.
【趨之(추지)】: 그 짐승을 향해 가다. 〖趨〗: …을 향해 가다. 〖之〗: [대명사] 그것, 즉 「말처럼 생긴 짐승」.

8 人或止之曰：「是駁也, 眞虎且不能當, 往且敗。」弗聽。→ 어떤 사람이 그를 만류하며 말했다 : 「이는 박(駁)이라는 짐승인데, 진짜 호랑이조차도 당해낼 수가 없소. 갔다가는 곧 큰일을 당할 것이오.」 그는 권고를 듣지 않았다.
【止(지)】: 제지하다, 만류하다.
【且(차)】: 여기서 「且」가 두 번 나오는데, 앞의 「且」는 「…조차도」의 뜻이고, 뒤의 「且」는 「곧 …할 것이다」의 뜻.
【當(당)】: 저항하다, 대적하다, 당해 내다.
【敗(패)】: 실패하다. 여기서는 「큰일을 당하다」의 뜻.
【弗聽(불청)】: 권고를 듣지 않다. 〖弗〗: 不(불).

9 馬雷呴而前, 攫而噬之, 顱磔而死。→ 그 말처럼 생긴 짐승이 우레같이 포효(咆哮)하며 앞으로 다가와, 그를 붙잡아 깨물어, 머리뼈가 부서져 죽었다.
【馬(마)】: 말. 여기서는 「말처럼 생긴 짐승」을 가리킨다.
【雷呴(뇌구)】: 우레와 같이 포효하다.
【攫而噬之(확이서지)】: 초나라 사람을 붙잡아 물다. 〖攫〗: 잡다, 붙잡다. 〖噬〗: 씹다, 물다. 〖之〗: [대명사] 그, 즉 「초나라 사람」.
【顱磔(노책)】: 머리뼈가 부서지다. 〖顱〗: 머리뼈, 두개골. 〖磔〗: 쪼개지다, 부서지다.

번역문

가짜 호랑이가 박(駮)을 만나다

어느 초(楚)나라 사람이 여우의 피해를 당해 여러 가지 방법으로 여우를 잡으려 했으나 잡지 못했다. 어떤 사람이 그에게 알려 주었다.

「호랑이는 산짐승의 왕이라 천하의 짐승들이 호랑이를 보면 모두 두려워서 정신을 잃고 납작 엎드려 죽음을 기다립니다.」

그리하여 (초나라 사람은) 사람을 시켜 호랑이 모형을 만든 다음, 호랑이 가죽을 가져와 모형에 씌워 그것을 창문 아래에 내놓았다. 여우가 들어와 모형과 마주치자 비명을 지르며 넘어졌다.

그 후 어느 날, 멧돼지들이 초나라 사람의 밭에서 농작물을 망쳐놓았다. 그리하여 그는 사람을 시켜 호랑이 모형을 밭에 숨겨 두고, 자기 아들로 하여금 창을 들고 큰 길에서 멧돼지를 지키도록 했다. (멧돼지가 나타나자) 밭을 갈던 사람이 고함을 질렀다. 멧돼지는 숲속으로 도주했다가 호랑이 모형과 마주치자 몸을 돌려 큰 길로 달아나려다 사람에게 잡혀버렸다. 초나라 사람은 매우 기뻐하며 가짜 호랑이가 천하의 짐승들을 모두 제압할 수 있다고 여겼다.

마침 이때 야외에서 말처럼 생긴 짐승이 나타났다. 그는 호랑이 모형을 착용하고 그 짐승을 향해 쫓아갔다. 어떤 사람이 그를 만류하며 말했다.

「이는 박(駮)이라는 짐승인데, 진짜 호랑이조차도 당해낼 수가 없소. 갔다가는 곧 큰일을 당할 것이오.」

그는 권고를 듣지 않았다. 그 말처럼 생긴 짐승이 우레같이 포효(咆哮)하며 앞으로 다가와 그를 붙잡아 깨물어 머리뼈가 부서져 죽었다.

해설

초(楚)나라 사람은 호랑이 모형으로 여우와 멧돼지를 놀라게 한 경험을 가지고 모든 짐승에게 적용할 수 있다고 간주하여, 호랑이조차 당해낼 수 없는 맹수라며 만류하는 어떤 사람의 권고를 무시하고 박(駮)에게 다가갔다가 즉시 목숨을 잃는 비운을 맞았다.

이 우언은 위협을 가하는 방법이 어쩌다 약자에 대해서는 통할 수 있지만 진정한 강자에 대해서는 전혀 통하지 않는다는 이치를 설명하는 동시에, 중요한 고비에 남의 유익한 권고를 귀담아 듣지 않았다가 재앙을 당하는 어리석은 행위를 경계한 것이다.

019 섬여여하파(蟾蜍與蚵蚾)

《郁離子 · 蟾蜍》

원문 및 주석

蟾蜍與蚵蚾[1]

蟾蜍游于泱瀼之澤, 蚵蚾以其族見, 喜其類己也, 欲與俱入月, 使黿鼈鼁鼀呼之。[2] 問曰 :「彼何食?」 曰 :「彼宅于月中, 身棲桂樹之陰, 餐泰和之淳精, 吸風露之華滋, 他無所食也。」[3] 蚵蚾曰 :「若是則予

1 蟾蜍與蚵蚾 → 섬여(蟾蜍)와 하파(蚵蚾)
【蟾蜍(섬여)】: 두꺼빗과의 동물로, 여기서는 전설에 나오는 「월궁(月宮)의 두꺼비」를 가리킨다.
【蚵蚾(하파)】: 두꺼빗과의 동물로, 여기서는 「땅에 사는 두꺼비」를 가리킨다.

2 蟾蜍游于泱瀼之澤, 蚵蚾以其族見, 喜其類己也, 欲與俱入月, 使黿鼈鼁鼀呼之。→ 월궁(月宮)의 섬여(蟾蜍)가 실개천이 흘러드는 못에서 노닐고 있는데, 하파(蚵蚾)가 자기 가족을 데리고 섬여를 방문했다. 섬여는 하파의 모습이 자기와 닮았다고 좋아하며, 하파와 함께 월궁에 들어가려고, 거추에게 하파를 불러오라고 했다.
【泱瀼之澤(앙양지택)】: 실개천이 흘러드는 못. 〖泱瀼〗: 가는 물줄기가 흐르는 모양. 〖澤〗: 못.
【以其族見(이기족견)】: 자기 가족을 데리고 만나다. 〖以〗: 데리다, 인솔하다, 이끌다. 〖族〗: 가족. 〖見〗: 만나다.
【喜(희)】: 좋아하다.
【類己(유기)】: 자기를 닮다. 〖類〗: 닮다, 비슷하다.
【欲(욕)】: …하고자 하다, …하려고 하다.
【與俱(여구)】: …와 함께. 〖俱〗: 함께.
【使鼁鼀呼之(사거추호지)】: 거추를 시켜 하파를 불러오게 하다. 〖使〗: …에게 …하도록 시키다. …를 시켜 …하게 하다. 〖鼁鼀〗: 두꺼빗과의 동물. 〖之〗: [대명사] 그것, 즉 「하파」.

3 問曰 :「彼何食?」 曰 :「彼宅于月中, 身棲桂樹之陰, 餐泰和之淳精, 吸風露之華滋, 他無所食

不能從矣。予處泱瀼之中，一日而三飽，予焉能從彼，單棲于泬寥，枵其胃腸而吸飮風露乎?」[4] 問其食，不對。鼃黽復命，使返而窺之，則方據溷而食其蛆，鹽糞汁而飮之，滿腹然後出，肭肭然。[5] 鼃黽返

也。」→ 하파가 (거추에게) 물었다 : 「섬여는 무엇을 먹고 살지?」 거추가 대답했다 : 「섬여는 월궁에 사는데, 몸은 계수나무 그늘에 서식하면서, 태화(太和)의 정수(精髓)를 먹고, 바람과 이슬의 감미로운 액즙(液汁)을 마시며, 다른 것은 아무것도 먹지 않아.」

【彼(피)】: 저, 저들, 그, 그들. 여기서는 「섬여」를 가리킨다.

【宅(택)】: [동사] 살다, 거주하다.

【棲(서)】: 서식하다.

【桂樹之陰(계수지음)】: 계수나무의 그늘.

【餐(찬)】: 먹다.

【泰和(태화)】: [고대 철학 용어] 太和(태화). 즉 음양(陰陽)의 두 기(氣)가 서로 모순되면서도 통일된 상태.

【淳精(순정)】: 정화(精華), 정수(精髓), 순수한 알짜배기.

【吸(흡)】: 마시다.

【華滋(화자)】: 감미로운 액즙. 【滋】: 액즙(液汁).

【無所食(무소식)】: 먹는 것이 없다. 즉 「아무것도 먹지 않다」의 뜻.

4 蚵蚾曰 : 「若是則予不能從矣。予處泱瀼之中，一日而三飽，予焉能從彼，單棲于泬寥，枵其胃腸而吸飮風露乎?」→ 하파가 말했다 : 「만약 그렇다면 나는 따라갈 수 없어. 나는 실개천이 흘러드는 못에 살며, 하루에 세 번씩 배불리 먹는데, 내가 어떻게 섬여를 따라가서, 혼자 외롭게 광활하고 썰렁한 월궁에 서식하며, 배를 텅 비우고 바람과 이슬만 마실 수 있겠어?」

【若是(약시)】: 만약 그렇다면. 【若】: 만일, 만약.

【予(여)】: 나.

【從(종)】: 따르다.

【處(처)】: 살다, 거처하다.

【三飽(삼포)】: 세 번을 배불리 먹다.

【焉能(언능)】: 어찌(어떻게) …할 수 있는가?

【單(단)】: 혼자서 외로이.

【泬寥(혈류)】: 광활하고 공허(空虛)한 모양.

【枵(효)】: 속이 비다. 여기서는 「주리다, 굶주리다, 허기지다」의 뜻.

5 問其食，不對。鼃黽復命，使返而窺之，則方據溷而食其蛆，鹽糞汁而飮之，滿腹然後出，肭肭然。→ 거추가 하파에게 무엇을 먹고 사느냐고 묻자, 하파가 대답하지 않았다. 거추가 돌아가 (섬여에게) 상황을 보고하니, (섬여가 거추에게) 다시 돌아가 몰래 하파를 살펴보라고 했다. (하파는) 마침 뒷간을 점거하여 구더기를 잡아먹고, 똥물을 빨아 마시며, 배를 가득 채운 후 밖으로 나오면서, 매우 흡족한 모습이었다.

【食(식)】: [동사] 먹다.

曰 : 「彼之食, 溷蛆與糞汁也, 一日不可無也, 而焉能從子?」[6] 蟾蜍蹙額而咍曰 : 「嗚呼! 予何罪乎, 而生與此物類也!」[7]

번역문

섬여(蟾蜍)와 하파(蚵蚾)

월궁(月宮)의 섬여(蟾蜍)가 실개천이 흘러드는 못에서 노닐고 있는데 하파(蚵蚾)가 자기 가족을 데리고 섬여를 방문했다. 섬여는 하파의 모습이 자

……………

【復命(복명)】: 명을 받고 일을 처리한 후 상황을 보고하다.
【使返而窺之(사반이규지)】: 다시 되돌아가 몰래 하파를 살펴보게 하다. 〖使〗: …에게 …하도록 시키다. …를 시켜 …하게 하다. 〖返〗: 돌아가다. 〖窺〗: 엿보다, 몰래 살펴보다. 〖之〗: [대명사] 그것, 즉 「하파」.
【方(방)】: 마침.
【據溷(거혼)】: 뒷간을 점거하다. 〖溷〗: 뒷간, 변소.
【蛆(저)】: 구더기.
【鹽(고)】: 흡입하다, 빨다.
【糞汁(분즙)】: 똥물.
【滿腹(만복)】: 배를 가득 채우다.
【肭肭然(눌눌연)】: 매우 만족스러운 모양, 매우 흡족한 모양.

6 黿鼉返曰 : 「彼之食, 溷蛆與糞汁也, 一日不可無也, 而焉能從子?」 → 거추가 돌아와 (섬여에게) 보고했다 : 「하파가 먹는 것은, 뒷간의 구더기와 똥물이며, 하루도 안 먹을 수 없습니다. 그러니 어찌 당신을 따라 월궁에 갈 수가 있겠습니까?」
【彼(피)】: [대명사] 그것, 즉 「하파」.
【一日不可無(일일불가무)】: 하루도 없을 수 없다. 즉 「하루도 안 먹을 수 없다」의 뜻.
【焉能(언능)】: 어찌(어떻게) …할 수 있겠는가?
【子(자)】: 너, 그대, 당신.

7 蟾蜍蹙額而咍曰 : 「嗚呼! 予何罪乎, 而生與此物類也!」 → 섬여가 눈살을 찌푸리고 쓴웃음을 지으며 말했다 : 「아! 내가 무슨 죄를 졌기에, 생긴 모습이 이러한 물건과 비슷하단 말인가!」
【蹙額(축액)】: 이마를 찌푸리다, 즉 「눈살을 찌푸리다」의 뜻. 〖蹙〗: 찌푸리다, 찡그리다. 〖額〗: 이마.
【咍(해)】: 쓴웃음을 짓다.
【嗚呼(오호)】: [감탄사] 아!
【類(류)】: 비슷하다, 흡사하다.

기와 닮았다고 좋아하며, 하파와 함께 월궁에 들어가려고 거추에게 하파를 불러오라고 했다.

하파가 (거추에게) 물었다.

「섬여는 무엇을 먹고 살지?」

거추가 대답했다.

「섬여는 월궁에 사는데, 몸은 계수나무 그늘에 서식하면서 태화(太和)의 정수(精髓)를 먹고 바람과 이슬의 감미로운 액즙(液汁)을 마시며 다른 것은 아무것도 먹지 않아.」

하파가 말했다.

「만약 그렇다면 나는 따라갈 수 없어. 나는 실개천이 흘러드는 못에 살며 하루에 세 번씩 배불리 먹는데, 내가 어떻게 섬여를 따라가서 혼자 외롭게 광활하고 썰렁한 월궁에 서식하며, 배를 텅 비우고 바람과 이슬만 마실 수 있겠어?」

거추가 하파에게 무엇을 먹고 사느냐고 묻자 하파가 대답하지 않았다. 거추가 돌아가 (섬여에게) 상황을 보고하니, (섬여가 거추에게) 다시 돌아가 몰래 하파를 살펴보라고 했다. (하파는) 마침 뒷간을 점거하여 구더기를 잡아먹고 똥물을 빨아 마시며, 배를 가득 채운 후 밖으로 나오면서 매우 흡족한 모습이었다.

거추가 돌아와 (섬여에게) 보고했다.

「하파가 먹는 것은 뒷간의 구더기와 똥물이며, 하루도 안 먹을 수 없습니다. 그러니 어찌 당신을 따라 월궁에 갈 수가 있겠습니까?」

섬여가 눈살을 찌푸리고 쓴웃음을 지으며 말했다.

「아! 내가 무슨 죄를 졌기에 생긴 모습이 이러한 물건과 비슷하단 말인가!」

해설

월궁(月宮)에 사는 섬여(蟾蜍)는 자기의 모습과 닮은 하파(蚵蚾)를 좋아하여 월궁으로 데려가 함께 살려고 했으나, 하파는 월궁에서 바람과 이슬을 먹으며 배를 곯고 산다는 것을 알고 섬여의 호의(好意)를 거절했다. 후에 섬여도 하파가 구더기와 똥물을 먹고 산다는 것을 알고 나서는 자기와 하파의 생긴 모습이 비슷한 것을 원망했다. 섬여와 하파는 모습이 비록 비슷하지만 품행과 습성은 천양지차(天壤之差)이다

이 우언은 태화(太和)의 정수(精髓)를 먹고 바람과 이슬의 감미로운 액즙(液汁)을 마시는 섬여를 청렴고결한 사람에 비유하고, 뒷간을 점거하여 구더기를 잡아먹고 똥물을 빨아 마시는 하파를 탐욕스럽고 혼탁한 사람에 비유하여, 탐욕스럽고 혼탁한 소인배들을 꼬집어 풍자하는 동시에, 청렴하고 고상한 사람에게 소인배와 어울리지 말 것을 권고한 것이다.

020 도사구호(道士救虎)

《郁離子·救虎》

원문 및 주석

道士救虎[1]

蒼筤之山, 溪水合流入于江。有道士築于其上以事佛, 甚謹。[2] 一夕, 山水大出, 漂室廬塞溪而下, 人騎木乘屋號呼求救者, 聲相連也。[3] 道士具大舟, 躬蓑笠, 立水滸, 督善水者繩以俟。人至, 卽投木

---

1 道士救虎 → 도사(道士)가 호랑이를 구출하다
【道士(도사)】: 통상 도교(道教)의 신도(信徒)를 가리키나, 옛날에는 불교의 신도 역시 도사라 불렀다. 여기서는 불교의 「승려」를 가리킨다.

2 蒼筤之山, 溪水合流入于江。有道士築于其上以事佛, 甚謹。→ 창랑산(蒼筤山)은, 몇 개의 개울이 합류하여 강으로 들어간다. 어느 도사(道士)가 산 위에 불당(佛堂)을 짓고 부처를 모시는데, 매우 경건하고 정성스러웠다.
【蒼筤之山(창랑지산)】: [산 이름] 창랑산(蒼筤山). 【蒼筤】: 푸르른 죽림(竹林). ※ 산이 푸르른 죽림으로 덮혀 있어 「창랑산(蒼筤山)」이라 했다.
【築(축)】: 불당(佛堂)을 짓다.
【事佛(사불)】: 봉불(奉佛), 부처를 받들어 모시다. 【事】: 섬기다, 모시다.
【甚謹(심근)】: 매우 경건(敬虔)하고 정성스럽다.

3 一夕, 山水大出, 漂室廬塞溪而下, 人騎木乘屋號呼求救者, 聲相連也。→ 어느 날 저녁, 산에 홍수가 나서, 물에 뜬 집들이 개울을 가득 채워 아래로 흘러내려 가고, 사람들은 나뭇가지를 타고 있거나 지붕 위에 올라가 구조해 달라고 외치는데, 그 소리가 계속 끊이지 않았다.
【一夕(일석)】: 어느 날 저녁.
【山水大出(산수대출)】: 산의 물이 크게 불어나다. 즉 「산에 홍수가 나다」의 뜻.
【漂室廬(표실려)】: 가옥이 물에 떠서 표류하다.

索引之，所存活甚衆。[4] 平旦，有獸身沒波濤中而浮其首，左右盼若求救者。[5] 道士曰：「是亦有生，必速救之。」舟者應言往，以木接上之，乃虎也。[6] 始則矇矇然，坐而舐其毛；比及岸，則瞠目眡道士，躍

……………

【塞溪(새계)】: 개울을 가득 메우다.
【騎木(기목)】: 나뭇가지를 타다.
【乘屋(승옥)】: 지붕 위에 올라가다.
【號呼求救(호호구구)】: 구조해 달라고 외치다. 〖號呼〗: 외치다. 〖求救〗: 구조를 청하다.
【相連(상련)】: 서로 연결되다. 즉 「계속 이어지다, 끊이지 않다」의 뜻.

4 道士具大舟，躬蓑笠，立水滸，督善水者繩以俟。人至，卽投木索引之，所存活甚衆。→ 도사는 큰 배를 준비하여, 친히 도롱이를 입고 삿갓을 쓰고, 물가에 서서, 헤엄을 잘 치는 사람을 독촉하여 밧줄을 들고 기다리게 하고, 물에 빠진 사람이 표류해오면, 즉시 나무와 밧줄을 던져 그들을 끌어올렸다. 그리하여 목숨을 건진 사람이 매우 많았다.
【具(구)】: 준비하다.
【躬(궁)】: 몸소, 친히.
【蓑(사)】: [동사 용법]: 도롱이를 입다.
【笠(립)】: [동사 용법]: 삿갓을 쓰다.
【立水滸(입수호)】: 물가에 서다. 〖水滸〗: 물가.
【督善水者(독선수자)】: 헤엄을 잘 치는 사람을 독촉하다. 〖督〗: 독촉하다. 〖善水者〗: 헤엄을 잘 치는 사람.
【繩以俟(승이사)】: [以繩俟의 도치 형태] 밧줄을 가지고 기다리다.
【索(삭)】: 밧줄.
【存活(존활)】: 목숨을 건지다, 삶을 보존하다.
【甚衆(심중)】: 매우 많다. 〖甚〗: 매우, 대단히. 〖衆〗: 많다.

5 平旦，有獸身沒波濤中而浮其首，左右盼若求救者。→ 날이 밝을 무렵, 짐승 한 마리가 몸은 파도 속에 잠기고 머리가 물 위에 뜬 채, 좌우를 둘러보며 마치 구조를 청하는 듯했다.
【平旦(평단)】: 날이 밝을 무렵, 새벽녘.
【沒(몰)】: 잠기다.
【左右盼(좌우반)】: 좌우를 둘러보다, 이리저리 두리번거리다. 〖盼〗: 보다.
【若(약)】: 마치 …같다, 마치 …듯하다.

6 道士曰：「是亦有生，必速救之。」舟者應言往，以木接上之，乃虎也。→ 도사가 말했다：「이것도 하나의 생명이니, 반드시 서둘러 구출해야 합니다.」 뱃사람이 도사의 말에 응해 배를 몰고 가서, 나무를 이용하여 그것을 구조해 놓고 보니, 바로 호랑이였다.
【是(시)】: 此(차), 이, 이것.
【生(생)】: 생명.
【速救(속구)】: 서둘러 구조하다, 속히 구출하다.
【之(지)】: [대명사] 그것, 즉 「물에 빠진 짐승」.

而攫之仆地。[7] 舟人奔救, 道士得不死而重傷焉。[8] 郁離子曰 : 「哀哉! 是亦道士之過也。知其非人而救之, 非道士之過乎?[9] 雖然, 孔子曰 : 『觀過, 斯知仁矣。』 道士有焉。」[10]

....

【舟者(주자)】: 뱃사람, 사공.
【往(왕)】: 가다. 여기서는 「배를 몰고 가다」의 뜻.
【乃(내)】: 바로 …이다.

7 始則矇矇然, 坐而舐其毛; 比及岸, 則瞠目眡道士, 躍而攫之仆地。→ (호랑이는) 처음에 얼떨떨한 모습으로, 앉아서 자기 털을 핥고 있다가, 기슭에 이르러 뭍에 올라오자, 눈을 부릅뜨고 도사를 노려보더니, 갑자기 펄쩍 뛰어올라 도사를 움켜잡아 땅에 쓰러뜨렸다.
【始(시)】: 처음. 즉 「막 구조하여 배 위에 올라왔을 때」를 가리킨다.
【矇矇然(몽몽연)】: 혼미하여 얼떨떨한 모양.
【舐(지)】: 핥다.
【比及(비급)】: …때에 이르다, …에 도달하다.
【瞠目(당목)】: 눈을 부릅뜨다.
【眡(시)】: 視(시), 보다.
【躍而攫之(약이확지)】: 펄쩍 뛰어올라 도사를 움켜잡다. 【躍】: 뛰어오르다. 【攫】: 움켜잡다, 낚아채다. 【之】: [대명사] 그, 즉 「도사」.
【仆地(부지)】: 땅에 쓰러뜨리다. 【仆】: [사동 용법] 넘어뜨리다, 쓰러뜨리다.

8 舟人奔救, 道士得不死而重傷焉。→ 뱃사람이 급히 달려가 구조한 덕분에, 도사는 겨우 죽음을 면했으나 심한 상처를 입었다.
【奔救(분구)】: 급히 달려가 구출하다.
【得不死(득불사)】: 죽음을 면하다.

9 郁離子曰 : 「哀哉! 是亦道士之過也。知其非人而救之, 非道士之過乎? → 욱리자가 말했다 : 「슬프도다! 이 또한 도사의 잘못이다. 사람이 아니라는 것을 알면서도 그것을 구출했으니, 도사의 잘못이 아니겠는가?
【是亦(시역)】: 이 역시, 이 또한.
【過(과)】: 잘못, 과실.

10 雖然, 孔子曰 : 『觀過, 斯知仁矣。』 道士有焉。」→ 비록 그렇다 해도, 공자(孔子)가 말하길 : 『사람이 저지른 잘못을 살펴보면, 곧 그가 어진 사람인지 아닌지를 알 수 있다.』라고 했으니, 이로 미루어 보면 도사는 어진 마음을 지닌 사람이다.」
【觀過(관과)】: 잘못을 살펴보다.
【斯(사)】: 이, 그.
【有(유)】: 가지고 있다. 여기서는 「어진 마음을 지니고 있다」의 뜻.

번역문

도사(道士)가 호랑이를 구출하다

창랑산(蒼筤山)은 몇 개의 개울이 합류하여 강으로 들어간다. 어느 도사(道士)가 산 위에 불당(佛堂)을 짓고 부처를 모시는데 매우 경건하고 정성스러웠다. 어느 날 저녁 산에 홍수가 나서 물에 뜬 집들이 개울을 가득 채워 아래로 흘러내려 가고, 사람들은 나뭇가지를 타고 있거나 지붕 위에 올라가 구조해 달라고 외치는데, 그 소리가 계속 끊이지 않았다.

도사는 큰 배를 준비하여 친히 도롱이를 입고 삿갓을 쓰고 물가에 서서, 헤엄을 잘 치는 사람을 독촉하여 밧줄을 들고 기다리게 하고, 물에 빠진 사람이 표류해오면 즉시 나무와 밧줄을 던져 그들을 끌어올렸다. 그리하여 목숨을 건진 사람이 매우 많았다.

날이 밝을 무렵, 짐승 한 마리가 몸은 파도 속에 잠기고 머리가 물 위에 뜬 채 좌우를 둘러보며 마치 구조를 청하는 듯했다.

도사가 말했다.

「이것도 하나의 생명이니 반드시 서둘러 구출해야 합니다.」

뱃사람이 도사의 말에 응해 배를 몰고 가서, 나무를 이용하여 그것을 구조해 놓고 보니 바로 호랑이였다. (호랑이는) 처음에 얼떨떨한 모습으로 앉아서 자기 털을 핥고 있다가, 기슭에 이르러 뭍에 올라오자 눈을 부릅뜨고 도사를 노려보더니 갑자기 펄쩍 뛰어올라 도사를 움켜잡아 땅에 쓰러뜨렸다. 뱃사람이 급히 달려가 구조한 덕분에 도사는 겨우 죽음을 면했으나 심한 상처를 입었다.

욱리자가 말했다.

「슬프도다! 이 또한 도사의 잘못이다. 사람이 아니라는 것을 알면서도 그것을 구출했으니 도사의 잘못이 아니겠는가? 비록 그렇다 해도, 공자(孔子)가 말하길 『사람이 저지른 잘못을 살펴보면 곧 그가 어진 사람인지 아닌지를 알 수 있다.』라고 했으니, 이로 미루어 보면 도사는 어진 마음을 지닌 사람이다.」

해설

생명을 중히 여기는 도사(道士)가 자비심을 베풀어 물에 빠져 허우적거리며 구조를 요청하는 호랑이를 구해주었으나, 호랑이는 안정을 되찾자 곧장 도사에게 달려들어 중상(重傷)을 입혔다.

이 우언은 선악(善惡)을 구분하지 않는 황당무계(荒唐無稽)한 교의(教義)를 맹신하지 말고, 늑대나 호랑이처럼 잔인하고 흉악한 자에 대해서는 연민(憐憫)이나 자비를 베풀지 말아야 한다는 교훈을 제시한 것이다.

021 도인식사(島人食蛇)

《郁離子 · 贅父不仕》

원문 및 주석

島人食蛇[1]

南海之島人食蛇, 北游于中國, 腊蛇以爲糧。之齊, 齊人館之厚。[2] 客喜, 侑主人以文鉃之修, 主人吐舌而走。客弗喩, 爲其薄也, 戒皀臣求王虺以致之。[3]

1 島人食蛇 → 섬 사람이 뱀 고기를 먹다
【食(식)】: [동사] 먹다.

2 南海之島人食蛇, 北游于中國, 腊蛇以爲糧。之齊, 齊人館之厚。→ 남해(南海)의 섬 사람들은 뱀을 즐겨 먹어, 북쪽 중원(中原)을 유람하면서, 말린 뱀 고기를 식량으로 삼아 휴대했다. (어느 섬사람이) 제(齊)나라에 가자, 제나라 사람이 그를 매우 융숭하게 접대했다.
【北游于(북유우)…】: 북쪽 …을 유람하다.
【中國(중국)】: 중원(中原).
【腊蛇(석사)】: 말린 뱀 고기. 【腊】: [동사] 햇볕에 쬐어 말리다.
【以爲(이위)】: 以之爲(이지위), 이를 …로 삼다.
【之齊(지제)】: 제(齊)나라에 가다. 【之】: 往(왕), 가다.
【館之厚(관지후)】: 그를 매우 융숭하게 접대하다. 【館】: 손님을 접대하는 객사(客舍). 여기서는 동사 용법으로 「접대하다」의 뜻.

3 客喜, 侑主人以文鉃之修, 主人吐舌而走。客弗喩, 爲其薄也, 戒皀臣求王虺以致之。→ 손님이 매우 좋아하며, 무늬가 있는 살무사 육포를 주인에게 답례로 주니, 주인이 (놀라) 혀를 내두르고 달아났다. 손님은 (무슨 까닭인지) 이해하지 못하고, 자기의 선물이 너무 빈약하기 때문이라 여겨, 다시 하인에게 분부하여 큰 뱀을 찾아다가 주인에게 사례했다.
【侑(유)】: 보답하다, 답례로 주다.

번역문

섬 사람이 뱀 고기를 먹다

남해(南海)의 섬 사람들은 뱀을 즐겨 먹어, 북쪽 중원(中原)을 유람하면서 말린 뱀 고기를 식량으로 삼아 휴대했다. (어느 섬 사람이) 제(齊)나라에 가자, 제나라 사람이 그를 매우 융숭하게 접대했다. 손님이 매우 좋아하며 무늬가 있는 살무사 육포를 주인에게 답례로 주니, 주인이 (놀라) 혀를 내두르고 달아났다. 손님은 (무슨 까닭인지) 이해하지 못하고 자기의 선물이 너무 빈약하기 때문이라 여겨, 다시 하인에게 분부하여 큰 뱀을 찾아다가 주인에게 사례했다.

해설

남해(南海)의 섬 사람이 제(齊)나라 사람의 호의(好意)에 보답하기 위해 살무사 육포를 선물하자 제나라 사람은 놀라 질겁했다. 그 까닭은 남해의 섬 사람들과 제나라 사람들의 습속이 다르기 때문이다. 따라서 로마(Rome)에 가면 로마법을 따라야 한다는 말처럼 다른 고장에 가면 그 고장

....

【文䖴之修(문절지수)】: 무늬가 있는 살무사 육포. 〖文〗: 紋(문), 무늬. 〖䖴〗: 살무사. 일명 악(蝁)이라고도 부른다. 〖修〗: 말린 고기, 육포.
【吐舌而走(토설이주)】: 혀를 내두르고 달아났다. 〖吐舌〗: 혀를 내밀다, 혀를 내두르다. 〖走〗: 달아나다.
【弗喩(불유)】: 이해하지 못하다. 〖弗〗: 不(불). 〖喩〗: 이해하다, 알다.
【爲(위)】: …라고 여기다, …라고 생각하다, …라고 간주하다.
【薄(박)】: 빈약하다.
【戒(계)】: 명하다, 분부하다.
【皀臣(조신)】: 하인.
【求王虺以致之(구왕훼이치지)】: 큰 독사를 찾아다가 주인에게 사례하다. 〖求〗: 찾다. 〖王虺〗: 큰 독사. 〖致〗: 선물하다, 사례하다. 〖之〗: [대명사] 그, 즉「주인」.

풍속을 따라야 한다.

이 우언은 풍속이 다른 고장에 가서 그곳의 풍속 습관을 이해하지 못하고 자기 방식대로 일관할 경우, 본래의 선의(善意)가 본인의 의지와 상반되는 결과를 초래할 수 있다는 우려를 경계한 것이다.

022 주호연자(走虎捐子)

《郁離子·石羊先生》

원문 및 주석

走虎捐子[1]

荊人有走虎而捐其子者, 以爲虎已食之矣, 弗求矣。[2] 人有見而告之曰 :「爾子在, 盍速求之?」 弗信。[3] 采薪者以歸子之。他日, 遇而爭

1 走虎捐子 → 호랑이를 피해 달아나며 아들을 버리다
【走虎(주호)】: 호랑이를 피해 달아나다. 〖走〗: 피해 달아나다, 도피하다.
【捐子(연자)】: 아들을 버리다. 〖捐〗: 버리다.

2 荊人有走虎而捐其子者, 以爲虎已食之矣, 弗求矣。→ 어느 초(楚)나라 사람이 호랑이를 피해 달아나느라 자기 아들을 버리고 나서, 호랑이가 이미 자기 아들을 잡아먹은 것으로 여겨, 다시 찾지 않았다.
【荊(형)】: 초(楚)나라의 별칭. ※ 초나라는 지금의 호남성 · 호북성과 강서성 · 절강성 및 하남성 남부에 걸쳐 있던 주대(周代)의 제후국.
【以爲(이위)】: …라고 여기다, …라고 간주하다, …라고 생각하다.
【已食之(이식지)】: 이미 아들을 잡아먹다. 〖食〗: [동사] 먹다. 〖之〗: [대명사] 그, 즉 「아들」.
【弗求(불구)】: 찾지 않다. 〖弗〗: 不(불). 〖求〗: 구하다, 찾다.

3 人有見而告之曰 :「爾子在, 盍速求之?」 弗信。→ 어떤 사람이 그의 아들을 목격하고 그에게 말했다 :「당신 아들이 살아 있는데, 어째서 빨리 아들을 찾지 않소?」 그러나 그는 이 말을 믿지 않았다.
【之(지)】: [대명사] 앞의 「之」는 「아들을 버린 아버지」이고, 뒤의 「之」는 「아들」.
【爾(이)】: 너, 당신.
【盍(합)】: 어째서 …하지 않는가?
【速(속)】: 속히, 빨리, 서둘러.

之，其子弗識矣。[4]

번역문

호랑이를 피해 달아나며 아들을 버리다

어느 초(楚)나라 사람이 호랑이를 피해 달아나느라 자기 아들을 버리고 나서, 호랑이가 이미 자기 아들을 잡아먹은 것으로 여겨 다시 찾지 않았다. 어떤 사람이 그의 아들을 목격하고 그에게 말했다.

「당신 아들이 살아 있는데 어째서 빨리 아들을 찾지 않소?」

그러나 초나라 사람은 이 말을 믿지 않았다. 한 나무꾼이 버려진 그 아이를 집으로 데리고 돌아와 자기 아들을 삼았다. 훗날 (초나라 사람이) 자기 아들을 만나 (나무꾼과) 서로 아들을 다투었으나 그 아들은 (자기 아버지를) 알아보지 못했다.

해설

초(楚)나라 사람은 호랑이를 만나자 아들을 버리고 달아난 후, 아들이 이미 잡혀먹었다고 여겨 찾지 않았을 뿐만 아니라, 심지어 어떤 사람이 자기 아들이 살아 있는 것을 목격하고 그 사실을 알려 주었음에도 이 말을 믿

4 采薪者以歸子之。他日，遇而爭之，其子弗識矣。→ 한 나무꾼이 버려진 그 아이를 집으로 데리고 돌아와 자기 아들을 삼았다. 훗날, (초나라 사람이) 자기 아들을 만나 (나무꾼과) 서로 아들을 다투었으나, 그의 아들은 (자기 아버지를) 알아보지 못했다.
【采薪者(채신자)】: 나무꾼.
【以歸子之(이귀자지)】: 그 아이를 데려다가 자기 아들로 삼았다.
【他日(타일)】: 훗날.
【遇而爭之(우이쟁지)】: 아들을 만나 나무꾼과 아들을 다투다.
【弗識(불식)】: 알아보지 못하다. 〖弗〗: 不(불).

지 않았다. 훗날 우연히 나무꾼에게 양육된 아들을 만나 나무꾼과 아들에 대한 친권을 다투었으나, 정작 아들은 자기 아버지를 알아보지 못했다.

부모의 자식에 대한 정은 인간뿐만 아니라 자연계의 모든 동물이 공통적으로 지닌 본능이다. 이런 점에 비추어 볼 때 초나라 사람의 행위는 실로 어처구니가 없다.

이 우언은 위급한 상황에서 오직 자신의 안전만을 도모하기 위해 자식을 버리고 달아난 짐승만도 못한 아버지의 비열하고 몰염치한 행위를 비난하는 동시에, 인간으로서 인륜의 기본 도리를 저버릴 경우 뭇사람에게 버림을 받는 것은 물론, 심지어 혈육조차도 외면하는 고립무원(孤立無援)의 처지에 빠질 수 있다는 교훈을 제시한 것이다.

023 제음지고인(濟陰之賈人)

《郁離子·賈人》

원문 및 주석

濟陰之賈人[1]

濟陰之賈人，渡河而亡其舟，棲于浮苴之上，號焉。有漁者以舟往救之。[2] 未至，賈人急號曰：「我濟上之巨室也，能救我，予爾百金。」漁者載而升諸陸，則予十金。[3] 漁者曰：「向許百金，而今予十

1 濟陰之賈人 → 제음(濟陰)의 상인
【濟陰(제음)】: [지명] 지금의 산동성 정도현(定陶縣). 강의 남쪽을 음(陰)이라 하고 북쪽을 양(陽)이라 하는데, 제음(濟陰)은 바로 제수(濟水)의 남쪽에 있기 때문에 붙여진 이름이다.
【賈人(고인)】: 상인, 장사꾼.

2 濟陰之賈人, 渡河而亡其舟, 棲于浮苴之上, 號焉。有漁者以舟往救之。→ 제음(濟陰)의 상인이, 강을 건너다가 배가 뒤집히자, 부초(浮草) 더미 위에 올라 버티면서, 소리를 질러 구조를 요청하고 있었다. 어느 어부가 배를 몰고 그를 구출하러 갔다.
【渡(도)】: (강을) 건너다.
【亡(망)】: 망하다. 여기서는 「뒤집히다, 전복되다, 침몰하다」의 뜻.
【棲于浮苴(서우부저)】: 부초(浮草) 더미에 올라 버티다. 〖棲〗: 머물다. 즉 「버티다」의 뜻. 〖于〗: [개사] …에. 〖浮苴〗: 부초(浮草).
【號(호)】: 외치다. 여기서는 「소리를 질러 구조를 요청하다」의 뜻.
【漁者(어자)】: 어부.
【以舟往救之(이주왕구지)】: 배를 끌고 가서 그를 구출하다.

3 未至, 賈人急號曰:「我濟上之巨室也, 能救我, 予爾百金。」漁者載而升諸陸, 則予十金。→ 배가 아직 도착하기 전에, 상인이 급하게 큰 소리로 말했다:「나는 제음의 거부(巨富)인데, (당신이) 나를 구한다면, 당신에게 금 백 냥을 주겠소.」 어부가 그를 구해 배에 태우고 와서 뭍으로 올라오자, 상인은 그에게 금 열 냥을 주었다.

金, 無乃不可乎?」[4] 賈人勃然作色曰:「若漁者也, 一日之獲幾何, 而驟得十金猶爲不足乎?」[5] 漁者黯然而退。他日, 賈人浮呂梁而下, 舟薄于石又覆, 而漁者在焉。[6] 人曰:「盍救諸?」漁者曰:「是許金而不酬者也。」艤而觀之, 遂沒。[7] 郁離子曰:「或稱賈人重財而輕命,

……………

【巨室(거실)】: 거부(巨富), 부호(富豪).
【予(여)】: 주다.
【爾(이)】: 너, 당신.
【載(재)】: 싣다, 태우다.
【諸(제)】: 之於(지어)의 합음.

4 漁者曰:「向許百金, 而今予十金, 無乃不可乎?」→ 어부가 말했다:「방금 백 냥을 주기로 약속하고, 지금 열 냥을 주면, 안 되는 것 아닙니까?」
【向(향)】: 방금.
【許(허)】: 허락하다. 여기서는「주기로 약속하다」의 뜻.
【無乃不可乎?(무내불가호)】: 안 되는 것 아닌가? 안 되지 않는가? 【無乃】: 아마 …일 것이다. …이 아닌가?

5 賈人勃然作色曰:「若漁者也, 一日之獲幾何, 而驟得十金猶爲不足乎?」→ 상인은 버럭 화를 내고 낯빛이 변하며 말했다:「당신은 어부요. 하루의 수입이 얼마나 되기에, 별안간 열 냥을 얻고도 아직 만족하지 않소?」
【勃然作色(발연작색)】: 버럭 화를 내다. 【勃然】: 갑자기 화내는 모양. 【作色】: (화가 나서) 안색이 변하다.
【若(약)】: 너, 당신.
【獲(획)】: 수입(收入).
【幾何(기하)】: 얼마.
【驟(취)】: 갑자기, 돌연, 별안간.
【猶(유)】: 아직, 여전히, 그래도.

6 漁者黯然而退。他日, 賈人浮呂梁而下, 舟薄于石又覆, 而漁者在焉。→ 어부는 실망하고 풀이 죽어 물러갔다. 훗날, 이 상인이 여량(呂梁)에서 배를 타고 내려가다가, 배가 바위에 부딪쳐 또 뒤집혔고, 어부도 마침 그곳에 있었다.
【黯然(암연)】: 실망하여 풀이 죽은 모양.
【他日(타일)】: 훗날.
【浮呂梁而下(부여량이하)】: 여량(呂梁)에서 배를 타고 내려가다. 【浮】: 띄우다. 여기서는「배를 타고 가다」의 뜻. 【呂梁】: [강 이름] 지금의 강소성 소주(蘇州) 동남쪽을 흐르는 강.
【薄于石(박우석)】: 바위에 부딪치다. 【薄】: 부딪다. 【于】: [개사] …에.
【覆(복)】: 뒤집히다, 전복되다.

7 人曰:「盍救諸?」漁者曰:「是許金而不酬者也。」艤而觀之, 遂沒。→ 어떤 사람이 물었다:

始吾不信，而今知有之矣。」[8]

번역문

제음(濟陰)의 상인

제음(濟陰)의 상인이 강을 건너다가 배가 뒤집히자 부초(浮草) 더미 위에 올라 버티면서 소리를 질러 구조를 요청하고 있었다. 어느 어부가 배를 몰고 그를 구출하러 갔다. 배가 아직 도착하기 전에 상인이 급하게 큰 소리로 말했다.

「나는 제음의 거부(巨富)인데, (당신이) 나를 구한다면 당신에게 금 백 냥을 주겠소.」

어부가 그를 구해 배에 태우고 와서 뭍으로 올라오자 상인은 그에게 금

....

「어째서 그를 구출하지 않습니까?」 어부가 대답했다 : 「이 사람은 (지난번에) 사례금을 주기로 약속하고 이행하지 않은 사람입니다.」 (어부가) 배를 접안(接岸)하고 바라보니, 상인은 결국 물속으로 가라앉고 말았다.
【盍(합)】: 어찌(어째서, 왜) …하지 않는가?
【諸(제)】: [어조사].
【是(시)】: [대명사] 이, 즉 「상인」.
【酬(수)】: 갚다, 보답하다, 사례하다.
【艤(의)】: 배를 대다, 배를 접안(接岸)하다.
【之(지)】: [대명사] 그, 즉 「상인」.
【遂(수)】: 마침내, 드디어, 결국.
【沒(몰)】: 물에 잠기다, 가라앉다.

8 郁離子曰 : 「或稱賈人重財而輕命, 始吾不信, 而今知有之矣。」 → 욱리자(郁離子)가 말했다 : 「어떤 사람이 말하길 상인은 모두 재물을 중히 여기고 목숨을 가볍게 여긴다고 하여, 처음에는 내가 믿지 않았으나, 지금 비로소 그러한 사람이 있다는 것을 알았다.」
【或(혹)】: 어떤 사람.
【稱(칭)】: 말하다.
【重財而輕命(중재이경명)】: 재물을 중히 여기고 목숨을 가볍게 여기다.
【始(시)】: 처음, 당초.
【之(지)】: [대명사] 그러한 사람, 즉 「재물을 중히 여기고 목숨을 가볍게 여기는 사람」.

열 냥을 주었다.

어부가 말했다.

「방금 백 냥을 주기로 약속하고 지금 열 냥을 주면 안 되는 것 아닙니까?」

상인은 버럭 화를 내고 낯빛이 변하며 말했다.

「당신은 어부요. 하루의 수입이 얼마나 되기에 별안간 열 냥을 얻고도 아직 만족하지 않소?」

어부는 실망하고 풀이 죽어 물러갔다. 훗날, 이 상인이 여량(呂梁)에서 배를 타고 내려가다가 배가 바위에 부딪쳐 또 뒤집혔고 어부도 마침 그곳에 있었다.

어떤 사람이 물었다.

「어째서 그를 구출하지 않습니까?」

어부가 대답했다.

「이 사람은 (지난번에) 사례금을 주기로 약속하고 이행하지 않은 사람입니다.」

(어부가) 배를 접안(接岸)하고 바라보니 상인은 결국 물속으로 가라앉고 말았다.

욱리자(郁離子)가 말했다.

「어떤 사람이 말하길, 상인은 모두 재물을 중히 여기고 목숨을 가볍게 여긴다고 하여, 처음에는 내가 믿지 않았으나 지금 비로소 그러한 사람이 있다는 것을 알았다.」

해설

제음(濟陰)의 상인은 어부에게 자신을 구해줄 경우 얼마의 사례금을 주기로 약속했으나, 구출되고 난 후에는 약속한 금액의 십분의 일만 주고 이의를 제기하는 어부를 만족을 모르는 사람이라 질타하며 인격적인 모독을 주었다.

훗날 제읍의 상인이 또 여량(呂梁)에서 배를 타고 가다가 배가 뒤집혀 물에 빠졌을 때, 어부는 이 상인이 전에 약속을 지키지 않았던 사람이라는 것을 알고 방관하며 구조하지 않아 상인은 결국 목숨을 잃고 말았다.

이 우언은 어떤 일을 처리하든 간에 절대 신용을 중히 여겨야 하며, 말에 믿음이 없이 이랬다저랬다 할 경우 반드시 자기가 저지른 죄의 결과를 자기가 받게 된다는 이치를 설명한 것이다.

024 위의공호저우(衛懿公好觝牛)

《郁離子 · 好禽諫》

원문 및 주석

衛懿公好觝牛[1]

衛懿公好禽, 見觝牛而悅之, 祿其牧人如中士。[2] 寧子諫曰:「不可。牛之用在耕, 不在觝, 觝其牛, 耕必廢。[3] 耕, 國之本也, 其可廢

1 衛懿公好觝牛 → 위의공(衛懿公)이 싸움소를 좋아하다
【衛懿公(위의공)】: 위(衛)나라의 군주. 〖衛〗: [국명] 지금의 하북성 남부와 하남성 북부 일대에 있던 주대(周代)의 제후국.
【好(호)】: [동사] 좋아하다.
【觝牛(저우)】: 투우(鬪牛), 싸움소. 〖觝〗: 뿔로 받다. ※ 판본에 따라서는 「觝」를 「牴(저)」라 했다.

2 衛懿公好禽, 見觝牛而悅之, 祿其牧人如中士。 → 위의공(衛懿公)은 짐승을 좋아했는데, 싸움소를 보면 특히 좋아하여, 이를 기르는 사람에게 중사(中士)와 똑같은 봉록(俸祿)을 주었다.
【禽(금)】: 여기서는 「禽獸(금수), 조수(鳥獸), 날짐승과 길짐승」을 가리킨다.
【悅(열)】: 기뻐하다.
【祿其牧人如中士(녹기목인여중사)】: 싸움소를 기르는 사람에게 중사(中士)와 같은 봉록(俸祿)을 주다. 〖祿〗: [동사 용법] 봉록을 주다. 〖牧人〗: 싸움소를 기르는 사람. 〖如〗: …와 같다. 〖中士〗: [관직]. ※《맹자(孟子) · 만장하(萬章下)》에 「대국은 땅이 사방 백 리인데, 임금은 경이 받는 봉록의 열 배이고, 경의 봉록은 대부의 네 배이고, 대부는 상사의 배이고, 상사는 중사의 배이고, 중사는 하사의 배이고, 하사와 서인으로서 관직에 있는 자는 봉록이 같으니, 봉록이 경작하는 자들의 수입을 대신할 만하였다.(大國地方百里, 君十卿祿, 卿祿四大夫, 大夫倍上士, 上士倍中士, 中士倍下士, 下士與庶人在官者同祿, 祿足以代其耕地。)」라고 했다.

3 寧子諫曰:「不可。牛之用在耕, 不在觝, 觝其牛, 耕必廢。 → 영자(寧子)가 간했다:「안 됩니

乎? 臣聞之, 君人者不以欲妨民。」弗聽。[4] 於是衛牛之觝者, 賈十倍於耕牛, 牧牛者皆釋耕而敎觝, 農官弗能禁。[5]

……………

다. 소의 용도는 경작(耕作)에 있지, 투우(鬪牛) 놀이에 있지 않습니다. 만일 소를 투우 놀이에 사용한다면, 경작은 반드시 폐기되고 말 것입니다.
【寗子(영자)】: 위(衛)나라의 대부.
【諫(간)】: 간하다, 간언하다, 충간하다.
【耕(경)】: 경작하다, 밭을 갈다.
【觝(저)】: 뿔로 받다. 여기서는 「투우 놀이」의 뜻.
【廢(폐)】: 폐기하다. 여기서는 피동 용법으로 「폐기되다」의 뜻.

4 耕, 國之本也, 其可廢乎? 臣聞之, 君人者不以欲妨民。」弗聽。→ 경작은, 나라의 근본인데, 어찌 폐기할 수 있겠습니까? 제가 듣건대, 임금은 자기 개인의 욕망으로 인해 백성의 이익을 방해하지 않는다고 합니다.」(위의공은 영자의 간언을) 듣지 않았다.
【本(본)】: 근본.
【其(기)】: 豈(기), 어찌.
【臣(신)】: [임금에 대한 신하의 자칭] 신, 저.
【君人者(군인자)】: 사람을 다스리는 사람. 즉 「군주, 임금」.
【以(이)】: 因(인), …로 인해.
【欲(욕)】: 욕구, 욕망. 여기서는 「자기 개인의 욕망」을 가리킨다.
【妨(방)】: 방해하다.
【弗聽(불청)】: (권고를) 듣지 않다. 〖弗〗: 不(불).

5 於是衛牛之觝者, 賈十倍於耕牛, 牧牛者皆釋耕而敎觝, 農官弗能禁。→ 그리하여 위나라의 소들 가운데 싸움을 잘하는 소는, 값이 밭가는 소에 비해 열 배가 비쌌고, 소를 기르는 사람들이 모두 농사를 포기하고 싸움을 가르치는 일에 전념했지만, 농사를 관장하는 관리들조차 이를 금지할 수가 없었다.
【於是(어시)】: 그리하여.
【衛牛之觝者(위우지저자)】: 위나라의 소 가운데 싸움을 잘하는 놈, 즉 「위나라에서 싸움을 잘하는 소」.
【賈十倍於耕牛(고십배어경우)】: 값이 밭가는 소에 비해 열 배가 비싸다. 〖賈〗: 값. 〖十倍〗: [동사 용법] 열 배가 되다. 〖於〗: [개사] …보다, …에 비해.
【牧牛者(목우자)】: 소를 기르는 사람.
【釋耕(석경)】: 경작을 포기하다.
【敎觝(교저)】: 싸움을 가르치다. 여기서는 「싸움을 가르치는 일에 전념하다」의 뜻.
【農官(농관)】: 농사를 관장하는 관리.
【弗能(불능)】: 不能(불능), …할 수 없다, …하지 못하다. 〖弗〗: 不(불).

번역문

위의공(衛懿公)이 싸움소를 좋아하다

위의공(衛懿公)은 짐승을 좋아했는데, 싸움소를 보면 특히 좋아하여 이를 기르는 사람에게 중사(中士)와 똑같은 봉록(俸祿)을 주었다.

영자(寧子)가 간했다.

「안 됩니다. 소의 용도는 경작(耕作)에 있지 투우(鬪牛) 놀이에 있지 않습니다. 만일 소를 투우 놀이에 사용한다면 경작은 반드시 폐기되고 말 것입니다. 경작은 나라의 근본인데 어찌 폐기할 수 있겠습니까? 제가 듣건대, 임금은 자기 개인의 욕망으로 인해 백성의 이익을 방해하지 않는다고 합니다.」

(위의공은 영자의 간언을) 듣지 않았다. 그리하여 위나라의 소들 가운데 싸움을 잘하는 소는 값이 밭가는 소에 비해 열 배가 비쌌고, 소를 기르는 사람들이 모두 농사를 포기하고 싸움을 가르치는 일에 전념했지만, 농사를 관장하는 관리들조차 이를 금지할 수가 없었다.

해설

소의 용도는 본래 경작(耕作)에 있는 것이지 투우(鬪牛) 놀이에 있는 것이 아니다. 그러나 위의공(衛懿公)은 투우를 좋아하여 싸움 잘하는 소를 기르는 사람에게 중사(中士)와 동일한 봉록을 주었다. 그리하여 싸움을 잘하는 소 값이 밭을 가는 소 값의 열 배에 달했고, 백성들은 모두 싸움소를 길러내는 일에 종사하며 농사를 포기했다.

봉건사회에서 군주의 취향은 왕왕 신하와 백성들의 모방 심리를 불러일으켜 나라의 풍속 습관뿐만 아니라 국가의 안위에도 심대한 영향을 끼쳤다. 따라서 군주의 올바른 취향은 나라의 발전을 도모하고, 그릇된 취향은 나라의 발전을 저해한다.

이 우언은 투우를 좋아한 위의공(衛懿公)의 사욕(私慾)으로 인해 백성의 이익을 심각하게 방해한 군주의 그릇된 행위를 풍자한 것이다.

025 송왕언오초위왕(宋王偃惡楚威王)

《郁離子·宋王偃》

원문 및 주석

宋王偃惡楚威王[1]

宋王偃惡楚威王, 好言楚之非, 旦日視朝必詆楚以爲笑, 且曰 : 「楚之不能, 若是甚矣。吾其得楚乎?」[2] 群臣和之, 如出一口。於是

1 宋王偃惡楚威王 → 송왕(宋王) 언(偃)이 초위왕(楚威王)을 증오하다
【宋王偃(송왕언)】: 전국시대 송(宋)나라의 군주인 강왕(康王). 성은 대(戴), 이름은 언(偃). 〖宋〗: [국명] 지금의 하남성 상구현(商邱縣) 일대에 있던 주대(周代)의 제후국.
【惡(오)】: 미워하다, 싫어하다, 증오하다.
【楚威王(초위왕)】: 전국시대 초(楚)나라의 군주. 이름은 웅상(熊商). 〖楚〗: [국명] 지금의 호남성 · 호북성과 강서성 · 절강성 및 하남성 남부에 걸쳐 있던 주대(周代)의 제후국.

2 宋王偃惡楚威王, 好言楚之非, 旦日視朝必詆楚以爲笑, 且曰 : 「楚之不能, 若是甚矣。吾其得楚乎?」 → 송왕(宋王) 언(偃)이 초위왕(楚威王)을 증오하여, 초(楚)나라의 단점에 대해 말하길 좋아했는데, 아침에 조정에 나와 정무를 볼 때면 반드시 초나라를 비방하여 이를 웃음거리로 삼았다. 그리고 또 말했다 : 「초나라가 이처럼 무능하니, 내가 곧 초나라를 얻을 수 있겠지?」
【好言(호언)】: 말하기 좋아하다. 〖好〗: [동사] 좋아하다.
【非(비)】: 단점.
【旦日(단일)】: 아침.
【視朝(시조)】: 조정(朝廷)에 나와 정무(政務)를 보다.
【詆楚以爲笑(저초이위소)】: 초나라를 비방하여 웃음거리로 삼다. 〖詆〗: 헐뜯다, 비방하다.
【且(차)】: 또한.
【不能(불능)】: 무능하다.
【若是甚(약시심)】: 이와 같이 심하다.
【其(기)】: 곧 …할 것이다.

行旅之自楚適宋者, 必構楚短以爲容。[3] 國人、大夫傳以達于朝, 狂而揚。遂以楚爲果不如宋, 而先爲其言者亦惑焉。於是謀伐楚。[4] 大夫華犨諫曰 :「宋之非楚敵也舊矣! 猶㹀牛之於鼢鼠也。[5] 使誠如王

……………

3 群臣和之, 如出一口。於是行旅之自楚適宋者, 必構楚短以爲容。→ 여러 신하들이 왕에게 부화뇌동(附和雷同)하는데, 마치 한 사람의 입에서 나오는 듯했다. 그리하여 초나라에서 송나라로 가는 여행객들은, 반드시 초나라의 단점을 날조하여 (송왕의) 환심을 사고자 했다.
【群臣(군신)】: 여러 신하들.
【和之(화지)】: 군주에게 부화뇌동(附和雷同)하다. 〖和〗: 따라하다, 부화(附和)하다. 〖之〗: [대명사] 그, 즉「왕, 군주」.
【如出一口(여출일구)】: 마치 한 입에서 나오는 듯하다. 〖如〗: 마치 …같다.
【於是(어시)】: 그리하여.
【行旅(행려)】: 여객, 여행객.
【自(자)…適(적)…】: …에서 …로 가다, …로부터 …에 가다.
【構(구)】: 조작하다, 날조하다.
【短(단)】: 단점, 약점.
【爲容(위용)】: 환심을 사다.

4 國人、大夫傳以達于朝, 狂而揚。遂以楚爲果不如宋, 而先爲其言者亦惑焉。於是謀伐楚。→ 백성들과 대부들은 (이러한 말을) 조정에 전달하고, 또한 마구 과장하여 떠벌렸다. 그리하여 (모든 사람들이) 초나라를 정말 송나라보다 못한 것으로 여겼고, 맨 먼저 말을 날조했던 사람조차도 이에 미혹되었다. 그리하여 (송왕은) 초나라를 공격하고자 꾀했다.
【國人(국인)】: 백성.
【傳以達于朝(전이달우조)】: 초나라의 단점을 조정에 전달하다.
【狂而揚(광이양)】: 마구 과장하여 떠벌리다. 〖狂〗: 마구 과장하다. 〖揚〗: 선양하다. 여기서는「떠벌리다」의 뜻. ※ 판본에 따라서는「狂」을「狃(뉴)」라 했다.
【遂(수)】: 그리하여.
【以楚爲果不如宋(이초위과불여송)】: 초나라를 정말 송나라보다 못한 것으로 여기다. 〖以…爲…〗: …을 …으로 여기다(간주하다). 〖果〗: 과연, 정말. 〖不如…〗: …보다 못하다, …이 낫다.
【先爲其言者(선위기언자)】: 맨 먼저 말을 날조한 사람.
【惑(혹)】: 미혹되다.
【於是(어시)】: 이에, 그리하여.
【謀伐(모벌)】: 공격하고자 꾀하다. 〖謀〗: 꾀하다, 계획하다. 〖伐〗: 공격하다.

5 大夫華犨諫曰 :「宋之非楚敵也舊矣! 猶㹀牛之於鼢鼠也。→ 대부 화주(華犨)가 간했다 :「송나라는 오래전부터 초나라의 적수가 되지 못합니다. 이는 마치 두더지를 큰 들소에 비하는 것과 같습니다.
【華犨(화주)】: [인명] 송나라의 대부.

言, 楚之力猶足以十宋, 宋一楚十, 十勝不足以直一敗, 其可以國試乎?」弗聽。遂起兵敗楚師于潁上, 王益逞。[6] 華犨復諫曰:「臣聞小之勝大也, 幸其不吾虞也。[7] 幸不可常, 勝不可恃, 兵不可玩, 敵不

....

【諫(간)】: 간하다, 간언하다.
【非楚敵也舊矣(비초적야구의)】: 초나라의 적수가 아닌지 오래다. 즉「오래전부터 초나라의 적수가 되지 못하다」의 뜻.
【猶(유)】: 마치 …와 같다.
【犪牛(규우)】: 전설에 나오는 몸집이 매우 큰 소.
【鼢鼠(분서)】: 두더지.

6 使誠如王言, 楚之力猶足以十宋, 宋一楚十, 十勝不足以直一敗, 其可以國試乎?」弗聽。遂起兵敗楚師于潁上, 王益逞。→ 설사 정말 임금님의 말씀대로라 해도, 초나라의 힘은 아직도 족히 송나라의 열 배가 됩니다. 송나라는 하나이고 초나라는 열이니, (송나라가) 열 번을 이겨도 (초나라에) 한 번 패한 대가(代價)를 치르기에 부족합니다. 그런데 어찌 나라를 가지고 시험할 수 있겠습니까?」(송왕은) 권고를 듣지 않고, 끝내 군사를 일으켜 영하(潁河)에서 초나라를 물리쳤다. (그 후) 송왕은 더욱 방자해졌다.
【使(사)】: 설사 …라 해도.
【誠(성)】: 정말, 확실히.
【如(여)】: …와 같다, …대로이다.
【猶(유)】: 아직도, 여전히.
【足以十宋(족이십송)】: 송나라의 열 배가 되기에 충분하다, 족히 송나라의 열 배가 되다.
〖足以〗: 족히 …할 수 있다, …하기에 충분하다.
【直(치)】: 値(치), 값, 가치, 대가(代價). 여기서는「값을 치르다」의 뜻.
【其(기)】: 豈(기), 어찌.
【弗聽(불청)】: 권고를 듣지 않다. 〖弗〗: 不(불).
【遂(수)】: 결국, 끝내, 드디어, 마침내.
【起兵(기병)】: 군사를 일으키다.
【潁(영)】: [강 이름] 영하(潁河). 하남성 등봉현(登封縣)에서 발원하여 회하(淮河)로 흘러 들어간다.
【益(익)】: 더욱.
【逞(영)】: 방종하다, 방자하다.

7 華犨復諫曰:「臣聞小之勝大也, 幸其不吾虞也。→ 화주가 다시 간했다:「저는 작은 나라가 큰 나라를 이기는 것은, 요행이 큰 나라가 상대방을 방비(防備)하지 않았기 때문이라고 들었습니다.
【復(부)】: 또, 다시.
【幸(행)】: 倖(행), 요행히.
【不吾虞(불오우)】: [不虞吾의 도치 형태] 상대를 방비(防備)하지 않다. 〖吾〗: 나. 여기서는

可侮。侮小人且不可, 況大國乎?[8] 今楚懼矣, 而王益盈。大懼小盈, 禍其至矣!」[9] 王怒, 華犨出奔齊。明年, 宋復伐楚, 楚人伐敗之, 遂滅宋。[10]

「상대, 상대방」을 가리킨다. 【虞】: 예상하다, 추측하다, 방비(防備)하다.

8 幸不可常, 勝不可恃, 兵不可玩, 敵不可侮。侮小人且不可, 況大國乎? → 그러나 요행은 항상 있는 일이 아니오니, (한때의) 승리를 과신(過信)해서도 안 되고, 전쟁을 대수롭지 않게 여겨서도 안 되며, 적을 깔보아서도 안 됩니다. 소인을 모욕하는 것조차 불가할진대, 하물며 큰 나라를 어찌 모욕할 수 있겠습니까?
【不可(불가)】: …할 수가 없다, …해서는 안 된다.
【常(상)】: 늘, 항상. 여기서는 「항상 일어나다」의 뜻.
【恃(시)】: 믿다, 의지하다.
【玩(완)】: 경시하다. 대수롭지 않게 여기다.
【侮(모)】: 경멸하다, 모욕하다, 깔보다, 업신여기다, 무시하다.
【且(차)…況(황)】: [고정 격식] …조차도 …한데 하물며. 【且】: …마저도, …조차도. 【況】: 하물며.

9 今楚懼矣, 而王益盈。大懼小盈, 禍其至矣!」 → 지금 초나라는 두려워하고 있는데, 오히려 임금님께서 더욱 자만하고 계십니다. 큰 나라가 두려워하고 작은 나라가 자만하고 있으니, 재앙이 곧 닥칠 것입니다.」
【懼(구)】: 두려워하다.
【而(이)】: 오히려.
【盈(영)】: 가득 차다, 충만하다. 여기서는 「자만하다, 교만하다」의 뜻.
【禍其至(화기지)】: 재앙이 곧 닥칠 것이다. 【禍】: 재난, 재앙. 【其】: 곧 …할 것이다. 【至】: 이르다. 즉 「닥치다」의 뜻.

10 王怒, 華犨出奔齊。明年, 宋復伐楚, 楚人伐敗之, 遂滅宋。 → 송왕이 (이 말을 듣고) 대노하여, 화주는 제(齊)나라로 도주했다. 이듬해, 송나라가 또 초나라를 공격하자, 초나라 군사가 반격에 나서 송나라를 물리치고, 마침내 송나라를 멸망시켰다.
【出奔(출분)】: 도주하다, 도망하다.
【齊(제)】: [국명] 지금의 산동성 북부와 하북성 남부에 걸쳐 있던 주대(周代)의 제후국.
【明年(명년)】: 이듬해.
【復(부)】: 다시, 또.
【楚人(초인)】: 초나라 군사.
【伐敗(벌패)】: 반격하여 물리치다.
【之(지)】: [대명사] 그것, 즉 「송나라」.
【遂(수)】: 결국, 마침내, 끝내.

번역문

송왕(宋王) 언(偃)이 초위왕(楚威王)을 증오하다

송왕(宋王) 언(偃)이 초위왕(楚威王)을 증오하여 초(楚)나라의 단점에 대해 말하길 좋아했는데, 아침에 조정에 나와 정무를 볼 때면 반드시 초나라를 비방하여 이를 웃음거리로 삼았다. 그리고 또 말했다.

「초나라가 이처럼 무능하니, 내가 곧 초나라를 얻을 수 있겠지?」

여러 신하들이 왕에게 부화뇌동(附和雷同)하는데 마치 한 사람의 입에서 나오는 듯했다. 그리하여 초나라에서 송나라로 가는 여행객들은 반드시 초나라의 단점을 날조하여 (송왕의) 환심을 사고자 했다. 백성들과 대부들은 (이러한 말을) 조정에 전달하고 또한 마구 과장하여 떠벌렸다. 그리하여 (모든 사람들이) 초나라를 정말 송나라보다 못한 것으로 여겼고, 맨 먼저 말을 날조했던 사람조차도 이에 미혹되었다. 그리하여 (송왕은) 초나라를 공격하고자 꾀했다.

대부 화주(華犨)가 간했다.

「송나라는 오래전부터 초나라의 적수가 되지 못합니다. 이는 마치 두더지를 큰 들소에 비하는 것과 같습니다. 설사 정말 임금님의 말씀대로라 해도 초나라의 힘은 아직도 족히 송나라의 열 배가 됩니다. 송나라는 하나이고 초나라는 열이니, (송나라가) 열 번을 이겨도 (초나라에) 한 번 패한 대가(代價)를 치르기에 부족합니다. 그런데 어찌 나라를 가지고 시험할 수 있겠습니까?」

(송왕은) 권고를 듣지 않고, 끝내 군사를 일으켜 영하(潁河)에서 초나라를 물리쳤다. (그 후) 송왕은 더욱 방자해졌다.

화주가 다시 간했다.

「저는 작은 나라가 큰 나라를 이기는 것은 요행이 큰 나라가 상대방을 방비(防備)하지 않았기 때문이라고 들었습니다. 그러나 요행은 항상 있는 일이 아니오니, (한때의) 승리를 과신(過信)해서도 안 되고, 전쟁을 대수롭지 않게 여겨서도 안 되며, 적을 깔보아서도 안 됩니다. 소인을 모욕하는 것조차 불가할진대, 하물며 큰 나라를 어찌 모욕할 수 있겠습니까? 지금 초나라는 두려워하고 있는데 오히려 임금님께서 더욱 자만하고 계십니다. 큰 나라가 두려워하고 작은 나라가 자만하고 있으니 재앙이 곧 닥칠 것입니다.」

송왕이 (이 말을 듣고) 대노하여 화주는 제(齊)나라로 도주했다. 이듬해 송나라가 또 초나라를 공격하자, 초나라 군사가 반격에 나서 송나라를 물리치고 마침내 송나라를 멸망시켰다.

해설

상대방이 자기보다 강한 것을 솔직하게 인정하는 것은 나쁜 일이 아니다. 왜냐하면 자기를 격려하여 더욱 강해지도록 분발할 수 있기 때문이다. 만일 송왕(宋王)처럼 허풍을 떨며 상대방을 깎아내리고 자신을 추켜세운다면, 아무리 송나라를 찬양하고 초나라를 비난하는 소리가 높다 해도, 결코 자신이 진정으로 강해질 수 없고 오히려 멸망을 자초할 수 있다.

이 우언은 어떠한 일을 막론하고 사실을 인정해야 하며 허풍에 의존하여 살아가지 말아야 한다는 도리를 설명한 것이다.

026 저공실저(狙公失狙)

《郁離子·術使》

원문 및 주석

狙公失狙[1]

楚有養狙以爲生者, 楚人謂之狙公。[2] 旦日, 必部分衆狙于庭, 使老狙率以之山中, 求草木之實, 賦什一以自奉; 或不給, 則加鞭箠焉。[3]

1 狙公失狙 → 저공(狙公)이 원숭이를 잃어버리다
【狙公(저공)】: [인명] 원숭이를 기르는 사람이라는 뜻에서 붙여진 이름. 【狙】: 원숭이.

2 楚有養狙以爲生者, 楚人謂之狙公。→ 초(楚)나라에 원숭이를 길러 생활을 영위하는 사람이 있었다. 초나라 사람들은 그를 저공(狙公)이라 불렀다.
【楚(초)】: [국명] 지금의 호남성·호북성과 강서성·절강성 및 하남성 남부에 걸쳐 있던 주대(周代)의 제후국.
【爲生(위생)】: 생활을 영위하다.
【謂(위)…】: …라고 부르다.

3 旦日, 必部分衆狙于庭, 使老狙率以之山中, 求草木之實, 賦什一以自奉; 或不給, 則加鞭箠焉。→ (저공은) 매일 아침, 반드시 원숭이들을 정원에 불러 모아 임무를 분배한 후, 늙은 원숭이로 하여금 그들을 인솔하고 산에 가서, 초목의 열매를 구해 오도록 하고, 그중 십분의 일을 거두어 이로써 자신을 부양했다. (만일) 어느 원숭이가 바치는 수량이 부족할 경우, 그 원숭이를 채찍으로 후려쳤다.
【旦日(단일)】: 매일 아침.
【部分(부분)】: (임무를) 배당하다, 분배하다, 할당하다.
【庭(정)】: 정원.
【使(사)】: …로 하여금 …하도록 하다, …에게 …하도록 시키다.
【率以之山中(솔이지산중)】: 인솔하여 산으로 가다. 【率】: 인솔하다, 데리다. 【之】: 往(왕), 가다.

群狙皆畏苦之, 弗敢違也。[4] 一日, 有小狙謂衆狙曰 : 「山之果, 公所樹與?」 曰 : 「否也, 天生也。」[5] 曰 : 「非公不得而取與?」 曰 : 「否也, 皆得而取也。」[6] 曰 : 「然則吾何假於彼, 而爲之役乎?」 言未旣, 衆狙皆寤。[7] 其夕相與伺狙公之寢, 破柵毁柙取其積, 相攜而入于林中,

……………

【賦什一以自奉(부십일이자봉)】 : 십분의 일을 거두어 이로써 자기를 봉양하다. 〖賦〗 : 거두다, 징수하다. 〖什一〗 : 십분의 일. 〖以〗 : 이로써, 이를 가지고. 〖自奉〗 : 자신을 부양하다, 자신을 봉양하다, 생활하다.
【或(혹)】 : 어떤, 어느. 여기서는 「어떤 원숭이」를 가리킨다.
【不給(불급)】 : 부족하다, 모자라다.
【加鞭箠(가편추)】 : 채찍을 가하다, 채찍으로 치다. 〖鞭箠〗 : 채찍질하다.

4 群狙皆畏苦之, 弗敢違也。 → 원숭이들은 모두 채찍 맞는 것을 두렵고 고통스러워하여, 감히 거스르지를 못했다.
【畏苦(외고)】 : 두렵고 고통스러워하다.
【之(지)】 : [대명사] 그것, 즉 「채찍 맞는 것」.
【弗敢(불감)】 : 不敢(불감), 감히 …하지 못하다. 〖弗〗 : 不(불).
【違(위)】 : 어기다, 위반하다, 거스르다.

5 一日, 有小狙謂衆狙曰 : 「山之果, 公所樹與?」 曰 : 「否也, 天生也。」 → 어느 날, 작은 원숭이 한 마리가 여러 원숭이들에게 물었다 : 「산에 있는 과일 나무는, 저공이 심은 것인가요?」 원숭이들이 대답했다 : 「아니야, 자연히 나서 자란 거야.」
【一日(일일)】 : 어느 날.
【公(공)】 : [남자에 대한 존칭] 여기서는 「저공」을 가리킨다.
【樹(수)】 : 심다.
【與(여)】 : [어조사] 歟(여).
【天生(천생)】 : 자연히 나서 자라다.

6 曰 : 「非公不得而取與?」 曰 : 「否也, 皆得而取也。」 → (작은 원숭이가) 또 물었다 : 「저공이 아니면 누구도 그것을 따갈 수 없나요?」 (원숭이들이) 대답했다 : 「아니야, 누구나 다 따갈 수 있어.」
【不得(부득)】 : …할 수 없다, …해서는 안 되다.
【取(취)】 : 취하다, 가지다. 즉 「따가다」의 뜻.

7 曰 : 「然則吾何假於彼, 而爲之役乎?」 言未旣, 衆狙皆寤。 → (작은 원숭이가) 또 물었다 : 「그렇다면 우리가 왜 그에게 의지하고, 그를 위해 노역(勞役)을 하지요?」 말이 미처 끝나기도 전에, 원숭이들이 모두 깨달았다.
【然則(연즉)】 : 그렇다면, 그러면.
【假於彼(가어피)】 : 그에게 의지하다, 그에게 도움을 빌다. 〖假〗 : 도움을 빌다, 의지하다.

不復歸。狙公卒餒而死。[8] 郁離子曰：「世有以術使民而無道揆者，其如狙公乎！惟其昏而未覺也，一旦有開之，其術窮矣。」[9]

【於】：[개사] …에게, …로부터. 【彼】：그, 저. 즉「저공」.
【爲之役(위지역)】：그를 위해 노역(勞役)하다. 【之】：[대명사] 그, 즉「저공」.
【未旣(미기)】：아직 마치기 전에, 미처 끝나기 전에.
【寤(오)】：깨닫다.

8 其夕相與伺狙公之寢，破柵毀柙取其積，相攜而入于林中，不復歸。狙公卒餒而死。→ 그날 저녁 (원숭이들은) 저공이 잠들기를 기다렸다가, 울짱과 우리를 부수고 저공이 쌓아 둔 과일을 취해, 서로 손을 잡아끌고 숲속으로 들어가 다시 돌아오지 않았다. 저공은 결국 배를 곯아 죽고 말았다.
【相與(상여)】：함께.
【伺(사)】：기다리다.
【寢(침)】：잠자다.
【破柵(파책)】：울짱을 부수다. 【破】：부수다, 파괴하다. 【柵】：목책(木柵), 울짱.
【毀柙(훼합)】：우리를 헐다. 【毀】：부수다, 파괴하다. 【柙】：짐승을 가두는 우리.
【積(적)】：쌓다, 쌓이다. 여기서는「쌓아 둔 과일」을 가리킨다.
【相攜(사휴)】：서로 손을 잡아끌다.
【不復(불부)】：다시 …하지 않다.
【卒(졸)】：결국, 마침내.
【餒而死(뇌이사)】：굶주려 죽다, 배를 곯아 죽다. 【餒】：배를 곯다, 굶주리다.

9 郁離子曰：「世有以術使民而無道揆者，其如狙公乎！惟其昏而未覺也，一旦有開之，其術窮矣。」→ 욱리자(郁離子)가 말했다：「세상에는 권모술수(權謀術數)로 백성을 부리며 법도를 무시하는 자들이 있는데, 아마도 저공과 같은 부류들이리라! 다만 백성들이 혼수상태(昏睡狀態)에서 아직 깨어나지 못하고 있으나, 일단(一旦) 어떤 사람이 그들을 개도(開導)한다면, 그 권모술수는 끝장이 나고 말 것이다.」
【以術使民(이술사민)】：권모술수(權謀術數)로 백성을 부리다.
【道揆(도규)】：준칙, 법도.
【其如狙公乎(기여저공호)!】：아마도 저공과 같은 부류들이리라! 【其】：아마도.
【惟(유)】：다만.
【昏而未覺(혼이미각)】：혼수상태에서 아직 깨어나지 못하다.
【一旦(일단)】：어느 때, 일단.
【開(개)】：개도(開導)하다.
【窮(궁)】：다하다, 끝장나다.

번역문

저공(狙公)이 원숭이를 잃어버리다

초(楚)나라에 원숭이를 길러 생활을 영위하는 사람이 있었다. 초나라 사람들은 그를 저공(狙公)이라 불렀다. (저공은) 매일 아침, 반드시 원숭이들을 정원에 불러 모아 임무를 분배한 후, 늙은 원숭이로 하여금 그들을 인솔하고 산에 가서 초목의 열매를 구해 오도록 하고, 그중 십분의 일을 거두어 이로써 자신을 부양했다. (만일) 어느 원숭이가 바치는 수량이 부족할 경우 그 원숭이를 채찍으로 후려쳤다. 원숭이들은 모두 채찍 맞는 것을 두렵고 고통스러워하여 감히 거스르지를 못했다.

어느 날 작은 원숭이 한 마리가 여러 원숭이들에게 물었다.

「산에 있는 과일 나무는 저공이 심은 것인가요?」

원숭이들이 대답했다.

「아니야, 자연히 나서 자란 거야.」

(작은 원숭이가) 또 물었다.

「저공이 아니면 누구도 그것을 따갈 수 없나요?」

(원숭이들이) 대답했다.

「아니야, 누구나 다 따갈 수 있어.」

(작은 원숭이가) 또 물었다.

「그렇다면 우리가 왜 그에게 의지하고, 그를 위해 노역(勞役)을 하지요?」

말이 미처 끝나기도 전에 원숭이들이 모두 깨달았다. 그날 저녁 (원숭이들은) 저공이 잠들기를 기다렸다가, 울짱과 우리를 부수고 저공이 쌓아 둔 과일을 취해, 서로 손을 잡아끌고 숲속으로 들어가 다시 돌아오지 않았다.

저공은 결국 배를 곯아 죽고 말았다.

욱리자(郁離子)가 말했다.

「세상에는 권모술수(權謀術數)로 백성을 부리며 법도를 무시하는 자들이 있는데, 아마도 저공과 같은 부류들이리라! 다만 백성들이 혼수상태(昏睡狀態)에서 아직 깨어나지 못하고 있으나, 일단(一旦) 어떤 사람이 그들을 개도(開導)한다면 그 권모술수는 끝장이 나고 말 것이다.」

해설

초(楚)나라 사람 저공(狙公)은 여러 마리의 원숭이를 기르면서 매일 원숭이들로 하여금 산에 가서 과일을 따오게 한 후 그중 십분의 일을 거두어 생활했는데, 만일 할당량을 제대로 지키지 않는 원숭이가 있으면 채찍으로 후려쳐서 모든 원숭이들이 겁을 먹었다. 그러다가 후에 원숭이들이 저공의 부당한 행위를 깨달아 쌓아둔 과일을 모두 챙겨 가지고 산으로 달아나자 저공은 그만 굶주림에 시달려 죽고 말았다.

이 우언은 원말(元末) 통치자들의 잔악한 약탈 행위에 분개한 작자가 저공이 굶어죽은 고사를 통해, 착취와 억압을 당하는 백성들이 각성하여 반기를 들고 일어날 경우 통치자가 종말을 맞을 수 있다는 혁명적 논리를 설명한 것이다.

027 호식몽인(虎食蒙人)

《郁離子 · 無畏階禍》

원문 및 주석

虎食蒙人[1]

蒙人衣狻猊之皮以適壙, 虎見之而走。謂虎爲畏己也, 返而矜, 有大志。[2] 明日, 服狐裘而往, 復與虎遇, 虎立而睨之。怒其不走也,

1 虎食蒙人 → 호랑이가 몽(蒙) 사람을 잡아먹다
【食(식)】: [동사] 먹다.
【蒙(몽)】: [지명] 지금의 하남성 상구현(商邱縣). ※ 일설에는 춘추시대 노(魯)나라의 몽읍(蒙邑)으로, 지금의 산동성 몽현(蒙縣) 서남쪽이라고도 한다.

2 蒙人衣狻猊之皮以適壙, 虎見之而走。謂虎爲畏己也, 返而矜, 有大志。→ 몽(蒙) 사람이 사자의 가죽을 입고 야외(野外)에 나갔는데, 호랑이가 그를 보고 달아났다. (그는) 호랑이가 자기를 보고 두려워했다고 여겨, 집에 돌아와 우쭐대며, 스스로 대단하다고 생각했다.
【衣(의)】: [동사] (옷을) 입다.
【狻猊(산예)】: [맹수] 사자.
【適(적)】: 왕(往), 가다.
【壙(광)】: 광야(曠野), 야외(野外).
【走(주)】: 달아나다.
【謂(위)】: …라고 생각하다, …라고 여기다.
【爲(위)】: …이다.
【畏(외)】: 두려워하다.
【返(반)】: 돌아오다.
【矜(긍)】: 자만하다, 우쭐대다, 뽐내다.
【有大志(유대지)】: 스스로 대단하다고 여기다.

叱之, 爲虎所食。[3]

번역문

호랑이가 몽(蒙) 사람을 잡아먹다

몽(蒙) 사람이 사자의 가죽을 입고 야외(野外)에 나갔는데, 호랑이가 그를 보고 달아났다. (그는) 호랑이가 자기를 보고 두려워했다고 여겨, 집에 돌아와 우쭐대며 스스로 대단하다고 생각했다. 이튿날, (그가) 여우 가죽을 입고 나가 다시 호랑이와 만났다. 호랑이는 (달아나지 않고) 멈춰 서서 그를 흘겨보고 있었다. (그는) 호랑이가 달아나지 않는 것을 보고 큰 소리로 호랑이를 꾸짖었다가, 호랑이에게 잡혀먹었다.

해설

몽(蒙) 사람이 사자 가죽 옷을 입고 나가 호랑이를 만났을 때 호랑이가

3 明日, 服狐裘而往, 復與虎遇, 虎立而睨之。怒其不走也, 叱之, 爲虎所食。→ 이튿날, (그가) 여우 가죽을 입고 나가, 다시 호랑이와 만났다. 호랑이는 (달아나지 않고) 멈춰 서서 그를 흘겨보고 있었다. (그는) 호랑이가 달아나지 않는 것을 보고, 큰 소리로 호랑이를 꾸짖었다가, 호랑이에게 잡혀먹었다.
【明日(명일)】: 이튿날, 다음날.
【服(복)】: (옷을) 입다.
【狐裘(호구)】: 여우 가죽 옷.
【復(부)】: 다시, 또.
【遇(우)】: 만나다.
【睨(예)】: 흘겨보다, 곁눈질하다..
【怒其不走(노기부주)】: 호랑이가 달아나지 않는 것을 보고 화를 내다. 〖其〗: [대명사] 그것, 즉「호랑이」. 〖走〗: 달아나다.
【叱之(질지)】: 큰 소리로 호랑이를 꾸짖다. 〖叱〗: 큰 소리로 꾸짖다. 〖之〗: [대명사] 그것, 즉「호랑이」.
【爲虎所食(위호소식)】: 호랑이에게 잡혀 먹다. 〖爲…所…〗: [피동형] …에게 …되다.

달아난 것은 사자가 호랑이보다 강하기 때문이다. 그러나 몽 사람은 그러한 이치를 모르고 호랑이가 자기를 두려워해서 달아났다고 여겨 우쭐대며, 다음날 여우 가죽으로 갈아입고 나갔다가 호랑이에게 잡혀먹었다.

이 우언은 외세에 의존하여 우연히 성공한 것을 자신의 능력으로 착각하여 함부로 우쭐대다가 재앙을 자초한 사례를 통해, 본령(本領) 없이 경거망동(輕擧妄動)하는 어리석은 행위를 경계한 것이다.

028 능리위룡(鯪鯉爲龍)

《郁離子·豢龍》

원문 및 주석

鯪鯉爲龍[1]

有獻鯪鯉于商陵君者, 以爲龍焉。商陵君大悅, 問其食, 曰:「螘。」商陵君使豢而擾之。[2] 或曰:「是鯪鯉也, 非龍也。」商陵君怒,

1 鯪鯉爲龍 → 천산갑(穿山甲)이 용(龍)으로 변하다
【鯪鯉(능리)】: [동물] 천산갑(穿山甲). ※ 몸의 길이는 50-80cm, 네 다리는 짧고, 꼬리의 길이는 20-50cm 정도이며, 온몸이 비늘로 덮여 있다. 발톱이 튼튼하고 날카로워 구멍을 잘 뚫고, 주둥이가 뾰족하고 이가 없어 긴 혀로 먹이를 핥아 먹는데, 주로 개미를 즐겨 먹는다.
【爲(위)】: …이 되다, …으로 변하다.

2 有獻鯪鯉于商陵君者, 以爲龍焉。商陵君大悅, 問其食, 曰:「螘。」商陵君使豢而擾之。→ 어떤 사람이 천산갑(穿山甲)을 상릉군(商陵君)에게 바치고, 이를 용(龍)이라고 했다. 상릉군이 매우 기뻐하며, 무엇을 먹고 사느냐고 물으니, 그 사람이 대답하길:「개미」라고 했다. 상릉군은 사람을 시켜 그것을 사육하며 길을 들이도록 했다.
【獻(헌)】: 바치다, 진상하다.
【商陵君(상릉군)】: [허구 인물].
【以爲(이위)】: …라고 여기다, …라고 생각하다.
【大悅(대열)】: 매우 기뻐하다.
【食(식)】: [동사] 먹다.
【螘(의)】: 개미.
【使(사)】: …로 하여금 …하게 하다, …에게 …하도록 시키다.
【豢(환)】: 기르다, 사육하다.
【擾(요)】: 길들이다.

抶之, 於是左右皆懼, 莫敢言非龍者, 遂從而神之。[3] 商陵君觀龍, 龍卷屈如丸, 倏而伸, 左右皆佯驚, 稱龍之神。[4] 商陵君又大悅, 徙居之宮中, 夜穴甓而逝。[5] 左右走報曰 :「龍用壯, 今果穿石去矣。」商陵君覘其迹, 則悼惜不已。[6] 乃養螘以伺, 冀其復來也。無何, 天大雨,

【之(지)】: [대명사] 그것, 즉 「천산갑」.

3 或曰 :「是鯪鯉也, 非龍也。」商陵君怒, 抶之, 於是左右皆懼, 莫敢言非龍者, 遂從而神之。→ 또 다른 어떤 사람이 말했다 :「이것은 천산갑이지, 용이 아닙니다.」 상릉군이 화를 내며, 그를 채찍으로 때렸다. 그리하여 주변 사람들이 모두 두려워서, 감히 용이 아니라고 말을 못하고, 마침내 상릉군을 좇아 천산갑을 신처럼 받들었다.
【是(시)】: 이, 이것.
【抶之(질지)】: 그를 채찍으로 때리다. 〖之〗: [대명사] 그, 즉 「용이 아니라고 말한 어떤 사람」.
【於是(어시)】: 그래서, 그리하여.
【左右(좌우)】: 주변 사람들, 주위 사람들.
【莫敢言(막감언)】: 감히 …라고 말하지 못하다.
【遂(수)】: 마침내.
【從(종)】: 따르다, 좇다.
【神之(신지)】: 천산갑을 신처럼 받들다. 〖神〗: [동사 용법] 신처럼 받들다. 〖之〗: [대명사] 그것, 즉 「천산갑」.

4 商陵君觀龍, 龍卷屈如丸, 倏而伸, 左右皆佯驚, 稱龍之神。→ 상릉군이 용을 보고 있는데, 용이 환(丸)처럼 몸을 웅크리더니, 갑자가 폈다. 주위 사람들은 모두 거짓으로 놀라는 척하며, 용의 신기함을 칭찬했다.
【卷屈如丸(권굴여환)】: 둥근 알처럼 웅크리다. 〖卷屈〗: 웅크리다. 〖如〗: …와 같이, …처럼. 〖丸〗: 알.
【倏(숙)】: 갑자기, 별안간.
【伸(신)】: 펴다.
【佯驚(양경)】: 거짓으로 놀라는 척하다.
【稱(칭)】: 칭찬하다.
【神(신)】: 신기함.

5 商陵君又大悅, 徙居之宮中, 夜穴甓而逝。→ 상릉군은 또 매우 기뻐하며, 이를 궁내(宮內)로 옮겨 놓았다. 그런데 (천산갑이) 밤중에 벽돌 담장에 구멍을 뚫고 달아나버렸다.
【徙居(사거)】: 옮기다.
【之(지)】: [대명사] 그것, 즉 「천산갑」.
【穴甓而逝(혈벽이서)】: 담장 벽돌을 뚫고 달아나다. 〖穴〗: [동사] 구멍을 뚫다. 〖甓〗: 벽돌. 〖逝〗: 사라지다, 달아나다.

6 左右走報曰 :「龍用壯, 今果穿石去矣。」商陵君覘其迹, 則悼惜不已。→ 주변 사람이 달려가

震電，眞龍出焉。[7] 商陵君謂爲豢龍來，矢螘以邀之。龍怒，震其宮，商陵君死。[8] 君子曰：「甚矣，商陵君之愚也！非龍而以爲龍，及其見眞龍也，則以鯪鯉之食待之，卒震以死，自取之也。」[9]

....

(상릉군에게) 보고했다 : 「이 용이 강력한 힘을 과시하더니, 오늘 과연 돌담장을 뚫고 달아났습니다.」 상릉군은 천산갑이 남긴 흔적을 살펴보며, 애석해마지 않았다.
【走報(주보)】: 달려가 보고하다.
【用壯(용장)】: 자신의 강력한 힘을 과시하다.
【果(과)】: 과연.
【穿石去(천석거)】: 돌담을 뚫고 떠나다.
【悼惜不已(도석불이)】: 애석해마지 않다. 〖悼惜〗: 애석해하다, 안타까워하다. 〖不已〗: …해 마지 않다.

7 乃養螘以伺，冀其復來也。無何，天大雨，震電，眞龍出焉。→ 그리하여 개미를 기르고 기다리며, 용이 다시 돌아오기를 바라고 있었다. 얼마 후, 큰 비가 내리고, 천둥과 번개가 치더니, 진짜 용이 나타났다.
【乃(내)】: 그리하여.
【伺(사)】: 기다리다.
【冀(기)】: 바라다, 희망하다.
【復(부)】: 다시, 또.
【無何(무하)】: 오래지 않아, 얼마 후.
【震電(진전)】: 천둥과 번개가 치다.

8 商陵君謂爲豢龍來，矢螘以邀之。龍怒，震其宮，商陵君死。→ 상릉군은 자기가 기르던 용이 돌아왔다고 여겨, 개미를 벌려 놓고 용을 맞이했다. 용이 화가 나서, 궁궐에 벼락을 내려, 상릉군은 (벼락에 맞아) 즉사했다.
【謂(위)】: …라고 여기다, …라고 생각하다.
【矢(시)】: 벌려 놓다.
【邀(요)】: 맞이하다, 영접하다.
【之(지)】: [대명사] 그것, 즉 「용」.
【震(진)】: 벼락을 내리다.

9 君子曰：「甚矣，商陵君之愚也！非龍而以爲龍，及其見眞龍也，則以鯪鯉之食待之，卒震以死，自取之也。」→ 군자가 말했다 : 「심하도다, 상릉군의 어리석음이여! 용이 아닌 천산갑을 용이라 여기더니, 진짜 용을 보고는, 오히려 천산갑의 먹이를 가지고 이를 접대하다가, 끝내 벼락을 맞아 죽었다. 이는 스스로 화를 부른 것이다.」
【以爲(이위)】: …라고 여기다, …라고 생각하다.
【及(급)】: …에 이르다.
【則(즉)】: 오히려.

번역문

천산갑(穿山甲)이 용(龍)으로 변하다

어떤 사람이 천산갑(穿山甲)을 상릉군(商陵君)에게 바치고 이를 용(龍)이라고 했다. 상릉군이 매우 기뻐하며 무엇을 먹고 사느냐고 물으니, 그 사람이 대답하길 「개미」라고 했다. 상릉군은 사람을 시켜 그것을 사육하며 길을 들이도록 했다.

또 다른 어떤 사람이 말했다.

「이것은 천산갑이지 용이 아닙니다.」

상릉군이 화를 내며 그를 채찍으로 때렸다. 그리하여 주변 사람들이 모두 두려워서 감히 용이 아니라고 말을 못하고, 마침내 상릉군을 좇아 천산갑을 신처럼 받들었다. 상릉군이 용을 보고 있는데, 용이 환(丸)처럼 몸을 웅크리더니 갑자가 폈다. 주위 사람들은 모두 거짓으로 놀라는 척하며 용의 신기함을 칭찬했다. 상릉군은 또 매우 기뻐하며 이를 궁내(宮內)로 옮겨 놓았다. 그런데 (천산갑이) 밤중에 벽돌 담장에 구멍을 뚫고 달아나버렸다. 주변 사람이 달려가 (상릉군에게) 보고했다.

「이 용이 강력한 힘을 과시하더니, 오늘 과연 돌담장을 뚫고 달아났습니다.」

상릉군은 천산갑이 남긴 흔적을 살펴보며 애석해마지 않았다. 그리하여 개미를 기르고 기다리며 용이 다시 돌아오기를 바라고 있었다. 얼마 후, 큰 비가 내리고 천둥과 번개가 치더니 진짜 용이 나타났다. 상릉군은 자기가 기르던 용이 돌아왔다고 여겨 개미를 벌려 놓고 용을 맞이했다. 용이

....

【以鯪鯉之食待之(이릉리지식대지)】: 천산갑의 먹이를 가지고 진짜 용을 접대하다.
【卒(졸)】: 결국, 마침내.
【自取(자취)】: 스스로 취하다, 스스로 불러들이다, 자초하다, 자업자득이다.

화가 나서 궁궐에 벼락을 내려, 상릉군은 (벼락에 맞아) 즉사했다.

군자가 말했다.

「심하도다, 상릉군의 어리석음이여! 용이 아닌 천산갑을 용이라 여기더니, 진짜 용을 보고는 오히려 천산갑의 먹이를 가지고 접대하다가 끝내 벼락을 맞아 죽었다. 이는 스스로 화를 부른 것이다.」

해설

상릉군(商陵君)은 천산갑(穿山甲)을 용(龍)이라 간주하여, 용이 아니고 천산갑이라는 사실을 알려준 사람을 채찍으로 때려, 두려움을 느낀 주위 사람들로 하여금 천산갑을 신처럼 받들게 했다. 상릉군은 또 담장을 뚫고 달아난 천산갑이 되돌아오기를 바라고 있던 중 진짜 용이 나타나자, 이를 자기의 용이 되돌아왔다고 여기며 천산갑이 좋아하는 개미를 가지고 맞이했다가 진짜 용의 노여움을 사서, 용이 내린 벼락을 맞고 목숨을 잃었다.

이 우언은 상릉군의 행위를 통해, 권력자가 진위(眞僞) 여부를 객관적인 관점에 따라 규명하지 않고 권력을 가지고 멋대로 단정하는 포악무도(暴惡無道)한 만행을 폭로하는 동시에, 권력을 믿고 진리를 거역하는 경거망동(輕擧妄動)으로 인해 재앙을 자초하는 어리석은 행위를 풍자한 것이다.

029 식균득선(食菌得仙)

《郁離子 · 采山得菌》

원문 및 주석

食菌得仙[1]

粵人有采山而得菌, 其大盈箱, 其葉九成, 其色如金, 其光四炤。[2] 以歸謂其妻子曰 : 「此所謂神芝者也, 食之者仙。[3] 吾聞仙必有分,

....

1 食菌得仙。→ 버섯을 먹고 신선(神仙)이 되다
【食(식)】: [동사] 먹다.
【菌(균)】: 버섯.
【得仙(득선)】: 신선이 되다.

2 粵人有采山而得菌, 其大盈箱, 其葉九成, 其色如金, 其光四炤。→ 월(粵) 지방 사람이 산에서 약초를 채취하다가 버섯을 얻었는데, 크기는 상자에 가득차고, 균산(菌傘)은 아홉 층이며, 색깔은 마치 황금과 같고, 광채가 사방을 비추었다.
【粵(월)】: [지명] 지금의 광동성 일대.
【采山(채산)】: 산에서 약초를 채취하다.
【盈箱(영상)】: 상자를 가득 채우다.
【葉(엽)】: 잎. 여기서는 「균산(菌傘), 버섯 갓」을 가리킨다.
【九成(구성)】: 아홉 층.
【四炤(사소)】: 사방을 비추다. 〖炤〗: 照(조), 비추다. ※ 판본에 따라서는 「炤」를 「照」라 했다.

3 以歸謂其妻子曰 : 「此所謂神芝者也, 食之者仙。→ 이것을 가지고 집에 돌아와 자기 아내에게 말했다 : 「이것이 이른바 영지(靈芝)라는 것인데, 이것을 먹는 사람은 신선이 될 수 있소.
【所謂(소위)】: 이른바.
【神芝(신지)】: 영지(靈芝).
【之(지)】: [대명사] 그것, 즉 「영지」.
【仙(선)】: [동사 용법] 신선이 되다.

天不妄與也，人求弗能得，而吾得之，吾其仙矣!」[4] 乃沐浴，齋三日而烹食之，入嚥而死。[5] 其子視之曰：「吾聞得仙者必蛻其骸，人爲骸所累，故不得仙。今吾父蛻其骸矣，非死也。」[6] 乃食其餘，又死。於是同室之人皆食之而死。[7]

....

4 吾聞仙必有分，天不妄與也，人求弗能得，而吾得之，吾其仙矣!」→ 내가 듣건대 신선이 되는 것은 반드시 연분(緣分)이 있어, 하늘이 함부로 주는 것이 아니라는데, 다른 사람은 아무리 구해도 얻을 수 없었으나, 나는 그것을 얻었으니, 나는 장차 신선이 될 것이오!」

【分(분)】: 연분(緣分).

【不妄與(불망여)】: 함부로 주지 않다. 〖妄〗: 함부로. 〖與〗: 주다.

【弗(불)】: 不(불).

【其(기)】: 장차 …하게 될 것이다.

5 乃沐浴，齋三日而烹食之，入嚥而死。→ 그리하여 목욕을 하고, 사흘 동안 재계(齋戒)한 후 그것을 삶아 먹었는데, 삼키자마자 곧 죽어버렸다.

【乃(내)】: 그리하여.

【齋(재)】: 재계(齋戒)하다. ※ 옛사람들은 제사를 지내기 전이나 중요한 예식이 있을 때, 부정(不淨)을 타지 않도록 몸을 씻고 소식(素食)을 하며 몸과 마음을 정결하게 했다.

【入嚥(입연)】: 목구멍으로 들어가다. 즉 「삼키다」의 뜻. 〖嚥〗: 咽(인), ① 인후, 목구멍. ② 삼키다. ※ 판본에 따라서는 「嚥」을 「咽」이라 했다.

6 其子視之曰：「吾聞得仙者必蛻其骸，人爲骸所累，故不得仙。今吾父蛻其骸矣，非死也。」→ 그의 아들이 이러한 상황을 보고 말했다：「내가 듣건대 신선이 되는 사람은 반드시 자기의 육체를 벗어버려야 한답니다. 사람은 육체에 묶여 있기 때문에, 그래서 신선이 되지 못하는 것입니다. 지금 나의 아버지는 육체를 벗어버린 것이지, 죽은 것이 아닙니다.」

【蛻(태)】: 허물을 벗다, 탈피하다.

【骸(해)】: 몸, 육체, 신체.

【爲骸所累(위해소루)】: 육체에 묶이다. 〖爲…所…〗: [피동형] …에 의해 …가 되다. …에게 …당하다.

7 乃食其餘，又死。於是同室之人皆食之而死。→ (말을 마치자) 곧 남은 버섯을 먹고, 또 죽어버렸다. 그리하여 가족들 모두가 버섯을 먹고 죽었다.

【乃(내)】: 곧, 바로.

【餘(여)】: 나머지. 여기서는 「남은 버섯」을 가리킨다.

【於是(어시)】: 이에, 그리하여.

【同室之人(동실지인)】: 가족.

번역문

버섯을 먹고 신선(神仙)이 되다

월(粵) 지방 사람이 산에서 약초를 채취하다가 버섯을 얻었는데, 크기는 상자에 가득차고 균산(菌傘)은 아홉 층이며, 색깔은 마치 황금과 같고 광채가 사방을 비추었다. 이것을 가지고 집에 돌아와 자기 아내에게 말했다.

「이것이 이른바 영지(靈芝)라는 것인데, 이것을 먹는 사람은 신선이 될 수 있소. 내가 듣건대 신선이 되는 것은 반드시 연분(緣分)이 있어 하늘이 함부로 주는 것이 아니라는데, 다른 사람은 아무리 구해도 얻을 수 없었으나 나는 그것을 얻었으니, 나는 장차 신선이 될 것이오!」

그리하여 그는 목욕을 하고 사흘 동안 재계(齋戒)한 후 그것을 삶아 먹었는데, 삼키자마자 곧 죽어버렸다. 그의 아들이 이러한 상황을 보고 말했다.

「내가 듣건대 신선이 되는 사람은 반드시 자기의 육체를 벗어버려야 한답니다. 사람은 육체에 묶여 있기 때문에, 그래서 신선이 되지 못하는 것입니다. 지금 나의 아버지는 육체를 벗어버린 것이지 죽은 것이 아닙니다.」

(말을 마치자) 곧 남은 버섯을 먹고 또 죽어버렸다. 그리하여 가족들 모두가 버섯을 먹고 죽었다.

해설

옛 중국인들은 사람이 득도(得道)하여 신선(神仙)이 되면 승천(昇天)하여 장생불사(長生不死)할 수 있다는 신선사상을 굳게 믿었다.

월(粵) 지방 사람은 산에 약초를 캐러 가서 독버섯을 영지(靈芝)로 착각하고, 이를 복용하면 신선이 될 수 있다고 믿어 삶아 먹었다가 목숨을 잃었고, 그의 아들은 아버지의 죽음을 죽음으로 여기지 않고 신선이 되기 위해 육체를 벗어버린 것이라는 속설을 믿고, 남은 독버섯을 먹었다가 또 목숨을 잃었다.

이 우언은 과학적인 지식이나 객관적 근거 없이 독버섯을 영지로 단정하는 것과 같은 어리석고 무지한 행위를 경계하는 동시에, 미신을 맹신하여 민심을 호도하고 사람의 생명을 해치는 봉건사회의 퇴폐풍조를 비난한 것이다.

030 조인환서(趙人患鼠)

《郁離子 · 捕鼠》

원문 및 주석

趙人患鼠[1]

趙人患鼠, 乞貓于中山, 中山人予之。貓善捕鼠及雞。月餘, 鼠盡而其雞亦盡。[2] 其子患之, 告其父曰 :「盍去諸?」 其父曰 :「是非若所知也。吾之患在鼠, 不在乎無雞。[3] 夫有鼠, 則竊吾食, 毁吾衣, 穿吾

1 趙人患鼠 → 조(趙)나라 사람이 쥐를 고민하다
【趙(조)】: [국명] 지금의 산서성 북부와 중부 및 하북성 서부와 남부 지역에 있던 주대(周代)의 제후국. 본래 진(晉)나라에 속했으나 B.C. 375년 조씨(趙氏) · 한씨(韓氏) · 위씨(魏氏)가 진(晉)의 영토를 삼분하여 각기 조(趙) · 한(韓) · 위(魏) 세 나라로 독립했다.
【患(환)】: 고민하다, 걱정하다, 염려하다, 근심하다.

2 趙人患鼠, 乞貓于中山, 中山人予之。貓善捕鼠及雞。月餘, 鼠盡而其雞亦盡。→ 조(趙)나라 사람이 쥐를 고민하여, 중산(中山)에 가서 고양이를 요구하니, 중산 사람이 그에게 고양이 한 마리를 주었다. 고양이는 쥐와 닭을 잘 잡았다. (그리하여) 한 달여 만에, 쥐가 다 없어지고 닭도 다 없어졌다.
【乞(걸)】: 요구하다.
【中山(중산)】: [국명] 지금의 하북성 중부 정현(定縣) 일대에 있던 전국시대의 나라로 후에 조(趙)나라에 합병되었다.
【予(여)】: 주다.
【之(지)】: [대명사] 그것, 즉 「고양이」.
【善捕(선보)】: 잘 잡다. 잡는 데 능숙하다.
【及(급)】: …와(과).
【盡(진)】: 다 없어지다.

3 其子患之, 告其父曰 :「盍去諸?」 其父曰 :「是非若所知也。吾之患在鼠, 不在乎無雞。→ 그의

垣墉, 壞傷吾器用, 吾將饑寒焉, 不病於無雞乎?[4] 無雞者, 弗食雞則已耳, 去饑寒猶遠, 若之何而去夫貓也?」[5]

....

아들이 그것을 걱정하여, 아버지에게 물었다:「왜 고양이를 없애버리지 않습니까?」 아버지가 말했다:「이것은 네가 아는 바가 아니다. 내가 걱정하는 것은 쥐에 있지, 닭이 없어진 것에 있지 않다.

【盍(합)】: 何不(하불), 왜, (어찌, 어째서) …하지 않는가?

【去(거)】: 없애다, 제거하다.

【諸(제)】: 之乎(지호)의 합음.

【是(시)】: 이것.

【若(약)】: 너, 당신.

【在乎(재호)…】: …에 있다. 〖乎〗: [개사] 於(어), …에.

4 夫有鼠, 則竊吾食, 毁吾衣, 穿吾垣墉, 壞傷吾器用, 吾將饑寒焉, 不病於無雞乎? → 무릇 쥐가 있으면, 우리의 양식을 훔쳐 먹고, 우리의 옷을 훼손하고, 우리의 담장을 뚫고, 가재도구를 망가뜨려, 우리가 장차 굶주리고 추위에 떨게 될 것이니, 닭이 없는 것보다 더 해롭지 않겠느냐?

【竊(절)】: 훔치다.

【毁(훼)】: 훼손하다.

【穿(천)】: (구멍을) 뚫다.

【垣墉(원용)】: 담장, 담벼락.

【壞傷(괴상)】: 망가뜨리다.

【器用(기용)】: 기물, 가재도구.

【饑寒(기한)】: 굶주리고 추위에 떨다.

【病於(병어)…】: …보다 더 해롭다. 〖病〗: 해롭다, 해를 끼치다. 〖於〗: [개사] …보다, …에 비해.

5 無雞者, 弗食雞則已耳, 去饑寒猶遠, 若之何而去夫貓也?」 → 닭이 없을 경우, 닭고기를 먹지 않으면 그만이니, 굶주리고 추위에 떠는 것과는 매우 차이가 많다. 어찌 그 고양이를 없앨 수 있겠느냐?」

【弗食(불식)】: 不食(불식), 먹지 않다. 〖弗〗: 不(불).

【則已耳(즉이이)】: …하면 그만이다.

【去(거)…猶遠(유원)】: …으로부터 거리가 한참 멀다, 즉「…과는 매우 차이가 많다」의 뜻. 〖去〗: …과 떨어지다, …으로부터.

【若之何(약지하)】: 어찌, 왜, 어째서.

【去夫貓(거부묘)】: 그 고양이를 없애버리다. 〖去〗: 없애다, 제거하다. 〖夫〗: 그.

번역문

조(趙)나라 사람이 쥐를 고민하다

조(趙)나라 사람이 쥐를 고민하여 중산(中山)에 가서 고양이를 요구하니, 중산 사람이 그에게 고양이 한 마리를 주었다. 고양이는 쥐와 닭을 잘 잡았다. (그리하여) 한 달여 만에 쥐가 다 없어지고 닭도 다 없어졌다. 그의 아들이 그것을 걱정하여 아버지에게 물었다.

「왜 고양이를 없애버리지 않습니까?」

아버지가 말했다.

「이것은 네가 아는 바가 아니다. 내가 걱정하는 것은 쥐에 있지, 닭이 없어진 것에 있지 않다. 무릇 쥐가 있으면 우리의 양식을 훔쳐 먹고, 우리의 옷을 훼손하고, 우리의 담장을 뚫고, 가재도구를 망가뜨려, 우리가 장차 굶주리고 추위에 떨게 될 것이니, 닭이 없는 것보다 더 해롭지 않겠느냐? 닭이 없을 경우 닭고기를 먹지 않으면 그만이니, 굶주리고 추위에 떠는 것과는 매우 차이가 많다. 어찌 그 고양이를 없앨 수 있겠느냐?」

해설

조(趙)나라 사람은 쥐로 인한 피해를 걱정하여 중산(中山)에서 쥐와 닭을 잘 잡는 고양이를 데려다 놓아, 한 달여 만에 집안의 쥐와 닭을 모두 잡아먹었다. 그의 아들이 이를 걱정하여 고양이를 없애자고 제의하자, 그는 쥐로 인한 피해와 닭고기를 먹지 못하는 피해를 저울질한 다음 후자를 선택했다.

이 우언은 어떤 문제를 처리할 경우, 반드시 먼저 이해득실(利害得失)을 신중히 따져 유리한 쪽으로 취사선택(取捨選擇)해야 한다는 일 처리의 기본 원칙을 설명한 것이다.

031 상양학사(常羊學射)

《郁離子 · 射道》

원문 및 주석

常羊學射[1]

常羊學射于屠龍子朱, 屠龍子朱曰 : 「若欲聞射道乎?[2] 楚王田于雲夢, 使虞人起禽而射之。禽發, 鹿出于王左, 麋交于王右。[3] 王引

....

1 常羊學射 → 상양(常羊)이 활쏘기를 배우다
【常羊(상양)】: [가공 인물].
【學射(학사)】: 활쏘기를 배우다.

2 常羊學射于屠龍子朱, 屠龍子朱曰 : 「若欲聞射道乎? → 상양(常羊)이 도룡자주(屠龍子朱)에게 활쏘기를 배우는데, 도룡자주가 물었다 : 「당신은 활 쏘는 방법을 알고 싶습니까?
【屠龍子朱(도룡자주)】: [인명].
【若(약)】: 너, 당신.
【欲(욕)】: …하고자 하다, …을 원하다.
【射道(사도)】: 활 쏘는 방법.

3 楚王田于雲夢, 使虞人起禽而射之。禽發, 鹿出于王左, 麋交于王右。→ 초왕(楚王)이 운몽(雲夢)에서 사냥을 할 때, 우인(虞人)으로 하여금 날짐승과 길짐승들을 내몰아 (자기가) 그것을 쏘아 잡도록 했습니다. 짐승들이 뛰쳐나오는데, 사슴은 초왕의 왼쪽에서 나타나고, 사불상(四不像)은 초왕의 오른쪽에서 교차(交叉)하여 나타났습니다.
【楚(초)】: [국명] 지금의 호남성 · 호북성과 강서성 · 절강성 및 하남성 남부에 걸쳐 있던 주대(周代)의 제후국.
【田(전)】: 畋(전), 사냥하다.
【雲夢(운몽)】: [호수 이름] 지금의 호북성과 호남성에 걸쳐 있는 호수.
【使(사)】: …로 하여금 …하게 하다. …에게 …하도록 시키다.
【虞人(우인)】: 옛날 산림과 소택(沼澤)을 관리하던 낮은 벼슬.

弓欲射，有鵠拂王旃而過，翼若垂雲。王注矢于弓，不知其所射。[4]
養叔進曰：『臣之射也，置一葉于百步之外而射之，十發而十中；[5]
如使置十葉焉，則中不中非臣所能必矣。』」[6]

....

【起禽(기금)】: 짐승을 내몰다. 〖禽〗: 날짐승. 여기서는 「금수(禽獸), 조수(鳥獸)」, 즉 「날짐승과 길짐승의 총칭」을 말한다.
【之(지)】: [대명사] 그것, 즉 「금수」.
【禽發(금발)】: 짐승들이 뛰쳐나오다.
【麋(미)】: 사불상(四不像).
【交(교)】: 교차(交叉)하다.

4 王引弓欲射，有鵠拂王旃而過，翼若垂雲。王注矢于弓，不知其所射。→ 초왕이 활을 당겨 쏘려할 때, 또 고니 한 마리가 초왕의 깃발을 스쳐 지나갔습니다. 날개가 마치 하늘에 드리운 구름과 같았습니다. 초왕은 활시위에 화살을 메기고, 어느 것을 쏘아야 할지 몰랐습니다.
【引(인)】: 당기다.
【鵠(곡)】: 고니.
【拂王旃而過(불왕전이과)】: 초왕의 깃발을 스쳐 지나가다. 〖拂〗: 스치다, 스쳐 지나가다. 〖旃〗: 깃대가 구부정한 붉은색 깃발. 여기서는 「깃발」을 가리킨다. 〖過〗: 지나가다.
【翼(익)】: 날개.
【若(약)】: 마치 …같다.
【垂雲(수운)】: 드리운 구름, 아래로 늘어진 구름.
【注矢于弓(주시우궁)】: 활시위에 화살을 메기다. 〖注矢〗: 화살을 메기다. 〖于〗: [개사] 於(어), …에.
【不知其所射(부지기소사)】: 쏘아야 할 바를 모르다. 즉 「어느 것을 쏘아야 할지를 모르다」의 뜻.

5 養叔進曰：「臣之射也，置一葉于百步之外而射之，十發而十中；→ (이때) 양숙(養叔)이 앞으로 나아가 (초왕에게) 말하길 : 『제가 활을 쏠 때, 나뭇잎 하나를 백보(百步) 밖에 놓고 쏘면, 열 발을 쏘아 열 발을 다 맞히지만;
【養叔(양숙)】: [인명] 양유기(養由基). 초나라의 대부. ※ 활을 잘 쏘기로 이름이 났다.
【臣(신)】: 신, 저. ※ 군주에 대한 백성이나 신하의 자칭.
【置(치)】: 두다, 놓다.

6 如使置十葉焉，則中不中非臣所能必矣。』」→ 만일 열 잎을 놓을 경우, 맞힐지 못 맞힐지는 제가 장담할 수 없습니다.』라고 했습니다.」
【如使(여사)】: 만일, 만약.
【非臣所能必(비신소능필)】: 장담할 수 있는 바가 아니다. 즉 「장담할 수 없다」의 뜻. 〖必〗: 보증하다, 장담하다, 자신하다.

번역문

상양(常羊)이 활쏘기를 배우다

상양(常羊)이 도룡자주(屠龍子朱)에게 활쏘기를 배우는데 도룡자주가 물었다.

「당신은 활 쏘는 방법을 알고 싶습니까? 초왕(楚王)이 운몽(雲夢)에서 사냥을 할 때, 우인(虞人)으로 하여금 날짐승과 길짐승들을 내몰아 (자기가) 그것을 쏘아 잡도록 했습니다. 짐승들이 뛰쳐나오는데, 사슴은 초왕의 왼쪽에서 나타나고 사불상(四不像)은 초왕의 오른쪽에서 교차(交叉)하여 나타났습니다. 초왕이 활을 당겨 쏘려할 때, 또 고니 한 마리가 초왕의 깃발을 스쳐 지나갔습니다. 날개가 마치 하늘에 드리운 구름과 같았습니다. 초왕은 활시위에 화살을 메기고, 어느 것을 쏘아야 할지 몰랐습니다. (이때) 양숙(養叔)이 앞으로 나아가 (초왕에게) 말하길 『제가 활을 쏠 때 나뭇잎 하나를 백보(百步) 밖에 놓고 쏘면, 열 발을 쏘아 열 발을 다 맞히지만, 만일 열 잎을 놓을 경우, 맞힐지 못 맞힐지는 제가 장담할 수 없습니다.』라고 했습니다.」

해설

초왕(楚王)은 사냥을 나가 사슴이 왼쪽에서 나타나고 사불상이 오른쪽에서 나타나는가 하면, 또 공중에서 고니가 나타나는 등 순식간에 사방에서 사냥감이 나타나자 어느 것을 쏘아 잡아야 할지 몰랐다. 사냥은 반드시 한 곳으로 정신력을 집중해야 한다. 그런데 초왕은 여러 마리의 사냥감이 출현했을 때 어느 하나를 선택하지 못하고 모두를 염두에 두었기 때문에 사냥에 실패한 것은 당연한 이치이다.

이 우언은 초왕이 사냥에 실패한 사례를 통해, 어떤 일을 처리할 때는 반드시 목표를 정하고 전심전력(全心全力)으로 몰두해야 성공할 수 있다는 이치를 설명한 것이다.

032 호사철비(虎死撤備)

《郁離子·虎貙》

원문 및 주석

虎死撤備[1]

若石隱于冥山之陰, 有虎恆蹲以窺其藩。[2] 若石帥其人晝夜警, 日出而殷鉦, 日入而燎煇, 宵則振鐸以望。[3] 植棘樹墉, 坎山谷以守。

1 虎死撤備 → 호랑이가 죽자 방비하던 시설을 철거하다
【撤備(철비)】: 시설을 철거하다. 〖撤〗: 거두다, 철거하다. 〖備〗: 설비, 시설.

2 若石隱于冥山之陰, 有虎恆蹲以窺其藩。 → 약석(若石)이 명산(冥山)의 북쪽에 은거(隱居)하는데, 호랑이가 항상 산에 쪼그리고 앉아 그의 울타리를 엿보았다.
【若石(약석)】: [허구 인물].
【隱于(은우)…】: …에 은거(隱居)하다. 〖于〗: [개사] 於(어), …에.
【冥山之陰(명산지음)】: 명산의 북쪽. 〖冥山〗: 지금의 하남성 신양 동남쪽. 〖陰〗: 산의 북쪽. ※ 산의 북쪽과 강의 남쪽을 「음(陰)」이라 하고, 산의 남쪽과 강의 북쪽을 「양(陽)」이라 한다.
【恆(항)】: 늘, 항상.
【蹲以窺其藩(준이규기번)】: 쪼그리고 앉아서 그의 울타리를 엿보다. 〖蹲〗: 쪼그리고 앉다. 〖以〗: 而(이). 〖窺〗: 엿보다. 〖其〗: [대명사] 그, 즉 「若石」. 〖藩〗: 울타리.

3 若石帥其人晝夜警, 日出而殷鉦, 日入而燎煇, 宵則振鐸以望。 → 약석은 집안사람들을 인솔하고 밤낮으로 경계하길, 해가 뜨면 징을 울리고, 해가 지면 횃불을 밝히고, 밤중이 되면 큰 방울을 흔들며 파수를 보았다.
【帥(솔)】: 통솔하다, 인솔하다, 거느리다.
【其人(기인)】: 자기 집안사람들.
【警(경)】: 경계하다, 방비하다.
【日出(일출)】: 해가 뜨다, 날이 밝다.

卒歲, 虎不能有獲。[4] 一日而虎死, 若石大喜, 自以爲虎死無毒己者矣。[5] 於是弛其機, 撤其備, 垣壞而不修, 藩決而不理。[6] 無何, 有貙逐麋來, 止其室之隈, 聞其牛、羊、豕之聲而入食焉。[7] 若石不知其爲

....

【殷鉦(은정)】: 징을 울리다, 징을 쳐서 소리를 내다. 〖殷〗: 진동하다. 여기서는 「치다, 쳐서 소리를 내다」의 뜻. 〖鉦〗: [타악기] 징.

【日入(일입)】: 해가 지다.

【燎煇(요휘)】: 불을 붙여 밝히다. 〖燎〗: 점화하다, 불을 붙이다. 〖煇〗: 輝(휘), 불빛. ※ 판본에 따라서는 「煇」를 「輝」라 했다.

【宵(소)】: 야밤, 밤중.

【振鐸以望(진탁이망)】: 큰 방울을 흔들며 파수를 보다. 〖振〗: 흔들다. 〖鐸〗: 큰 방울. 〖望〗: 망보다, 파수보다.

4 植棘樹墉, 坎山谷以守。卒歲, 虎不能有獲。→ 또 가시나무를 심고 담장을 쌓는가 하면, 산골짜기에 함정을 파서 지켰다. 일 년이 지나도록, 호랑이는 아무것도 얻을 수가 없었다.

【植棘(식극)】: 가시나무를 심다. 〖植〗: 심다. 〖棘〗: 가시나무.

【樹墉(수용)】: 담장을 쌓다. 〖樹〗: 세우다, 건립하다. 여기서는 「쌓다, 축조하다」의 뜻. 〖墉〗: 담, 담장.

【坎山谷以守(감산곡이수)】: 산골짜기에 구덩이를 파고 지키다. 〖坎〗: [동사 용법] 구덩이를 파다.

【卒歲(졸세)】: 일 년이 되다, 일 년이 지나다.

【獲(획)】: 얻다, 획득하다.

5 一日而虎死, 若石大喜, 自以爲虎死無毒己者矣。→ 어느 날 호랑이가 죽자, 약석은 매우 기뻐하며, 호랑이가 죽어 이제는 자기를 해칠 것이 없다고 여겼다.

【以爲(이위)】: …라고 여기다, …라고 생각하다.

【毒(독)】: 해치다, 해독을 끼치다, 상해(傷害)하다.

6 於是弛其機, 撤其備, 垣壞而不修, 藩決而不理。→ 그리하여 (호랑이를 방비하던) 기구를 제거하고, 시설을 철거하는가 하면, 담장이 무너져도 수리를 하지 않고, 울타리가 망가져도 보수를 하지 않았다.

【於是(어시)】: 그리하여, 그래서.

【弛其機(이기기)】: (호랑이를 방비하던) 기구(機具)를 제거하다. 〖弛〗: 없애다, 제거하다, 해제(解除)하다. 〖機〗: 기구(機具).

【垣壞(원괴)】: 담장이 무너지다. 〖垣〗: 담, 담장. 〖壞〗: 무너지다, 허물어지다.

【修(수)】: 수리하다, 보수하다.

【決(결)】: 터지다. 여기서는 「망가지다, 부서지다」의 뜻.

【理(리)】: 보수하다, 보완하다.

7 無何, 有貙逐麋來, 止其室之隈, 聞其牛、羊、豕之聲而入食焉。→ 얼마 되지 않아, 스라소니

貙也, 叱之不走, 投之以塊, 貙人立而爪之, 斃。[8]

君子謂 :「若石知一而不知二, 宜其及也。」[9]

번역문

호랑이가 죽자 방비하던 시설을 철거하다

약석(若石)이 명산(冥山)의 북쪽에 은거(隱居)하는데, 호랑이가 항상 산에 쪼그리고 앉아 그의 울타리를 엿보았다. 약석은 집안사람들을 인솔하고

가 고라니를 쫓아와, 그의 집 모퉁이에서 멈추었다가, 소·양·돼지의 소리를 듣고 안으로 들어와 (가축을) 잡아먹었다.

【無何(무하)】: 얼마 되지 않아, 오래지 않아.

【貙(추)】: [맹수 이름] 스라소니.

【逐(축)】: 뒤쫓다, 쫓아가다.

【麋(미)】: 고라니.

【止(지)】: 멈추다, 멈춰서다.

【隈(외)】: 모퉁이.

【豕(시)】: 돼지.

【食(식)】: [동사] 먹다. 여기서는 「잡아먹다」의 뜻.

【焉(언)】: [어조사].

8 若石不知其爲貙也, 叱之不走, 投之以塊, 貙人立而爪之斃。→ 약석은 그것이 스라소니라는 것을 모르고, 달아나지 않는다고 꾸짖으며, 스라소니에게 흙덩이를 던졌다. 그러자 스라소니는 사람처럼 일어서더니 약석을 발톱으로 붙잡아 물어 죽였다.

【爲(위)】: …이다.

【叱之不走(질지부주)】: 스라소니를 달아나지 않는다고 꾸짖다. 〖之〗: [대명사] 그것, 즉 「스라소니」. 〖走〗: 달아나다, 도망치다.

【投(투)】: 던지다.

【塊(괴)】: 흙덩이.

【人立(인립)】: 사람처럼 일어서다.

【爪之(조지)】: 약석을 붙잡다. 〖爪〗: [동사 용법] 抓(조), 발톱으로 붙잡다.

【斃(폐)】: 죽이다.

9 君子謂 :「若石知一而不知二, 宜其及也。」→ 군자가 말했다 :「약석은 하나만 알고 둘은 모르니, 당연히 이러한 상황에 이른 것이다.」

【宜其及(의기급)】: 당연히 이러한 상황에 이르다. 〖宜〗: 당연히, 마땅히.

밤낮으로 경계하길, 해가 뜨면 징을 울리고, 해가 지면 횃불을 밝히고, 밤중이 되면 큰 방울을 흔들며 파수를 보았다. 또 가시나무를 심고 담장을 쌓는가 하면, 산골짜기에 함정을 파서 지켰다. 일 년이 지나도록 호랑이는 아무것도 얻을 수가 없었다.

어느 날 호랑이가 죽자, 약석은 매우 기뻐하며 호랑이가 죽어 이제는 자기를 해칠 것이 없다고 여겼다. 그리하여 (호랑이를 방비하던) 기구를 제거하고 시설을 철거하는가 하면, 담장이 무너져도 수리를 하지 않고 울타리가 망가져도 보수를 하지 않았다.

얼마 되지 않아 스라소니가 고라니를 쫓아와 그의 집 모퉁이에서 멈추었다가, 소 · 양 · 돼지의 소리를 듣고 안으로 들어와 (가축을) 잡아먹었다. 약석은 그것이 스라소니라는 것을 모르고, 달아나지 않는다고 꾸짖으며 스라소니에게 흙덩이를 던졌다. 그러자 스라소니는 사람처럼 일어서더니 약석을 발톱으로 붙잡아 물어 죽였다.

군자가 말했다.

「약석은 하나만 알고 둘은 모르니, 당연히 이러한 상황에 이른 것이다.」

해설

약석(若石)은 산에 은거하면서 호랑이가 항상 자기 집 울타리를 엿보아 온갖 방법을 동원하여 밤낮으로 철저히 경계했으나, 호랑이가 죽자 이제는 자기를 해칠 것이 없다고 여겨 호랑이를 방비하던 기구와 설비를 제거하고 방심하다가 스라소니에게 변을 당해 목숨을 잃었다.

이 우언은 자신의 주변에 항상 적이 있을 수 있다는 것을 명심하고 매사에 경계를 소홀히 하지 말아야 의외의 위험에 빠지지 않는다는 유비무환(有備無患)의 이치를 설명한 것이다.

033 현석호주(玄石好酒)

《郁離子 · 玄石好酒》

원문 및 주석

玄石好酒[1]

昔者, 玄石好酒, 爲酒困, 五臟熏灼, 肌骨蒸煮如裂, 百藥不能救, 三日而後釋。[2] 謂其人曰 :「吾今而後知酒可以喪人也, 吾不敢復飲

1 玄石好酒 → 현석(玄石)이 술을 좋아하다
【玄石(현석)】: [인명] 성은 유(劉), 이름은 현석(玄石). ※ 장화(張華) 《박물지(博物志)》에 의하면, 술을 매우 좋아하는 사람으로 일찍이 중산(中山)에서 천일주(千日酒)를 마시고 대취하여 천 일만에 깨어났다고 한다.
【好(호)】: [동사] 좋아하다.

2 昔者, 玄石好酒, 爲酒困, 五臟熏灼, 肌骨蒸煮如裂, 百藥不能救, 三日而後釋。→ 예전에, 현석(玄石)이 술을 좋아하다가, 술로 인해 곤욕을 치렀는데, 오장이 불로 그을리는 듯하고, 살과 뼈가 삶아 찢어지는 듯했다. 온갖 약을 다 써도 구제할 수가 없더니, 사흘 후에 비로소 수그러들었다.
【爲(위)】: …로 인해, … 때문에.
【困(곤)】: 곤욕을 치르다.
【五臟(오장)】: 심장 · 간장 · 비장 · 폐장 · 신장 등 다섯 가지 내장.
【熏灼(훈작)】: 불로 그을리다.
【肌骨(기골)】: 살과 뼈.
【蒸煮如裂(증자여렬)】: 찌고 삶아 갈라터진 듯하다. 〖蒸〗: 찌다. 〖煮〗: 삶다. 〖如〗: …같다, …듯하다. 〖裂〗: 찢어지다, 갈라터지다.
【百藥不能救(백약불능구)】: 어떤 약으로도 구제하지 못하다. 즉「백약이 무효하다」의 뜻.
【而後(이후)】: 이후.
【釋(석)】: 풀리다, 해소되다, 수그러들다.

矣。」居不能閱月, 同飮至, 曰:「試嘗之。」[3] 始而三爵止, 明日而五之, 又明日十之, 又明日而大醻, 忘其故, 死矣。[4]

번역문

현석(玄石)이 술을 좋아하다

예전에 현석(玄石)이 술을 좋아하다가 술로 인해 곤욕을 치렀는데, 오장이 불로 그을리는 듯하고 살과 뼈가 삶아 찢어지는 듯했다. 온갖 약을 다 써도 구제할 수가 없더니, 사흘 후에 비로소 수그러들었다. 현석이 다른 사람에게 말했다.

「나는 지금 이후 술이 사람의 목숨을 잃게 할 수 있다는 것을 알기 때문에, 감히 다시 마시지 못합니다.」

한 달이 못가서 술친구가 찾아와 현석에게 말했다.

---

3 謂其人曰:「吾今而後知酒可以喪人也, 吾不敢復飮矣。」居不能閱月, 同飮至, 曰:「試嘗之。」→ 현석이 다른 사람에게 말했다:「나는 지금 이후 술이 사람의 목숨을 잃게 할 수 있다는 것을 알기 때문에, 감히 다시 마시지 못합니다.」 한 달이 못가서, 술친구가 찾아와, 현석에게 말했다:「시험 삼아 다시 한 번 마셔 봅시다.」
【喪人(상인)】: 사람의 목숨을 잃게 하다.
【居不能閱月(거불능열월)】: 한 달이 못가서, 한 달이 지나기도 전에. 〖居〗: 머물다. 〖閱〗: 지나다, 경과하다.
【同飮至(동음지)】: 술친구가 찾아오다. 〖同飮〗: 함께 술을 마시는 사람. 즉「술친구」.
【試嘗(시상)】: 맛을 보다.

4 始而三爵止, 明日而五之, 又明日十之, 又明日而大醻, 忘其故, 死矣。→ (현석이) 처음에는 세 잔을 마시고 멈추더니, 다음날에는 다섯 잔을 마시고, 또 다음날에는 열 잔을 마시고, 또 다음날에는 폭음을 했다. 그는 과거의 일을 완전히 잊어버리고, 결국 술로 인해 죽고 말았다.
【始(시)】: 처음.
【三爵(삼작)】: 세 잔. 여기서는 동사 용법으로「세 잔을 마시다」의 뜻.
【明日(명일)】: 다음날.
【大醻(대조)】: 폭음하다.
【故(고)】: 과거, 이전. 즉「과거의 일」을 가리킨다.

「시험 삼아 다시 한 번 마셔 봅시다.」

(현석이) 처음에는 세 잔을 마시고 멈추더니, 다음날에는 다섯 잔을 마시고, 또 다음날에는 열 잔을 마시고, 또 다음날에는 폭음을 했다. 그는 과거의 일을 완전히 잊어버리고 결국 술로 인해 죽고 말았다.

해설

현석(玄石)은 술을 좋아하다가 술로 인해 몸을 해쳐, 오장이 불로 그을리는 듯하고 살과 뼈가 삶아 찢어지는 듯한 고통을 겪은 후 다시는 술을 마시지 않기로 맹세했다. 그러나 한 달이 못가서 친구가 찾아와 유혹하자, 이를 뿌리치지 못하고 다시 폭음을 하다가 결국 목숨을 잃고 말았다.

이 우언은 현석이 술의 피해를 알면서도 헤어나지 못해 목숨을 잃은 사례를 통해, 매사에 결단성 없이 우유부단(優柔不斷)하면 결국 자신의 파멸을 면치 못한다는 교훈을 제시한 것이다.

034 이석위옥(以石爲玉)

《郁離子 · 犁冥》

원문 및 주석

以石爲玉[1]

犁冥之梁父之山, 得瑪瑙焉, 以爲美玉而售之。[2] 人曰 : 「是瑪瑙也, 石之似玉者也。若以玉價售, 徒貽人笑, 且卒不克售, 胡不實之? 雖不足爾欲, 售矣。」[3] 弗信, 則抱而入海, 將之燕, 適海有怪濤。[4]

....

1 以石爲玉 → 돌을 옥으로 여기다
【以(이)…爲(위)…】: …을 …으로 여기다.

2 犁冥之梁父之山, 得瑪瑙焉, 以爲美玉而售之。→ 이명(犁冥)이 양보산(梁父山)에 가서, 마노(瑪瑙)를 주웠는데, 그것을 미옥(美玉)이라 여겨 팔려고 했다.
【犁冥(이명)】: [인명].
【之梁父之山(지양보지산)】: 양보산에 가다. 〖之〗: 앞의 「之」는 동사로 「往(왕), 가다」의 뜻이고, 뒤의 「之」는 소유격조사. 〖梁父〗: [산 이름] 지금의 산동성 태안(泰安) 동남쪽에 위치. 일명 「양보(梁甫)」라고도 한다. ※ 여기서 「父」는 「甫」와 같다.
【瑪瑙(마노)】: [광물] 마노.
【以爲(이위)】: …라고 여기다, …라고 생각하다.
【售之(수지)】: 그것을 팔다. 〖售〗: 팔다. 〖之〗: [대명사] 그것, 즉 「마노」.

3 人曰 : 「是瑪瑙也, 石之似玉者也。若以玉價售, 徒貽人笑, 且卒不克售, 胡不實之? 雖不足爾欲, 售矣。」→ 어떤 사람이 그에게 말했다 : 「이것은 마노라고 하는, 옥과 비슷한 돌입니다. 만일 옥의 값으로 팔려다가는, 공연히 사람들에게 웃음거리가 되고, 또한 끝내 팔지도 못할 것입니다. 그런데 왜 그것을 사실대로 팔지 않습니까? (그렇게 하면) 비록 당신의 욕구를 충족시키지는 못해도, 팔 수는 있습니다.」
【是(시)】: 이, 이것.

舟師大怖，遍索于舟之人曰：「是必舟有寶，而龍欲之耳。有則亟獻之無惜，惜，胥沒矣。」[5] 犁冥拊膺而哭，問其故，曰：「余實有重寶，

················

【似(사)】: 비슷하다, 흡사하다.
【若(약)】: 만일, 만약.
【徒(도)】: 공연히, 헛되이.
【貽人笑(이인소)】: 사람들에게 웃음거리를 남기다. 즉「사람들에게 웃음거리가 되다」의 뜻.
【且(차)】: 또한.
【卒(졸)】: 끝내.
【不克(불극)】: 不能(불능), …할 수 없다, …하지 못하다.
【胡(호)】: 어찌, 어째서, 왜.
【實(실)】: 실제, 사실. 여기서는 동사 용법으로「사실대로 팔다, 실제대로 팔다」의 뜻.
【爾(이)】: 너, 당신.

4 弗信，則抱而入海，將之燕，適海有怪濤。→ (이명은) 이 말을 믿지 않았다. 그리하여 마노를 품속에 끌어 안고 바다를 건너, 연(燕)나라로 가려는데, 마침 바다에 괴이한 파도가 일었다.
【弗(불)】: 不(불).
【抱(포)】: 끌어 안다.
【入海(입해)】: 바다를 건너다.
【將(장)】: (장차) …하려 하다.
【之燕(지연)】: 연(燕)나라에 가다. 【之】: [동사] 가다. 【燕】: [국명] 지금의 하북성 북부와 요녕성 남부에 걸쳐 있던 주대(周代)의 제후국.
【適(적)】: 마침.
【怪濤(괴도)】: 괴이한 파도.

5 舟師大怖，遍索于舟之人曰：「是必舟有寶，而龍欲之耳。有則亟獻之無惜，惜，胥沒矣。」→ 뱃사공이 매우 놀라, 배에 탄 사람들 중에서 두루두루 찾으며 말했다：「이는 필시 배 안에 보물이 있어, 용왕이 그것을 원하는 것입니다. 누구든 가지고 있으면 아끼지 말고 빨리 그것을 바치십시오. 아끼다가는, 우리 모두 물에 빠져 죽습니다.」
【舟師(주사)】: 선부(船夫), 뱃사공.
【大怖(대포)】: 매우 놀라다.
【遍索于(편색우)…】: …중에서 두루두루 찾다. 【于】: [개사] …에서.
【舟之人(주지인)】: 배 안에 있는 사람들.
【欲之(욕지)】: 그것을 원하다. 【欲】: 원하다, 갖고 싶어 하다. 【之】: [대명사] 그것, 즉「보물」.
【亟(극)】: 급히, 빨리, 어서.
【獻(헌)】: 바치다, 헌납하다.
【無惜(무석)】: 아까워하지 말라. 【無】: 勿(물), 毋(무), …하지 말라, …해서는 안 된다.
【胥(서)】: 모두, 다.
【沒(몰)】: 물에 빠지다, 가라앉다. 즉「물에 빠져 죽다, 익사하다」의 뜻.

今將獻之, 不能不悲耳?」[6] 索而視之, 瑪瑙也。舟師啞然, 忘其怖而笑曰 :「龍宮無子, 不能識此寶也。」[7]

번역문

돌을 옥으로 여기다

이명(犂冥)이 양보산(梁父山)에 가서 마노(瑪瑙)를 주웠는데, 그것을 미옥(美玉)이라 여겨 팔려고 했다.

어떤 사람이 그에게 말했다.

「이것은 마노라고 하는 옥과 비슷한 돌입니다. 만일 옥의 값으로 팔려다가는 공연히 사람들에게 웃음거리가 되고 또한 끝내 팔지도 못할 것입니다. 그런데 왜 그것을 사실대로 팔지 않습니까? (그렇게 하면) 비록 당신의 욕구를 충족시키지는 못해도 팔 수는 있습니다.」

....

6 犂冥拊膺而哭, 問其故, 曰 :「余實有重寶, 今將獻之, 不能不悲耳?」→ 이명이 가슴을 치며 통곡했다. (사람들이) 그 까닭을 묻자, 이명이 대답했다 :「내가 확실히 귀중한 보물을 가지고 있는데, 지금 그것을 바쳐야 하니, 슬프지 않을 수 있겠소?」
【拊膺而哭(부응이곡)】: 가슴을 치며 통곡하다. 〖拊〗: 치다, 두드리다. 〖膺〗: 가슴.
【故(고)】: 까닭, 이유.
【余(여)】: 나. ※ 판본에 따라서는 「余」를 「予(여)」라 했다.
【實(실)】: 확실히, 분명히.
【重寶(중보)】: 귀중한 보물.

7 索而視之, 瑪瑙也。舟師啞然, 忘其怖而笑曰 :「龍宮無子, 不能識此寶也。」→ 사람들이 그것을 달래서 살펴보니, 마노였다. 뱃사공이 아연(啞然)한 표정으로, 두려움을 잊고 웃으며 말했다 :「용궁에 당신이 없으면, 이 보물을 식별할 수 없을 것입니다.」
【索(색)】: 요구하다, 달라고 하다.
【啞然(아연)】: 놀라거나 어이가 없어 입을 벌리고 있는 모양.
【怖(포)】: 두려워하다.
【子(자)】: 너, 그대, 당신.
【識(식)】: 식별하다, 알아보다.

(이명은) 이 말을 믿지 않았다. 그리하여 마노를 품속에 끌어 앉고 바다를 건너 연(燕)나라로 가려는데, 마침 바다에 괴이한 파도가 일었다. 뱃사공이 매우 놀라 배에 탄 사람들 중에서 두루두루 찾으며 말했다.

「이는 필시 배 안에 보물이 있어 용왕이 그것을 원하는 것입니다. 누구든 가지고 있으면 아끼지 말고 빨리 그것을 바치십시오. 아끼다가는 우리 모두 물에 빠져 죽습니다.」

이명이 가슴을 치며 통곡했다. (사람들이) 그 까닭을 묻자, 이명이 대답했다.

「내가 확실히 귀중한 보물을 가지고 있는데, 지금 그것을 바쳐야 하니 슬프지 않을 수 있겠소?」

사람들이 그것을 달래서 살펴보니 마노였다. 뱃사공이 아연(啞然)한 표정으로 두려움을 잊고 웃으며 말했다.

「용궁에 당신이 없으면 이 보물을 식별할 수 없을 것입니다.」

해설

이명(犁冥)은 양보산(梁父山)에서 마노(瑪瑙)를 습득한 후, 이를 미옥(美玉)으로 확신하며 비싼 값으로 팔려고 했다. 이에 어떤 사람이 이것은 마노라는 옥과 비슷한 돌인데, 만일 옥의 값을 받고 팔려다가는 사람들에게 웃음거리가 되고 팔지도 못할 것이라고 알려주었으나, 이를 믿지 않고 연(燕)나라로 팔러가다가 결국 배 안에서 여러 사람들에게 망신을 당하고 말았다.

이 우언은 스스로 안목이 없고 지식 수준도 높지 않은 사람이 무턱대고 자신하며 남의 의견을 받아들이지 않아 사람들의 비웃음을 사는 어리석은 행위를 풍자한 것이다.

035 농양지원(籠養之猿)

《郁離子 · 世農易業》

원문 및 주석

籠養之猿[1]

吳人有養猿于籠十年, 憐而放之, 信宿而輒歸。[2] 曰 :「未遠乎?」舁而舍諸大谷。猿久籠而忘其習, 遂無所得食, 鳴而死。[3]

1 籠養之猿 → 장에 가두어 기른 원숭이
【籠養(농양)】: 장에 가두어 기르다. 〖籠〗: 장, 새장.
【猿(원)】: 원숭이.

2 吳人有養猿于籠十年, 憐而放之, 信宿而輒歸。→ 오(吳)나라 사람이 원숭이를 장에 가두어 십 년 동안 기르다가, 이를 불쌍히 여겨 놓아 주니, 이틀 밤이 지나 바로 되돌아왔다.
【吳(오)】: [국명] 지금의 강소성 일대에 있던 주대(周代)의 제후국.
【憐(련)】: 불쌍히 여기다.
【放(방)】: 놓아주다.
【之(지)】: [대명사] 그것, 즉 「원숭이」.
【信宿(신숙)】: 이틀 밤(을 머물다).
【輒(첩)】: 곧, 바로, 즉시.

3 曰 :「未遠乎?」舁而舍諸大谷。猿久籠而忘其習, 遂無所得食, 鳴而死。→ 그가 말했다 :「좀 더 멀리 놓아주지 않았는가?」그리하여 원숭이를 들어다가 깊은 산 큰 골짜기에 풀어 놓았다. 원숭이는 오랫동안 장 속에 갇혀 생활했기 때문에 자기의 습성을 잊어버려, 끝내 스스로 먹이를 찾지 못하고, 울부짖다가 굶어죽었다.
【舁(여)】: 들다.
【舍(사)】: 버리다. 여기서는 「두다, 놓다」의 뜻.
【諸(제)】:「之於(지어)」의 합음.
【久籠(구롱)】: 오랫동안 장 속에 갇혀 생활하다.

번역문

장에 가두어 기른 원숭이

오(吳)나라 사람이 원숭이를 장에 가두어 십 년 동안 기르다가, 이를 불쌍히 여겨 놓아 주니 이틀 밤이 지나 바로 되돌아왔다.

그가 말했다.

「좀 더 멀리 놓아주지 않았는가?」

그리하여 원숭이를 들어다가 깊은 산 큰 골짜기에 풀어 놓았다. 원숭이는 오랫동안 장 속에 갇혀 생활했기 때문에 자기의 습성을 잊어버려, 끝내 스스로 먹이를 찾지 못하고 울부짖다가 굶어죽었다.

해설

오(吳)나라 사람이 기르던 원숭이는 오랫동안 장 속에 갇혀 사람이 주는 음식을 먹으며 생활하다가 산골짜기에 풀어 놓자, 야생하던 자기 본래의 습성을 완전히 잊어버리고 스스로 먹이를 찾지 못해 울부짖다가 끝내 굶어죽고 말았다.

이 우언은 오나라 사람이 기르던 원숭이가 야생의 습성을 잊어버리고 굶어 죽은 고사를 통해, 생물이 장기간 외부 환경에 지배될 경우 내부 환경에 변화를 가져와 본래의 습성을 상실하고 외부 환경에 완전히 종속될 수 있다는 자연법칙의 도리를 설명한 것이다.

【忘其習(망기습)】: 자기의 습성을 잊어버리다.
【遂(수)】: 결국, 끝내.
【無所得食(무소득식)】: 먹이를 찾지 못하다.
【鳴而死(명이사)】: 울부짖다가 굶어죽다.

《손지재집 遜志齋集》 우언

방효유(方孝孺 : 1357 – 1402)는 자가 희직(希直) 또는 희고(希古), 호는 손지(遜志)이며, 절강(浙江) 영해(寧海)[지금의 절강성 영해현(寧海縣)] 사람으로 세간에서는 「정학선생(正學先生)」이라 불리었다. 젊어서 송렴(宋濂)에게 학문을 배운 후 명(明) 태조(太祖) 때 한중부교수(漢中府敎授)를 거쳐 혜제(惠帝) 때 시강학사(侍講學士)를 지냈다. 후에 연왕(燕王) 주체(周棣)가 왕위를 쟁탈하는 과정에서 자신의 즉위를 위한 조서(詔書)를 기초하도록 방효유에게 명했으나 이를 거절했다가 십족(十族)을 멸하는 화를 당했다. 저서로《손지재집(遜志齋集)》이 전한다.

036 종부지거(終不知車)

《遜志齋集 · 卷之六 · 越車》

원문 및 주석

終不知車[1]

越無車, 有遊者得車於晉楚之郊, 輻朽而輪敗, 輗折而轅毁, 無所可用。[2] 然以其鄉之未嘗有也, 舟載以歸而誇諸人。[3] 觀者聞其誇

1 終不知車 → 끝내 수레를 알지 못하다
【終(종)】: 끝내.

2 越無車, 有遊者得車於晉楚之郊, 輻朽而輪敗, 輗折而轅毁, 無所可用。→ 월(越)나라에는 수레가 없다. 어느 (월나라) 유람객이 진(晉)나라와 초(楚)나라의 접경 지역에서 수레를 발견했는데, 바퀴살은 썩고 바퀴는 부서졌으며, 끌채 끝의 쐐기가 부러지고 끌채가 망가져서, 전혀 쓸모가 없었다.
【越(월)】: [국명] 지금의 절강성 일대에 있던 춘추시대의 제후국.
【遊者(유자)】: 여행자, 유람객.
【晉(진)】: [국명] 지금의 산서성 일대에 있던 주대(周代)의 제후국. B.C. 375년 조씨(趙氏) · 한씨(韓氏) · 위씨(魏氏)가 진(晉)의 영토를 삼분하여 각기 조(趙) · 한(韓) · 위(魏) 세 나라로 독립했다.
【楚(초)】: [국명] 지금의 호남성 · 호북성과 강서성 · 절강성 및 하남성 남부에 걸쳐 있던 주대(周代)의 제후국.
【郊(교)】: 경계(境界) 지역.
【輻朽(복후)】: 바퀴살이 썩다. 〖輻〗: 바퀴살. 〖朽〗: 썩다.
【輪敗(윤패)】: 바퀴가 부서지다. 〖輪〗: 바퀴. 〖敗〗: 망가지다, 부서지다.
【輗折(예절)】: 끌채 끝의 쐐기가 부러지다. 〖輗〗: 끌채 끝의 쐐기. 〖折〗: 부러지다, 꺾어지다.
【轅毁(원훼)】: 끌채가 망가지다. 〖轅〗: 끌채. 〖毁〗: 망가지다.
【無所可用(무소가용)】: 쓸모가 없다.

而信之, 以爲車固若是, 効而爲之者相屬。[4] 他日, 晉楚之人見而唉其拙, 越人以爲紿己, 不顧。[5] 及寇兵侵其境, 越率敝車禦之。車壞, 大敗, 終不知其車也。[6]

....

3 然以其鄕之未嘗有也, 舟載以歸而誇諸人。→ 그러나 그의 고향에 일찍이 수레가 없었기 때문에, 그것을 배에 싣고 돌아와 사람들에게 자랑했다.
【然(연)】: 그러나.
【以(이)】: 因(인), …로 인해, … 때문에.
【未嘗有(미상유)】: 일찍이 가져본 적이 없다.
【舟載以歸(주재이귀)】: 배에 싣고 돌아오다.
【誇諸人(과제인)】: 그것을 사람들에게 자랑하다. 〖誇〗: 자랑하다. 〖諸〗: 之於(지어)의 합음.

4 觀者聞其誇而信之, 以爲車固若是, 効而爲之者相屬。→ 구경하는 사람들은 그가 자랑하는 것을 듣고 그것을 (사실로) 믿어, 수레가 본래 이와 같은 것이라 여기며, 이를 모방하여 만드는 사람이 끊이지 않았다.
【觀者(관자)】: 구경하는 사람.
【以爲(이위)】: …라고 여기다, …라고 생각하다.
【固(고)】: 본래, 원래.
【若是(약시)】: 이와 같다.
【効而爲之(효이위지)】: 그것을 모방하여 만들다. 〖効〗: 모방하다, 본뜨다.
【相屬(상촉)】: 계속 이어지다, 즉 「끊이지 않다」의 뜻. 〖屬〗: 잇다, 연결하다.

5 他日, 晉楚之人見而唉其拙, 越人以爲紿己, 不顧。→ 어느 날, 진나라와 초나라 접경 지역 사람이 (월나라에 와서) 그들의 우둔함을 보고 비웃자, 월나라 사람들은 그가 자기들을 속이는 것이라 여겨, 거들떠보지도 않았다.
【他日(타일)】: 어느 날.
【唉(소)】: [笑(소)의 옛글자] 비웃다.
【拙(졸)】: 우둔하다, 어리석다.
【紿(태)】: 속이다.
【不顧(불고)】: 거들떠보지 않다, 내버려 두고 상관하지 않다, 본체만체하다.

6 及寇兵侵其境, 越率敝車禦之。車壞, 大敗, 終不知其車也。→ 외적(外敵)이 월나라 접경을 침입하기에 이르자, 월나라는 낡아 빠진 수레를 거느리고 나가 적병을 방어했다. (결국) 수레가 부서지고, 크게 패했으나, 그들은 끝내 진짜 수레가 어떠한 것인지를 알지 못했다.
【及(급)】: …에 이르다.
【寇兵(구병)】: 외구(外寇), 외적(外敵).
【率敝車禦之(솔폐거어지)】: 낡아 빠진 수레를 거느리고 적을 방어하다. 〖率〗: 인솔하다, 거느리다, 이끌다. 〖敝車〗: 낡아 빠진 수레. 〖禦〗: 막다, 방어하다. 〖之〗: [대명사] 그들, 즉 「외구」.

번역문

끝내 수레를 알지 못하다

월(越)나라에는 수레가 없다. 어느 (월나라) 유람객이 진(晉)나라와 초(楚)나라의 접경 지역에서 수레를 발견했는데, 바퀴살은 썩고 바퀴는 부서졌으며, 끌채 끝의 쐐기가 부러지고 끌채가 망가져서 전혀 쓸모가 없었다. 그러나 그의 고향에 일찍이 수레가 없었기 때문에, 그것을 배에 싣고 돌아와 사람들에게 자랑했다. 구경하는 사람들은 그가 자랑하는 것을 듣고 그것을 (사실로) 믿어, 수레가 본래 이와 같은 것이라 여기며, 이를 모방하여 만드는 사람이 끊이지 않았다. 어느 날, 진나라와 초나라 접경 지역 사람이 (월나라에 와서) 그들의 우둔함을 보고 비웃자, 월나라 사람들은 그가 자기들을 속이는 것이라 여겨 거들떠보지도 않았다. 외적(外敵)이 월나라 접경을 침입하기에 이르자, 월나라는 낡아 빠진 수레를 거느리고 나가 적병을 방어했다. (결국) 수레가 부서지고 크게 패했으나, 그들은 끝내 진짜 수레가 어떠한 것인지를 알지 못했다.

해설

수레를 본 적이 없어 수레가 무엇인지 모르는 월(越)나라 사람들은, 유람객이 진(晉)·초(楚) 접경 지역에서 바퀴살과 바퀴가 부패하고 끌채와 끌채 끝의 쐐기가 망가져 전혀 쓸모없는 수레를 가져와 자랑을 늘어놓자, 수레가 본래 그런 것인 줄로 믿고 그것을 모방하여 수레를 만들었다. 진(晉)·초(楚) 접경 지역 사람이 이러한 상황을 목격하고 월나라 사람들의 우매함을 비웃자, 자기들을 속이는 것으로 간주하여 거들떠보지 않고, 외적이 침입했을 때 그 수레를 몰고 나가 방어하다가 대패하고 말았다.

이 우언은 월나라 사람들의 행위를 통해, 학문이 얕고 견문이 좁으면서도 자기 의견을 고집하는 어리석은 사람을 풍자하는 동시에, 스스로 옳다고 여기지만 말고 시야를 넓혀 다른 사람의 의견을 귀담아 들어야 한다는 도리를 강조한 것이다.

《동전집東田集》 우언

마중석(馬中錫 : 1446 – 1512)은 자가 천록(天祿), 호는 동전(東田)이며, 고성(故城) [지금의 하북성 고성현(故城縣)] 사람이다. 명(明) 헌종(憲宗) 성화(成化) 연간에 진사에 급제한 후 형과급사중(刑科給事中)에 임명되었으나, 당시 황제의 총애를 받는 만귀비(萬貴妃)의 동생 만통(萬通)의 탐욕 행위를 폭로했다가 태형(笞刑)을 받고, 군주의 측근 신하가 법규를 위반하고 대신들이 직무를 다하지 않는다고 폭로하는 상소를 올렸다가 미움을 사서 운남(雲南)으로 폄적되었다. 그 후 효종(孝宗) 홍치(弘治) 9년(1496) 우부도어사(右副都御史)를 배수 받았으나 병으로 인해 사직하고, 무종(武宗) 정덕(正德) 원년(1506) 병부시랑(兵部侍郎)에 임명되어 요동(遼東) 순시를 나가 환관 유근(劉瑾) 일당의 비리를 지적했다가 체포되어 옥살이를 했다. 정덕 5년 유근이 처형된 후 풀려나 대동순무(大同巡撫)에 임명되어, 그 이듬해 산동(山東) 유육(劉六)·유칠(劉七)이 반란을 진압하라는 명을 받고 참여했다. 그러나 농민반란군을 무마하여 복종하도록 유도할 것을 주장했다가 또다시 도적을 두둔했다는 죄명으로 투옥된 후 감옥에서 일생을 마쳤다.

저서로 《동전집(東田集)》 6권이 있는데, 후에 《동전문집(東田文集)》과 《동전시집(東田詩集)》으로 나누었다. 《동전문집》 중의 《중산랑전(中山狼傳)》은 장편의 우언으로 유명하다.

037 중산랑전(中山狼傳)

《東田文集 · 中山狼傳》

원문 및 주석

中山狼傳[1]

趙簡子大獵於中山, 虞人導前, 鷹犬羅後。捷禽鷙獸, 應弦而倒者不可勝數。[2] 有狼當道, 人立而啼。簡子唾手登車, 援烏號之弓,

---

1 中山狼傳 → 중산랑전(中山狼傳)

【中山(중산)】: [국명] 지금의 하북성 정현(定縣)에 있던 전국시대의 나라로 후에 조(趙)나라에 합병되었다.

【狼(랑)】: 이리.

2 趙簡子大獵於中山, 虞人導前, 鷹犬羅後。捷禽鷙獸, 應弦而倒者不可勝數。→ 조간자(趙簡子)가 중산(中山)에서 크게 사냥을 벌여, 우인(虞人)이 앞에서 길을 안내하고, 사냥매와 사냥개가 뒤에서 따랐다. 날렵한 날짐승과 사나운 길짐승들은, 활시위 소리와 동시에 쓰러진 놈들이 셀 수 없이 많았다.

【趙簡子(조간자)】: 춘추시대 말기 진(晉)나라의 대부로, 경공(頃公) · 정공(定公) · 출공(出公) 삼대에 걸쳐 50여 년 동안 집정(執政)했다.

【大獵(대렵)】: 크게 사냥을 벌이다.

【於(어)】: [개사] …에서.

【虞人(우인)】: 산택 · 정원 · 수렵 등을 관리하던 벼슬.

【導前(도전)】: 앞에서 길을 안내하다, 앞에서 인도하다.

【鷹(응)】: [맹금류] 사냥매.

【羅後(나후)】: 뒤에 벌여놓다. 즉 「뒤에서 따르다」의 뜻.

【捷禽(첩금)】: 날렵한 날짐승.

【鷙獸(지수)】: 사나운 길짐승.

【應弦而倒(응현이도)】: 활시위 소리를 좇아 쓰러지다, 활시위 소리와 동시에 쓰러지다.

挾肅愼之矢, 一發飮羽, 狼失聲而逋。[3] 簡子怒, 驅車逐之, 驚塵蔽天, 足音鳴雷, 十步之外, 不辨人馬。[4] 時, 墨者東郭先生, 將北適中山以干仕, 策蹇驢, 囊圖書, 夙行失道, 望塵驚悸。[5] 狼奄至, 引首顧

【不可勝數(불가승수)】: 많아서 일일이 다 셀 수가 없다, 셀 수 없이 많다.

3 有狼當道, 人立而啼。簡子唾手登車, 援烏號之弓, 挾肅愼之矢, 一發飮羽, 狼失聲而逋。→ (그런데) 이리 한 마리가 길을 막고, 사람처럼 서서 울부짖었다. 조간자가 손에 침을 뱉고 수레에 올라, 오호(烏號)의 활을 당겨, 숙신(肅愼)의 화살을 메긴 다음, 한 발을 쏘자 화살이 이리의 살 속에 깊이 박혔다. 이리가 엉겁결에 소리를 꿱 지르며 달아났다.
【當道(당도)】: 길을 막다. 〖當〗: 擋(당), 막다, 차단하다.
【人立而啼(인립이제)】: 사람처럼 서서 울부짖다.
【唾手(타수)】: 손에 침을 뱉다. ※ 사람이 기운을 내서 일을 다시 시작하고자 할 때 다짐하는 뜻으로 취하는 행동을 가리킨다.
【援(원)】: 끌어당기다.
【烏號之弓(오호지궁)】: 옛날의 양궁(良弓) 이름. ※《회남자(淮南子)·원도(原道)》: 「새를 쏘는 사람이 오호궁을 당겨, …(射者扜烏號之弓, …)」라 했다.
【挾(협)】: 끼다, 끼우다. 즉 「(화살을) 메기다」의 뜻.
【肅愼之矢(숙신지시)】: 숙신(肅愼)의 화살. 〖肅愼〗: 지금의 길림성 경내에 거주하던 종족 이름. ※ 숙신은 일찍이 고시(楛矢)라는 양질의 화살을 제조하여 주(周)나라에 조공으로 바쳤다고 한다.
【飮羽(음우)】: 화살이 깊이 박혀 화살 끝의 깃털까지 들어가다. 즉 「화살이 살 속에 깊이 박히다」의 뜻.
【失聲而逋(실성이포)】: 엉겁결에 소리를 꿱 지르며 달아나다. 〖逋〗: 달아나다.

4 簡子怒, 驅車逐之, 驚塵蔽天, 足音鳴雷, 十步之外, 不辨人馬。→ 조간자가 대노하여, 수레를 몰아 이리를 좇아가니, 거마가 질주하여 일으킨 먼지가 하늘을 뒤덮고, 발자국 소리가 마치 우레가 치는 듯했으며, 열 걸음 밖은, 사람과 말을 분별할 수가 없었다.
【驅車逐之(구거축지)】: 수레를 몰아 이리를 뒤쫓다. 〖驅〗: 몰다. 〖逐〗: 뒤쫓다, 쫓아가다. 〖之〗: [대명사] 그것, 즉 「이리」.
【驚塵蔽天(경진폐천)】: 거마가 질주하여 일으킨 먼지가 하늘을 뒤덮다. 〖驚塵〗: 거마(車馬)가 질주하여 일으킨 먼지. 〖蔽〗: 덮다.
【足音鳴雷(족음오뢰)】: 발자국 소리가 우레를 치는 듯하다.
【辨(변)】: 분별하다.

5 時, 墨者東郭先生, 將北適中山以干仕, 策蹇驢, 囊圖書, 夙行失道, 望塵驚悸。→ 그때, 묵자(墨子)를 신봉하는 동곽선생(東郭先生)이, 장차 북쪽 중산(中山)에 가서 벼슬을 구하고자, 다리를 저는 당나귀를 채찍으로 몰아, 책을 자루에 담아 싣고, 이른 새벽에 길을 나섰다가 방향을 잃었다. 자욱한 먼지를 바라보고 놀라 가슴이 두근거렸다.
【墨者(묵자)】: 묵자(墨子)를 신봉하는 사람.

曰:「先生豈有志於濟物哉?[6] 昔毛寶放龜而得渡, 隋侯救蛇而獲珠, 龜蛇固弗靈於狼也。[7] 今日之事, 何不使我得早處囊中, 以苟延殘喘

....

【東郭先生(동곽선생)】: 고대 우언에 자주 등장하는 인물.
【將(장)】: (장차) …하려고 하다.
【適(적)】: 往(왕), 가다.
【干仕(간사)】: 벼슬자리를 구하다.
【策蹇驢(책건려)】: 다리를 저는 당나귀를 채찍질하다. 〖策〗: 채찍질하다. 즉 「몰다」의 뜻. 〖蹇〗: 다리를 절다. 〖驢〗: 나귀, 당나귀.
【囊(낭)】: [동사 용법] 자루에 담다.
【夙行失道(숙행실도)】: 새벽에 길을 가다가 방향을 잃다. 〖夙〗: 이른 아침, 새벽. 〖失道〗: 길을 잃다, 방향을 잃다.
【望塵驚悸(망진경계)】: 자욱한 먼지를 바라보고 놀라 가슴이 두근거리다. 〖望〗: 바라보다. 〖悸〗: 가슴이 두근거리다, 가슴이 뛰다.

6 狼奄至, 引首顧曰:「先生豈有志於濟物哉? → 이리가 갑자기 다가와서, 목을 길게 빼고 (동곽선생을) 바라보며 말했다:「선생께서는 만물을 구제하는 일에 뜻을 갖고 계시지 않습니까?
【奄至(엄지)】: 갑자기 다가오다. 〖奄〗: 갑자기, 돌연.
【引首(인수)】: 목을 길게 빼다.
【顧(고)】: 바라보다.
【豈(기)…哉(재)?】: [추측 표시] …하지 않는가?
【有志於濟物(유지어제물)】: 만물을 구제하는 일에 뜻을 두다. 〖濟物〗: 위험에 처해 있는 사람이나 물건을 구제하다.

7 昔毛寶放龜而得渡, 隋侯救蛇而獲珠, 龜蛇固弗靈於狼也。→ 예전에 모보(毛寶)는 거북을 방생하여 무사히 강을 건넜고, 수후(隋侯)는 뱀을 구해주고 구슬을 얻었는데, 거북이와 뱀은 본래 이리보다 영특하지 못합니다.
【毛寶放龜而得渡(모보방귀이득도)】: 모보(毛寶)가 거북을 방생하여 무사히 강을 건너다. 〖毛寶〗: [인명] 동진(東晉) 사람으로 자는 석정(碩貞). 〖放〗: 방생(放生)하다. 〖龜〗: 거북. 〖得渡〗: 무사히 강을 건너다. ※ 간보(干寶)《수신기(搜神記)》에 의하면, 모보(毛寶)가 예주자사(豫州刺史)를 지낼 때, 어느 병졸이 흰 거북을 바치자 모보가 이 거북을 강물에 놓아 주었다. 후에 모보가 전쟁에 불리하여 위험을 피하기 위해 강물에 몸을 던졌는데, 무거운 갑옷을 입고 있었지만 물에 가라앉지 않았다. 모보가 이를 이상히 여겨 자세히 살펴보니 전에 방생한 거북이가 은혜를 갚기 위해 물밑에서 자기를 떠받치고 있었다.
【隋侯救蛇而獲珠(수후구사이획주)】: 수후(隋侯)가 뱀을 구해주고 구슬을 얻다. 〖隋〗: [국명] 춘추시대의 나라 이름. 〖侯〗: 군주, 임금. 〖獲〗: 얻다, 획득하다. ※《회남자(淮南子)·남명훈(覽冥訓)》에 의하면, 춘추시대 수후(隋侯)가 상처를 입은 뱀에게 약을 발라 주자, 후에 이 뱀이 고귀한 진주 하나를 물고 와서 수후에게 보답했다.
【固(고)】: 본래.

乎?[8] 異時倘得脫穎而出, 先生之恩, 生死而肉骨也, 敢不努力以效龜蛇之誠!」[9]

先生曰 :「嘻! 私汝狼, 以犯世卿, 忤權貴, 禍且不測, 敢望報乎?[10]

················

【弗靈於狼(불령어랑)】: 이리보다 영특하지 않다. 〖弗〗: 不(불). 〖靈〗: 영특하다, 총명하다. 〖於〗: [개사] …보다, …에 비해.

8 今日之事, 何不使我得早處囊中, 以苟延殘喘乎? → 오늘과 같은 상황에서, 어찌 저로 하여금 속히 (당신의) 자루 속에 들어가, 사경(死境)에 이른 저의 목숨을 잠시 연장할 수 있게 해주지 않으십니까?
【何不(하불)…乎(호)?】: 어찌 …하지 않는가?
【使(사)】: …로 하여금 …하게 하다.
【苟延殘喘(구연잔천)】: 잠시 사경에 이른 목숨을 연장하다. 〖苟〗: 잠깐, 잠시. 〖殘喘〗: 빈사 상태의 숨소리. 즉 「사경에 이른 목숨」의 뜻.

9 異時倘得脫穎而出, 先生之恩, 生死而肉骨也, 敢不努力以效龜蛇之誠!」 → (제가) 만일 장차 위험에서 벗어난다면, 선생의 은혜는, 죽은 목숨을 다시 살려내어 백골에 살이 붙게 한 것인데, 어찌 감히 거북과 뱀의 성의를 본받도록 노력하지 않겠습니까?」
【異時(이시)】: 장차.
【倘(당)】: 만일, 만약.
【得(득)】: 能(능), …할 수 있다.
【脫穎而出(탈영이출)】: 자루 속의 송곳 끝이 자루 밖으로 뚫고 나오다. 여기서는 「위험에서 벗어나다」의 뜻. ※《사기(史記)·평원군우경열전(平原君虞卿列傳)》: 「모수가 말했다 : 『저는 오늘 비로소 저를 자루 속에 넣어 달라고 청하는 것입니다. 만일 제가 일찍 자루 속에 넣어졌더라면, 즉시 송곳 끝이 밖으로 뚫고 나왔지, 다만 그 끝이 드러날 뿐이 아닙니다.(「毛遂曰 :『臣乃今日請處囊中耳。使遂蚤得處囊中, 乃穎脫而出, 非特其末見而已。』」)」
【生死(생사)】: 죽은 목숨을 살려내다. 〖生〗: [동사] 살려내다.
【肉骨(육골)】: 백골에 살이 붙게 하다. 〖肉〗: [동사] 살이 붙게 하다.
【效(효)】: 본받다.
【誠(성)】: 성의.

10 先生曰 :「嘻! 私汝狼, 以犯世卿, 忤權貴, 禍且不測, 敢望報乎? → 동곽선생이 말했다 : 「아! 이리 너를 몰래 숨겨주어, 고위 관리를 거스르고, 권력자를 거역했다가는, 닥칠 재앙조차 가늠하지 못하거늘, 어찌 감히 너의 보답을 바라겠는가?
【嘻(희)】: [감탄사] 아!
【私(사)】: 비호하다, 감싸주다, 몰래 숨겨주다.
【汝(여)】: 너, 당신.
【犯(범)】: 범하다, 거스르다.
【世卿(세경)】: 세습하는 높은 벼슬아치. 여기서는 「조간자」를 가리킨다.
【忤(오)】: 거역하다, 거스르다.

然墨之道, 兼愛爲本, 吾終當有以活汝。脫有禍, 固所不辭也。」[11] 乃出圖書, 空囊橐, 徐徐焉實狼其中, 前虞跋胡, 後恐疐尾, 三納之而未克, 徘徊容與, 追者益近。[12] 狼請曰 :「事急矣! 先生果將揖遜救焚

【權貴(권귀)】: 권세가, 권력자.
【禍(화)】: 재앙.
【且(차)】: …조차.
【測(측)】: 헤아리다, 예측하다, 가늠하다.
【望報(망보)】: 보답을 바라다.

11 然墨之道, 兼愛爲本, 吾終當有以活汝。脫有禍, 固所不辭也。」→ 그렇지만 묵가(墨家)의 주장은, 겸애(兼愛)를 근본으로 삼고 있으니, 결국은 내가 마땅히 방법을 찾아 너를 살려내야 한다. 설사 재앙이 닥친다 해도, 결코 사양하지 않을 것이다.」
【然(연)】: 그러나, 그렇지만.
【墨之道(묵지도)】: 묵가(墨家)의 주장. 【道】: 주장, 도리.
【兼愛爲本(겸애위본)】: 겸애를 근본으로 삼다. 【兼愛】: 사람은 누구나 자신을 사랑하듯이 남을 사랑하여 서로 평등해야 사회가 태평하고 번영할 수 있다고 하는 묵자(墨子) 학설 중의 중요한 사상. 【爲本】: 근본으로 삼다.
【終(종)】: 결국, 끝내, 마침내.
【當有以活汝(당유이활여)】: 마땅히 너를 살려낼 방법이 있어야 한다. 즉「마땅히 방법을 찾아 너를 살려내야 한다.」의 뜻. 【當】: 마땅히. 【以】: 방법.
【脫(탈)】: 만일, 만약, 가령, 설사.
【固(고)】: 물론, 단호히, 결코.

12 乃出圖書, 空囊橐, 徐徐焉實狼其中, 前虞跋胡, 後恐疐尾, 三納之而未克, 徘徊容與, 追者益近。→ 그리하여 책을 꺼내, 자루를 비우고, 천천히 이리를 자루 속에 집어넣으려는데, 앞으로 넣으려니 이리의 발톱에 턱살이 밟힐까 걱정되고, 뒤로 넣으려니 이리의 엉덩이에 꼬리가 눌릴까 두려웠다. 그리하여 넣기를 몇 번 반복했으나 성공하지 못하고, 주저하며 늘쩡거리는 사이에, 뒤쫓는 자가 더욱 가까이 다가왔다.
【乃(내)】: 그리하여.
【出(출)】: 꺼내다.
【空(공)】: 비우다.
【囊橐(낭탁)】: 자루.
【徐徐焉(서서언)】: 천천히.
【實(실)】: [동사] 집어넣다.
【前虞跋胡(전우발호)】: 앞으로 넣으려니 (이리의 발톱에) 턱살이 밟힐까 걱정하다. 【虞】: 걱정하다. 【跋】: 밟다. 【胡】: 턱에 늘어진 살, 턱살.
【後恐疐尾(후공체미)】: 뒤로 넣으려니 (이리의 엉덩이가) 꼬리를 누를까 두려워하다. 【恐】: 두려워하다. 【疐】: 넘어지다. 여기서는「누르다」의 뜻.

溺, 而鳴鑾避寇盜耶? 惟先生速圖!」[13] 乃跼蹐四足, 引繩而束縛之, 下首至尾, 曲脊掩胡, 猬縮蠖屈, 蛇盤龜息, 以聽命先生。[14] 先生如

【三納(삼납)】: 세 번 넣다. 즉 「여러 번 넣다」의 뜻. 〖三〗: 셋이라는 수의 개념이 아니고 「몇, 여럿」이라는 의미로 쓰였다.
【克(극)】: 성공하다.
【徘徊(배회)】: 망설이다, 주저하다.
【容與(용여)】: 늘쩡거리다, 느릿느릿하다.
【益(익)】: 더욱.

13 狼請曰:「事急矣! 先生果將揖遜救焚溺, 而鳴鑾避寇盜耶? 惟先生速圖!」→ 이리가 간청하며 말했다:「일이 급합니다! 선생은 정말로 느긋하게 예의 격식을 차리며 불에 타고 물에 빠진 사람을 구하고, 수레의 방울을 울려 도둑을 피하려 하십니까? 속히 방법을 생각해 주시기 바랍니다!」
【果(과)】: 과연, 정말로.
【將(장)】: (장차) …하려고 하다.
【揖遜(읍손)】: 읍(揖)을 하며 겸양하다. 즉「느긋하게 예의 격식을 차리다」의 뜻. 〖揖〗: 두 손을 맞잡아 얼굴 앞으로 들어 올린 다음 공손히 허리를 굽혔다가 펴면서 손을 내리는 중국인의 인사 방법.
【救焚溺(구분닉)】: 불에 타고 물에 빠진 사람을 구하다.
【鳴鑾(명란)】: 수레의 방울을 울리다. 〖鳴〗: 울리다, 소리를 내다. 〖鑾〗: 임금의 수레에 다는 방울. ※ 판본에 따라서는 「鑾」을 「鸞(란)」이라 했다.
【避寇盜(피구도)】: 도적을 피하다. 〖避〗: 피하다. 〖寇盜〗: 도적.
【惟(유)】: 바라다, 희망하다.
【速圖(속도)】: 속히 도모하다. 즉「속히 방법을 생각하다」의 뜻.

14 乃跼蹐四足, 引繩而束縛之, 下首至尾, 曲脊掩胡, 猬縮蠖屈, 蛇盤龜息, 以聽命先生。→ 그리하여 (이리는) 네 다리를 움츠리고, (동곽선생으로 하여금) 새끼줄을 가져와 자기를 묶게 하면서, 머리를 꼬리에 닿도록 숙이고, 등을 굽혀 턱살을 가려, 마치 고슴도치처럼 몸을 웅크리고 자벌레처럼 몸을 구부리는가 하면, 뱀처럼 몸을 둘둘 감고 거북처럼 머리를 움츠려 호흡을 억제하는 등, 모두 동곽선생이 하라는 대로 복종했다.
【乃(내)】: 그리하여.
【跼蹐(국척)】: 구부리다, 움츠리다, 웅크리다.
【引繩而束縛(인승이속박)】: 새끼줄을 가져와 묶다.
【之(지)】: [대명사] 그것, 즉「이리」.
【下首至尾(하수지미)】: 머리를 숙여 꼬리까지 닿게 하다, 머리가 꼬리에 닿도록 숙이다. 〖下〗: 낮추다, 숙이다.
【曲脊掩胡(곡척엄호)】: 등을 구부려 턱살을 가리다. 〖曲〗: 굽히다, 구부리다. 〖脊〗: 등. 〖掩〗: 가리다.
【猬縮蠖屈(위축확굴)】: 고슴도치처럼 몸을 웅크리고 자벌레처럼 몸을 구부리다. 〖猬〗: 고

其指, 內狼於囊, 遂括囊口, 肩擧驢上, 引避道左, 以待趙人之過。[15] 已而簡子至, 求狼弗得, 盛怒, 拔劍斬轅端示先生, 罵曰 :「敢諱狼方向者, 有如此轅!」[16] 先生伏躓就地, 匍匐以進, 跽而言曰 :「鄙人

················

슴도치. ※ 판본에 따라서는 「猬」를 「蝟(위)」라 했다. 【縮】: 움츠리다, 웅크리다. 【蠖】: 자벌레. 【屈】: 굽히다, 구부리다.

【蛇盤龜息(사반귀식)】: 뱀처럼 몸을 둘둘 감고 거북처럼 머리를 움츠려 숨을 죽이다. 【盤】: 둘둘 감다, 둘둘 휘감다. 【息】: 숨을 죽이다, 호흡을 억제하다.

【聽命(청명)】: 명령에 따르다, 하라는 대로 복종하다.

15 先生如其指, 內狼於囊, 遂括囊口, 肩擧驢上, 引避道左, 以待趙人之過。→ 동곽선생은 이리의 뜻에 따라, 이리를 자루에 집어넣고, 곧 자루 입구를 묶어, 어깨로 들어 올려 당나귀 등위에 실은 다음, 길옆으로 물러나, 조간자 일행이 지나가기를 기다렸다.

【如其指(여기지)】: 이리의 뜻에 따르다. 【如】: …에 따르다, …대로 하다. 【其】: [대명사] 그, 즉 「이리」. 【指】: 뜻, 의사.

【內狼於囊(납랑어낭)】: 이리를 자루에 넣다. 【內】: 納(납), 넣다. 【於】: [개사] …에.

【遂(수)】: 곧, 즉시.

【括(괄)】: 묶다.

【囊口(낭구)】: 자루 입구.

【肩擧(견거)】: 어깨로 들어 올리다.

【引避(인피)】: 물러나 피하다. 【引】: 물러나다.

【道左(도좌)】: 길옆.

【待趙人之過(대조인지과)】: 조간자 일행이 지나가기를 기다리다. 【待】: 기다리다. 【趙人】: 조간자 일행. 【過】: 지나가다.

16 已而簡子至, 求狼弗得, 盛怒, 拔劍斬轅端示先生, 罵曰 :「敢諱狼方向者, 有如此轅!」→ 잠시 후 조간자가 도착하여, 이리를 찾았으나 찾지 못하자, 버럭 화를 내더니, 칼을 뽑아 끌채의 끝을 내리 찍어 동곽선생에게 보이며, 욕을 했다 :「감히 이리의 행방을 숨기고 속이는 자는, 이 끌채처럼 처치할 것이다.」

【已而(이이)】: 잠시 후, 얼마 후.

【求狼弗得(구랑불득)】: 이리를 찾았으나 찾지 못하다. 【弗】: 不(불).

【盛怒(성노)】: 버럭 화를 내다.

【拔(발)】: 뽑다.

【斬(참)】: 베다, 자르다.

【轅(원)】: 끌채.

【端(단)】: 끝.

【示(시)】: 보이다.

【罵(매)】: 욕하다.

【諱(휘)】: 감추다, 숨기다, 속이다.

不慧, 將有志於世, 奔走遐方, 自迷正途, 又安能發狼蹤, 以指示夫子之鷹犬也?[17] 然嘗聞之, 大道以多歧亡羊。[18] 夫羊, 一童子可制之, 如是其馴也, 尙以多歧而亡;[19] 狼非羊比, 而中山之歧可以亡羊者

……………

17 先生伏躓就地, 匍匐以進, 跽而言曰 : 「鄙人不慧, 將有志於世, 奔走遐方, 自迷正途, 又安能發狼蹤, 以指示夫子之鷹犬也? → 동곽선생은 땅에 납작 엎드려, 기어서 조간자 앞으로 나아가, 무릎을 꿇고 말했다 : 「제가 비록 총명하지는 못하지만, 장차 세상에 뜻을 두고, 먼 곳을 향해 급히 달려가던 중, 저 자신도 길을 잃었습니다. 그런데 또 어찌 이리의 종적을 발견하여, 어르신의 매와 개에게 가르쳐 줄 수 있겠습니까?

【伏躓就地(복지취지)】: 땅에 엎드리다.
【匍匐以進(포복이진)】: 기어서 앞으로 나아가다.
【跽(기)】: 무릎을 꿇다.
【鄙人(비인)】: [자기를 낮추는 말] 저.
【不慧(불혜)】: 지혜롭지 못하다, 총명하지 못하다.
【將(장)】: (장차) …하려 하다.
【有志於(유지어)…】: …에 뜻을 두다. 〖於〗: [개사] …에.
【奔走遐方(분주하방)】: 먼 곳을 향해 급히 달려가다. 〖奔走〗: 급히 달려가다. 〖遐方〗: 遠方(원방), 먼 곳.
【自迷正途(자미정도)】: 스스로 바른길을 잃다. 〖迷〗: (길을) 잃다.
【安(안)】: 어찌.
【發(발)】: 발견하다.
【蹤(종)】: 종적.
【指示(지시)】: 지시하다. 여기서는 「가르쳐주다」의 뜻.
【夫子(부자)】: [학자나 연장자에 대한 존칭] 선생님, 어르신. 여기서는 「조간자」를 가리킨다.

18 然嘗聞之, 大道以多歧亡羊。 → 그러나 제가 일찍이 들은 바에 의하면, 큰길에는 갈림길이 많기 때문에 양을 쉽게 잃는다고 합니다.

【然(연)】: 그러나.
【嘗(상)】: 일찍이.
【以(이)】: 因(인), …로 인해, … 때문에.
【多歧(다기)】: 갈림길이 많다. 〖歧〗: 갈림길. ※ 판본에 따라서는 「歧」를 「岐(기)」라 했다.
【亡(망)】: 잃다, 잃어버리다.

19 夫羊, 一童子可制之, 如是其馴也, 尙以多歧而亡; → 무릇 양은, 어린아이 하나가 제압할 수 있습니다. 양이 이처럼 온순하지만, 그래도 갈림길이 많기 때문에 잃는 것입니다.

【夫(부)】: [발어사] 대저, 무릇.
【制(제)】: 제압하다, 통제하다.
【之(지)】: [대명사] 그것, 즉 「양」.
【如是(여시)】: 이처럼, 이와 같이.

何限, 乃區區循大道以求之, 不幾於守株緣木乎?[20] 況田獵, 虞人之所事也, 君請問諸皮冠, 行道之人何罪哉? 且鄙人雖愚, 獨不知夫狼乎?[21] 性貪而狠, 黨豺爲虐。君能除之, 固當窺左足以效微勞, 又

……………

【馴(순)】: 온순하다, 순종하다.
【尙(상)】: 그래도, 그럼에도 불구하고.

20 狼非羊比, 而中山之歧可以亡羊者何限, 乃區區循大道以求之, 不幾於守株緣木乎? → 그러나 이리는 양이 비할 바가 아닙니다. 그리고 양을 잃을 수 있는 중산의 갈림길이 셀 수 없이 많은데, 어르신께서는 지금 단지 큰길을 따라 그것을 찾으려 하고 계십니다. 이는 나무 그루터기를 지키며 토끼를 기다리고 나무 위에 올라가서 물고기를 구하는 것과 비슷하지 않습니까?
【何限(하한)】: 셀 수 없이 많다, 너무 많아서 확실하게 세지 못하다.
【乃(내)】: 너, 당신.
【區區(구구)】: 다만, 단지.
【循大道以求之(순대도이구지)】: 큰길을 따라 그것을 찾으려 하다. 〖循〗: 좇다, 따르다. 〖之〗: [대명사] 그것, 즉 「이리」.
【幾於(기어)…】: …에 근접하다, …에 가깝다, …와 비슷하다.
【守株(수주)】: 守株待兎(수주대토)의 줄임말. 나무 그루터기를 지키며 토끼를 기다리다. 즉, 융통성이 없이 한 가지 일에만 얽매여 발전을 모르는 어리석은 사람을 비유하는 말로, 《한비자(韓非子)·오두(五蠹)》에 보인다.
【緣木(연목)】: 緣木求魚(연목구어)의 줄임말. 나무 위에 올라가서 물고기를 구하다. 즉, 도저히 불가능한 일을 굳이 하려 하는 것을 비유하는 말로, 《맹자(孟子)·양혜왕상(梁惠王上)》에 보인다.

21 況田獵, 虞人之所事也, 君請問諸皮冠, 行道之人何罪哉? 且鄙人雖愚, 獨不知夫狼乎? → 하물며 사냥은, 우인(虞人)이 맡아 하는 일인데, 어르신은 그것을 우인에게 물어보셔야지, 길 가는 사람이 무슨 죄가 있습니까? 그리고 제가 비록 우매하다 해도, 어찌 이리를 모르겠습니까?
【況(황)】: 하물며.
【田獵(전렵)】: 사냥, 사냥하다.
【君(군)】: 그대, 당신, 귀하.
【請問(청문)】: 물어 보십시오.
【諸(제)】: 之於(지어)의 합음.
【皮冠(피관)】: 우인(虞人)이 쓰는 모자. 즉 「우인」을 가리킨다.
【行道之人(행도지인)】: 길 가는 사람.
【何罪(하죄)】: 무슨 죄가 있는가?
【且(차)】: 그리고, 또한.
【獨(독)…乎(호)?】: 설마 …하겠는가? 그래 …란 말인가? 어찌 …하겠는가?

肯諱之而不言哉?」[22] 簡子默然, 回車就道, 先生亦驅驢兼程而進。[23] 良久, 羽旄之影漸沒, 車馬之音不聞。[24] 狼度簡子之去已遠, 而作聲囊中曰 : 「先生可留意矣! 出我囊, 解我縛, 拔矢我臂, 我將逝矣。」 先生擧手出狼。[25] 狼咆哮謂先生曰 : 「適爲虞人逐, 其來甚速, 幸先

....

22 性貪而狠, 黨豺爲虐。君能除之, 固當窺左足以效微勞, 又肯諱之而不言哉?」→ (이리는) 성질이 탐욕스럽고 흉악하며, 승냥이와 무리를 이루어 포악한 짓을 합니다. 어르신께서 능히 그것을 제거하실 수 있다 해도, 저는 본래 마땅히 달려가 미력(微力)을 다해야 하는데, 또 어찌 이리의 종적을 숨기고 말하지 않으려 하겠습니까?」

【貪(탐)】: 탐욕스럽다.

【狠(한)】: 흉악하다.

【黨豺爲虐(당시위학)】: 승냥이와 무리를 이루어 포학한 짓을 하다. 〖黨〗: 무리를 이루다, 작당하다.

【除(제)】: 제거하다, 없애다.

【固(고)】: 본래.

【當(당)】: 당연히, 마땅히.

【窺左足(규좌족)】: 왼발을 들다. 여기서는 「달려가다」의 뜻. 〖窺〗: 跬(규), 반보(半步). 즉 「발을 한 번 들다」의 뜻. ※ 발을 한 번 들었다가 내디디면 일보(一步), 발을 들고 아직 내딛지 않은 상태는 「반보」이다.

【效微勞(효미로)】: 미력(微力)을 다하다.

【肯(긍)】: 기꺼이 …하려 하다, …하려 들다.

【諱之而不言(휘지이불언)】: 이리의 종적을 숨기고 말하지 않다. 〖諱〗: 꺼리어 숨기다. 〖之〗: [대명사] 그것, 즉 「이리의 종적」.

23 簡子默然, 回車就道, 先生亦驅驢兼程而進。→ 조간자는 묵묵히, 수레를 돌려 길을 떠났고, 동곽선생도 당나귀를 몰아 속도를 배가(倍加)하여 앞을 향해 나아갔다.

【默然(묵연)】: 묵묵히 있는 모양.

【就道(취도)】: 출발하다, 길을 떠나다.

【驅(구)】: (말, 수레 등을) 몰다.

【兼程而進(겸정이진)】: 속도를 배가(倍加)하여 앞을 향해 나아가다.

24 良久, 羽旄之影漸沒, 車馬之音不聞。→ 한참 지나자, (조간자 일행의) 깃발 그림자가 점점 사라지고, 거마의 소리도 들리지 않았다.

【良久(양구)】: 한참 지나다, 시간이 오래 흐르다.

【羽旄之影(우모지영)】: 깃발의 그림자.

【漸沒(점몰)】: 점점 사라지다. 〖沒〗: 사라지다.

25 狼度簡子之去已遠, 而作聲囊中曰 : 「先生可留意矣! 出我囊, 解我縛, 拔矢我臂, 我將逝矣。」 先生擧手出狼。→ 이리는 조간자가 이미 멀리 갔다고 짐작하고, 자루 속에서 소리를 질러

生生我。我餒甚，餒不得食，亦終必亡而已。[26] 與其飢死道路，爲群獸食，毋寧斃死於虞人，以俎豆於貴家。[27] 先生旣墨者，摩頂放踵，思一利天下，又何吝一軀啖我，而全微命乎?」遂鼓吻奮爪以向先

말했다 :「선생은 유의(留意)해 주십시오! 나를 자루에서 꺼내, 나를 묶은 밧줄을 풀고, 나의 팔에 박힌 화살을 뽑아주십시오. 그러면 나는 곧 떠날 것입니다.」 동곽선생은 손을 들어 이리를 자루에서 꺼내 주었다.

【度(탁)】: 추측하다, 헤아리다, 예측하다, 짐작하다.

【留意(유의)】: 유의하다, 주의하다.

【作聲(작성)】: 소리를 지르다.

【出我囊(출아낭)】: 나를 자루에서 나오게 하다. 〖出〗: [사동 용법] 나오게 하다.

【解我縛(해아박)】: 나를 묶은 밧줄을 풀다. 〖解〗: 풀다. 〖縛〗: 묶다.

【拔(발)】: 뽑다.

【臂(비)】: 팔.

【將(장)】: 곧 …할 것이다.

【逝(서)】: 가다, 떠나다.

26 狼咆哮謂先生曰 :「適爲虞人逐，其來甚速，幸先生生我。我餒甚，餒不得食，亦終必亡而已。
→ 그러자 이리가 포효하며 동곽선생에게 말했다 :「방금 제가 우인(虞人)에게 쫓길 때, 그들이 매우 빨리 쫓아 왔으나, 다행히 선생께서 저를 살려 주셨습니다. 그러나 저는 지금 배가 너무 고픕니다. 굶주린 상태로 먹을 것을 얻지 못하면, 결국은 반드시 죽을 뿐입니다.

【咆哮(포효)】: 포효하다.

【適(적)】: 방금.

【爲虞人逐(위우인축)】: 우인(虞人)에게 쫓기다. 〖爲〗: [피동형] …에게 당하다. 〖逐〗: 쫓다, 뒤쫓다.

【甚速(심속)】: 매우 빠르다.

【幸(행)】: 다행히.

【生(생)】: [사동 용법] 살려주다, 살게 해주다.

【終(종)】: 결국, 끝내.

【亡(망)】: 죽다.

【而已(이이)】: …일 뿐이다.

27 與其飢死道路，爲群獸食，毋寧斃死於虞人，以俎豆於貴家。→ 길에서 굶어 죽어, 뭇 짐승의 먹이가 되는 것보다는, 차라리 우인의 손에 죽어, 귀족 집의 제사 음식으로 제공되는 것이 나을 것입니다.

【與其(여기)…毋寧(무녕)…】: …하느니 차라리 …하다, …하기 보다는 차라리 …하는 게 낫다.

【飢死(기사)】: 굶어 죽다, 굶주려 죽다.

【爲群獸食(위군수식)】: 여러 짐승에게 먹히다. 〖爲〗: [피동형] …에게 당하다. 〖食〗: [동사]

生。[28] 先生倉卒以手搏之, 且搏且卻, 引蔽驢後, 便旋而走。[29] 狼終不得有加於先生, 先生亦極力拒, 彼此俱倦, 隔驢喘息。[30] 先生曰 :「狼

....

먹다.

【斃死於虞人(폐사어우인)】: 우인에게 맞아 죽다, 우인의 손에 죽다. 〖斃死〗: 죽다. 〖於〗: [개사] …에, …에게.

【俎豆於貴家(조두어귀가)】: 귀족 집에 제물로 제공되다. 〖俎豆〗: 「俎」와 「豆」는 모두 옛날 제사 때 「제사에 올리는 음식을 담는 그릇」이나, 여기서는 동사 용법으로 「제사 음식으로 제공되다」의 뜻.

28 先生旣墨者, 摩頂放踵, 思一利天下, 又何吝一軀啖我, 而全微命乎?」遂鼓吻奮爪以向先生。→ 선생께서는 기왕 묵자(墨子)를 신봉하는 분으로, 머리끝에서 발끝까지 온몸이 다 닳도록 애를 쓰며, 오로지 천하를 이롭게 할 일만을 생각하시는데, 또 어찌 당신의 한 몸을 나에게 먹여 주어, 나의 목숨을 보전하는 일에 인색하시겠습니까?」 그리하여 입술을 위로 올려 이빨을 드러내고 발톱을 치켜세워 동곽선생을 향해 달려들었다.

【旣(기)】: 기왕 …한 바에는, 기왕 …한 이상.

【摩頂放踵(마정방종)】: 정수리부터 발꿈치까지 갈다. 즉 「온몸이 다 닳도록 애쓰다, 분골쇄신(粉骨碎身)하다」의 비유.

【思一利天下(사일리천하)】: 한결같이 천하를 이롭게 한다는 생각을 하다.

【何(하)】: 어찌.

【吝(인)】: 인색하다.

【一軀(일구)】: 한 몸.

【啖我(담아)】: 나에게 먹이다. 〖啖〗: [사동 용법] 먹이다.

【全(전)】: 보전하다.

【微命(미명)】: 작은 생명.

【遂(수)】: 그리하여.

【鼓吻(고문)】: 입술을 위로 올리다. 즉 「입술을 위로 올려 이빨을 드러내다」의 뜻.

【奮爪(분조)】: 발톱을 치켜세우다.

29 先生倉卒以手搏之, 且搏且卻, 引蔽驢後, 便旋而走。→ 동곽선생은 창졸간에 맨손으로 이리와 싸움을 벌이며, 치고 물러서고 하다가, 당나귀 뒤로 물러나 몸을 피한 다음, (쫓아오는 이리와) 당나귀를 싸고 빙빙 돌기를 계속했다.

【倉卒(창졸)】: 황급히.

【以手搏之(이수박지)】: 맨손으로 이리와 싸움을 벌이다.

【且搏且卻(차박차각)】: 치고 물러서고 하다, 때리기도 하고 물러서기도 하다. 〖且…且…〗: …하면서 …하다. 〖卻〗: 뒤로 물러서다.

【引蔽驢後(인폐려후)】: 물러나 당나귀 뒤로 피하다.

【便旋而走(편선이주)】: 빙빙 돌며 달리다.

30 狼終不得有加於先生, 先生亦極力拒, 彼此俱倦, 隔驢喘息。→ 이리는 끝내 동곽선생에게

負我! 狼負我!」 狼曰 :「吾非固欲負汝, 天生汝輩, 固需吾輩食也!」[31] 相持旣久, 日晷漸移, 先生竊念 :「天色向晚, 狼復群至, 吾死矣夫!」[32] 因紿狼曰 :「民俗, 事疑必詢三老。第行矣, 求三老而問之。苟

해를 입히지 못했고, 동곽선생도 힘을 다해 저항하여, 피차 모두 지친 상태에서, 당나귀를 사이에 두고 숨을 헐떡거렸다.

【終(종)】: 시종, 끝내.

【不得(부득)】: …하지 못하다, …할 수 없다.

【有加於(유가어)…】: …에게 해를 가하다. 〖有加〗: 가해하다, 해를 입히다. 〖於〗: …에게, …에 대해.

【極力(극력)】: 힘을 다하다.

【拒(거)】: 저항하다.

【俱(구)】: 모두, 다.

【倦(권)】: 지치다.

【隔(격)】: 사이에 두다.

【喘息(천식)】: 숨을 헐떡거리다.

31 先生曰 :「狼負我! 狼負我!」 狼曰 :「吾非固欲負汝, 天生汝輩, 固需吾輩食也!」 → 동곽선생이 말했다 :「이리가 나를 배신했도다! 이리가 나를 배신했도다!」 이리가 말했다 :「제가 본래 당신을 배신하려 한 것이 아니라, 하늘이 당신 같은 사람들을 낳은 것은, 본래 우리들에게 먹이가 필요했기 때문이오!」

【負(부)】: 저버리다, 배신하다.

【固(고)】: 본래.

【欲(욕)】: …하고자 하다, …하려고 하다.

【汝(여)】: 너, 당신.

【輩(배)】: …들, 무리, 따위들.

【需(수)】: 필요로 하다, 요구되다.

32 相持旣久, 日晷漸移, 先生竊念 :「天色向晚, 狼復群至, 吾死矣夫!」 → 서로 버틴 지가 이미 오래 지나, 해가 점점 서쪽으로 기울자, 동곽선생이 속으로 생각했다 :「날이 저물어 가는데, 이리가 또 떼를 지어 오면, 나는 틀림없이 죽을 것이다.」

【相持旣久(상지기구)】: 서로 버틴 지가 이미 오래되다. 〖相持〗: 서로 버티다.

【日晷(일귀)】: 해 그림자.

【竊念(절념)】: 속으로 생각하다.

【天色(천색)】: 날.

【向晚(향만)】: 저녁으로 다가가다. 즉 「저물어가다, 점점 저물다」의 뜻. 〖向〗: 접근하다, 다가가다.

【復(부)】: 또, 다시.

【群至(군지)】: 떼 지어 오다, 무리 지어 오다.

謂我可食卽食, 不可, 則已。」[33] 狼大喜, 卽與偕行。逾時, 道無行人。[34] 狼饞甚, 望老木僵立路側, 謂先生曰 :「可問是老。」[35] 先生曰 :「草木無知, 叩焉何益?」狼曰 :「第問之, 彼當有言矣。」[36] 先生不得已,

---

【矣夫(의부)】: [복합 어조사].

33 因紿狼曰 :「民俗, 事疑必詢三老。第行矣, 求三老而問之。苟謂我可食卽食, 不可, 則已。」→ 그리하여 거짓말로 이리를 속여 말했다 :「민간 풍속에 의하면, 일이 의심스러울 때는 반드시 세 분의 노인에게 의견을 물어야 한다. 우리는 다만 걸어 가다가, 세 분의 노인을 찾아 그들에게 물어보면 된다. 만일 그들이 내가 너에게 잡아먹혀야 한다고 여기면 즉시 나를 잡아먹고, 그들이 안 된다고 하면, 잡아먹지 마라.」
【因(인)】: 이로 인해, 그리하여.
【紿(태)】: (거짓말로) 속이다, 기만하다.
【詢(순)】: 의견을 묻다, 자문을 구하다.
【三老(삼로)】: 세 분의 노인. 여기서는「경륜이 있는 세 분의 노인」을 가리킨다.
【第(제)】: 단지, 다만.
【求(구)】: 찾다.
【苟(구)】: 만일, 만약.
【謂(위)】: …라고 여기다, …라고 간주하다.
【已(이)】: 그치다, 그만두다. 즉「잡아먹지 말라」의 뜻.

34 狼大喜, 卽與偕行。逾時, 道無行人。→ 이리가 매우 기뻐하며, 즉시 동곽선생과 함께 걸어갔다. 시간이 얼마 동안 지났으나, 길에 다니는 사람이 없었다.
【與(여)】: …와(과). ※「與」 다음에 명사「동곽선생」이 생략된 형태.
【偕(해)】: 함께.
【逾時(유시)】: 시간이 지나다.

35 狼饞甚, 望老木僵立路側, 謂先生曰 :「可問是老。」→ 이리는 몹시 걸신이 들려, 고목(古木)이 길옆에 꼿꼿이 서 있는 것을 보자, 동곽선생에게 말했다 :「이 고목에게 물어보면 될 것입니다.」
【饞甚(참심)】: 식탐이 매우 심하다, 몹시 걸신들리다.
【望(망)】: 바라보다.
【僵立(강립)】: 꼿꼿이 서다.
【是老(시로)】: 이 노인. 〖是〗: 此(차), 이. ※ 판본에 따라서는「是」를「此(차)」라 했다.

36 先生曰 :「草木無知, 叩焉何益?」狼曰 :「第問之, 彼當有言矣。」→ 동곽선생이 말했다 :「초목은 아는 것이 없는데, 그에게 물어 보면 무슨 소용이 있는가?」 이리가 말했다 :「묻기만 하면, 그는 할 말이 있을 것입니다.」
【無知(무지)】: 아는 것이 없다.
【叩焉何益(고언하익)?】: 그에게 물어 무슨 도움이 되겠는가? 〖叩〗: 묻다. 〖焉〗: [대명사]

揖老木, 具述始末, 問曰 :「若然, 狼當食我耶?」[37] 木中轟轟有聲, 謂先生曰 :「我杏也。往年老圃種我時, 費一核耳。[38] 逾年華, 再逾年實, 三年拱把, 十年合抱, 至於今二十年矣。[39] 老圃食我, 老圃之

……………

之(지), 그것, 즉「고목」. 【何益】: 무슨 도움이 되겠는가? 무슨 소용이 있는가?
【第(제)】: 다만, 단지.
【之(지)】: [대명사] 그것, 즉「살구나무」.
【當有言(당유언)】: 할 말이 있을 것이다. 【當】: …일 것이다.

37 先生不得已, 揖老木, 具述始末, 問曰 :「若然, 狼當食我耶?」→ 동곽선생은 부득이, 고목에게 읍(揖)을 하고, 자초지종(自初至終)을 구체적으로 설명하고 나서, 물었다 :「만일 그렇다면, 이리가 당연히 나를 잡아먹어야 합니까?」
【不得已(부득이)】: 부득이, 마지못해 하는 수 없이.
【具述(구술)】: 모두 설명하다. 【具】: 모두, 낱낱이, 구체적으로, 자세히.
【始末(시말)】: 처음부터 끝까지, 자초지종(自初至終).
【若然(약연)】: 만약 그렇다면.
【當(당)】: 마땅히, 당연히.
【食(식)】: [동사] 먹다.

38 木中轟轟有聲, 謂先生曰 :「我杏也。往年老圃種我時, 費一核耳。→ 나무에서 왁자지껄 소리를 내더니, 나무가 동곽선생에게 말했다 :「나는 살구나무요. 지난 날 과수를 재배하는 노인이 나를 심을 때는, 다만 씨 하나를 소비했을 뿐이오.
【轟轟有聲(굉굉유성)】: 왁자지껄 소리가 나다.
【杏(행)】: 살구나무.
【往年(왕년)】: 과거, 예전, 지난 날.
【老圃(노포)】: 과수를 재배하는 노인.
【種(종)】: 심다.
【費一核耳(비일핵이)】: 씨 하나를 들였을 뿐이다. 【費】: 소비하다, 쓰다, 들이다. 【核】: 씨. 【耳】: …뿐이다.

39 逾年華, 再逾年實, 三年拱把, 十年合抱, 至於今二十年矣。→ 일 년이 지나 꽃이 피고, 다시 일 년이 지나 열매를 맺고, 삼 년이 되자 두 뼘을 합친 굵기로 자라고, 십 년이 되자 한 아름의 굵기로 자라, 지금까지 이십 년이 되었소.
【逾年(유년)】: 한 해가 지나다.
【華(화)】: 꽃이 피다.
【再逾年(재유년)】: 다시 한 해가 지나다. 즉「이 년이 지나다」의 뜻.
【實(실)】: 열매를 맺다.
【拱把(공파)】: 두 뼘을 합친 굵기.
【合抱(합포)】: 두 팔을 합친 굵기, 즉「아름」.
【至於(지어)…】: …에 이르기까지.

妻子食我, 外至賓客, 下至於僕, 皆食我。[40] 又復鬻買於市以規利於我, 其有功於老圃甚巨。[41] 今老矣, 不得斂華就實, 賈老圃怒, 伐我條枚, 芟我枝葉, 且將售我工師之肆取直焉。[42] 噫! 樗朽之材, 桑榆

40 老圃食我, 老圃之妻子食我, 外至賓客, 下至於僕, 皆食我。→ 과수를 재배하는 노인이 나의 열매를 먹고, 그의 아내와 자녀가 나의 열매를 먹고, 밖으로는 빈객, 아래로는 하인에 이르기까지, 모두 나의 열매를 먹었소.
【食(식)】: [동사] 먹다.
【我(아)】: 나. 여기서는 「나의 열매」라는 뜻.
【妻子(처자)】: 아내와 자녀.
【僕(복)】: 하인, 노복.

41 又復鬻買於市以規利於我, 其有功於老圃甚巨。→ 또다시 (나의 열매를) 시장에 내다 팔아 나에게서 이익을 꾀했으니, 과수를 재배한 노인에 대한 나의 공로가 매우 크오.
【復(부)】: 또, 다시.
【鬻買於市(죽매어시)】: 시장에 내다 팔다.
【規利於我(규리어아)】: 나에게서 이익을 꾀하다. 〖規〗: 꾀하다, 모색하다. 〖於〗: [개사] …로부터, …에게서.
【有功於(유공어)…】: …에 대해 공로가 있다. 〖於〗: [개사] …에 대해.
【甚巨(심거)】: 매우 크다.

42 今老矣, 不得斂華就實, 賈老圃怒, 伐我條枚, 芟我枝葉, 且將售我工師之肆取直焉。→ 그러나 지금 몸이 늙어, 꽃을 거두어 열매를 맺을 수 없게 되니, 노인의 분노를 야기하여, 나의 줄기를 자르고, 나의 가지와 잎을 제거하는가 하면, 또 나를 목공의 가게에 팔아 돈을 챙기려 하고 있소.
【不得(부득)】: 不能(불능), …할 수 없다.
【斂華就實(염화취실)】: 꽃을 거두어 열매를 맺다.
【賈(고)】: 초래하다, 야기하다, 일으키다.
【伐(벌)】: (가지를) 치다, 베어버리다.
【條枚(조매)】: 나무의 줄기.
【芟(삼)】: 베다, 제거하다, 없애버리다.
【枝葉(지엽)】: 가지와 잎.
【且(차)】: 그리고, 또한.
【將(장)】: 장차 …하려 하다.
【售(수)】: 팔다.
【工師(공사)】: 목공.
【肆(사)】: 점포.
【取直(취치)】: 돈을 챙기다. 〖直〗: 値(치), 값. 여기서는 「돈」을 가리킨다. ※ 판본에 따라서는 「直」를 「値(치)」라 했다.

之景, 求免於斧鉞之誅而不可得。[43] 汝何德於狼, 乃覬免乎? 是固當食汝。」言下, 狼復鼓吻奮爪, 以向先生。[44] 先生曰 :「狼爽盟矣! 矢詢三老, 今値一杏, 何遽見迫耶?」復與偕行。[45] 狼愈急, 望見老牸, 曝日敗垣中, 謂先生曰 :「可問是老。」[46] 先生曰 :「向者草木無知,

---

43 噫! 樗朽之材, 桑楡之景, 求免於斧鉞之誅而不可得。→ 아! 쓸모없는 재목이 되니, 만년에 이르러, 도끼로 잘리는 형벌을 면하고자 해도 불가능하오.
【噫(희)】: [감탄사] 아!
【樗朽之材(저후지재)】: 쓸모없는 재목.
【桑楡之景(상유지경)】: 서쪽의 뽕나무와 느릅나무에 걸려 있는 저녁 햇살. 즉 「노년, 만년」을 비유하는 말로, 여기서는 「고목(古木), 늙은 나무」를 가리킨다.
【免於(면어)…】: …을 면하다, …에서 벗어나다.
【斧鉞之誅(부월지주)】: 도끼로 자르는 형벌. 〖斧鉞〗: 작은 도끼와 큰 도끼. 〖誅〗: 처형하다.
【不可得(불가득)】: 불가능하다.

44 汝何德於狼, 乃覬免乎? 是固當食汝。」言下, 狼復鼓吻奮爪, 以向先生。→ (그런데) 당신은 이리에게 무슨 덕을 베풀었다고, 오히려 죽음을 면하길 바라고 있소? 이로 보건대 이리는 본래 당신을 잡아먹어야 마땅하오.」(고목이) 말을 마치자, 이리가 또다시 이빨을 드러내고 발톱을 치켜세워 동곽선생을 향해 달려들었다.
【於(어)】: [개사] …에게, …에 대해.
【乃(내)】: 오히려.
【覬(기)】: 바라다.
【是(시)】: 이로 보건대.
【固(고)】: 본래.
【當(당)】: 당연히, 마땅히.
【言下(언하)】: 말을 마치다.
【復(부)】: 다시, 또, 또다시.

45 先生曰 :「狼爽盟矣! 矢詢三老, 今値一杏, 何遽見迫耶?」復與偕行。→ 동곽선생이 말했다 : 「이리 너는 약속을 어겼어! 본래 노인 세 사람에게 묻기로 약속하고, 지금 겨우 살구나무 하나를 만났는데, 어째서 이렇게 급하게 핍박을 당해야 하는가?」(그리하여) 다시 이리와 함께 앞을 향해 걸어갔다.
【爽盟(상맹)】: 약속을 어기다.
【矢(시)】: 誓(서), 맹세하다, 약속하다.
【値(치)】: 만나다.
【遽(거)】: 급히, 서둘러, 갑자기.
【見迫(견박)】: 핍박을 당하다. 〖迫〗: 핍박하다. ※ 見+동사=피동형.

46 狼愈急, 望見老牸, 曝日敗垣中, 謂先生曰 :「可問是老。」→ 이리는 더욱 조급하여, 늙은 암

謬言害事。今牛, 禽獸耳, 更何問爲?」[47] 狼曰:「第問之, 不問將咥汝!」先生不得已, 揖老牸, 再述始末以問。[48]牛皺眉瞪目, 舐鼻張口, 向先生曰:「老杏之言不謬矣![49] 老牸繭栗少年時, 筋力頗健, 老農賣一刀以易我, 使我貳群牛, 事南畝。[50] 既壯, 群牛日以老憊, 凡事

소가, 부서진 담장에서 햇볕을 쬐고 있는 것을 보자, 동곽선생에게 말했다:「이 늙은 암소에게 물어보면 될 것입니다.」
【愈(유)】: 더욱.
【望見(망견)】: 바라보다.
【老牸(노자)】: 늙은 암소.
【曝日(폭일)】: 햇볕을 쬐다.
【敗垣(패원)】: 부서진 담장.

47 先生曰:「向者草木無知, 謬言害事。今牛, 禽獸耳, 更何問爲?」→ 동곽선생이 말했다:「방금 초목이 무지(無知)하여, 황당한 말로 일을 그르쳤다. 지금 이 소는, 축생일 뿐인데, 또 어찌 물어보려 하는가?」
【向者(향자)】: 방금. ※ 판본에 따라서는「向」을「嚮(향)」이라 했다.
【謬言(유언)】: 황당한 말, 허튼 소리, 잘못된 말.
【害事(해사)】: 일을 그르치다.
【耳(이)】: …뿐이다.
【爲(위)】: [어조사].

48 狼曰:「第問之, 不問將咥汝!」先生不得已, 揖老牸, 再述始末以問。→ 이리가 말했다:「물어보기만 하십시오. 물어보지 않으면 당신을 잡아먹을 것입니다!」동곽선생은 부득이, 늙은 암소에게 읍(揖)을 한 후, 다시 자초지종을 설명하고 물었다.
【第(제)】: 다만.
【咥(질)】: 물다, 깨물다. 여기서는「잡아먹다」의 뜻.

49 牛皺眉瞪目, 舐鼻張口, 向先生曰:「老杏之言不謬矣! → 소가 눈살을 찌푸리고 눈을 크게 부릅뜨더니, 코를 핥고 나서 입을 벌려, 동곽선생에게 말했다:「늙은 살구나무의 말이 맞소!
【皺眉(추미)】: 눈살을 찌푸리다.
【瞪目(증목)】: 눈을 부릅뜨다. ※ 판본에 따라서는「目」을「眼(안)」이라 했다.
【舐鼻(지비)】: 코를 핥다. 〖舐〗: 핥다.
【張口(장구)】: 입을 벌리다. 〖張〗: 벌리다, 열다.
【向(향)】: …에게.
【不謬(불유)】: 틀리지 않다. 즉「옳다, 맞다」의 뜻. 〖謬〗: 틀리다, 그릇되다, 사리에 맞지 않다, 황당하다.

50 老牸繭栗少年時, 筋力頗健, 老農賣一刀以易我, 使我貳群牛, 事南畝。→ 나의 뿔이 누에고치나 밤처럼 작았던 어린 시절은, 근력(筋力)이 매우 튼튼했는데, 늙은 농부가 칼 하나를

我都任之。[51] 彼將馳驅, 我伏田車, 擇便途以急奔趨; 彼將躬耕, 我脫輻衡, 走郊坰以闢榛莉。[52] 老農親我猶左右手。衣食仰我而給, 婚

....

파는 값으로 나를 사가지고 가서, 나로 하여금 여러 소들을 도와, 밭을 갈게 했소.
【老牸(노자)】: 늙은 암소. 여기서는 늙은 암소가 자신을 「나」라는 의미로 사용한 말.
【繭栗(견률)】: 누에고치와 밤. ※ 어린 소의 뿔이 마치 누에고치나 밤알처럼 작은 것을 비유하는 말로 즉 「늙은 암소의 어린 시절」을 가리킨 것이다.
【頗(파)】: 꽤, 자못, 매우.
【健(건)】: 건장하다, 튼튼하다.
【賣一刀以易我(매일도이역아)】: 칼 하나를 판값으로 나를 사다. 〖易〗: 바꾸다, 교환하다. 여기서는 「사가지고 가다」의 뜻.
【使(사)】: …로 하여금 …하게 하다.
【貳(이)】: 돕다, 거들다.
【事南畝(사남무)】: 밭을 가는 일에 종사하다, 밭을 갈다. 〖南畝〗: 남쪽 전답. 여기서는 「전답」을 가리킨다.

51 旣壯, 群牛日以老憊, 凡事我都任之。→ 성장한 후에는, 여러 소들이 날로 노쇠하고 지쳐서, 모든 일을 내가 다 맡아 했소.
【旣(기)】: …한 후, …하고 나서.
【日以老憊(일이노비)】: 날로 노쇠하고 지치다. 〖憊〗: 지치다, 피곤하다.
【凡事(범사)】: 모든 일.
【都(도)】: 모두.
【任(임)】: 맡다, 담당하다.

52 彼將馳驅, 我伏田車, 擇便途以急奔趨; 彼將躬耕, 我脫輻衡, 走郊坰以闢榛莉。→ 그가 급히 수레를 몰아 달리려 하면, 나는 머리를 숙여 수레를 끌고, 지름길을 골라 내달리고; 그가 몸소 농사를 지으려 하면, 나는 수레를 벗고, 교외의 들판으로 달려가 황무지를 개간했소.
【彼(피)】: [대명사] 그, 그 사람, 즉 「늙은 농부」.
【將(장)】: (장차) …하려 하다.
【馳驅(치구)】: 급히 수레를 몰아 달리다.
【伏田車(복전거)】: 머리를 숙이고 수레를 끌다. 〖伏〗: 엎드리다, 머리를 숙이다. 〖田車〗: 농가의 수레.
【擇(택)】: 고르다, 택하다, 선택하다.
【便途(편도)】: 지름길.
【奔趨(분추)】: 분주히 달리다, 내달리다.
【躬耕(궁경)】: 몸소 농사를 짓다.
【脫輻衡(탈복형)】: 수레를 벗다. 〖脫〗: 벗다. 〖輻衡〗: 수레. 「輻」은 「바퀴살」, 「衡」은 「끌채의 횡목」으로 곧 「수레」를 가리킨다.
【走郊坰(주교경)】: 교외의 들판으로 달려가다. 〖走〗: 달려가다, 나가다. 〖郊坰〗: 교외(야외)의 들판.

姻仰我而畢, 賦稅仰我而輸, 倉庾仰我而實。[53] 我亦自諒, 可得帷席之蔽, 如馬狗也。[54] 往年家儲無擔石, 今麥秋多十斛矣; 往年窮居無顧藉, 今掉臂行村社矣;[55] 往年塵卮罌, 涸唇吻, 盛酒瓦盆, 半生未

………………

【闢榛荊(벽진형)】: 황무지를 개간하다. 〖闢〗: 개척하다, 개간하다, 일구다. 〖榛荊〗: 잡목과 가시덤불. 즉 「황무지」를 가리킨다.

53 老農親我猶左右手。衣食仰我而給, 婚姻仰我而畢, 賦稅仰我而輸, 倉庾仰我而實。→ 늙은 농부는 나를 마치 자기의 좌우 양손과 같이 가까이했소. 입고 먹는 것은 나를 의지하여 공급하고, 집안의 혼사(婚事)는 나를 의지하여 치르고, 부세(賦稅)는 나를 의지하여 실어 보내고, 곡간(穀間)은 나를 의지하여 채웠소.

【親(친)】: 가까이하다, 친근하다.

【猶(유)】: 마치 …와 같다. ※ 판본에 따라서는 「猶」를 「如(여)」라 했다.

【仰(앙)】: 의존하다, 의지하다.

【婚姻(혼인)】: 집안의 혼사(婚事).

【畢(필)】: 마치다, 끝내다. 즉 「치르다」.

【輸(수)】: 운송하다, 실어 보내다.

【倉庾(창유)】: 곳집, 창고. 여기서는 「곡간(穀間)」을 가리킨다.

【實(실)】: 채우다.

54 我亦自諒, 可得帷席之蔽, 如馬狗也。→ 나도 죽은 후에는 말이나 개처럼 장막이나 자리라도 얻어 시체를 덮어 매장할 수 있다고 생각했소.

【諒(량)】: 생각하다, 예상하다.

【帷席之蔽(유석지폐)】: 죽은 후에 시체를 헤진 휘장이나 자리로 덮어 매장하다. 〖帷〗: 휘장, 장막. 〖席〗: 자리, 돗자리. 〖蔽〗: 덮어 가리다.

【如(여)】: …와 같이, …처럼.

55 往年家儲無擔石, 今麥秋多十斛矣; 往年窮居無顧藉, 今掉臂行村社矣; → 지난날 그의 집은 한두 섬의 곡식도 저축하지 못했는데, 지금은 보릿가을만 해도 10곡(斛)이 넘고; 지난날에는 가난하게 살아 그를 중시하는 사람이 없었는데, 지금은 활개를 치며 부락을 걸어 다니고 있소.

【儲無擔石(저무담석)】: 저축이 한두 섬의 곡식도 없다, 한두 섬의 곡식도 저축하지 못하다. 〖儲〗: 저축하다. 〖擔石〗: 한두 섬의 곡식. ※ 곡식을 세는 양사로, 「擔」은 「두 섬」, 「石」은 「한 섬」.

【麥秋(맥추)】: 보릿가을. 익은 보리를 거두는 철.

【多(다)】: 많다. 여기서는 「넘다, 초월하다」의 뜻.

【斛(곡)】: [용량 단위] 1곡은 본래 10두(斗 : 말)였으나 후에 5두로 고쳤다.

【窮居(궁거)】: 가난하게 살다.

【無顧藉(무고자)】: 존중하는 사람이 없다. 〖顧藉〗: 존중하다, 돌보며 중히 여기다.

【掉臂(도비)】: 팔을 흔들다. 즉 「활개를 치다」의 뜻.

接, 今醞黍稷, 據樽罍, 驕妻妾矣;[56] 往年衣短褐, 侶木石, 手不知揖, 心不知學, 今持《兔園册》, 戴笠子, 腰韋帶, 衣寬博矣。[57] 一絲

....

【行村社(행촌사)】: 부락에서 걸어 다니다. 〖行〗: 걷다, 걸어 다니다. 〖村社〗: 부락 공동체. 여기서는 「부락, 마을」을 가리킨다.

56 往年塵巵甖, 涸昏吻, 盛酒瓦盆, 半生未接, 今醞黍稷, 據樽罍, 驕妻妾矣; → 지난날에는 술잔과 술독에 먼지가 쌓이고, (술을 마셔보지 못해) 입술이 마르고, 주기(酒器)를, 반평생 동안 접해 보지도 못했으나, 지금은 술잔을 들고, 처첩 앞에서 거드름을 피우고 있소;

【塵巵甖(진치앵)】: 술잔과 술독에 먼지가 쌓이다. 〖塵〗: [동사 용법] 먼지가 쌓이다. 〖巵〗: 판본에 따라서는 「巵」를 「巵(치)」라 했다. 〖甖〗: 배가 부르고 입이 작은 병. 여기서는 술을 담는 「독, 항아리, 단지」를 가리킨다.

【涸昏吻(학순문)】: (술을 마셔보지 못해) 입술이 마르다. 〖涸〗: 마르다. 〖昏吻〗: 입술.

【盛酒瓦盆(성주와분)】: 술 담는 용기.

【半生未接(반생미접)】: 반평생 동안 접해 보지 못하다.

【醞黍稷(온서직)】: 곡식으로 술을 담그다, 곡주(穀酒)를 담그다. 〖醞〗: 술을 빚다, 술을 담그다. 〖黍稷〗: 기장, 즉 「곡물, 곡식」을 가리킨다.

【據樽罍(거준뢰)】: 술독을 들다. 〖據〗: 들다. 〖樽罍〗: 술잔.

【驕妻妾(교처첩)】: 처첩에게 교만을 떨다. 〖驕〗: 교만을 부리다, 거드름을 떨다.

57 往年衣短褐, 侶木石, 手不知揖, 心不知學, 今持《兔園册》, 戴笠子, 腰韋帶, 衣寬博矣。→ 또 지난날에는 짧고 거친 베옷을 입고, (사람들과 왕래 없이) 나무 · 돌과 벗을 삼으며, 읍(揖)을 할 줄 모르고, 학문이 무엇인지 알지 못했으나, 지금은 (마치 선비처럼) 손에 《토원책(兔園册)》을 들고, 머리에 삿갓을 쓰고, 허리에 가죽 혁대를 두르고, 통 넓은 옷을 입고 있소.

【衣短褐(의단갈)】: 짧고 거친 베옷을 입다. 〖衣〗: [동사] 입다. 〖短褐〗: 짧고 거친 베옷. ※ 천민들이 입는 옷을 비유한 말.

【侶木石(여목석)】: 나무와 돌을 벗 삼다. 즉 「사람들과의 내왕이 없음」을 비유한 말이다. 〖侶〗: 벗하다, 친구를 삼다.

【手不知揖(수부지읍)】: 손이 읍(揖)을 모르다. 즉 「읍(揖)을 할 줄 모르다」의 뜻.

【心不知學(심부지학)】: 마음이 학문을 모르다. 즉 「학문이 무엇인지 알지 못하다」의 뜻.

【持(지)】: 가지다, 쥐다, 잡다.

【《兔園册(토원책)》】: [서명] 당(唐)나라 태종(太宗)의 아들 이운(李惲)이 막료인 두사선(杜嗣先)에게 명하여 지은 계몽서로, 훈장이 서당에서 학동(學童)에게 식자(識字)를 가르치기 위한 교과서로 사용했다.

【戴笠子(대입자)】: 삿갓을 쓰다. 〖戴〗: 쓰다. 〖笠子〗: 삿갓.

【腰韋帶(요위대)】: 허리에 혁대를 두르다. 〖腰〗: 허리. 〖韋帶〗: 가죽 혁대.

【衣寬博(의관박)】: 통이 넓은 옷을 입다. 〖衣〗: [동사] 입다. 〖寬博〗: 통이 넓다. 여기서는 「통이 넓은 옷」을 가리킨다.

一粟, 皆我力也。顧欺我老弱, 逐我郊野。[58] 酸風射眸, 寒日弔影, 瘦骨如山, 老淚如雨;[59] 涎垂而不可收, 足攣而不可擧; 皮毛俱亡, 瘡痍未瘥。[60] 老農之妻妒且悍, 朝夕進說曰:『牛之一身無廢物也, 肉可脯, 皮可鞹, 骨角且可切磋爲器。』[61] 指大兒曰:『汝受業庖丁之門

58 一絲一粟, 皆我力也。顧欺我老弱, 逐我郊野。→ (그 집의) 실 한 올과 곡식 한 톨은, 모두 나의 힘에 의지하여 얻은 것이오. 그런데 노약한 나를 속이고, 나를 교외의 들판으로 내쫓았소.
【一絲一粟(일사일속)】: 실 한 올과 곡식 한 톨.
【顧(고)】: 그러나, 그런데.
【欺(기)】: 속이다, 기만하다.
【逐(축)】: 내쫓다, 쫓아내다, 축출하다.

59 酸風射眸, 寒日弔影, 瘦骨如山, 老淚如雨; → 찬바람이 눈을 찌르고, 싸늘한 햇살 아래서 홀로 자기의 그림자를 위로하며, (양 어깨의) 앙상한 뼈가 마치 산의 모양과 같아, 늙은이의 슬픈 눈물이 비 오듯 흘러내렸소;
【酸風射眸(산풍사모)】: 찬바람이 눈을 찌르다. 〖酸風〗: 한풍(寒風), 찬바람. 〖射〗: 쏘다. 즉 「찌르다」의 뜻. 〖眸〗: 눈동자. 여기서는 「눈」을 가리킨다.
【寒日弔影(한일조영)】: 싸늘한 햇살 아래서 홀로 자기 그림자를 위로하다.
【瘦骨如山(수골여산)】: 앙상한 뼈가 마치 산과 같다. ※ 몸이 바싹 말라서 양 어깨의 뼈가 우뚝 솟아 드러난 모습이 마치 산의 모양과 같은 것을 형용한 말이다. 〖瘦骨〗: 앙상한 뼈.
【老淚如雨(노루여우)】: 늙은이의 슬픈 눈물이 마치 비가 오듯 하다. 〖老淚〗: 노인의 슬픈 눈물.

60 涎垂而不可收, 足攣而不可擧; 皮毛俱亡, 瘡痍未瘥。→ 침은 걷잡을 수 없이 질질 흐르고, 다리는 경련을 일으켜 치켜들 수가 없으며; 피부의 털은 모두 빠져 없고, 상처는 아직 낫지 않았소.
【涎垂(연수)】: (입에서) 침이 질질 흘러 늘어지다.
【不可收(불가수)】: 억제할 수 없다. 〖收〗: 억제하다, 걷잡다.
【攣(연)】: 경련을 일으키다.
【擧(거)】: 치켜들다.
【皮毛俱亡(피모구무)】: 피부의 털이 모두 빠져 없어지다. 〖俱〗: 모두. 〖亡〗: 無(무), 없다.
【瘡痍未瘥(창이미채)】: 상처가 아직 낫지 않다. 〖瘡痍〗: 상처. 〖瘥〗: (병이) 낫다, 치유되다.

61 老農之妻妒且悍, 朝夕進說曰:『牛之一身無廢物也, 肉可脯, 皮可鞹, 骨角且可切磋爲器。』→ 늙은 농부의 아내는 질투가 심하고 또한 흉악하여, 아침저녁으로 남편에게 진언(進言)하길:『소의 몸은 버릴 것이 하나도 없어요. 살은 육포(肉脯)를 만들 수 있고, 피부는 털을 제거하여 가죽을 만들 수 있으며, 뼈와 뿔은 또한 잘라 갈아서 그릇을 만들 수 있어요.』라 하고,

有年矣, 胡不礪刃硎以待?』跡是觀之, 是將不利於我, 我不知死所矣![62] 夫我有功, 彼無情乃若是, 行將蒙禍。汝何德於狼, 覬幸免乎?」[63] 言下, 狼又鼓吻奮爪, 以向先生。先生曰:「毋欲速!」[64]

················

【妒且悍(투차한)】: 질투도 심하고 또한 사납다. 〖妒〗: 시기하다, 질투하다. 〖且〗: 또한. 〖悍〗: 사납다, 흉악하다.
【進說(진설)】: 진언(進言)하다.
【廢物(폐물)】: 쓸모가 없어 버릴 물건. 즉「버릴 것」의 뜻.
【可(가)】: …할 수 있다.
【脯(포)】: [동사 용법] 육포(肉脯)를 만들다.
【鞹(곽)】: [동사 용법] 털을 제거하여 가죽을 만들다.
【切磋爲器(절차위기)】: 잘라 갈아서 그릇을 만들다. 〖切磋〗: 잘라서 갈다. 〖爲〗: 만들다.

62 指大兒曰:『汝受業庖丁之門有年矣, 胡不礪刃硎以待?』跡是觀之, 是將不利於我, 我不知死所矣! → 손으로 아들을 가리키면서:『너는 포정(庖丁)의 문하에서 여러 해 동안 가르침을 받았는데, 어찌 칼을 숫돌에 갈아 도살할 준비를 하지 않느냐?』라고 말했소. 이러한 징조로 보건대, 이는 장차 나에게 이롭지 못하여, 내가 어디에서 죽을는지도 알 수가 없소!
【受業(수업)】: 수업하다, 가르침을 받다.
【庖丁(포정)】: 백정.
【有年(유년)】: 여러 해, 다년간.
【胡(호)】: 어찌.
【礪刃硎以待(여인형이대)】: 숫돌에 칼을 갈아 대응하다. 즉「숫돌에 갈아 도살할 준비를 하다」의 뜻. 〖礪〗: 갈다. 〖刃〗: 칼. 〖硎〗: 숫돌. 〖待〗: 대응하다, 응대하다. 즉「도살할 준비를 하다」의 뜻.
【跡是觀之(적시관지)】: 이러한 징조로 보건대. 〖跡〗: [동사 용법] 징조로 삼다. 〖是〗: 此(차), 이, 이것.
【將(장)】: 장차 …일 것이다, 장차 …할 것이다.
【於(어)】: [개사] …에게, …에 대해.
【死所(사소)】: 죽는 장소.

63 夫我有功, 彼無情乃若是, 行將蒙禍。汝何德於狼, 覬幸免乎?」→ 나는 (그들에 대해) 공이 있어도, 그들은 오히려 나에게 이처럼 무정하여, 머지않아 내가 화를 당할 것이요. 그런데 당신은 이리에게 무슨 덕을 베풀었다고, 요행히 죽음을 면하길 바라시오?」
【夫(부)】: [발어사] 무릇, 대저.
【彼(피)】: [대명사] 그, 그들, 즉「농부의 가족」.
【乃(내)】: 오히려, 도리어.
【若是(약시)】: 이와 같이, 이처럼.
【行將(행장)】: 곧(머지않아, 불원간) …할 것이다.
【蒙禍(몽화)】: 화를 입다, 재앙을 당하다.

遙望老子杖藜而來, 鬚眉皓然, 衣冠閒雅, 蓋有道者也。[65] 先生且喜且愕, 舍狼而前, 拜跪啼泣, 致辭曰:「乞丈人一言而生!」[66] 丈人問故, 先生曰:「是狼爲虞人所窘, 求救於我, 我實生之。[67] 今反欲咥

....

【覬幸免(기행면)】: 요행히 면하길 바라다. 여기서는 「요행히 죽음을 면하길 바라다」의 뜻. 〚覬〛: 바라다, 희망하다. 〚幸〛: 倖(행), 요행히. ※ 판본에 따라서는 「幸」을 「倖」이라 했다.

64 言下, 狼又鼓吻奮爪, 以向先生。先生曰:「毋欲速!」 → (늙은 암소가) 말을 마치자, 이리가 또다시 이빨을 드러내고 발톱을 치켜세워 동곽선생을 향해 달려들었다. 동곽선생이 말했다:「너무 서두르지 말라!」
【毋(무)】: 勿(물), …하지 말라, …해서는 안 된다.
【欲速(욕속)】: 급히 서두르다.

65 遙望老子杖藜而來, 鬚眉皓然, 衣冠閒雅, 蓋有道者也。→ (바로 이때) 멀리 바라보니 한 노인이 명아주 지팡이를 짚고 오는데, 수염과 눈썹이 새하얗고, 의관(衣冠)이 고상하여, 대체로 덕망이 있는 사람 같았다.
【遙望(요망)】: 멀리 바라보다.
【杖藜(장려)】: 명아주 지팡이를 짚다. 〚杖〛: [동사 용법]: (지팡이를) 짚다. 〚藜〛: [식물] 명아주. 여기서는 「명아주 지팡이」를 가리킨다.
【閒雅(한아)】: 우아하다, 고상하다.
【蓋(개)】: 대략, 대체로.
【有道者(유도자)】: 덕망이 있는 사람.

66 先生且喜且愕, 舍狼而前, 拜跪啼泣, 致辭曰:「乞丈人一言而生!」→ 동곽선생은 기쁘기도 하고 놀랍기도 하여, 이리를 거들떠보지 않고 앞으로 나아가, 무릎을 꿇어 절을 하고, 노인에게 말했다:「노인장께서 한 마디 공정한 말씀을 하시어 저의 목숨을 살려 주시길 빕니다.」
【且(차)…且(차)…】: …도 하고 또 …도 하다.
【愕(악)】: 놀라다.
【舍(사)】: 버리다. 여기서는 「거들떠보지 않다, 버려두고 돌보지 않다」의 뜻.
【前(전)】: 앞으로 나가 맞이하다.
【拜跪(배궤)】: 무릎을 꿇고 절하다.
【啼泣(제읍)】: 큰 소리로 울다.
【乞(걸)】: 빌다, 간청하다.
【丈人(장인)】: 노인, 노인장.

67 丈人問故, 先生曰:「是狼爲虞人所窘, 求救於我, 我實生之。→ 노인이 까닭을 묻자, 동곽선생이 말했다:「이 이리가 우인(虞人)에게 쫓겨 궁지에 몰리자, 저에게 구조를 청해, 제가 이리를 살려주었습니다.
【故(고)】: 이유, 연고, 까닭.

我, 力求不免, 我又當死之。欲少延於片時, 誓定是於三老。[68] 初逢老杏, 强我問之, 草木無知, 幾殺我; 次逢老牸, 强我問之, 禽獸無知, 又幾殺我。[69] 今逢丈人, 豈天之未喪斯文也? 敢乞一言而生。」因頓首杖下, 俯伏聽命。[70] 丈人聞之, 欷歔再三, 以杖叩狼曰 :「汝誤

....

【是(시)】: 此(차), 이.
【爲(위)…所(소)…】: [피동형] …에 의해 …되다, …에게 …당하다.
【窘(군)】: 궁하다, 곤궁하다.
【求救於(구구어)…】: …에게 구조를 청하다. 〖於〗: [개사] …에게.
【實(실)】: [어조사]. ※ 어기를 강화하는 작용을 한다.
【生之(생지)】: 이리를 살려주다. 〖之〗: [대명사] 그것, 즉「이리」.

68 今反欲咥我, 力求不免, 我又當死之。欲少延於片時, 誓定是於三老。→ (그런데) 지금 오히려 저를 잡아먹으려 하여, 애써 간청했지만 듣지 않아, 저는 또 곧 이리에게 잡아먹혀야 했습니다. 저는 잠시 시간을 좀 끌려는 생각에, 세 분의 노인을 청해 시비를 판정하자고 이리와 약속했습니다.
【反(반)】: 오히려, 반대로.
【欲(욕)】: …하고자 하다, …하려고 생각하다.
【咥(질)】: 물다, 깨물다. 여기서는「잡아먹다」의 뜻.
【力求不免(역구불면)】: 극력으로 간청해도 듣지 않다. 〖力求〗: 힘써 구하다. 여기서는「애써 간청하다」의 뜻. 〖不免〗: 면하지 못하다. 즉「듣지 않다」의 뜻.
【當死之(당사지)】: 곧 이리에게 잡아먹혀야 하다. 〖當〗: 곧 …해야 하다. 〖死〗: [피동 용법] 죽임을 당하다. 즉「잡혀먹다」의 뜻. 〖之〗: [대명사] 그것, 즉「이리」.
【少延於片時(소연어편시)】: 잠시 시간을 좀 끌다. 〖片時〗: 잠시, 잠깐.
【誓定是(서정시)】: 시비를 판정하기로 약속하다.

69 初逢老杏, 强我問之, 草木無知, 幾殺我; 次逢老牸, 强我問之, 禽獸無知, 又幾殺我。→ 처음에는 늙은 살구나무를 만났습니다. 이리가 저를 윽박질러 그 나무에게 물었는데, 그 나무가 무지(無知)하여, 하마터면 저를 죽일 뻔했습니다. 두 번째는 늙은 암소를 만났습니다. 이번에도 이리가 저를 윽박질러 그 소에게 물었는데, 그 짐승 역시 무지하여, 하마터면 또 저를 죽일 뻔했습니다.
【逢(봉)】: 만나다.
【强(강)】: 윽박지르다, 강박하다.
【幾(기)】: 하마터면.
【次(차)】: 다음, 두 번째.

70 今逢丈人, 豈天之未喪斯文也? 敢乞一言而生。」因頓首杖下, 俯伏聽命。→ 지금 노인장을 만났으니, 어찌 하늘이 이 서생의 목숨을 끊지 않겠다는 뜻이 아니겠습니까? 한 마디 공정한 말씀을 하시어 저의 목숨을 살려 주시길 간곡히 청합니다.」그리하여 노인의 지팡이

矣, 夫人有恩而背之, 不祥莫大焉![71] 儒謂受人恩而不忍背者, 其爲子必孝, 又謂虎狼知父子。[72] 今汝背恩如是, 則並父子亦無矣。」[73] 乃厲聲曰 : 「狼速去, 不然, 將杖殺汝!」[74] 狼曰 : 「丈人知其一, 未知其

밑에서 머리가 땅에 닿도록 절을 하고, 땅에 엎드려 노인의 분부를 기다렸다.

【豈(기)】: 어찌.

【天之未喪斯文(천지미상사문)】: 하늘이 이 문화를 없애버리지 않다. 여기서는 「이 서생의 목숨을 끊지 않다」의 뜻. 【喪】: 없애다. 【斯】: 此(차), 이. 【文】: 문화, 즉 「예악(禮樂) 제도」. 여기서는 「서생」을 비유한 것이다. ※《논어(論語)·자한(子罕)》: 「하늘이 이 문화를 없애지 않는데, 광인들이 나를 어찌하겠는가?(天之未喪斯文也, 匡人其如予何?)」

【因(인)】: 그리하여.

【頓首杖下(돈수장하)】: 노인의 지팡이 밑에서 머리가 땅에 닿도록 절을 하다. 【頓首】: 머리가 땅에 닿도록 절을 하다.

【俯伏聽命(부복청명)】: 고개를 숙이고 땅에 엎드려 분부를 기다리다. 【俯伏】: 고개를 숙이고 엎드리다, 부복하다. 【聽命】: 명령에 복종하다. 여기서는 「분부를 기다리다」의 뜻.

71 丈人聞之, 欷歔再三, 以杖叩狼曰 : 「汝誤矣, 夫人有恩而背之, 不祥莫大焉! → 노인이 이 말을 듣고, 몇 번 탄식을 하더니, 지팡이로 이리를 때리며 말했다 : 「네가 잘못했다. 무릇 남이 은혜를 베풀었는데 그것을 배반하면, 이보다 더 상서롭지 못한 일이 없다.

【欷歔(희허)】: 탄식하다.

【再三(재삼)】: 재삼, 몇 번, 여러 번.

【以杖叩狼(이장고랑)】: 지팡이로 이리를 때리다. 【叩】: 치다, 때리다.

【夫(부)】: [발어사] 무릇, 대저.

【有恩而背之(유은이배지)】: 은혜를 베풀었는데 그 은혜를 배반하다. 【背】: 배반하다. 【之】: [대명사] 그것, 즉 「은혜」.

【不祥莫大焉(불상막대언)】: 상서롭지 않음이 이보다 큰 것은 없다. 즉 「이보다 상서롭지 못한 일이 없다.」의 뜻. 【莫大焉】: 이보다 더 큰 것이 없다. 【不祥】: 상서롭지 않다, 상서롭지 못하다, 불길하다. 【焉】: 於之(어지), 이보다, 이것보다.

72 儒謂受人恩而不忍背者, 其爲子必孝, 又謂虎狼知父子。 → 유가(儒家)에서는 남의 은혜를 받고 차마 배반하지 못하는 사람은, 그 아들이 반드시 부모에게 효도하고, 또 호랑이나 이리도 부자(父子)간의 정을 안다고 말한다.

【不忍(불인)】: 차마 …하지 못하다.

73 今汝背恩如是, 則並父子亦無矣。」 → 지금 네가 이와 같이 은혜를 배반했다면, 부자간의 정마저도 없는 것이다.」

【如是(여시)】: 이와 같이, 이처럼.

【並(병)】: …마저도, …조차도.

74 乃厲聲曰 : 「狼速去, 不然, 將杖殺汝!」 → 그리하여 엄한 목소리로 말했다 : 「이리 너 빨리 꺼져버려라, 그렇지 않으면, 내가 너를 지팡이로 때려죽일 것이다.」

二, 請愬之, 願丈人垂聽。[75] 初, 先生救我時, 束縛我足, 閉我囊中, 壓以詩書, 我鞠躬不敢息。[76] 又蔓辭以說簡子, 其意蓋將死我於囊, 而獨竊其利也。是安可不咥?」[77] 丈人顧先生曰 : 「果如是, 是羿亦有罪焉。」[78]

....

【乃(내)】: 그리하여.
【厲聲(여성)】: 엄한 목소리, 사나운 목소리.
【速去(속거)】: 빨리 떠나라, 속히 꺼져버려라. 〖去〗: 가다, 떠나다.
【不然(불연)】: 그렇지 않으면.
【將(장)】: (곧) …할 것이다.
【杖殺(장살)】: 지팡이로 때려죽이다.

75 狼曰 : 「丈人知其一, 未知其二, 請愬之, 願丈人垂聽。→ 그러자 이리가 말했다 : 「노인장은 하나만 알고, 둘은 모릅니다. 청컨대 제가 그것을 말하겠으니, 노인장께서 들어주시기 바랍니다.
【愬(소)】: 訴(소), 말하다, 이야기하다. ※ 판본에 따라서는 「愬」를 「訴」라 했다.
【願(원)】: 바라다, 희망하다.
【垂聽(수청)】: [높임말] 들어주시다, 경청해 주시다.

76 初, 先生救我時, 束縛我足, 閉我囊中, 壓以詩書, 我鞠躬不敢息。→ 당초, 동곽선생이 나를 구출할 때, 내 다리를 묶어, 자루 속에 집어넣고, 책으로 눌러서, 나는 몸을 오그리고 감히 숨도 제대로 쉬지 못했습니다.
【束縛(속박)】: 묶다.
【閉(폐)】: 집어넣다.
【壓以詩書(압이시서)】: 책으로 누르다.
【鞠躬(국궁)】: 허리를 구부리고 절하다. 여기서는 「몸을 오그리다, 몸을 굽히다」의 뜻.
【息(식)】: 숨을 쉬다, 호흡하다.

77 又蔓辭以說簡子, 其意蓋將死我於囊, 而獨竊其利也。是安可不咥?」→ 또 긴요하지도 않은 잡다한 이야기를 가지고 조간자에게 늘어놓았는데, 그 속뜻은 대체로 자루 속에서 나를 (질식시켜) 죽게 하고, 혼자서 그 이익을 차지하려 한 것입니다. 이런 사람을 어찌 잡아먹지 않을 수 있겠습니까?」
【蔓辭(만사)】: 긴요하지 않은 잡다한 이야기.
【蓋(개)】: 대체로, 대략, 어쩌면, 아마도.
【獨竊(독절)】: 혼자서 절취하다. 즉 「독점하다, 혼자서 차지하다」의 뜻.
【是(시)】: 此(차), 이. 여기서는 「이러한 사람」의 뜻.
【安(안)】: 어찌.

78 丈人顧先生曰 : 「果如是, 是羿亦有罪焉。」→ 노인이 동곽선생을 돌아보며 말했다 : 「정말 그렇다면, 이는 당신도 예(羿)처럼 잘못이 있소.」

先生不平, 具狀其囊狼憐惜之意, 狼亦巧辯不已以求勝。[79] 丈人曰 : 「是皆不足以執信也。試再囊之, 我觀其狀, 果困苦否?」[80] 狼欣

....

【顧(고)】 : 돌아보다.
【果(과)】 : 과연, 정말.
【如是(여시)】 : 이와 같다, 그러하다.
【是(시)】 : 此(차), 이, 이것.
【羿亦有罪(예역유죄)】 : 예(羿)도 역시 죄가 있다. 여기서는 「당신도 역시 예(羿)처럼 잘못이 있다」라는 뜻. 【羿】 : 옛 전설에 나오는 하(夏)나라 때의 이름난 궁수(弓手). ※《맹자(孟子) · 이루하(離婁下)》에 「봉몽이 예에게서 궁술을 배워, 예의 기술을 다 익히자, 천하에는 오직 예 한 사람만이 자기보다 낫다고 생각했다. 그리하여 예를 죽이니, 맹자가 말하길 : 『이는 예도 잘못이 있다.』(逢蒙學射於羿, 盡羿之道, 思天下惟羿爲愈己, 於是殺羿。孟子曰 : 『是羿亦有罪焉。』)」라고 했는데, 여기에서 맹자(孟子)의 뜻은 봉몽(逢蒙)의 품성이 이처럼 비열하지만, 결국 예(羿)가 성심껏 봉몽을 가르쳤으니 예에게도 역시 잘못이 있음을 지적한 것이다. 따라서 노인장은《맹자》의 이 말을 인용하여 동곽선생이 사악한 이리를 불쌍히 여겨 구해 주었기 때문에, 동곽선생도 잘못이 있다는 것을 비유한 것이다.
【罪(죄)】 : 잘못, 과오, 과실.

79 先生不平, 具狀其囊狼憐惜之意, 狼亦巧辯不已以求勝。→ 동곽선생은 이에 불복(不服)하여, 이리를 자루에 넣고 가엾게 여긴 상황을 상세하게 설명했고, 이리 또한 교묘한 변론을 계속하며 동곽선생에게 지지 않으려고 기를 썼다.
【不平(불평)】 : 불복(不服)하다.
【具狀(구상)】 : 상세히 설명하다, 자세히 진술하다.
【囊(낭)】 : [동사 용법] 자루에 넣다.
【憐惜(연석)】 : 불쌍히 여기다, 가엾게 여기다.
【巧辯(교변)】 : 교묘한 변론.
【不已(불이)】 : 멈추지 않다, 계속하다. 【已】 : 멈추다, 그치다.
【求勝(구승)】 : 승리하기 위해 힘쓰다. 여기서는 「지지 않으려고 기를 쓰다」의 뜻.

80 丈人曰 : 「是皆不足以執信也。試再囊之, 我觀其狀, 果困苦否?」→ 노인이 말했다 : 「쌍방의 말이 모두 확실히 믿기에 충분하지 않으니, 시험 삼아 다시 이리를 자루에 넣어, 내가 그 상황이 정말로 고통스러운지 아닌지 살펴보도록 하지.」
【是(시)】 : 이, 이것, 즉 「쌍방의 말」.
【不足以(부족이)…】 : …에 부족하다, …에 충분하지 못하다.
【執信(집신)】 : 확실히 믿다.
【試再囊之(시재낭지)】 : 시험 삼아 다시 이리를 자루에 넣다. 【囊】 : 자루에 넣다. 【之】 : [대명사] 그것, 즉 「이리」.
【狀(상)】 : 상태, 상황, 모양, 모습.
【果(과)】 : 과연, 정말.
【困苦否(곤고부)】 : 고통스러운지 아닌지. 고통 여부.

然從之，信足先生。先生復縛置囊中，肩擧驢上，而狼未之知也。[81] 丈人附耳謂先生曰：「有匕首否?」先生曰：「有。」[82] 於是出匕。丈人目先生使引匕刺狼。先生曰：「不害狼乎?」[83] 丈人笑曰：「禽獸負恩如是，而猶不忍殺，子固仁者，然愚亦甚矣![84] 從井以救人，解衣以活友，於彼計則得，其如就死地何?[85] 先生其此類乎? 仁陷於愚，固

81 狼欣然從之，信足先生。先生復縛置囊中，肩擧驢上，而狼未之知也。→ 이리는 기꺼이 노인의 말에 동의하고, 동곽선생에게 다리를 내밀었다. 동곽선생이 다시 이리를 묶어 자루 속에 집어넣고, 어깨로 들어 올려 당나귀 등에 실었으나, 이리는 그것을 알지 못했다.
【欣然(흔연)】: 기꺼이, 쾌히.
【從之(종지)】: 노인의 말을 따르다. 〖從〗: 따르다. 〖之〗: [대명사] 그, 즉 「노인장」.
【信(신)】: 伸(신), 펴다, 내밀다, 내뻗다, 펴다. ※ 판본에 따라서는 「信」을 「伸(신)」이라 했다.
【復(부)】: 또, 다시.
【縛(박)】: 묶다.
【置(치)】: 두다, 놓다. 여기서는 「집어넣다」의 뜻.
【未之知(미지지)】: [未知之의 도치 형태] 그것을 알지 못하다.

82 丈人附耳謂先生曰：「有匕首否?」先生曰：「有。」→ 노인이 귓속말로 동곽선생에게 물었다：「비수(匕首)를 가지고 있소?」동곽선생이 대답했다：「예, 가지고 있습니다.」
【附耳(부이)】: 귓속말을 하다.

83 於是出匕。丈人目先生使引匕刺狼。先生曰：「不害狼乎?」→ 그리하여 비수를 꺼냈다. 노인이 동곽선생에게 비수를 가지고 이리를 찌르라고 눈짓을 했다. 동곽선생이 말했다：「그러면 이리를 죽이지 않습니까?」
【於是(어시)】: 이에, 그래서, 그리하여.
【目(목)】: 눈짓을 하다.
【使(사)】: …하게 하다, …하도록 하다.
【引(인)】: 들다, 가지다, 뽑다.
【刺(자)】: 찌르다.

84 丈人笑曰：「禽獸負恩如是，而猶不忍殺，子固仁者，然愚亦甚矣! → 노인이 웃으며 말했다：「짐승이 이처럼 은혜를 배반했는데, 아직도 차마 죽이지 못한다면, 당신은 물론 어진 사람이지만, 그러나 또한 몹시 어리석은 사람이오!
【猶(유)】: 아직, 여전히.
【子(자)】: 너, 그대, 당신.
【固(고)】: 물론 …지만.
【然(연)】: 그러나.

85 從井以救人，解衣以活友，於彼計則得，其如就死地何? → 우물에 뛰어들어 (우물에 빠진)

君子之所不與也。」言已大笑，先生亦笑。[86] 遂擧手助先生操刃，共殪狼，棄道上而去。[87]

••••••••••••••••

사람을 구출한 후, (혹한의 추위에) 자기 옷을 벗어 그 친구를 살리면, 구조된 사람에 대해서는 좋은 일이지만, 자기가 사지(死地)로 빠져드는 것은 어찌할 것이오?

【從井(종정)】: 우물 속으로 뛰어들다. 〖從〗: 縱(종), 몸을 훌쩍 날리다. 여기서는 「뛰어들다」의 뜻.

【解衣(해의)】: 옷을 벗다.

【活(활)】: [사동 용법] 살리다, 살게 하다.

【於彼計則得(어피계즉득)】: 그 사람에 대해 헤아려보면 득이 있다. 즉 「구조된 사람에 대해서는 좋은 일이다」의 뜻. 〖於〗: [개사] …에 대해. 〖彼〗: 그, 즉 「구조된 사람」. 〖計〗: 계산하다, 헤아리다.

【如(여)…何(하)?】: 어찌 하는가? 어찌할 것인가?

【就死地(취사지)】: 사지(死地)로 빠져 들다.

86 先生其此類乎? 仁陷於愚, 固君子之所不與也。」言已大笑, 先生亦笑。→ 선생이 바로 그런 사람이오? 우매한 지경에 빠져 들어갈 만큼 지나치게 인자한 것은, 본래 군자가 찬성하는 바가 아니오.」(노인이) 말을 마치고 큰 소리로 웃자, 동곽선생도 웃었다.

【其(기)】: [연사] 바로.

【仁陷於愚(인함어우)】: 인자하여 어리석음에 빠져들다. 즉 「인자함이 지나쳐 어리석은 지경에 빠져 들어가다」「우매한 지경에 빠져 들어갈 만큼 지나치게 인자하다」의 뜻.

【此類(차류)】: 이러한 부류, 그러한 부류, 즉 「그런 사람」.

【陷於(함어)…】: …에 빠지다, …에 빠져들다. 〖於〗: [개사] …에.

【固(고)】: 본래.

【不與(불여)】: 찬성하지 않다.

【已(이)】: 마치다, 끝내다.

87 遂擧手助先生操刃, 共殪狼, 棄道上而去。→ 그리하여 (노인이) 손을 들어 동곽선생을 도와 비수를 잡고, 함께 이리를 죽인 후, 시체를 길에 버려두고 떠났다.

【遂(수)】: 그리하여.

【操(조)】: 잡다, 쥐다.

【刃(인)】: 칼.

【共(공)】: 함께.

【殪(에)】: 죽이다.

번역문

중산랑전(中山狼傳)

조간자(趙簡子)가 중산(中山)에서 크게 사냥을 벌여, 우인(虞人)이 앞에서 길을 안내하고 사냥매와 사냥개가 뒤에서 따랐다. 날렵한 날짐승과 사나운 길짐승들은 활시위 소리와 동시에 쓰러진 놈들이 셀 수 없이 많았다. (그런데) 이리 한 마리가 길을 막고 사람처럼 서서 울부짖었다. 조간자가 손에 침을 뱉고 수레에 올라, 오호(烏號)의 활을 당겨 숙신(肅愼)의 화살을 메긴 다음 한 발을 쏘자 화살이 이리의 살 속에 깊이 박혔다. 이리가 엉겁결에 소리를 꽥 지르며 달아났다. 조간자가 대노하여 수레를 몰아 이리를 쫓아가니, 거마가 질주하여 일으킨 먼지가 하늘을 뒤덮고, 발자국 소리가 마치 우레가 치는 듯했으며, 열 걸음 밖은 사람과 말을 분별할 수가 없었다.

그때 묵자(墨子)를 신봉하는 동곽선생(東郭先生)이 장차 북쪽 중산(中山)에 가서 벼슬을 구하고자, 다리를 저는 당나귀를 채찍으로 몰아, 책을 자루에 담아 싣고 이른 새벽에 길을 나섰다가 방향을 잃었다. 자욱한 먼지를 바라보고 놀라 가슴이 두근거렸다. 이리가 갑자기 다가와서 목을 길게 빼고 (동곽선생을) 바라보며 말했다.

「선생께서는 만물을 구제하는 일에 뜻을 갖고 계시지 않습니까? 예전에 모보(毛寶)는 거북을 방생하여 무사히 강을 건넜고, 수후(隋侯)는 뱀을 구해 주고 구슬을 얻었는데, 거북이와 뱀은 본래 이리보다 영특하지 못합니다. 오늘과 같은 상황에서 어찌 저로 하여금 속히 (당신의) 자루 속에 들어가, 사경(死境)에 이른 저의 목숨을 잠시 연장할 수 있게 해 주지 않으십니까? (제가) 만일 장차 위험에서 벗어난다면, 선생의 은혜는 죽은 목숨을 다시 살려내어 백골에 살이 붙게 한 것인데, 어찌 감히 거북과 뱀의 성의를 본받도록 노력하지 않겠습니까?」

동곽선생이 말했다.

「아! 이리 너를 몰래 숨겨주어 고위 관리를 거스르고 권력자를 거역했다가는, 닥칠 재앙조차 가늠하지 못하거늘 어찌 감히 너의 보답을 바라겠는가? 그렇지만 묵가(墨家)의 주장은 겸애(兼愛)를 근본으로 삼고 있으니, 결국은 내가 마땅히 방법을 찾아 너를 살려내야 한다. 설사 재앙이 닥친다해도 결코 사양하지 않을 것이다.」

그리하여 책을 꺼내 자루를 비우고 천천히 이리를 자루 속에 집어넣으려는데, 앞으로 넣으려니 이리의 발톱에 턱살이 밟힐까 걱정되고, 뒤로 넣으려니 이리의 엉덩이에 꼬리가 눌릴까 두려웠다. 그리하여 넣기를 몇 번 반복했으나 성공하지 못하고, 주저하며 늘쩡거리는 사이에 뒤쫓는 자가 더욱 가까이 다가왔다.

이리가 간청하며 말했다.

「일이 급합니다! 선생은 정말로 느긋하게 예의 격식을 차리며 불에 타고 물에 빠진 사람을 구하고 수레의 방울을 울려 도둑을 피하려 하십니까? 속히 방법을 생각해 주시기 바랍니다!」

그리하여 (이리는) 네 다리를 움츠리고 (동곽선생으로 하여금) 새끼줄을 가져와 자기를 묶게 하면서, 머리를 꼬리에 닿도록 숙이고 등을 굽혀 턱살을 가려 마치 고슴도치처럼 몸을 웅크리고 자벌레처럼 몸을 구부리는가 하면, 뱀처럼 몸을 둘둘 감고 거북처럼 머리를 움츠려 호흡을 억제하는 등, 모두 동곽선생이 하라는 대로 복종했다. 동곽선생은 이리의 뜻에 따라 이리를 자루에 집어넣고, 곧 자루 입구를 묶어 어깨로 들어 올려 당나귀 등 위에 실은 다음, 길옆으로 물러나 조간자 일행이 지나가기를 기다렸다. 잠시 후 조간자가 도착하여 이리를 찾았으나 찾지 못하자, 버럭 화를 내더니 칼을 뽑아 끌채의 끝을 내리 찍어 동곽선생에게 보이며 욕을 했다.

「감히 이리의 행방을 숨기고 속이는 자는 이 끌채처럼 처치할 것이다.」

동곽선생은 땅에 납작 엎드려 기어서 조간자 앞으로 나아가 무릎을 꿇고 말했다.

「제가 비록 총명하지는 못하지만, 장차 세상에 뜻을 두고 먼 곳을 향해 급히 달려가던 중 저 자신도 길을 잃었습니다. 그런데 또 어찌 이리의 종적을 발견하여 어르신의 매와 개에게 가르쳐 줄 수 있겠습니까? 그러나 제가 일찍이 들은 바에 의하면, 큰길에는 갈림길이 많기 때문에 양을 쉽게 잃는다고 합니다. 무릇 양은 어린아이 하나가 제압할 수 있습니다. 양이 이처럼 온순하지만 그래도 갈림길이 많기 때문에 잃는 것입니다. 그러나 이리는 양이 비할 바가 아닙니다. 그리고 양을 잃을 수 있는 중산의 갈림길이 셀 수 없이 많은데, 어르신께서는 지금 단지 큰길을 따라 그것을 찾으려 하고 계십니다. 이는 나무 그루터기를 지키며 토끼를 기다리고 나무 위에 올라가서 물고기를 구하는 것과 비슷하지 않습니까? 하물며 사냥은, 우인(虞人)이 맡아 하는 일인데, 어르신은 그것을 우인에게 물어보셔야지 길 가는 사람이 무슨 죄가 있습니까? 그리고 제가 비록 우매하다 해도 어찌 이리를 모르겠습니까? (이리는) 성질이 탐욕스럽고 흉악하며, 승냥이와 무리를 이루어 포악한 짓을 합니다. 어르신께서 능히 그것을 제거하실 수 있다 해도, 저는 본래 마땅히 달려가 미력(微力)을 다해야 하는데, 또 어찌 이리의 종적을 숨기고 말하지 않으려 하겠습니까?」

조간자는 묵묵히 수레를 돌려 길을 떠났고, 동곽선생도 당나귀를 몰아 속도를 배가(倍加)하여 앞을 향해 나아갔다. 한참 지나자 (조간자 일행의) 깃발 그림자가 점점 사라지고 거마의 소리도 들리지 않았다. 이리는 조간자가 이미 멀리 갔다고 짐작하고 자루 속에서 소리를 질러 말했다.

「선생은 유의(留意)해 주십시오! 나를 자루에서 꺼내서 나를 묶은 밧줄을 풀고, 나의 팔에 박힌 화살을 뽑아주십시오. 그러면 나는 곧 떠날 것입니다.」

동곽선생은 손을 들어 이리를 자루에서 꺼내 주었다. 그러자 이리가 포효하며 동곽선생에게 말했다.

「방금 제가 우인(虞人)에게 쫓길 때 그들이 매우 빨리 쫓아 왔으나, 다행히 선생께서 저를 살려 주셨습니다. 그러나 저는 지금 배가 너무 고픕니다. 굶주린 상태로 먹을 것을 얻지 못하면 결국은 반드시 죽을 뿐입니다. 길에서 굶어 죽어 뭇 짐승의 먹이가 되는 것보다는 차라리 우인의 손에 죽어 귀족 집의 제사 음식으로 제공되는 것이 나을 것입니다. 선생께서는 기왕 묵자(墨子)를 신봉하는 분으로, 머리끝에서 발끝까지 온몸이 다 닳도록 애를 쓰며 오로지 천하를 이롭게 할 일만을 생각하시는데, 또 어찌 당신의 한 몸을 나에게 먹여 주어 나의 목숨을 보전하는 일에 인색하시겠습니까?」

그리하여 입술을 위로 올려 이빨을 드러내고 발톱을 치켜세워 동곽선생을 향해 달려들었다. 동곽선생은 창졸간에 맨손으로 이리와 싸움을 벌이며 치고 물러서고 하다가, 당나귀 뒤로 물러나 몸을 피한 다음 (쫓아오는 이리와) 당나귀를 싸고 빙빙 돌기를 계속했다. 이리는 끝내 동곽선생에게 해를 입히지 못했고 동곽선생도 힘을 다해 저항하여, 피차 모두 지친 상태에서 당나귀를 사이에 두고 숨을 헐떡거렸다.

동곽선생이 말했다.

「이리가 나를 배신했도다! 이리가 나를 배신했도다!」

이리가 말했다.

「제가 본래 당신을 배신하려 한 것이 아니라, 하늘이 당신 같은 사람들을 낳은 것은 본래 우리들에게 먹이가 필요했기 때문이오!」

서로 버틴 지가 이미 오래 지나 해가 점점 서쪽으로 기울자 동곽선생이 속으로 생각했다.

「날이 저물어 가는데 이리가 또 떼를 지어 오면 나는 틀림없이 죽을 것이다.」

그리하여 거짓말로 이리를 속여 말했다.

「민간 풍속에 의하면, 일이 의심스러울 때는 반드시 세 분의 노인에게 의견을 물어야 한다. 우리는 다만 걸어 가다가 세 분의 노인을 찾아 그들에게 물어보면 된다. 만일 그들이 내가 너에게 잡아먹혀야 한다고 여기면 즉시 나를 잡아먹고, 그들이 안 된다고 하면 잡아먹지 마라.」

이리가 매우 기뻐하며 즉시 동곽선생과 함께 걸어갔다. 시간이 얼마 동안 지났으나 길에 다니는 사람이 없었다. 이리는 몹시 걸신이 들려, 고목(古木)이 길옆에 꼿꼿이 서 있는 것을 보자 동곽선생에게 말했다.

「이 고목에게 물어보면 될 것입니다.」

동곽선생이 말했다.

「초목은 아는 것이 없는데, 그에게 물어 보면 무슨 소용이 있는가?」

이리가 말했다.

「묻기만 하면 그는 할 말이 있을 것입니다.」

동곽선생은 부득이 고목에게 읍(揖)을 하고, 자초지종(自初至終)을 구체적으로 설명하고 나서 물었다.

「만일 그렇다면 이리가 당연히 나를 잡아먹어야 합니까?」

나무에서 왁자지껄 소리를 내더니 나무가 동곽선생에게 말했다.

「나는 살구나무요. 지난 날 과수를 재배하는 노인이 나를 심을 때는, 다만 씨 하나를 소비했을 뿐이오. 일 년이 지나 꽃이 피고, 다시 일 년이 지나

열매를 맺고, 삼 년이 되자 두 뼘을 합친 굵기로 자라고, 십 년이 되자 한 아름의 굵기로 자라 지금까지 이십 년이 되었소. 과수를 재배하는 노인이 나의 열매를 먹고, 그의 아내와 자녀가 나의 열매를 먹고, 밖으로는 빈객, 아래로는 하인에 이르기까지 모두 나의 열매를 먹었소. 또다시 (나의 열매를) 시장에 내다 팔아 나에게서 이익을 꾀했으니, 과수를 재배한 노인에 대한 나의 공로가 매우 크오. 그러나 지금 몸이 늙어 꽃을 거두어 열매를 맺을 수 없게 되니, 노인의 분노를 야기하여 나의 줄기를 자르고 나의 가지와 잎을 제거하는가 하면, 또 나를 목공의 가게에 팔아 돈을 챙기려 하고 있소. 아! 쓸모없는 재목이 되니, 만년에 이르러 도끼로 잘리는 형벌을 면하고자 해도 불가능하오. (그런데) 당신은 이리에게 무슨 덕을 베풀었다고 오히려 죽음을 면하길 바라고 있소? 이로 보건대, 이리는 본래 당신을 잡아먹어야 마땅하오.」

(고목이) 말을 마치자 이리가 또다시 이빨을 드러내고 발톱을 치켜세워 동곽선생을 향해 달려들었다.

동곽선생이 말했다.

「이리 너는 약속을 어겼어! 본래 노인 세 사람에게 묻기로 약속하고 지금 겨우 살구나무 하나를 만났는데, 어째서 이렇게 급하게 핍박을 당해야 하는가?」

(그리하여) 다시 이리와 함께 앞을 향해 걸어갔다. 이리는 더욱 조급하여, 늙은 암소가 부서진 담장에서 햇볕을 쬐고 있는 것을 보자 동곽선생에게 말했다.

「이 늙은 암소에게 물어보면 될 것입니다.」

동곽선생이 말했다.

「방금 초목이 무지(無知)하여 황당한 말로 일을 그르쳤다. 지금 이 소는

축생일 뿐인데, 또 어찌 물어보려 하는가?」

이리가 말했다.

「물어보기만 하십시오. 물어보지 않으면 당신을 잡아먹을 것입니다!」

동곽선생은 부득이 늙은 암소에게 읍(揖)을 한 후, 다시 자초지종을 설명하고 물었다. 소가 눈살을 찌푸리고 눈을 크게 부릅뜨더니, 코를 핥고 나서 입을 벌려 동곽선생에게 말했다.

「늙은 살구나무의 말이 맞소! 나의 뿔이 누에고치나 밤처럼 작았던 어린 시절은 근력(筋力)이 매우 튼튼했는데, 늙은 농부가 칼 하나를 파는 값으로 나를 사가지고 가서, 나로 하여금 여러 소들을 도와 밭을 갈게 했소. 성장한 후에는 여러 소들이 날로 노쇠하고 지쳐서, 모든 일을 내가 다 맡아 했소. 그가 급히 수레를 몰아 달리려 하면, 나는 머리를 숙여 수레를 끌고 지름길을 골라 내달리고, 그가 몸소 농사를 지으려 하면, 나는 수레를 벗고 교외의 들판으로 달려가 황무지를 개척했소. 늙은 농부는 나를 마치 자기의 좌우 양손과 같이 가까이했소. 입고 먹는 것은 나를 의지하여 공급하고, 집안의 혼사(婚事)는 나를 의지하여 치르고, 부세(賦稅)는 나를 의지하여 실어 보내고, 곡간(穀間)은 나를 의지하여 채웠소. 나도 죽은 후에는 말이나 개처럼 장막이나 자리라도 얻어 시체를 덮어 매장할 수 있다고 생각했소. 지난날 그의 집은 한두 섬의 곡식도 저축하지 못했는데, 지금은 보릿가을만 해도 10곡(斛)이 넘고, 지난날에는 가난하게 살아 그를 중시하는 사람이 없었는데, 지금은 활개를 치며 부락을 걸어 다니고 있소. 지난날에는 술잔과 술독에 먼지가 쌓이고, (술을 마셔보지 못해) 입술이 마르고, 주기(酒器)를 반평생 동안 접해 보지도 못했으나, 지금은 술잔을 들고 처첩 앞에서 거드름을 피우고 있소. 또 지난날에는 짧고 거친 베옷을 입고 (사람들과 왕래 없이) 나무·돌과 벗을 삼으며, 읍(揖)을 할 줄 모르고 학문이 무엇인지 알지 못했으나, 지금은 (마치 선비처럼) 손에 《토원책(兎園冊)》을 들고, 머리에 삿갓을 쓰고, 허리에 가죽 혁대를 두르고, 통 넓은 옷을 입고 있소. (그 집의) 실 한 올과 곡식 한 톨은 모두 나의 힘에 의지하여 얻은 것이오. 그런데 노약한 나를 속이고 나를 교외의 들판으로 내쫓았소. 찬바람이 눈을 찌르고, 싸늘한 햇살 아래서 홀로 자기의 그림자를 위로하며, (양 어깨의) 앙상한 뼈가 마치 산의 모양과 같아, 늙은이의 슬픈 눈물이 비 오듯 흘러내렸소. 침은 걷잡을 수 없이 질질 흐르고 다리는 경련을 일으켜 치켜들 수가 없으며, 피부의 털은 모두 빠져 없고 상처는 아직 낫지 않았소. 늙은 농부의 아내는 질투가 심하고 또한 흉악하여, 아침저녁으로 남편에게 진언(進言)하길 『소의 몸은 버릴 것이 하나도 없어요. 살은 육포(肉脯)를 만들 수 있고, 피부는 털을 제거하여 가죽을 만들 수 있으며, 뼈와 뿔은 또한 잘라 갈아서 그릇을 만들 수 있어요.』라 하고, 손으로 아들을 가리키면서 『너는 포정(庖丁)의 문하에서 여러 해 동안 가르침을 받았는데, 어찌 칼을 숫돌에 갈아 도살할 준비를 하지 않느냐?』라고 말했소. 이러한 징조로 보건대, 이는 장차 나에게 이롭지 못하여 내가 어디에서 죽을는지도 알 수가 없소! 나는 (그들에 대해) 공이 있어도 그들은 오히려 나에게 이처럼 무정하여 머지않아 내가 화를 당할 것이요. 그런데 당신은 이리에게 무슨 덕을 베풀었다고 요행히 죽음을 면하길 바라시오?」

(늙은 암소가) 말을 마치자 이리가 또다시 이빨을 드러내고 발톱을 치켜세워 동곽선생을 향해 달려들었다.

동곽선생이 말했다.

「너무 서두르지 말라!」

(바로 이때) 멀리 바라보니 한 노인이 명아주 지팡이를 짚고 오는데, 수염과 눈썹이 새하얗고 의관(衣冠)이 고상하여, 대체로 덕망이 있는 사람 같

았다. 동곽선생은 기쁘기도 하고 놀랍기도 하여, 이리를 거들떠보지 않고 앞으로 나아가 무릎을 꿇어 절을 하고 노인에게 말했다.

「노인장께서 한 마디 공정한 말씀을 하시어 저의 목숨을 살려 주시길 빕니다.」

노인이 까닭을 묻자, 동곽선생이 말했다.

「이 이리가 우인(虞人)에게 쫓겨 궁지에 몰리자 저에게 구조를 청해 제가 이리를 살려주었습니다. (그런데) 지금 오히려 나를 잡아먹으려 하여 애써 간청했지만 듣지 않아, 저는 또 곧 이리에게 잡아먹혀야 했습니다. 저는 잠시 시간을 좀 끌려는 생각에, 세 분의 노인을 청해 시비를 판정하자고 이리와 약속했습니다. 처음에는 늙은 살구나무를 만났습니다. 이리가 저를 윽박질러 그 나무에게 물었는데, 그 나무가 무지(無知)하여 하마터면 저를 죽일 뻔했습니다. 두 번째는 늙은 암소를 만났습니다. 이번에도 이리가 저를 윽박질러 그 소에게 물었는데, 그 짐승 역시 무지하여 하마터면 또 저를 죽일 뻔했습니다. 지금 노인장을 만났으니, 어찌 하늘이 이 서생의 목숨을 끊지 않겠다는 뜻이 아니겠습니까? 한 마디 공정한 말씀을 하시어 저의 목숨을 살려 주시길 간곡히 청합니다.」

그리하여 노인의 지팡이 밑에서 머리가 땅에 닿도록 절을 하고 땅에 엎드려 노인의 분부를 기다렸다. 노인이 이 말을 듣고 몇 번 탄식을 하더니 지팡이로 이리를 때리며 말했다.

「네가 잘못했다. 무릇 남이 은혜를 베풀었는데 그것을 배반하면 이보다 더 상서롭지 못한 일이 없다. 유가(儒家)에서는 남의 은혜를 받고 차마 배반하지 못하는 사람은 그 아들이 반드시 부모에게 효도하고, 또 호랑이나 이리도 부자(父子)간의 정을 안다고 말한다. 지금 네가 이와 같이 은혜를 배반했다면 부자간의 정마저도 없는 것이다.」

그리하여 엄한 목소리로 말했다.

「이리 너 빨리 꺼져버려라. 그렇지 않으면 내가 너를 지팡이로 때려죽일 것이다.」

그러자 이리가 말했다.

「노인장은 하나만 알고 둘은 모릅니다. 청컨대 제가 그것을 말하겠으니 노인장께서 들어주시기 바랍니다. 당초 동곽선생이 나를 구출할 때, 내 다리를 묶어 자루 속에 집어넣고 책으로 눌러서, 나는 몸을 오그리고 감히 숨도 제대로 쉬지 못했습니다. 또 긴요하지도 않은 잡다한 이야기를 가지고 조간자에게 늘어놓았는데, 그 속뜻은 대체로 자루 속에서 나를 (질식시켜) 죽게 하고 혼자서 그 이익을 차지하려 한 것입니다. 이런 사람을 어찌 잡아먹지 않을 수 있겠습니까?」

노인이 동곽선생을 돌아보며 말했다.

「정말 그렇다면, 이는 당신도 예(羿)처럼 잘못이 있소.」

동곽선생은 이에 불복(不服)하여 이리를 자루에 넣고 가엾게 여긴 상황을 상세하게 설명했고, 이리 또한 교묘한 변론을 계속하며 동곽선생에게 지지 않으려고 기를 썼다.

노인이 말했다.

「쌍방의 말이 모두 확실히 믿기에 충분하지 않으니, 시험 삼아 다시 이리를 자루에 넣어 내가 그 상황이 정말로 고통스러운지 아닌지 살펴보도록 하지.」

이리는 기꺼이 노인의 말에 동의하고 동곽선생에게 다리를 내밀었다. 동곽선생이 다시 이리를 묶어 자루 속에 집어넣고 어깨로 들어 올려 당나귀 등에 실었으나 이리는 그것을 알지 못했다.

노인이 귓속말로 동곽선생에게 물었다.

「비수(匕首)를 가지고 있소?」

동곽선생이 대답했다.

「예, 가지고 있습니다.」

그리하여 비수를 꺼냈다. 노인이 동곽선생에게 비수를 가지고 이리를 찌르라고 눈짓을 했다.

동곽선생이 말했다.

「그러면 이리를 죽이지 않습니까?」

노인이 웃으며 말했다.

「짐승이 이처럼 은혜를 배반했는데 아직도 차마 죽이지 못한다면, 당신은 물론 어진 사람이지만 그러나 또한 몹시 어리석은 사람이오! 우물에 뛰어들어 (우물에 빠진) 사람을 구출한 후, (혹한의 추위에) 자기 옷을 벗어 그 친구를 살리면, 구조된 사람에 대해서는 좋은 일이지만 자기가 사지(死地)로 빠져드는 것은 어찌할 것이오? 선생이 바로 그런 사람이오? 우매한 지경에 빠져 들어갈 만큼 지나치게 인자한 것은 본래 군자가 찬성하는 바가 아니오.」

(노인이) 말을 마치고 큰 소리로 웃자 동곽선생도 웃었다. 그리하여 (노인이) 손을 들어 동곽선생을 도와 비수를 잡고, 함께 이리를 죽인 후 시체를 길에 버려두고 떠났다.

해설

묵자(墨子)를 신봉하는 동곽선생(東郭先生)은 착한 마음에서 사냥꾼들에게 쫓기는 중산(中山)의 이리를 구해 주고 오히려 그 이리에게 잡아먹힐 뻔했다가 가까스로 노인의 도움을 받아 이리를 죽이고 구사일생으로 목숨을 건졌다.

이 우언은 동곽선생의 사례를 통해, 적과 아를 구분하지 않고 마구잡이로 인의(仁義)를 베푸는 무모한 행위를 경계하는 동시에, 중산의 이리와 같이 은혜를 원수로 갚는 악랄한 행위에 대해서는 우유부단(優柔不斷)하지 말고 반드시 단호하고 철저하게 박멸하여 후환이 없도록 만전을 기해야 한다는 교훈을 제시한 것이다.

《권자(權子)》 우언

경정향(耿定向 : 1524 - 1596)은 자가 재륜(在倫), 호는 천태(天台)이며, 호북(湖北) 황안(黃安)[지금의 호북성 홍안현(紅安縣)] 사람이다. 명(明) 세종(世宗) 가정(嘉靖) 연간에 진사에 급제하여 도찰원좌부도어사(都察院左副都御史)·형부좌시랑(刑部左侍郞)·호부상서(戶部尙書) 등을 지내다가 사직하고 고향에 돌아와 강학(講學)에 힘썼다. 저서로 《경자용언(耿子庸言)》《경천태문집(耿天台文集)》《권자(權子)》 등이 있다. 《권자》는 일명 《권자잡조(權子雜俎)》라고도 하는데, 내용은 주로 소화(笑話)를 가지고 세상을 깨우치는 이야기이다. 현재 《속설부(續說郛)》에 29편이 수록되어 있다.

038 오족실용(吾足失容)

《權子·志學》

원문 및 주석

吾足失容[1]

一人足恭, 緩步如之, 偶驟雨至, 疾趨里許, 忽自悔曰:「吾失足容矣, 過不憚改可也。」[2] 乃冒雨還始趨處, 紆徐更步過焉。[3]

1 吾失足容 → 내가 걷는 자세를 잃어버리다
【失足容(실족용)】: 걷는 자세를 잃다. 〖足容〗: 걷는 자세.

2 一人足恭, 緩步如之, 偶驟雨至, 疾趨里許, 忽自悔曰:「吾失足容矣, 過不憚改可也。」→ 어떤 사람이 보폭을 크게 내디디며, 느린 걸음으로 길을 걷다가, 갑자기 소나기가 쏟아지자, 빠른 걸음으로 1리 남짓을 걸어가더니, 문득 후회하며 말했다:「내가 걷는 자세를 잃어버렸다. 그러나 잘못은 두려워하지 않고 고치면 된다.」
【足恭(족공)】: 보폭을 크게 내디디며 천천히 걷는 걸음. ※ 주로 옛날 선비나 관리의 걸음걸이를 형용한 말.
【緩步(환보)】: 느린 걸음.
【如之(여지)】: 걷다, 걸어가다.
【偶(우)】: 우연히. 여기서는「갑자기」의 뜻.
【驟雨(취우)】: 소나기.
【至(지)】: 이르다. 여기서는「(비가) 내리다」의 뜻.
【疾趨(질추)】: 질주하다, 빨리 걷다.
【里許(이허)】: 1리 남짓.
【忽(홀)】: 갑자기, 문득.
【自悔(자회)】: 스스로 뉘우치다. 〖悔〗: 후회하다, 뉘우치다.
【過(과)】: 잘못, 과실.
【憚(탄)】: 꺼리다, 두려워하다, 겁내다.
【改可(가)】: 고치면 된다.

번역문

내가 걷는 자세를 잃어버리다

어떤 사람이 보폭을 크게 내디디며 느린 걸음으로 길을 걷다가, 갑자기 소나기가 쏟아지자 빠른 걸음으로 1리 남짓을 걸어가더니 문득 후회하며 말했다.

「내가 걷는 자세를 잃었다. 그러나 잘못은 두려워하지 않고 고치면 된다.」

그리하여 비를 무릅쓰고 달리기 시작한 곳으로 되돌아와, 천천히 걸음걸이를 고쳐 다시 걸어갔다.

해설

어떤 사람이 선비의 보행 자세를 흉내 내어 보폭을 크게 내디디며 천천히 걷다가 갑자기 소나기가 쏟아지자 빠른 걸음으로 1리 남짓을 질주하더니, 잘못을 뉘우치고 다시 질주하기 시작한 장소로 되돌아와 걸음걸이를 완보(緩步)로 바꾸어 다시 걸었다.

이 우언은 현실에 부합하지 않는 낡은 규칙을 고수하며 융통성이 없는 고지식한 사람을 풍자하는 동시에, 형세가 발전하고 사물이 변화하면 반드시 발전하는 관점에 따라 사물을 대하고 처리해야 한다는 이치를 설명한 것이다.

....

3 乃冒雨還始趨處, 紆徐更步過焉。→ 그리하여 비를 무릅쓰고 달리기 시작한 곳으로 되돌아와, 천천히 걸음걸이를 고쳐 다시 걸어갔다.

【乃(내)】: 그리하여.
【冒雨(모우)】: 비를 무릅쓰다.
【還(환)】: 돌아오다.
【始趨處(시추처)】: 달리기 시작한 곳.
【紆徐(우서)】: 느리게, 서서히, 천천히.
【更步(경보)】: 걸음걸이를 고치다.

039 일여가인(鷁與假人)

《權子·假人》

원문 및 주석

鷁與假人[1]

人有魚池, 苦群鷁竊啄食之, 乃束草爲人, 披蓑、戴笠、持竿, 植之池中以懾之。[2] 群鷁初回翔, 不敢卽下, 已漸審視, 下啄。久之, 時

1 鷁與假人 → 가마우지와 허수아비
【鷁(일)】: 가마우지.
【假人(가인)】: 가짜 사람. 여기서는 「허수아비」를 가리킨다.

2 人有魚池, 苦群鷁竊啄食之, 乃束草爲人, 披蓑、戴笠、持竿, 植之池中以懾之。→ 어떤 사람이 양어장을 가지고 있는데, 가마우지 떼들이 날아와 물고기를 훔쳐 먹어 괴로워했다. 그리하여 볏짚을 묶어 허수아비를 만든 다음, 도롱이를 입히고, 삿갓을 씌우고, 장대를 들려, 양어장에 세워 놓아 가마우지를 위협했다.
【魚池(어지)】: 양어장.
【苦(고)】: …로 인해 괴로워하다. ※ 판본에 따라서는 「苦」를 「昔(석)」이라 했다.
【竊啄食之(절탁식지)】: 물고기를 훔쳐 쪼아 먹다. 〖竊〗: 훔치다. 〖啄〗: (부리로) 쪼다. 〖食〗: [동사] 먹다. 〖之〗: [대명사] 그것, 즉 「물고기」.
【乃(내)】: 그리하여.
【束草爲人(속초위인)】: 풀을 묶어 허수아비를 만들다. 〖束〗: 묶다. 〖爲〗: 만들다. 〖人〗: 인형. 여기서는 「허수아비」를 가리킨다.
【披蓑(피사)】: 도롱이를 입히다. 〖披〗: (옷을) 입다, 걸치다. 〖蓑〗: 도롱이.
【戴笠(대립)】: 삿갓을 씌우다. 〖戴〗: [사동 용법] 씌우다. 〖笠〗: 삿갓.
【持竿(지간)】: 장대를 들리다. 〖持〗: [사동 용법] 들리다, 쥐어주다. 〖竿〗: 장대.
【植之池中以懾之(식지지중이섭지)】: 허수아비를 양어장에 세워 놓고 이로써 가마우지를 위협하다. 〖植〗: 꽂다, 세우다. 〖之〗: [대명사] 앞의 「之」는 「허수아비」, 뒤의 「之」는 「가마

飛止笠上，恬不爲驚。[3] 人有見者，竊去芻人，自披蓑、戴笠而立池中。[4] 鶬仍下啄，飛止如故。[5] 人隨手執其足，鶬不能脫，奮翼，聲假假。人曰：「先故假，今亦假耶?」[6]

....

우지」를 가리킨다. 〖慴〗: 위협하다, 겁주다, 으르다.

3 群鶬初回翔，不敢卽下，已漸審視，下啄。久之，時飛止笠上，恬不爲驚。→ 가마우지 떼들이 처음에는 공중에서 빙빙 돌며, 감히 바로 내려오지 못하더니, 나중에는 점차 자세히 살펴보고 나서, 내려와 쪼아 먹었다. 그 후 시간이 오래 지나자, 수시로 날아와 삿갓 위에 앉아, 태연하게 행동하며 조금도 놀라지 않았다.
【回翔(회상)】: 빙빙 돌며 날다, 공중을 선회하다.
【卽下(즉하)】: 곧장 내려오다.
【已(이)】: 나중에, 얼마 후.
【漸(점)】: 점차, 점점.
【審視(심시)】: 자세히 보다, 자세히 관찰하다.
【久之(구지)】: 시간이 오래 지나다.
【時(시)】: 때때로, 수시로, 항상.
【止(지)】: 멈추다. 여기서는 「앉다」의 뜻.
【恬(염)】: 마음 놓다, 태연하다.
【不爲驚(불위경)】: 조금도 놀라지 않다.

4 人有見者，竊去芻人，自披蓑、戴笠而立池中。→ 양어장 주인은 이러한 상황을 보고, 몰래 허수아비를 제거한 후, 자기가 도롱이를 입고, 삿갓을 쓰고 양어장에 서 있었다.
【去(거)】: 없애다, 제거하다.
【芻人(추인)】: 허수아비.

5 鶬仍下啄，飛止如故。→ 가마우지는 여전히 내려와 물고기를 쪼아 먹기도 하고, 전처럼 날아와 (삿갓 위에) 앉기도 했다.
【仍(잉)】: 여전히. ※판본에 따라서는 「仍」을 「乃(내)」라 했다.
【如故(여고)】: 전처럼, 전과 같이.

6 人隨手執其足，鶬不能脫，奮翼，聲假假。人曰：「先故假，今亦假耶?」→(이때) 양어장 주인이 손 가는대로 가마우지의 발을 움켜잡으니, 가마우지가 빠져 나갈 수 없어, 날개를 퍼덕이며, 꺽꺽 소리를 냈다. 양어장 주인이 말했다: 「먼저는 본래 가짜였지만, 지금도 가짜더냐?」
【隨手(수수)】: 손 가는 대로, 닥치는 대로.
【執(집)】: 잡다, 움켜잡다.
【脫(탈)】: 벗어나다, 이탈하다, 빠져 나가다.
【奮翼(분익)】: 날개를 퍼덕이다.
【聲假假(성가가)】: 꺽꺽 소리를 내다. 〖聲〗: [동사 용법] 소리를 내다. 〖假假〗: [의성어] 꺽꺽.
【故(고)】: 본래, 원래.

번역문

가마우지와 허수아비

어떤 사람이 양어장을 가지고 있는데 가마우지 떼들이 날아와 물고기를 훔쳐 먹어 괴로워했다. 그리하여 볏짚을 묶어 허수아비를 만든 다음, 도롱이를 입히고 삿갓을 씌우고 장대를 들려 양어장에 세워 놓아 가마우지를 위협했다. 가마우지 떼들이 처음에는 공중에서 빙빙 돌며 감히 바로 내려오지 못하더니, 나중에는 점차 자세히 살펴보고 나서 내려와 쪼아 먹었다. 그 후 시간이 오래 지나자, 수시로 날아와 삿갓 위에 앉아 태연하게 행동하며 조금도 놀라지 않았다.

양어장 주인은 이러한 상황을 보고 몰래 허수아비를 제거한 후, 자기가 도롱이를 입고 삿갓을 쓰고 양어장에 서 있었다. 가마우지는 여전히 내려와 물고기를 쪼아 먹기도 하고, 전처럼 날아와 (삿갓 위에) 앉기도 했다. (이때) 양어장 주인이 손 가는대로 가마우지의 발을 움켜잡으니, 가마우지가 빠져 나갈 수 없어 날개를 퍼덕이며 찍찍 소리를 냈다.

양어장 주인이 말했다.

「먼저는 본래 가짜였지만, 지금도 가짜더냐?」

해설

양어장 주인이 가마우지가 양어장의 물고기를 잡아먹는 것을 괴로워하여 허수아비를 만들어 양어장에 세워 놓자, 처음에는 가마우지들이 겁을 먹는듯하더니 익숙해진 후에는 허수아비의 삿갓에 앉아 쉬는 등 아무 거리낌 없이 행동했다. 그리하여 양어장 주인은 몰래 허수아비를 제거하고 자기가 직접 허수아비처럼 위장하여, 이러한 상황을 모르고 이전처럼 삿갓에 내려와 앉은 가마우지를 손으로 붙잡았다.

이 우언은 양어장 주인이 가마우지를 속여 포획한 고사를 통해, 적과 투쟁할 때는 진실과 거짓이 혼재한 전략 전술을 강구하여 상대방을 미혹에 빠뜨려야 승리할 수 있다는 이치를 설명한 것이다.

040 고미불고신(顧尾不顧身)

《權子·顧惜》

원문 및 주석

顧尾不顧身[1]

孔雀雄者毛尾金翠, 殊非設色者仿佛也。[2] 性故妒, 雖馴久, 見童男女著錦綺, 必趁啄之。[3] 山栖時, 先擇處貯尾, 然後置身, 大雨尾

....

1 顧尾不顧身 → 꼬리를 돌보고 몸을 돌보지 않다
【顧(고)】: 돌보다.

2 孔雀雄者毛尾金翠, 殊非設色者仿佛也。→ 수컷 공작 꼬리의 황금 비취색 무늬는, 절대로 화가들이 모사(模寫)해 낼 수 있는 것이 아니다.
【毛尾金翠(모미금취)】: 꼬리의 황금 비취색 무늬. 〖毛尾〗: 꼬리의 깃털. 〖金翠〗: 황금색과 비취색.
【殊非(수비)…】: 절대로 …이 아니다.
【設色者(설색자)】: 화가, 화공(畫工).
【仿佛(방불)】: 비슷하다, 흡사하다. 여기서는 「흡사하게 묘사하다, 모사(模寫)하다」의 뜻.

3 性故妒, 雖馴久, 見童男女著錦綺, 必趁啄之。→ (수컷 공작은) 성질이 본래 질투심이 많아, 비록 오래 길들여졌다 해도, 남녀 아이들이 화려한 옷을 입은 것을 보면, 반드시 쫓아가 그들을 부리로 쫀다.
【性(성)】: 본성, 성질.
【故(고)】: 본래, 원래.
【妒(투)】: 질투심이 많다.
【馴(순)】: 길들이다.
【著(착)】: 입다, 착용하다.
【錦綺(금기)】: 비단. 여기서는 「화려한 무늬의 옷」을 가리킨다.
【趁(진)】: 뒤쫓다, 쫓아가다.

濕, 羅者且至, 猶珍顧不復騫擧, 卒爲所擒。[4]

번역문

꼬리를 돌보고 몸을 돌보지 않다

수컷 공작 꼬리의 황금 비취색 무늬는 절대로 화가들이 모사(模寫)해 낼 수 있는 것이 아니다. (수컷 공작은) 성질이 본래 질투심이 많아, 비록 오래 길들여졌다 해도 남녀 아이들이 화려한 옷을 입은 것을 보면, 반드시 쫓아가 그들을 부리로 쫀다. 산에 서식할 때는 먼저 꼬리를 안치(安置)할 장소를 고르고 난 연후에 몸을 두며, 큰 비가 내려 꼬리가 젖으면 새를 잡는

....

【啄(탁)】: 부리로 쪼다.
【之(지)】: [대명사] 그들, 즉 「동남동녀(童男童女)」.

4 山栖時, 先擇處貯尾, 然後置身, 大雨尾濕, 羅者且至, 猶珍顧不復騫擧, 卒爲所擒。→ 산에 서식할 때는, 먼저 꼬리를 안치(安置)할 장소를 고르고 난 연후에 몸을 두며, 큰 비가 내려 꼬리가 젖으면, 새를 잡는 사람이 곧 닥쳐와도, 여전히 자기의 꼬리를 진귀하게 여겨 돌아보며 다시 날아오르지 않다가, 마침내 사람에게 잡히고 만다.
【栖(서)】: 서식(棲息)하다.
【擇處貯尾(택처저미)】: 꼬리를 안치할 장소를 고르다.
【置身(치신)】: 몸을 두다.
【濕(습)】: 축축하다, 젖다.
【羅者(나자)】: 그물로 새를 잡는 사람. 〖羅〗: 그물. 여기서는 동사 용법으로 「그물로 잡다」의 뜻.
【且至(차지)】: 곧 닥쳐오다. 〖且〗: 곧, 막, 장차.
【猶(유)】: 아직도, 여전히.
【珍顧(진고)】: 진귀하게 여겨 돌아보다. 〖珍〗: 진귀하게 여기다, 소중히 여기다. 〖顧〗: 돌아보다, 뒤돌아보다.
【不復(불부)】: 다시 …하지 않다.
【騫擧(건거)】: 날아오르다.
【卒(졸)】: 드디어, 마침내, 결국.
【爲所擒(위소금)】: 잡히다. 〖爲所…〗: [피동형] …당하다, …에게 …되다. 〖擒〗: 사로잡다, 붙잡다, 생포하다.

사람이 곧 닥쳐와도, 여전히 자기의 꼬리를 진귀하게 여겨 돌아보며 다시 날아오르지 않다가 마침내 사람에게 잡히고 만다.

해설

공작 수컷은 자신의 몸보다 아름다운 꼬리를 더욱 아껴, 산에 서식할 때 먼저 꼬리를 안치(安置)할 장소를 고르고 난 연후에 몸을 두고, 또 비가 내려 꼬리가 젖으면 새를 잡는 사람이 곧 닥쳐와도 꼬리를 돌아보며 날아오르지 않다가 마침내 (사람에게) 잡히고 만다.

이 우언은 공작이 꼬리를 아끼다가 사람에게 잡히는 고사를 통해, 일의 경중(輕重)을 확실히 파악하지 못하고 작은 것을 위해 큰 것을 희생하는 소탐대실(小貪大失)의 어리석은 행위를 풍자한 것이다.

《숙저자(叔苴子)》 우언

장원신(莊元臣 : ?-?)은 자가 충보(忠甫), 호는 붕지주인(鵬池主人)이며, 송릉(松陵)[지금의 강소성 송강현(松江縣)] 사람으로 명대(明代)의 사상가이다. 자세한 생졸연대는 알 수 없으나 대략 명(明) 가정(嘉靖)-만력(萬曆)[1552-1620] 연간에 생존했던 것으로 보인다. 저서로 《장충보잡저(莊忠甫雜著)》 28종이 있다.

《숙저자(叔苴子)》는 《장충보잡저》 중의 하나로, 내편과 외편으로 나누어져 있는데, 내편은 주로 인정세태(人情世態)에 관한 도리를 서술했고, 외편은 주로 치란(治亂)과 흥망성쇠에 관해 서술했다.

041 구욕효언(鴝鵒效言)

《叔苴子·內篇卷五》

원문 및 주석

鴝鵒效言[1]

鴝鵒之鳥出於南方, 南人羅而調其舌, 久之, 能效人言。[2] 但能效數聲而止, 終日所唱, 惟數聲也。蟬鳴於庭, 鳥聞而笑之。[3] 蟬謂之

....

1 鴝鵒效言 → 구관조가 사람의 말을 흉내 내다
【鴝鵒(구욕)】: 구관조(九官鳥). ※ 구관조는 혀를 둥그스름하게 자른 후, 훈련을 거치면 능히 사람의 말을 흉내 낼 수 있다.
【效(효)】: 모방하다, 흉내 내다.

2 鴝鵒之鳥出於南方, 南人羅而調其舌, 久之, 能效人言。→ 구관조는 남쪽 지방에서 생장(生長)하는데, 남쪽 지방 사람들은 그물로 구관조를 잡아 혀를 길들여, 시간이 오래 지나면, 능히 사람의 말을 흉내 낸다.
【出於(출어)…】: …에서 나오다, 즉 「…에서 생장(生長)하다」의 뜻.
【羅(라)】: 그물. 여기서는 동사 용법으로 「그물로 잡다」의 뜻.
【調其舌(조기설)】: 구관조의 혀를 훈련하다. 〖調〗: 훈련하다, 길들이다.
【久之(구지)】: 시간이 오래 지나다.
【但(단)】: 그러나.
【效數聲而止(효수성이지)】: 몇 마디 소리를 흉내 내고 멈추다.

3 但能效數聲而止, 終日所唱, 惟數聲也。蟬鳴於庭, 鳥聞而笑之。→ 그러나 몇 마디를 흉내 내고 멈추며, 온종일 노래하는 것도, 다만 그 몇 마디뿐이다. (하루는) 매미가 정원에서 울자, 구관조가 그 소리를 듣고 매미를 비웃었다.
【數聲(수성)】: 몇 마디.
【終日(종일)】: 온종일, 하루 종일.
【惟(유)】: 다만, 겨우.

曰：「子能人言，甚善。然子所言者，未嘗言也，曷若我自鳴其意哉!」[4] 鳥俯首而慚，終身不復效人言。[5] 今文章家竊摹成風，皆鴝鵒之未慚者耳。[6]

번역문

구관조가 사람의 말을 흉내 내다

구관조는 남쪽 지방에서 생장(生長)하는데, 남쪽 지방 사람들은 그물로

……………

【蟬(선)】: 매미.
【笑(소)】: 비웃다.
【之(지)】: [대명사] 그것, 즉 「매미」.

4 蟬謂之曰：「子能人言，甚善。然子所言者，未嘗言也，曷若我自鳴其意哉!」→ (그러자) 매미가 구관조에게 말했다：「너는 능히 사람의 말을 할 수 있으니, 매우 좋다. 그러나 네가 한 말은, 한 번도 너 자신의 뜻을 말한 적이 없다. 그러니 어찌 내가 나 자신의 뜻대로 소리를 내는 것에 비하겠는가!」
【之(지)】: [대명사] 그것, 즉 「구관조」.
【子(자)】: 너, 그대, 당신.
【甚善(심선)】: 매우 좋다. 〖甚〗: 매우, 몹시. 〖善〗: 좋다, 훌륭하다.
【然(연)】: 그러나.
【未嘗言(미상언)】: 자신의 뜻을 말한 적이 없다. 〖未嘗〗: (일찍이) …한 적이 없다.
【曷若(갈약)…】: 어찌 …과 같겠는가? 어찌 …에 비하겠는가? 〖曷〗: 어찌. 〖若〗: 如(여), …와 같다.
【自鳴其意(자명기의)】: 자신이 자신의 뜻대로 소리를 내다.

5 鳥俯首而慚，終身不復效人言。→ 구관조는 머리를 숙이고 부끄러워하며, 평생토록 다시는 사람의 말을 흉내 내지 않았다.
【俯首而慚(부수이참)】: 고개를 숙이고 부끄러워하다. 〖俯首〗: 머리를 숙이다, 고개를 숙이다.
【終身(종신)】: 평생.
【復(부)】: 또, 다시.

6 今文章家竊摹成風，皆鴝鵒之未慚者耳。→ 오늘날 문장가들이 표절하고 모방하는 풍조는, 모두 부끄러움을 모르는 구관조일 뿐이다.
【竊摹成風(절모성풍)】: (남의 것을) 표절하고 모방하는 풍조.
【未慚(미참)】: 부끄러워하지 않다, 부끄러움을 모르다.
【耳(이)】: …일 뿐이다.

구관조를 잡아 혀를 길들여, 시간이 오래 지나면 능히 사람의 말을 흉내 낸다. 그러나 몇 마디를 흉내 내고 멈추며 온종일 노래하는 것도 다만 그 몇 마디뿐이다.

(하루는) 매미가 정원에서 울자, 구관조가 그 소리를 듣고 매미를 비웃었다. (그러자) 매미가 구관조에게 말했다.

「너는 능히 사람의 말을 할 수 있으니 매우 좋다. 그러나 네가 한 말은 한 번도 너 자신의 뜻을 말한 적이 없다. 그러니 어찌 내가 나 자신의 뜻대로 소리를 내는 것에 비하겠는가!」

구관조는 머리를 숙이고 부끄러워하며 평생토록 다시는 사람의 말을 흉내 내지 않았다.

오늘날 문장가들이 표절하고 모방하는 풍조는, 모두 부끄러움을 모르는 구관조일 뿐이다.

해설

사람에게 훈련을 받아 몇 마디 사람의 말을 흉내 낼 줄 아는 구관조가 매미의 울음소리를 듣고 비웃었다가, 매미로부터 「자기의 뜻을 말하지 못하고 사람의 말을 흉내 내는 것을 어찌 자신의 뜻대로 소리를 내는 것에 비하겠는가!」라고 망신을 당한 후, 평생토록 부끄러워하며 사람의 말을 흉내 내지 않았다.

이 우언은 진정한 학식이나 주견(主見)이 없어 남의 흉내만 내고 창의성을 발휘하지 못하는 몰지각한 사람을 풍자한 것이다.

042 자출기저(自出機杼)

《叔苴子·外篇卷二》

원문 및 주석

自出機杼[1]

昔王丹弔友人之喪, 有大俠陳遵者, 亦與弔焉, 賻助甚盛, 意有德色。[2] 丹徐以一縑置几而言曰:「此丹自出機杼也。」遵大慚而退。[3]

1 自出機杼 → 자신이 몸소 베틀에서 짜내다
【自出(자출)】: 자기 몸소 짜내다.
【機杼(기저)】: 베틀.

2 昔王丹弔友人之喪, 有大俠陳遵者, 亦與弔焉, 賻助甚盛, 意有德色。→ 예전에 왕단(王丹)이 친구의 상(喪)에 조문을 갔다. 진준(陳遵)이라는 협객도, 역시 조문에 참가했는데, 매우 많은 부조를 하고, 내심 덕을 베풀어 만족해하는 기색을 드러내 보였다.
【王丹(왕단)】: [인명]. ※《후한서(後漢書)》 권27에 왕단(王丹)과 진준(陳遵)에 관한 기록이 있다.
【弔(조)】: 조문(弔問)하다.
【大俠(대협)】: 거물 협객.
【陳遵(진준)】: [인명].
【與(여)】: 참여하다, 참가하다.
【賻助(부조)】: 부조하다. 재물을 가지고 장례를 치르도록 돕다.
【甚盛(심성)】: 매우 많다.
【意有德色(의유덕색)】: 내심 덕을 베풀고 만족해하는 기색을 드러내 보이다.

3 丹徐以一縑置几而言曰:「此丹自出機杼也。」遵大慚而退。→ 왕단이 천천히 비단 한 필을 탁자 위에 올려놓고 말했다:「이 비단은 내가 몸소 베틀에서 짜낸 것이오.」 진준이 (이 말을 듣고) 매우 부끄러워하며 물러갔다.
【徐(서)】: 천천히, 서서히.

今學士之文, 其能爲王丹之縑者, 幾何哉![4]

번역문

자신이 몸소 베틀에서 짜내다

예전에 왕단(王丹)이 친구의 상(喪)에 조문을 갔다. 진준(陳遵)이라는 협객도 역시 조문에 참가했는데, 매우 많은 부조를 하고 내심 덕을 베풀어 만족해하는 기색을 드러내 보였다. 왕단이 천천히 비단 한 필을 탁자 위에 올려놓고 말했다.

「이 비단은 내가 몸소 베틀에서 짜낸 것이오.」

진준이 (이 말을 듣고) 매우 부끄러워하며 물러갔다.

해설

왕단(王丹)과 진준(陳遵)이 친구의 문상을 갔는데, 진준이 많은 재물을 부조하고 자신이 친구에게 덕을 베풀었다고 만족해하는 기색을 드러내 보였다. 이에 왕단이 비단 한 필을 탁자 위에 올려놓고 자신이 직접 베틀에서 짜낸 것이라고 하자, 진준이 부끄러워하며 물러갔다. 왕단과 진중의 가치를 비교할 때 왕단은 「물경의중(物輕意重)」이고, 진준은 「물중의경(物重意輕)」이라 할 수 있다.

【縑(겸)】: 비단, 실크(silk).
【置几(치궤)】: 탁자 위에 놓다. 〖置〗: 놓다, 두다. 〖几〗: 탁자.
【大慚(대참)】: 매우 부끄러워하다.

4 今學士之文, 其能爲王丹之縑者, 幾何哉! → 오늘날 학자들의 문장은, 능히 왕단의 비단처럼 스스로 짜낸 것이, 과연 얼마나 되겠는가!
【幾何哉(기하재)!】: 얼마나 되겠는가! 몇이나 되겠는가!

이 우언은 왕단과 진준의 상반되는 사례를 통해, 문장을 쓰거나 일을 처리할 경우 마땅히 자기 스스로의 독창성이 있어야 비로소 가치가 있음을 강조한 것이다.

043 희획현주(喜獲玄珠)

《叔苴子·外篇卷二》

원문 및 주석

喜獲玄珠[1]

昔人聞赤水中有玄珠也, 相與泳而探之。[2] 維時, 有探得螺者, 有探得蚌者, 有探得石卵與瓦礫者, 各自喜爲獲玄珠也。[3] 象罔聞之,

1 喜獲玄珠 → 현주(玄珠)를 얻었다고 좋아하다
【喜(희)】: 좋아하다, 기뻐하다.
【獲(획)】: 얻다, 획득하다.
【玄珠(현주)】: 주 2 참조.

2 昔人聞赤水中有玄珠也, 相與泳而探之。→ 예전에 사람들이 적수(赤水)라는 강물 속에 황제(黃帝)가 잃어버린 현주(玄珠)가 있다는 말을 듣고, 서로 헤엄쳐 들어가 그것을 찾았다.
【赤水(적수)】: 전설에 나오는 강 이름.
【玄珠(현주)】: 검은 진주. 황제(黃帝)가 적수(赤水)를 순시하다가 잃어버렸다는 검은 진주. ※ 판본에 따라서는 「玄」을 「元(원)」이라 했다.
【相與(상여)】: 서로, 함께.
【泳而探之(영이탐지)】: 헤엄쳐 들어가 그것을 찾다. 〖探〗: 찾다, 탐색하다. 〖之〗: [대명사] 그것, 즉 「검은 진주」.

3 維時, 有探得螺者, 有探得蚌者, 有探得石卵與瓦礫者, 各自喜爲獲玄珠也。→ 그때, 어떤 사람은 소라를 찾아내고, 어떤 사람은 방합을 찾아내고, 어떤 사람은 자갈과 기와 조각을 찾아낸 후, 각자 현주를 얻었다고 여기며 좋아했다.
【維時(유시)】: 그때, 당시.
【探得(탐득)】: 찾아내다.
【螺(라)】: 소라.
【蚌(방)】: 방합.

掩口失聲而笑。人攻象罔, 象罔逃匿黃帝所, 三年不敢出。[4] 吁, 今學士之測經索理, 皆是類也。[5]

번역문

현주(玄珠)를 얻었다고 좋아하다

예전에 사람들이 적수(赤水)라는 강물 속에 황제(黃帝)가 잃어버린 현주

【石卵(석란)】: 자갈.
【與(여)】: …와(과).
【瓦礫(와력)】: 기와 조각.
【喜爲獲玄珠(희위획현주)】: 현주를 얻었다고 여기며 좋아하다.

4 象罔聞之, 掩口失聲而笑。人攻象罔, 象罔逃匿黃帝所, 三年不敢出。→ (황제의 측근 신하인) 상망(象罔)이 그 말을 듣자, 입을 가리고 엉겁결에 소리를 내어 웃었다. (이에) 사람들이 상망을 공격하니, 상망이 달아나 황제의 처소에 숨어, 삼 년 동안 감히 밖으로 나오지 못했다.
【象罔(상망)】: [가설 인물] 황제의 측근 신하 중 한 사람. ※ 형상을 이탈하고 지혜를 없애 무형무심(無形無心)의 상태라는 뜻을 지닌 이름. 《장자(莊子) · 천지(天地)》에 보인다.
【掩口(엄구)】: 입을 가리다.
【失聲而笑(실성이소)】: 엉겁결에 소리를 내어 웃다.
【攻(공)】: 공격하다.
【逃匿(도닉)】: 달아나 숨다. 〖匿〗: 숨다.
【黃帝(황제)】: [전설 인물] 중국 신화에 나오는 삼황오제(三皇五帝) 중의 한 사람. 소전(少典)의 아들로 성은 공손(公孫)이며, 헌원(軒轅)의 언덕에 살았다 하여 헌원씨(軒轅氏)라 했고, 또 희수(姬水)에 살아 성을 희(姬)씨로 바꾸었다. 판천(阪泉)에서 염제(炎帝)를 물리치고 탁록(涿鹿)의 들판에서 치우(蚩尤)를 죽여, 제후들이 그를 천자(天子)로 받들며 신농씨(神農氏)를 대신했다. 토덕(土德)의 상서로움을 지녔다 하여 황제(黃帝)라 호칭했는데, 잠상(蠶桑) · 의약(醫藥) · 주거(舟車) · 궁실(宮室) · 문자(文字) 등은 모두 황제 때부터 비롯되었다고 한다. 《장자사기(史記) · 오제본기(五帝本紀)》에 이에 관한 기록이 보인다.
【所(소)】: 처소, 거처, 거주하는 곳.

5 吁, 今學士之測經索理, 皆是類也。→ 아! 오늘날 경전(經典)의 의리(義理)를 추측하고 탐색하는 선비들도, 모두 이러한 부류들이다.
【吁(우)】: [감탄사] 아!
【學士(학사)】: 학자, 선비.
【測經索理(측경색리)】: 경전(經典)의 의리(義理)를 추측하고 탐색하다.
【是類(시류)】: 이러한 부류들.

(玄珠)가 있다는 말을 듣고 서로 헤엄쳐 들어가 그것을 찾았다. 그때 어떤 사람은 소라를 찾아내고, 어떤 사람은 방합을 찾아내고, 어떤 사람은 자갈과 기와 조각을 찾아낸 후, 각자 현주를 얻었다고 여기며 좋아했다. (황제의 측근 신하인) 상망(象罔)이 그 말을 듣자, 입을 가리고 엉겁결에 소리를 내어 웃었다. (이에) 사람들이 상망을 공격하니 상망이 달아나 황제의 처소에 숨어 삼 년 동안 감히 밖으로 나오지 못했다.

해설

황제(黃帝)가 적수(赤水)에서 현주(玄珠)를 잃어버렸다는 말을 듣고, 그것을 찾기 위해 물속을 헤엄쳐 들어간 사람들이 소라 · 방합 · 자갈과 기와 조각 등을 건져 가지고 나와, 각기 자기가 건진 것을 현주라 여기며, 이를 비웃는 황제의 신하 상망(象罔)을 공격하는 바람에 상망이 황제 처소로 달아나 삼 년 동안 밖으로 나오지 못했다.

이 우언은 작자가 현주를 경전(經典)의 의리(義理)에 비유하여, 경전의 의리를 확실히 이해하지도 못하는 어설픈 선비들이 자기들의 추측을 가지고 스스로 진리에 정통했다고 여기며, 자기를 믿지 않는 사람을 억압하고 공격하는 파렴치한 행위를 풍자하는 동시에, 당시 선비 사회의 왜곡된 풍조를 비난한 것이다.

《해어(諧語)》 우언

곽자장(郭子章 : ?-?)은 자가 상규(相奎)이며, 예장(豫章) 길안(吉安)[지금의 강서성 길안시(吉安市)] 사람으로 신종(神宗) 만력(萬曆 : 1573-1620) 이전에 활동했던 문학가이다. 저서로 《곽자육어(郭子六語)》가 있다.
《해어(諧語)》는 《곽자육어》에 수록되어 있는데, 내용은 대부분 소화(笑話) 위주로 구성되어 있다.

044 심로일졸(心勞日拙)

《諧語》

원문 및 주석

心勞日拙[1]

貧家無闊藁薦, 與其露足, 寧且露手。[2] 佯謂人曰:「君觀吾儕, 有頃刻離筆硯者乎? 至於困睡, 指猶似筆也。」[3] 小兒子不曉事, 人問:

1 心勞日拙 → 온갖 계략을 다 써도 날이 갈수록 더욱 궁지에 빠지다
【心勞(심로)】: 온갖 계략을 다 쓰다.
【日(일)】: 날로, 날이 갈수록.
【拙(졸)】: 서툴다. 즉 「곤궁해지다, 궁지에 빠지다」의 뜻. ※《위고문상서(僞古文尙書)·주관(周官)》: 「덕을 행하면 마음이 편안하여 날이 갈수록 즐거워지고, 거짓을 행하면, 온갖 계략을 다 써도 날이 갈수록 더욱 궁지에 빠진다.(作德, 心逸日休; 作僞, 心勞日拙。)」

2 貧家無闊藁薦, 與其露足, 寧且露手。→ 어느 가난뱅이가 넓은 거적 하나조차 없어, (밤에 잠을 잘 때) 발을 드러내는 것보다는, 차라리 손을 드러내는 것이 오히려 낫다고 생각했다.
【貧家(빈가)】: 가난뱅이.
【無闊藁薦(무활고천)】: 넓은 거적때기 하나도 없다. 〖闊〗: (폭이) 넓다. 〖藁薦〗: 거적, 거적때기.
【與其(여기)…寧(녕)…】: …하는 것보다 차라리 …하는 것이 낫다.
【露(로)】: 드러나다, 드러내다.
【且(차)】: 오히려.

3 佯謂人曰:「君觀吾儕, 有頃刻離筆硯者乎? 至於困睡, 指猶似筆也。」→ 그는 다른 사람에게 말하는 척하며 이렇게 말했다:「당신이 우리를 보건대, 우리가 잠시라도 붓과 벼루를 떠난 적이 있습니까? 심지어 곤하게 잠을 잘 때도, 나의 손가락은 마치 붓처럼 밖으로 드러나 있습니다.」
【佯(양)】: …하는 척하다, …하는 체하다, …하는 것처럼 가장하다.

「每夜何所蓋?」 輒答云:「蓋藁薦。」[4] 嫌其太陋, 撻而戒之曰:「後有問者, 但云蓋被。」[5] 一日, 出見客, 而薦草挂鬚上, 兒從後呼曰:「且除面上被!」 所謂「作僞, 心勞日拙」者也。[6]

....

【君(군)】: 당신, 귀하.
【吾儕(오제)】: 우리들.
【頃刻(경각)】: 잠시.
【離(리)】: 떠나다.
【至於(지어)】: …에 이르다.
【困睡(곤수)】: 곤하게 잠자다.
【指(지)】: 손가락.
【猶似(유사)】: 마치 …과 같다.

4 小兒子不曉事, 人問:「每夜何所蓋?」 輒答云:「蓋藁薦。」 → 가난뱅이의 어린 아들은 아직 철이 없었다. 다른 사람이:「매일 밤에 무엇을 덮고 자느냐?」고 묻자, 곧 대답하길:「거적을 덮고 자요.」라고 했다.
【不曉事(불효사)】: 사리를 분간하지 못하다, 철이 없다.
【蓋(개)】: 덮다.
【輒(첩)】: 곧, 바로, 즉시.

5 嫌其太陋, 撻而戒之曰:「後有問者, 但云蓋被。」 → (가난뱅이는) 자신이 너무 초라한 것을 싫어하여, 아들을 때리고 훈계하며 말했다:「다음에 누가 물으면, 곧 이불을 덮고 잔다고 말해라.」
【嫌(혐)】: 싫어하다, 혐오하다.
【太(태)】: 너무, 지극히, 몹시, 매우.
【陋(루)】: 누추하다, 초라하다.
【撻(달)】: 때리다, 매질하다.
【戒(계)】: 훈계하다, 경고하다.
【但(단)】: 곧, 곧장, 곧바로.
【云(운)】: 말하다.
【被(피)】: 이불.

6 一日, 出見客, 而薦草挂鬚上, 兒從後呼曰:「且除面上被!」 所謂「作僞, 心勞日拙」 者也。 → 어느 날, 가난뱅이가 외출하여 손님을 만나는데, 거적의 검불이 수염에 걸려 있었다. 아들이 뒤에서 큰 소리로 외쳤다:「잠깐 얼굴에 붙어 있는 이불을 떼어내세요.」 이것이 이른바 「거짓을 행하면, 온갖 계략을 다 써도 날이 갈수록 더욱 궁지에 빠진다.」라는 것이다.
【出(출)】: 외출하다.
【薦草(천초)】: 거적의 검불.
【挂(괘)】: 걸다, 걸리다, 매달다.
【鬚(수)】: 수염.

번역문

온갖 계략을 다 써도 날이 갈수록 더욱 궁지에 빠지다

어느 가난뱅이가 넓은 거적 하나조차 없어, (밤에 잠을 잘 때) 발을 드러내는 것보다는 차라리 손을 드러내는 것이 오히려 낫다고 생각했다. 그는 다른 사람에게 말하는 척하며 이렇게 말했다.

「당신이 우리를 보건대, 우리가 잠시라도 붓과 벼루를 떠난 적이 있습니까? 심지어 곤하게 잠을 잘 때도, 나의 손가락은 마치 붓처럼 밖으로 드러나 있습니다.」

가난뱅이의 어린 아들은 아직 철이 없었다. 다른 사람이 「매일 밤에 무엇을 덮고 자느냐?」고 묻자, 곧 대답하길 「거적을 덮고 자요.」라고 했다. (가난뱅이는) 자신이 너무 초라한 것을 싫어하여, 아들을 때리고 훈계하며 말했다.

「다음에 누가 물으면, 곧 이불을 덮고 잔다고 말해라.」

어느 날, 가난뱅이가 외출하여 손님을 만나는데 거적의 검불이 수염에 걸려 있었다. 아들이 뒤에서 큰 소리로 외쳤다.

「잠깐 얼굴에 붙어 있는 이불을 떼어내세요.」

이것이 이른바 「거짓을 행하면, 온갖 계략을 다 써도 날이 갈수록 더욱 궁지에 빠진다.」라는 것이다.

【從後(종후)】: 뒤에서, 뒤로부터.
【且(차)】: 잠시, 잠깐.
【除(제)】: 제거하다, 떼어내다.
【所謂(소위)】: 이른바.

해설

잠을 잘 때 몸을 덮고 잘 넓은 거적조차 없어 발만 덮고 손을 거적 밖으로 내놓은 채 잠을 자는 가난뱅이가, 자신은 항상 글씨를 쓰느라 손이 붓에서 떨어져 본 적이 없어 심지어 곤하게 잠을 잘 때도 손을 붓처럼 거적 밖으로 내놓고 있다고 말했다가, 철이 없는 순진한 아들의 솔직한 대답으로 인해 망신을 당했다.

이 우언은 거짓을 행하면 온갖 계략을 다 써도 결국 궁지에 빠지기 때문에, 거짓을 날조하지 말고 사실을 바탕으로 진실을 추구해야 한다는 「실사구시(實事求是)」의 도리를 강조한 것이다.

《지월록指月錄》 우언

구여직(瞿汝稷 : ?-?)은 자가 원립(元立)이며, 상숙(常熟)[지금의 강소성 상숙(常熟)] 사람으로 독실한 불교 신자이다. 명(明) 신종(神宗) 만력(萬曆 : 1573-1620) 연간에 부친의 음덕(蔭德)으로 벼슬길에 나아가 형부주사(刑部主事)를 거쳐 진주지부(辰州知府)·장로염운사(長蘆鹽運使)·태복소경(太僕少卿) 등을 지냈다. 저서로 《지월록(指月錄)》《병략찬요(兵略纂要)》《석경대학질의(石經大學質疑)》 등이 있다.

《지월록》은 원명이 《수월재지월록(水月齋指月錄)》이며, 불교 선종(禪宗)의 사적을 기술한 책이다. 「지월(指月)」은 손으로 달을 가리킨다는 말인데, 손으로 가리킨다는 것은 인도(引導)」, 달은 「불교의 이론」을 비유한 것으로, 즉 사람들로 하여금 선종(禪宗)의 이론을 깨닫도록 인도한다는 뜻이다.

045 해령계령(解鈴繫鈴)

《指月錄·卷二十三·金陵清涼泰欽禪師》

원문 및 주석

解鈴繫鈴[1]

金陵清涼泰欽法燈禪師在衆日, 性豪逸, 不事事。[2] 衆易之, 法眼獨器重。眼一日問衆:「虎項金鈴, 是誰解得?」衆無對。[3] 師適至, 眼

1 解鈴繫鈴 → 방울을 맨 사람이 방울을 풀어야 한다
【解(해)】: 풀다.
【鈴(령)】: 방울.
【繫(계)】: 매다, 매달다.

2 金陵清涼泰欽法燈禪師在衆日, 性豪逸, 不事事。→ 금릉(金陵) 청량사(清涼寺)의 법등선사(法燈禪師) 태흠(泰欽)은, 평범한 승려일 때, 성격이 호방하여, 불가(佛家)의 계율에 얽매이지 않았다.
【金陵(금릉)】: [지명] 지금의 강소성 남경시(南京市).
【清涼(청량)】: [산 이름] 남경의 서쪽에 있는 산으로 일명 「석두산(石頭山)」이라고도 한다. 산 허리에 청량사(清涼寺)라는 사찰이 있다.
【泰欽(태흠)】: [인명] 오대(五代)-송대(宋代) 초기 사람으로 선종(禪宗)의 일파인 법안종(法眼宗) 승려. 시호는 법등선사(法燈禪師). 전후에 걸쳐 홍주(洪州) 쌍림원(雙林院)·상람(上藍) 호국원(護國院)·금릉(金陵) 청량대도장(清涼大道場)의 주지(主持)를 지냈다.
【衆日(중일)】: 평범한 승려 시절.
【豪逸(호일)】: (성품이) 호방하다.
【不事事(불사사)】: 일을 일로 생각하지 않다, 성실하지 않다. 여기서는 「불가의 계율에 얽매이지 않다」의 뜻.

3 衆易之, 法眼獨器重。眼一日問衆:「虎項金鈴, 是誰解得?」衆無對。→ (그리하여) 여러 승려들이 그를 경시했는데, 법안선사(法眼禪師) 혼자서 그를 중히 여겼다. 어느 날 법안선사가

擧前語問, 師曰 :「繫者解得。」眼曰 :「汝輩輕渠不得。」[4]

번역문

방울을 맨 사람이 방울을 풀어야 한다

금릉(金陵) 청량사(淸凉寺)의 법등선사(法燈禪師) 태흠(泰欽)은 평범한 승려일 때 성격이 호방하여 불가(佛家)의 계율에 얽매이지 않았다. (그리하여) 여러 승려들이 그를 경시했는데, 법안선사(法眼禪師) 혼자서 그를 중히 여겼다. 어느 날 법안선사가 여러 승려들에게 물었다.

「호랑이 목의 방울은, 누가 풀 수 있는가?」

....

여러 승려들에게 물었다 :「호랑이 목의 방울은, 누가 풀 수 있는가?」 모두가 대답을 하지 못했다.
【衆易之(중이지)】: 여러 승려들이 그를 경시하다. 〖易〗: 경시하다, 얕보다, 깔보다. 〖之〗: [대명사] 그, 즉「법등선사」.
【法眼(법안)】: [인명] 오대(五代)의 저명한 승려이자, 법안종(法眼宗)의 시조인 금릉 법안원(法眼院)의 문익선사(文益禪師).
【獨(독)】: 홀로, 혼자서.
【器重(기중)】: 중시하다, 중히 여기다, 신임하다. ※ 판본에 따라서는「器」를「契(계)」라 했다.
【虎項金鈴(호항금령)】: 호랑이 목의 방울. 〖項〗: 목.
【是誰解得(시수해득)】: 이것을 누가 풀겠는가? 〖是〗: [대명사] 이것, 즉「호랑이 목의 방울」.
【無對(무대)】: 대답을 못하다.

4 師適至, 眼擧前語問, 師曰 :「繫者解得。」眼曰 :「汝輩輕渠不得。」→ 이때 마침 법등선사 태흠이 왔다. 법안선사가 앞서 한 말을 들어 (태흠에게) 물으니, 태흠이 대답했다 :「방울을 맨 사람이 풀어야 합니다.」 법안선사가 말했다 :「너희들은 이 사람을 경시할 수가 없다.」
【師(사)】: 법등선사 태흠.
【適(적)】: 마침.
【至(지)】: 이르다, 도착하다, 오다.
【眼(안)】: 법안선사.
【擧前語問(거전어문)】: 앞서 한 말을 들어 묻다. 〖擧〗: 들다, 제시하다.
【繫者解得(계자해득)】: 방울을 맨 사람이 풀다.
【汝輩(여배)】: 너희들. 〖輩〗: [복수형] …들.
【輕渠不得(경거부득)】: 경시하지 못하다, 경시할 수 없다.

모두가 대답을 하지 못했다. 이때 마침 법등선사 태흠이 왔다. 법안선사가 앞서 한 말을 들어 (태흠에게) 물으니, 태흠이 대답했다.

「방울을 맨 사람이 풀어야 합니다.」

법안선사가 말했다.

「너희들은 이 사람을 경시할 수가 없다.」

해설

법등선사(法燈禪師) 태흠(泰欽)이 평범한 승려 시절에 불가(佛家)의 계율을 지키지 않아 여러 승려들이 그를 멸시했으나, 법안선사(法眼禪師)가 「호랑이 목의 방울은 누가 풀 수 있는가?」라는 문제를 제시했을 때, 아무도 대답을 못하고 오직 태흠 한 사람만이 「방울을 맨 사람이 풀어야 한다.」는 정답을 말했다.

이 우언은 오직 결정적인 순간에 능력의 우열이 드러나 재능을 지닌 인재가 비로소 두각을 나타낸다는 이치를 설명한 것이나, 후세 사람들은 이 고사로부터 「해령계령(解鈴繫鈴)」이란 성어(成語)를 만들어 냈다. 이는 「결자해지(結者解之)」, 즉 「일을 저지른 사람이 그 일을 해결해야 한다.」라는 뜻이다.

《오잡조五雜組》 우언

사조제(謝肇淛 : ?-?)는 자가 재항(在杭)이며, 복건(福建) 장락(長樂) 사람으로 명대(明代)의 문학가이다. 명(明) 신종(神宗) 만력(萬曆 1573-1620) 연간에 진사(進士)에 급제한 후 광서우포정사(廣西右布政使)를 지냈다. 저서로 《북하기략(北河紀略)》《문해피사(文海披沙)》《오잡조(五雜組)》 등이 있다.

《오잡조》는 당시의 사회 상황을 기술한 일종의 잡저(雜著)로, 정치 · 경제 · 사회 · 문화에 대해 논증(論證)한 내용이 비교적 많다.

046 이기치부(二技致富)

《五雜俎 · 事部四》

원문 및 주석

二技致富[1]

有人以釘鉸爲業者, 道逢鸞幸郊外, 平天冠偶壞, 召令修補。[2] 訖, 厚加賞賚。歸至山中, 遇一虎臥地呻吟, 見人擧爪示之, 乃一大竹刺。[3] 其人爲拔去, 虎銜一鹿以報。至家語婦曰 :「吾有二技, 可立至

....

1 二技致富 → 두 가지 재주로 부자가 되다
【技(기)】 : 재주, 기술.
【致富(치부)】 : 부자가 되다.

2 有人以釘鉸爲業者, 道逢鸞幸郊外, 平天冠偶壞, 召令修補。→ 못과 가위 등의 도구를 생업의 수단으로 살아가는 어떤 사람이, 길에서 황제가 교외로 행차하는 것을 만났다. (이때) 황제의 관모가 우연히 망가져, 그를 불러 수선하도록 명했다.
【以釘鉸爲業(이정교위업)】 : 못과 가위 등의 도구를 생업의 수단으로 삼다. 〖以…爲…〗 : …을 …으로 삼다. 〖釘〗 : 못. 〖鉸〗 : 가위. 〖業〗 : 직업, 생업.
【逢(봉)】 : 만나다.
【鸞幸(가행)】 : 임금의 행차. 여기서는 동사 용법으로 「임금이 행차하다」의 뜻.
【平天冠(평천관)】 : 황제의 관모(冠帽).
【偶(우)】 : 우연히.
【壞(괴)】 : 망가지다, 부서지다.
【召令(소령)】 : 불러서 …하도록 명하다.
【修補(수보)】 : 수선하다, 수리하다.

3 訖, 厚加賞賚。歸至山中, 遇一虎臥地呻吟, 見人擧爪示之, 乃一大竹刺。→ 수리를 마치자, (황제가 그에게) 후한 상을 내렸다. 그는 돌아오는 길에 산에 이르러, 땅에 엎드려 신음하

富。」[4] 乃大署其門曰：「專修補平天冠兼拔虎刺。」[5]

번역문

두 가지 재주로 부자가 되다

못과 가위 등의 도구를 생업의 수단으로 살아가는 어떤 사람이, 길에서 황제가 교외로 행차하는 것을 만났다. (이때) 황제의 관모가 우연히 망가져 그를 불러 수선하도록 명했다. 수리를 마치자 (황제가 그에게) 후한 상을 내렸다. 그는 돌아오는 길에 산에 이르러, 땅에 엎드려 신음하는 호랑

는 호랑이 한 마리를 만났다. (호랑이가) 사람을 보더니 자기의 발을 들어 보였다. 바로 큰 대나무 가시가 발에 박혀 있었다.
【訖(흘)】: 마치다, 끝내다.
【厚加賞賚(후가상뢰)】: 후한 상을 내리다. 〖賞賚〗: 상, 하사품, 은상(恩賞).
【遇(우)】: 만나다.
【臥地(와지)】: 땅에 엎드리다.
【擧爪示之(거조시지)】: 발을 들어 그에게 보여주다. 〖擧〗: 들다. 〖爪〗: (짐승의) 발. 〖示〗: 보이다, 보여주다. 〖之〗: [대명사] 그, 즉 「황제의 관모를 수리한 사람」.
【乃(내)】: 바로 …이다.
【竹刺(죽자)】: 대나무 가시.

4 其人爲拔去，虎銜一鹿以報。至家語婦曰：「吾有二技，可立至富。」→ 그가 호랑이를 위해 가시를 뽑아 주니, 호랑이가 노루 한 마리를 물고 와서 그에게 보답했다. 그가 집에 돌아와 아내에게 말했다：「나는 두 가지 재주를 가지고 있어, 곧 부자가 될 수 있을 것이오.」
【拔去(발거)】: 뽑아 제거하다. 〖去〗: 없애다, 제거하다.
【銜(함)】: 입에 물다.
【婦(부)】: 아내.
【立(립)】: 곧, 즉시.
【至富(지부)】: 致富(치부), 부자가 되다.

5 乃大署其門曰：「專修補平天冠兼拔虎刺。」→ 그리하여 자기 집 대문에：「황제의 관모 수리를 전문으로 하고, 호랑이 가시 뽑는 일을 겸함」이라고 크게 써놓았다.
【乃(내)】: 그리하여.
【大署(대서)】: 글씨를 크게 쓰다.
【專(전)】: 전문(專門)으로 하다.

이 한 마리를 만났다. (호랑이가) 사람을 보더니 자기의 발을 들어 보였다. 바로 큰 대나무 가시가 발에 박혀 있었다. 그가 호랑이를 위해 가시를 뽑아 주니, 호랑이가 노루 한 마리를 물고 와서 그에게 보답했다. 그가 집에 돌아와 아내에게 말했다.

「나는 두 가지 재주를 가지고 있어 곧 부자가 될 수 있을 것이오.」

그리하여 자기 집 대문에 「황제의 관모 수리를 전문으로 하고, 호랑이 가시 뽑는 일을 겸함」이라고 크게 써놓았다.

해설

못과 가위 등의 도구를 생업의 수단으로 살아가는 어떤 사람이 우연히 황제의 관모를 수리하여 후한 상을 받고, 호랑이 발의 가시를 제거해 주고 노루 한 마리를 얻자 돌연 엉뚱한 생각을 했다.

황제의 관모를 수리한 것과 호랑이 발의 가시를 뽑은 것은 실로 천재일우(千載一遇)의 지극히 우연한 기회일 뿐이다. 그런데 이 사람은 이를 마치 일상적인 일로 간주하여, 이 두 가지 재주로 돈을 벌어 부자가 되리라 기대하며, 자기 집 대문에 큰 글씨로 상가의 간판처럼 써서 광고까지 했다. 참으로 어이가 없는 일이다.

이 우언은 식견이 좁고 사리사욕(私利私慾)에 눈이 어두운 무지몽매(無知蒙昧)한 사람을 풍자하는 동시에, 우연히 발생한 개별적 현상을 보편적 현상으로 착각하는 어리석은 행위를 경계한 것이다.

《설도각집雪濤閣集》 우언

강영과(江盈科 : 1553 - 1605)는 자가 진지(進之), 호는 설도(雪濤) 또는 녹라산인(綠羅山人)이라고도 하며, 상덕(常德) 도원(桃源)[지금의 호남성 경내] 사람이다. 명(明) 신종(神宗) 만력(萬曆) 연간에 진사에 급제한 후 호부원외랑(戶部員外郎) · 사천제학부사(四川提學副使)를 지냈다. 그는 공안현(公安縣)의 원굉도(袁宏道) 형제와 함께 반복고주의시문운동(反復古主義詩文運動) 일으켜 문학사상 공안파(公安派)로 불린다. 주요 저서로 당시의 정치 폐단을 풍자한 소화집(笑話集)인 《설도소설(雪濤小說)》과 회해고사(詼諧故事)를 수집 정리한 《설도해사(雪濤諧史)》 외에 《황명십육종소전(皇明十六種小傳)》《설도담총(雪濤談叢)》《담언(談言)》《문기(聞紀)》《설도시평(雪濤詩評)》 등이 있는데, 모두 《설도각집(雪濤閣集)》에 수록되어 있다.

047 착벽이통(鑿壁移痛)

《雪濤閣集·雪濤小說·任事》

원문 및 주석

鑿壁移痛[1]

里中有病脚瘡者, 痛不可忍, 謂家人曰:「爾爲我鑿壁爲穴。」[2] 穴成, 伸脚穴中, 入鄰家尺許。[3] 家人曰:「此何意?」答曰:「凭他去鄰家痛, 無與我事!」[4]

1 鑿壁移痛 → 벽을 뚫어 아픈 통증을 이웃으로 옮기다
【鑿(착)】: 파다, 뚫다.

2 里中有病脚瘡者, 痛不可忍, 謂家人曰:「爾爲我鑿壁爲穴。」→ 마을에 다리 부스럼을 앓는 사람이 있었는데, 아픔을 참을 수 없자, 집안사람들에게 말했다:「너희가 나를 위해 벽을 뚫어 구멍을 내다오.」
【里(리)】: [행정 단위] 마을. ※ 선진(先秦) 시대는 가옥 25호(戶)를 1리(里)라 했다.
【病(병)】: [동사] 병을 앓다.
【脚瘡(각창)】: 다리의 부스럼. 〖瘡〗: 부스럼, 종기.
【爾(이)】: 너, 당신.
【鑿壁爲穴(착벽위혈)】: 벽을 뚫어 구멍을 내다. 〖爲〗: 내다, 만들다.

3 穴成, 伸脚穴中, 入鄰家尺許。→ 구멍이 뚫리자, 다리를 구멍 속으로 뻗어, 이웃집으로 한 자 남짓 들여보냈다.
【伸(신)】: 뻗다, 펴다.
【尺許(척허)】: 한 자 남짓. 〖許〗: 가량, 정도, 쯤, 남짓.

4 家人曰:「此何意?」答曰:「凭他去鄰家痛, 無與我事!」→ 집안사람들이 물었다:「이게 무슨 뜻입니까?」그가 대답했다:「다리를 이웃집에 가서 아프도록 맡겨버리면, (이제) 나의 일은 없다.」

번역문

벽을 뚫어 아픈 통증을 이웃으로 옮기다

마을에 다리 부스럼을 앓는 사람이 있었는데, 아픔을 참을 수 없자 집안사람들에게 말했다.

「너희가 나를 위해 벽을 뚫어 구멍을 내다오.」

구멍이 뚫리자 다리를 구멍 속으로 뻗어 이웃집으로 한 자 남짓 들여보냈다.

집안사람들이 물었다.

「이게 무슨 뜻입니까?」

그가 대답했다.

「다리를 이웃집에 가서 아프도록 맡겨버리면, (이제) 나의 일은 없다.」

해설

어떤 사람이 다리에 부스럼이 나서 아픔을 참을 수 없자, 집안사람들로 하여금 벽에 구멍을 뚫게 하여 아픈 다리를 구멍 속으로 뻗어 이웃집으로 들여보내더니, 이제 자기의 통증을 이웃으로 보냈기 때문에 자기와 상관없는 일이라 했다.

이 우언은 아픈 사람이 의사에게 치료를 받아 해결할 생각을 하지 않고, 아픔을 남에게 떠넘길 수 있다고 여기는 어리석고 부도덕한 사람을 풍자한 것이다.

················

【凭(빙)】: 맡기다.
【他(타)】: 그것, 즉 「다리」.
【無與我事(무여아사)】: 나와 관련된 일이 없다. 즉 「나의 일이 없다」의 뜻.

048 외과의생(外科醫生)

《雪濤閣集 · 雪濤小說 · 任事》

원문 및 주석

外科醫生[1]

有醫者, 自稱善外科。一裨將陣回, 中流矢, 深入膜內, 延使治。[2] 乃持<u>幷州</u>剪, 剪去矢管, 跪而請謝。[3] 裨將曰 :「簇在膜內者須亟治!」

1 外科醫生 → 외과 의사

2 有醫者, 自稱善外科。一裨將陣回, 中流矢, 深入膜內, 延使治。→ 어느 의사가, 스스로 자신을 외과(外科) 치료에 능하다고 칭찬했다. 한 번은 어느 부장(副將)이 전장(戰場)에서 돌아왔는데, 난 데 없이 날아온 화살을 맞아, (화살촉이) 피부 속으로 깊이 들어가 있었다. 그리하여 이 의사를 청해 치료를 하게 했다.
【自稱(자칭)】: 스스로 자신을 칭찬하다.
【善(선)】: 능하다, 뛰어나다, 정통하다.
【裨將(비장)】: 부장(副將).
【陣回(진회)】: 진지(陣地)에서 돌아오다.
【中(중)】: 맞다, 받다, 명중하다.
【流矢(유시)】: 난 데 없이 날아온 화살.
【深入(심입)】: 깊이 들어가다.
【膜內(막내)】: 피부 속, 살 속.
【延(연)】: 부르다, 청하다, 초빙하다.
【使治(사치)】: 치료하게 하다. 〖使〗: …하게 하다.

3 乃持幷州剪, 剪去矢管, 跪而請謝。→ 의사는 병주(幷州)에서 생산하는 예리한 가위를 가지고, (피부 밖으로 드러난) 화살대를 잘라버린 후, (부장 앞에) 무릎을 꿇고 사례(謝禮)를 요구했다.
【乃(내)】: [대명사] 그, 즉「의사」.

醫曰 :「此內科事, 不意並責我。」[4]

번역문

외과 의사

어느 의사가 스스로 자신을 외과(外科) 치료에 능하다고 칭찬했다. 한 번은 어느 부장(副將)이 전장(戰場)에서 돌아왔는데, 난 데 없이 날아온 화살을 맞아 (화살촉이) 피부 속으로 깊이 들어가 있었다. 그리하여 이 의사를 청해 치료를 하게 했다. 의사는 병주(幷州)에서 생산하는 예리한 가위를 가지고 (피부 밖으로 드러난) 화살대를 잘라버린 후, (부장 앞에) 무릎을 꿇고 사례(謝禮)를 요구했다.

부장이 말했다.

「화살촉이 아직 살 속에 들어 있으니 속히 치료해야 합니다.」

(그러자) 의사가 말했다.

【持(지)】: 가지다, 잡다, 쥐다.
【幷州剪(병주전)】: 병주(幷州)에서 생산하는 예리한 가위. 【幷州】: [지명] 지금의 산서성 태원시(太原市).
【剪去(전거)】: 잘라버리다.
【矢管(시관)】: 화살대.
【跪(궤)】: 무릎을 꿇다, 꿇어앉다.
【請謝(청사)】: 사례(謝禮)를 요구하다.

4 裨將曰 :「簇在膜內者須亟治!」 醫曰 :「此內科事, 不意並責我。」 → 부장이 말했다 :「화살촉이 아직 살 속에 들어 있으니 속히 치료해야 합니다.」 (그러자) 의사가 말했다 :「이것은 내과(內科)의 일이라, 나에게 함께 치료하라고 할 줄을 예상하지 못했습니다.」
【簇(족)】: 화살촉.
【須(수)】: 반드시 …해야 한다, 마땅히 …해야 한다.
【亟(극)】: 급히, 조속히, 서둘러.
【不意(불의)】: 예상하지 못하다.
【並(병)】: 함께, 같이.
【責(책)】: 책임을 지우다. 즉 「치료하게 하다」의 뜻.

「이것은 내과(內科)의 일이라, 나에게 함께 치료하라고 할 줄을 예상하지 못했습니다.」

해설

스스로 외과(外科) 치료에 능하다고 자화자찬(自畵自讚)하던 의사가 전장에서 화살을 맞아 살 속에 화살이 박힌 부장(副將)의 상처를 치료하면서, 화살을 뽑아내지 않고 피부 밖으로 드러난 부분의 화살대를 가위로 잘라 버린 후 사례비를 요구했다. 이에 부장이 살 속에 남아 있는 화살촉을 급히 제거하도록 요구하자, 의사는 살 속의 화살촉을 뽑고 치료하는 일은 내과(內科) 의사의 소관이라며 황당한 변명을 했다.

이 우언은 전혀 기량이 없이 황당한 논리로 사람을 속이는 사이비 의사의 양심 없는 행위를 통해, 눈 뜨고 코 베어 갈 세상인심을 풍자한 동시에, 눈을 똑바로 뜨고 속임수에 넘어가지 않도록 세심한 주의를 당부한 것이다.

049 의인치타(醫人治駝)

《雪濤閣集·雪濤小說·催科》

원문 및 주석

醫人治駝[1]

昔有醫人, 自媒能治背駝, 曰:「如弓者、如蝦者、如曲環者, 延吾治, 可朝治而夕如矢。」[2] 一人信焉, 而使治駝。乃索板二片, 以一置地下, 臥駝者其上, 又以一壓焉, 而卽躧焉。[3] 駝者隨直, 亦復隨死。[4]

1 醫人治駝 → 의사가 곱사등이를 치료하다
【駝(타)】: (등이) 굽다. 여기서는 「곱사등이」를 가리킨다.

2 昔有醫人, 自媒能治背駝, 曰:「如弓者、如蝦者、如曲環者, 延吾治, 可朝治而夕如矢。」→ 예전에 어느 의사가, 등이 굽은 사람을 치료할 수 있다고 자신을 소개하여, 말했다:「등이 활처럼 굽은 사람·새우 같은 사람·구부러진 고리 같은 사람은, 나를 청해 치료하면, 아침에 치료하여 저녁에 화살처럼 곧게 펼 수 있습니다.」
【自媒(자매)】: 스스로 자기를 소개하다.
【背駝(배타)】: 등이 굽다. 〖背〗: 등.
【如(여)】: 마치 …같다.
【蝦(하)】: 새우.
【曲環(곡환)】: 구부러진 고리.
【延(연)】: 부르다, 청하다, 초빙하다.
【矢(시)】: 화살.

3 一人信焉, 而使治駝。乃索板二片, 以一置地下, 臥駝者其上, 又以一壓焉, 而卽躧焉。→ 어떤 사람이 그의 말을 믿고, 그 의사로 하여금 굽은 등을 치료하게 했다. 그리하여 의사는 목판 두 개를 요구하여, 하나를 땅바닥에 놓고, 등 굽은 사람을 그 위에 눕게 한 다음, 또 하나를 사람 위에 눌러 놓고, 곧 그 위에 올라가 힘껏 밟았다.

其子欲鳴諸官, 醫人曰 :「我業治駝, 但管人直, 那管人死!」[5] 嗚呼! 世之爲令, 但管錢糧完, 不管百姓死, 何以異於此醫也哉![6]

번역문

의사가 곱사등이를 치료하다

예전에 어느 의사가 등이 굽은 사람을 치료할 수 있다고 자신을 소개하

....

【使(사)】: …로 하여금 …하게 하다.
【乃(내)】: 이에, 그리하여.
【索(색)】: 요구하다, 달라고 하다.
【置(치)】: 놓다, 두다.
【臥(와)】: [사동 용법] 눕히다, 눕게 하다.
【壓(압)】: 누르다.
【躧(사)】: 신발. 여기서는「밟다」의 뜻.

4 駝者隨直, 亦復隨死。→ 굽은 등이 즉시 곧게 펴졌으나, (사람) 또한 즉시 죽어버렸다.
【隨(수)】: 즉시.
【亦復(역부)】: [복합 허사] 역시, 또한.

5 其子欲鳴諸官, 醫人曰 :「我業治駝, 但管人直, 那管人死!」→ 그의 아들이 의사를 관청에 고발하려고 하자, 의사가 말했다 :「나의 직업은 굽은 등을 치료하는 것이라, 단지 사람의 굽은 등을 곧게 펴는 일만 담당할 뿐인데, 어찌 사람이 죽는 일까지 관여하겠습니까!」
【欲(욕)】: …하려고 생각하다, …하고자 하다.
【鳴諸官(명저관)】: 의사를 관청에 고발하다.
【但(단)】: 단지, 다만, 오직.
【管(관)】: 관여하다, 담당하다, 관리하다.
【那(나)】: 어디, 어찌, 어떻게.

6 嗚呼! 世之爲令, 但管錢糧完, 不管百姓死, 何以異於此醫也哉! → 아! 세상에서 현령(縣令)을 지내는 사람들은, 오직 백성들이 돈과 곡식을 완납(完納)하는 것만 돌볼 뿐, 백성들이 죽고 사는 것은 돌보지 않으니, 어찌 이 의사와 다르겠는가!
【嗚呼(오호)】: [감탄사] 아!
【爲令(위령)】: 현령(縣令)을 지내는 사람.
【錢糧完(전량완)】: 돈과 곡식을 완납(完納)하다.
【死(사)】: 죽다. 여기서는「사활(死活), 죽고 사는 것」을 의미한다.
【何以(하이)】: 어찌.
【異於(이어)…】: …과(와) 다르다. 【於】: [개사] …과(와).

여 말했다.

「등이 활처럼 굽은 사람 · 새우 같은 사람 · 구부러진 고리 같은 사람은, 나를 청해 치료하면 아침에 치료하여 저녁에 화살처럼 곧게 펼 수 있습니다.」

어떤 사람이 그의 말을 믿고 그 의사로 하여금 굽은 등을 치료하게 했다. 그리하여 의사는 목판 두 개를 요구하여 하나를 땅바닥에 놓고, 등 굽은 사람을 그 위에 눕게 한 다음, 또 하나를 사람 위에 눌러 놓고 곧 그 위에 올라가 힘껏 밟았다. 굽은 등이 즉시 곧게 펴졌으나 (사람) 또한 즉시 죽어버렸다. 그의 아들이 의사를 관청에 고발하려고 하자, 의사가 말했다.

「나의 직업은 굽은 등을 치료하는 것이라, 단지 사람의 굽은 등을 곧게 펴는 일만 담당할 뿐인데, 어찌 사람이 죽는 일까지 관여하겠습니까!」

아! 세상에서 현령(縣令)을 지내는 사람들은 오직 백성들이 돈과 곡식을 완납(完納)하는 것만 돌볼 뿐, 백성들이 죽고 사는 것은 돌보지 않으니 어찌 이 의사와 다르겠는가!

해설

어느 의사가 굽은 등을 치료할 수 있다고 호언장담(豪言壯談)하자, 어떤 등이 굽은 사람이 그 의사를 믿고 몸을 맡겼다가 목숨을 잃고 말았다. 그리하여 죽은 사람의 아들이 그 의사를 관청에 고발하려 하니, 의사는 자기의 본업이 굽은 등을 펴는 것일 뿐, 사람이 죽고 사는 것은 자기와 상관없는 일이라 했다.

이 우언은 의사의 파렴치한 행위를 빌려 오직 백성들을 착취할 뿐 백성들의 고통이나 죽고 사는 문제에는 전혀 관심이 없는 관리들의 만행을 풍자한 것이다.

050 교생몽금(狡生夢金)

《雪濤閣集 · 雪濤小說 · 甘利》

원문 및 주석

狡生夢金[1]

嘗聞一青衿, 生性狡, 能以譎計誑人。[2] 其學博持教甚嚴, 諸生稍或犯規, 必遣人執之, 扑無赦。[3] 一日, 此生適有犯, 學博追執甚急,

1 狡生夢金 → 교활한 학생이 황금 꿈을 꾸다
【狡(교)】: 교활하다.

2 嘗聞一青衿, 生性狡, 能以譎計誑人。→ 일찍이 어느 학생 하나가, 천성이 교활하여, 능히 속임수를 써서 사람을 속인다는 소문을 들었다.
【嘗(상)】: 일찍이.
【青衿(청금)】: 옛날 학생들이 입는 푸른 옷깃의 복장. 여기서는 「학생」을 가리킨다. 【衿】: 襟(금), 옷깃.
【生性(생성)】: 천성, 타고난 성품.
【以譎計誑人(이휼계광인)】: 속임수를 써서 사람을 속이다. 【譎計】: 모략, 속임수. 【誑】: 속이다.

3 其學博持教甚嚴, 諸生稍或犯規, 必遣人執之, 扑無赦。→ 그의 스승은 평소에 가르치는 것이 매우 엄격하여, 모든 학생이 조금이라도 규칙을 어기면, 반드시 사람을 보내 그 학생을 붙잡아다가, 종아리를 때리고 절대로 용서하지 않았다.
【學博(학박)】: 교사, 스승. ※ 당대(唐代)의 제도는 부(府)와 군(郡)에 경학박사(經學博士) 각 1인을 두어, 오경(五經)을 가지고 학생들을 가르쳤는데, 후에 교사를 지칭하는 말로 사용했다.
【甚嚴(심엄)】: 매우 엄격하다.
【稍或(초혹)】: 조금, 약간.
【犯規(범규)】: 규칙을 위반하다.

坐彝倫堂盛怒待之。[4] 已而生至, 長跪地下, 不言他事, 但曰:「弟子偶得千金, 方在處置, 故來見遲耳。」[5] 博士聞生得金多, 輒霽怒, 問之曰:「爾金從何處來?」曰:「得諸地中。」[6] 又問:「爾欲作何處

....

【遣人執之(견인집지)】: 사람을 보내 규칙을 위반한 학생을 붙잡아오다. 【遣】: 보내다, 파견하다. 【執】: 붙잡다.
【扑(복)】: [동사 용법] 종아리를 때리다.
【無赦(무사)】: 용서하지 않다.

4 一日, 此生適有犯, 學博追執甚急, 坐彝倫堂盛怒待之。→ 어느 날, 이 학생이 마침 규칙을 어기자, 교사는 쫓아가 붙잡아 오도록 몹시 서두르며, 학당(學堂)에 앉아 노기등등(怒氣騰騰)하여 학생을 기다리고 있었다.
【一日(일일)】: 어느 날.
【適(적)】: 마침.
【有犯(유범)】: 규칙을 어기다.
【追執甚急(추집심급)】: 쫓아가 붙잡아 오도록 몹시 서두르다.
【彝倫堂(이륜당)】: 학당(學堂).
【盛怒(성노)】: 몹시 화내다, 격노(激怒)하다, 노기등등(怒氣騰騰)하다.
【待(대)】: 기다리다.
【之(지)】: [대명사] 그, 즉 「규칙을 위반한 학생」.

5 已而生至, 長跪地下, 不言他事, 但曰:「弟子偶得千金, 方在處置, 故來見遲耳。」→ 잠시 후 학생이 오더니, 바닥에 꿇어 앉아, 다른 것을 말하지 않고, 다만:「제가 우연히 황금 천 냥을 얻었는데, 방금 그것을 처리하느라, 그래서 늦게 왔습니다.」라고 말했다.
【已而(이이)】: 그 뒤, 잠시 후, 얼마 후.
【至(지)】: 오다, 이르다.
【長跪(장궤)】: 윗몸을 꼿꼿이 세우고 무릎을 꿇다.
【但(단)】: 다만, 단지.
【弟子(제자)】: 저. ※ 스승에 대한 제자의 자칭.
【偶(우)】: 우연히.
【方(방)】: 방금, 이제 막.
【處置(처치)】: 처리하다.
【遲(지)】: 늦다.

6 博士聞生得金多, 輒霽怒, 問之曰:「爾金從何處來?」曰:「得諸地中。」→ 교사는 학생이 많은 황금을 얻었다는 말을 듣자, 곧 노여움을 풀고, 학생에게 물었다:「자네는 황금을 어디에서 얻었는가?」 학생이 대답했다:「그것을 땅속에서 캐냈습니다.」
【博士(박사)】: 박사. 여기서는 「교사」를 가리킨다.
【輒(첩)】: 곧, 바로.

置?」[7] 生答曰:「弟子故貧, 無資業, 今與妻計:以五百金市田, 二百金市宅, 百金置器具, 買童妾。[8] 止剩百金, 以其半市書, 將發憤從事焉; 而以其半致饋先生, 酬平日教育, 完矣。」[9] 博士曰:「有是哉!

....

【霽怒(제노)】: 노여움을 풀다, 노기를 가라앉히다.
【之(지)】: [대명사] 그, 즉「학생」.
【爾(이)】: 너, 자네, 당신.
【從何處來(종하처래)】: 어디에서 얻었느냐? 〖從〗: …에서, …로부터. 〖何處〗: 어디.
【得諸地中(득제지중)】: 그것을 땅속에서 캐내다. 〖諸〗: 지어(之於)의 합음.

7 又問:「爾欲作何處置?」→ (교사가) 또 물었다:「자네는 그것을 어떻게 처리하려고 생각하는가?」
【欲(욕)】: …하고자 하다, …하려고 생각하다.
【作何處置(작하처치)】: 어떻게 처리하다.

8 生答曰:「弟子故貧, 無資業, 今與妻計:以五百金市田, 二百金市宅, 百金置器具, 買童妾。→ 학생이 대답했다:「저는 본래 가난하여, 가진 재산이 없습니다. 오늘 아내와 상의했는데: 오백 냥으로 전답을 사고, 이백 냥으로 집을 사고, 백 냥으로 가구를 장만하고, 동복(童僕)과 비첩(婢妾)을 사기로 했습니다.
【故(고)】: 본래, 원래.
【資業(자업)】: 자산, 재산.
【計(계)】: 상의하다.
【以(이)】: …으로, …을 가지고.
【市(시)】: 買(매), 사다.
【宅(택)】: 집. ※ 판본에 따라서는「宅」을「寶(보)」라 했다.
【置器具(치기구)】: 가구(家具)를 장만하다. 〖置〗: 장만하다, 마련하다, 구입하다. 〖器具〗: 가구(家具).
【童妾(동첩)】: 동복(童僕)과 비첩(婢妾).

9 止剩百金, 以其半市書, 將發憤從事焉; 而以其半致饋先生, 酬平日教育, 完矣。」→ (그러고 나면) 다만 백 냥이 남는데, 그 절반으로는 책을 사서, 독서에 열중하고; 또 그 절반은 선생님께 드려, 평소의 가르침에 보답하는 것으로, 처리를 끝내려 합니다.」
【止(지)】: 只(지), 다만.
【剩(잉)】: 남다.
【將(장)】: (장차) …할 것이다, …하려 하다.
【發憤從事(발분종사)】: 분발하여 일하다. 여기서는「분발하여 독서하다, 독서에 열중하다」의 뜻.
【致饋(치궤)】: 드리다, 올리다.
【酬(수)】: 갚다, 보답하다, 사례하다.

不佞何以當之?」[10] 遂呼使者治具, 甚豐潔, 延生坐觴之, 談笑款洽, 皆異平日。[11] 飮半酣, 博士問生曰:「爾適匆匆來, 亦曾收金篋中扃鑰耶?」[12] 生起應曰:「弟子布置此金甫定, 爲荊妻轉身觸弟子, 醒已失金所在, 安用篋?」[13] 博士蘧然曰:「爾所言金, 夢耶?」生答曰:

10 博士曰:「有是哉! 不佞何以當之?」→ 교사가 말했다:「그래! 내 어찌 그것을 감당하겠는가?」
【有是哉(유시재)!】: 그래!
【不佞(불녕)】: 不才(부재), 저(나). ※ 재능이 적은 사람이란 뜻으로 자신을 낮추어 부르는 말.
【何以(하이)】: 어찌, 어떻게.
【當(당)】: 감당하다.
【之(지)】: [대명사] 그것, 즉「황금 오십 냥을 스승에게 드려 평소의 가르침에 보답하겠다는 호의」.

11 遂呼使者治具, 甚豐潔, 延生坐觴之, 談笑款洽, 皆異平日。→ 교사가 곧 용인(用人)을 불러 술자리를 마련했다. 요리가 매우 풍성하고 정갈했다. 학생을 앉도록 청하고 술을 따라 권하며, 담소하는 모습이 화기애애(和氣靄靄)하여, (두 사람) 모두 평소와 전혀 달랐다.
【遂(수)】: 곧, 즉시.
【呼(호)】: 부르다.
【使者(사자)】: 부리는 사람, 용인(用人).
【治具(치구)】: 술자리를 마련하다.
【甚(심)】: 매우, 대단히.
【豐潔(풍결)】: 풍성하고 정갈하다.
【延(연)】: 청하다, 초빙하다.
【觴(상)】: 술을 권하다.
【款洽(관흡)】: 마음이 잘 맞다, 화기애애(和氣靄靄)하다.
【異平日(이평일)】: 평소와 다르다.

12 飮半酣, 博士問生曰:「爾適匆匆來, 亦曾收金篋中扃鑰耶?」→ 술이 얼근해지자, 교사가 학생에게 물었다:「자네 방금 황급히 오면서, 금을 보관한 상자의 빗장은 잘 걸고 열쇠는 잘 채웠는가?」
【半酣(반감)】: 얼근하게 취하다.
【爾(이)】: 너, 자네, 당신.
【適(적)】: 방금.
【匆匆(총총)】: 급히 서두는 모양, 매우 바쁜 모양.
【收金篋(수금협)】: 금을 보관한 상자.
【扃鑰(경약)】: 빗장을 걸고 열쇠를 채우다.

13 生起應曰:「弟子布置此金甫定, 爲荊妻轉身觸弟子, 醒已失金所在, 安用篋?」→ 학생이 일

「固夢耳。」[14] 博士不懌，然業與款洽，不能復怒，徐曰：「爾自雅情，夢中得金，猶不忘先生，況實得耶!」更一再觴出之。[15]

....

어나서 대답했다 : 「제가 이 금의 분배를 막 끝냈는데, 제 처가 몸을 뒤척이다가 저를 건드려, 제가 잠을 깨어보니 금이 이미 없어졌습니다. 그런데 어찌 상자가 필요하겠습니까?」
【布置(포치)】: 처리하다, 분배하다.
【甫(보)】: 겨우, 막, 갓.
【爲(위)】: [피동형] …에 의해 …되다.
【荊妻(형처)】: 저의 아내, 집사람.
【轉身(전신)】: 몸을 돌리다.
【觸(촉)】: 부딪치다, 건드리다.
【醒(성)】: 잠을 깨다.
【失金所在(실금소재)】: 금의 소재를 잃다.
【安(안)】: 어찌.

14 博士蘧然曰 : 「爾所言金, 夢耶?」 生答曰 : 「固夢耳。」 → 교사가 놀라 의아해 하며 물었다 : 「자네가 말한 황금은, 꿈을 꾼 것인가?」 학생이 대답했다 : 「본래 꿈을 꾸었을 뿐입니다.」
【蘧然(거연)】: 놀라 의아해 하는 모양.
【固(고)】: 본래.
【耳(이)】: …뿐.

15 博士不懌, 然業與款洽, 不能復怒, 徐曰 : 「爾自雅情, 夢中得金, 猶不忘先生, 況實得耶!」 更一再觴出之。 → 교사는 불쾌했다. 그러나 이미 그와 화기애애했던 터라, 다시 화를 낼 수가 없어, 천천히 말했다 : 「자네는 두터운 정을 지니고 있어서, 꿈에 황금을 얻어서 까지, 스승을 잊지 않았는데, 하물며 실제로 얻었다면 어떠했겠는가!」 (그리하여) 다시 거듭 술을 권하고 나서 그를 전송했다.
【不懌(불역)】: 불쾌하다.
【然(연)】: 그러나. ※ 판본에 따라서는 「然」을 「言(언)」이라 했다.
【業(업)】: 이미.
【與(여)】: 더불어, …와(과).
【復(부)】: 또, 다시.
【徐(서)】: 서서히, 천천히.
【雅情(아정)】: 두터운 정.
【猶(유)…況(황)…】: …까지도 …한데 하물며…, …조차도 …한데 하물며…
【更(갱)】: 다시.
【一再(일재)】: 거듭, 수차, 반복하여.
【出(출)】: 배웅하다, 전송하다.
【之(지)】: [대명사] 그, 즉 「학생」.

번역문

교활한 학생이 황금 꿈을 꾸다

일찍이 어느 학생 하나가 천성이 교활하여, 능히 속임수를 써서 사람을 속인다는 소문을 들었다. 그의 스승은 평소에 가르치는 것이 매우 엄격하여, 모든 학생이 조금이라도 규칙을 어기면 반드시 사람을 보내 그 학생을 붙잡아다가 종아리를 때리고 절대로 용서하지 않았다.

어느 날, 이 학생이 마침 규칙을 어기자, 교사는 쫓아가 붙잡아 오도록 몹시 서두르며 학당(學堂)에 앉아 노기등등(怒氣騰騰)하여 학생을 기다리고 있었다. 잠시 후 학생이 오더니 바닥에 꿇어 앉아 다른 것을 말하지 않고, 다만 「제가 우연히 황금 천 냥을 얻었는데, 방금 그것을 처리하느라, 그래서 늦게 왔습니다.」라고 말했다. 교사는 학생이 많은 황금을 얻었다는 말을 듣자 곧 노여움을 풀고 학생에게 물었다.

「자네는 황금을 어디에서 얻었는가?」

학생이 대답했다.

「그것을 땅속에서 캐냈습니다.」

(교사가) 또 물었다.

「자네는 그것을 어떻게 처리하려고 생각하는가?」

학생이 대답했다.

「저는 본래 가난하여 가진 재산이 없습니다. 오늘 아내와 상의했는데 오백 냥으로 전답을 사고, 이백 냥으로 집을 사고, 백 냥으로 가구를 장만하고, 동복(童僕)과 비첩(婢妾)을 사기로 했습니다. (그러고 나면) 다만 백 냥이 남는데, 그 절반으로는 책을 사서 독서에 열중하고, 또 그 절반은 선생님께 드려 평소의 가르침에 보답하는 것으로 처리를 끝내려 합니다.」

교사가 말했다.

「그래! 내 어찌 그것을 감당하겠는가?」

교사가 곧 용인(用人)을 불러 술자리를 마련했다. 요리가 매우 풍성하고 정갈했다. 학생을 앉도록 청하고 술을 따라 권하며 담소하는 모습이 화기애애(和氣靄靄)하여 (두 사람) 모두 평소와 전혀 달랐다. 술이 얼근해지자 교사가 학생에게 물었다.

「자네 방금 황급히 오면서, 금을 보관한 상자의 빗장은 잘 걸고 열쇠는 잘 채웠는가?」

학생이 일어나서 대답했다.

「제가 이 금의 분배를 막 끝냈는데, 제 처가 몸을 뒤척이다가 저를 건드려, 제가 잠을 깨어보니 금이 이미 없어졌습니다. 그런데 어찌 상자가 필요하겠습니까?」

교사가 놀라 의아해 하며 물었다.

「자네가 말한 황금은 꿈을 꾼 것인가?」

학생이 대답했다.

「본래 꿈을 꾸었을 뿐입니다.」

교사는 불쾌했다. 그러나 이미 그와 화기애애했던 터라 다시 화를 낼 수가 없어 천천히 말했다.

「자네는 두터운 정을 지니고 있어서, 꿈에 황금을 얻어서까지 스승을 잊지 않았는데, 하물며 실제로 얻었다면 어떠했겠는가!」

(그리하여) 다시 거듭 술을 권하고 나서 그를 전송했다.

해설

학당(學堂)의 규칙을 위반한 학생이 스승을 속인 행위는 체벌을 면하기 위한 일종의 비행(非行)에 불과하지만, 금품의 유혹에 눈이 어두워 학생에게 속아 넘어간 스승의 행위야말로 후대의 교육을 책임지는 교육자의 본분을 망각한 실로 심각한 문제가 아닐 수 없다.

이 우언은 오로지 이익을 탐하여 양심을 저버린 교사의 비행을 통해, 당시 사회의 퇴폐한 교육환경을 폭로하는 동시에, 교사는 말과 행동으로 가르쳐 학생의 귀감이 되어야 한다는 교사의 자질을 강조한 것이다.

051 망상(妄想)

《雪濤閣集 · 雪濤小說 · 妄心》

원문 및 주석

妄想[1]

一市人貧甚, 朝不謀夕。偶一日拾得一雞卵, 喜而告其妻曰 :「我有家當矣!」[2] 妻問 :「安在?」持卵示之, 曰 :「此是。然須十年, 家當乃就。」[3] 因與妻計曰 :「我持此卵, 借鄰人伏雞乳之, 待彼雛成, 就

1 妄想 → 망상(妄想)
【妄想(망상)】: 이치에 맞지 않는 허황된 생각.

2 一市人貧甚, 朝不謀夕。偶一日拾得一雞卵, 喜而告其妻曰 :「我有家當矣!」→ 어느 한 시민(市民)이 몹시 가난하여, 아침에 저녁을 헤아리지 못했다. 어느 날 우연히 계란 하나를 습득하더니, 기뻐하며 자기 아내에게 말했다 :「내가 재산이 생겼소!」
【貧甚(빈심)】: 매우 가난하다.
【朝不謀夕(조불모석)】: 아침에 저녁 일을 헤아리지 못하다. 즉「당장을 걱정할 뿐이고 앞일을 생각하지 못하다」의 뜻.
【偶(우)】: 우연히.
【喜(희)】: 즐거워하다, 기뻐하다.
【家當(가당)】: 재산, 가산(家産).

3 妻問 :「安在?」持卵示之, 曰 :「此是。然須十年, 家當乃就。」→ 아내가 물었다 :「어디 있어요?」(그가) 계란을 가지고 아내에게 보여주며, 말했다 :「바로 이것이요. 그러나 반드시 십년은 기다려야, 비로소 재산이 완성될 것이오.」
【持(지)】: 가지다, 잡다, 쥐다.
【此是(차시)】: 이것이 바로 그것이다, 바로 이것이다.
【然(연)】: 그러나.

中取一雌者, 歸而生卵, 一月可得十五雞;[4] 兩年之內, 雞又生雞, 可得雞三百, 堪易十金。[5] 我以十金易五牸, 牸復生牸, 三年可得二十五牛。[6] 牸所生者, 又復生牸, 三年可得百五十牛, 堪易三百金矣。[7] 吾持此金擧責, 三年間, 半千金可得也。[8] 就中以三之二市田宅, 以

【須(수)】: 반드시 …해야 한다, 마땅히 …해야 한다.
【乃(내)】: 비로소.
【就(취)】: 성취하다, 이루다, 완성되다.

4 因與妻計曰:「我持此卵, 借鄰人伏雞乳之, 待彼雛成, 就中取一雌者, 歸而生卵, 一月可得十五雞; → 그리하여 아내와 함께 계산을 하며 말했다:「내가 이 계란을 가지고, 이웃집의 알 품는 암탉을 빌려 그것을 부화(孵化)시킨 다음, 그 병아리가 자라기를 기다려, 그중에서 암컷 한 마리를 취해, 돌아와 알을 낳으면, 한 달에 열다섯 개의 알을 얻을 수 있고;
【因(인)】: 그래서, 그리하여, 이로 인해.
【計(계)】: 계산하다, 헤아리다.
【伏雞(복계)】: 알 품는 닭.
【乳(유)】: 부화(孵化)하다.
【之(지)】: [대명사] 그것, 즉「계란」.
【待(대)】: 기다리다.
【彼(피)】: 그, 이.
【雛(추)】: 병아리.
【成(성)】: 자라다, 성장하다.
【就中(취중)】: 그중에서.
【雌者(자자)】: 암놈, 암컷.

5 兩年之內, 雞又生雞, 可得雞三百, 堪易十金。→ 이 년 안에, 닭이 또 닭을 낳아, 삼백 마리의 닭을 얻을 수 있어, (이것으로) 금 열 냥을 바꿀 수 있소.
【堪(감)】: …할 수 있다.

6 我以十金易五牸, 牸復生牸, 三年可得二十五牛。→ 내가 열 냥의 금으로 다섯 마리의 암소를 바꾸면, 암소가 다시 암소를 낳아, 삼 년 후에는 스물다섯 마리의 소를 얻을 수 있소.
【以(이)】: …으로, …을 가지고.
【牸(자)】: 암소.
【復(부)】: 또, 다시.

7 牸所生者, 又復生牸, 三年可得百五十牛, 堪易三百金矣。→ 암소가 낳은 소가, 또다시 암소를 낳으면, 삼 년 안에 백오십 마리의 소를 얻을 수 있고, 금 삼백 냥을 바꿀 수 있소.

8 吾持此金擧責, 三年間, 半千金可得也。→ 나는 이 금을 가지고 빚을 놓아, 삼 년 동안에, 오백 냥의 금을 얻을 수 있소.

三之一市僮僕, 買小妻, 我乃與爾優游以終餘年, 不亦快乎?」[9] 妻聞欲買小妻, 怫然大怒, 以手擊雞卵碎之, 曰 : 「毋留禍種!」[10] 夫怒, 撻其妻, 仍質於官曰 : 「立敗我家者, 此惡婦也, 請誅之。」[11] 官司問 :

....

【擧責(거채)】: 빚을 놓다. 〖責〗: 債(채), 빚.
【半千金(반천금)】: 오백 냥의 금.

9 就中以三之二市田宅, 以三之一市僮僕, 買小妻, 我乃與爾優游以終餘年, 不亦快乎?」 → 그중 삼분의 이를 가지고 전답과 집을 사고, 삼분의 일로 동복(僮僕)을 사고, 작은 마누라를 사면, 나는 곧 당신과 함께 유유자적(悠悠自適)하며 만년을 보낼 수 있으니, 매우 즐겁지 않겠소?」
【市(시)】: 買(매), 사다.
【僮僕(동복)】: 사내 종.
【小妻(소처)】: 소실, 작은 마누라.
【乃(내)】: 곧.
【與爾(여이)】: 당신과 함께. 〖與〗: …와(과). 〖爾〗: 너, 당신.
【優游以終餘年(우유이종여년)】: 유유자적(悠悠自適)하며 만년을 보내다.
【不亦(불역)…乎(호)?】: 매우 …하지 않은가? 또한 …하지 않은가?
【快(쾌)】: 즐겁다, 유쾌하다.

10 妻聞欲買小妻, 怫然大怒, 以手擊雞卵碎之, 曰 : 「毋留禍種!」 → 아내가 작은 마누라를 사려 한다는 말을 듣자, 버럭 화를 내며, 손으로 계란을 쳐서 깨버리고, 말했다 : 「화근(禍根)을 남기지 말아야 해!」
【欲(욕)】: …하고자 하다, …하려고 하다.
【怫然(불연)】: 버럭 화내는 모양.
【擊(격)】: 치다, 때리다.
【碎(쇄)】: 깨뜨리다, 깨버리다.
【毋(무)】: …하지 말라, …해서는 안 된다.
【留(류)】: 남기다.
【禍種(화종)】: 화근(禍根).

11 夫怒, 撻其妻, 仍質於官曰 : 「立敗我家者, 此惡婦也, 請誅之。」 → 남편이 화가 나서, 아내를 마구 때리고, 또 관아(官衙)에 고발하며 말했다 : 「단번에 나의 가산(家産)을 망친 자가, 바로 이 악처(惡妻)이니, 청컨대 이 여자를 처형해 주십시오.」
【夫(부)】: 남편.
【撻(달)】: (채찍이나 몽둥이로) 때리다.
【仍(잉)】: [연사] 그리고, 또.
【質於官(질어관)】: 관아(官衙)에 고발하다. 〖質〗: 고발하다. 〖於〗: [개사] …에.
【立(립)】: 곧, 즉시. 여기서는 「단번에, 일순간에」의 뜻.
【敗(패)】: 망치다, 망가뜨리다.
【惡婦(악부)】: 악처(惡妻).

「家何在? 敗何狀?」 其人歷數自雞卵起, 至小妻止。[12] 官司曰 :「如許大家當, 壞於惡婦一拳, 眞可誅!」 命烹之。[13] 妻號曰 :「夫所言皆未然事, 奈何見烹?」 官司曰 :「你夫言買妾, 亦未然事, 奈何見妒?」[14] 婦曰 :「固然, 第除禍欲蚤耳!」 官笑而釋之。[15]

【誅(주)】: 죽이다, 처형하다.
【之(지)】: [대명사] 그, 즉 「아내」.

12 官司問 :「家何在? 敗何狀?」 其人歷數自雞卵起, 至小妻止。→ 관리가 물었다 :「당신의 가산은 어디 있소? 또 어떻게 망쳤소?」 그는 계란을 습득한 것으로부터 작은 마누라를 사들이는 것까지 낱낱이 열거했다.
【官司(관사)】: 관리(官吏).
【家(가)】: 가산(家産).
【歷數(역수)】: 낱낱이 열거하다, 하나하나 나열하다.
【自(자)…起(기)】: …로부터.
【至(지)…止(지)】: …에 이르기까지.

13 官司曰 :「如許大家當, 壞於惡婦一拳, 眞可誅!」 命烹之。→ 관리가 말했다 :「이처럼 큰 가산이, 악처의 한 주먹에 박살났으니, 정말 마땅히 죽여야겠군!」 그리하여 그의 아내를 삶아 죽이라고 명했다.
【如許(여허)】: 이처럼. 〖如〗: …같이, …처럼. 〖許〗: 此(차), 이.
【壞於惡婦一拳(괴어악부일권)】: 악처의 한 주먹에 망가지다. 〖壞〗: 망가지다, 박살나다. 〖於〗: [개사] …에, …에서.
【可(가)】: 마땅히.
【烹(팽)】: 삶아 죽이다.
【之(지)】: [대명사] 그, 즉 「그의 아내」.

14 妻號曰 :「夫所言皆未然事, 奈何見烹?」 官司曰 :「你夫言買妾, 亦未然事, 奈何見妒。」 → 그의 아내가 울부짖으며 말했다 :「남편이 말한 것은 모두 아직 실현되지 않은 일인데, 어째서 삶아 죽이는 형벌을 당해야 합니까?」 관리가 말했다 :「당신 남편이 첩을 사들이겠다고 말한 것도, 역시 아직 실현되지 않은 일인데, 어째서 질투를 받아야 하는가?」
【未然事(미연사)】: 아직 실현되지 않은 일.
【奈何(내하)】: 어째서, 어찌.
【見烹(견팽)】: [피동형] 삶아지다. 즉 「삶아 죽이는 형벌을 당하다」의 뜻. ※ 見+동사=피동형.
【言買妾(언매첩)】: 첩을 사들이겠다고 말하다. ※ 판본에 따라서는 「言買妾」를 「所言小妻(소언소처)」라 했다.
【見妒(견투)】: [피동형] 질투를 받다. ※ 見+동사=피동형.

15 婦曰 :「固然, 第除禍欲蚤耳!」 官笑而釋之。→ 그의 아내가 말했다 :「본래 그렇기는 하지

번역문

망상(妄想)

어느 한 시민(市民)이 몹시 가난하여 아침에 저녁을 헤아리지 못했다. 어느 날 우연히 계란 하나를 습득하더니 기뻐하며 자기 아내에게 말했다.

「내가 재산이 생겼소!」

아내가 물었다.

「어디 있어요?」

(그가) 계란을 가지고 아내에게 보여주며 말했다.

「바로 이것이요. 그러나 반드시 십 년은 기다려야 비로소 재산이 완성될 것이오.」

그리하여 아내와 함께 계산을 하며 말했다.

「내가 이 계란을 가지고 이웃집의 알 품는 암탉을 빌려 그것을 부화(孵化)시킨 다음, 그 병아리가 자라기를 기다려, 그중에서 암컷 한 마리를 취해 돌아와 알을 낳으면, 한 달에 열다섯 개의 알을 얻을 수 있고, 이 년 안에 닭이 또 닭을 낳아 삼백 마리의 닭을 얻을 수 있어, (이것으로) 금 열 냥을 바꿀 수 있소.

내가 열 냥의 금으로 다섯 마리의 암소를 바꾸면, 암소가 다시 암소를 낳아 삼 년 후에는 스물다섯 마리의 소를 얻을 수 있소. 암소가 낳은 소가

················

만, 그러나 화근은 일찌감치 제거해야 합니다.」 관리가 웃으며 그녀를 풀어주었다.
【固然(고연)】: 본래 그렇다. 【固】: 본래, 본디, 원래.
【第(제)】: 그러나, 다만.
【除(제)】: 제거하다, 없애다.
【欲(욕)】: …해야 한다.
【蚤(조)】: 일찌감치, 조기에. ※ 판본에 따라서는 「蚤」를 「早(조)」라 했다.
【釋(석)】: 풀어주다, 석방하다.

또 다시 암소를 낳으면 삼 년 안에 백오십 마리의 소를 얻을 수 있고, 금 삼백 냥을 바꿀 수 있소. 나는 이 금을 가지고 빚을 놓아 삼 년 동안에 오백 냥의 금을 얻을 수 있소.

그중 삼분의 이를 가지고 전답과 집을 사고, 삼분의 일로 동복(僮僕)을 사고 작은 마누라를 사면, 나는 곧 당신과 함께 유유자적(悠悠自適)하며 만 년을 보낼 수 있으니 매우 즐겁지 않겠소?」

아내가 작은 마누라를 사려 한다는 말을 듣자, 버럭 화를 내며 손으로 계란을 쳐서 깨버리고 말했다.

「화근(禍根)을 남기지 말아야 해!」

남편이 화가 나서 아내를 마구 때리고, 또 관아(官衙)에 고발하며 말했다.

「단번에 나의 가산(家産)을 망친 자가 바로 이 악처(惡妻)이니, 청컨대 이 여자를 처형해 주십시오.」

관리가 물었다.

「당신의 가산은 어디 있소? 또 어떻게 망쳤소?」

그는 계란을 습득한 것으로부터 작은 마누라를 사들이는 것까지 낱낱이 열거했다.

관리가 말했다.

「이처럼 큰 가산이 악처의 한 주먹에 박살났으니, 정말 마땅히 죽여야겠군!」

그리하여 그의 아내를 삶아 죽이라고 명했다.

그의 아내가 울부짖으며 말했다.

「남편이 말한 것은 모두 아직 실현되지 않은 일인데, 어째서 삶아 죽이는 형벌을 당해야 합니까?」

관리가 말했다.

「당신 남편이 첩을 사들이겠다고 말한 것도 역시 아직 실현되지 않은 일인데, 어째서 질투를 받아야 하는가?」

그의 아내가 말했다.

「본래 그렇기는 하지만, 그러나 화근은 일찌감치 제거해야 합니다.」

관리가 웃으며 그녀를 풀어주었다.

해설

어느 가난한 사람이 계란 한 개를 습득한 후, 이를 기반으로 재산을 불려 십 년 후에 천금의 부자가 되면 전답 · 동복과 아울러 첩까지 들이겠다는 망상을 하다가, 첩을 들인다는 말에 화가 난 아내가 계란을 깨버리자 급기야 아내를 때리고 관아에 고발하는 법석을 떨었다.

의외의 수확이나 터무니없는 생각에 의존하여 자기의 생활환경을 바꾸고자 의도하는 것은 실제에 부합하지 않는 망상일 뿐이며, 행복한 생활의 창조는 근면하고 성실한 사람이 오랫동안 각고 노력하여 얻는 보상이 점차 축적되어야 비로소 얻어지는 것이다.

이 우언은 자신의 엉뚱한 망상을 마치 실현 가능한 현실처럼 인식하는 무지몽매(無知蒙昧)한 사람의 어리석은 행위를 풍자한 것이다.

052 초인불식강자(楚人不識薑者)

《雪濤閣集 · 雪濤小說 · 知無涯》

원문 및 주석

楚人不識薑者[1]

楚人有生而不識薑者, 曰 :「此從樹上結成。」 或曰 :「從土裏生成。」[2] 其人固執己見, 曰 :「請與子以十人爲質, 以所乘驢爲賭。」[3] 已而遍問十人, 皆曰 :「土裏出也。」 其人啞然失色, 曰 :「驢則付汝,

....

1 楚人不識薑者 → 생강을 모르는 초(楚)나라 사람
【楚(초)】: [국명] 지금의 호남성 · 호북성과 강서성 · 절강성 및 하남성 남부에 걸쳐 있던 주대(周代)의 제후국.
【不識(불식)】: 알지 못하다, 모르다.
【薑(강)】: 생강.

2 楚人有生而不識薑者, 曰 :「此從樹上結成。」 或曰 :「從土裏生成。」 → 태어날 때부터 생강을 알지 못하는 어느 초(楚)나라 사람이, 말했다 :「생강은 나무에서 열매를 맺은 것입니다.」 (이에) 어떤 사람이 말했다 :「생강은 흙 속에서 생장한 것입니다.」
【從(종)】: …에서.
【結成(결성)】: 열매를 맺다.
【生成(생성)】: 생장하다, 자라다.

3 其人固執己見, 曰 :「請與子以十人爲質, 以所乘驢爲賭。」 → 초나라 사람이 자기 의견을 고집하며, 말했다 :「청컨대 당신과 내가 열 사람을 증인으로 하여, 지금 내가 타고 있는 당나귀를 걸고 내기를 합시다.」
【子(자)】: 너, 당신, 그대.
【以十人爲質(이십인위질)】: 열 사람을 증인으로 삼다. 〖以…爲…〗: …을 …으로 삼다.
【質(질)】: 심판, 증인.

薑還樹生。」[4]

번역문

생강을 모르는 초(楚)나라 사람

태어날 때부터 생강을 알지 못하는 어느 초(楚)나라 사람이 말했다.

「생강은 나무에서 열매를 맺은 것입니다.」

(이에) 어떤 사람이 말했다.

「생강은 흙속에서 생장한 것입니다.」

초나라 사람이 자기 의견을 고집하며 말했다.

「청컨대 당신과 내가 열 사람을 증인으로 하여, 지금 내가 타고 있는 당나귀를 걸고 내기를 합시다.」

잠시 후 열 사람에게 두루 물으니 모두가 말했다.

「흙속에서 나옵니다.」

그 사람이 아연실색(啞然失色)하며 말했다.

「당나귀는 당신에게 주지만, 그래도 생강은 나무에서 자라나는 것이오.」

【以所乘驢爲賭(이소승려위도)】: 타고 있는 당나귀를 걸고 내기를 하다. 〖乘〗: 타다. 〖驢〗: 나귀, 당나귀. 〖賭〗: 내기를 하다.

4 已而遍問十人, 皆曰:「土裏出也。」其人啞然失色, 曰:「驢則付汝, 薑還樹生。」→ 잠시 후 열 사람에게 두루 물으니, 모두가 말했다:「흙 속에서 나옵니다.」그 사람이 아연실색(啞然失色)하며, 말했다:「당나귀는 비록 당신에게 주지만, 그래도 생강은 나무에서 자라나는 것이오.」

【已而(이이)】: 그 뒤, 곧, 이윽고, 잠시 후.

【遍問(편문)】: 두루 묻다.

【啞然失色(아연실색)】: 아연실색하다. 뜻밖의 일에 놀라 얼굴빛이 변하다. 〖啞然〗: 말이 안 나오는 모양. 〖失色〗: 놀라 얼굴빛이 변하다.

【付汝(부여)】: 당신에게 주다. 〖付〗: 주다. 〖汝〗: 너, 당신.

【還(환)】: 그래도.

해설

어느 초(楚)나라 사람이 생강을 나무의 열매라고 여겨 어떤 사람이 그에게 생강은 흙 속에서 자라는 것이라고 알려주자, 초나라 사람은 수긍하지 않고 열 사람에게 물어 시비를 가리자며 자기의 당나귀를 걸고 내기를 요청했다. 열 사람 모두가 흙 속에서 나온다고 대답하자, 초나라 사람은 결국 내기에 져서 당나귀를 잃고 말았다. 그러나 초나라 사람은 당나귀를 내주면서도 끝까지 생강이 나무에서 생장한다는 자기의 주장을 굽히지 않았다.

이 우언은 자기의 잘못을 인정하지 않고 무턱대고 자기의 의견만을 고집하며 진리를 무시하는 비이성적인 사람을 풍자하는 동시에, 모르는 것을 모른다 하지 않고 억지로 아는 체 하면 영원히 진리를 얻을 수 없다는 이치를 설명한 것이다.

053 지주여잠(蜘蛛與蠶)

《雪濤閣集 · 雪濤小說 · 蛛蠶》

원문 및 주석

蜘蛛與蠶[1]

蛛語蠶曰 :「爾飽食終日, 以至於老, 口吐經緯黃白燦然, 因之自裹。[2] 蠶婦操汝入於沸湯, 抽爲長絲, 乃喪厥軀。然則其巧也, 適以自殺, 不亦愚乎?」[3] 蠶答蛛曰 :「我固自殺, 我所吐者, 遂爲文章, 天

1 蜘蛛與蠶 → 거미와 누에
【蜘蛛(지주)】: 거미.
【蠶(잠)】: 누에.

2 蛛語蠶曰 :「爾飽食終日, 以至於老, 口吐經緯黃白燦然, 因之自裹。→ 거미가 누에에게 말했다 :「너는 하루 종일 배불리 먹고 살면서, 노년에 이르면, 입으로 황금빛 찬란한 실을 토해 내어, 이 실로 자신의 몸을 감싸 고치를 만든다.
【爾(이)】: 너, 당신.
【飽食(포식)】: 포식하다, 배불리 먹다.
【至於(지어)…】: …에 이르다.
【口吐經緯(구토경위)】: 입으로 실을 토해내다. 〖吐〗: 토하다. 〖經緯〗: 직물의 날실과 씨실. 여기서는 누에가 토해내는 「실」을 가리킨다.
【因之自裹(인지자과)】: 이 실을 가지고 자신의 몸을 싸매다. 〖因〗:「用(용)」의 오류인 듯. 〖之〗: [대명사] 그것, 즉「누에가 토해 낸 실」. 〖自裹〗: 스스로 싸매다. 즉「스스로 자신의 몸을 감싸서 누에고치를 만들다」의 뜻.

3 蠶婦操汝入於沸湯, 抽爲長絲, 乃喪厥軀。然則其巧也, 適以自殺, 不亦愚乎?」→ (그 뒤에) 누에치는 아낙네가 너를 끓는 물에 넣어, (고치를) 뽑아 긴 실을 만들고, 너는 마침내 목숨을 잃는다. 그렇다면 (네가 실을 토해 고치를 만드는) 그 기교는, 공교롭게도 자살에 이용

子袞龍, 百官紱綉, 孰非我爲?[4] 汝乃枵腹而營口, 吐經緯織成網羅, 坐伺其間, 蚊、虻、蜂、蝶之見過者, 無不殺之而以自飽。巧則巧矣, 何其忍也!」[5] 蛛曰 :「爲人謀則爲汝, 自爲謀寧爲我。」 嘻! 世之爲蠶

....

되는 것이니, 너무 어리석지 않은가?

【蠶婦(잠부)】: 누에치는 아낙네, 양잠하는 부녀자.

【操(조)】: 잡다.

【汝(여)】: 너, 당신.

【入於沸湯(입어비탕)】: 끓는 물에 넣다. 〖於〗: [개사] …에. 〖沸湯〗: 끓는 물.

【抽爲長絲(추위장사)】: (누에고치를) 뽑아 긴 실을 만들다.

【乃(내)】: 마침내, 드디어, 결국.

【厥(궐)】: 其(기), 그. 여기서는 「자신의, 너의」라는 뜻.

【軀(구)】: 몸. 여기서는 「목숨」을 가리킨다.

【然則(연즉)】: 그렇다면.

【巧(교)】: 기교.

【適(적)】: 마침, 공교롭게.

【不亦(불역)…乎(호)?】: 매우 …하지 않은가? 너무 …하지 않은가?

4 蠶答蛛曰 :「我固自殺, 我所吐者, 遂爲文章, 天子袞龍, 百官紱綉, 孰非我爲? → 누에가 거미에게 말했다 :「나는 비록 자살을 하지만, 내가 토해 낸 실은, 곧 무늬가 아름다운 비단이 된다. 황제의 곤룡포와, 문무백관들의 예복, 어느 것이 내가 토해 낸 실로 만든 것이 아니더냐?

【固(고)】: 비록.

【遂(수)】: 곧, 바로. 마침내.

【文章(문장)】: 꽃무늬. 여기서는 「무늬가 아름다운 비단」을 가리킨다.

【天子(천자)】: 황제.

【袞龍(곤룡)】: 곤룡포. 임금이 입는 정복(正服).

【百官(백관)】: 문무백관, 모든 벼슬아치.

【紱綉(불수)】: 제사 때 입는 예복(禮服).

5 汝乃枵腹而營口, 吐經緯織成網羅, 坐伺其間, 蚊、虻、蜂、蝶之見過者, 無不殺之而以自飽。巧則巧矣, 何其忍也!」 → 너는 오히려 배가 고프면 먹을 것을 찾으려고, 실을 토해 그물을 짜놓고, 그곳에 앉아 엿보다가, 모기 · 등에 · 벌 · 나비 등이 지나가면, 반드시 그것을 잡아 자기 배를 불린다. (너의 재능이) 교묘하기는 하지만, 얼마나 잔인한가?」

【乃(내)】: 오히려.

【枵腹(효복)】: 공복(空腹), 주린 배. 즉 「배가 고프다」의 뜻.

【營口(영구)】: 먹을 것을 찾다.

【織成網羅(직성망라)】: 그물을 짜다. 〖織成〗: 짜다. 〖網羅〗: 그물.

【伺(사)】: 엿보다.

不爲蛛者寡矣夫![6]

번역문

거미와 누에

거미가 누에에게 말했다.

「너는 하루 종일 배불리 먹고 살면서, 노년에 이르면 입으로 황금빛 찬란한 실을 토해 내어 이 실로 자신의 몸을 감싸 고치를 만든다. (그 뒤에) 누에치는 아낙네가 너를 끓는 물에 넣어 (고치를) 뽑아 긴 실을 만들고, 너는 마침내 목숨을 잃는다. 그렇다면 (네가 실을 토해 고치를 만드는) 그 기교는 공교롭게도 자살에 이용되는 것이니, 너무 어리석지 않은가?

누에가 거미에게 말했다.

「나는 비록 자살을 하지만, 내가 토해 낸 실은 곧 무늬가 아름다운 비단

················

【見過(견과)】: 지나가다.
【無不(무불)】: …하지 않음이 없다, 반드시 …하다.
【殺之而以自飽(살지이이자포)】: 그것을 잡아 자신의 배를 불리다.
【巧則巧(교즉교)】: 교묘하기는 하다.
【何其(하기)】: 얼마나.
【忍(인)】: 잔인하다, 잔혹하다.

6 蛛日 :「爲人謀則爲汝, 自爲謀寧爲我。」嘻! 世之爲蠶不爲蛛者寡矣夫! → 거미가 말했다 : 「남을 위해 도모하려면 너와 같은 누에가 되어야 하고, 자신을 위해 도모하려면 차라리 나와 같은 거미가 되는 것이 낫다.」
【爲人謀則爲汝(위인모즉위여)】: 남을 위해 도모하려면 마땅히 너와 같은 사람이 되어야 하다.
【自爲謀(자위모)】: 자신을 위해 도모하다.
【寧(녕)】: 차라리 (…하는 것이 낫다).
【嘻(희)】: [감탄사] 아!
【爲蠶不爲蛛(위잠불위주)】: 누에가 되고 거미가 되지 않다.
【寡(과)】: 적다.
【矣夫(의부)】: [복합 어조사].

이 된다. 황제의 곤룡포와 문무백관들의 예복 어느 것이 내가 토해 낸 실로 만든 것이 아니더냐? 너는 오히려 배가 고프면 먹을 것을 찾으려고 실을 토해 그물을 짜놓고, 그곳에 앉아 엿보다가 모기 · 등에 · 벌 · 나비 등이 지나가면, 반드시 그것을 잡아 자기 배를 불린다. (너의 재능이) 교묘하기는 하지만, 얼마나 잔인한가?」

거미가 말했다.

「남을 위해 도모하려면 너와 같은 누에가 되어야 하고, 자신을 위해 도모하려면 차라리 나와 같은 거미가 되는 것이 낫다.」

해설

누에는 실을 토해 고치를 만들고, 누에고치에서 실을 뽑아 이 실로 비단을 짜서 황제의 곤룡포와 문무백관의 예복을 만드는 재료로 제공된다. 반면에 거미는 실을 토해 그물을 쳐서 모기 · 등에 · 벌 · 나비 등을 잡아 자기 배를 채운다.

이 우언은 자신을 희생하여 남을 이롭게 하는 누에와 남에게 손해를 끼쳐 자신을 이롭게 하는 거미의 행위를 통해, 누에의 「사기위인(捨己爲人)」 행위를 찬양하고 거미의 「손인이기(損人利己)」 행위를 비난한 것이다.

054 망본축말(忘本逐末)

《雪濤閣集·雪濤諧史》

원문 및 주석

忘本逐末[1]

一人問造酒之法於酒家。[2] 酒家曰 :「一斗米, 一兩粬, 加二斗水, 相參和, 釀七日, 便成酒。」[3] 其人善忘, 歸而用水二斗, 粬一兩, 相參和, 七日而嘗之, 猶水也。[4] 乃往誚酒家, 謂不傳與眞法。[5] 酒家曰 :

1 忘本逐末 → 근본을 잊고 말리(末利)를 추구하다
【逐末(축말)】: 말리(末利)를 추구하다. 【逐】: 좇다, 추구하다.

2 一人問造酒之法於酒家。→ 어떤 사람이 술집에 술 만드는 방법을 물었다.
【於(어)】: [개사] …에, …에게.

3 酒家曰 :「一斗米, 一兩粬, 加二斗水, 相參和, 釀七日, 便成酒。」→ 술집 사람이 말했다 :「쌀 한 말과, 누룩 한 냥에, 물 두 말을 붓고, 서로 섞은 다음, 이레 동안 빚으면, 곧 술이 됩니다.」
【兩(량)】: [무게 단위] 냥. ※ 1냥 : 10돈, 또는 16분의 1근(37.5 그램)이다.
【粬(곡)】: 누룩.
【參和(참화)】: 섞다, 타다.
【釀(양)】: 빚다, 양조(釀造)하다.
【便(변)】: 곧, 바로.

4 其人善忘, 歸而用水二斗, 粬一兩, 相參和, 七日而嘗之, 猶水也。→ 그 사람은 건망증이 심해, 집에 돌아와 물 두 말과, 누룩 한 냥을, 서로 섞고 나서, 이레 후에 맛을 보니, 여전히 물과 다름이 없었다.
【善忘(선망)】: 잘 잊어버리다, 건망증이 심하다.
【嘗(상)】: 맛을 보다.
【猶(여)】: 아직, 여전히.

5 乃往誚酒家, 謂不傳與眞法。→ 그리하여 가서 술집 사람을 꾸짖으며, 진짜 방법을 전수(傳

「爾第不循我法耳。」其人曰:「我循爾法, 用二斗水, 一兩粬。」[6] 酒家曰:「可有米麽?」其人俯首思曰:「是我忘記下米。」[7] 噫! 並酒之本而忘之, 欲求酒, 及於不得酒, 而反怨教之者之非也。[8] 世之學者, 忘本逐末, 而學不成, 何以異於是?[9]

授)해 주지 않았다고 했다.
【乃(내)】: 이에, 그리하여.
【誚(초)】: 꾸짖다.
【傳與(전여)】: 전수(傳授)하다.

6 酒家曰:「爾第不循我法耳。」其人曰:「我循爾法, 用二斗水, 一兩粬。」→ 술집 사람이 말했다:「당신은 틀림없이 내가 알려준 방법대로 하지 않았소.」 그 사람이 말했다:「나는 당신이 알려준 방법대로, 물 두 말에, 누룩 한 냥을 사용했소.」
【爾(이)】: 너, 당신.
【第(제)】: 다만. 여기서는「틀림없이」의 뜻.
【耳(이)】: …뿐.
【循(순)】: …따라, …대로.

7 酒家曰:「可有米麽?」其人俯首思曰:「是我忘記下米。」→ 술집 사람이 물었다:「쌀은 넣었소?」 그 사람이 머리를 숙이고 생각하며 말했다:「내가 쌀 넣는 것을 잊었소.」
【可(가)】: ※ 의문문에 쓰여 어기를 강하게 하는 작용을 한다.
【俯首(부수)】: 머리를 숙이다, 고개를 숙이다.
【下米(하미)】: 쌀을 넣다.

8 噫! 並酒之本而忘之, 欲求酒, 及於不得酒, 而反怨教之者之非也。→ 아! 양주(釀酒)의 기본조차 망각하고, 술을 빚으려 하는가 하면, 술을 제대로 빚어내지 못하자, 오히려 방법을 가르쳐 준 사람의 잘못이라고 원망한다.
【噫(희)】: [감탄사] 아!
【並(병)】: …조차도, …마저도.
【酒之本(주지본)】: 양주(釀酒)의 기본.
【欲(욕)】: …하고자 하다, …하려고 생각하다.
【求酒(구주)】: 술을 구하다. 즉「술을 담그다, 술을 빚다」의 뜻.
【及於(급어)…】: …에 이르다. 〖於〗: [개사] …에.
【不得酒(부득주)】: 술을 얻지 못하다. 즉「술을 제대로 빚어내지 못하다」의 뜻.
【反(반)】: 오히려.
【怨(원)】: 원망하다.
【教之者(교지자)】: 방법을 가르쳐 준 사람. 〖之〗: [대명사] 그것, 즉「술 빚는 방법」.
【非(비)】: 잘못.

9 世之學者, 忘本逐末, 而學不成, 何以異於是? → 세상의 학자들이, 근본을 잊고 말리(末利)를

번역문

근본을 잊고 말리(末利)를 추구하다

어떤 사람이 술집에 술 만드는 방법을 물었다.

술집 사람이 말했다.

「쌀 한 말과 누룩 한 냥에 물 두 말을 붓고 서로 섞은 다음, 이레 동안 빚으면 곧 술이 됩니다.」

그 사람은 건망증이 심해, 집에 돌아와 물 두 말과 누룩 한 냥을 서로 섞고 나서, 이레 후에 맛을 보니 여전히 물과 다름이 없었다. 그리하여 가서 술집 사람을 꾸짖으며 진짜 방법을 전수(傳授)해 주지 않았다고 했다.

술집 사람이 말했다.

「당신은 틀림없이 내가 알려준 방법대로 하지 않았소.」

그 사람이 말했다.

「나는 당신이 알려준 방법대로 물 두 말에 누룩 한 냥을 사용했소.」

술집 사람이 물었다.

「쌀은 넣었소?」

그 사람이 머리를 숙이고 생각하며 말했다.

「내가 쌀 넣는 것을 잊었소.」

아! 양주(釀酒)의 기본조차 망각하고 술을 빚으려 하는가 하면, 술을 제대로 빚어내지 못하자 오히려 방법을 가르쳐 준 사람의 잘못이라고 원망한다. 세상의 학자들이 근본을 잊고 말리(末利)를 추구하여 학문을 이루지

....

추구하여, 학문을 이루지 못하는 것이, 어찌 이와 다르겠는가?

【何以(하이)】: 어찌.

【異於是(이어시)】: 이와 다르다. 〖於〗: [개사] …와(과). 〖是〗: [대명사] 이, 이것. 즉 「양주(釀酒)의 기본을 모르는 것」.

못하는 것이 어찌 이와 다르겠는가?

해설

어떤 사람이 술을 담글 생각에 술집을 찾아가 술 빚는 방법을 배웠으나 건망증으로 인해 실패한 후, 그러한 사실조차 모르고 오히려 술집에 가서 진짜 방법을 전수해 주지 않았다고 술집 사람을 꾸짖었다. 그러나 술집 사람이 그가 사용한 원료를 하나하나 확인하자, 이때 비로소 가장 중요한 원료인 쌀을 빠뜨렸다는 것을 알았다.

이 우언은 자신의 건망증으로 인해 술을 잘못 빚은 사람의 적반하장(賊反荷杖) 행위를 빌려, 근본을 잊고 말리(末利)를 추구하여 학문을 이루지 못하는 세상 학자들의 그릇된 풍조를 질책한 것이다.

055 체미졸세(剃眉卒歲)

《雪濤閣集 · 雪濤諧史》

원문 및 주석

剃眉卒歲[1]

有惡少, 値歲畢時, 無錢過歲。妻方問計, 惡少曰 : 「我自有處。」[2] 適見篦頭者過其門, 喚入梳篦, 且曰 : 「爲我剃去眉毛。」[3] 才剃一邊,

1 剃眉卒歲 → 눈썹을 깎아 설을 쇠다
【剃(체)】: (머리 · 수염 등을) 깎다.
【卒歲(졸세)】: 한 해를 마감하다, 연말을 보내다. 여기서는 「설을 쇠다」의 뜻. 【卒】: 마치다, 종료하다, 마무리하다, 마감하다.

2 有惡少, 値歲畢時, 無錢過歲。妻方問計, 惡少曰 : 「我自有處。」 → 어느 악랄한 젊은이가, 연말(年末)을 맞아, 설을 쇨 돈이 없었다. 아내가 대책을 묻자, 악랄한 젊은이가 말했다 : 「나는 본래 방법이 있소.」
【惡少(악소)】: 품행이 악랄하고 멋대로 나쁜 짓을 하는 젊은 사람, 악랄한 젊은이.
【値(치)】: …때를 만나다, (어떤) 때를 맞이하다, …에 즈음하다.
【歲畢(세필)】: 세밑, 세말, 세모, 연말.
【過歲(과세)】: 설을 쇠다, 과세하다. 【過】: (어느 지점이나 시점을) 지나다, 경과하다, 쇠다.
【方(방)】: 이제, 막.
【計(계)】: 계획, 방책, 대책.
【自有(자유)】: 본래 …이 있다.
【處(처)】: 처리하다. 여기서는 명사 용법으로 「방법」의 뜻.

3 適見篦頭者過其門, 喚入梳篦。且曰 : 「爲我剃去眉毛。」 → (이때) 마침 이발사가 자기 집 문 앞을 지나가는 것을 보고, 그를 불러들여 이발을 했다. 그리고 말했다 : 「눈썹도 깎아 주시오.」
【適(적)】: 마침.
【篦頭者(비두자)】: 머리를 빗는 사람. 즉 「이발사」를 가리킨다. 【篦頭】: 머리를 빗다. 여기서는 「이발하다」의 뜻.

輒大嚷曰 :「從來篦頭, 有損人眉宇者乎?」 欲杻赴官。[4] 篦者懼怕, 願以三百錢陪情, 惡少受而卒歲。[5] 妻見眉去一留一, 曰 :「曷若都剃去好看?」[6] 惡少答曰 :「你沒算計了, 這一邊眉毛, 留過元宵節。」[7]

....

【過(과)】: 지나가다.
【喚入(환입)】: 불러들이다.
【梳篦(소비)】: 머리를 빗다. 여기서는 「이발하다」의 뜻.
【且(차)】: 그리고, 또한.
【爲(위)】: …에게.
【剃去(체거)】: 깎아 없애다. 〖去〗: 없애다, 제거하다.

4 才剃一邊, 輒大嚷曰 :「從來篦頭, 有損人眉宇者乎?」 欲杻赴官。→ (이발사가) 막 한쪽 눈썹을 깎고 나자, (악랄한 젊은이가) 즉시 큰 소리로 외쳐 말했다 :「자고(自古)로 이발을 하면서, (눈썹을 깎아) 남의 미간(眉間)을 훼손하는 사람이 어디 있소?」 (말을 마치자) 이발사를 붙잡아 관아로 끌고 가려고 했다.
【才(재)】: 방금, 막.
【輒(첩)】: 곧, 바로, 즉시.
【大嚷(대양)】: 큰 소리로 외치다.
【從來(종래)】: 자고(自古)로, 이전부터 지금까지.
【損人眉宇(손인미우)】: (눈썹을 깎아) 남의 미간(眉間)을 훼손하다. 〖損〗: 훼손하다. 〖眉宇〗: 눈썹 언저리, 미간(眉間).
【欲(욕)】: …하고자 하다, …하려고 하다.
【杻赴官(뉴부관)】: 붙잡아 관아로 가다. 〖杻〗: 잡다, 붙잡다. 〖赴〗: (…로) 가다.

5 篦者懼怕, 願以三百錢陪情, 惡少受而卒歲。→ 이발사가 두려워하며, 삼백 전으로 사죄하길 원하자, 악랄한 젊은이는 그 돈을 받아 설을 쇠었다.
【懼怕(구파)】: 두려워하다.
【陪情(배정)】: 사과하다, 사죄하다.

6 妻見眉去一留一, 曰 :「曷若都剃去好看?」 → 아내가 (남편의) 눈썹 중 한쪽은 없애고 한쪽은 남긴 것을 보고, 말했다 :「모두 깎아서 보기 좋게 하는 것이 어때요?」
【去一留一(거일류일)】: 한쪽은 없애고 한쪽은 남기다. 〖去〗: 없애다, 제거하다.
【曷若(갈약)】: 何如(하여), 어떤가?
【都(도)】: 모두, 다.
【剃去(체거)】: 깎아 없애다.
【好看(호간)】: 보기 좋다.

7 惡少答曰 :「你沒算計了, 這一邊眉毛, 留過元宵節。」 → 악랄한 젊은이가 대답했다 :「당신은 계책이 없소. 이 한쪽 눈썹은, 남겨두었다가 대보름을 쇨 거요.」
【沒算計(몰산계)】: 지략이 없다, 계책이 없다.
【過元宵節(과원소절)】: 대보름을 쇠다. 〖元宵節〗: 음력 정월 대보름.

번역문

눈썹을 깎아 설을 쇠다

어느 악랄한 젊은이가 연말(年末)을 맞아 설을 쇨 돈이 없었다. 아내가 대책을 묻자, 악랄한 젊은이가 말했다.

「나는 본래 방법이 있소.」

(이때) 마침 이발사가 자기 집 문 앞을 지나가는 것을 보고 그를 불러들여 이발을 했다. 그리고 말했다.

「눈썹도 깎아 주시오.」

(이발사가) 막 한쪽 눈썹을 깎고 나자 (악랄한 젊은이가) 즉시 큰 소리로 외쳐 말했다.

「자고(自古)로 이발을 하면서, (눈썹을 깎아) 남의 미간(眉間)을 훼손하는 사람이 어디 있소?」

(말을 마치자) 이발사를 붙잡아 관아로 끌고 가려고 했다. 이발사가 두려워하며 삼백 전으로 사죄하길 원하자, 악랄한 젊은이는 그 돈을 받아 설을 쇠었다. 아내가 (남편의) 눈썹 중 한쪽은 없애고 한쪽은 남긴 것을 보고 말했다.

「모두 깎아서 보기 좋게 하는 것이 어때요?」

악랄한 젊은이가 대답했다.

「당신은 계책이 없소. 이 한쪽 눈썹은 남겨두었다가 대보름을 쇨 거요.」

해설

마음이 악랄한 젊은이는 설 쇨 돈을 마련할 목적으로, 집 앞을 지나가는 이발사를 불러들여 이발을 하면서 눈썹을 깎아달라고 자청한 후, 이발사가 한쪽 눈썹을 깎는 순간 갑자기 태도를 돌변하여 노발대발하며 이발사를 관아로 끌고 가려 했다. 당황한 이발사가 삼백 전의 돈으로 사죄를 청하자, 악랄한 젊은이는 그 돈을 받아 설을 쇠었다. 이발사는 결국 전혀 예상치 못하고 있다가 악한의 속임수에 넘어간 것이다.

또 악랄한 젊은이는 아내가 남편의 한쪽 눈썹이 없어 보기가 싫다며 남은 한쪽마저 깎을 것을 권하자, 악랄한 젊은이는 남은 한쪽으로 정월 대보름을 쇨 것이라 했다.

이 우언은 악랄한 무뢰한이 선량한 사람을 속이고 약탈하는 추악한 행위를 통해, 일을 처리할 때는 반드시 주의력을 집중하여 속임수에 넘어가지 않도록 철저한 주의를 당부한 것이다.

《현혁편 賢奕編》 우언

유원경(劉元卿 : 1544 - 1609)은 자가 조보(調父)이며, 안복(安福)[지금의 강서성] 사람으로 명대(明代)의 문학가이다. 목종(穆宗) 융경(隆慶) 연간에 향시(鄕試)에 급제한 후 회시(會試)에 참가했을 때, 답안지에 시폐(時弊)를 역설하여 시험관이 감히 그를 합격시키지 못했다. 후에 여러 사람들의 추천으로 국자박사(國子博士) · 예부주사(禮部主事) 등을 지냈으나, 얼마 후 병을 핑계로 사직하고 돌아와 저술에만 전념했다. 저서로《유빙군전집(劉聘君全集)》이 있다.

《현혁편(賢奕編)》은 역대의 고사를 수집하여 개편한 것으로 모두 333편의 고사를 16류로 나누었는데, 그중 「경유(警喩)」와 「응해(應該)」에 우언이 많이 실려 있다. 「현혁(賢奕)」이란 말은《논어(論語) · 양화(陽貨)》에서 취한 것이다.

056 인추위미(認醜爲美)

《賢奕編·卷三·警喩》

원문 및 주석

認醜爲美[1]

南岐在秦蜀山谷中, 其水甘而不良, 凡飮之者輒病癭, 故其地之民無一人無癭者。[2] 及見外方人至, 則羣小婦人聚觀而笑之曰:「異哉, 人之頸也! 焦而不吾類。」[3] 外方人曰:「爾之纍然凸出於頸者,

1 認醜爲美 → 추한 것을 아름답다고 여기다
【認(인)】: 여기다, 간주하다.
【醜(추)】: 추하다, 보기 흉하다.

2 南岐在秦蜀山谷中, 其水甘而不良, 凡飮之者輒病癭, 故其地之民無一人無癭者。→ 남기(南岐)는 진촉(秦蜀) 접경 지역의 산골짜기에 있는데, 그곳의 물은 달지만 수질이 좋지 않아, 무릇 그 물을 마시는 사람은 바로 갑상선종(甲狀腺腫)을 앓는다. 그래서 그곳의 백성들은 갑상선종이 없는 사람이 한 사람도 없다.
【南岐(남기)】: [지명]. ※ 판본에 따라서는 「岐」를 「歧(기)」라 했다.
【秦蜀(진촉)】: [지명] 지금의 섬서성과 사천성의 접경 지역.
【凡(범)】: 무릇.
【飮之者(음지자)】: 이 물을 마시는 사람. 〖之〗: [대명사] 그것, 즉 「남기의 물」.
【輒(첩)】: 곧, 바로, 즉시. ※ 판본에 따라서는 「輒」을 「必(필)」이라 했다.
【病(병)】: 병을 앓다, 병에 걸리다.
【癭(영)】: 갑상선종(甲狀腺腫). 갑상선이 부어오르는 질환.
【故(고)】: 그래서, 그러므로.

3 及見外方人至, 則羣小婦人聚觀而笑之曰:「異哉, 人之頸也! 焦而不吾類。」→ (어느 날) 외지(外地)에서 온 사람을 보자, 여러 아이들과 부녀자들이 모여 그를 바라보고 비웃으며 말했다:「사람 목이 정말 이상해! 바싹 마른 것이 우리와 전혀 달라.」

癭病之也。不求善藥去爾病, 反以吾頸爲焦耶?」[4] 笑者曰 :「吾鄕之人皆然, 焉用去乎哉? 終莫知其爲醜。」[5]

번역문

추한 것을 아름답다고 여기다

남기(南岐)는 진촉(秦蜀) 접경 지역의 산골짜기에 있는데, 그곳의 물은

……………

【及(급)】: …에 이르다.
【外方(외방)】: 외지, 타지, 다른 고장. ※ 판본에 따라서는 「方」을 「鄕(향)」이라 했다.
【羣小婦人(군소부인)】: 여러 아이들과 부녀자. ※ 판본에 따라서는 「人」을 「女(여)」라 했다.
【聚觀(취관)】: 모여들어 구경하다.
【笑之(소지)】: 그들을 비웃다. 〖笑〗: 비웃다. 〖之〗: [대명사] 그들, 즉 「외지에서 온 사람」.
【異哉(이재)】: 괴이하다, 이상하다. 〖哉〗: [감탄을 나타내는 어조사].
【頸(경)】: 목.
【焦(초)】: 憔(초), 수척하다, 말라빠지다, 바싹 마르다.
【不吾類(불오류)】: 우리와 같지 않다, 우리와 다르다

4 外方人曰 :「爾之纍然凸出於頸者, 癭病之也。不求善藥去爾病, 反以吾頸爲焦耶?」 → 외지 사람이 말했다 :「당신들의 목에 볼록 튀어나온 것은, 갑산선종이라는 병이요. 좋은 약을 구해 당신들의 병을 치료하지 않고, 오히려 나의 목을 바싹 말랐다고 여기는 거요?」
【爾(이)】: 너, 당신.
【纍然(유연)】: 불룩 튀어 나온 모양.
【凸出於(철출어)…】: …에 튀어 나오다. 〖凸〗: 볼록하다, 볼록하게 튀어나오다. 〖於〗: [개사] …에, …에서.
【以(이)】: …라고 여기다.
【去(거)】: 없애다, 제거하다. 즉 「치료하다」의 뜻.

5 笑者曰 :「吾鄕之人皆然, 焉用去乎哉?」 終莫知其爲醜。」 → 비웃은 사람이 말했다 :「우리 고장 사람들은 모두가 그런데, 어찌 제거할 필요가 있겠소?」 (그들은) 끝내 그것이 추하다는 것을 알지 못했다.
【焉(언)…乎哉(호재)?】: 어찌 …하겠는가? 〖焉〗: 어찌. ※ 판본에 따라서는 「焉」을 「安(안)」이라 했다.
【用(용)】: (…하는 것이) 필요하다.
【終(종)】: 끝내, 끝까지, 시종.
【莫知其爲醜(막지기위추)】: 그것이 추하다는 것을 알지 못하다. 〖莫知〗: 알지 못하다. 〖其〗: [대명사] 그것, 즉 「목이 볼록 튀어나온 것」.

달지만 수질이 좋지 않아, 무릇 그 물을 마시는 사람은 바로 갑상선종(甲狀腺腫)을 앓는다. 그래서 그곳의 백성들은 갑상선종이 없는 사람이 한 사람도 없다. (어느 날) 외지(外地)에서 온 사람을 보자 여러 아이들과 부녀자들이 모여 그를 바라보고 비웃으며 말했다.

「사람 목이 정말 이상해! 바싹 마른 것이 우리와 전혀 달라.」

외지 사람이 말했다.

「당신들의 목에 볼록 튀어나온 것은 갑산선종이라는 병이요. 좋은 약을 구해 당신들의 병을 치료하지 않고 오히려 나의 목을 바싹 말랐다고 여기는 거요?」

비웃은 사람이 말했다.

「우리 고장 사람들은 모두가 그런데 어찌 제거할 필요가 있겠소?」

(그들은) 끝내 그것이 추하다는 것을 알지 못했다.

해설

남기(南岐) 사람들은 평소에 수질이 나쁜 물을 마셔 모두 갑상선종(甲狀腺腫)이라는 병을 앓아 목이 볼록 튀어나왔으나, 자기들 마을에 온 외지 사람의 정상적인 목을 보고 오히려 이상하다고 비웃었다. 뿐만 아니라 외지 사람이 병이라는 사실을 알려주었음에도 전혀 개의치 않고, 고장 사람들 모두가 그렇기 때문에 굳이 치료할 필요가 없다고 여기며 끝내 보기 흉하다는 것조차도 알지 못했다.

이 우언은 불량한 습관이 사회에 깊이 뿌리를 내려 마치 전통 관념인 것처럼 보편화되면 그 위험성을 인식하지 못해 개선하기가 매우 어렵고 또한 사회에 막대한 피해를 초래할 수 있음을 경계한 것이다.

057 노소호양(猱搔虎癢)

《賢奕編 · 卷三 · 警喩》

원문 및 주석

猱搔虎癢[1]

獸有猱, 小而善緣, 利爪。虎首癢, 輒使猱爬搔之, 不休, 成穴, 虎殊快不覺也。[2] 猱徐取其腦啖之, 而汰其餘以奉虎, 曰:「余偶有所

1 猱搔虎癢 → 노(猱)라는 원숭이가 호랑이의 가려운 곳을 긁다
【猱(노)】: 원숭이의 일종.
【搔(소)】: 긁다.
【癢(양)】: 가렵다.

2 獸有猱, 小而善緣, 利爪。虎首癢, 輒使猱爬搔之, 不休, 成穴, 虎殊快不覺也。→ 짐승 중에 노(猱)라는 원숭이가 있는데, 몸집이 작고 잘 기어오르며, 날카로운 발톱을 지니고 있다. 호랑이는 머리가 가렵자, 곧 노로 하여금 머리를 긁도록 했다. 노가 멈추지 않고 계속 긁어, 머리에 구멍을 냈는데도, 호랑이는 너무 시원하여 (구멍이 뚫린 것을) 전혀 느끼지 못했다.
【獸(수)】: 짐승.
【善緣(선연)】: 잘 기어오르다.
【利爪(이조)】: 날카로운 발톱.
【輒(첩)】: 곧, 바로, 즉시.
【使(사)】: …에게 …하도록 시키다, …로 하여금 …하게 하다.
【爬搔(파소)】: 긁다.
【之(지)】: [대명사] 그것, 즉 「머리」.
【不休(불휴)】: 멈추지 않다. 즉 「멈추지 않고 계속 긁다」의 뜻.
【成穴(성혈)】: 구멍을 내다.
【殊(수)】: 매우, 특히, 너무.
【快(쾌)】: 상쾌하다.

獲腥，不敢私，以獻左右。」[3] 虎曰：「忠哉猱也，愛我而忘其口腹。」啖已，又弗覺也。[4] 久而虎腦空，痛發。跡猱，猱則已走避高木。虎跳踉大吼乃死。[5]

3 猱徐取其腦啖之，而汰其餘以奉虎，曰：「余偶有所獲腥，不敢私，以獻左右。」→ 노는 서서히 호랑이의 뇌를 취해 먹고 나서, 그 나머지 안 좋은 부분을 도려내 호랑이에게 바치며, 말했다 : 「제가 우연히 비린내 나는 음식을 얻었는데, 감히 혼자서 먹지 못해, 당신에게 바칩니다.」

【徐(서)】: 천천히, 서서히.
【啖(담)】: 먹다.
【汰(태)】: 도태시키다. 여기서는 「도려내다, 제거하다」의 뜻.
【奉(봉)】: 바치다.
【余(여)】: 나.
【偶(우)】: 우연히.
【有所獲腥(유소획성)】: 비린내 나는 음식을 얻다. 〖腥〗: 비린내 나는 음식.
【私(사)】: 사사로이 소유하다. 여기서는 「혼자서 먹다」의 뜻.
【獻(헌)】: 바치다, 드리다.
【左右(좌우)】: 신변에서 모시는 사람, 측근 사람. 여기서는 「당신, 귀하」의 뜻. ※ 상대방을 존경하는 뜻에서 감히 상대방을 직접 호칭하지 못하고, 측근 사람을 호칭하여 「당신, 귀하」의 뜻으로 대신하는 중국인의 언어 습관에서 비롯된 말.

4 虎曰：「忠哉猱也，愛我而忘其口腹。」啖已，又弗覺也。→ 호랑이가 말했다 : 「충직한 노가, 나를 사랑하여 자기의 음식을 잊었구나.」 (호랑이는) 다 먹고 나서도, 또한 (그것이 자기의 뇌라는 것을) 감지하지 못했다.

【口腹(구복)】: 음식.
【已(이)】: 마치다, 끝내다.
【弗覺(불각)】: 느끼지 못하다, 감지하지 못하다. 〖弗〗: 不(불).

5 久而虎腦空，痛發。跡猱，猱則已走避高木。虎跳踉大吼乃死。→ 한참 지나 호랑이의 뇌가 텅 비어버리자, 통증이 발작했다. (그리하여) 노를 추적했으나, 노는 이미 달아나 높은 나무 위로 피해버렸다. 호랑이는 펄쩍 뛰며 큰 소리로 울부짖다가 곧 죽어버렸다.

【發(발)】: 일어나다, 발작하다.
【跡(적)】: [동사 용법] 추적(追跡)하다, 행방을 좇다.
【走避(주피)】: 달아나 도피하다.
【跳踉(도량)】: 펄쩍 뛰다.
【大吼(대후)】: 큰 소리로 울부짖다.
【乃(내)】: ① 곧, 바로. ② 마침내, 드디어, 결국.

번역문

노(猱)라는 원숭이가 호랑이의 가려운 곳을 긁다

짐승 중에 노(猱)라는 원숭이가 있는데, 몸집이 작고 잘 기어오르며 날카로운 발톱을 지니고 있다. 호랑이는 머리가 가렵자 곧 노로 하여금 머리를 긁도록 했다. 노가 멈추지 않고 계속 긁어 머리에 구멍을 냈는데도 호랑이는 너무 시원하여 (구멍이 뚫린 것을) 전혀 느끼지 못했다. 노는 서서히 호랑이의 뇌를 취해 먹고 나서, 그 나머지 안 좋은 부분을 도려내 호랑이에게 바치며 말했다.

「제가 우연히 비린내 나는 음식을 얻었는데, 감히 혼자서 먹지 못해 당신에게 바칩니다.」

호랑이가 말했다.

「충직한 노가 나를 사랑하여 자기의 음식을 잊었구나.」

(호랑이는) 다 먹고 나서도 또한 (그것이 자기의 뇌라는 것을) 감지하지 못했다. 한참 지나 호랑이의 뇌가 텅 비어버리자 통증이 발작했다. (그리하여) 노를 추적했으나 노는 이미 달아나 높은 나무 위로 피해버렸다. 호랑이는 펄쩍 뛰며 큰 소리로 울부짖다가 곧 죽어버렸다.

해설

호랑이가 머리가 가려워 노(猱)라는 원숭이에게 긁게 하자, 노는 쉬지 않고 계속 긁어 호랑이 머리에 구멍을 뚫고 호랑이의 뇌를 파먹었다. 그리고 나머지 일부를 호랑이에게 바쳤다. 그러나 호랑이는 시원한 나머지 머리에 구멍이 뚫렸다는 것을 느끼지 못했을 뿐만 아니라 자기의 뇌를 먹으면서도 자기의 뇌라는 것을 알지 못하고, 결국 목숨을 잃고 말았다.

이 우언은 호랑이를 조정(朝廷)의 권력자에 비유하고 노(猱)를 아첨을 잘하는 간신배에 비유하여, 조정이 탐욕스럽고 아첨을 잘하는 소인배를 기용하지 말아야 사회의 안정과 사직의 안정을 도모할 수 있다는 도리를 설명한 것이다.

058 회상여진부(繪像與眞父)

《賢奕編 · 卷三 · 警喩》

원문 및 주석

繪像與眞父[1]

歙俗多賈, 有士人, 父壯時賈秦、隴間, 去三十餘載矣, 獨影堂畫像存焉。[2] 一日父歸。其子疑之, 潛以畫像比擬, 無一肖。[3] 拒曰 :「吾

1 繪像與眞父 → 초상화와 진짜 아버지
【繪像(회상)】: 초상화(肖像畵).

2 歙俗多賈, 有士人, 父壯時賈秦、隴間, 去三十餘載矣, 獨影堂畫像存焉。→ 흡(歙) 지방의 풍속은 장사하는 사람이 많았다. 어느 선비는, 아버지가 장년(壯年) 시절에 진(秦) · 농(隴) 일대에서 장사를 하느라, 삼십여 년 동안 집을 떠나 있었고, (집에는) 다만 대청에 초상화를 보존하고 있을 뿐이었다.
【歙(흡)】: [지명] 지금의 안휘성 흡현(歙縣).
【俗(속)】: 풍속, 풍조.
【賈(고)】: 상인, 장사꾼.
【士人(사인)】: 선비.
【壯時(장시)】: 장년(壯年) 시절.
【秦(진)】: [지명] 섬서성의 별칭.
【隴(농)】: [지명] 감숙성의 별칭.
【去(거)】: 떠나다.
【載(재)】: 해, 년.
【獨(독)】: 다만.
【影堂(영당)】: 서화(書畫) · 화상(畫像) 등을 걸어두는 대청.
【畫像(화상)】: 초상화.
【存(존)】: 보존하다.

父像肥皙，今瘠黧；像寡鬚，今髯多鬢皤。乃至冠裳履綦，一何殊也!」[4] 母出，亦曰：「嘻! 果遠矣!」已而，其父與其母亟話疇昔，及當時畫史姓名，繪像顚末。[5] 乃愜然阿曰：「是吾夫也。」子於是乎禮而

....

3 一日父歸。其子疑之，潛以畫像比擬，無一肖。→ 어느 날 아버지가 돌아왔다. 그 아들이 아버지를 의심하여, 몰래 초상화를 가지고 대조해 보니, 전혀 닮지 않았다.
【之(지)】：[대명사] 그, 즉「부친」.
【潛(잠)】：비밀히, 몰래, 살그머니.
【比擬(비의)】：대조하다, 비교하다.
【無一肖(무일초)】：전혀 닮지 않다, 조금도 비슷하지 않다. 〖肖〗：닮다, 비슷하다.

4 拒曰：「吾父像肥皙，今瘠黧；像寡鬚，今髯多鬢皤。乃至冠裳履綦，一何殊也!」→ (그리하여) 거절하며 말했다：「우리 아버지의 초상화는 살이 찌고 피부가 하얀데, 지금 당신은 수척하고 피부도 검으며; 또 초상화는 수염이 적은데, 지금 당신은 구레나룻이 많고 빈모(鬢毛)가 하얗습니다. 심지어 모자와 의복과 신발까지도, 완전히 다릅니다!」
【拒(거)】：거절하다, 거부하다.
【肥(비)】：살찌다, 뚱뚱하다.
【皙(석)】：(피부가) 희다.
【瘠(척)】：마르다, 수척하다.
【黧(려)】：(피부가) 검다.
【寡鬚(과수)】：수염이 적다.
【髯(염)】：구레나룻.
【鬢(빈)】：살쩍, 빈모(鬢毛).
【皤(파)】：희끗희끗하다.
【乃至(내지)】：심지어.
【冠裳(관상)】：모자와 의복.
【履綦(이기)】：신발과 신발 끈. 여기서는「신발」을 가리킨다.
【一何殊(일하수)】：얼마나 다른가! 즉「완전히 다르다」의 뜻. 〖一何〗：얼마나. 〖殊〗：다르다.

5 母出，亦曰：「嘻! 果遠矣!」已而，其父與其母亟話疇昔，及當時畫史姓名，繪像顚末。→ (선비의) 어머니가 나와 보고, 역시 말했다：「아! 정말 많이 달라!」 잠시 후, 아버지와 어머니가 급히 과거의 일과, 당시 (초상화를 그린) 화가의 이름, 초상화를 그린 전말을 등에 관해 대화를 나누었다.
【嘻(희)】：[감탄사] 아!
【果(과)】：과연, 정말.
【遠(원)】：차이가 많다, 많이 다르다.
【已而(이이)】：그 뒤, 이윽고.
【亟話(극화)】：급히 대화를 나누다. 〖亟〗：급히.
【疇昔(주석)】：과거의 일.

父焉。[6] 夫、父, 天下莫戚者也, 乃一泥於繪像, 致有妻、子之疑。[7] 彼儒者獨不知經史亦帝王聖賢之繪像也, 專泥經史而忘求聖人之心, 是卽所謂泥繪像而拒眞父者也。[8]

....

【及(급)】: …와(과), 및.
【畫史(화사)】: 화가, 그림을 그린 사람.
【繪像顚末(회상전말)】: 초상화를 그린 전말(顚末). 〖繪〗: 그리다. 〖像〗: 형상. 여기서는 「초상화」를 가리킨다.

6 乃愜然阿曰 : 「是吾夫也。」 子於是乎禮而父焉。→ 어머니가 그제야 비로소 기뻐하며 친근하게 말했다 : 「이 사람은 내 남편이 맞다.」 그리하여 아들은 예를 갖추고 아버지로 대했다.
【乃(내)】: 비로소.
【愜然(협연)】: 흡족한 모양, 흐뭇한 모양.
【阿(아)】: 친근하다.
【是(시)】: 此(차), 이.
【於是乎(어시호)】: 이에, 그리하여.
【禮而父(예이부)】: 예를 갖추고 아버지로 대하다. 〖禮〗: [동사 용법] 예를 갖추다. 〖父〗: [동사 용법] 아버지로 대하다.

7 夫、父, 天下莫戚者也, 乃一泥於繪像, 致有妻、子之疑。→ 남편과 아버지는, 세상에서 가장 가까운 사람인데, 의외로 초상화에 얽매이다 보니, 아내와 아들의 의심을 초래했다.
【莫戚者(막척자)】: 이보다 더 가까운 사람이 없다. 즉 「가장 가까운 사람」의 뜻.
【乃(내)】: 의외로, 뜻밖에.
【泥(니)】: 구애되다, 얽매이다.
【於(어)】: [개사] …에.
【致(치)】: 초래하다, 빚다, 야기하다, 불러오다.

8 彼儒者獨不知經史亦帝王聖賢之繪像也, 專泥經史而忘求聖人之心, 是卽所謂泥繪像而拒眞父者也。→ 저 유생(儒生)들은 유독 경서(經書)와 사서(史書) 역시 옛 제왕(帝王)과 성현(聖賢)의 초상화라는 것을 모르고, 오로지 경서와 사서의 자구(字句)에 얽매여 성인의 사상을 탐구하는 것을 잊고 있는데, 이것이 바로 이른바 초상화에 얽매어 진짜 아버지를 거절한 것이다.
【彼(피)】: 저, 그.
【儒者(유자)】: 유생.
【獨(독)】: 유달리, 유독.
【經史(경사)】: 경서(經書)와 사서(史書).
【專(전)】: 전적으로, 오로지. ※ 판본에 따라서는 「專」을 「顓(전)」이라 했다.

번역문

초상화와 진짜 아버지

흡(歙) 지방의 풍속은 장사하는 사람이 많았다. 어느 선비는 아버지가 장년(壯年) 시절에 진(秦) · 농(隴) 일대에서 장사를 하느라 삼십여 년 동안 집을 떠나 있었고, (집에는) 다만 대청에 초상화를 보존하고 있을 뿐이었다. 어느 날 아버지가 돌아왔다. 그 아들이 아버지를 의심하여, 몰래 초상화를 가지고 대조해 보니 전혀 닮지 않았다. (그리하여) 거절하며 말했다.

「우리 아버지의 초상화는 살이 찌고 피부가 하얀데, 지금 당신은 수척하고 피부도 검으며, 또 초상화는 수염이 적은데 지금 당신은 구레나룻이 많고 빈모(鬢毛)가 하얗습니다. 심지어 모자와 의복과 신발까지도 완전히 다릅니다!」

선비의 어머니가 나와 보고 역시 말했다.

「아! 정말 많이 달라!」

잠시 후, 아버지와 어머니가 급히 과거의 일과 당시 (초상화를 그린) 화가의 이름, 초상화를 그린 전말을 등에 관해 대화를 나누었다. 어머니가 그제야 비로소 기뻐하며 친근하게 말했다.

「이 사람은 내 남편이 맞다.」

그리하여 아들은 예를 갖추고 아버지로 대했다. 남편과 아버지는 세상에서 가장 가까운 사람인데, 의외로 초상화에 얽매이다 보니 아내와 아들의 의심을 초래했다.

저 유생(儒生)들은 유독 경서(經書)와 사서(史書) 역시 옛 제왕(帝王)과 성현(聖賢)의 초상화라는 것을 모르고, 오로지 경서와 사서의 자구(字句)에 얽매여 성인의 사상을 탐구하는 것을 잊고 있는데, 이것이 바로 이른바 초상화에 얽매어 진짜 아버지를 거절한 것이다.

해설

집에 초상화 하나만 남겨두고 삼십 년 동안 외지에 나가 장사를 하던 아버지가 어느 날 갑자기 돌아오자, 아들이 아버지의 모습을 몰래 초상화와 대조한 후 너무 다르다는 이유로 아버지를 받아들이지 않았고, 어머니 역시 자기 남편을 선뜻 알아보지 못했다. 그리하여 아버지와 어머니가 과거에 함께 겪은 여러 일들에 관해 대화를 나눈 후 비로소 진실이 규명되는 해프닝(happening)이 벌어졌다.

이 우언은 작자가 초상화에 얽매여 아버지를 거절한 아들의 사례를 들어, 당시 정주학파(程朱學派) 유생(儒生)들이 경서(經書)의 자구(字句)에 얽매여 경서의 진정한 내용을 탐구하지 못함으로써 시비(是非)가 전도된 학문의 그릇된 풍조를 풍자한 것이다.

059 승고재시(僧故在是)

《賢奕編 · 卷三 · 應諧》

원문 및 주석

僧故在是[1]

一里尹管解罪僧赴戍。[2] 僧故黠, 中道, 夜酒里尹, 致沉醉鼾睡, 已取刀髡其首, 改紲己絿, 反紲尹項而逸。[3] 淩晨, 里尹寤, 求僧不得,

1 僧故在是 → 중은 여전히 여기에 있다
【故(고)】: 아직, 아직도, 여전히.
【在是(재시)】: 여기에 있다. 〖是〗: 여기, 이곳.

2 一里尹管解罪僧赴戍。→ 어느 마을의 이윤(里尹)이 죄 지은 중을 압송하여 변방을 수비하러 가고 있었다.
【里尹(이윤)】: [관직] 리(里)의 우두머리. ※ 옛날에는 5가구(家口)를 「린(鄰)」이라 하고, 5린(鄰)을 「1리(里)」라 했다.
【管解(관해)】: (범인을) 압송하다, 호송하다.
【罪僧(죄승)】: 죄지은 승려.
【赴戍(부수)】: 변방에 가서 복역하다.

3 僧故黠, 中道, 夜酒里尹, 致沉醉鼾睡, 已取刀髡其首, 改紲己絿, 反紲尹項而逸。→ 이 중은 본래 교활하여, 길을 가던 도중에, 밤이 되자 이윤에게 술을 권해, 대취하여 곯아떨어지게 한 후, 칼을 꺼내 이윤의 머리를 깎고, 자기를 묶었던 오랏줄을 풀어, 반대로 이윤의 목을 묶어 놓고 달아났다.
【故(고)】: 본래.
【黠(힐)】: 교활하다.
【中道(중도)】: 도중(途中).
【酒(주)】: [동사 용법] 술을 권하다, 술을 먹이다.
【致(치)】: …에 이르게 하다.

自摩其首, 髡, 又縶在項, 則大詫, 驚曰 : 「僧故在是, 我今何在耶?」[4] 夫人具形宇內, 罔罔然不識眞我者, 豈獨里尹乎![5]

【沉醉(침취)】: 몹시 취하다, 대취하다. 곯아떨어지다.
【鼾睡(한수)】: 코를 골며 잠을 자다. 즉 「깊은 잠에 빠지다」의 뜻.
【髡(곤)】: 머리를 깎다.
【改紲己縶(개설기삭)】: 자기를 묶은 줄을 풀다. 〖改〗: 바꾸다, 고치다. 여기서는 「풀다」의 뜻. 〖紲〗: 묶다, 매다. 〖縶〗: 索(삭), 오랏줄, 포승줄.
【反(반)】: 반대로, 거꾸로.
【項(항)】: 목.
【逸(일)】: 달아나다, 도주하다.

4 凌晨, 里尹寤, 求僧不得, 自摩其首, 髡, 又縶在項, 則大詫, 驚曰 : 「僧故在是, 我今何在耶?」 → 다음날 새벽에, 이윤이 잠에서 깨어, 중을 찾아보았으나 찾지 못하고, 스스로 자기의 머리를 만져보니, 삭발한 상태에다, 또 자기 목에 오랏줄이 묶여 있었다. 이윤이 대경실색(大驚失色)하여 말했다 : 「중은 여전히 여기에 있는데, 그러면 나는 지금 어디에 있는가?」
【凌晨(능신)】: 새벽, 이른 아침.
【寤(오)】: 잠을 깨다.
【求僧不得(구승부득)】: 중을 찾지 못하다.
【摩(마)】: 어루만지다, 쓰다듬다.
【大詫(대타)】: 매우 놀라다.
【驚(경)】: 놀라다.
【何在(하재)】: 어디에 있는가?

5 夫人具形宇內, 罔罔然不識眞我者, 豈獨里尹乎! → 대저 사람이 세상을 살아가면서, 정신이 흐리멍덩하여 자신의 참모습을 알아보지 못하는 자가, 어찌 다만 이 이윤뿐이겠는가!
【夫(부)】: [발어사] 대저, 무릇.
【具形宇內(구형우내)】: 세상에 존재하다. 세상을 살아가다. 〖具形〗: 형체를 갖추다. 즉 「존재하다, 살아가다」의 뜻. 〖宇內〗: 천하, 세상.
【罔罔然(망망연)】: 정신이 얼떨떨한 모양, 흐리멍덩한 모양.
【不識眞我(불식진아)】: 자신의 참모습을 알아보지 못하다. 〖識〗: 알다, 인식하다. 〖眞我〗: 자신의 참모습.
【豈(기)】: 어찌.
【獨(독)】: 다만, 오직.

번역문

중은 여전히 여기에 있다

어느 마을의 이윤(里尹)이 죄 지은 중을 압송하여 변방을 수비하러 가고 있었다. 이 중은 본래 교활하여, 길을 가던 도중에 밤이 되자 이윤에게 술을 권해 대취하여 곯아떨어지게 한 후, 칼을 꺼내 이윤의 머리를 깎고 자기를 묶었던 오랏줄을 풀어, 반대로 이윤의 목을 묶고 달아났다. 다음날 새벽에 이윤이 잠에서 깨어 중을 찾아보았으나 찾지 못하고, 스스로 자기의 머리를 만져보니 삭발한 상태에다 또 자기 목에 오랏줄이 묶여 있었다. 이윤이 대경실색(大驚失色)하여 말했다.

「중은 여전히 여기에 있는데, 그러면 나는 지금 어디에 있는가?」

대저 사람이 세상을 살아가면서, 정신이 흐리멍덩하여 자신의 참모습을 알아보지 못하는 자가 어찌 다만 이 이윤뿐이겠는가!

해설

죄를 지어 압송되던 승려가 자기를 압송하던 이윤(里尹)에게 술을 먹여 곯아떨어지게 한 후 칼을 꺼내 이윤의 머리를 깎고, 자기를 묶었던 오랏줄로 이윤의 목을 묶어 이윤으로 하여금 자신을 대신토록 하고 달아났는데, 이튿날 아침 잠에서 깨어난 이윤은 승려의 존재를 확인하면서 오히려 자신이 어디에 있느냐고 의문을 제기했다.

이 우언은 작자가 말미에서 언급했듯이, 세상을 살아가면서 이윤과 같이 정신이 흐리멍덩하여 자신의 참모습을 알아보지 못하는 무지몽매(無知蒙昧)한 사람을 풍자한 것이다.

060 형제쟁안(兄弟爭雁)

《賢奕編 · 卷三 · 應諧》

원문 및 주석

兄弟爭雁[1]

昔人有睹雁翔者, 將援弓射之, 曰 :「獲則烹。」[2] 其弟爭曰 :「舒雁烹宜, 翔雁燔宜。」競鬪而訟于社伯。[3] 社伯請剖雁, 烹燔半焉。已

1 兄弟爭雁 → 형제가 기러기를 다투다
【爭(쟁)】: 다투다.
【雁(안)】: 기러기.

2 昔人有睹雁翔者, 將援弓射之, 曰 :「獲則烹。」→ 예전에 어떤 사람이 하늘을 나는 기러기를 보자, 활을 당겨 쏘려고 하며, 말했다 :「잡으면 삶아먹어야지.」
【睹(도)】: 보다.
【翔(상)】: 빙빙 돌며 날다.
【將(장)】: (장차) …하려 하다.
【援弓射之(원궁사지)】: 활을 당겨 그것을 쏘다. 【援】: 당기다. 【射】: 쏘다. 【之】: [대명사] 그것, 즉「기러기」.
【獲(획)】: 잡다, 포획하다.
【烹(팽)】: 삶다.

3 其弟爭曰 :「舒雁烹宜, 翔雁燔宜。」競鬪而訟于社伯。→ 그의 아우가 양보하지 않고 말했다 :「거위는 삶아먹는 것이 좋고, 기러기는 구워먹는 것이 좋아.」(형제가) 다투고 싸우다가 사백(社伯)에게 소송을 제기했다.
【爭曰(쟁왈)】: 양보하지 않고 말하다.
【舒雁(서안)】: 거위.
【宜(의)】: 적합하다, 알맞다. 즉「좋다」의 뜻.
【翔雁(상안)】: 기러기.

而索雁, 則淩空遠矣。今世儒爭異同, 何以異是?[4]

번역문

형제가 기러기를 다투다

예전에 어떤 사람이 하늘을 나는 기러기를 보자 활을 당겨 쏘려고 하며 말했다.

「잡으면 삶아먹어야지.」

그의 아우가 양보하지 않고 말했다.

「거위는 삶아먹는 것이 좋고, 기러기는 구워먹는 것이 좋아.」

(형제가) 다투고 싸우다가 사백(社伯)에게 소송을 제기했다. 사백은 이들에게 기러기를 갈라 절반은 삶고 절반은 구우라고 청했다. 잠시 후 그들이 기러기를 찾아보니 기러기는 이미 하늘 높이 올라 멀리 날아가 버렸다.

....

【燔(번)】: 굽다.
【競鬪(경투)】: 다투고 싸우다.
【訟于(송우)…】: …에게 소송을 제기하다. 〖訟〗: 소송을 제기하다. 〖于〗: [개사] …에, …에게.
【社伯(사백)】: [관직] 사(社)의 우두머리. 〖社〗: [행정 단위] 25가구(家口). 〖伯〗: 장관, 우두머리.

4 社伯請剖雁, 烹燔半焉。已而索雁, 則淩空遠矣。今世儒爭異同, 何以異是? → 사백은 이들에게 기러기를 갈라, 절반은 삶고 절반은 구우라고 청했다. 잠시 후 그들이 기러기를 찾아보니, 기러기는 이미 하늘 높이 올라 멀리 날아가 버렸다. 오늘날 세상의 유가(儒家)들이 서로 이동(異同)을 다투는 것이, 어찌 이들 형제와 다르겠는가?
【剖(부)】: 가르다, 쪼개다.
【已而(이이)】: 그 뒤, 잠시 후.
【索(색)】: 찾다.
【淩空(능공)】: 하늘 높이 오르다.
【儒爭異同(유쟁이동)】: 유가(儒家)들이 서로 이동(異同)을 다투다.
【何以異是(하이이시)】: 어찌 이들 형제와 다르겠는가? 〖何以〗: 어찌. 〖是〗: [대명사] 이, 이들. 즉 「형제」.

오늘날 세상의 유가(儒家)들이 서로 이동(異同)을 다투는 것이 어찌 이들 형제와 다르겠는가?

해설

두 형제가 공중을 선회하는 기러기를 보고, 잡아서 삶아먹느냐 구워먹느냐의 문제를 가지고 논쟁을 벌이며 싸우다가, 사백(社伯)의 중재에 따라 절반은 삶아먹고 절반은 구워먹기로 정하고, 다시 기러기를 잡으러 가보니 기러기는 이미 멀리 날아가고 없었다.

이 우언은 두 형제가 아직 기러기를 잡지도 못한 상황에서 요리 방법을 놓고 다툰 사례를 빌려, 유가(儒家) 학설의 정수(精髓)에 대한 탐구를 제쳐두고 오히려 누가 유가의 정통이냐를 놓고 격렬한 논쟁을 벌이는 학자들의 볼썽사나운 행태를 풍자하는 동시에, 모든 일의 처리는 관건(關鍵)과 시기(時機)를 포착하지 못하고 다만 공담(空談)과 의미 없는 논쟁으로 일관할 경우 어느 한 가지도 이룰 수 없다는 이치를 설명한 것이다.

061 맹자타교(盲子墮橋)

《賢奕編·卷三·應諧》

원문 및 주석

盲子墮橋[1]

有盲子道涸溪, 橋上失墜, 兩手攀楯, 兢兢握固, 自分失手必墮深淵已。[2] 過者告曰 :「毋怖, 第放下卽實地也。」盲子不信, 握楯長號。[3] 久之力憊, 失手墜地, 乃自哂曰 :「嘻! 蚤知卽實地, 何久自苦

1 盲子墮橋 → 맹인(盲人)이 다리에서 떨어지다
【盲子(맹자)】: 맹인, 소경, 장님.
【墮橋(타교)】: 다리에서 떨어지다. 〖墮〗: 떨어지다, 추락하다.

2 有盲子道涸溪, 橋上失墜, 兩手攀楯, 兢兢握固, 自分失手必墮深淵已。→ 어느 맹인이 마른 개천을 건너다가, 다리 위에서 떨어지자, 두 손으로 난간을 잡고, 전전긍긍(戰戰兢兢)하며 꽉 잡은 채, 손을 놓치면 틀림없이 깊은 연못으로 떨어질 것이라고 스스로 생각했다.
【道(도)】: 지나가다.
【涸溪(학계)】: 마른 개천, 물이 없는 개천.
【失墜(실추)】: 떨어지다.
【攀楯(반순)】: 난간을 붙잡다. 〖攀〗: (무엇을 붙잡고) 기어오르다. 여기서는「잡다, 붙잡다」의 뜻. 〖楯〗: 난간.
【兢兢握固(긍긍악고)】: 전전긍긍(戰戰兢兢)하며 꽉 잡다. 〖兢兢〗: 전전긍긍하다. 〖握固〗: 꽉 쥐다, 꼭 잡다.
【自分(자분)】: 스스로 …라 생각하다.
【失手(실수)】: 손을 놓치다.
【深淵(심연)】: 깊은 못.
【已(이)】: [어조사].

耶!」[4]

번역문

맹인(盲人)이 다리에서 떨어지다

어느 맹인(盲人)이 마른 개천을 건너다가 다리 위에서 떨어지자, 두 손으로 난간을 잡고 전전긍긍(戰戰兢兢)하며 꽉 잡은 채, 손을 놓치면 틀림없이 깊은 연못으로 떨어질 것이라고 스스로 생각했다. 지나가는 사람이 알려주며 말했다.

3 過者告曰:「毋怖, 第放下卽實地也。」盲子不信, 握楯長號。→ 지나가는 사람이 알려주며 말했다:「두려워하지 마시오. 주저하지 말고 손을 놓으면 아래가 바로 땅바닥이오.」 맹인은 그 말을 믿지 않고, 난간을 잡은 채 큰 소리로 울부짖었다.
【過者(과자)】: 지나가는 사람.
【告(고)】: 알려주다.
【毋(무)】: 勿(물), …하지 말라, …해서는 안 된다.
【怖(포)】: 두려워하다.
【第(제)】: 다만, 주저하지 말고.
【放(방)】: 손을 놓다.
【卽(즉)】: 바로.
【實地(실지)】: 마른 땅.
【長號(장호)】: 큰 소리로 울부짖다.

4 久之力憊, 失手墜地, 乃自哂曰:「嘻! 蚤知卽實地, 何久自苦耶!」→ 한참 지나 힘이 지쳐, 손을 놓치고 땅으로 떨어지더니, 그제야 비로소 자기를 비웃듯이 말했다:「아! 바로 땅바닥이라는 것을 일찍 알았더라면, 어찌 이처럼 오래도록 스스로 사서 고생을 했겠는가!」
【力憊(역비)】: 힘이 지치다.
【乃(내)】: 비로소.
【自哂(자신)】: 자기를 비웃다.
【嘻(희)】: [감탄사] 아!
【蚤(조)】: 早(조), 일찍.
【何(하)】: 어찌.
【自苦(자고)】: 스스로 고생을 자초하다, 스스로 사서 고생하다.
【耶(야)】: [어조사].

「두려워하지 마시오. 주저하지 말고 손을 놓으면 아래가 바로 땅바닥이요.」

맹인은 그 말을 믿지 않고 난간을 잡은 채 큰 소리로 울부짖었다. 한참 지나 힘이 지쳐 손을 놓치고 땅으로 떨어지더니, 그제야 비로소 자기를 비웃듯이 말했다.

「아! 바로 땅바닥이라는 것을 일찍 알았더라면, 어찌 이처럼 오래도록 스스로 사서 고생을 했겠는가!」

해설

맹인(盲人)이 마른 개천을 건너다가 다리에서 떨어져 난간을 붙잡고 전전긍긍(戰戰兢兢)할 때, 지나가던 사람이 발아래가 바로 땅바닥이니 두려워하지 말고 손을 놓으라고 알려주었으나 믿지 않고 있다가, 결국 힘이 다해 손을 놓쳐 바닥에 떨어지고 나서야 비로소 자신을 비웃으며 헛고생한 것을 후회했다.

이 우언은 맹인의 행위를 통해, 자기의 의견을 고집하며 남의 정확한 의견을 귀담아듣지 않다가 오류를 자초하는 무모하고 몰지각(沒知覺)한 행위를 풍자한 것이다.

062 소양(搔癢)

《賢奕編·卷三·應諧》

원문 및 주석

搔癢[1]

昔人有癢, 令其子索之, 三索而三弗中; 令其妻索之, 五索而五弗中也。[2] 其人怒曰 :「妻、子內我者, 而胡難我?」[3] 乃自引手一搔而癢絕。何則? 癢者, 人之所自知也。自知而搔, 寧弗中乎?[4]

1 搔癢 → 가려운 곳을 긁다
【搔(소)】: 긁다.
【癢(양)】: 가렵다. 여기서는 명사 용법으로 「가려운 곳」을 가리킨다.

2 昔人有癢, 令其子索之, 三索而三弗中; 令其妻索之, 五索而五弗中也。→ 예전에 어떤 사람이 몸이 가려워, 자기 아들에게 가려운 곳을 찾아 긁게 했으나, 세 번을 찾아 세 번 모두 적중하지 못했고; 자기 아내에게 그곳을 찾게 했으나, 다섯 번을 찾아 다섯 번 모두 적중하지 못했다.
【令(령)】: …로 하여금 …하게 하다, …에게 …하도록 시키다.
【索(색)】: 찾다.
【之(지)】: [대명사] 그것, 즉 「가려운 곳」.
【弗中(부중)】: 적중하지 못하다. 즉 「가려운 곳을 긁지 못하다」의 뜻. 〖弗〗: 不(불).

3 其人怒曰 :「妻、子內我者, 而胡難我?」→ 그가 화를 내며 말했다 :「아내와 아들은 나와 가장 가까운 사람인데, 어째서 나를 난처하게 하는가?」
【內我者(내아자)】: 나와 가장 친근한 사람. 〖內〗: 친근하다, 가깝다.
【胡(호)】: 왜, 어째서.
【難(난)】: 곤란하게 하다, 어렵게 하다, 난처하게 하다.

4 乃自引手一搔而癢絕。何則? 癢者, 人之所自知也。自知而搔, 寧弗中乎? → 그리하여 스스로

번역문

가려운 곳을 긁다

예전에 어떤 사람이 몸이 가려워 자기 아들에게 가려운 곳을 찾아 긁게 했으나 세 번을 찾아 세 번 모두 적중하지 못했고, 자기 아내에게 그곳을 찾게 했으나 다섯 번을 찾아 다섯 번 모두 적중하지 못했다. 그가 화를 내며 말했다.

「아내와 아들은 나와 가장 가까운 사람인데, 어째서 나를 난처하게 하는가?」

그리하여 스스로 손을 뻗어 한 번 긁자 가려움이 즉시 멈추었다. 어째서인가? 가려운 곳은 가려운 사람 자신이 가장 잘 알기 때문이다. 자신이 알고 긁는데 어찌 적중하지 않겠는가?

해설

어떤 사람이 몸이 가려워 아들이 세 번을 찾아 긁어도 적중하지 못하고, 아내가 다섯 번을 찾아 긁어도 적중하지 못하자 아내와 아들을 원망하더니, 자기 스스로 한 번 긁어 가려움증을 멎게 했다. 이유는 자신의 가려운 곳을 자신이 가장 잘 알기 때문이다.

이 우언은 자기의 결점은 누구보다 자신이 가장 잘 알기 때문에, 비록

……………

손을 뻗어 한 번 긁자 가려움이 즉시 멈추었다. 어째서인가? 가려운 곳은, 가려운 사람 자신이 가장 잘 알기 때문이다. 자신이 알고 긁는데, 어찌 적중하지 않겠는가?
【乃(내)】: 이에, 그리하여, 그래서.
【引手一搔(인수일소)】: 손을 뻗어 한 번 긁다. 〖引〗: 길게 뻗다.
【絶(절)】: 멈추다.
【何則(하즉)】: 왜 그런가? 어째서인가?
【寧(녕)】: 어찌.

다른 사람의 비평이나 도움이 어느 정도 작용을 할 수 있다 해도, 자신의 결점을 극복하기 위한 주체는 마땅히 자신이어야 한다는 원칙을 제시한 것이다.

063 위묘취호(爲貓取號)

《賢奕編·卷三·應諧》

원문 및 주석

爲貓取號[1]

齊奄家畜一猫, 自奇之, 號于人曰:「虎猫。」[2] 客說之曰:「虎誠猛, 不如龍之神也, 請更名曰龍猫。」[3] 又客說之曰:「龍固神於虎也, 龍升天須浮雲, 雲其尙于龍乎? 不如名曰雲。」[4] 又客說之曰:「雲靄

1 爲貓取號 → 고양이에게 호(號)를 지어주다
【取號(취호)】: 호를 짓다.

2 齊奄家畜一猫, 自奇之, 號於人曰:「虎猫。」→ 제엄(齊奄)이란 사람은 집에 고양이 한 마리를 길렀는데, 스스로 그것을 기이하게 여겨, 사람들 앞에서 호칭하길:「호묘(虎猫)」라 했다.
【齊奄(제엄)】: [허구 인물].
【畜(휵)】: 기르다.
【自奇之(자기지)】: 스스로 그것을 기이하게 여기다. 〖奇〗: 기이하게 여기다. 〖之〗: [대명사] 그것, 즉「고양이」.
【號(호)】: 호칭하다.

3 客說之曰:「虎誠猛, 不如龍之神也, 請更名曰龍猫。」→ 어떤 손님이 제엄에게 권했다:「호랑이는 실로 용맹하지만, 용의 신기(神奇)함만 못하니, 이름을 용묘(龍猫)라고 바꾸십시오.」
【說(설)】: 권하다.
【之(지)】: [대명사] 그, 즉「제엄」.
【誠(성)】: 실로, 확실히, 정말.
【猛(맹)】: 사납다.
【不如(불여)…】: …하는 것이 낫다, …만 못하다.
【更名(경명)】: 이름을 바꾸다.

4 又客說之曰:「龍固神於虎也, 龍升天須浮雲, 雲其尙於龍乎? 不如名曰雲。」→ 또 다른 손님

蔽天，風倏散之，雲故不敵風也，請更名曰風。」[5] 又客說之曰：「大風飆起，維屛以墻，斯足蔽矣，風其如墻何？名之曰墻猫可。」[6] 又客說之曰：「維墻雖固，維鼠穴之，墻斯圮矣，墻又如鼠何？卽名曰鼠猫可也。」[7] 東里丈人嗤之曰：「噫嘻！捕鼠者故猫也，猫卽猫耳，胡

••••••••••••••••

이 제엄에게 권했다：「용이 물론 호랑이보다 신기하지만, 용이 하늘로 올라가려면 반드시 뜬구름에 의존해야 하니, 구름이 용보다 상급(上級)이 아닙니까? 이름을 운묘(雲猫)라 하는 것이 낫습니다.」

【固(고)】：물론.

【神於虎(신어호)】：호랑이보다 신기하다. 〖於〗：[개사] …보다, …에 비해.

【升天(승천)】：하늘에 오르다.

【須(수)】：반드시 …해야 한다.

【浮雲(부운)】：뜬구름.

【其(기)】：[추측을 표시하는 어조사].

【尙於龍(상어룡)】：용보다 위에 있다. 〖尙〗：上(상), 상위(上位), 상급(上級).

5 又客說之曰：「雲靄蔽天，風倏散之，雲故不敵風也，請更名曰風。」→ 또 다른 손님이 제엄에게 권했다：「운무(雲霧)가 하늘을 가리면, 바람이 재빨리 구름을 흐트러뜨립니다. 그래서 구름은 바람의 적수(敵手)가 되지 못하니, 이름을 풍묘(風猫)라고 바꾸십시오.」

【雲靄(운애)】：운무(雲霧), 운기(雲氣).

【蔽(폐)】：덮다, 가리다.

【倏(숙)】：갑자기, 재빨리, 별안간.

【散之(산지)】：구름을 흩뜨리다. 〖之〗：[대명사] 그것, 즉 「구름」.

【故(고)】：그래서, 그러므로. ※ 판본에 따라서는 「故」를 「固(고)」라 했다.

【不敵(부적)】：적수(敵手)가 되지 못하다, 상대가 되지 못하다.

6 又客說之曰：「大風飆起，維屛以墻，斯足蔽矣，風其如墻何？名之曰墻猫可。」→ 또 다른 손님이 제엄에게 권했다：「큰 바람이 불 때, 담장으로 막으면, 곧 충분히 막을 수 있으니, 바람이 담장보다 못하지 않습니까? 이름을 장묘(墻猫)라고 부르는 것이 좋습니다.」

【飆起(표기)】：폭풍이 일다. 〖飆〗：폭풍. 여기서는 동사용법으로 「폭풍이 일다」의 뜻.

【維(유)】：[어조사].

【屛以墻(병이장)】：담장으로 막다. 〖屛〗：막다, 차단하다. 〖墻〗：벽, 담, 담장.

【斯(사)】：곧, 바로.

【足蔽(족폐)】：충분히 막다. 〖蔽〗：막다.

【風其如墻何(풍기여장하)】：바람과 담장을 비교하면 어떠합니까? 즉 「바람이 담장보다 못하지 않습니까?」의 뜻.

7 又客說之曰：「維墻雖固，維鼠穴之，墻斯圮矣，墻又如鼠何？卽名曰鼠猫可也。」→ 또 다른 손님이 제엄에게 권했다：「담장이 비록 견고하다 해도, 쥐가 그곳에 구멍을 뚫으면, 담장은

爲自失本眞哉!」[8]

번역문

고양이에게 호(號)를 지어주다

제엄(齊奄)이란 사람은 집에 고양이 한 마리를 길렀는데 스스로 그것을 기이하게 여겨, 사람들 앞에서 호칭하길 「호묘(虎猫)」라 했다.

어떤 손님이 제엄에게 권했다.

「호랑이는 실로 용맹하지만 용의 신기(神奇)함만 못하니 이름을 용묘(龍猫)라고 바꾸십시오.」

또 다른 손님이 제엄에게 권했다.

「용이 물론 호랑이보다 신기하지만 용이 하늘로 올라가려면 반드시 뜬

....

곧 무너질 것이니, 담장은 또 쥐보다 못하지 않습니까? 곧 이름을 서묘(鼠猫)라고 부르는 것이 좋습니다.」
【雖(수)】: 비록.
【固(고)】: 견고하다.
【穴(혈)】: [동사 용법] 구멍을 뚫다.
【圮(비)】: 무너지다.

8 東里丈人嗤之曰:「噫嘻! 捕鼠者故猫也, 猫卽猫耳, 胡爲自失本眞哉!」 → 동쪽 마을의 노인이 이를 듣고 그들을 비웃으며 말했다:「아! 쥐를 잡는 것은 본래 고양이요, 고양이는 바로 고양이일 뿐인데, 어째서 고양이로 하여금 본래의 면모를 잃게 하려 하는가?」
【丈人(장인)】: 노인.
【嗤(치)】: 비웃다.
【之(지)】: [대명사] 그들, 즉 「고양이의 호칭을 바꾸도록 권한 사람들」.
【噫嘻(희희)】: [감탄사] 아!
【捕(포)】: 잡다.
【故(고)】: 본래.
【耳(이)】: …일 뿐이다.
【胡爲(호위)】: 왜, 어째서.
【本眞(본진)】: 본래의 면모.

구름에 의존해야 하니 구름이 용보다 상급(上級)이 아닙니까? 이름을 운묘(雲猫)라 하는 것이 낫습니다.」

또 다른 손님이 제엄에게 권했다.

「운무(雲霧)가 하늘을 가리면 바람이 재빨리 구름을 흐트러뜨립니다. 그래서 구름은 바람의 적수(敵手)가 되지 못하니 이름을 풍묘(風猫)라고 바꾸십시오.」

또 다른 손님이 제엄에게 권했다.

「큰 바람이 불 때 담장으로 막으면 곧 충분히 막을 수 있으니 바람이 담장보다 못하지 않습니까? 이름을 장묘(墻猫)라고 부르는 것이 좋습니다.」

또 다른 손님이 제엄에게 권했다.

「담장이 비록 견고하다 해도 쥐가 그곳에 구멍을 뚫으면 담장은 곧 무너질 것이니 담장은 또 쥐보다 못하지 않습니까? 곧 이름을 서묘(鼠猫)라고 부르는 것이 좋습니다.」

동쪽 마을의 노인이 이를 듣고 그들을 비웃으며 말했다.

「아! 쥐를 잡는 것은 본래 고양이요 고양이는 바로 고양이일 뿐인데, 어째서 고양이로 하여금 본래의 면모를 잃게 하려 하는가?」

해설

제엄(齊奄)이란 사람이 자기가 기르는 고양이를 기이하게 여겨 「호묘(虎猫)」라고 호칭하자, 그의 손님들이 각자 자기의 의견을 제시했다. 어떤 사람은 호랑이가 용보다 못하니 「용묘(龍猫)」가 좋다 했고, 어떤 사람은 용이 구름보다 못하니 「운묘(雲猫)」가 좋다 했고, 어떤 사람은 구름이 바람보다 못하니 「풍묘(風猫)」가 좋다 했고, 어떤 사람은 바람이 담장보다 못하니 「장묘(墻猫)」가 좋다 했고, 담장은 쥐보다 못하니 「서묘(鼠猫)」가 좋다고 했다. 그리하여 동쪽 마을의 노인이 이 말을 듣고, 고양이 본래의 면모를 잃게 하려는 그들의 부질없는 사고방식을 한탄하며 비웃었다.

이 우언은 사물의 본래 면모를 이탈하여 실제와 동떨어진 허황된 논리를 가지고 불필요한 논쟁을 벌이는 무료한 행위를 조소하고 비난한 것이다.

064 성급(性急)

《賢奕編 · 卷三 · 應諧》

원문 및 주석

性急[1]

于嘽子與友連床圍爐而坐。其友據案閱書, 而裳曳于火, 甚熾。[2] 于嘽子從容起, 向友前拱立作禮, 而致詞曰 :「適有一事, 欲以奉告, 諗君天性躁急, 恐激君怒;[3] 欲不以告, 則與人非忠。敢請惟君寬假,

1 性急 → 급한 성격

2 于嘽子與友連床圍爐而坐。其友據案閱書, 而裳曳於火, 甚熾。→ 우탄자(于嘽子)가 친구와 서로 걸상을 잇대고 난로에 둘러앉았다. 그 친구가 책상에 기대어 책을 읽고 있는데, 하의(下衣)가 난로에 닿아 끌리고 있었다. 불이 매우 왕성했다.
【于嘽子(우탄자)】: [인명].
【與(여)】: …와(과).
【連床(연상)】: 걸상을 서로 붙이다. 〖連〗: 연결하다, 잇대다, 서로 붙이다. 〖床〗: 걸상.
【圍爐而坐(위로이좌)】: 난로를 둘러싸고 앉다.
【據案閱書(거안열서)】: 책상에 기대고 책을 읽다. 〖據〗: 기대다, 의지하다. 〖案〗: 책상. 〖閱〗: 읽다.
【裳曳於火(상예어화)】: 하의(下衣)가 화로 불에 질질 끌리다. 〖裳〗: 하의(下衣). 〖曳〗: [사동용법] 끌리다, 질질 끌리다. 〖於〗: [개사] …에.
【甚熾(심치)】: 불길이 매우 왕성하다.

3 于嘽子從容起, 向友前拱立作禮, 而致詞曰 :「適有一事, 欲以奉告, 諗君天性躁急, 恐激君怒; → 우탄자가 침착하게 일어나, 친구 앞으로 걸어가 손을 맞잡고 서서 예(禮)를 갖추고, 말했다 :「방금 한 가지 일이 있어 알려드리자니 당신의 성격이 급하다는 것을 잘 알기에 당신을 격노하게 할까 두렵고;

能忘其怒而後敢言。」[4] 友人曰：「君有何陳? 當謹奉教。」[5] 于嘽子復謙讓如初, 至再至三, 乃始逡巡言曰：「時火燃君裳也。」友起視之, 則燬甚矣。[6] 友作色曰：「奈何不急以告而迂緩如是?」 于嘽子曰：

【從容(종용)】: 차분히, 침착하게, 태연하게.
【拱立作禮(공립작례)】: 손을 맞잡고 서서 예(禮)를 갖추다.
【致詞(치사)】: 치사하다. 여기서는 「말하다」의 뜻.
【適(적)】: 방금, 막.
【欲(욕)】: …하고자 하다, …하려고 생각하다.
【奉告(봉고)】: 알려드리다.
【諗(심)】: 잘 알다. ※ 판본에 따라서는 「諗」을 「念(념)」이라 했다.
【恐激君怒(공격군로)】: 당신을 격노하게 할까 두려워하다.

4 欲不以告, 則與人非忠。敢請惟君寬假, 能忘其怒而後敢言。」→ 알려드리지 않자니, 곧 당신에게 불충(不忠)하게 됩니다. 청컨대 오직 당신께서 너그럽게 용서하시고, 분노를 잊어야 연후에 감히 말씀을 드릴 수가 있습니다.」
【與人非忠(여인비충)】: 당신에게 불충(不忠)하다. 〖與〗: …에게.
【惟(유)】: 오직, 다만.
【寬假(관가)】: 관용하다, 너그럽게 용서하다.
【而後(이후)】: 이후에, 연후에.

5 友人曰：「君有何陳? 當謹奉教。」→ 친구가 말했다 : 「무슨 말씀이 있으신지요? 응당 공손히 가르침을 받겠습니다.」
【陳(진)】: 진술하다, 설명하다, 말하다.
【當謹奉教(당근봉교)】: 응당 정중하게 가르침을 받다. 〖當〗: 마땅히, 당연히. 〖謹〗: 삼가, 정중히, 공손히. 〖奉教〗: 가르침을 받다.

6 于嘽子復謙讓如初, 至再至三, 乃始逡巡言曰：「時火燃君裳也。」友起視之, 則燬甚矣。→ 우탄자가 또 처음과 같이 겸손하게, 몇 번을 되풀이 하고, 비로소 머뭇거리며 말했다. 「방금 화롯불이 당신의 하의를 태웠습니다.」 친구가 일어나 그것을 보니, 심하게 탔다.
【復(부)】: 또, 다시.
【謙讓(겸양)】: 겸양하다, 겸손하게 사양하다. ※ 판본에 따라서는 「謙讓」을 「謙謙(겸겸)」이라 했다.
【如初(여초)】: 처음처럼, 처음과 같이.
【至再至三(지재지삼)】: 몇 번을 되풀이 하다.
【乃始(내시)】: 그제야 비로소, 그리하여 곧.
【逡巡(준순)】: 머뭇거리다, 주저주저하다, 멈칫멈칫하다, 우물쭈물하다.
【時(시)】: 당시, 그때. 여기서는 「방금」의 뜻.
【燃(연)】: 태우다.

「人謂君性急, 今果然耶!」[7]

번역문

급한 성격

우탄자(于嘽子)가 친구와 서로 걸상을 잇대고 난로에 둘러앉았다. 그 친구가 책상에 기대어 책을 읽고 있는데, 하의(下衣)가 난로에 닿아 끌리고 있었다. 불이 매우 왕성했다. 우탄자가 침착하게 일어나 친구 앞으로 걸어가 손을 맞잡고 서서 예(禮)를 갖추고 말했다.

「방금 한 가지 일이 있어 알려드리자니 당신의 성격이 급하다는 것을 잘 알기에 당신을 격노하게 할까 두렵고, 알려드리지 않자니 곧 당신에게 불충(不忠)하게 됩니다. 청컨대 오직 당신께서 너그럽게 용서하시고 분노를 잊어야, 연후에 감히 말씀을 드릴 수가 있습니다.」

친구가 말했다.

「무슨 말씀이 있으신지요? 응당 공손히 가르침을 받겠습니다.」

우탄자가 또 처음과 같이 겸손하게 몇 번을 되풀이 하고 비로소 머뭇거리며 말했다.

「방금 화롯불이 당신의 하의를 태웠습니다.」

....

【燬甚(훼심)】: 심하게 타다. 【燬】: 타다, 태우다. ※ 판본에 따라서는 「燬」를 「毁(훼)」라 했다.

7 友作色曰 : 「奈何不急以告而迂緩如是?」 于嘽子曰 : 「人謂君性急, 今果然耶!」 → 친구가 안색이 변하며 말했다 : 「왜 급히 알리지 않고 이렇게 지체했소?」 우탄자가 말했다 : 「사람들이 당신의 성격이 급하다고 말했는데, 지금 보니 과연 그렇군요!」

【作色(작색)】: 안색을 바꾸다, 표정이 변하다.

【奈何(내하)】: 왜, 어찌, 어째서.

【迂緩(우완)】: ① 느리다, 더디다, 완만하다. ② 지체하다, 늦추다.

【如是(여시)】: 이처럼, 이와 같이.

친구가 일어나 그것을 보니 심하게 탔다.

친구가 안색이 변하며 말했다.

「왜 급히 알리지 않고 이렇게 지체했소?」

우탄자가 말했다.

「사람들이 당신의 성격이 급하다고 말했는데, 지금 보니 과연 그렇군요!」

해설

우탄자(于嘽子)는 친구와 함께 난로를 둘러싸고 독서를 하다가, 친구의 하의(下衣)가 난로에 닿아 타는 것을 보고도, 성격이 급한 친구가 화를 낼까 두려워 말을 못하고, 온갖 예(禮)를 차리며 한참 뜸을 들이다가 겨우 친구의 양해를 받아 억지로 말을 꺼냈다. 그러나 이때 옷은 이미 많이 타고 난 뒤였다.

이 우언은 선입견(先入見)으로 인해 지나치게 세상물정에 어두워 완급(緩急)의 핵심을 파악하지 못하고 일을 그르치는 융통성 없는 사람을 풍자하는 동시에, 완급은 마땅히 실제 상황에 따라 급해야 할 때 급하고, 완만해야 할 때는 완만해야 일을 원만하게 처리할 수 있다는 도리를 밝힌 것이다.

065 양고상후(兩瞽相詬)

《賢奕編 · 卷三 · 應諧》

원문 및 주석

兩瞽相詬[1]

新市有齊瞽者, 性躁急, 行乞衢中, 人弗避道, 輒忿罵曰 :「汝眼瞎耶?」市人以其瞽, 多不較。[2] 嗣有梁瞽者, 性尤戾, 亦行乞衢中,

1 兩瞽相詬 → 두 맹인(盲人)이 서로 욕을 하다
【瞽(고)】: 맹인, 소경, 장님.
【相詬(상후)】: 서로 욕하다. 【詬】: 욕하다.

2 新市有齊瞽者, 性躁急, 行乞衢中, 人弗避道, 輒忿罵曰 :「汝眼瞎耶?」市人以其瞽, 多不較。
→ 신시(新市)에 제(齊)나라의 맹인이 있었다. 그는 성격이 매우 조급하여, 길에서 구걸을 하다가, 사람이 길을 양보하지 않으면, 곧 화를 내며 「당신 눈이 멀었소?」라고 욕을 퍼부었다. 저자 사람들은 그가 맹인이기 때문에, 대부분 그와 승강이를 벌이지 않았다.
【新市(신시)】: [지명].
【齊(제)】: [국명] 지금의 산동성 북부와 하북성 남부에 걸쳐 있던 주대(周代)의 제후국.
【行乞(행걸)】: 구걸하다, 빌어먹다.
【衢(구)】: 길, 대로.
【弗(불)】: 不(불).
【避道(피도)】: 길을 비키다, 길을 양보하다.
【輒(첩)】: 곧, 바로, 즉시.
【忿罵(분매)】: 화를 내며 욕하다.
【汝(여)】: 너, 당신.
【眼瞎(안할)】: 눈이 멀다, 실명하다.
【以(이)】: 因(인), …로 인해, …때문에.
【多(다)】: 대개, 대부분.

遭之, 相觸而躓, 梁瞽故不知彼亦瞽也, 乃起亦忿罵曰 :「汝眼亦瞎耶?」[3] 兩瞽鬨然相詬, 市子姍笑。噫! 以迷導迷, 詰難無已者, 何以異於是![4]

················

【不較(불교)】: 승강이를 벌이지 않다, 문제 삼지 않다, 따지지 않다, 논쟁하지 않다.

3 嗣有梁瞽者, 性尤戾, 亦行乞衢中, 遭之, 相觸而躓, 梁瞽故不知彼亦瞽也, 乃起亦忿罵曰 :「汝眼亦瞎耶?」→ 뒤이어 양(梁)나라의 맹인이 있었는데, 그는 성격이 더욱 괴팍했고, 역시 길에서 구걸을 하고 다녔다. (양나라 맹인이 어느 날) 제나라 맹인과 마주쳐, 서로 부딪는 바람에 모두 넘어졌다. 양나라 맹인은 본래 상대방 역시 맹인이라는 것을 모르고, 곧 일어나 화를 내며 욕을 했다 :「당신 눈도 멀었소?」

【嗣(사)】: 뒤이어, 그 다음에, 바로 뒤에.

【梁(양)】: [국명] 양(梁)은 위(魏)나라를 말한다. 위나라는 지금의 하남성 북부와 섬서성 동부 · 산서성 서남부 · 하북성 남부에 걸쳐 있던 주대(周代)의 제후국으로, 본래 진(晉)나라에 속했으나 B.C. 375년 조씨(趙氏) · 한씨(韓氏) · 위씨(魏氏)가 진(晉)의 영토를 삼분하여 각기 조(趙) · 한(韓) · 위(魏) 세 나라로 독립했다. 위나라는 개국 초기 안읍(安邑)에 도읍을 정했다가 혜왕(惠王) 때 대량(大梁)으로 천도하고 국호를 양(梁)이라 했다.

【尤(우)】: 더욱.

【戾(려)】: 괴팍하다, 흉악하다.

【遭之(조지)】: 제나라 맹인과 마주치다. 〖遭〗: 만나다, 마주치다. 〖之〗: [대명사] 그, 즉「제나라 맹인」.

【相觸而躓(상촉이지)】: 서로 부딪쳐 넘어지다.

【故(고)】: 본래.

【乃(내)】: 곧, 바로.

4 兩瞽鬨然相詬, 市子姍笑。噫! 以迷導迷, 詰難無已者, 何以異於是! → 두 맹인이 소란스럽게 서로 욕을 하며 싸우자, 저자 사람들이 그들을 비웃었다. 아! 미혹(迷惑)으로 미혹을 이끌며, 서로 비난을 멈추지 않은 자들이야 말로, 어찌 이 맹인들과 다르겠는가!

【鬨然(홍연)】: 소란스런 모양, 떠들썩한 모양.

【市子(시자)】: 저자 사람들.

【姍笑(산소)】: 비웃다.

【噫(희)】: [감탄사] 아!

【以迷導迷(이미도미)】: 미혹(迷惑)으로 미혹을 이끌다.

【詰難無已(힐난무이)】: 비난을 멈추지 않다. 〖詰難〗: 힐난하다, 비난하다, 나무라다. 〖無已〗: 다함이 없다, 끝이 없다, 멈추지 않다.

【何以異於是(하이이어시)】: 어찌 이 맹인들과 다르겠는가! 〖何以〗: 어찌. 〖於〗: [개사] …와(과). 〖是〗: [대명사] 이, 이들, 즉「맹인들」.

번역문

두 맹인(盲人)이 서로 욕을 하다

신시(新市)에 제(齊)나라의 맹인이 있었다. 그는 성격이 매우 조급하여 길에서 구걸을 하다가 사람이 길을 양보하지 않으면 곧 화를 내며 「당신 눈이 멀었소?」라고 욕을 퍼부었다. 저자 사람들은 그가 맹인이기 때문에 대부분 그와 승강이를 벌이지 않았다.

뒤이어 양(梁)나라의 맹인이 있었는데, 그는 성격이 더욱 괴팍했고 역시 길에서 구걸을 하고 다녔다. (양나라 맹인이 어느 날) 제나라 맹인과 마주쳐 서로 부딪는 바람에 모두 넘어졌다. 양나라 맹인은 본래 상대방 역시 맹인이라는 것을 모르고 곧 일어나 화를 내며 욕을 했다.

「당신 눈도 멀었소?」

두 맹인이 소란스럽게 서로 욕을 하며 싸우자 저자 사람들이 그들을 비웃었다.

아! 미혹(迷惑)으로 미혹을 이끌며 서로 비난을 멈추지 않은 자들이야 말로, 어찌 이 맹인들과 다르겠는가!

해설

제(齊)나라 맹인은 성격이 매우 급해 사람들이 길을 양보하지 않으면 화를 내며 눈이 멀었느냐고 욕을 했고, 양(梁)나라 맹인은 그보다 더욱 괴팍했다. 이러한 두 맹인이 길을 가다가 우연히 부딪쳐 넘어지자 서로 욕을 하며 싸움을 멈추지 않아 저자 사람들이 그들을 비웃었다.

맹인은 마땅히 사회적으로 보호를 받아야 하는 대상이다. 그들이 서로 부딪쳐 넘어진 것도 그들 모두 앞을 보지 못하는 상황에서 벌어진 일이기 때문에 어느 일방의 잘못도 아니고 잘잘못을 가릴 수도 없다. 따라서 저자 사람들이 맹인을 비웃은 것은 결코 그들의 신체적 결함을 비웃은 것이 아니라, 두 사람이 동등한 맹인의 입장에서 서로 상대방에게 잘못을 추궁하며 싸우는 것을 비웃은 것이다.

그러나 사회에는 분명 두 눈이 멀쩡한 맹인이 적지 않다. 그들은 배운 것도 없고 재주도 없어 우매하고 무지하면서도 눈을 버젓이 부릅뜨고 맹인의 말을 한다. 무릇 일을 만나면 옥신각신 논쟁을 벌이며 스스로 총명하고 비범하다고 여긴다. 그러다가 최후에 가서는 자신의 무지함을 스스로 폭로하여 사람들로부터 비웃음을 당한다.

이 우언은 작자가 서로 매도하며 비난하는 두 맹인의 행위를 빌려, 당시 학자들이 서로 잘난 체하며 상호 비방을 일삼는 학술계의 난맥상(亂脈相)을 풍자한 것이다.

《소찬笑贊》 우언

조남성(趙南星 : 1550 - 1627)은 자가 몽백(夢白), 호는 제학(儕鶴), 별호는 청도산객(淸都散客)이며, 고읍(高邑)[지금의 하북성 원씨(元氏)] 사람으로 명대(明代)의 정치가이자 산곡(散曲) 작가이다. 신종(神宗) 만력(萬曆) 5년(1577)에 진사에 급제한 후 여녕추관(汝寧推官)·호부주사(戶部主事)·이부고공낭중(吏部考功郎中)·이부문선원외랑(吏部文選員外郎) 등을 지냈다. 그는 추원표(鄒元標)·고헌성(顧憲成)과 더불어 동림당(東林黨)의 주요 인물로, 환관 위충현(魏忠賢)의 전횡을 반대했다가 희종(熹宗) 천계(天啓) 4년(1624) 대주(代州)로 폄적되어 삼 년 후 그곳에서 세상을 떠났다.
저서로 《조충의공집(趙忠毅公集)》《미벽재문집(味檗齋文集)》《사운(史韻)》《학용정설(學庸正說)》《방여원락부(芳茹園樂府)》 등이 있으며, 《소찬(笑贊)》은 조남성이 집록(輯錄)한 일종의 소화집(笑話集)이다.

066 삼성소상(三聖塑像)

《笑贊·三教》

원문 및 주석

三聖塑像[1]

一人尊奉三教, 塑像先孔子, 次老君, 次釋迦。[2] 道士見之, 卽移老君於中。僧來, 又移釋迦於中。士來, 仍移孔子於中。[3] 三聖自相謂

....

1 三聖塑像 → 세 성인(聖人)의 소상(塑像)
【塑像(소상)】: 찰흙으로 빚어 만든 사람의 형상.

2 一人尊奉三教, 塑像先孔子, 次老君, 次釋迦。→ 어떤 사람이 유교(儒教)·불교(佛教)·도교(道教)를 동시에 신봉하는데, 소상(塑像)의 자리를 배치하면서 공자(孔子)를 먼저 (중앙에) 배치하고, 그 다음에 노자를, 또 그 다음에 석가를 배치했다.
【尊奉(존봉)】: 존경하여 받들다.
【三教(삼교)】: 유교(儒教)·불교(佛教)·도교(道教).
【先(선)】: [동사 용법] 먼저 배치하다.
【次(차)】: [동사 용법] 다음에 배치하다.
【孔子(공자)】: [인명] 춘추 시대 노(魯)나라 추읍(陬邑)[지금의 산동성 곡부(曲阜)] 사람으로, 성은 공(孔), 이름은 구(丘), 자는 중니(仲尼)이며, 유가(儒家) 학파의 시조.
【老君(노군)】: [인명] 노자(老子). 춘추시대 초(楚)나라 고현(苦縣)[지금의 하남성 녹읍(鹿邑)] 사람으로, 성은 이(李), 이름은 이(耳), 자는 담(聃)이며, 도가(道家) 학파의 시조.
【釋迦(석가)】: [인명] 석가모니. 인도(印度) 북부 가비라위국(迦毗羅衛國)[지금의 네팔(Nepal) 경내] 사람으로 불교의 시조.

3 道士見之, 卽移老君於中。僧來, 又移釋迦於中。士來, 仍移孔子於中。→ 도사(道士)가 그것을 보더니, 즉시 노자를 가운데로 옮겨 놓았다. 승려가 오더니, 또 석가를 가운데로 옮겨 놓았다. 선비가 오더니, 전과 같이 공자를 가운데로 옮겨 놓았다.
【道士(도사)】: 도교도, 도교를 믿고 수행하는 사람.

曰：「我們自好好的, 卻被人搬來搬去, 搬得我們壞了!」[4]

번역문

세 성인(聖人)의 소상(塑像)

어떤 사람이 유교(儒教)·불교(佛教)·도교(道教)를 동시에 신봉하는데 소상(塑像)의 자리를 배치하면서 공자(孔子)를 먼저 (중앙에) 배치하고, 그 다음에 노자를, 또 그 다음에 석가를 배치했다. 도사(道士)가 그것을 보더니 즉시 노자를 가운데로 옮겨 놓았다. 승려가 오더니 또 석가를 가운데로 옮겨 놓았다. 선비가 오더니 전과 같이 공자를 가운데로 옮겨 놓았다. 세 성인의 소상이 자기들끼리 서로 말했다.

「우리는 본래 잘 있는데, 오히려 사람들에게 이리저리 옮겨 다니다가 우리를 망가뜨렸소!」

【之(지)】: [대명사] 그것, 즉 「세 성인을 배치한 것」.
【卽(즉)】: 곧, 바로.
【移老君於中(이노군어중)】: 노자를 옮겨 가운데에 놓다.
【士(사)】: 유생(儒生), 유학자.
【仍(잉)】: 여전히, 전과 같이.

4 三聖自相謂曰：「我們自好好的, 卻被人搬來搬去, 搬得我們壞了!」→ 세 성인의 소상이 자기들끼리 서로 말했다 : 「우리는 본래 잘 있는데, 오히려 사람들에게 이리저리 옮겨 다니다가, 우리를 망가뜨렸소!」
【自相(자상)】: 자기들끼리 서로.
【自好好(자호호)】: 본래 잘 지내다.
【卻(각)】: 오히려.
【被(피)】: [피동형] …에게 …당하다. …에 의해 …되다.
【搬來搬去(반래반거)】: 이리저리 옮기다.

해설

유(儒)·불(佛)·도(道) 삼교(三教)는 본래 서로 평화롭게 지냈으나 후세 자손들이 명성과 지위를 다투면서 분란이 그치지 않았다. 그들은 자기의 우상(偶像)을 받든다는 미명하에 오히려 자기 우상에 대한 존경심을 망각했다.

이 우언은 각 학파의 제자들이 분란을 조성하여 평지풍파(平地風波)를 일으킴으로써 좋았던 관계가 오히려 악화된 상황을 풍자한 것이다.

067 서월대전모(暑月戴氈帽)

《笑贊 · 氈帽》

원문 및 주석

暑月戴氈帽[1]

有暑月戴氈帽而行路者, 遇大樹下歇凉, 即將氈帽當扇, 曰 :「今日若無此帽, 就熱死我。」[2]

1 暑月戴氈帽 → 무더운 여름에 전모(氈帽)를 쓰다
【暑月(서월)】: 무더운 여름.
【戴(대)】: (모자를) 쓰다.
【氈帽(전모)】: 전모, 펠트(felt) 모자.

2 有暑月戴氈帽而行路者, 遇大樹下歇凉, 即將氈帽當扇, 曰 :「今日若無此帽, 就熱死我。」→ 무더운 여름에 전모(氈帽)를 쓰고 길을 가던 사람이, 큰 나무 아래 그늘을 만나 더위를 피해 쉬며, 모자를 부채로 삼고, 말했다 :「오늘 만약 이 모자가 없었더라면, 곧 더워 죽었을 것이다.」
【行路(행로)】: 길을 가다.
【遇(우)】: 만나다.
【歇凉(헐량)】: 더위를 피해 쉬다.
【即(즉)】: 곧, 바로, 즉시.
【將氈帽當扇(장전모당선)】: 전모를 부채로 삼다. 〖將〗: …을(를). 〖當〗: …으로 삼다. 〖扇〗: 부채.
【若(약)】: 만일, 만약.
【就(취)】: 곧, 바로, 즉시.
【熱死(열사)】: 더워 죽다.

번역문

무더운 여름에 전모(氈帽)를 쓰다

무더운 여름에 전모(氈帽)를 쓰고 길을 가던 사람이 큰 나무 아래 그늘을 만나 더위를 피해 쉬며 모자를 부채로 삼고 말했다.

「오늘 만약 이 모자가 없었더라면 곧 더위 죽었을 것이다.」

해설

겨울철에 추위를 막기 위해 쓰던 전모(氈帽)를 여름철 무더운 날에도 여전히 쓰고 다니며 더위를 피하기 위해 나무 그늘을 찾는다는 것은 상식적으로 도무지 이해할 수 없는 비정상적인 행동이다.

이 우언은 환경의 변화에 적절히 대처하지 못하고 오로지 한 가지만을 고집하는 지극히 융통성 없고 고지식한 사람을 풍자한 것이다.

068 수재매시(秀才買柴)

《笑贊 · 秀才買柴》

원문 및 주석

秀才買柴[1]

一秀才買柴, 曰 :「荷薪者過來!」賣柴者因「過來」二字明白, 擔到面前。[2] 問曰 :「其價幾何?」因「價」字明白, 說了價錢。[3] 秀才曰 :「外實而內虛, 烟多而焰少, 請損之。」賣柴者不知說甚, 荷的去了。[4]

1 秀才買柴 → 수재(秀才)가 땔감을 사다
【秀才(수재)】: 재능이 뛰어난 자.
【柴(시)】: 땔감, 땔나무.

2 一秀才買柴, 曰 :「荷薪者過來!」賣柴者因「過來」二字明白, 擔到面前。→ 어느 수재(秀才)가 땔감을 사려고 하며, 말했다 :「땔감 짊어진 사람 이리 오시오!」 땔감 파는 사람은「이리 오시오」라는 말이 분명했기 때문에, 짐을 짊어지고 (서생) 앞으로 갔다.
【荷薪者(하신자)】: 땔감을 짊어진 사람. 【荷】: (짐을) 지다, 메다.
【因(인)】: … 때문에, …로 인해.
【過來(과래)!】: 이리 오시오!
【擔(담)】: 짊어지다.

3 問曰 :「其價幾何?」因「價」字明白, 說了價錢。→ (서생이) 물었다 :「그 값이 얼마요?」 (땔감 파는 사람은)「값」이라는 말이 분명했기 때문에, 값을 말했다.
【幾何(기하)】: 얼마.
【價錢(가전)】: 값, 가격.

4 秀才曰 :「外實而內虛, 烟多而焰少, 請損之。」賣柴者不知說甚, 荷的去了。→ 서생이 말했다 :「겉은 꽉 찼으나 속이 비어, 연기는 많이 나고 화염이 적을 터이니, 값을 낮추어 주시오.」 땔감을 파는 사람은 무슨 말인지 몰라 땔감을 짊어지고 가버렸다.

번역문

수재(秀才)가 땔감을 사다

어느 수재(秀才)가 땔감을 사려고 하며 말했다.

「땔감 짊어진 사람 이리 오시오!」

땔감 파는 사람은 「이리 오시오」라는 말이 분명했기 때문에 짐을 짊어지고 (서생) 앞으로 왔다.

(서생이) 물었다.

「그 값이 얼마요?」

(땔감 파는 사람은) 「값」이라는 말이 분명했기 때문에 값을 말했다.

서생이 말했다.

「겉은 꽉 찼으나 속이 비어 연기는 많이 나고 화염이 적을 터이니 값을 낮추어 주시오.」

땔감을 파는 사람은 무슨 말인지 몰라 땔감을 짊어지고 가버렸다.

해설

어느 서생(書生)이 땔감을 사려고 땔감을 파는 사람과 홍정을 하는데, 처음에는 평범한 언어를 사용하여 서로 대화가 통했으나, 마지막에 가서 「外實而內虛, 烟多而焰少, 請損之。(겉은 꽉 찼으나 속이 비어, 연기는 많이 나고 화염이 적을 터이니, 값을 낮추어 주시오.)」라고 어려운 문자를 쓰는 바

【外實而內虛(외실이내허)】: 겉은 꽉 찼으나 속이 비다. 【實】: 충실하다, 꽉 차다.
【烟多而焰少(연다이염소)】: 연기가 많고 화염이 적다. 【烟】: 연기. 【焰】: 화염, 불꽃.
【請損之(청손지)】: 값을 낮추어 주시오. 【損】: 감하다, 낮추다. 【之】: [대명사] 그것, 즉 「값」.
【不知說甚(부지설심)】: 무엇을 말하는지 모르다, 무슨 말인지 모르다. 【甚】: 무엇, 무슨.

람에 땔감을 파는 사람이 말귀를 알아듣지 못해 땔감을 짊어지고 가버렸다.

이 우언은 상대방과 어떤 일을 도모하고자 할 때, 자기의 학문이 아무리 해박하다 해도 상대방을 이해시키지 못한다면 결코 아무 일도 성공하지 못한다는 상호 소통(疏通)의 중요성을 강조한 것이다.

069 중소역소(衆笑亦笑)

《笑贊 · 瞽者》

원문 및 주석

衆笑亦笑[1]

一瞽者與衆人坐, 衆有所見而笑, 瞽者亦笑。[2] 衆問之曰 : 「何所見而笑?」 瞽者曰 : 「你們所見, 定然不差。」[3]

번역문

여러 사람이 웃자 덩달아 웃다

어느 맹인(盲人)이 여러 사람들과 함께 앉아 있었다. 여러 사람이 무언

1 衆笑亦笑 → 여러 사람이 웃자 덩달아 웃다
【衆(중)】 : 여럿, 여러 사람.

2 一瞽者與衆人坐, 衆有所見而笑, 瞽者亦笑。 → 어느 맹인(盲人)이 여러 사람들과 함께 앉아 있었다. 여러 사람이 무언가를 보고 웃자, 맹인도 덩달아 웃었다.
【瞽(고)】 : 맹인, 소경, 장님.
【有所見(유소견)】 : 무언가를 보다.

3 衆問之曰 : 「何所見而笑?」 瞽者曰 : 「你們所見, 定然不差。」 → 여러 사람이 맹인에게 물었다 : 「무엇을 보고 웃소?」 맹인이 대답했다 : 「당신들이 본 것은, 절대로 틀리지 않았을 거요.」
【問之(문지)】 : 맹인에게 묻다. 〖之〗 : [대명사] 그, 즉 「맹인」.
【定然(정연)】 : 반드시, 틀림없이.
【不差(불차)】 : 틀리지 않다, 틀림이 없다. 〖差〗 : 틀리다, 맞지 않다.

가를 보고 웃자 맹인도 덩달아 웃었다.

여러 사람이 맹인에게 물었다.

「무엇을 보고 웃소?」

맹인이 대답했다.

「당신들이 본 것은 절대로 틀리지 않았을 거요.」

해설

맹인(盲人)이 여러 사람과 함께 앉아 있다가 여러 사람이 웃자 자기도 따라 웃었다. 그것은 자기 스스로 볼 수 없기 때문에 여러 사람을 믿은 것이다. 따라서 맹인의 이러한 행위는 본래 비난의 대상이 될 수 없다.

그러나 이 고사에서 말하는 맹인은 진짜 맹인이 아니라 남이 하는 대로 따라 부화뇌동(附和雷同)하는 사람을 비유한 것으로, 이들은 앞사람이 틀리면 덩달아 틀리는 우(愚)를 범한다.

이 우언은 매사에 자기의 견해와 주장이 없이 맹목적으로 남을 따라 부화뇌동하는 어리석은 사람을 풍자한 것이다.

070 작투승수(雀投僧袖)

《笑贊·僧與雀》

원문 및 주석

雀投僧袖[1]

鷂子追雀, 雀投入一僧袖中。僧以手搦定曰 :「阿彌陀佛! 我今日吃一塊肉。」[2] 雀閉目不動, 僧只說死矣, 張開手時, 雀卽飛去。僧曰 :「阿彌陀佛! 我放生了你罷。」[3]

1 雀投僧袖 → 참새가 승려의 소매 속으로 들어가다
【雀(작)】: 참새.
【投(투)】: 들어가다.
【袖(수)】: 소매.

2 鷂子追雀, 雀投入一僧袖中。僧以手搦定曰 :「阿彌陀佛! 我今日吃一塊肉。」 → 새매가 참새를 쫓자, 참새가 어느 승려의 소매 속으로 들어갔다. 승려가 손으로 잡고 말했다 :「아미타불! 내가 오늘 고기 한 덩어리를 먹는구나.」
【鷂子(요자)】: 새매.
【追(추)】: 쫓다.
【搦定(익정)】: 잡다, 쥐다.
【阿彌陀佛(아미타불)】: 불교에서 서방정토(西方淨土)의 극락세계에 있다는 부처로, 무량수불(無量壽佛) 또는 무량광불(無量光佛)이라고도 한다. 모든 중생을 구제한다는 대원(大願)을 세워, 이 부처를 믿고 염불하면 사후 극락정토에 태어나게 된다고 한다. 불교를 믿는 사람들은 기원이나 감사의 뜻을 표할 때 흔히 이 부처의 이름을 소리 내어 왼다.
【塊(괴)】: [양사] 덩어리, 조각.

3 雀閉目不動, 僧只說死矣, 張開手時, 雀卽飛去。僧曰 :「阿彌陀佛! 我放生了你罷。」 → 참새가 눈을 감고 움직이지 않았다. 승려는 다만 참새가 죽었다고 말하며, 손을 폈다. 그때 참새가

번역문

참새가 승려의 소매 속으로 들어가다

새매가 참새를 쫓자 참새가 어느 승려의 소매 속으로 들어갔다. 승려가 (참새를) 손으로 잡고 말했다.

「아미타불! 내가 오늘 고기 한 덩어리를 먹는구나.」

참새가 눈을 감고 움직이지 않았다. 승려는 다만 참새가 죽었다고 말하며 손을 폈다. 그때 참새가 즉시 날아가 버렸다.

승려가 말했다.

「아미타불! 내가 너를 방생(放生)해 주마.」

해설

승려는 본래 살생을 금하고 고기를 먹지 않는다. 그러나 이 승려는 참새가 새매의 공격을 피해 자신의 소매 속으로 들어오자 고기를 먹게 되었다며 좋아했다. 그러다가 방비가 소홀한 틈을 타서 참새가 날아가 버리자, 갑자기 태도를 돌변하여 마치 자기가 의도적으로 참새에게 자선을 베푼 것처럼 위선적인 모습을 드러내 보였다.

이 우언은 승려의 겉과 속이 다른 위선적 행위를 통해, 모든 상황을 아전인수격(我田引水格)으로 자기에게 유리하게 해석하려는 사이비 군자의 비열한 태도를 풍자한 것이다.

즉시 날아가 버렸다. 승려가 말했다 : 「아미타불! 내가 너를 방생(放生)해 주마.」
【閉目(폐목)】: 눈을 감다.
【只(지)】: 다만, 오직.
【張開(장개)】: 벌이다, 펼치다.
【放生(방생)】: 방생하다, 놓아주다.

《소부笑府》 우언

풍몽룡(馮夢龍 : 1574 - 1646)은 자가 유룡(猶龍) 또는 이유(耳猶), 호는 묵감재주인(墨憨齋主人), 별호는 용자유(龍子猶)이며, 장주(長洲)[지금의 강소성 오현(吳縣)] 사람으로 명대(明代)의 저명한 통속문학가이자 소설 · 희곡작가이다. 숭정(崇禎) 3년(1631) 공생(貢生)에 급제한 후 단도훈도(丹徒訓導) · 수녕지현(壽寧知縣) 등을 지냈고, 청(淸)나라 군사가 침입했을 때 항청(抗淸) 활동에 참가했다. 명(明)이 망할 즈음 《갑신기사(甲申紀事)》와 《중흥위략(中興偉略)》을 편찬했으나 청(淸) 순치(順治) 3년(1646) 고향에서 갑자기 세상을 떠났다.

풍몽룡은 사상적으로 이지(李贄)의 영향을 깊이 받아 특히 소설 · 희곡과 같은 민간문학을 중시하여 세칭 「삼언(三言)」이라 불리는 《유세명언(喩世明言)》《경세통언(警世通言)》《성세항언(醒世恒言)》을 편찬했고, 민가집(民歌集)으로 《계지아(桂枝兒)》, 산곡집(散曲集)으로 《태하신주(太霞新奏)》, 희곡 작품으로 《쌍웅기(雙雄記)》 및 탕현조(湯顯祖) · 이옥(李玉) · 원우령(袁于令) 등의 작품을 개편하여 엮은 《흑감재정본전기(黑憨齋定本傳奇)》를 펴냈으며, 타인의 기존 소설을 개작하여 《신열국지전(新列國志傳)》과 《평요전(平妖傳)》을 펴내기도 했다. 이밖에 소화(笑話)를 모은 고사집(故事集)으로 《소부(笑府)》《광소부(廣笑府)》《고금담개(古今譚槪)》 등이 있다.

《소부》는 상 · 하 2권(卷) 8류(類) 100칙(則)으로 구성되어 있으며, 내용은 소화(笑話)를 통해 사회의 각종 현상을 폭로하고 풍자한 것이다.

071 「일」 자대료허다(「一」 字大了許多)

《笑府上·殊稟》

원문 및 주석

「一」字大了許多[1]

父寫「一」字教幼兒。明日, 兒在旁, 父適抹桌, 卽以濕布畫桌上問兒, 兒不識。[2] 父曰:「吾昨所教汝『一』字也。」兒張目曰:「隔得一夜, 如何大了許多?」[3]

1 「一」字大了許多 → 「일자(一字)」가 많이 자라다
【大(대)】: [동사 용법] 자라다, 커지다, 크게 되다.
【許多(허다)】: 꽤, 많이, 매우, 상당히.

2 父寫「一」字教幼兒。明日, 兒在旁, 父適抹桌, 卽以濕布畫桌上問兒, 兒不識。→ 아버지가 「일자(一字)」자를 써서 어린 아들을 가르쳤다. 다음날, 아들이 옆에 있는데, 마침 아버지가 탁자를 닦고 있다가, 젖은 행주로 탁자 위에 (「일자(一字)」)를 그려 놓고 아들에게 묻자, 아들이 (무슨 글자인지) 알지 못했다.
【明日(명일)】: 다음날, 이튿날.
【旁(방)】: 옆.
【適(적)】: 마침.
【抹桌(말탁)】: 탁자를 닦다. 『抹』: 닦다, 문지르다.
【濕布(습포)】: 젖은 행주.
【不識(불식)】: 모르다, 알지 못하다.

3 父曰:「吾昨所教汝『一』字也。」兒張目曰:「隔得一夜, 如何大了許多?」→ 아버지가 말했다:「내가 어제 너에게 가르쳐준 『일자(一字)』야.」 아들이 눈을 크게 뜨고 말했다:「하룻밤 사이에, 어째 이렇게 많이 자랐어요?」
【昨(작)】: 어제.

번역문

「일자(一字)」가 많이 자라다

아버지가 「일자(一字)」를 써서 어린 아들을 가르쳤다. 다음날 아들이 옆에 있는데, 마침 아버지가 탁자를 닦고 있다가 젖은 행주로 탁자 위에 (「일자(一字)」자)를 그려 놓고 아들에게 묻자 아들이 (무슨 글자인지) 알지 못했다.

아버지가 말했다.

「내가 어제 너에게 가르쳐준 『일자(一字)』자야.」

아들이 눈을 크게 뜨고 말했다.

「하룻밤 사이에 어째 이렇게 많이 자랐어요?」

해설

어린아이는 천진난만(天眞爛漫)하고 단순하여 종이에 붓으로 쓴 작은 글자와 탁자 위에 행주로 그린 큰 글자를 동일한 글자로 보지 못한다.

이 우언은 어린아이의 부족한 지능을 비난한 것이 아니라, 이를 빌려 마치 판에 박은 듯 융통성이 전혀 없이 오직 하나만 알고 둘을 모르는 고지식한 사람을 풍자한 것이다.

【張目(장목)】: 눈을 크게 뜨다.
【隔得一夜(격득일야)】: 하룻밤이 지나다. 즉 「하룻밤 사이에, 하룻밤 만에」의 뜻. 〖隔〗: 거르다, 사이를 두다, 간격을 두다.
【如何(여하)】: 왜, 어째서.

072 합본주주(合本做酒)

《笑府上·刺俗》

원문 및 주석

合本做酒[1]

甲乙謀合本做酒, 甲謂乙曰:「汝出米, 我出水。」 乙曰:「米都是我的, 如何算賬?」[2] 甲曰:「我決不欺心, 到酒熟時, 只逼還我這些水便了, 其餘都是你的。」[3]

1 合本做酒 → 공동으로 출자(出資)하여 술을 담그다
【合本(합본)】: 본전을 합치다. 즉 「합자(合資)하다, 공동으로 출자(出資)하다」의 뜻.
【做酒(주주)】: 술을 담그다.

2 甲乙謀合本做酒, 甲謂乙曰:「汝出米, 我出水。」 乙曰:「米都是我的, 如何算賬?」 → 갑과 을이 공동으로 출자하여 술을 담그기로 상의하고, 갑이 을에게 말했다:「당신이 쌀을 내면, 나는 물을 내겠습니다.」 을이 물었다:「쌀은 모두 내 것인데, 어떻게 계산을 합니까?」
【謀(모)】: 상의 하다.
【汝(여)】: 너, 당신.
【如何(여하)】: 어떻게.
【算賬(산장)】: 계산하다, 결산하다. ※ 판본에 따라서는 「賬」을 「帳(장)」이라 했다.

3 甲曰:「我決不欺心, 到酒熟時, 只逼還我這些水便了, 其餘都是你的。」 → 갑이 대답했다: 「나는 절대로 양심을 속이지 않습니다. 술이 숙성했을 때, 다만 이 물을 짜서 나에게 돌려주면 되고, 그 나머지는 모두 당신 것입니다.」
【決(결)】: 결코, 절대로.
【欺心(기심)】: 양심을 속이다.
【只(지)】: 다만, 오직.
【逼還(핍환)】: 짜서 돌려주다. 【逼】: 짜다. 【還】: 돌려주다, 반환하다.
【這些水(저사수)】: 이 물들. 【些】: [복수 형태] …들.

번역문

공동으로 출자(出資)하여 술을 담그다

갑과 을이 공동으로 출자(出資)하여 술을 담그기로 상의하고 갑이 을에게 말했다.

「당신이 쌀을 내면 나는 물을 내겠습니다.」

을이 물었다.

「쌀은 모두 내 것인데 어떻게 계산을 합니까?」

갑이 대답했다.

「나는 절대로 양심을 속이지 않습니다. 술이 숙성했을 때, 다만 이 물을 짜서 나에게 돌려주면 되고, 그 나머지는 모두 당신 것입니다.」

해설

갑과 을이 공동으로 출자(出資)하여 술을 담그기로 했다면, 출자 비용이 비슷해야 하고 배분도 마땅히 균등해야 한다. 그러나 갑은 을에게 쌀을 내게 하고 자기는 물을 내겠다고 하면서, 을이 술을 빚은 다음 어떻게 배분할 것인가를 묻자, 물에 해당하는 술은 짜서 자기가 갖고, 짜고 남은 지게미는 모두 을의 소유로 하면 된다는 것이다. 쌀을 발효시켜 빚은 술을 보통의 물과 동일시하는 것도 그렇거니와, 전혀 밑천을 들이지 않고 돈을 벌려 하는 몰염치한 발상 또한 황당하기 이를 데 없다.

이 우언은 혼자서 잇속을 다 차리려는 갑의 파렴치한 행위를 통해, 자기의 이익을 위해 남에게 손해를 끼치는 야바위꾼의 전형적인 사기 행각을 꼬집어 풍자한 것이다.

【便了(편료)】: …면 된다.
【都是(도시)】: 모두 …이다. 〖都〗: 모두. 〖是〗: …이다.

073 호토편의(好討便宜)

《笑府上 · 刺俗》

원문 및 주석

好討便宜[1]

一人好討便宜, 市人相戒, 無敢過其門者。或携砂石一塊, 自念無妨, 徑之。[2] 其人一見, 卽呼 : 「且住!」 急趨入取廚下刀, 於石上一再釐, 麾曰 : 「去!」[3]

1 好討便宜 → 자기 잇속 차리기를 좋아하다
【好(호)】: [동사] 좋아하다.
【討便宜(토편의)】: 자기 잇속을 차리다, 자기 이익만을 꾀하다.

2 一人好討便宜, 市人相戒, 無敢過其門者。或携砂石一塊, 自念無妨, 徑之。→ 어떤 사람이 너무 자기 잇속 차리기를 좋아하자, 저자 사람들이 서로 경계하며, 감히 그의 집 문 앞을 지나가는 사람이 없었다. (그런데) 또 어떤 사람이 자갈돌 한 개를 가지고, 아무렇지 않을 거라고 스스로 생각하며, 곧장 (그 집 앞을) 지나갔다.
【相戒(상계)】: 서로 경계하다. 〖戒〗: 경계하다, 방비하다.
【過(과)】: 지나가다.
【或(혹)】: 어떤 사람.
【携(휴)】: 가지다, 지니다, 휴대하다.
【砂石(사석)】: 자갈.
【塊(괴)】: [양사] 개, 조각, 덩어리.
【自念無妨(자념무방)】: 스스로 아무렇지 않다고 생각하다.
【徑之(경지)】: 곧장 걸어 지나가다. 〖徑〗: 곧장, 바로. 〖之〗: 往(왕), 가다.

3 其人一見, 卽呼 : 「且住!」 急趨入取廚下刀, 於石上一再釐, 麾曰 : 「去!」 → 잇속 차리기 좋아하는 사람이 (자갈돌 가진 사람을) 보더니, 즉시 큰 소리로 외쳤다 : 「잠깐 기다리시오!」 급

번역문

자기 잇속 차리기를 좋아하다

어떤 사람이 너무 자기 잇속 차리기를 좋아하자, 저자 사람들이 서로 경계하며 감히 그의 집 문 앞을 지나가는 사람이 없었다. (그런데) 또 어떤 사람이 자갈돌 한 개를 가지고 아무렇지 않을 거라고 스스로 생각하며 곧장 (그 집 앞을) 지나갔다. 잇속 차리기 좋아하는 사람이 (자갈돌 가진 사람을) 보더니 즉시 큰 소리로 외쳤다.

「잠깐 기다리시오!」

급히 (집안으로) 달려 들어가 부엌의 식칼을 가지고 나오더니, 돌에다 여러 번 반복하여 갈고 나서 손을 흔들며 말했다.

「이제 가시오!」

해설

남이 가지고 가던 자갈돌조차 그냥 보내지 않고 자기의 칼을 가는 데 이용할 정도로 지나치게 잇속을 챙기는 사람이라면, 설사 그것이 법에 저촉

....

히 (집안으로) 달려 들어가 부엌의 식칼을 가지고 나오더니, 돌에다 여러 번 반복하여 갈고 나서, 손을 흔들며 말했다 : 「이제 가시오!」

【呼(호)】: 큰 소리로 외치다.

【且住(차주)!】: 잠시 기다리시오! 〖且〗: 잠시, 잠깐. 〖住〗: 멎다, 정지하다.

【急趨入(급추입)】: 급히 달려 들어가다. 〖趨〗: 빨리 가다.

【廚下(주하)】: 부엌, 주방.

【於(어)】: [개사] …에, …에다.

【一再(일재)】: 여러 번, 수차, 거듭, 반복하여.

【蹩(폐)】: 칼을 갈다. ※ 판본에 따라서는 「蹩」를 「磨(마)」라 했다.

【麾(휘)】: 揮(휘), 손을 흔들다.

【去(거)】: 가다.

되지 않는다 해도 도덕적으로 용납하기 어려운 일이다. 이는 마치 미꾸라지가 한 마리가 온 웅덩이를 흐려놓듯이 공동사회의 분위기를 해치기 때문에, 마땅히 사회가 공동으로 대처하여 왕래를 금하거나 격리시켜 다스릴 필요가 있다.

이 우언은 사사건건(事事件件) 지나치게 자기 잇속만을 꾀하는 악랄한 사람의 부도덕한 행위를 조소하고 비난한 것이다.

074 용견이행(聳肩而行)

《笑府上·刺俗》

원문 및 주석

聳肩而行[1]

一人穿新絹裙出行, 恐人不見, 乃聳肩而行。[2] 良久, 問童子曰:「有人看否?」曰:「此處無人。」乃弛其肩曰:「既無人, 我且少歇。」[3]

1 聳肩而行 → 어깨를 으쓱대며 걷다
【聳肩(용견)】: 어깨를 으쓱대다. 【聳】: 으쓱대다, 으쓱거리다. 【肩】: 어깨.

2 一人穿新絹裙出行, 恐人不見, 乃聳肩而行。→ 어떤 사람이 새 비단 치마를 입고 외출하면서, 다른 사람이 보아주지 않을까봐 걱정했다. 그리하여 (일부러) 어깨를 으쓱대며 걸었다.
【穿(천)】: (옷을) 입다.
【絹裙(견군)】: 비단 치마.
【出行(출행)】: 외출하다.
【恐(공)】: 두려워하다, 염려하다, 걱정하다.
【乃(내)】: 이에, 그리하여, 그래서.

3 良久, 問童子曰:「有人看否?」曰:「此處無人。」乃弛其肩曰:「既無人, 我且少歇。」→ 한참 지나서, 한 아이에게 물었다:「사람이 (나를) 보고 있느냐?」(아이가) 대답했다:「여기는 사람이 없어요.」그리하여 그는 어깨를 느슨하게 풀고 말했다:「기왕 사람이 없을 바에야, 내가 잠시 좀 쉬어야겠다.」
【良久(양구)】: 한참, 오래.
【乃(내)】: 그리하여.
【弛(이)】: 늦추다, 느슨하게 하다, 힘을 빼다.
【既(기)】: 기왕 …한 바에는.
【且(차)】: 잠시, 잠깐.
【少(소)】: 稍(초), 좀, 약간.
【歇(헐)】: 쉬다, 휴식하다.

번역문

어깨를 으쓱대며 걷다

어떤 사람이 새 비단 치마를 입고 외출하면서 다른 사람이 보아주지 않을까봐 걱정했다. 그리하여 (일부러) 어깨를 으쓱대며 걸었다. 한참 지나서 한 아이에게 물었다.

「사람이 (나를) 보고 있느냐?」

(아이가) 대답했다.

「여기는 사람이 없어요.」

그리하여 그는 어깨를 느슨하게 풀고 말했다.

「기왕 사람이 없을 바에야 내가 잠시 좀 쉬어야겠다.」

해설

새 비단 치마를 입고 외출하여 어깨를 으쓱대며 남의 이목을 끌고자 한 것은, 자신의 빈약한 내면을 외형의 치장을 빌려 보상을 받아 보려는 일종의 허영심 때문이다. 이는 마치 어린아이가 모처럼 새 옷에 새 신발을 신고 친구들에게 자랑하며 친구들의 부러움을 사려는 동심 세계를 연상케 한다.

이 우언은 본령(本領)이 없는 무능력한 사람이 자신을 과시하기 위해 허세(虛勢)를 부리는 비현실적 행위를 풍자한 것이다.

075 고문백리(鼓聞百里)

《笑府上 · 刺俗》

원문 및 주석

鼓聞百里[1]

甲曰 :「家下有鼓一面, 每擊之, 聲聞百里。」 乙曰 :「家下有牛一隻, 江南吃水, 頭直靠江北。」[2] 甲搖頭曰 :「那有此牛?」 乙曰 :「不是這一隻牛, 怎謾得這一面鼓?」[3]

1 鼓聞百里 → 북소리가 백 리까지 들리다
【鼓(고)】 : 북. 여기서는 「북소리」를 가리킨다.

2 甲曰 :「家下有鼓一面, 每擊之, 聲聞百里。」 乙曰 :「家下有牛一隻, 江南吃水, 頭直靠江北。」 → 갑이 말했다 :「저의 집에 북 하나가 있는데, 매번 그것을 칠 때마다, 소리가 백 리까지 들립니다.」 을이 말했다 :「저의 집에는 소 한 마리가 있는데, 강남에서 물을 마시면, 머리가 곧장 강북에 닿습니다.」
【家下(가하)】 : 집. ※ 자기 집을 겸손하게 이르는 말.
【面(면)】 : [양사] 면. ※ 거울 · 북 등과 같은 평평한 물건을 세는 데 쓰인다.
【擊(격)】 : 치다, 두드리다.
【隻(척)】 : [양사] 마리.
【吃(흘)】 : 먹다, 마시다.
【直(직)】 : 곧장, 바로, 곧바로.
【靠(고)】 : 닿다, 접근하다.

3 甲搖頭曰 :「那有此牛?」 乙曰 :「不是這一隻牛, 怎謾得這一面鼓?」 → 갑이 고개를 내저으며 말했다 :「어디 이러한 소가 있습니까?」 을이 말했다 :「이 소가 아니면, 어떻게 이 북을 씌울 수 있겠습니까?」
【搖頭(요두)】 : 고개를 내젓다, 머리를 가로 젓다.

번역문

북소리가 백 리까지 들리다

갑이 말했다.

「저의 집에 북 하나가 있는데, 매번 그것을 칠 때마다 소리가 백 리까지 들립니다.」

을이 말했다.

「저의 집에는 소 한 마리가 있는데, 강남에서 물을 마시면 머리가 곧장 강북에 닿습니다.」

갑이 고개를 내저으며 말했다.

「어디 이러한 소가 있습니까?」

을이 말했다.

「이 소가 아니면 어떻게 이 북을 씌울 수 있겠습니까?」

해설

갑과 을이 서로 대화하면서 갑이 자기의 북을 치면 소리가 백 리에 이른다고 허풍을 떨자, 을은 자기의 소가 강남에서 물을 마시면 머리가 강북에 닿는다는 허풍으로 대응했다. 갑이 어디 이러한 소가 있느냐고 반문하며 믿지 않자, 을은 이러한 소가 없으면 어떻게 그 북을 씌울 수 있겠느냐고 했다. 즉 큰 북을 만들기 위해서는 그만큼 큰 소의 가죽이 있어야 가능하다는 것을 빗대어 한 말이다.

【那(나)】: 어디.
【怎(즘)】: 어찌, 어떻게.
【謾(만)】: 씌우다.

이 우언은 갑의 허풍에 대해 을이 상대방의 논리를 역이용하는 방법으로 상대방을 반박하는 이른바 「장계취계(將計就計)」의 이치를 설명한 것이다.

076 불금불수(不禽不獸)

《笑府下·雜語》

원문 및 주석

不禽不獸[1]

鳳凰壽, 百鳥朝賀, 惟蝙蝠不至。[2] 鳳責之曰 :「汝居吾下, 何踞傲乎?」蝠曰 :「吾有足, 屬於獸, 賀汝何用?」[3] 一日, 麒麟生誕, 蝠亦

---

1 不禽不獸 → 날짐승도 아니고 길짐승도 아니다
【禽(금)】: 날짐승.
【獸(수)】: 길짐승.

2 鳳凰壽, 百鳥朝賀, 惟蝙蝠不至。→ 봉황의 생일날, 모든 새들이 찾아와 축하했으나, 유독 박쥐만 오지 않았다.
【鳳凰(봉황)】: 중국의 전설에 등장하는 길상(吉祥)의 새. 수컷을 봉, 암컷을 황이라고 하며, 기린 · 거북 · 용과 더불어 사령(四靈)으로 불린다.
【壽(수)】: 생신, 생일, 생일 축하.
【百鳥(백조)】: 뭇 새, 모든 새.
【朝賀(조하)】: 신하들이 조정에 나아가 임금에게 하례(賀禮)하다. ※ 본래 봉황을 「백조(百鳥)의 왕」으로 여겨 존경하는 뜻으로 사용한 말이나 여기서는 「찾아와 축하하다」의 뜻이다.
【惟(유)】: 다만, 유독.
【蝙蝠(편복)】: 박쥐.
【至(지)】: 이르다. 여기서는 「오다, 가다」의 뜻.

3 鳳責之曰 :「汝居吾下, 何踞傲乎?」蝠曰 :「吾有足, 屬於獸, 賀汝何用?」→ 봉황이 박쥐를 꾸짖어 말했다 :「너는 나의 예하(隸下)에 속해 있거늘, 어째서 이렇게 오만한가?」박쥐가 대답했다 :「나는 다리를 가지고 있어, 길짐승에 속하는데, 당신을 축하해 무엇 하겠습니까?」
【責之(책지)】: 박쥐를 꾸짖다. 〖責〗: 꾸짖다, 나무라다. 〖之〗: [대명사] 그것, 즉 「박쥐」.
【汝(여)】: 너, 당신.

不至, 麟亦責之。蝠曰:「吾有翼, 屬於禽, 何以賀與?」[4] 麟鳳相會, 語及蝙蝠之事, 互相慨歎曰:「如今世上惡薄, 偏生此等不禽不獸之徒, 眞個無奈他何!」[5]

【居吾下(거오하)】: 나의 예하(隷下)에 속해 있다.
【何(하)】: 왜, 어째서.
【踞傲(거오)】: 거만하다, 오만하다, 건방지다.
【屬於獸(속어수)】: 길짐승에 속하다. 〖於〗: [개사] …에.
【何用(하용)】: 무엇 하는가? 어디에 쓰는가?

4 一日, 麒麟生誕, 蝠亦不至, 麟亦責之。蝠曰:「吾有翼, 屬於禽, 何以賀與?」→ 어느 날, 기린이 생일을 맞았으나, 박쥐가 역시 오지 않아, 기린 또한 박쥐를 꾸짖었다. 박쥐가 말했다:「나는 날개를 가지고 있어, 날짐승에 속하는데, 무엇 때문에 축하를 합니까?」
【麒麟(기린)】: 중국의 전설에 등장하는 길상(吉祥)의 동물로, 성인이 세상에 출현할 징조가 보이면 기린이 나타난다고 한다. 봉황 · 거북 · 용과 더불어 사령(四靈)으로 불린다.
【生誕(생탄)】: 생일.
【翼(익)】: 날개.
【何以(하이)】: 왜, 어째서, 무엇 때문에.
【與(여)】: [문미 어조사] 歟(여). ※ 문미에 쓰여 의문 · 반문 · 감탄 등을 나타낸다.

5 麟鳳相會, 語及蝙蝠之事, 互相慨歎曰:「如今世上惡薄, 偏生此等不禽不獸之徒, 眞個無奈他何!」→ 기린과 봉황이 만나, 박쥐의 일을 언급하며, 서로 개탄하여 말했다:「오늘날 세상이 문란하여, 유달리 이런 날짐승도 길짐승도 아닌 무리가 생겨나니, 정말 그들을 어찌할 방법이 없군요!」
【相會(상회)】: 만나다.
【語及(어급)】: 언급하다, …에 대해 이야기 하다.
【互相(호상)】: 서로.
【慨歎(개탄)】: 개탄하다, 분개하여 한탄하다.
【如今(여금)】: 오늘날, 지금.
【惡薄(악박)】: 각박하다, 열악하다, 문란하다.
【偏(편)】: 유달리, 유독.
【此等(차등)】: 이러한.
【不禽不獸之徒(불금불수지도)】: 날짐승도 길짐승도 아닌 무리.
【眞個(진개)】: 정말로, 실로.
【無奈他何(무내타하)】: 그들을 어찌할 방법이 없다.

번역문

날짐승도 아니고 길짐승도 아니다

봉황의 생일날 모든 새들이 찾아와 축하했으나 유독 박쥐만 오지 않았다. 봉황이 박쥐를 꾸짖어 말했다.

「너는 나의 예하(隸下)에 속해 있거늘 어째서 이렇게 오만한가?」

박쥐가 대답했다.

「나는 다리를 가지고 있어 길짐승에 속하는데 당신을 축하해 무엇 하겠습니까?」

어느 날 기린이 생일을 맞았으나 박쥐가 역시 오지 않아 기린 또한 박쥐를 꾸짖었다.

박쥐가 말했다.

「나는 날개를 가지고 있어 날짐승에 속하는데, 무엇 때문에 축하를 합니까?」

기린과 봉황이 만나 박쥐의 일을 언급하며 서로 개탄하여 말했다.

「오늘날 세상이 문란하여 유달리 이런 날짐승도 길짐승도 아닌 무리가 생겨나니 정말 그들을 어찌할 방법이 없군요!」

해설

박쥐는 봉황의 생일에 축하하러 오지 않은 이유를 자신이 다리를 가지고 있어 길짐승에 속하기 때문이라 했고, 기린의 생일에 축하하러 오지 않은 이유를 자신이 날개를 가지고 있어 날짐승에 속하기 때문이라 했다.

이 우언은 매사에 명확한 입장을 취하지 않고 돌아가는 상황에 따라 자기 이익만을 위해 간에 붙었다 쓸개에 붙었다 하는 기회주의자의 박쥐구실 행위를 풍자한 것이다.

《광소부廣笑府》 우언

작자 풍몽룡(馮夢龍) : 《소부(笑府)》 우언 참조.

《광소부(廣笑府)》는 《소부(笑府)》의 속편으로 13권(卷)이며, 내용은 대부분 사회의 인정세태(人情世態)를 비판하고 풍자한 것이다.

077 묘처난학(妙處難學)

《廣笑府 · 卷一 · 儒箴 · 妙處難學》

원문 및 주석

妙處難學[1]

或人命其子曰 :「爾一言一動, 皆當效師所爲。」[2] 領命, 侍食於師, 師食亦食, 師飮亦飮, 師側身亦側身。[3] 師暗視不覺失笑, 擱箸而噴

1 妙處難學 → 절묘한 동작은 배우기 어렵다
【妙處(묘처)】: 절묘한 동작.
【難學(난학)】: 배우기 어렵다.

2 或人命其子曰 :「爾一言一動, 皆當效師所爲。」→ 어떤 사람이 자기 아들에게 분부하여 말했다 :「너의 말 한마디 행동 하나하나는, 모두 마땅히 스승의 일거일동(一擧一動)을 따라야 한다.」
【或人(혹인)】: 어떤 사람.
【命(명)】: 명하다. 여기서는「분부하다, 당부하다」의 뜻.
【爾(이)】: 너, 당신.
【一言一動(일언일동)】: 말 한마디와 행동 하나하나.
【當(당)】: 마땅히.
【效師所爲(효사소위)】: 스승이 하는 대로 따라하다. 〖效〗: 모방하다, 본받다. 〖所爲〗: 하는 바, 일거일동(一擧一動).

3 領命, 侍食於師, 師食亦食, 師飮亦飮, 師側身亦側身。→ (아들이) 분부를 받고 나서, 스승을 모시고 식사를 하는데, 스승이 먹으면 (자기도) 역시 먹고, 스승이 마시면 (자기도) 역시 마시고, 스승이 몸을 기울이면 (자기도) 역시 몸을 기울였다.
【領命(영명)】: 분부를 받다.
【侍食於師(시식어사)】: 스승을 모시고 식사를 하다. 〖侍〗: 모시다, 시중을 들다.
【側身(측신)】: 몸을 기울이다.

嚏。[4] 生不能强爲, 乃揖而謝曰 :「吾師此等妙處, 其實難學也!」[5]

번역문

절묘한 동작은 배우기 어렵다

어떤 사람이 자기 아들에게 분부하여 말했다.

「너의 말 한마디 행동 하나하나는 모두 마땅히 스승의 일거일동(一擧一動)을 따라야 한다.」

(아들이) 분부를 받고 나서 스승을 모시고 식사를 하는데, 스승이 먹으면 (자기도) 역시 먹고, 스승이 마시면 (자기도) 역시 마시고, 스승이 몸을 기울이면 (자기도) 역시 몸을 기울였다. 스승이 이를 몰래 지켜보다가 자기도 모르게 실소(失笑)하여 젓가락을 놓고 재채기를 했다. 학생은 억지로

4 師暗視不覺失笑, 擱箸而噴嚏。→ 스승이 이를 몰래 지켜보다가 자기도 모르게 실소(失笑)하여, 젓가락을 놓고 재채기를 했다.
【暗視(암시)】: 몰래 보다.
【不覺(불각)】: 자기도 모르게.
【失笑(실소)】: (어처구니가 없어) 자기도 모르게 웃음이 터져 나오다.
【擱箸(각저)】: 젓가락을 놓다. 〖擱〗: 놓다.
【噴嚏(분체)】: 재채기 하다.

5 生不能强爲, 乃揖而謝曰 :「吾師此等妙處, 其實難學也!」→ 학생은 억지로 따라할 수가 없었다. 그리하여 (스승에게) 읍(揖)을 하고 사죄하며 말했다 :「스승님의 이런 절묘한 동작은, 정말 배우기가 어렵습니다!」
【生(생)】: 학생.
【强爲(강위)】: 억지로 하다.
【乃(내)】: 그리하여.
【揖(읍)】: 읍(揖)을 하다. ※ 두 손을 맞잡아 얼굴 앞으로 들어 올리고 허리를 공손히 구부렸다가 펴면서 손을 내리는 중국인의 인사 방법.
【謝(사)】: 사죄하다.
【此等(차등)】: 이런, 이러한.
【其實(기실)】: 실로, 정말.

따라할 수가 없었다. 그리하여 (스승에게) 읍(揖)을 하고 사죄하며 말했다.

「스승님의 이런 절묘한 동작은 정말 배우기가 어렵습니다!」

해설

학습은 일종의 창작 활동이다. 따라서 스승의 일거일동(一擧一動)은 액면 그대로 모방하는 것이 아니라, 이를 근거로 자신의 창의성을 계발하는 것이다. 무작정 남이 하는 대로 따르기만 하면 참다운 지식을 얻을 수가 없다.

이 우언은 스승으로부터의 학습을 창의성으로 유도하지 못하고 막연히 기계적으로 모방하는 융통성 없는 행위를 풍자한 것이다.

078 하공문(下公文)

《廣笑府·卷二·官箴·下公文》

원문 및 주석

下公文[1]

有急足下緊急公文, 官恐其遲也, 撥一馬與之。[2] 其人逐馬而行。人問:「如此急事, 何不乘馬?」曰:「六隻脚走, 豈不快於四隻!」[3]

1 下公文 → 공문(公文)을 배달하다
【下(하)】: (우편물을) 배달하다.

2 急足下緊急公文, 官恐其遲也, 撥一馬與之。→ 지급(至急) 문서를 배달하는 관청의 심부름꾼이 화급한 공문을 배달하는데, 관청의 관리가 배달이 지연될 것을 염려하여, 그에게 말 한 필을 내주었다.
【急足(급족)】: 지급(至急) 문서를 배달하는 관청의 심부름꾼.
【恐(공)】: 두려워하다, 염려하다.
【遲(지)】: 늦다, 지연되다.
【撥(발)】: 내다, 차출하다.
【與(여)】: 주다.
【之(지)】: [대명사] 그, 즉 「심부름꾼」.

3 其人逐馬而行。人問:「如此急事, 何不乘馬?」曰:「六隻脚走, 豈不快於四隻!」→ 그러나 그는 (말을 타지 않고) 말을 쫓아 달렸다. 어떤 사람이 물었다:「이렇게 급한 일인데, 어째서 말을 타지 않소?」(그가) 대답했다:「여섯 개의 다리로 달리면 어찌 네 개의 다리로 달리는 것보다 빠르지 않겠소!」
【逐馬而行(축마이행)】: 말을 좇아 달리다. 〖逐〗: 좇다, 따르다. 〖行〗: 달리다.
【如此(여차)】: 이렇게, 이처럼, 이와 같이.
【何(하)】: 왜, 어째서.
【六隻脚(육척각)】: 여섯 개의 다리. 〖隻〗: [양사].

번역문

공문(公文)을 배달하다

지급(至急) 문서를 배달하는 관청의 심부름꾼이 화급한 공문을 배달하는데, 관청의 관리가 배달이 지연될 것을 염려하여 그에게 말 한 필을 내주었다. 그러나 그는 (말을 타지 않고) 말을 좇아 달렸다.

어떤 사람이 물었다.

「이렇게 급한 일인데 어째서 말을 타지 않소?」

(그가) 대답했다.

「여섯 개의 다리로 달리면 어찌 네 개의 다리로 달리는 것보다 빠르지 않겠소!」

해설

말이 사람보다 빠르다는 것은 의심의 여지가 없다. 그러나 심부름꾼은 다리의 수가 걷는 속도와 비례한다는 황당한 논리로 대응했다.

이 우언은 숫자만 중시하고 실제 상황을 무시한 심부름꾼의 행위를 통해, 이론은 마땅히 실제 상황과 연계해야 하며, 실제와 괴리된 논리는 왕왕 자기가 바라는 바와 정반대의 역효과를 초래한다는 부작용을 경계한 것이다.

【豈(기)】: 어찌.

【快於四隻(쾌어사척)】: 네 개의 다리보다 빠르다. 〖快〗: 빠르다. 〖於〗: [개사] …보다, …에 비해.

079 사후불사(死後不賒)

《廣笑府 · 卷七 · 貪吝 · 死後不賒》

원문 및 주석

死後不賒[1]

一鄕人, 極吝致富, 病劇牽延不絶氣, 哀告妻子曰 : 「我一生苦心貪吝, 斷絶六親, 今得富足。[2] 死後可剝皮賣與皮匠, 割肉賣與屠, 刮骨賣與漆店。」 欲妻子聽從, 然後絶氣。[3] 旣死半日, 復蘇, 囑妻子曰

....

1 死後不賒 → 사후(死後)에도 외상을 사절하다
【賒(사)】 : 외상으로 거래하다, 외상으로 사고팔다.

2 一鄕人, 極吝致富, 病劇牽延不絶氣, 哀告妻子曰 : 「我一生苦心貪吝, 斷絶六親, 今得富足。 → 어느 시골 사람이, 몹시 인색하여 부자가 되었는데, 병이 들어 위독한 상황에서 숨을 끊지 않고 질질 끌며, 자기 아내에게 애원하듯 말했다 : 「내가 일생동안 고심(苦心)도 하고 욕심도 부리고 인색하기도 하고, (심지어) 친척들과 관계를 끊으면서, 오늘의 부(富)를 얻었소.
【極吝致富(극린치부)】 : 몹시 인색하여 부자가 되다.
【劇(극)】 : 심하다. 여기서는 「위독하다」의 뜻.
【牽延(견연)】 : 끌다, 지연하다.
【絶氣(절기)】 : 숨을 끊다. ※ 판본에 따라서는 「絶」을 「斷(단)」이라 했다.
【哀告(애고)】 : 애원하다, 애걸하다.
【苦心貪吝(고심탐린)】 : 고심하고 욕심을 부리고 인색하다.
【斷絶六親(단절육친)】 : 친척들과 관계를 끊다. 〖六親〗 : 부모 · 형제 · 처자. 여기서는 「모든 친척」을 가리킨다.
【富足(부족)】 : 부유하고 넉넉함.

3 死後可剝皮賣與皮匠, 割肉賣與屠, 刮骨賣與漆店。」 欲妻子聽從, 然後絶氣。 → 내가 죽고 나면 가죽은 벗겨 피혁상에게 팔고, 살은 베어 백정에게 팔고, 뼈는 발라 칠 가게에 파시오.」

:「當今世情淺薄, 切不可賒與他!」[4]

번역문

사후(死後)에도 외상을 사절하다

어느 시골 사람이 몹시 인색하여 부자가 되었는데, 병이 들어 위독한 상황에서 숨을 끊지 않고 질질 끌며 자기 아내에게 애원하듯 말했다.

「내가 일생동안 고심(苦心)도 하고 욕심도 부리고 인색하기도 하고, (심지어) 친척들과 관계를 끊으면서 오늘의 부(富)를 얻었소. 내가 죽고 나면

....

그는 아내가 반드시 수락해야 연후에 비로소 숨을 거두려고 했다.
【剝皮(박피)】: 가죽을 벗기다.
【賣與(매여)…】: …에게 팔다. 〖與〗: …에게.
【皮匠(피장)】: 피혁상.
【割肉(할육)】: 살을 베다. 〖割〗: 자르다, 베다.
【屠(도)】: 백정, 도축업자.
【刮骨(괄골)】: 뼈를 깎다. 즉 「뼈를 바르다」의 뜻.
【漆店(칠점)】: 칠 가게.
【欲(욕)】: …하고자 하다, …하려 하다, …하길 원하다.
【聽從(청종)】: 수락하다, 따르다.
【絶氣(절기)】: 숨이 끊어지다.

4 旣死半日, 復蘇, 囑妻子曰:「當今世情淺薄, 切不可賒與他!」→ (그런데) 죽고 나서 한나절이 지난 후, 다시 소생하여, 아내에게 당부했다:「오늘날 세상인심이 야박하니, 절대로 그들에게 외상으로 팔면 안 되오!」
【旣(기)】: …한 후, …하고 나서.
【半日(반일)】: 한나절.
【復蘇(부소)】: 다시 소생하다, 다시 살아나다.
【囑(촉)】: 부탁하다, 분부하다, 당부하다.
【當今(당금)】: 지금, 현재, 오늘날.
【世情(세정)】: 세상 인심.
【淺薄(천박)】: 야박하다, 각박하다.
【切不可(절불가)】: 절대로 안 되다.
【賒與(사여)…】: …에게 외상으로 팔다.

가죽은 벗겨 피혁상에게 팔고, 살은 베어 백정에게 팔고, 뼈는 발라 칠 가게에 파시오.」

그는 아내가 반드시 수락해야 연후에 비로소 숨을 거두려고 했다. (그런데) 죽고 나서 한나절이 지난 후, 다시 소생하여 아내에게 당부했다.

「오늘날 세상인심이 야박하니 절대로 그들에게 외상으로 팔면 안 되오!」

해설

오로지 인색하여 돈을 모아 부자가 된 시골사람이, 죽은 뒤에도 돈을 벌기 위해 자기 아내에게 자기의 시신을 해부하여 팔도록 당부하는가 하면, 또한 돈을 받지 못할까 우려하여 절대로 외상으로 팔지 못하도록 했다.

이 우언은 다른 것에 전혀 관심이 없고 오직 이익만을 꾀하여 한없이 욕심을 부리는 수전노의 가증스런 탐욕 행위를 풍자한 것이다.

080 일전막구(一錢莫救)

《廣笑府 · 卷七 · 貪呑 · 一錢莫救》

원문 및 주석

一錢莫救[1]

一人, 性極鄙吝, 道遇溪水新漲, 吝出渡錢, 乃拼命涉水。[2] 至中流, 水急冲倒, 漂流半里許。其子在岸旁, 覓舟救之。[3] 舟子索錢, 一

....

1 一錢莫救 → 일전(一錢)을 요구하면 구출하지 말라
【錢(전)】: [화폐 단위] 전(錢). 1전은 10푼[分].
【莫(막)】: …하지 말라, …해서는 안 된다.

2 一人, 性極鄙吝, 道遇溪水新漲, 吝出渡錢, 乃拼命涉水。→ 어떤 성격이 매우 인색한 사람이, 길을 가다가 갑자기 물이 불어난 개울을 만나자, 뱃삯을 내는 것이 아까워, 곧 사력을 다해 걸어서 물을 건너기로 작정했다.
【極(극)】: 극히, 매우, 몹시.
【鄙吝(비린)】: 인색하다.
【道(도)】: [동사 용법] 길을 가다.
【遇(우)】: 만나다.
【新漲(신장)】: 갑자기 불어나다.
【吝出(인출)】: 내는 것에 인색하다, 즉 「내는 것을 아까워하다」의 뜻.
【渡錢(도전)】: 뱃삯, 도선 요금.
【乃(내)】: 곧, 그리하여, 그래서.
【拼命(병명)】: 사력을 다하다, 결사적으로 하다.
【涉水(섭수)】: 걸어서 물을 건너다.

3 至中流, 水急冲倒, 漂流半里許。其子在岸旁, 覓舟救之。→ 개울의 중간에 이르렀을 때, 급한 물살에 밀려 넘어져, 반 리쯤 떠내려갔다. 그의 아들은 강안에서, 아버지를 구출할 배를 찾고 있었다.

錢方往, 子只出五分, 斷價良久不定。[4] 其父垂死之際, 回頭顧其子, 大呼曰 : 「我兒, 我兒! 五分便救, 一錢莫救!」[5]

번역문

일전(一錢)을 요구하면 구출하지 말라

어떤 성격이 매우 인색한 사람이 길을 가다가 갑자기 물이 불어난 개울

....

【中流(중류)】: 개울의 중간.
【水急冲倒(수급충도)】: 급한 물살에 밀려 넘어지다.
【漂流(표류)】: 표류하다, 떠내려가다.
【許(허)】: 가량, 정도, 쯤.
【岸旁(안방)】: 강안(江岸).
【覓(멱)】: 찾다, 구하다.
【之(지)】: [대명사] 그, 즉 「아버지」.

4 舟子索錢, 一錢方往, 子只出五分, 斷價良久不定。→ 뱃사공은 돈을 요구하길, 일전(一錢)을 내야 비로소 가겠다 하고, 아들은 오직 다섯 푼을 내겠다 하여, 서로 한참 동안 값을 흥정했으나 끝내 결정을 하지 못했다.
【舟子(주자)】: 선부, 뱃사공.
【索(색)】: 요구하다, 달라고 하다.
【方(방)】: 비로소.
【只(지)】: 다만, 오직.
【分(분)】: [화폐 단위] 푼. 10분의 1전(錢).
【斷價(단가)】: 값을 흥정하다, 값을 흥정하여 결정하다.
【良久(양구)】: 한참, 오래.
【不定(부정)】: 결정하지 못하다.

5 其父垂死之際, 回頭顧其子, 大呼曰 : 「我兒, 我兒! 五分便救, 一錢莫救!」→ 그의 아버지는 거의 죽어갈 즈음에, 고개를 돌려 자기 아들을 바라보며, 큰 소리로 외쳤다 : 「아들아, 아들아! 다섯 푼이면 구하고, 일 전이면 구하지 마라!」
【垂死之際(수사지제)】: 죽어갈 무렵. 〖垂死〗: 죽어가다, 죽음에 직면하다. 〖…之際〗: …할 무렵, …할 즈음.
【回頭顧(회두고)】: 고개를 돌려 바라보다. 〖回頭〗: 머리를 돌리다, 고개를 돌리다. 〖顧〗: 바라보다.
【大呼(대호)】: 크게 외치다.
【便(변)】: 곧, 바로, 즉시.

을 만나자, 뱃삯을 내는 것이 아까워 곧 사력을 다해 걸어서 물을 건너기로 작정했다. 개울의 중간에 이르렀을 때, 급한 물살에 밀려 넘어져 반 리쯤 떠내려갔다. 그의 아들은 강안에서 아버지를 구출할 배를 찾고 있었다.

뱃사공은 돈을 요구하길 일전(一錢)을 내야 비로소 가겠다 하고, 아들은 오직 다섯 푼을 내겠다 하여 서로 한참 동안 값을 흥정했으나 끝내 결정을 하지 못했다. 그의 아버지는 거의 죽어갈 즈음에 고개를 돌려 자기 아들을 바라보며 큰 소리로 외쳤다.

「아들아, 아들아! 다섯 푼이면 구하고 일 전이면 구하지 마라!」

해설

인색한 아버지는 뱃삯을 내지 않으려고 불어난 강물을 걸어서 건너려다 물살에 밀려 위험한 상황에 빠졌고, 아들은 시급히 아버지를 구하는 일보다 오히려 뱃삯을 절감하는 일을 더욱 중시하여 뱃사공과 더불어 결론 없는 흥정을 계속했는가 하면, 또 뱃사공과 아들의 흥정을 지켜보던 아버지는 자기의 목숨이 위태로운 지경에 이르러서도 아들이 결코 자기를 구출하기 위해 뱃사공에게 양보하지 말 것을 간곡히 당부했다.

이 우언은 돈을 지나치게 중시함으로써 자신을 돈의 노예로 만들고, 심지어 돈을 아끼려다가 목숨을 잃는 어리석은 행위를 풍자한 것이다.

081 성강(性剛)

《廣笑府 · 卷八 · 尙氣 · 性剛》

원문 및 주석

性剛[1]

有父子俱性剛不肯讓人者。一日, 父留客飮, 遣子入城市肉。[2] 子取肉回, 將出城門, 値一人對面而來, 各不相讓, 遂挺立良久。[3] 父尋

1 性剛 → 성격이 완강(頑剛)하여 굽히지 않다
【剛(강)】: 완강(頑剛)하다, 완고(頑固)하다, 굳세고 단단하여 굽히지 않다. 즉 「강골(强骨)」을 가리킨다.

2 有父子俱性剛不肯讓人者。一日, 父留客飮, 遣子入城市肉。→ 아버지와 아들 모두 성격이 완강(頑强)하여 남에게 양보할 줄 모르는 사람이 있었다. 어느 날, 아버지가 손님과 술을 마시려고 손님을 머물게 하고, 아들을 보내 성내(城內)에 들어가 고기를 사오도록 했다.
【俱(구)】: 모두.
【不肯讓人(불긍양인)】: 남에게 양보하려 하지 않다, 남에게 양보할 줄 모르다. 〖不肯〗: …하려 하지 않다. …하려 들지 않다. 〖讓人〗: 남에게 양보하다.
【留客(유객)】: 손님을 머물게 하다.
【遣(견)】: 보내다, 파견하다.
【市(시)】: 買(매), 사다.

3 子取肉回, 將出城門, 値一人對面而來, 各不相讓, 遂挺立良久。→ 아들이 고기를 사가지고 돌아오는 길에, 막 성문을 나오려는데, 마침 어떤 사람이 맞은편에서 걸어 왔다. 두 사람은 각기 서로 양보하려 하지 않았다. 그리하여 둘이 꼿꼿이 서서 한참을 버티고 있었다.
【將(장)】: 막 …하려 하다.
【値(치)】: 마침, 공교롭게도.
【相讓(상양)】: 양보하다.
【遂(수)】: 그리하여.

至見之, 謂子曰 :「汝姑持肉回陪客飯, 待我與他對立在此。」[4]

번역문

성격이 완강(頑剛)하여 굽히지 않다

아버지와 아들 모두 성격이 완강(頑强)하여 남에게 양보할 줄 모르는 사람이 있었다. 어느 날, 아버지가 손님과 술을 마시려고 손님을 머물게 하고, 아들을 보내 성내(城內)에 들어가 고기를 사오도록 했다. 아들이 고기를 사가지고 돌아오는 길에 막 성문을 나오려는데, 마침 어떤 사람이 맞은편에서 걸어 왔다. 두 사람은 각기 서로 양보하려 하지 않았다. 그리하여 둘이 꼿꼿이 서서 한참을 버티고 있었다. (이때) 아버지가 아들을 찾으러 와서 그러한 광경을 보고 아들에게 말했다.

「너는 잠시 고기를 가지고 집에 돌아가 손님을 모시고 식사를 해라. 내가 여기에서 저 사람과 맞서 있을 테니까.」

【挺立(정립)】: 똑바로 서다, 우뚝 서다, 꼿꼿이 서다.
【良久(양구)】: 오랫동안, 한참동안.

4 父尋至見之, 謂子曰 :「汝姑持肉回陪客飯, 待我與他對立在此。」→ (이때) 아버지가 아들을 찾으러 와서 그러한 광경을 보고, 아들에게 말했다 :「너는 잠시 고기를 가지고 집에 돌아가 손님을 모시고 식사를 해라. 내가 여기에서 저 사람과 맞서 있을 테니까.」
【尋(심)】: 찾다.
【汝(여)】: 너, 당신.
【姑(고)】: 잠시, 잠깐.
【持(지)】: 가지다, 지참하다.
【陪(배)】: 모시다.
【飯(반)】: [동사 용법] 식사하다.
【對立(대립)】: 맞서다.

해설

사람과 사람 간에 서로 부딪치는 일은 왕왕 피하기 어렵다. 이때 서로 양보하고 한 걸음 물러나면 간단히 해결될 일이지만, 만일 감정적으로 일을 처리하려 든다면 양쪽 모두에 이로울 것이 없다.

이 우언은 일을 처리할 때, 시기와 형세를 판단하여 적절히 대응하지 않고 무작정 외곬으로 완강하게 나가면 오히려 일을 그르칠 수 있다는 이치를 설명한 것이다.

082 폭부(暴富)

《廣笑府 · 卷九 · 偏駁 · 暴富》

원문 및 주석

暴富[1]

人有暴富者, 曉起看花, 啾啾稱疾。[2] 妻問何疾, 答曰:「今日看花, 被薔薇露滴損了, 可急召醫用藥。」[3] 其妻曰:「官人, 你却忘了當初和你乞食時, 在苦竹林下被大雨淋了一夜, 也只如此?」[4]

1 暴富 → 벼락부자

2 人有暴富者, 曉起看花, 啾啾稱疾。→ 어느 벼락부자가, 새벽에 일어나 꽃을 보고나서, 전혀 원기가 없는 모습으로 병이 났다고 말했다.
【曉起看花(효기간화)】: 아침에 일어나 꽃을 보다. 【曉】: 새벽, 이른 아침.
【啾啾(추추)】: 원기가 없는 모양, 맥이 빠진 모양, 기운이 빠진 모양.
【稱疾(칭질)】: 병이 났다고 말하다.

3 妻問何疾, 答曰:「今日看花, 被薔薇露滴損了, 可急召醫用藥。」→ 아내가 무슨 병이냐고 묻자, 그가 대답했다:「오늘 꽃을 보다가, 장미의 이슬방울에 상처를 입었는데, 아마도 급히 의사를 불러 약을 써야할 것 같소.」
【被(피)】: [피동형] …에 의해 …되다, …에게 …당하다.
【露滴(노적)】: 이슬 방울.
【損(손)】: 손해를 끼치다, 상해(傷害)하다.
【可(가)】: 아마도.
【召(소)】: 부르다, 청하다.

4 其妻曰:「官人, 你却忘了當初和你乞食時, 在苦竹林下被大雨淋了一夜, 也只如此?」→ 그의 아내가 말했다:「영감, 당신은 어찌 처음 내가 당신과 걸식할 때, 참대 숲 밑에서 하룻밤 내내 큰 비에 젖고도, 다만 이 정도에 불과했다는 것을 잊었습니까?」

번역문

벼락부자

어느 벼락부자가 새벽에 일어나 꽃을 보고나서, 전혀 원기가 없는 모습으로 병이 났다고 말했다. 아내가 무슨 병이냐고 묻자, 그가 대답했다.

「오늘 꽃을 보다가 장미의 이슬방울에 상처를 입었는데, 아마도 급히 의사를 불러 약을 써야할 것 같소.」

그의 아내가 말했다.

「영감, 당신은 어찌 처음 내가 당신과 걸식할 때, 참대 숲 밑에서 하룻밤 내내 큰 비에 젖고도 다만 이 정도에 불과했다는 것을 잊었습니까?」

해설

벼락부자는 지난 날 걸식할 때 참대 숲 밑에서 밤새도록 비를 맞고도 그냥 견디어 냈으나, 후에 부자가 되자 아침에 꽃을 감상하러 나가 이슬방울에 젖은 것을 가지고 병이 났다고 엄살을 부렸다.

이 우언은 벼락부자의 행위를 통해, 마치 「개구리가 올챙이 적 생각을 하지 못한다.」라는 말처럼, 지난날 미천하고 어려웠던 시절의 일을 망각하고 처음부터 잘난 체하는 소인배의 볼썽사나운 작태를 풍자한 것이다.

....

【官人(관인)】: [아내의 남편에 대한 존칭] 서방님, 영감.
【却(각)】: 어찌.
【當初(당초)】: 처음, 처음에.
【苦竹(고죽)】: 참대.
【淋(림)】: 젖다.
【也只(야지)】: …하고도 다만 ….

《고금담개古今譚概》 우언

작자 풍몽룡(馮夢龍) : 《소부(笑府)》 우언 참조.

《고금담개(古今譚概)》는 일명 《고금소(古今笑)》라고도 하며, 모두 36권(卷)으로 구성되어 있다. 작자는 또 매 권을 매 부(部)로 하여 36부(部) 모두 각기 풍자 대상을 설정하고 매 부의 첫머리에 풍자 대상에 대한 개괄적인 평론을 붙였으며, 고사에 따라서는 간단한 평어(評語)과 함께 요지(要旨)를 밝히기도 했다.

083 취조이소(翠鳥移巢)

《古今譚概 · 專愚部 · 物性之愚》

원문 및 주석

翠鳥移巢[1]

翠鳥先高作巢以避患。及生子, 愛之, 恐墜, 稍下作巢。[2] 子長羽毛, 復益愛之, 又更下巢, 而人遂得而取之矣。[3]

....

1 翠鳥移巢 → 물총새가 둥지를 옮기다
【翠鳥(취조)】: 물총새.
【移(이)】: 옮기다.
【巢(소)】: 둥지.

2 翠鳥先高作巢以避患。及生子, 愛之, 恐墜, 稍下作巢。→ 물총새는 처음에 둥지를 높이 지어 재난을 피하고, 새끼를 부화하기에 이르면, 새끼를 사랑하여, 새끼가 떨어질까 두려워하며, 약간 아래로 내려와 둥지를 짓는다.
【先(선)】: 먼저, 우선, 처음.
【高作(고작)】: 높이 짓다, 높은 곳에 짓다. ※ 판본에 따라서는 「高作」을 「作高」라 했다.
【避患(피환)】: 재난을 피하다. 〖患〗: 재앙, 재난.
【及(급)】: …에 이르다.
【生子(생자)】: 새끼를 낳다. 즉 「새끼를 부화하다」의 뜻.
【之(지)】: [대명사] 그것, 즉 「새끼」.
【恐墜(공추)】: 추락할까 두려워하다. 〖恐〗: 두려워하다, 염려하다. 〖墜〗: 추락하다, 떨어지다.
【稍下作巢(초하작소)】: 약간 아래로 내려와서 둥지를 짓다.

3 子長羽毛, 復益愛之, 又更下巢, 而人遂得而取之矣。→ 새끼가 깃털이 자라면, 더욱더 새끼를 사랑하여, 또다시 둥지를 아래로 옮긴다. 그리하여 사람들이 그것을 쉽게 잡아간다.
【長(장)】: 자라다.

번역문

물총새가 둥지를 옮기다

물총새는 처음에 둥지를 높이 지어 재난을 피하고, 새끼를 부화하기에 이르면 새끼를 사랑하여 새끼가 떨어질까 두려워하며 약간 아래로 내려와 둥지를 짓는다. 새끼가 깃털이 자라면 더욱더 새끼를 사랑하여 또다시 둥지를 아래로 옮긴다. 그리하여 사람들이 그것을 쉽게 잡아간다.

해설

물총새는 처음에 둥지를 높은 곳에 지었다가, 알을 낳아 새끼를 부화하면 새끼가 떨어질까 염려하여 둥지를 아래로 옮겨 짓고, 새끼의 깃털이 자라면 더욱 새끼를 사랑하여 다시 둥지를 더 아래로 옮긴다. 그리하여 사람들의 손길이 닿아 마침내 사람들에게 쉽게 잡히고 만다.

이 우언은 어떤 문제를 접할 때, 전체를 고려하지 않고 지나치게 부분만을 돌보다가 실패를 자초하는 우(愚)를 범하지 않도록 경계한 것이다.

【復益(부익)】: 더욱더.
【之(지)】: [대명사] 그것, 즉 「새끼」.
【又更(우경)】: 또다시.
【遂(수)】: 그리하여.
【得而取之(득이취지)】: 그것을 쉽게 잡아가다.

084 호호선생(好好先生)

《古今譚概·癖嗜部·好好先生》

원문 및 주석

好好先生[1]

後漢司馬徽不談人短, 與人語, 美惡皆言好。有人問徽安否, 答曰 :「好。」[2] 有人自陳子死, 答曰 :「大好!」 妻責之曰 :「人以君有德, 故此相告, 何聞人子死, 反亦言好?」[3] 徽曰 :「如卿之言, 亦大好。」

....

1 好好先生 → 무골호인(無骨好人)

2 後漢司馬徽不談人短, 與人語, 美惡皆言好。有人問徽安否, 答曰 :「好。」→ 후한(後漢) 사람 사마휘(司馬徽)는 남의 단점을 이야기하지 않아, 다른 사람과 말을 할 때, 좋든 나쁘든 모두 좋다고 말한다. 어떤 사람이 사마휘에게 안부를 묻자, 사마휘가 대답했다 :「좋습니다.」

【後漢(후한)】 : [국명] 동한(東漢 : A.D. 25－220) 왕망(王莽)에게 빼앗긴 한(漢) 왕조를 광무제(光武帝) 유수(劉秀)가 다시 찾아 낙양(洛陽)에 도읍하였다.

【司馬徽(사마휘)】 : [인명] 한(漢)나라 말기 영천(穎川) 사람으로, 자는 덕조(德操)이며, 시호는 수경선생(水鏡先生)이다. 사람을 보는 눈이 예리하여 일찍이 유비(劉備)에게 제갈량(諸葛亮)과 방통(龐統)을 추천했는데, 후에 조조(曹操)가 그를 얻어 중용하려 했으나 얼마 후 병사하고 말았다.

【不談人短(불담인단)】 : 사람의 단점을 이야기하지 않다.

【與人語(여인어)】 : 다른 사람과 말하다. 〖語〗 : [동사] 말하다.

【美惡(미악)】 : 좋고 나쁨.

【言好(언호)】 : 좋다고 말하다.

3 有人自陳子死, 答曰 :「大好!」 妻責之曰 :「人以君有德, 故此相告, 何聞人子死, 反亦言好?」 → 또 어떤 사람이 스스로 자기 아들이 죽었다고 말하니, 사마휘가 대답했다 :「대단히 좋습니다.」 그의 아내가 남편을 꾸짖어 말했다 :「사람들은 당신을 덕망 있는 사람이라 여기기

今人稱「好好先生」, 本此。[4]

번역문

무골호인(無骨好人)

후한(後漢) 사람 사마휘(司馬徽)는 남의 단점을 이야기하지 않아, 다른 사람과 말을 할 때 좋든 나쁘든 모두 좋다고 말한다. 어떤 사람이 사마휘에게 안부를 묻자, 사마휘가 대답했다.

「좋습니다.」

또 어떤 사람이 스스로 자기 아들이 죽었다고 말하니, 사마휘가 대답했다.

때문에, 그래서 이런 일을 알린 것인데, 당신은 어째서 남의 아들이 죽었다는 말을 듣고, 오히려 좋다고 말합니까?」

【陳(진)】: 진술하다, 말하다, 밝히다.
【大好(대호)】: 매우 좋다, 대단히 좋다.
【責之(책지)】: 남편을 나무라다. 〖責〗: 꾸짖다, 나무라다, 책망하다. 〖之〗: [대명사] 그, 즉 「남편」.
【以(이)】: …라고 여기다, …라고 생각하다.
【君(군)】: [아내의 자기 남편에 대한 호칭] 당신.
【有德(유덕)】: 덕망이 있다.
【故(고)】: 그래서.
【相告(상고)】: 알리다, 말하다.
【何(하)】: 왜, 어째서, 무엇 때문에.
【反(반)】: 오히려, 거꾸로, 도리어, 반대로.

4 徽曰: 「如卿之言, 亦大好。」 今人稱 「好好先生」, 本此。 → 사마휘가 말했다: 「그대와 같은 그런 말도, 역시 매우 좋소.」 지금 사람들이 (사마휘를) 「무골호인」이라고 호칭하는 것은, 바로 이를 근거로 한 것이다.
【如(여)】: …같이, …처럼.
【卿(경)】: 그대. ※ 임금이 신하를 부르거나 부부 또는 친구 간에 서로 친근하게 부르는 호칭.
【本此(본차)】: 이를 근거로 하다. 〖本〗: …에 의거하다, …을 근거로 하다.

「대단히 좋습니다.」

그의 아내가 남편을 꾸짖어 말했다.

「사람들은 당신을 덕망 있는 사람이라 여기기 때문에, 그래서 이런 일을 알린 것인데, 당신은 어째서 남의 아들이 죽었다는 말을 듣고 오히려 좋다고 말합니까?」

사마휘가 말했다.

「그대와 같은 그런 말도 역시 매우 좋소.」

지금 사람들이 (사마휘를) 「무골호인(無骨好人)」이라고 호칭하는 것은 바로 이를 근거로 한 것이다.

해설

사마휘(司馬徽)는 역사적으로 실존한 인물이다. 그러나 여기서 말하는 「무골호인」이라는 근거는 고증할 만한 기록이 없다. 따라서 이는 아마도 작자가 임의로 그의 이름을 도용한 것이라 여겨진다.

우리의 일상생활에서 남의 단점보다 장점을 많이 말하는 것은 서로의 관계를 돈독히 하는 데 많은 도움이 된다. 그러나 시비곡직(是非曲直)을 구분하지 않고 무턱대고 좋다고 말하는 것은 결코 유익하거나 바람직한 것이 아니다.

이 우언은 좋고 나쁨이나 시비곡직을 구분하지 않는 무골호인(無骨好人)의 무원칙한 태도를 풍자한 것이다.

085 망살노승(忙煞老僧)

《古今譚概·微詞部·半日閑》

원문 및 주석

忙煞老僧[1]

有貴人游僧舍, 酒酣, 誦唐人詩云:「因過竹院逢僧話, 又得浮生半日閑。」僧聞而笑之。[2] 貴人問僧何笑, 僧曰:「尊官得半日閑, 老僧却忙了三日。」[3]

1 忙煞老僧 → 노승(老僧)을 죽도록 바쁘게 하다
【忙(망)】: 바쁘다.
【煞(살)】: 죽도록 …하게 하다, …해 죽겠다. ※ 주로 동사나 형용사 뒤에 쓰여 정도의 심함을 나타낸다.

2 有貴人游僧舍, 酒酣, 誦唐人詩云:「因過竹院逢僧話, 又得浮生半日閑。」僧聞而笑之。→ 어느 귀인(貴人)이 산사(山寺)에서 노닐며 즐기다가, 술이 거나해지자, 당인(唐人)의 시를 소리내어 읊었다:「대나무 동산을 지나다 산승(山僧)을 만나 대화를 나누니, 속세의 번뇌를 잊고 한나절의 한가로운 시간을 얻었네.」산승이 듣고 쓴웃음을 지었다.
【游(유)】: 유람하다.
【僧舍(승사)】: 승려의 거처. 즉「절, 사원, 산사(山寺)」를 가리킨다.
【酒酣(주감)】: 술이 거나하게 취하다.
【誦(송)】: 암송하다.
【唐人詩(당인시)】: 여기서는 당(唐) 이섭(李涉)의《등산(登山)》시를 가리킨다. 【唐】: [국명] 이연(李淵)이 장안(長安)[지금의 서안(西安)]을 도읍으로 하여 세운 나라.
【笑(소)】: 웃다. 여기서는「쓴웃음을 짓다」의 뜻.

3 貴人問僧何笑, 僧曰:「尊官得半日閑, 老僧却忙了三日。」→ 귀인이 산승에게 어째서 쓴웃음을 짓느냐고 묻자, 산승이 대답했다:「나리께서는 한나절의 한가로운 시간을 얻으셨지만,

번역문

노승(老僧)을 죽도록 바쁘게 하다

어느 귀인(貴人)이 산사(山寺)에서 노닐며 즐기다가 술이 거나해지자 당인(唐人)의 시를 소리 내어 읊었다.

「대나무 동산을 지나다 산승(山僧)을 만나 대화를 나누니, 속세의 번뇌를 잊고 한나절의 한가로운 시간을 얻었네.」

산승이 듣고 쓴웃음을 지었다. 귀인이 산승에게 어째서 쓴웃음을 짓느냐고 묻자, 산승이 대답했다.

「나리께서는 한나절의 한가로운 시간을 얻으셨지만 저는 오히려 사흘을 바빴습니다.」

해설

옛날 고관대작(高官大爵)들이 산사(山寺)를 방문하고자 할 때는 방문할 날짜를 미리 산사에 알려 산사로 하여금 귀빈을 맞을 준비를 하게 한다. 귀빈들은 비록 한나절을 머물지만 산사 사람들은 그들을 위해 여러 날을 힘들게 준비한다. 그러나 권세가(權勢家)들은 다만 자기들이 통쾌하게 즐기는 것만 도모할 뿐 백성들의 노고(勞苦)를 전혀 생각하지 않는다.

....

저는 오히려 사흘을 바빴습니다.」
【何(하)】: 왜, 어째서.
【尊官(존관)】: [지위가 높은 사람에 대한 호칭] 나리.
【半日(반일)】: 한나절.
【閑(한)】: 한가하다, 한가롭다.
【老僧(노승)】: 늙은 승려. ※ 산승이 「저, 나」라는 의미로 사용한 말.
【却(각)】: 오히려.
【了(료)】: [과거형 조사] 백화문(白話文)에서 동작의 완료를 표시하는 조사.

이 우언은 백성들 위에서 군림하며 백성들의 고통을 헤아리지 않는 권세가들의 만행을 풍자한 것이다.

《등산(登山)》[당(唐)] 이섭(李涉)

終鄖蓮蓮鋒夢間　온종일 몽롱하여 마치 술에 취한 듯 꿈을 꾸는 듯하다가,
종 일 혼 혼 취 몽 간

忽聞春盡强登山　문득 봄이 다 가려 한다는 말을 듣고 억지로 산에 올랐네.
홀 문 춘 진 강 등 산

因過竹院逢僧話　대나무 동산을 지나다 산승(山僧)을 만나 대화를 나누니,
인 과 죽 원 봉 승 화

又得浮生半日閑　속세의 번뇌를 잊고 한나절의 한가로운 시간을 얻었네.
우 득 부 생 반 일 한

《소선록笑禪錄》 우언

반유룡(潘游龍 : ? - ?)은 명(明) 송자(松滋)[지금의 호북성] 사람으로 생애사적(生涯事蹟)을 알 수 없고, 다만 《소선록(笑禪錄)》의 저자라는 것이 알려져 있을 뿐이다. 《소선록》은 1권(卷) 18칙(則)으로 구성되어 있고, 내용은 불경(佛經) 형식을 모방한 소화(笑話)가 대부분이다.

086 도입빈실(盜入貧室)

《笑禪錄》

원문 및 주석

盜入貧室[1]

一盜夜挖入貧家, 無物可取, 因開門徑出, 貧人從床上呼曰 :「那漢子爲我關上門去!」[2] 盜曰 :「你怎麼這等懶? 難怪你家一毫也沒有!」[3] 貧人曰 :「且不得我勤快只做, 倒與你偸?」[4]

1 盜入貧室 → 도둑이 가난한 집에 들어가다
【盜(도)】: 도둑.
【貧室(빈실)】: 가난한 집.

2 一盜夜挖入貧家, 無物可取, 因開門徑出, 貧人從床上呼曰 :「那漢子爲我關上門去!」 → 어느 도둑이 가난한 집의 벽을 뚫고 안으로 들어갔으나, 가져갈 만한 물건이 아무것도 없었다. 그리하여 문을 열고 곧장 밖으로 나가는데, 가난한 사람이 침상에서 큰 소리로 외쳤다 :「사나이, 나를 위해 문을 좀 닫고 가시오!」
【挖入(알입)】: 뚫고 들어가다.
【無物可取(무물가취)】: 가져갈 만한 물건이 없다.
【因(인)】: 그리하여.
【徑(경)】: 곧, 바로, 곧장.
【從(종)】: …에서, …으로부터.
【呼(호)】: 큰 소리로 외치다.
【那(나)】: 그, 저.
【漢子(한자)】: 사나이.
【關上門去(관상문거)】: 문을 닫고 가다. 〖關上〗: 닫다.

3 盜曰 :「你怎麼這等懶? 難怪你家一毫也沒有!」 → 도둑이 말했다 :「당신은 어찌 이렇게 게

번역문

도둑이 가난한 집에 들어가다

어느 도둑이 가난한 집의 벽을 뚫고 안으로 들어갔으나 가져갈만한 물건이 아무것도 없었다. 그리하여 문을 열고 곧장 밖으로 나가는데, 가난한 사람이 침상에서 큰 소리로 외쳤다.

「사나이, 나를 위해 문을 좀 닫고 가시오!」

도둑이 말했다.

「당신은 어찌 이렇게 게으르시오? 어쩐지 당신 집안에 가져갈만한 작은 물건 하나도 없더라니!」

가난한 사람이 말했다.

「내가 부지런히 일을 해서, 거꾸로 당신이 훔쳐가게 할 수는 없지 않소?」

……………

으르시오? 어쩐지 당신 집안에 가져갈만한 작은 물건 하나도 없더라니!」

【怎麽(즘마)】: 왜, 어째서, 어찌.

【這等(저등)】: 이렇게.

【懶(라)】: 게으르다, 나태하다.

【難怪(난괴)】: 어쩐지.

【一毫也沒有(일호야몰유)】: 작은 물건 하나도 없다. 〖一毫〗: 지극히 작은 물건. 〖也〗: …도, …조차. 〖沒有〗: 없다.

4 貧人曰:「且不得我勤快只做, 倒與你偸?」 → 가난한 사람이 말했다:「내가 부지런히 일을 해서, 거꾸로 당신이 훔쳐가게 할 수는 없지 않소?」

【且(차)】: [어조사] 구의 첫머리에 놓여 의론(議論)을 발표하고 제시하는 작용을 한다. 번역할 필요가 없다.

【不得(부득)】: …할 수가 없다.

【勤快只做(근쾌지주)】: 부지런히 일하다.

【倒(도)】: 거꾸로, 역으로.

【與(여)】: …에게.

【偸(투)】: 훔치다, 도둑질하다.

해설

도둑이 물건을 훔치러 들어갔다가 빈손으로 나오며 가난한 사람을 게으르다고 매도하자, 가난한 사람은 자신이 열심히 일을 하여 재산을 모으면 오히려 도둑에게 불로소득(不勞所得)의 기회를 제공했을 것이라는 의미심장(意味深長)한 말을 했다.

이 우언은 가난한 사람을 백성에 비유하고 도둑을 통치계층에 비유하여, 통치계층이 교묘한 수단 방법으로 백성들을 착취함으로써, 백성들이 가산(家産)을 모으기 위해 열심히 일하는 것보다 차라리 게을리 빈털터리로 사는 것이 낫다고 할 정도로 백성들을 억압하고 착취하는 통치계층의 부도덕한 작태를 풍자한 것이다.

《애자후어艾子後語》 우언

육작(陸灼 : ?-?)은 장주(長洲)[지금의 강소성 소주(蘇州)] 사람이라는 것 외에 생애사적(生涯事蹟)을 알 수 없고, 다만 《애자후어서(艾子後語序)》에 「歲丙子, 游金陵, 客居無聊。因取其尤雅者, 纂而成編, 以附於坡翁之後。(병자년, 금릉을 유람할 때, 타향살이에 무료함을 느꼈다. 그리하여 우아한 것을 취해 그것들을 모아 엮어 동파의 뒤에 첨부했다.)」라고 한 것을 보면, 《애자후어》는 육작이 소식(蘇軾)의 《애자잡설(艾子雜說)》을 모방하여 지은 것임을 알 수 있다.

《애자후어》는 명말(明末) 강영과(江盈科)의 《설도해사(雪濤諧史)》에 처음 보이는데, 강영과가 신종(神宗) 만력(萬曆) 연간의 진사(進士)라는 점으로 미루어 육작은 강영과와 동시대이거나 약간 이전으로 보인다.

087 방사대언(方士大言)

《艾子後語·大言》

원문 및 주석

方士大言[1]

趙有方士, 好大言。艾子戲問之曰:「先生壽幾何?」方士啞然曰:「余亦忘之矣。[2] 憶童稚時與群兒往看宓羲畫八卦, 見其蛇身人首,

1 方士大言 → 방사(方士)가 허풍을 떨다
【方士(방사)】: 신선(神仙)의 술법(術法)을 연마하는 사람.
【大言(대언)】: 허풍을 떨다, 흰소리하다.

2 趙有方士, 好大言。艾子戲問之曰:「先生壽幾何?」方士啞然曰:「余亦忘之矣。→ 조(趙)나라에 허풍 떨기를 좋아하는 방사(方士)가 있었다. 애자(艾子)가 농담으로 그에게 물었다:「선생은 나이가 몇입니까?」 방사가 아연(啞然)한 모습으로 말했다:「나 역시 내 나이를 잊었소.
【趙(조)】: [국명] 지금의 산서성 북부와 중부 및 하북성 서부와 남부 지역에 있던 주대(周代)의 제후국. 본래 진(晉)나라에 속했으나 B.C. 375년 조씨(趙氏)·한씨(韓氏)·위씨(魏氏)가 진(晉)의 영토를 삼분하여 각기 조(趙)·한(韓)·위(魏) 세 나라로 독립했다.
【好(호)】: [동사] 좋아하다.
【艾子(애자)】: 송(宋) 소식(蘇軾)이《애자잡설(艾子雜說)》에서 전국(戰國)시대 제(齊)나라 선왕(宣王)의 측근 신하로 가탁하여 등장시킨 허구인물.
【戲問之(희문지)】: 농담으로 방사(方士)에게 묻다. 【之】: [대명사] 그, 즉「방사」.
【壽(수)】: 연령, 나이, 수명.
【幾何(기하)】: 얼마, 몇.
【啞然(아연)】: [놀라거나 어이가 없어 입을 벌리고 있는 모양] 아연하다.
【余(여)】: 我(아), 나.
【忘之(망지)】: 그것을 잊다. 【之】: [대명사] 그것, 즉「나이」.

歸得驚癇, 賴宓羲以草頭藥治, 余得不死。[3] 女媧之世, 天傾西北, 地陷東南, 余時居中央平穩之處, 兩不能害。[4] 神農播厥穀, 余已辟穀

....

3 憶童稚時與群兒往看宓羲畵八卦, 見其蛇身人首, 歸得驚癇, 賴宓羲以草頭藥治, 余得不死。 → 기억을 더듬어 보면, 어릴 적에 여러 아이들과 함께 복희씨(伏羲氏)가 팔괘(八卦)를 그리는 것을 구경하러 갔다가, 복희씨의 모습이 뱀의 몸에 사람의 머리인 것을 보고, 놀라 집에 돌아오자마자 간질병을 얻었는데, (다행히) 복희씨가 초약(草藥)으로 치료해 준 덕분에, 내가 죽지 않았소.

【憶(억)】: 기억하다.

【童稚(동치)】: 어린아이.

【與(여)】: …와(과).

【群兒(군아)】: 여러 아이들.

【往看(왕간)】: 가서 구경하다, 구경하러 가다.

【宓羲(복희)】: 복희씨(伏羲氏). 고대 신화에 등장하는 인류 시조의 하나로, 몸은 뱀, 머리는 사람의 형상을 하고 있다. 팔괘(八卦)를 그리고, 백성들에게 어로(漁撈)와 목축(牧畜)의 방법을 가르쳐 주었다고 한다.

【畵(화)】: 그리다.

【八卦(팔괘)】: 복희씨가 지었다고 전하는 여덟 가지의 괘. 《주역(周易)》에서 세상의 모든 현상을 음(陰)과 양(陽)을 겹치어 여덟 가지의 상으로 나타낸 「건(乾), 태(兌), 이(離), 진(震), 손(巽), 감(坎), 간(艮), 곤(坤)」을 가리킨다.

【歸得驚癇(귀득경간)】: 집에 돌아오자마자 간질병을 얻다.

【賴(뢰)】: 힘입다, 의지하다. 여기서는 「…한 덕분에」의 뜻.

【以草頭藥治(이초두약치)】: 초약으로 치료를 하다. 【以】: …으로, …을 가지고. 【草頭藥】: 초약(草藥).

【得不死(득불사)】: 죽지 않다, 죽음을 면하다.

4 女媧之世, 天傾西北, 地陷東南, 余時居中央平穩之處, 兩不能害。 → 또 여와(女媧) 시대에, 하늘은 서북쪽으로 기울고, 땅은 동남쪽으로 함몰했으나, 나는 당시 중앙의 평온한 곳에 살고 있었기 때문에, 양쪽 모두 나를 해칠 수가 없었소.

【女媧(여와)】: 중국의 전설에 나오는 인류의 시조. 복희씨(伏羲氏)의 누이동생으로 사람의 머리에 뱀의 몸을 하고 있는데, 그들 남매간에 혼인하여 인류를 생산했다는 설도 있고, 여와가 황토(黃土)로 인간을 만들었다는 설도 있다.

【世(세)】: 시대, 시기.

【傾(경)】: 기울다.

【陷(함)】: 함몰하다, 꺼지다, 내려앉다.

【居(거)】: 살다, 거거하다.

【中央平穩之處(중앙평온지처)】: 중앙의 평온한 곳. ※ 판본에 따라서는 「處」를 「地(지)」라 했다.

【兩不能害(양불능해)】: 양쪽 모두 나를 해칠 수 없다.

久矣, 一粒不曾入口。[5] 蚩尤犯余以五兵, 因擧一指擊傷其額, 流血被面而遁。[6] 蒼氏子不識字, 欲來求教, 爲其愚甚不屑也。[7] 慶都十四

··················

5 神農播厥穀, 余已辟穀久矣, 一粒不曾入口。→ 신농씨(神農氏)가 곡식을 파종할 때는, 내가 이미 밥을 먹지 않은 지 오래되어, (그의 곡식을) 한 톨도 먹지 않았소.
【神農(신농)】: 신농씨(神農氏). 중국의 옛 전설에 나오는 제왕(帝王). 백성들에게 농사짓는 방법을 가르쳐 신농씨(神農氏)라 했다.
【播(파)】: 씨를 뿌리다.
【厥(궐)】: 其(기), 그, 그의.
【穀(곡)】: 곡식.
【已(이)】 : 이미.
【辟穀(벽곡)】: 단곡(斷穀), 곡식을 먹지 않다. 즉 「밥을 먹지 않다」의 뜻. ※ 옛날 방사들이 행하는 수련 방법의 하나.
【一粒不曾入口(일입부증입구)】: 한 톨도 그의 곡식을 먹지 않다. 〖粒〗: [양사] 알, 톨. 〖不曾〗: 아직 …하지 않다. 〖入口〗: 입에 넣다. 즉 「먹다」의 뜻.

6 蚩尤犯余以五兵, 因擧一指擊傷其額, 流血被面而遁。→ 치우(蚩尤)가 다섯 가지 병기를 가지고 나를 공격했는데, 내가 한 손가락을 들어 그의 이마를 쳐서 상처를 내자, 그는 흐르는 피가 온통 얼굴을 뒤덮은 채 달아나 버렸소.
【蚩尤(치우)】: 고대 전설에 나오는 구려족(九黎族)의 수령. 싸움을 좋아하여 난리를 일으켰다가 탁록(涿鹿)의 들에서 황제(黃帝)에게 잡혀 죽었다.
【犯(범)】: 침범하다. 여기서는 「공격하다」의 뜻.
【五兵(오병)】: 다섯 가지 병기(兵器). 즉 「모(矛: 창), 극(戟 : 미늘창), 鉞(월 : 도끼), 楯(순 : 방패), 궁시(弓矢 : 활과 화살)」. 〖兵〗: 무기, 병기.
【因(인)】: …로 인해, …로 말미암아, … 때문에.
【擧(거)】: 들다.
【指(지)】: 손가락.
【擊傷(격상)】: 상처를 입히다.
【額(액)】: 이마.
【被面(피면)】: 얼굴을 덮다.
【遁(둔)】: 달아나다.

7 蒼氏子不識字, 欲來求教, 爲其愚甚不屑也。→ 창힐(蒼頡)이 글자를 몰라, 나에게 가르침을 청하고자 했는데, 나는 그가 너무 우둔했기 때문에 거들떠보지도 않았소.
【蒼氏子(창씨자)】: 창힐(蒼頡). 중국 최초로 문자를 창제했다고 전하는 인물.
【不識字(불식자)】: 글자를 알지 못하다.
【欲(욕)】: …하고자 하다, …하려고 생각하다.
【求教(구교)】: 가르침을 청하다.
【爲(위)】: 因(인), …로 인해, … 때문에.

月而生堯, 延余作湯餠會。[8] 舜爲父母所虐, 號泣於旻天, 余手爲拭泪, 敦勉再三, 遂以孝聞。[9] 禹治水, 經余門, 勞而觴之, 力辭不飮而去。[10] 孔甲贈予龍醢一臠, 余誤食之, 於今口尙腥臭。[11] 成湯開一面

....

【愚甚(우심)】: 몹시 우둔하다.

【不屑(불설)】: 거들떠보지 않다, 아랑곳하지 않다.

8 慶都十四月而生堯, 延余作湯餠會。→ 경도(慶都)는 열네 달 만에 요(堯)를 낳고, 나를 탕병회(湯餠會)에 초청했소.

【慶都(경도)】: 고대 당(唐)나라 요(堯)의 어머니. 제곡(帝嚳)의 아내. 임신 14개월 만에 요(堯)를 낳았다고 한다.

【延(연)】: 초청하다.

【湯餠會(탕병회)】: 아이가 출생한 후 손님들을 초청하여 연회를 베푸는 것을 이르는데, 통상 아이가 출생한 후 셋째 날 또는 생후 1개월에 행한다.

9 舜爲父母所虐, 號泣於旻天, 余手爲拭泪, 敦勉再三, 遂以孝聞。→ 순(舜)이 부모에게 학대를 당하고, 하늘을 향해 큰 소리로 우는데, 내가 손으로 그의 눈물을 닦아주고, (부모에게 효도할 것을) 재삼 권면(勸勉)하자, 마침내 효행으로 이름이 났소.

【舜(순)】: 상고시대 우(虞)의 수령. 전설에 의하면 순(舜)은 아버지와 계모의 모진 학대를 받았으나, 시종 부모에게 효도했다. 후에 요(堯)가 그에게 제위(帝位)를 물려주었다.

【爲(위)…所(소)…】: [피동형] …에게 …당하다.

【虐(학)】: 학대하다.

【號泣於旻天(호읍어민천)】: 하늘을 향해 큰 소리로 울다. 〖號泣〗: 큰 소리로 울다. 〖於〗: …을 향해. 〖旻天〗: 하늘.

【拭(식)】: 닦다.

【泪(루)】: 눈물. ※ 판본에 따라서는 「泪」를 「淚(루)」라 했다.

【敦勉(돈면)】: 권면(勸勉)하다.

【遂(수)】: 마침내.

【以孝聞(이효문)】: 효행으로 이름이 나다.

10 禹治水, 經余門, 勞而觴之, 力辭不飮而去。→ 우(禹)가 치수(治水)할 때, 나의 대문 앞을 지나가는데, 내가 그를 위로하고 술을 권했으나, 그는 극력 사양하며 마시지 않고 가버렸소.

【禹(우)】: 상고시대 하(夏)의 임금. 일찍이 홍수(洪水)를 다스리면서 자기 집 앞을 세 번 지나갔으나 한 번도 들어가지 않았다. 후에 순(舜)이 제위를 양위하여 하(夏)왕조의 시조가 되었다.

【治水(치수)】: 홍수나 가뭄의 피해를 막음.

【經(경)】: 경유하다, 지나가다.

【勞而觴之(노이상지)】: 그를 위로하고 술을 권하다. 〖勞〗: 위로하다. 〖觴〗: 술을 권하다. 〖之〗: [대명사] 그, 즉 「우(禹)」.

【力辭(역사)】: 극력 사양하다.

之網以羅禽獸，嘗面笑其不能忘情於野味。[12] 履癸强余牛飮，不從，置余炮烙之刑，七晝夜而言笑自若，乃得釋去。[13] 姜家小兒釣得鮮

11 孔甲贈予龍醢一臠，余誤食之，於今口尙腥臭。→ 공갑(孔甲)이 나에게 용(龍)고기 장조림 한 조각을 주었는데, 내가 그것을 잘못 먹어 지금까지도 입에서 아직 비린내가 남아 있소.
【孔甲(공갑)】: 고대 전설에 나오는 하(夏)나라의 제왕. 용(龍)을 잘 길렀다고 전한다.
【贈(증)】: 주다, 증여하다.
【予(여)】: 我(아), 나. ※ 판본에 따라서는 「予」를 「余(여)」라 했다.
【醢(해)】: 육장(肉醬), 장조림.
【一臠(일련)】: 한 조각, 한 점.
【誤食(오식)】: 잘못 먹다.
【之(지)】: [대명사] 그것, 즉 「용고기 장조림」.
【於今(어금)】: 지금까지, 현재까지.
【尙(상)】: 아직도.
【腥臭(성취)】: 비린내.

12 成湯開一面之網以羅禽獸，嘗面笑其不能忘情於野味。→ 성탕(成湯)이 한쪽 방향의 그물을 개방하여 짐승을 잡는 것을 보고, 내가 일찍이 면전에서 아직도 야생의 고기 맛을 잊지 못한다고 그를 비웃었소.
【成湯(성탕)】: 상(商)나라의 건립자. ※ 탕왕(湯王)이 우연히 좌우고하(左右高下) 네 방향에 그물을 설치해 놓고 새나 짐승이 모두 자기 그물에 걸려들게 해 달라고 기도하는 수렵꾼의 지나친 행위를 보자, 이를 폭군 걸왕(桀王)에 비유하면서 세 방향의 그물을 제거하고 한 방향만 남겨둔 후, 새나 짐승이 스스로 천명(天命)을 어기고 가고자 하는 방향을 벗어난 것들만 잡겠다고 기도하도록 명했다.
【開(개)】: 개방하다.
【一面之網(일면지망)】: 한쪽 방향의 그물.
【羅(라)】: 그물을 쳐서 잡다.
【嘗(상)】: 일찍이.
【面笑(면소)】: 면전에서 비웃다.
【忘情於野味(망정어야미)】: 야생의 고기 맛에 대해 호감을 잊다. 즉 「야생의 고기 맛을 잊다」의 뜻. 〖忘情〗: 정을 잊다, 호감을 잊어버리다. 〖於〗: [개사] …에 대해. 〖野味〗: 야생의 고기 맛.

13 履癸强余牛飮，不從，置余炮烙之刑，七晝夜而言笑自若，乃得釋去。→ 이계(履癸)가 나에게 강제로 소가 물을 마시듯 술을 마시도록 하여, 내가 복종하지 않자, 나를 포락형(炮烙刑)에 처했는데, 내가 칠 일 밤낮을 태연하게 이야기도 하고 웃기도 하자, 결국 나를 석방하고 말았소.
【履癸(이계)】: 하(夏)의 마지막 임금인 걸왕(桀王)의 자(字).
【强(강)】: 강제로, 억지로.
【牛飮(우음)】: 소가 물을 마시듯 술을 마시다.

魚, 時時相餉, 余以飼山中黃鶴。[14] 穆天子瑤池之宴讓余首席, 徐偃稱兵, 天子乘八駿而返。[15] 阿母留余終席, 爲飮桑落之酒過多, 醉倒不起, 幸有董雙成、萼綠華兩個丫頭相扶歸舍。[16] 一向沉醉, 至今猶

【不從(부종)】: 따르지 않다, 복종하지 않다.
【置(치)】: 처치하다.
【炮烙之刑(포락지형)】: 옛날의 가혹한 형벌. ※구리 기둥에 기름을 바르고 아래에 숯불을 피워 위를 걷게 하여 탄불 속으로 떨어뜨리는 형벌.
【言笑自若(언소자약)】: 태연하게 이야기도 하고 웃기도 하다.
【乃(내)】: 그리하여.
【釋(석)】: 석방하다.

14 姜家小兒釣得鮮魚, 時時相餉, 余以飼山中黃鶴。→ 강태공(姜太公)이 신선한 물고기를 낚으면, 항상 나에게 보내주었는데, 나는 그것을 가지고 산중(山中)의 황학(黃鶴)을 길렀소.
【姜家小兒(강가소아)】: 강태공(姜太公) 여상(呂尙)을 가리킨다. ※ 강태공이 일찍이 위수(渭水)에서 물고기를 낚고 있는데, 주문왕(周文王)이 그를 영입하여 스승으로 삼았다. 강태공은 후에 무왕을 도와 은(殷)의 폭군인 주왕(紂王)을 토벌한 후 제(齊)에 봉해져, 제나라의 시조가 되었다.
【釣得鮮魚(조득선어)】: 신선한 물고기를 낚다.
【時時(시시)】: 매번, 항상, 언제나.
【相餉(상향)】: 증여하다, 보내주다.
【以(이)】: 以之(이지), 이것으로, 이것을 가지고.
【飼(사)】: 먹이다, 기르다, 사육하다.

15 穆天子瑤池之宴讓余首席, 徐偃稱兵, 天子乘八駿而返。→ 목천자(穆天子)가 요지(瑤池)의 연회를 베풀고 나에게 윗자리를 양보했는데, (때마침) 서언(徐偃)이 군사를 일으키자, 목천자가 여덟 마리의 준마를 타고 돌아갔소.
【穆天子(목천자)】: 주목왕(周穆王).
【瑤池之宴(요지지연)】: 요지(徐偃)의 연회. 【瑤池】: 서왕모(西王母)가 살았다는 전설상의 선경(仙境). 전설에 의하면, 주목왕이 여덟 마리의 준마를 타고 서쪽 정벌에 나섰을 때, 요지(徐偃)에서 연회를 베풀고 연회에 서왕모를 초대했다. ※ 판본에 따라서는 「宴」을 「上(상)」이라 했다.
【讓余首席(양여수석)】: 나에게 윗자리를 양보하다.
【徐偃(서언)】: 주목왕 때 남쪽 서(徐)나라의 군주.
【稱兵(칭병)】: 군사를 일으키다.
【乘(승)】: 타다.
【八駿(팔준)】: 주목왕이 타던 여덟 마리의 명마.
【返(반)】: 돌아오다.

16 阿母留余終席, 爲飮桑落之酒過多, 醉倒不起, 幸有董雙成、萼綠華兩個丫頭相扶歸舍。→

未全醒, 不知今日世上是何甲子也。」艾子唯唯而退。[17] 俄而, 趙王墮馬傷脇, 醫云 :「須千年血竭傅之乃差。」[18] 下令求血竭, 不可得。

서왕모(西王母)가 나에게 주연이 끝날 때까지 남아 있도록 청해, 내가 상락주(桑落酒)를 너무 많이 마셔서, 취해 쓰러져 일어나지 못했는데, 다행히 동쌍성(董雙成)과 악록화(萼綠華) 두 하녀가 나를 부축하여 집에 돌아왔소.

【阿母(아모)】: 서왕모(西王母)를 가리킨다.
【留余終席(유여종석)】: 나를 끝까지 자리에 남아있도록 권하다.
【爲(위)】: 因(인), …인해, … 때문에.
【桑落之酒(상락지주)】: 상락주(桑落酒). 옛날 하동(河東) 지방에서 빚은 명주(名酒) 이름.
【醉倒不起(취도불기)】: 취해 쓰러져 일어나지 못하다.
【幸(행)】: 다행히.
【董雙成(동쌍성)、萼綠華(악록화)】: 서왕모(西王母)의 두 하녀 이름.
【丫頭(아두)】: 계집종, 시녀, 하녀.
【相扶(상부)】: 부축하다.
【歸舍(귀사)】: 집에 돌아오다.

17 一向沉醉, 至今猶未全醒, 不知今日世上是何甲子也。」艾子唯唯而退。→ 내내 몹시 취해, 지금까지도 아직 술이 완전히 깨지 않아, 오늘날 세상이 어느 시대인지를 알지 못하오.」 애자(艾子)는 그저 예 예 하고 대답하며 물러갔다.

【一向(일향)】: 줄곧, 내내.
【沉醉(침취)】: 대취하다, 몹시 취하다.
【至今(지금)】: 지금까지.
【猶(유)】: 아직, 여전히.
【全醒(전성)】: 술이 완전히 깨다.
【何甲子(하갑자)】: 어느 시대. ※ 옛날에는 갑자(甲子) 을축(乙丑)과 같이 간지(干支)를 서로 배합하여 년(年) 일(日)을 기록했다. 여기서는 「시대, 세월」을 가리킨다.
【唯唯(유유)】: [대답하는 소리] 예 예, 네 네.

18 俄而, 趙王墮馬傷脇, 醫云 :「須千年血竭傅之乃差。」→ 얼마 후, 조왕(趙王)이 말에서 떨어져 옆구리를 다쳤다. 의사가 말했다 :「반드시 천 년 묵은 건혈(乾血)을 발라야 비로소 상처가 나을 수 있습니다.」

【俄而(아이)】: 오래지 않아, 얼마 후.
【墮馬傷脇(타마상협)】: 말에서 떨어져 옆구리를 다치다. 〖墮〗: 떨어지다, 추락하다. 〖脇〗: 옆구리. ※ 판본에 따라서는 「脇」을 「脅(협)」이라 했다.
【須(수)】: 반드시 …해야 한다.
【血竭(혈갈)】: [약제 이름] 여기서는 「건혈(乾血)」을 가리킨다. ※《본초강목(本草綱目)》:「이것은 마치 건혈(乾血)과 같기 때문에, 그래서 혈갈(血竭)이라 했다.(此物如乾血, 故謂之血竭。)」
【傅(부)】: 바르다. 敷(부), 바르다, 칠하다.

艾子言於王曰：「此有方士，不啻數千歲，殺取其血，其效當愈速矣!」[19] 王大喜，密使人執方士，將殺之。[20] 方士拜且泣曰：「昨日吾父母皆年五十，東鄰老姥攜酒爲壽，臣飮至醉，不覺言詞過度，實不曾活千歲。[21] 艾先生最善說謊，王其勿聽。」趙王乃叱而赦之。[22]

【乃(내)】: 비로소.
【差(차)】: 瘥(채), 병이 낫다.

19 下令求血竭，不可得。艾子言於王曰：「此有方士，不啻數千歲，殺取其血，其效當愈速矣!」→ (이에 조왕이) 명을 내려 백방으로 건혈을 찾아 나섰으나, 구할 수가 없었다. (이때) 애자가 조왕에게 말했다：「여기에 방사(方士)가 있는데, 나이가 수천 살이 넘습니다. 그를 죽여 그 피를 취하면, 효과는 당연히 더욱 속할 것입니다.」
【不啻(불시)】: 다만 …뿐이 아니다.
【當(당)】: 마땅히, 당연히.
【愈(유)】: 더욱.
【速(속)】: 속하다, 빠르다.

20 王大喜，密使人執方士，將殺之。→ 조왕이 매우 기뻐하며, 비밀리에 사람을 파견하여 방사를 붙잡아와 그를 곧 죽이려 했다.
【密(밀)】: 몰래, 비밀리에.
【使(사)】: 보내다, 파견하다.
【執(집)】: 잡다, 붙잡다, 체포하다.
【將(장)】: 곧 …하려 하다.
【之(지)】: [대명사] 그, 즉「방사」.

21 方士拜且泣曰：「昨日吾父母皆年五十，東鄰老姥攜酒爲壽，臣飮至醉，不覺言詞過度，實不曾活千歲。→ 방사가 엎드려 절하고 또 울며 말했다：「어제 저의 부모님이 모두 오십 세가 되어, 동쪽 이웃집 노파가 술을 가져와 생신을 축하했는데, 제가 마시고 취해서, 저도 모르게 말이 지나친 것이며, 실제로는 천 살을 살지 않았습니다.
【拜(배)】: 절하다.
【且(차)】: 또한.
【老姥(노모)】: 노파.
【攜(휴)】: 가지다, 휴대하다.
【臣(신)】: [신하나 백성의 임금에 대한 자칭] 신, 저.
【不覺(불각)】: 저도 모르게, 자기도 모르게.
【言詞過度(언사과도)】: 말이 도를 넘다, 말이 지나치다.
【實(실)】: 실제로, 사실.
【不曾(부증)】: 아직 …하지 않다.

22 艾先生最善說謊，王其勿聽。」趙王乃叱而赦之。→ 애자는 가장 거짓말을 잘하니, 임금님께

번역문

방사(方士)가 허풍을 떨다

조(趙)나라에 허풍 떨기를 좋아하는 방사(方士)가 있었다. 애자(艾子)가 농담으로 그에게 물었다.

「선생은 나이가 몇입니까?」

방사가 아연(啞然)한 모습으로 말했다.

「나 역시 내 나이를 잊었소. 기억을 더듬어 보면, 어릴 적에 여러 아이들과 함께 복희씨(伏羲氏)가 팔괘(八卦)를 그리는 것을 구경하러 갔다가, 복희씨의 모습이 뱀의 몸에 사람의 머리인 것을 보고 놀라 집에 돌아오자마자 간질병을 얻었는데, (다행히) 복희씨가 초약(草藥)으로 치료해 준 덕분에 내가 죽지 않았소.

또 여와(女媧) 시대에 하늘은 서북쪽으로 기울고 땅은 동남쪽으로 함몰했으나, 나는 당시 중앙의 평온한 곳에 살고 있었기 때문에 양쪽 모두 나를 해칠 수가 없었소.

신농씨(神農氏)가 곡식을 파종할 때는 내가 이미 밥을 먹지 않은 지 오래되어 (그의 곡식을) 한 톨도 먹지 않았소.

....

서는 당연히 그의 말을 듣지 마셔야 합니다.」 조왕은 곧 큰 소리로 꾸짖고 나서 그를 용서해 주었다.

【艾先生(애선생)】: 애자(艾子).

【最善說謊(최선설황)】: 가장 거짓말을 잘하다. 〖說謊〗: 거짓말하다.

【其(기)】: 당연히 …해야 한다.

【勿(물)】: …하지 말라, …해서는 안 된다.

【乃(내)】: 곧, 즉시.

【叱(질)】: 큰 소리로 꾸짖다.

【赦(사)】: 죄를 용서하다, 사면하다.

【之(지)】: [대명사] 그, 즉 「방사」.

치우(蚩尤)가 다섯 가지 병기를 가지고 나를 공격했는데, 내가 한 손가락을 들어 그의 이마를 쳐서 상처를 내자, 그는 흐르는 피가 온통 얼굴을 뒤덮은 채 달아나 버렸소.

창힐(蒼頡)이 글자를 몰라 나에게 가르침을 청하고자 했는데, 나는 그가 너무 우둔했기 때문에 거들떠보지도 않았소.

경도(慶都)는 열네 달 만에 요(堯)를 낳고, 나를 탕병회(湯餠會)에 초청했소.

순(舜)이 부모에게 학대를 당하고 하늘을 향해 큰 소리로 우는데, 내가 손으로 그의 눈물을 닦아주고 (부모에게 효도할 것을) 재삼 권면(勸勉)하자, 마침내 효행으로 이름이 났소.

우(禹)가 치수(治水)할 때 나의 대문 앞을 지나가는데, 내가 그를 위로하고 술을 권했으나 그는 극력 사양하며 마시지 않고 가버렸소.

공갑(孔甲)이 나에게 용(龍)고기 장조림 한 조각을 주었는데, 내가 그것을 잘못 먹어 지금까지도 입에서 아직 비린내가 남아 있소.

성탕(成湯)이 한쪽 방향의 그물을 개방하여 짐승을 잡는 것을 보고, 내가 일찍이 면전에서 아직도 야생의 고기 맛을 잊지 못한다고 그를 비웃었소.

이계(履癸)가 나에게 강제로 소가 물을 마시듯 술을 마시도록 하여, 내가 복종하지 않자 나를 포락형(炮烙刑)에 처했는데, 내가 칠 일 밤낮을 태연하게 이야기도 하고 웃기도 하자 결국 나를 석방하고 말았소.

강태공(姜太公)이 신선한 물고기를 낚으면 항상 나에게 보내주었는데, 나는 그것을 가지고 산중(山中)의 황학(黃鶴)을 길렀소.

목천자(穆天子)가 요지(瑤池)의 연회를 베풀고 나에게 윗자리를 양보했는데, (때마침) 서언(徐偃)이 군사를 일으키자 목천자가 여덟 마리의 준마를 타고 돌아갔소.

서왕모(西王母)가 나에게 주연이 끝날 때까지 남아 있도록 청해, 내가 상락주(桑落酒)를 너무 많이 마셔서 취해 쓰러져 일어나지 못했는데, 다행히 동쌍성(董雙成)과 악록화(萼綠華) 두 하녀가 나를 부축하여 집에 돌아왔소. 내내 몹시 취해 지금까지도 아직 술이 완전히 깨지 않아, 오늘날 세상이 어느 시대인지를 알지 못하오.」

애자(艾子)는 그저 예 예 하고 대답하며 물러갔다. 얼마 후, 조왕(趙王)이 말에서 떨어져 옆구리를 다쳤다.

의사가 말했다.

「반드시 천 년 묵은 건혈(乾血)을 발라야 비로소 상처가 나을 수 있습니다.」

(이에 조왕이) 명을 내려 백방으로 건혈을 찾아 나섰으나 구할 수가 없었다. (이때) 애자가 조왕에게 말했다.

「여기에 방사(方士)가 있는데 나이가 수천 살이 넘습니다. 그를 죽여 그 피를 취하면 효과는 당연히 더욱 속할 것입니다.」

조왕이 매우 기뻐하며 비밀리에 사람을 파견하여 방사를 붙잡아와 그를 곧 죽이려 했다. 방사가 엎드려 절하고 또 울며 말했다.

「어제 저의 부모님이 모두 오십 세가 되어, 동쪽 이웃집 노파가 술을 가져와 생신을 축하했는데, 제가 마시고 취해서 저도 모르게 말이 지나친 것이며 실제로는 천 살을 살지 않았습니다. 애자는 가장 거짓말을 잘하니 임금님께서는 당연히 그의 말을 듣지 마셔야 합니다.」

조왕은 곧 큰 소리로 꾸짖고 나서 그를 용서해 주었다.

해설

애자(艾子)가 허풍 떨기를 좋아하는 어느 조(趙)나라의 방사(方士)에게 나이를 묻자, 방사는 복희(伏羲)·여와(女媧)·신농(神農)·치우(蚩尤)… 서왕모(西王母) 등 상고시대 사람들을 모두 들어 그들과 같은 시대라고 자신을 과시하며 큰 소리를 치더니, 조왕(趙王)이 다친 상처를 치유하기 위해 천년 묵은 건혈(乾血)을 구하고자 사람을 파견하여 방사를 잡아와 죽이려 하자, 그제야 비로소 이실직고(以實直告)하며 자기의 잘못을 빌고 겨우 죽음을 면했다.

이 우언은 허풍을 떨다 목숨을 잃을 뻔한 방사의 행위를 통해, 평상시 성실하게 사람 노릇을 해야지 쓸데없이 자신을 과시할 목적으로 허풍을 떨고 거짓말로 남을 속이려 한다면, 결국 남을 해칠 뿐만 아니라 자기도 치명적인 해를 입을 수 있다는 교훈을 제시한 것이다.

088 공양호투(公羊好鬥)

《艾子後語·牡羊》

원문 및 주석

公羊好鬥[1]

艾子畜羊兩頭於囿, 羊牡者好鬥, 每遇生人, 則逐而觸之。[2] 門人輩往來, 甚以爲患, 請於艾子曰 :「夫子之羊牡而猛, 請得閹之, 則降其性而馴矣!」[3] 艾子笑曰 :「爾不知今日無陽道的更猛里!」[4]

1 公羊好鬥 → 숫양이 싸움을 좋아하다
【公羊(공양)】: 숫양.
【好(호)】: [동사] 좋아하다.
【鬥(투)】: 싸우다.

2 艾子畜羊兩頭於囿, 羊牡者好鬥, 每遇生人, 則逐而觸之。 → 애자(艾子)가 우리에서 두 마리의 양을 기르는데, 숫양이 싸움을 좋아하여, 낯선 사람을 만날 때마다, 좇아가 뿔로 받았다.
【畜(휵)】: 기르다.
【頭(두)】: [양사] 마리.
【於(어)】: [개사] …에, …에서.
【囿(유)】: 우리, 동물 사육장.
【牡(모)】: 수컷.
【遇(우)】: 만나다.
【生人(생인)】: 낯선 사람.
【逐(축)】: 좇다, 좇아가다.
【觸(촉)】: 뿔로 받다.
【之(지)】: [대명사] 그, 즉 「낯선 사람」.

3 門人輩往來, 甚以爲患, 請於艾子曰 :「夫子之羊牡而猛, 請得閹之, 則降其性而馴矣!」 → (애

번역문

숫양이 싸움을 좋아하다

애자(艾子)가 우리에서 두 마리의 양을 기르는데, 숫양이 싸움을 좋아하여 낯선 사람을 만날 때마다 쫓아가 뿔로 받았다. (애자의) 제자들이 왕래하면서, 이를 재앙이라 여겨 애자에게 말했다.

「선생님의 숫양은 너무 사나우니, 저희들이 그 놈을 거세(去勢)하도록 허락해 주시면 그 성질을 누그러뜨려 온순해질 것입니다!」

애자가 웃으며 말했다.

「너희들은 오늘날 거세한 것들이 더욱 사납다는 것을 모르는구나!」

....

자의) 제자들이 왕래하면서, 이를 재앙이라 여겨, 애자에게 말했다 : 「선생님의 숫양은 너무 사나우니, 저희들이 그 놈을 거세(去勢)하도록 허락해 주시면, 그 성질을 누그러뜨려 온순해질 것입니다!」

【門人輩(문인배)】 : 학생들, 제자들. 〖門人〗 : 문하생, 제자. 〖輩〗 : [복수형] …들.

【甚以爲患(심이위환)】 : 심히 재앙이라 여기다. 〖甚〗 : 몹시, 매우. 〖以爲〗 : …라고 여기다, …라고 생각하다. 〖患〗 : 재앙, 재난.

【請於(청어)…】 : …에게 청하다. 〖於〗 : [개사] …에게.

【夫子(부자)】 : [제자의 스승에 대한 호칭] 선생님.

【猛(맹)】 : 사납다.

【請得閹之(청득엄지)】 : 제가 그놈을 거세(去勢)하도록 허락해 주십시오. 〖閹〗 : 거세하다, 불까다.

【降其性而馴(항기성이순)】 : 그의 성질을 누그러뜨려 온순해지다. 〖降〗 : 굴복시키다, 길들이다, 누그러뜨리다. 〖馴〗 : 온순하다, 얌전하다.

4 艾子笑曰 : 「爾不知今日無陽道的更猛里!」 → 애자가 웃으며 말했다 : 「너희들은 오늘날 거세한 것들이 더욱 사납다는 것을 모르는구나!」

【爾(이)】 : 너, 당신.

【無陽道的(무양도적)】 : 거세한 것. 여기서는 「환관, 내시」를 비유했다.

【更(갱)】 : 더욱.

【里(리)】 : [어조사].

해설

애자(艾子)가 두 마리의 양을 기르는데 그중 수컷이 싸움을 좋아하여 낯선 사람을 보기만 하면 쫓아가 뿔로 받기 때문에, 제자들이 스승을 방문할 때마다 그 양을 두려워하여 애자에게 거세(去勢)할 것을 건의했다. 이에 애자는 웃으면서 요즈음에는 거세한 것들이 오히려 더욱 사납다고 말했다. 애자가 말하는 「요즈음의 거세한 것들」은 바로 환관들을 가리킨 것이다.

이 우언은 당시 정권을 장악하고 마음대로 권력을 휘두르며 온갖 나쁜 짓을 자행한 환관들의 악랄한 작태를 풍자한 것이다.

089 도견(屠犬)

《艾子後語·噬犬》

원문 및 주석

屠犬[1]

艾子晨飯畢, 逍遙於門, 見其鄰擔其兩畜狗而西者, 艾子呼而問之, 曰:「吾子以犬安之?」[2] 鄰人曰:「鬻諸屠。」艾子曰:「是吠犬也, 烏乎屠?」[3] 鄰人指犬而罵曰:「此畜生, 昨夜盜賊橫行, 畏顧飽食,

1 屠犬 → 개를 도살하다
【屠(도)】: 잡다, 도살하다.

2 艾子晨飯畢, 逍遙於門, 見其鄰擔其兩畜狗而西者, 艾子呼而問之, 曰:「吾子以犬安之?」→ 애자(艾子)가 아침 식사를 끝내고, 대문 앞에서 자유롭게 거닐다가, 이웃집 사람이 집에서 기른 개 두 마리를 짊어지고 서쪽을 향해 걸어가는 것을 보았다. 애자가 그를 불러 물었다: 「당신은 개를 짊어지고 어디를 갑니까?」
【晨飯(신반)】: 아침 식사.
【畢(필)】: 마치다, 끝내다.
【逍遙(소요)】: 유유자적하게 거닐다.
【於(어)】: [개사] …에서.
【鄰(린)】: 이웃집 사람.
【擔(담)】: 메다, 짊어지다.
【畜狗(축구)】: 집에서 사육한 개.
【西(서)】: [동사 용법] 서쪽을 향해 걸어가다.
【呼(호)】: 부르다.
【吾子(오자)】: [상대를 친하게 부르는 호칭] 당신, 그대.
【以犬安之(이견안지)?】: 개를 짊어지고 어디를 가는가? 【安】: 어디. 【之】: 往(왕), 가다.

3 鄰人曰:「鬻諸屠。」艾子曰:「是吠犬也, 烏乎屠?」→ 이웃집 사람이 대답했다:「이것들을 백

噤不則一聲。[4] 今日門辟矣，不能擇人而吠，而群肆噬嚙，傷及佳客，是以欲殺之。」<u>艾子</u>曰：「善!」[5]

....

정에게 팔려고요.」 애자가 물었다 :「이것은 집을 지키는 개인데, 왜 도살하려 합니까?」

【鬻(육)】: 賣(매), 팔다.

【諸(제)】: 之於(지어)의 합음.

【屠(도)】: 도살업자, 백정.

【是(시)】: 此(차), 이, 이것.

【吠犬(폐견)】: 짖을 줄 아는 개. 즉 「집을 지키는 개」를 가리킨다.

【烏乎(오호)】: 왜, 어째서.

4 鄰人指犬而罵曰 :「此畜生, 昨夜盜賊橫行, 畏顧飽食, 噤不則一聲。→ 이웃집 사람이 개를 가리키며 욕을 했다 :「이 짐승은, 어젯밤에 도둑이 횡행하는데, 두려워 떨며 먹는 데만 몰두하고, 입을 꾹 다문 채 한 번도 짖지 않았습니다.

【指(지)】: (손으로) 가리키다.

【罵(매)】: 욕하다.

【畏顧飽食(외고포식)】: 두려워 떨며 오로지 먹는 데만 몰두하다. 〖畏〗: 두려워하다. 〖顧〗: 몰두하다, 정신을 집중하다, 돌보다.

【噤(금)】: 입을 다물다.

【不則一聲(불즉일성)】: 침묵을 지키다, 찍소리도 내지 않다. 즉 「한 번도 짖지 않다」의 뜻.

5 今日門辟矣, 不能擇人而吠, 而群肆噬嚙, 傷及佳客, 是以欲殺之。」艾子曰 :「善!」→ (그런데) 오늘은 또 문을 열자마자, (좋고 나쁜) 사람을 구별하지 못하고 마구 짖으며, 두 마리가 함께 마구 사람을 물어, 귀한 손님에게 상처를 입혔습니다. 그래서 이 개들을 죽이려고 합니다.」 애자가 말했다 :「좋습니다.」

【辟(벽)】: (문을) 열다.

【擇(택)】: 구별하다, 구분하다.

【群(군)】: 무리를 이루다. 여기서는 「함께」의 뜻.

【肆(사)】: 함부로, 제멋대로, 마구.

【噬嚙(서교)】: 물다.

【傷及(상급)】: 상처를 입히다.

【佳客(가객)】: 귀한 손님.

【是以(시이)】: 그래서, 그리하여.

【欲(욕)】: …하고자 하다, …하려 하다.

번역문

개를 도살하다

애자(艾子)가 아침 식사를 끝내고 대문 앞에서 자유롭게 거닐다가 이웃집 사람이 집에서 기른 개 두 마리를 짊어지고 서쪽을 향해 걸어가는 것을 보았다.

애자가 그를 불러 물었다.

「당신은 개를 짊어지고 어디를 갑니까?」

이웃집 사람이 대답했다.

「이것들을 백정에게 팔려고요.」

애자가 물었다.

「이것은 집을 지키는 개인데 왜 도살하려 합니까?」

이웃집 사람이 개를 가리키며 욕을 했다.

「이 짐승은 어젯밤에 도둑이 횡행하는데 두려워 떨며 먹는 데만 몰두하고 입을 꼭 다문 채 한 번도 짖지 않았습니다. (그런데) 오늘은 또 문을 열자마자 (좋고 나쁜) 사람을 구별하지 못하고 마구 짖으며, 두 마리가 함께 마구 사람을 물어 귀한 손님에게 상처를 입혔습니다. 그래서 이 개들을 죽이려고 합니다.」

애자가 말했다.

「잘했습니다.」

해설

애자(艾子)의 이웃이 기르는 두 마리의 개는 도둑을 두려워하고 오히려 주인의 귀한 손님들을 마구 물어 상처를 입혔다. 그리하여 주인은 그 개들을 백정에게 팔아 도살하기로 했다.

개를 기르는 목적은 본래 도둑을 지키는 것인데, 이 개들은 주인에게 도움이 되기는커녕 오히려 주인에게 해를 끼쳤다. 그래서 애자는 이웃의 조치를 잘했다고 칭찬했다.

이 우언은 개가 흑백을 구분하지 못하고 함부로 손님을 물다가 도살당한 고사를 빌려, 사람됨은 정직해야 하고 옳고 그름은 분명해야 한다는 것을 지적하면서, 약한 자를 업신여기고 강한 자를 두려워하는 사람은 결코 좋은 말로가 있을 수 없다는 도리를 밝힌 것이다.

《우선별기迂仙別記》 우언

장이령(張夷令 : ?-?)은 오하(吳下)[지금의 절강성 소주(蘇州)] 사람으로 생애사적(生涯事蹟)을 알 수 없다. 《우선별기(迂仙別記)》의 원서는 이미 일실되어 전하지 않고, 명(明) 풍몽룡의 《고금담개(古今譚概) · 전우부(專愚部)》에 24칙(則)이 수록되어 있다.

090 우공반적(迂公盼賊)

《迂仙別記》

원문 및 주석

迂公盼賊[1]

鄕居有偸兒, 夜瞰公室, 公適歸遇之。偸兒大恐, 棄其所衣羊裘而遁。[2] 公拾得之, 大喜。自是羊裘在念。入城, 雖丙夜必歸。[3] 至家,

1 迂公盼賊 → 우공(迂公)이 도둑 들기를 바라다
【迂公(우공)】: 우공(迂公)은 명대(明代) 사회에서 이름이 널리 알려진 전형적인 인물로, 《아학(雅謔)》《해어(諧語)》 등 우공을 주인공으로 하는 우언 고사에 많이 등장한다. 【公】: 남자에 대한 존칭.
【盼(반)】: 바라다, 희망하다.
【賊(적)】: 도둑.

2 鄕居有偸兒, 夜瞰公室, 公適歸遇之。偸兒大恐, 棄其所衣羊裘而遁。→ 마을의 어느 도둑이, 밤중에 우공(迂公)의 집을 엿보는데, 우공이 마침 귀가하다가 도둑을 만났다. 도둑은 너무 두려워 당황하다가, 자기가 입고 있던 양 가죽옷을 버리고 달아났다.
【偸兒(투아)】: 도둑.
【瞰(감)】: 엿보다.
【公(공)】: 여기서는 「우공」을 가리킨다.
【室(실)】: 집, 거처.
【適(적)】: 마침.
【遇(우)】: 만나다.
【之(지)】: [대명사] 그, 즉 「도둑」.
【大恐(대공)】: 매우 두려워하다.
【棄(기)】: 버리다.
【衣(의)】: [동사] 입다.

門庭晏然, 必蹙額曰 :「何無賊?」[4]

번역문

우공(迂公)이 도둑 들기를 바라다

마을의 어느 도둑이 밤중에 우공(迂公)의 집을 엿보는데, 우공이 마침 귀가하다가 도둑을 만났다. 도둑은 너무 두려워 당황하다가 자기가 입고 있던 양 가죽옷을 버리고 달아났다. 우공은 그것을 습득하자 매우 기뻐했다. 이후부터 우공은 양 가죽옷 얻은 일을 늘 마음에 두고 생각했다. (그리하여) 성내(城內)에 들어가면, 비록 한밤중이라 해도 반드시 집으로 돌아왔다. 집에 도착하여 문 앞이 평온한 것을 보면 반드시 이마를 찡그리며 말했다.

....

【羊裘(양구)】: 양 가죽옷.
【遁(둔)】: 달아나다, 도망치다.

3 公拾得之, 大喜。自是羊裘在念。入城, 雖丙夜必歸。→ 우공은 그것을 습득하자, 매우 기뻐했다. 이후부터 우공은 양 가죽옷 얻은 일을 늘 마음에 두고 생각했다. (그리하여) 성내(城內)에 들어가면, 비록 한밤중이라 해도 반드시 집으로 돌아왔다.
【之(지)】: [대명사] 그것, 즉 「양 가죽옷」.
【大喜(대희)】: 매우 기뻐하다.
【自是(자시)】: 이로부터, 이후부터.
【羊裘在念(양구재념)】: 양 가죽옷 얻은 일을 마음에 두고 생각하다. 〖在念〗: 마음에 두고 생각하다.
【雖(수)】: 비록.
【丙夜(병야)】: 삼경(三更), 한밤중.

4 至家, 門庭晏然, 必蹙額曰 :「何無賊?」→ 집에 도착하여, 문 앞이 평온한 것을 보면, 반드시 이마를 찡그리며 말했다 :「왜 도둑이 없지?」
【門庭(문정)】: 문전(門前), 문 앞.
【晏然(안연)】: 평온하다.
【蹙額(축액)】: 이마를 찡그리다, 눈살을 찌푸리다.
【何(하)】: 왜, 어찌, 어째서.

「왜 도둑이 없지?」

해설

도둑이 우공(迂公)의 집을 엿보다가 마침 밖에서 집에 돌아온 우공을 만나 당황한 나머지 엉겁결에 양 가죽옷을 버리고 달아나자, 우공은 앞으로도 이러한 의외의 소득이 재현될 수 있다는 엉뚱한 생각을 하며, 혹 성내(城內)에 들어가 한밤중이 되어도 반드시 집에 돌아오고, 또 도착하여 대문 앞이 평온하면 도둑이 들지 않은 것을 원망했다.

우공의 행위는 《한비자(韓非子)》「수주대토(守株待兎)」 고사의 농부보다도 더욱 세상물정에 어둡다. 「수주대토」의 농부는 비록 불로소득(不勞所得)을 바란다 해도 결코 위험을 무릅쓸 일은 없지만, 우공의 경우는 자칫 도둑의 반격을 받아 살해될 위험이 있기 때문이다.

이 우언은 우공의 터무니없는 발상을 통해, 우연(偶然)을 필연(必然)으로 착각하는 요행심리를 경계한 것이다.

《정선아소精選雅笑》 우언

취월자(醉月子 : ?-?)는 명대(明代) 예장(豫章)[지금의 강서성 남창시(南昌市)] 사람으로 본명(本名)과 생애사적(生涯事蹟)을 알 수 없고, 별호(別號)가 취월자(醉月子)라는 것을 알 뿐이다.

《정선아소(精選雅笑)》는 일종의 우언소화집(寓言笑話集)으로, 내용은 민간으로부터 채집한 시정(市井)의 여러 가지 웃음거리를 모아 수록한 것이다.

091 농부망서(農夫亡鋤)

《精選雅笑 · 亡鋤》

원문 및 주석

農夫亡鋤[1]

夫田中歸, 妻問鋤放何處。夫大聲曰 :「田裏。」[2] 妻曰 :「輕說些, 莫被人聽見, 却不取去?」因促之。[3] 往看, 無矣。忙歸附妻耳云 :「不

……………

1 農夫亡鋤 → 농부가 호미를 잃어버리다
【亡(망)】: 잃다.
【鋤(서)】: 호미.

2 夫田中歸, 妻問鋤放何處。夫大聲曰 :「田裏。」→ 남편이 밭에서 돌아오자, 아내가 호미를 어디에 두었느냐고 물었다. 남편이 큰 소리로 말했다 :「밭에 두었소.」
【夫(부)】: 남편.
【放(방)】: 놓다, 두다.
【何處(하처)】: 어디, 어느 곳.

3 妻曰 :「輕說些, 莫被人聽見, 却不取去?」因促之。→ 아내가 말했다 :「다른 사람이 듣지 않게, 좀 작은 소리로 말해요. (다른 사람이 들으면) 어찌 가져가지 않겠어요?」그리하여 남편을 재촉하여 찾아오도록 했다.
【輕說(경설)】: 작은 소리로 말하다.
【些(사)】: 좀, 조금.
【莫(막)】: …않다, …못하다.
【被人聽見(피인청견)】: 다른 사람에게 청취(聽取)당하다. 〖被〗: [피동형] …에게 …당하다.
【却(각)】: 어찌.
【因(인)】: 그리하여, 그래서.
【促(촉)】: 재촉하다.
【之(지)】: [대명사] 그, 즉「남편」.

見了。」[4]

번역문

농부가 호미를 잃어버리다

남편이 밭에서 돌아오자 아내가 호미를 어디에 두었느냐고 물었다. 남편이 큰 소리로 말했다.

「밭에 두었소.」

아내가 말했다.

「다른 사람이 듣지 않게 좀 작은 소리로 말해요. (다른 사람이 들으면) 어찌 가져가지 않겠어요?」

그리하여 남편을 재촉하여 찾아오도록 했다. (남편이) 가서 보니 (호미가) 없었다. 급히 집에 돌아와 아내의 귀에 대고 말했다.

「호미가 보이지 않소.」

해설

아내가 남편에게 호미를 어디에 두었느냐고 물어 남편이 큰 소리로 밭에 두었다고 말했을 때, 아내가 작은 소리로 말하도록 요구한 것은 남이 듣고 호미를 훔쳐갈 것을 염려했기 때문이다. 그런데 남편은 호미가 없어진 것을 확인하고 나서, 집에 돌아와 아내의 귀에 대고 작은 소리로 호미가 없

---

4 往看, 無矣。忙歸附妻耳云:「不見了。」→ (남편이) 가서 보니, (호미가) 없었다. 급히 집에 돌아와 아내의 귀에 대고 말했다:「호미가 보이지 않소.」
【忙歸(망귀)】: 급히 집에 돌아오다.
【附妻耳云(부처이운)】: 아내의 귀에 대고 말하다. 〖附〗: 대다, 접근하다, 다가가다.

어졌다고 말했다. 아내가 호미를 잃기 전에 당부한 것은 사리에 부합하지만, 호미를 잃고 나서 아내의 귀에 대고 작은 소리로 말한 것은 너무 사리를 분별할 줄 모르는 매우 어리석은 행동이다.

이 우언은 근본(根本)을 버리고 말초(末梢)를 좇으며 사상이 고루하여 전혀 융통성이 없는 고지식한 사람을 풍자한 것이다.

092 구문부(驅蚊符)

《精選雅笑 · 蚊符》

원문 및 주석

驅蚊符[1]

有賣驅蚊符者, 一人買歸貼之, 而蚊毫不減, 往咎賣者。[2] 賣者云 :「定是貼不得法。」問 :「貼於何處?」曰 :「須貼帳子裡。」[3]

1 驅蚊符 → 모기를 쫓아내는 부적(符籍)
【驅(구)】: 몰아내다, 쫓아내다, 구축(驅逐)하다.
【蚊(문)】: 모기.
【符(부)】: 부적(符籍). 악귀(惡鬼)나 잡신(雜神)을 쫓기 위해 붉은색으로 야릇한 글자나 모양을 그린 종이. 벽 등에 붙이거나 몸에 지니고 다닌다.

2 有賣驅蚊符者, 一人買歸貼之, 而蚊毫不減, 往咎賣者。→ 모기를 쫓아내는 부적(符籍)을 파는 사람이 있었다. 어떤 사람이 그 부적을 사가지고 집에 돌아와 붙였으나, 모기가 조금도 줄어들지 않자, 가서 부적 판 사람을 꾸짖었다.
【貼(첩)】: 붙이다.
【之(지)】: [대명사] 그것, 즉 「부적」.
【毫(호)】: 전혀, 조금도.
【減(감)】: 감소하다, 줄어들다.
【咎(구)】: 나무라다, 꾸짖다, 책망하다.

3 賣者云 :「定是貼不得法。」問 :「貼於何處?」曰 :「須貼帳子裡。」→ 부적을 판 사람이 말했다 :「틀림없이 붙이는 방법이 서툴렀을 것이오.」 부적을 산 사람이 물었다 :「어디에 붙여야 합니까?」 부적을 판 사람이 대답했다 :「반드시 모기장 안에 붙여야 합니다.」
【定(정)】: 틀림없이.
【是(시)】: …이다.
【不得法(부득법)】: 방법이 서투르다.
【於(어)】: [개사] …에.

번역문

모기를 쫓아내는 부적(符籍)

모기를 쫓아내는 부적(符籍)을 파는 사람이 있었다. 어떤 사람이 그 부적을 사가지고 집에 돌아와 붙였으나 모기가 조금도 줄어들지 않자, 가서 부적 판 사람을 꾸짖었다.

부적을 판 사람이 말했다.

「틀림없이 붙이는 방법이 서툴렀을 것이오.」

부적을 산 사람이 물었다.

「어디에 붙여야 합니까?」

부적을 판 사람이 대답했다.

「반드시 모기장 안에 붙여야 합니다.」

해설

부적(符籍)이 비록 미신에 속하기는 하지만, 만일 부적을 붙여 효과를 기대해야 한다면 모기가 있는 곳은 어느 곳이나 가능해야 마땅하다. 그런데 부적을 판 사람의 말대로 부적을 모기장 안에 붙여야 한다면, 기왕 모기장이 있어 모기를 막을 수 있는데, 굳이 무슨 부적을 사다가 붙일 필요가 있겠는가?

이 우언은 허명(虛名)만 있고 실효(實效)가 없이 남을 기만하는 파렴치한 농간에 속지 않도록 경각심을 고취한 것이다.

················

【何處(하처)】: 어디, 어느 곳.
【須(수)】: 반드시 …해야 한다.
【帳子(장자)】: 모기장.
【裡(리)】: 裏(리), 안, 속.

093 도우(盜牛)

《精選雅笑 · 盜牛》

원문 및 주석

盜牛[1]

有盜牛而被枷者, 熟識過而問曰 : 「汝何事?」[2] 答云 : 「晦氣撞出來的。前在街上閑走, 見地上草繩一條, 以爲有用, 拾得之耳!」[3] 問

....

1 盜牛 → 소를 훔치다
【盜(도)】: 훔치다, 절도하다.

2 有盜牛而被枷者, 熟識過而問曰 : 「汝何事?」 → 소를 훔쳐 목에 형틀이 채워진 사람이 있었다. 그를 잘 아는 사람이 지나가다가 보고 물었다 : 「당신 무슨 일이요?」
【被枷(피가)】: 목에 칼 형틀이 채워지다. 〖被〗: [피동형]. 〖枷〗: 죄인의 목에 씌우는 형틀.
【熟識(숙식)】: 잘 아는 사람.
【過(과)】: 지나가다.
【汝(여)】: 너, 당신.

3 答云 : 「晦氣撞出來的。前在街上閑走, 見地上草繩一條, 以爲有用, 拾得之耳!」 → 소를 훔친 사람이 대답했다 : 「운수가 사나워 우연히 맞닥뜨린 거요. 얼마 전 길에서 한가로이 걷다가, 땅바닥에 있는 새끼줄 하나를 보고, 쓸모가 있다고 여겨, 그것을 주웠을 뿐이오!」
【晦氣(회기)】: 불운하다, 재수 없다, 운수가 사납다.
【撞(당)】: 부딪치다, 맞닥뜨리다.
【閑走(한주)】: 한가로이 걷다. ※ 판본에 따라서는 「閑」을 「閒(한)」이라 했다.
【草繩(초승)】: 새끼줄.
【條(조)】: [양사].
【以爲(이위)】: …라고 여기다, …라고 생각하다.
【有用(유용)】: 유용하다, 쓸모가 있다.
【拾得之(습득지)】: 그것을 줍다. 〖拾得〗: 줍다. 〖之〗: [대명사] 그것, 즉 「새끼줄」.

者曰 : 「然則罪何至此?」 卽復對云 : 「繩頭還有一小小牛兒!」[4]

번역문

소를 훔치다

소를 훔쳐 목에 형틀이 채워진 사람이 있었다. 그를 잘 아는 사람이 지나가다가 보고 물었다.

「당신 무슨 일이요?」

소를 훔친 사람이 대답했다.

「운수가 사나워 우연히 맞닥뜨린 거요. 얼마 전 길에서 한가로이 걷다가 땅바닥에 있는 새끼줄 하나를 보고 쓸모가 있다고 여겨 그것을 주웠을 뿐이오!」

물어본 사람이 말했다.

「그렇다면 죄가 어째서 이에 이르렀소?」

소를 훔친 사람이 즉시 또 대답했다.

「새끼줄 끝에 송아지 한 마리가 매어 있었소!」

【耳(이)】: …일 뿐이다, …일 따름이다.

4 問者曰 : 「然則罪何至此?」 卽復對云 : 「繩頭還有一小小牛兒!」→ 물어본 사람이 말했다 : 「그렇다면 죄가 어째서 이에 이르렀소?」 소를 훔친 사람이 즉시 또 대답했다 : 「새끼줄 끝에 송아지 한 마리가 매어 있었소!」

【然則(연즉)】: 그렇다면.

【何(하)】: 어찌.

【至此(지차)】: 이에 이르다, 이 지경에 이르다, 여기까지 이르다.

【復(부)】: 또, 다시.

【繩頭(승두)】: 새끼줄 끝.

【還(환)】: 그리고, 또, 또한.

해설

탐욕으로 인해 남의 소를 훔친 죄인이 목에 형틀을 쓰고도 시종 자기의 잘못을 선뜻 인정하려 하지 않고 말을 얼버무리며, 어떻게든 구실을 찾아 자기의 잘못을 감추려 했다.

작은 이익을 탐하지 말고, 탐욕으로 인해 절도 행각을 벌이지 않아야 하는 것은 인간의 기본 도리지만, 만일 어쩌다 잘못을 범했다 해도 대담하게 잘못을 인정하고 고쳐 나가는 것이 화를 더 이상 키우지 않는 최선의 길이다.

이 우언은 자기의 잘못을 인정하지 않고 말을 이리저리 둘러대며 과실을 덮어 감추려다가 거듭 잘못을 저지르는 어리석은 행위를 경계한 것이다.

《소림 笑林》 우언

부백재주인(浮白齋主人 : ?-?)은 명말(明末) 사람으로 본명(本名)과 생애사적(生涯事蹟)이 알려져 있지 않다. 혹은 극작가인 소주(蘇州) 사람 허자창(許自昌)이라 하고, 혹은 소주 사람 서윤보(徐潤甫)라고도 하며, 혹은 풍몽룡(馮夢龍)이라고도 하나 모두 확실한 증거가 없다.

《소림(笑林)》은 그가 편찬한 일종의 소화집(笑話集)으로, 내용은 사회의 밑바닥에서 소재를 취하여 토착 지주 · 낙방한 수재 · 구두쇠 · 시정잡배 등을 풍자한 것이다.

094 명독서(名讀書)

《笑林·名讀書》

원문 및 주석

名讀書[1]

車胤囊螢讀書, 孫康映雪讀書。一日, 康往拜胤, 不遇, 問:「何往?」[2] 門者曰:「出外捉螢火蟲去了。」已而胤答拜康, 見康閑立庭中, 問:「何不讀書?」[3] 康曰:「我看今日這天不像個下雪的。」[4]

1 名讀書 → 독서(讀書)의 명분을 내세우다
【名(명)】: [동사] 명분을 내세우다.

2 車胤囊螢讀書, 孫康映雪讀書。一日, 康往拜胤, 不遇, 問:「何往?」→ 차윤(車胤)은 반딧불을 잡아다가 주머니에 담아 그 불빛으로 책을 읽었고, 손강(孫康)은 눈에서 발하는 빛을 이용하여 책을 읽었다. 어느 날, 손강이 차윤을 방문하러 가서, 만나지 못하자, 물었다:「어디 갔습니까?」
【車胤(차윤)】: [인명] 진(晉)나라 남평군(南平郡)[지금의 호북성 공안(公安)] 사람으로, 자는 무자(武子)이다. 어려서 독서에 열중했으나 집안이 가난하여 등불이 없자, 여름에 반딧불을 잡아다가 비추어 책을 읽었다. 후에 벼슬이 이부상서(吏部尙書)에 올랐다.
【囊螢(낭형)】: 반딧불을 주머니에 담다. 〖囊〗: [동사] 주머니에 담다. 〖螢〗: 반딧불.
【孫康(손강)】: [인명] 진(晉)나라 경조(京兆)[지금의 하남성 낙양(洛陽)] 사람으로, 어려서 독서를 좋아했으나 집안이 가난하여 등불이 없자, 겨울에는 눈에 비추어 책을 읽었다. 후에 벼슬이 어사대부(御史大夫)에 올랐다.
【映雪(영설)】: 눈에 비추다.
【往拜(왕배)】: 방문하러 가다.
【遇(우)】: 만나다.
【何往(하왕)?】: 어디 갔는가?

3 門者曰:「出外捉螢火蟲去了。」已而胤答拜康, 見康閑立庭中, 問:「何不讀書?」→ 문지기가

번역문

독서(讀書)의 명분을 내세우다

차윤(車胤)은 반딧불을 잡아다가 주머니에 담아 그 불빛으로 책을 읽었고, 손강(孫康)은 눈에서 발하는 빛을 이용하여 책을 읽었다. 어느 날, 손강이 차윤을 방문하러 가서 만나지 못하자, 물었다.

「어디 갔습니까?」

문지기가 대답했다.

「밖에 반딧불을 잡으러 나갔습니다.」

얼마 후 차윤이 손강을 답방하여 손강이 한가로이 정원에 서있는 것을 보고 물었다.

「왜 독서를 하지 않습니까?」

손강이 대답했다.

「내가 오늘 이 날씨를 보니 눈이 내릴 것 같지 않습니다.」

....

대답했다 : 「밖에 반딧불을 잡으러 나갔습니다.」 얼마 후 차윤이 손강을 답방하여, 손강이 한가로이 정원에 서있는 것을 보고, 물었다 : 「왜 독서를 하지 않습니까?」
【門者(문자)】 : 문지기.
【捉(착)】 : 잡다.
【螢火蟲(형화충)】 : 반딧불.
【已而(이이)】 : 그 뒤, 얼마 후.
【答拜(답배)】 : 답방(答訪)하다.
【閑立(한립)】 : 한가로이 서있다.
【何(하)】 : 왜, 어째서.

4 康曰 : 「我看今日這天不像個下雪的。」 → 손강이 대답했다 : 「내가 오늘 이 날씨를 보니 눈이 내릴 것 같지 않습니다.」
【這天(저천)】 : 이날.
【不像個下雪(불상개하설)】 : 눈이 내릴 것 같지 않다. 【像】 : 마치 …같다.

해설

역사적으로 진(晉)나라 차윤(車胤)과 손강(孫康)은 형설지공(螢雪之功)의 대표적 인물이다. 그들은 집이 가난하여 등불이 없자, 차윤은 반딧불로 글을 읽고 손강은 눈빛으로 글을 읽으며 학문을 닦아 부지런히 학습하는 본보기로서 세인들의 칭찬을 받아왔다. 따라서 이 고사는 결코 작자가 차윤과 손강을 비난하려는 것이 아니고, 역사적인 사실에 해학적인 요소를 가미하여 사회의 모종 현상을 지적한 것으로 보인다.

형설지공이란, 본래 모든 시간과 조건을 충분히 이용하여 각고 노력하는 정신을 가리키는데, 만일 그러한 정신을 벗어나 활용할 수 있는 좋은 시간을 접어두고 오히려 반딧불을 잡으러 가거나 정원에 서서 한가로이 눈이 내리기를 기다린다면, 이야말로 본말이 전도된 것이다.

이 우언은 실질을 버리고 맹목적으로 타인을 모방하는 사람을 풍자하는 동시에, 학습이란 어떤 형식을 추구하거나 여건에 구애되지 말고 오로지 전심전력(全心全力)으로 몰두해야 된다는 학습의 중요성을 강조한 것이다.

095 문공자(問孔子)

《笑林·問孔子》

원문 및 주석

問孔子[1]

兩道學先生議論不合, 各自詑眞道學, 而互詆爲假。久之不決, 乃共請正於孔子。[2] 孔子下階, 鞠躬致敬而言曰:「吾道甚大, 何必相同?[3] 二位老先生皆眞正道學, 丘素所欽仰, 豈有僞哉!」兩人各

1 問孔子 → 공자(孔子)에게 묻다
【孔子(공자)】: [인명] 성은 공(孔), 이름은 구(丘), 자는 중니(仲尼). 춘추시대의 사상가로 유가(儒家)학파의 창시자. 〖子〗: 학문과 도덕 또는 지위가 있는 남자에 대한 존칭.

2 兩道學先生議論不合, 各自詑眞道學, 而互詆爲假。久之不決, 乃共請正於孔子。→ 도학선생(道學先生) 두 사람이 서로 의론이 합치하지 않자, 각기 자기가 진짜 도학(道學)이라고 자랑하며, 서로 상대방을 가짜라고 비난했다. 오래도록 해결이 나지 않아, 결국 함께 공자(孔子)에게 가서 바로잡아줄 것을 청했다.
【道學先生(도학선생)】: 유가(儒家)의 학설을 신봉하는 사람.
【議論不合(의론불합)】: 의론이 맞지 않다, 의견이 일치하지 않다.
【詑(타)】: 자랑하다.
【互詆爲假(호저위가)】: 서로 가짜라고 비방하다. 〖詆〗: 헐뜯다, 욕하다, 비난하다.
【久之不決(구지불결)】: 오래도록 해결이 나지 않다.
【乃(내)】: 마침내, 결국.

3 孔子下階, 鞠躬致敬而言曰:「吾道甚大, 何必相同? → 공자가 계단을 내려와, 허리를 굽혀 경의를 표하고 말했다:「우리 유가(儒家)의 도리는 매우 넓습니다. 그러니 어찌 서로 같을 필요가 있겠습니까?」
【下階(하계)】: 계단을 내려오다.

大喜而退。[4] 弟子曰：「夫子何諛之甚也!」孔子曰：「此輩人哄得他去勾了, 惹他什麽?」[5]

번역문

공자(孔子)에게 묻다

도학선생(道學先生) 두 사람이 서로 의론(議論)이 합치하지 않자, 각기 자기가 진짜 도학(道學)이라고 자랑하며 서로 상대방을 가짜라고 비난했다. 오래도록 해결이 나지 않아 결국 함께 공자(孔子)를 찾아가 바로잡아줄 것

【鞠躬(국궁)】: 허리를 굽히다.
【致敬(치경)】: 경의를 표하다.
【甚大(심대)】: 광대하다, 매우 크다.
【何必(하필)】: 어찌 …할 필요가 있는가?, 굳이 …할 필요가 있겠는가?

4 二位老先生皆眞正道學, 丘素所欽仰, 豈有僞哉!」兩人各大喜而退。→ 두 분 선생 모두 진정한 도학으로, 제가 평소에 공경하여 우러러 사모했는데, 어찌 가짜가 있겠습니까!」 두 사람이 각자 매우 기뻐하며 물러갔다.
【丘(구)】: 공자(孔子)의 이름. ※ 공자가 「나, 저」라는 의미로 자신의 이름을 사용한 것.
【素(소)】: 평소.
【欽仰(흠앙)】: 공경하여 우러러 사모하다.
【豈(기)】: 어찌.
【僞(위)】: 가짜, 거짓.

5 弟子曰：「夫子何諛之甚也!」孔子曰：「此輩人哄得他去勾了, 惹他什麽?」→ (공자의) 제자가 물었다 : 「선생님은 어째서 그들에게 이처럼 심하게 아첨하십니까?」 공자가 말했다 : 「이런 사람들은 구슬려 보내면 족하지, 그들의 심기를 건드려 무엇 하겠는가?」
【夫子(부자)】: [제자의 스승에 대한 호칭] 선생님.
【何(하)】: 왜, 어째서.
【諛(유)】: 아첨하다.
【之(지)】: [대명사] 그들, 즉 「도학선생」.
【輩(배)】: [복수형] …들, 무리.
【哄得他去(홍득타거)】: 그들을 얼러서 보내다. 구슬리다, 어르다, 달래다.
【勾(구)】: 够(구), 충분하다, 족하다.
【惹(야)】: (상대방의 심기를) 건드리다.

을 청했다. 공자가 계단을 내려와 허리를 굽혀 경의를 표하고 말했다.

「우리 유가(儒家)의 도리는 매우 넓습니다. 그러니 어찌 서로 같을 필요가 있겠습니까? 두 분 선생 모두 진정한 도학으로 제가 평소에 공경하여 우러러 사모했는데 어찌 가짜가 있겠습니까!」

두 사람이 각자 매우 기뻐하며 물러갔다.

(공자의) 제자가 물었다.

「선생님은 어째서 그들에게 이처럼 심하게 아첨하십니까?」

공자가 말했다.

「이런 사람들은 구슬려 보내면 족하지 그들의 심기를 건드려 무엇 하겠는가?」

해설

도학자(道學者)라 자처하는 두 사람이 서로 자기의 학설이 진짜 도학이라며 논쟁을 벌이다가 의론이 합치하지 않자, 직접 공자(孔子)를 찾아가 물었다. 공자는 뜻밖에도 그들 모두 진짜 도학이며 자신이 평소에 공경하고 사모했다고 말했다. 이에 제자들이 공자에게 어째서 이처럼 심하게 아첨을 하느냐고 묻자, 공자는 「그들을 구슬려 보내면 족하지 그들의 심기를 건드려 무엇 하겠는가?」라고 했다. 이 말은 공자가 가짜 도학에 대해 가장 경시한 표현이다.

이 우언은 작자가 당시 사회에서 가짜 도학자들이 모든 것을 자기가 옳다고 여기며 주장을 굽히지 않음으로써, 어떤 이치를 가지고도 깨우칠 수 없는 그들의 그릇된 면모를 풍자한 것이다.

096 풍수(風水)

《笑林 · 風水》

원문 및 주석

風水[1]

有酷信風水者, 動輒問陰陽家。一日, 偶坐墻下, 忽墻倒被壓, 亟呼:「救命!」[2] 家人輩曰:「且忍着, 待我去問陰陽先生, 今日可動得土否?」[3]

1 風水 → 풍수(風水)
【風水(풍수)】: 집 · 무덤 등 지형의 선택이 사람의 길흉화복(吉凶禍福)과 밀접한 관계를 가진다는 학설. 후한(後漢) 말의 음양오행설(陰陽五行說)에서 비롯되었다.

2 有酷信風水者, 動輒問陰陽家。一日, 偶坐墻下, 忽墻倒被壓, 亟呼:「救命!」→ 어느 풍수(風水)를 맹신하는 사람이, 걸핏하면 음양가(陰陽家)에게 물었다. 어느 날, 그가 우연히 담장 아래에 앉아 있다가, 갑자기 담장이 무너져 깔리자, 급히 큰 소리로 외쳤다:「사람 살려!」
【酷信(혹신)】: 맹신하다, 매우 믿다. 〖酷〗: 몹시, 매우, 심히.
【動輒(동첩)】: 툭하면, 걸핏하면.
【陰陽家(음양가)】: 천문(天文) · 역수(曆數) · 풍수지리(風水地理)를 연구하여 사람의 길흉화복을 예언하는 사람.
【偶(우)】: 우연히.
【墻(장)】: 담, 담장.
【忽(홀)】: 갑자기.
【倒(도)】: 무너지다, 넘어지다.
【被壓(피압)】: 깔리다, 눌리다. 〖被〗: [피동형] …되다, …당하다. 〖壓〗: 누르다, 압박하다.
【亟呼(극호)】: 급히 큰 소리로 외치다.
【救命(구명)!】: 사람 살려! 살려 주시오!

3 家人輩曰:「且忍着, 待我去問陰陽先生, 今日可動得土否?」→ 집안사람들이 그에게 말했다

번역문

풍수(風水)

어느 풍수(風水)를 맹신하는 사람이 걸핏하면 음양가(陰陽家)에게 물었다. 어느 날 그가 우연히 담장 아래에 앉아 있다가 갑자기 담장이 무너져 깔리자 급히 큰 소리로 외쳤다.

「사람 살려!」

집안사람들이 그에게 말했다.

「잠시 꾹 참고, 우리가 음양선생(陰陽先生)한테 가서 오늘 내로 흙을 치울 수 있는지 물어보고 올 때까지 기다리셔요.」

해설

미신(迷信)을 맹신하는 사람이 무너진 담장에 깔려 살려달라고 외치자, 그 집안사람들이 음양가(陰陽家)에게 물어 구조 여부를 해결하고자 했다. 무너진 담장에 사람이 깔려 화급을 요하는 상황에서, 흙을 치우고 사람을 구하는 것조차 음양가에 물어 해결하려는 것은 실로 기본 상식에도 어긋나는 지극히 우매한 행위이다.

만일 음양가의 처방이 흙을 치우기에 부적합하다고 내려진다면, 흙에 깔린 사람은 그만 목숨을 잃을 수도 있다.

....

: 「잠시 꾹 참고, 우리가 음양선생(陰陽先生)한테 가서 오늘 내로 흙을 치울 수 있는지 물어보고 올 때까지 기다리셔요.」

【輩(배)】: [복수형] …들, 무리.

【且(차)】: 잠시, 잠깐.

【待(대)】: 기다리다.

【可動得土否(가동득토부)】: 흙을 치울 수 있는지 없는지. 즉 「흙을 치울 수 있는지 여부.」

이 우언은 작자가 「당신의 창으로 당신의 방패를 공격하는 수법」을 빌려, 풍수를 맹신하는 어리석은 사람의 그릇된 사고방식을 꼬집어 풍자한 것이다.

097 하(蝦)

《笑林 · 蝦》

원문 및 주석

蝦[1]

和尙私買蝦食, 蝦在熱鍋裡亂跳。乃合掌低聲, 向蝦曰 :「阿彌陀佛! 耐心, 少時紅熟, 便不疼了。」[2]

....

1 蝦 → 새우

2 和尙私買蝦食, 蝦在熱鍋裡亂跳。乃合掌低聲, 向蝦曰 :「阿彌陀佛! 耐心, 少時紅熟, 便不疼了。」→ 어느 중이 몰래 새우를 사 먹는데, 새우가 뜨거운 가마 안에서 마구 뛰었다. 그리하여 중이 합장(合掌)을 하고 낮은 소리로, 새우를 향해 말했다 :「아미타불! 좀 참아라. 잠시 후 붉게 익으면, 곧 아프지 않을 것이다.」

【和尙(화상)】: 중, 승려.
【私(사)】: 몰래.
【蝦(하)】: 새우. ※ 판본에 따라서는 「蝦」를 「鰕(하)」라 했다.
【食(식)】: [동사] 먹다.
【熱鍋裡(열과리)】: 뜨거운 가마솥 안. 〖鍋〗: 냄비, 솥, 가마, 가마솥. 〖裡〗: 裏(리), 안, 속.
【亂跳(난도)】: 마구 뛰다. ※ 판본에 따라서는 「亂跳」를 「亂蹦(난붕)」이라 했다.
【乃(내)】: 이에, 그리하여, 그래서.
【合掌(합장)】: [불교] 합장하다, 공경하는 마음으로 두 손바닥을 합치다.
【低聲(저성)】: 낮은 소리.
【向(향)】: …에게, …을 향해.
【阿彌陀佛(아미타불)】: 불교에서 서방정토(西方淨土)의 극락세계에 있다는 부처로, 무량수불(無量壽佛) 또는 무량광불(無量光佛)이라고도 한다. 모든 중생을 구제한다는 대원(大願)을 세워, 이 부처를 믿고 염불하면 사후 극락정토에 태어나게 된다고 한다. 불교를 믿는 사람들은 기원이나 감사의 뜻을 표할 때 흔히 이 부처의 이름을 소리 내어 왼다.

번역문

새우

어느 중이 몰래 새우를 사 먹는데 새우가 뜨거운 가마 안에서 마구 뛰었다. 그리하여 중이 합장(合掌)을 하고 낮은 소리로 새우를 향해 말했다.

「아미타불! 좀 참아라. 잠시 후 붉게 익으면 곧 아프지 않을 것이다.」

해설

이 고사는 조남성(趙南星) 《소찬(笑贊)》 중의 「작투승수(雀投僧袖)」와 줄거리가 흡사하다. 불가(佛家)에서는 본래 육식(肉食)을 금하는데, 이 중은 몰래 새우를 사다가 삶아 먹으면서, 새우가 뜨거운 가마 안에서 뜨거움을 견디지 못해 마구 날뛰자, 마치 자비를 베푸는 듯 합장을 하며 「아미타불! 좀 참아라. 잠시 후 붉게 익으면 곧 아프지 않을 것이다.」라고 했다.

이 우언은 몰래 새우를 사다가 삶아 먹는 중의 식탐과 거짓 자비 심리를 통해, 겉으로는 도덕군자(道德君子)인양 점잔을 빼면서 실제로는 온통 나쁜 짓을 일삼는 사이비 군자의 표리부동(表裏不同)한 행위를 풍자한 것이다.

....

【耐心(내심)】: 참다.
【少時(소시)】: 조금 이따가, 잠시 후.
【紅熟(홍숙)】: 붉게 익다.
【便(변)】: 곧, 바로.
【疼(동)】: 痛(통), 아프다.

098 일모불발(一毛不拔)

《笑林 · 一毛不拔》

원문 및 주석

一毛不拔[1]

一猴死見冥王，求轉人身。王曰：「旣欲做人，須將毛盡拔去。」[2] 卽喚夜叉拔之。方拔一根，猴不勝痛叫。王笑曰：「看你一毛不拔，如何做人?」[3]

....

1 一毛不拔 → 털 하나도 뽑지 않다
【拔(발)】: 뽑다.

2 一猴死見冥王，求轉人身。王曰：「旣欲做人，須將毛盡拔去。」→ 여우 한 마리가 죽은 뒤에 염라대왕을 만나, 사람의 몸으로 바꿔달라고 요구했다. 염라대왕이 말했다 :「기왕 사람이 되기를 바란다면, 반드시 몸의 털을 모두 뽑아 없애야 한다.」
【猴(후)】: 원숭이.
【冥王(명왕)】: 염라대왕.
【求轉人身(구전인신)】: 사람의 몸으로 바꿔 달라고 요구하다.
【旣(기)】: 기왕, 기왕 …한 바에는.
【欲(욕)】: …하고자 하다, …을 바라다, …을 원하다.
【做人(주인)】: 인간이 되다.
【須(수)】: 반드시 …해야 한다.
【將(장)】: [목적형] …을(를).
【盡(진)】: 모두.
【拔去(발거)】: 뽑아 없애다, 제거하다.

3 卽喚夜叉拔之。方拔一根，猴不勝痛叫。王笑曰：「看你一毛不拔，如何做人?」→ 그리하여 곧 야차(夜叉)를 불러 여우의 털을 뽑게 했다. 막 털 한 올을 뽑자, 원숭이는 아픔을 견디지 못

번역문

털 하나도 뽑지 않다

여우 한 마리가 죽은 뒤에 염라대왕을 만나 사람의 몸으로 바꿔달라고 요구했다.

염라대왕이 말했다.

「기왕 사람이 되기를 바란다면 반드시 몸의 털을 모두 뽑아 없애야 한다.」

그리하여 곧 야차(夜叉)를 불러 여우의 털을 뽑게 했다. 막 털 한 올을 뽑자, 원숭이는 아픔을 견디지 못하고 고함을 질렀다.

염라대왕이 말했다.

「너를 보건대, 털 하나도 뽑지 못하니 어떻게 사람이 되겠느냐?」

해설

「일모불발(一毛不拔)」은 《맹자(孟子)·진심상(盡心上)》에 「양자(楊子)는 위아(爲我)를 주장하여, 털 하나를 뽑아 천하를 이롭게 한다 해도 하지 않

....

하고 고함을 질렀다. 염라대왕이 말했다 : 「너를 보건대 털 하나도 뽑지 못하니, 어떻게 사람이 되겠느냐?」

【卽(즉)】: 곧, 바로, 즉시.

【喚(환)】: 부르다.

【夜叉(야차)】: 범문(梵文)의 음역(音譯)으로, 본래 불가(佛家)에서 말하는 악귀(惡鬼)의 일종. 여기서는 염라대왕의 명을 받아 죄인을 다스리는 「염마졸(閻魔卒)」을 가리킨다.

【之(지)】: [대명사] 그것, 즉 「여우의 털」.

【方(방)】: 이제 막, 방금, 갓.

【一根(일근)】: 한 올. 【根】: [가늘고 긴 것을 세는 양사].

【不勝(불승)】: 견디지 못하다, 참지 못하다.

【叫(규)】: 고함치다, 소리 지르다.

【如何(여하)】: 어찌, 어떻게.

았다.(楊子取爲我, 拔一毛而利天下不爲也。)」라고 하여, 본래 양자의 극단적인 이기주의 사상을 비판한 것이나, 후에는 남을 위해 털 하나라도 뽑지 않는다는 지극히 인색하고 이기적인 사람을 형용하는 성어(成語)로 사용했다.

이 우언은 염라대왕에게 사람으로 환생하게 해달라고 요구하면서도 털 하나조차 뽑지 않으려 한 여우의 행위를 빌려, 마치 양자처럼 지극히 인색하고 이기적인 사람을 풍자한 것이다.

099 묘흘소(貓吃素)

《笑林·吃素》

원문 및 주석

貓吃素[1]

貓項下偶帶數珠, 老鼠見之, 喜曰:「貓吃素矣!」率其子孫詣貓言謝。[2] 貓大叫一聲, 連啖數鼠。老鼠急走, 乃脫, 伸舌曰:「他吃素

---

1 貓吃素 → 고양이가 소식(素食)을 하다
【貓(묘)】: 고양이.
【吃素(흘소)】: 소식(素食)하다, 채식(菜食)하다, 소밥을 먹다. 【吃】: 먹다. 【素】: 소식(素食), 소밥, 고기 반찬이 없는 밥.

2 貓項下偶帶數珠, 老鼠見之, 喜曰:「貓吃素矣!」率其子孫詣貓言謝。→ 고양이가 우연히 목에 염주(念珠)를 걸고 있었다. 늙은 쥐가 그것을 보더니, 기뻐하며 말했다:「고양이가 소식(素食)을 한다.」(그리하여 늙은 쥐가) 자기 자손들을 이끌고 고양이를 찾아가 감사의 뜻을 표했다.
【項(항)】: 목.
【偶(우)】: 우연히.
【帶(대)】: 차다, 달다.
【數珠(수주)】: 염주(念珠), 불주(佛珠). ※ 염불할 때 한편으로는 손으로 돌려 개수를 세고, 한편으로는 불경을 외운다.
【老鼠(노서)】: 늙은 쥐.
【之(지)】: [대명사] 그것, 즉「방울을 차고 있는 쥐」.
【率(솔)】: 인솔하다, 데리다, 이끌다.
【詣(예)】: 찾아뵙다, 알현하다, 방문하다.
【言謝(언사)】: 고맙다고 말하다, 감사의 뜻을 표하다.

後越兇了!」[3]

번역문

고양이가 소식(素食)을 하다

고양이가 우연히 목에 염주(念珠)를 걸고 있었다. 늙은 쥐가 그것을 보더니 기뻐하며 말했다.

「고양이가 소식(素食)을 한다.」

(그리하여 늙은 쥐가) 자기 자손들을 이끌고 고양이를 찾아가 감사의 뜻을 표했다. (그러자) 고양이가 큰 소리를 지르더니 연거푸 몇 마리의 쥐를 잡아먹었다. 늙은 쥐가 급히 달아나 겨우 위험에서 벗어난 후 혀를 내밀고 말했다.

「고양이가 소식을 하고 나서 더욱 사나워졌어!」

해설

늙은 쥐는 고양이의 목에 염주(念珠)가 걸려 있는 것을 보자, 고양이가

3 貓大叫一聲, 連啖數鼠。老鼠急走, 乃脫, 伸舌曰 :「他吃素後越兇了!」→ (그러자) 고양이가 큰 소리를 지르더니, 연거푸 몇 마리의 쥐를 잡아먹었다. 늙은 쥐가 급히 달아나, 겨우 위험에서 벗어난 후, 혀를 내밀고 말했다 :「고양이가 소식을 하고 나서 더욱 사나워졌어!」
【大叫一聲(대규일성)】: 큰 소리를 지르다.
【連(연)】: 연거푸, 연달아, 연이어.
【啖(담)】: 잡아먹다.
【急走(급주)】: 급히 달아나다.
【乃(내)】: 비로소, 겨우.
【脫(탈)】: 벗어나다, 이탈하다, 모면하다.
【伸舌(신설)】: 혀를 내밀다.
【越(월)】: 더욱, 한층 더.
【兇(흉)】: 흉악하다, 포악하다, 사납다.

불교를 신봉하여 소식(素食)을 한다고 믿고 자기들의 생명이 위험에서 벗어났다고 여겼다. 그리하여 고양이에게 고마움을 표하기 위해 자손들을 이끌고 찾아갔다가 갑자기 몇 마리를 희생당하고 나서 고양이의 술수에 넘어갔다는 것을 깨달았다.

이 우언은 겉으로 불교를 믿는 척하며 선을 행하지 않고 오히려 악한 짓을 하는 부도덕한 사람을 풍자하는 동시에, 어떤 사람이나 어떤 사물을 대할 경우, 반드시 그 본질을 되새겨보고 절대로 일시적인 표상(表象)에 미혹되지 말아야 한다는 이치를 설명한 것이다.

100 질(跌)

《笑林 · 跌》

원문 및 주석

跌[1]

一人偶仆地, 方起復跌, 乃曰 :「早知還有一跌, 不起來也罷了!」[2]

번역문

넘어지다

어떤 사람이 우연히 땅에 넘어졌다가 막 일어나자마자 다시 또 넘어지고 나서, 곧 말했다.

....

1 跌 → 넘어지다

2 一人偶仆地, 方起復跌, 乃曰 :「早知還有一跌, 不起來也罷了!」 → 어떤 사람이 우연히 땅에 넘어졌다가, 막 일어나자마자 다시 또 넘어지고 나서, 곧 말했다 :「또 한 번 넘어질 것을 미리 알았다면, 일어나지 않아도 되는데!」
【偶(우)】: 우연히, 어쩌다.
【仆地(부지)】: 땅에 쓰러지다. 〖仆〗: 엎어지다, 쓰러지다, 넘어지다.
【方(방)】: 방금, 막.
【復(부)】: 또, 다시.
【乃(내)】: 곧, 바로.
【早知(조지)】: 일찍 알다, 미리 알다.
【還有一跌(환유일질)】: 또 한 번 넘어지다.
【也罷(야파)】: …해도 좋다, …해도 되다.

「또 한 번 넘어질 것을 미리 알았다면 일어나지 않아도 되는데!」

해설

우연히 땅에 넘어진 사람이 일어나자마자 다시 또 넘어지자, 또 넘어질 것을 미리 알았다면 차라리 일어나지 않았을 것이라며 몹시 아쉬워했다.

사람이 세상을 살아가면서 무슨 일을 이루려면 반드시 그만한 노력의 대가를 치러야 하고 좌절을 겪기도 한다. 다만 실패를 두려워하지 않고 부단히 도전하는 사람이라야 비로소 최후의 목적지에 도달할 수 있다.

이 우언은 좌절을 두려워하며 최소한의 노력조차 기울이지 않고 오로지 무위도식(無爲徒食)을 즐기려는 지극히 나태한 사람을 풍자한 것이다.

101 노수탁자(露水桌子)

《笑林·露水桌子》

원문 및 주석

露水桌子[1]

一人偶於露水桌子上以指戲畫「我要做皇帝」五字, 仇家見之, 卽掮桌赴府, 首彼「謀反。」[2] 値官府未出, 日光中, 露水已滅迹矣。衆問 :「汝掮桌至此何爲?」[3] 答曰 :「我有桌子一堂, 特把這張來看

1 露水桌子 → 이슬에 젖은 탁자
【露水(노수)】: 이슬.

2 一人偶於露水桌子上以指戲畫「我要做皇帝」五字, 仇家見之, 卽掮桌赴府, 首彼「謀反。」→ 어떤 사람이 우연히 이슬에 젖은 탁자 위에 손가락으로 장난삼아「我要做皇帝(나는 황제가 되려고 한다)」라는 다섯 글자를 썼다. 그의 원수(怨讐)가 그것을 보자마자, 즉시 탁자를 어깨에 메고 관부(官府)로 가서, 그가「반역(反逆)을 꾀했다」고 고발하려 했다.
【偶(우)】: 우연히.
【以指戲畫(이지희화)】: 손가락으로 장난삼아 쓰다. 〖以〗: …으로, …을 가지고. 〖指〗: 손가락. 〖戲畫(희화)〗: 장난삼아 그리다. 여기서는「장난삼아 쓰다」의 뜻.
【我要做皇帝(아요주황제)】: 나는 황제가 되겠다. 〖要做〗: …가 되겠다, …을 하려고 한다.
【仇家(구가)】: 원수, 앙숙.
【之(지)】: [대명사] 그것, 즉「다섯 글자」.
【掮(견)】: (어깨에) 메다.
【赴府(부부)】: 관부(官府)에 가다. 〖赴〗: 가다, 향하다. 〖府〗: 관부, 관아, 관청.
【首(수)】: 고발하다.
【彼(피)】: 그, 그 사람.
【謀反(모반)】: 반역(反逆)을 꾀하다.

3 値官府未出, 日光中, 露水已滅迹矣。衆問 :「汝掮桌至此何爲?」→ 그런데 마침 관부가 아직

樣, 不知老爺要買否?」[4]

번역문

이슬에 젖은 탁자

어떤 사람이 우연히 이슬에 젖은 탁자 위에 손가락으로 장난삼아 「我要做皇帝(나는 황제가 되려고 한다)」라는 다섯 글자를 썼다. 그의 원수(怨讎)가 그것을 보자마자 즉시 탁자를 어깨에 메고 관부(官府)로 가서 그가 「반역(反逆)을 꾀했다」고 고발하려 했다. 그런데 마침 관부가 아직 출근을 하지 않은 때를 만나, 일광(日光) 하에서 이슬의 흔적이 이미 사라져버렸다.

여러 사람이 (고발하려 온 사람에게) 물었다.

「당신은 탁자를 메고 여기 와서 무엇을 하고 있는 거요?」

....

출근을 하지 않은 때를 만나, 일광(日光) 하에서, 이슬의 흔적이 이미 사라져버렸다. 여러 사람이 (고발하러 온 사람에게) 물었다 : 「당신은 탁자를 메고 여기 와서 무엇을 하고 있는 거요?」

【値(치)】: …때를 만나다, …때를 맞다, …에 즈음하다.

【未出(미출)】: 아직 출근하지 않다.

【滅迹(멸적)】: 흔적이 사라지다.

【衆(중)】: 여러 사람.

【汝(여)】: 너, 당신.

【至此何爲(지차하위)?】: 여기에 와서 무엇을 하는가?

4 答曰 : 「我有桌子一堂, 特把這張來看樣, 不知老爺要買否?」→ 그가 대답했다 : 「제가 (집에) 탁자 한 벌을 가지고 있어서, 특별히 이 탁자를 가지고 와 견본으로 보여드리는데, 나리들께서 사실 생각이 있으신지 모르겠습니다.」

【堂(당)】: [양사] 조, 벌, 세트.

【把(파)】: [목적격 조사] …을.

【張(장)】: [양사].

【看樣(간양)】: 견본으로 보이다. 〖樣〗: 견본.

【老爺(노야)】: 어르신, 나리.

【要買否(요매부)】: 사려는지 안 사려는지? 사려는지 여부.

그가 대답했다.

「제가 (집에) 탁자 한 벌을 가지고 있어서, 특별히 이 탁자를 가지고 와 견본으로 보여드리는데, 나리들께서 사실 생각이 있으신지 모르겠습니다.」

해설

자기의 원수를 고발하기 위해 항상 기회를 엿보던 사악한 사람이, 마침내 자기 원수가 이슬 젖은 탁자 위에 장난삼아 쓴 다섯 글자를 물증으로 관부(官府)에 고발을 하러 갔다. 그러나 그때 마침 관리들이 아직 출근을 하지 않았고, 그 후 관리들이 출근했을 때는 탁자의 이슬이 이미 말라 물증으로 삼았던 글씨의 흔적이 사라져버렸다. 물증이 사라진 후, 그는 허위 고발을 했다는 이유로 오히려 자신이 벌을 받을까 우려한 나머지, 문득 기지를 발휘하여 자신이 관부를 찾아온 목적을 마치 탁자를 팔러 온 것처럼 위장했다.

이 우언은 온갖 기회를 틈타 남을 밟고 오르되, 만일 여의치 않아 자기에게 불리할 경우 슬그머니 다른 출로를 찾아 아무 일 없었다는 듯이 빠져나가는 사악하고 음흉한 사람의 악랄한 행위를 풍자한 것이다.

《아학雅謔》 우언

작자 부백재주인(浮白齋主人):《소림(笑林)》 우언 참조.

명(明) 풍몽룡(馮夢龍) 《고금담개(古今譚概)·새어부(塞語部)》 중의 《홍미반(紅米飯)》 고사에 「저재아학(樗齋雅謔)」이란 말이 보이는데, 저재(樗齋)는 허자창(許自昌)의 별호이다. 따라서 혹자는 부백재주인을 허자창이라 보기도 하고, 또 혹자는 《소소록(笑笑錄)》이 인용한 바를 근거로 작자를 풍몽룡이라고도 한다. 그러나 모두 확실한 고증이 불가능하다.

102 금안정(金眼睛)

《雅謔》

원문 및 주석

金眼睛[1]

黨進命畫工寫眞, 寫成大怒, 責工曰 :「前日見你畫大蟲, 尙用金箔帖眼, 偏我消不得一雙金眼睛乎?」[2]

1 金眼睛 → 황금 눈
【眼睛(안정)】: 눈.

2 黨進命畫工寫眞, 寫成大怒, 責工曰 :「前日見你畫大蟲, 尙用金箔帖眼, 偏我消不得一雙金眼睛乎?」→ 당진(黨進)이 화공에게 명하여 자기 초상화를 그리도록 했는데, 화공이 그림을 완성하자 몹시 화를 내며, 화공을 꾸짖었다 :「전날 당신이 그린 호랑이를 보니, 그 조차도 금박지로 눈을 붙였는데, 유독 나만 황금 눈을 누릴 수 없다는 말인가?」
【黨進(당진)】: [인명].
【寫眞(사진)】: 초상화를 그리다. ※ 중국 초상화의 전통 호칭으로, 형상과 정신이 실물과 부합하도록 요구하기 때문에 이렇게 불렀다. 〖寫〗: 그리다.
【寫成(사성)】: 그림을 완성하다.
【責(책)】: 꾸짖다, 나무라다.
【大蟲(대충)】: 호랑이.
【尙(상)】: …조차도, …까지도.
【金箔(금박)】: 금박지.
【帖(첩)】: 붙이다.
【偏(편)】: 유독, 유달리.
【消(소)】: 누리다, 향유하다.
【…不得(부득)】: [동사 뒤에 붙어서] …해서는 안 된다, …할 수가 없다.

번역문

황금 눈

당진(黨進)이 화공에게 명하여 자기 초상화를 그리도록 했는데, 화공이 그림을 완성하자 몹시 화를 내며 화공을 꾸짖었다.

「전날 당신이 그린 호랑이를 보니, 그 조차도 금박지로 눈을 붙였는데, 유독 나만 황금 눈을 누릴 수 없다는 말인가?」

해설

어떤 물건이든 나름대로 적절한 용처(用處)가 있다. 귀하고 값이 비싼 물건이라 해도 용처가 맞지 않으면 오히려 작품을 해칠 수 있다. 호랑이 그림의 눈에 금박지를 붙이면 그림을 더욱 돋보이게 하는 효과를 거둘 수 있지만, 사람 초상화의 눈에 금박지를 붙이면 초상화가 아니라 마귀를 보는 듯한 느낌을 줄 수도 있다.

이 우언은 아는 것 없이 허장성세(虛張聲勢)를 부리며 자기모순을 유발하는 무지몽매(無知蒙昧)한 사람을 풍자한 것이다.

103 득장인력(得丈人力)

《雅謔·得丈人力》

원문 및 주석

得丈人力[1]

有以岳丈之力, 得中魁選者, 或作語嘲之曰:「孔門弟子入試, 臨揭曉, 先報子張第十九, 人曰:『他一貌堂堂, 果有好處。』[2] 又報子

1 得丈人力 → 장인(丈人)의 세력에 의존하다
【得(득)】: 얻다, 획득하다. 여기서는「의존하다, 의지하다」의 뜻.

2 有以岳丈之力, 得中魁選者, 或作語嘲之曰:「孔門弟子入試, 臨揭曉, 先報子張第十九, 人曰:『他一貌堂堂, 果有好處。』→ 장인(丈人)의 세력에 의존하여, 과거 시험에 수석으로 합격한 자가 있었다. 어떤 사람이 말을 만들어 그를 비웃었다:「공자(孔子)의 제자가 시험에 참가했는데, 합격자를 발표하기에 이르러, 먼저 자장(子張)을 19등이라고 알리자, 사람들이 말하길:『자장은 풍채가 당당하더니, 과연 유리한 점이 있다.』라고 했고,
【以岳丈之力(이악장지력)】: 장인의 세력에 의존하다. 〖以〗: …의하다, …의지하다, …에 의존하다. 〖岳丈〗: 장인(丈人).
【得中(득중)】: (과거 등 시험에) 합격하다.
【魁選(괴선)】: 수석, 일등.
【或(혹)】: 어떤 사람.
【作語嘲之(작어조지)】: 말을 만들어 그를 비웃다. 〖嘲〗: 비웃다, 조소하다. 〖之〗: [대명사] 그, 즉「과거 시험에 수석으로 합격한 사람」.
【孔門弟子(공문제자)】: 공자(孔子)의 제자.
【入試(입시)】: 시험에 참가하다.
【臨(임)】: …에 이르다.
【揭曉(개효)】: 결과를 발표하다. 즉「합격자를 발표하다」의 뜻.
【報(보)】: 알리다, 통보하다.

路第十三, 人曰 : 『他粗人也, 中得高, 全凭那一陣氣魄。』[3] 又報顏淵第十二, 人曰 : 『此聖門高足, 屈了他些。』[4] 又報公冶長第五, 人駭曰 : 『此子平日不見怎的, 如何倒中正魁?』[5] 或曰 : 『全得他丈人

....

【子張(자장)】: [인명] 공자(孔子)의 제자로 성은 전손(顓孫), 이름은 사(師), 자는 자장(子張)이다. 《논어(論語)》의 목차에서 자장은 제십구편(第十九篇)이다.

【一貌堂堂(일모당당)】: 풍채가 당당하다. 〖一貌〗: 용모, 풍채.

【果(과)】: 과연.

【好處(호처)】: 이익, 이로운 점.

3 又報子路第十三, 人曰 : 『他粗人也, 中得高, 全凭那一陣氣魄。』 → 또 자로(子路)를 13등이라고 알리자, 사람들이 말하길 : 『자로는 거친 사람인데, 좋은 성적으로 합격한 것은, 완전히 그의 기백에 의지한 것이다.』라고 했고,

【子路(자로)】: [인명] 공자(孔子)의 제자로 성은 중(仲), 자는 자로(子路), 또는 계로(季路). 《논어(論語)》의 목차에서 자로는 제십삼편(第十三篇)이다.

【粗人(조인)】: 거친 사람, 조야(粗野)한 사람.

【中得高(중득고)】: 좋은 성적으로 합격하다, 높은 점수로 합격하다.

【全凭(전빙)】: 모두 …에 의지하다, 완전히 …에 의존하다. 〖全〗: 모두, 완전히, 전적으로. 〖凭〗: 의지하다, 의존하다, 기대다.

【那(나)】: [지시 대명사] 그, 저.

【一陣(일진)】: [양사] 일종의, 하나의.

4 又報顏淵第十二, 人曰 : 『此聖門高足, 屈了他些。』 → 또 안연(顏淵)을 12등이라고 알리자, 사람들이 말하길 : 『안연은 공자(孔子)의 뛰어난 제자인데, 그를 좀 푸대접했다.』라고 했고,

【顏淵(안연)】: [인명] 공자(孔子)의 제자로 성은 안(顏), 이름은 회(回), 자는 안연(顏淵), 또는 자연(子淵)이다. 《논어(論語)》의 목차에서 안연은 제십이편(第十二篇)이다.

【聖門高足(성문고족)】: 성인 문하의 뛰어난 제자. 즉 「공자(孔子)의 뛰어난 제자」를 가리킨다. 〖聖門〗: 성인 문하(門下). 〖高足〗: 학식과 품행이 뛰어난 제자.

【屈了他些(굴료타사)】: 그를 좀 푸대접하다. 〖屈〗: 푸대접하다, 부당하게 대하다. 〖些〗: 좀, 다소, 약간.

5 又報公冶長第五, 人駭曰 : 『此子平日不見怎的, 如何倒中正魁?』 → 또 공야장(公冶長)을 5등이라고 알리자, 사람들이 놀라 말하길 : 『이 사람은 평소에 별로 비범한 사람이 아닌데, 어떻게 오히려 가장 으뜸으로 합격을 했는가?』라고 했다.

【公冶長(공야장)】: [인명] 공자(孔子)의 제자로 성은 공야(公冶), 이름은 장(長)이며, 공자의 사위이다. 《논어(論語)》의 목차에서 공야장은 제오편(第五篇)이다.

【此子(차자)】: 이 사람.

【不見怎的(불견즘적)】: 별로 비범하지 않다.

【如何(여하)】: 어떻게.

之力耳。』」[6]

번역문

장인(丈人)의 세력에 의존하다

장인(丈人)의 세력에 의존하여 과거 시험에 수석으로 합격한 자가 있었다. 어떤 사람이 말을 만들어 그를 비웃었다.

「공자(孔子)의 제자가 시험에 참가했는데, 합격자를 발표하기에 이르러 먼저 자장(子張)을 19등이라고 알리자, 사람들이 말하길 『자장은 풍채가 당당하더니 과연 유리한 점이 있다.』라고 했고, 또 자로(子路)를 13등이라고 알리자, 사람들이 말하길 『자로는 거친 사람인데 좋은 성적으로 합격한 것은 완전히 그의 기백에 의지한 것이다.』라고 했고, 또 안연(顔淵)을 12등이라고 알리자, 사람들이 말하길 『안연은 공자(孔子)의 뛰어난 제자인데 그를 좀 푸대접했다.』라고 했고, 또 공야장(公冶長)을 5등이라고 알리자, 사람들이 놀라 말하길 『이 사람은 평소에 별로 비범한 사람이 아닌데, 어떻게 오히려 가장 으뜸으로 합격을 했는가?』라고 했다. (이에 대해) 어떤 사람이 말하길 『그는 완전히 자기 장인의 세력에 의존했을 뿐이오.』라고 했다.」

해설

장인(丈人)의 힘에 의존하여 과거(科擧) 시험에 수석으로 합격한 사람에

....

【倒(도)】: 오히려, 반대로, 거꾸로.
【中正魁(중정괴)】: 가장 으뜸으로 합격하다. 【中】: 합격하다.

6 或曰:『全得他丈人之力耳。』」→ (이에 대해) 어떤 사람이 말하길:『완전히 자기 장인의 세력에 의존했을 뿐이오.』라고 했다.」
【耳(이)】: …뿐이다.

대해, 어떤 사람이 《논어(論語)》의 목차(目次)를 인용하여 공자(孔子)와 제자 사이, 특히 공자와 사위 공야장(公冶長)의 관계를 비유하는 고사를 만들어 비난했다. 즉, 공야장은 평소에 별로 비범한 사람이 아니었는데 공자의 사위이기 때문에 제자 중에서 가장 높은 성적인 5등으로 합격했고, 안연(顔淵)은 공자의 문하에서 가장 뛰어난 제자였는데도 오히려 12등으로 합격했다는 것이다.

이 우언은 작자가 《논어》의 목차(目次)를 빌려 공자와 공야장의 옹서(翁婿 : 장인과 사위) 관계를 묘사하는 교묘한 방법을 통해, 당시 사회에서 종법(宗法)과 규벌(閨閥) 세력이 영향력을 행사하던 과거제도(科擧制度)의 부패 현상을 규탄하고 풍자한 것이다.

《시상소담(時尙笑談)》 우언

《시상소담(時尙笑談)》은 작자가 명대(明代) 사람이라는 것 외에 일체 알려진 것이 없다. 작품 원문은 《추야월(秋夜月)》 상권(上卷) 중층(中層) 부록에 47칙(則)의 고사가 수록되어 있는 외에, 현재 진유찰(陳維札)·곽준봉(郭俊峰)이 편찬한 《중국역대소화집성(中國歷代笑話集成)》과 왕리기(王利器)·왕정민(王貞珉)이 편찬한 《중국소화대관(中國笑話大觀)》에 수록되어 있다.

104 후면피(厚面皮)

《時尙笑談·厚面皮》

원문 및 주석

厚面皮[1]

兩人相與語曰:「天下何物最硬?」曰:「鐵硬。」「見火就洋了, 焉得爲硬?」[2] 曰:「然則何物?」曰:「莫如髭鬚。」曰:「髭鬚安得爲硬?」[3] 曰:「若干的厚面皮都能被他鑽了出來!」[4]

....

1 厚面皮 → 두꺼운 낯가죽
【厚面皮(후면피)】: 두꺼운 낯가죽. 즉 「철면피, 파렴치한」을 비유하는 말.

2 兩人相與語曰:「天下何物最硬?」曰:「鐵硬。」「見火就洋了, 焉得爲硬?」→ 두 사람이 서로 「세상에서 어떤 물건이 가장 단단할까?」에 관해 이야기 했다. (한 사람이) 말했다:「쇠가 가장 단단합니다.」(다른 한 사람이) 말했다:「쇠는 불을 만나면 곧 녹아버리는데, 어찌 가장 단단하다고 할 수 있습니까?」
【相與語(상여어)】: 서로 대화를 나누다.
【硬(경)】: 단단하다, 딱딱하다, 견고하다.
【見火就洋了(견화취양료)】: 불을 만나면 곧 녹아버린다. 〖就〗: 곧, 바로, 즉시. 〖洋〗: 烊(양), 녹다, 녹아 풀어지다.
【焉得(언득)】: 어찌 …할 수 있는가?

3 曰:「然則何物?」曰:「莫如髭鬚。」曰:「髭鬚安得爲硬?」→ (한 사람이) 말했다:「그렇다면 어떤 물건이 가장 단단합니까?」(다른 한 사람이) 말했다:「수염만한 것이 없습니다.」(한 사람이) 말했다:「수염을 어찌 가장 단단하다고 할 수 있습니까?」
【然則(연즉)】: 그렇다면, 그러면.
【莫如(막여)…】: …만한 것이 없다.
【髭鬚(자수)】: 수염.

번역문

두꺼운 낯가죽

두 사람이 서로 「세상에서 어떤 물건이 가장 단단할까?」에 관해 이야기 했다.

(한 사람이) 말했다.

「쇠가 가장 단단합니다.」

(다른 한 사람이) 말했다.

「쇠는 불을 만나면 곧 녹아버리는데, 어찌 가장 단단하다고 할 수 있습니까?」

(한 사람이) 말했다.

「그렇다면 어떤 물건이 가장 단단합니까?」

(다른 한 사람이) 말했다.

「수염만한 것이 없습니다.」

(한 사람이) 말했다.

「수염을 어찌 가장 단단하다고 할 수 있습니까?」

(다른 한 사람이) 말했다.

「아무리 두꺼운 낯가죽이라도 뚫고 나오니까요!」

....

【安得(안득)】: 어찌 …할 수 있는가?

4 曰:「若干的厚面皮都能被他鑽了出來!」 → (다른 한 사람이) 말했다:「아무리 두꺼운 낯가죽이라도 뚫고 나오니까요!」

【若干(약간)】: 얼마. 여기서는 「아무리, 매우」의 뜻.

【都(도)】: …조차도, …까지도.

【被他鑽了出來(피타찬료출래)】: 콧수염에 의해 뚫리다. 즉 「콧수염이 뚫고 나오다」의 뜻. 〖被〗: [피동형] …에 의해 …되다. …에게 …당하다. 〖他〗: [대명사] 그것, 즉 「콧수염」. 〖鑽〗: 뚫다.

해설

수염을 쇠보다 단단하다고 하는 것은 얼핏 보기에 얼토당토않은 말이다. 그러나 자세히 음미해보면 우스꽝스러우면서도 다분히 일리가 있다. 작자는 대비(對比) 수법을 통해 먼저 수염이 쇠보다 단단하다고 강조한 후, 그 이유를 수염이 두꺼운 낯가죽을 뚫고 나오기 때문이라 했다. 두꺼운 낯가죽은 바로 「철면피, 파렴치한」을 비유하는 말로, 도덕적인 면에서 세상이 극히 혐오하는 대상인 동시에 가장 강한 물건으로 뚫어야 하는 대상이기도 하다.

이 우언은 해학적인 기법을 통해, 세상의 후안무치(厚顔無恥)한 사람을 꼬집어 풍자한 것이다.

중국명청우언(상)
中國明淸寓言

초판 인쇄 2019년 8월 20일
초판 발행 2019년 8월 30일

역 주 | 최봉원
발행자 | 김동구
디자인 | 이명숙 · 양철민
발행처 | 명문당(1923. 10. 1 창립)
주 소 | 서울시 종로구 윤보선길 61(안국동)
우체국 010579-01-000682
전 화 | 02)733-3039, 734-4798(영), 733-4748(편)
팩 스 | 02)734-9209
Homepage | www.myungmundang.net
E-mail | mmdbook1@hanmail.net
등 록 | 1977. 11. 19. 제1~148호

ISBN 979-11-90155-18-2 (03820)
25,000원